WSPOMNIENIE LODU

Jasnowidz

Malazańska księga poległych

Dotychczas ukazały się:

Ogrody Księżyca

Bramy Domu Umarłych

Wspomnienie Lodu: Cień przeszłości

Wspomnienie Lodu: Jasnowidz

W przygotowaniu:

Dom Łańcuchów

Steven Erikson

WSPOMNIENIE LODU

Jasnowidz

Opowieść z Malazańskiej księgi poległych

PRZEŁOŻYŁ MICHAŁ JAKUSZEWSKI

Tytuł oryginału:
Memories of Ice

Redakcja:
Joanna Figlewska

Korekta:
Urszula Okrzeja

Ilustracja na okładce:
© Steve Stone

Redaktor serii:
Andrzej Miszkurka

Opracowanie graficzne:
Jarosław Musiał

Mapy:
Jarosław Musiał

Skład i łamanie:
Tomek Laisar Fruń

Druk i oprawa:
RS Print
tel. 0 608 654 166

Wydanie I
ISBN 83-89004-21-5
Wydawca:
Wydawnictwo MAG
ul. Cypryjska 54, 02-761 Warszawa
tel./fax (0-22) 642 45 45 lub (0-22) 642 82 85
e-mail: kurz@mag.com.pl
http://www.mag.com.pl

R. S. Lundinowi

PODZIĘKOWANIA

Wyrażam wdzięczność za pomoc i wsparcie następującym osobom: Clare, Bowenowi, Markowi, Davidowi, Chrisowi, Rickowi, Cam, Courtneyowi; Susan i Peterowi, Davidowi Thomasowi seniorowi i juniorowi, Harriet, Chrisowi, Lily, Minie i Smudge'owi; Patrickowi Walshowi, Simonowi i Jane. Dziękuję również Dave'owi Holdenowi i jego miłemu personelowi z Pizza Place (Tricii, Cindy, Liz, Tanis, Barbarze, Joan, Nadii, Amandzie, Tony, Andi i Jody) za miejsce i dokładki. Dziękuję też Johnowi Meaneyowi za obrzydliwe szczegóły dotyczące martwych nasion.

GENABACKIS:
wojna panniońska ok. 1160 snu Pożogi

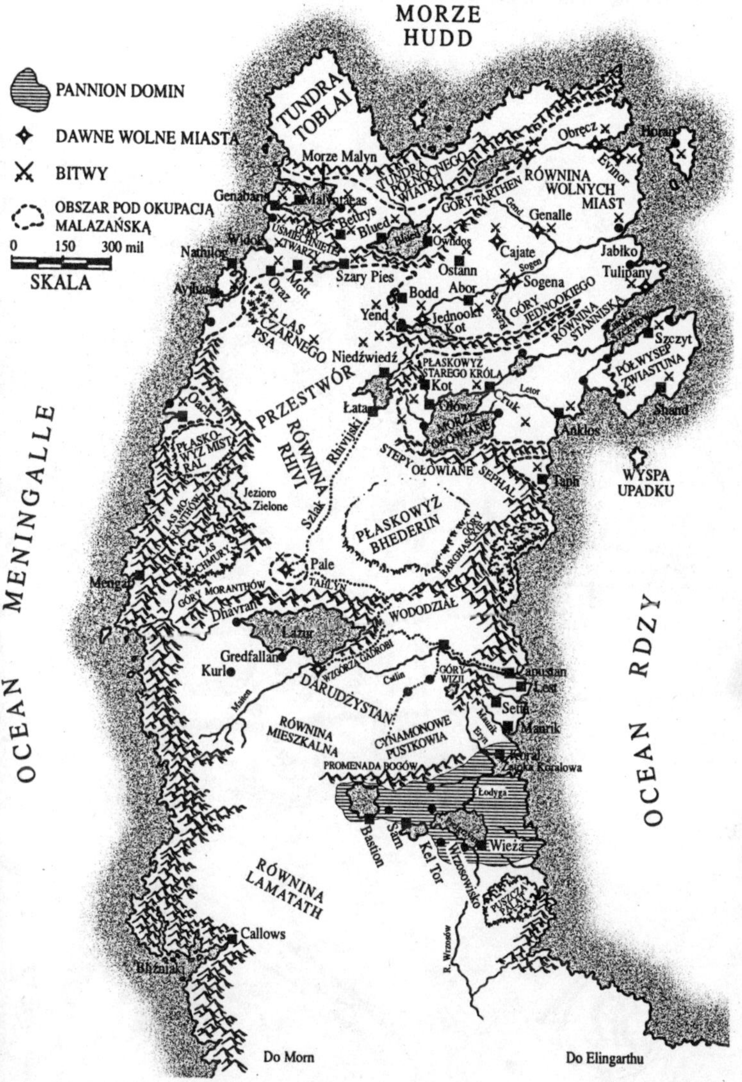

Capustan

Wschodnia Genebackis

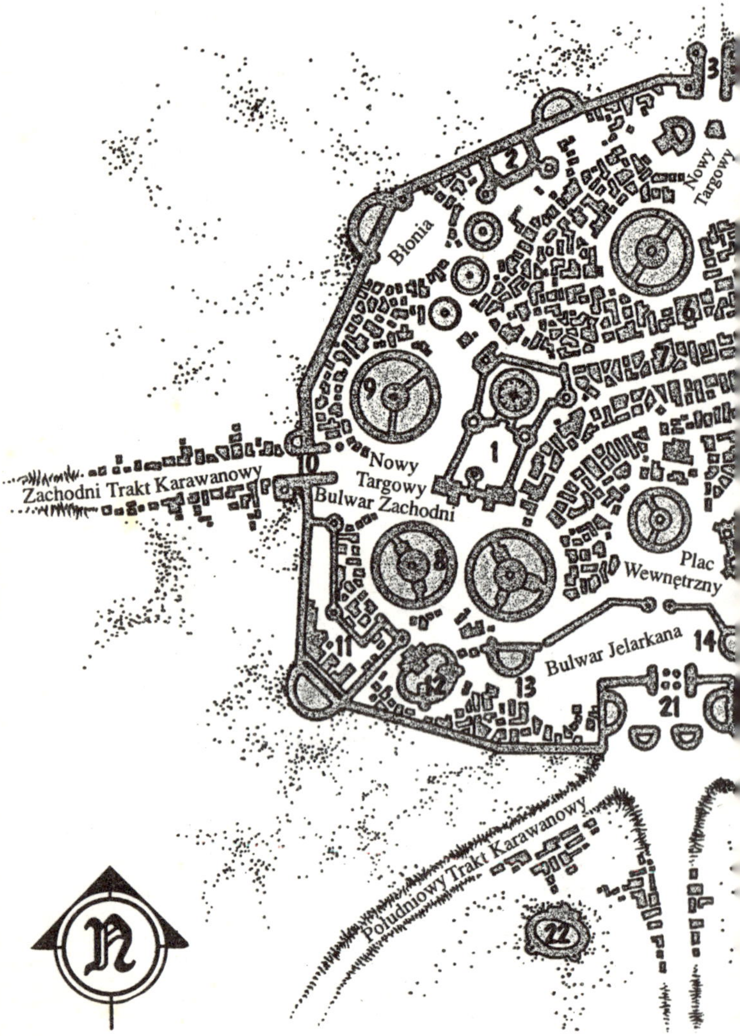

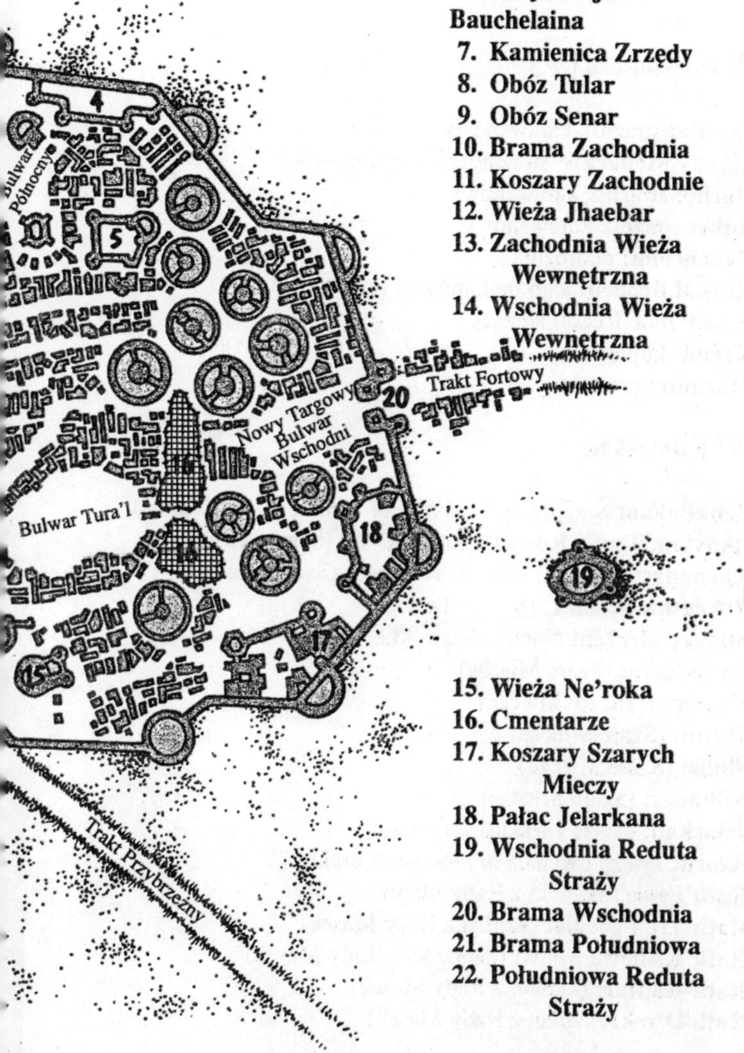

1. Niewolnik
2 Dom Lektar
3. Brama Północna
4. Koszary Północne
5. Koszary Wewnętrzne
6. Rezydencja Bauchelaina
7. Kamienica Zrzędy
8. Obóz Tular
9. Obóz Senar
10. Brama Zachodnia
11. Koszary Zachodnie
12. Wieża Jhaebar
13. Zachodnia Wieża Wewnętrzna
14. Wschodnia Wieża Wewnętrzna
15. Wieża Ne'roka
16. Cmentarze
17. Koszary Szarych Mieczy
18. Pałac Jelarkana
19. Wschodnia Reduta Straży
20. Brama Wschodnia
21. Brama Południowa
22. Południowa Reduta Straży

Dramatis personae

Karawanseraj

Zrzęda: strażnik karawanowy
Stonny Menackis: strażniczka karawanowa
Harllo: strażnik karawanowy
Buke: strażnik karawanowy
Bauchelain: podróżnik
Korbal Broach: jego małomówny towarzysz
Emancipor Reese: służący
Keruli: kupiec
Marmur: czarodziej

W Capustanie

Brukhalian: Śmiertelny Miecz Reve Fenera (Szare Miecze)
Itkovian: Tarcza Kowadło Reve Fenera (Szare Miecze)
Karnadas: Boży Jeździec Reve Fenera (Szare Miecze)
Rekrutka Velbara: (Szare Miecze)
Starszy Sierżant Norul: (Szare Miecze)
Farakalian: (Szare Miecze)
Nakalian: (Szare Miecze)
Torun: (Szare Miecze)
Sidlis: (Szare Miecze)
Nilbanas: (Szare Miecze)
Jelarkan: książę i władca Capustanu
Arard: książę i władca *in absentia* Koralu
Rath'Fener: (kapłan z Rady Masek)
Rath'Tron Cienia: (kapłan z Rady Masek)
Rath'Królowa Snów: (kapłanka z Rady Masek)
Rath'Kaptur: (kapłan z Rady Masek)
Rath'D'rek: (kapłan z Rady Masek)

Rath'Trake: (kapłan z Rady Masek)
Rath'Pożoga: (kapłanka z Rady Masek)
Rath'Togg: (kapłan z Rady Masek)
Rath'Fanderay: (kapłanka z Rady Masek)
Rath'Dessembrae: (kapłanka z Rady Masek)
Rath'Oponn: (kapłan z Rady Masek)
Rath'Beru: (kapłan z rady Masek)

Zastęp Jednorękiego

Dujek Jednoręki: dowódca armii malazańskich renegatów
Sójeczka: zastępca dowódcy armii malazańskich renegatów
Skręt: dowódca Czarnych Moranthów
Artanthos: chorąży armii malazańskich renegatów
Koszar: oficer łącznikowy
Hareb: szlachetnie urodzony kapitan
Ganoes Paran: kapitan, Podpalacze Mostów
Nerwusik: sierżant, Siódmą Drużyna, Podpalacze Mostów
Wykałaczka: kapral, Siódma Drużyna, Podpalacze Mostów
Detoran: żołnierka, Siódma Drużyna
Trzpień: mag i saper, Siódma Drużyna
Niewidka: żołnierka, Siódma Drużyna
Młotek: uzdrowiciel, Dziewiąta Drużyna
Płot: saper, Dziewiąta Drużyna
Biegunek: żołnierz, Dziewiąta Drużyna
Szybki Ben: mag, Dziewiąta Drużyna
Chwiejny: (kapral Podpalaczy Mostów)
Bucklund: (sierżant Podpalaczy Mostów)
Knypek: (saper Podpalaczy Mostów)
Mierzwa: (uzdrowiciel Podpalaczy Mostów)
Niebieska Perła: (mag Podpalaczy Mostów)
Goleń: (mag Podpalaczy Mostów)
Paluch: (mag Podpalaczy Mostów)

Zastęp Brooda

Caladan Brood: naczelny wódz armii wyzwoleńczej na Genabackis
Anomander Rake: władca Odprysku Księżyca

Kallor: wielki król, zastępca Brooda
Mhybe: matrona rhivijskich plemion
Srebrna Lisica: rhivijska odrodzona
Korlat: jednopochwycona Tiste Andii
Orfantal: brat Korlat
Hurlochel: zwiadowca armii wyzwoleńczej
Starucha: Wielki Kruk, towarzyszka Anomandera Rake'a

Barghastowie

Humbrall Taur: wódz wojenny klanu Białych Twarzy
Hetan: jego córka
Cafal: jego pierwszy syn
Netok: jego drugi syn

Darudżystańskie poselstwo

Coll: ambasador
Estraysian D'Arle: członek Rady
Baruk: alchemik
Kruppe: obywatel
Murillio: obywatel

T'lan Imassowie

Kron: władca T'lan Imassów Krona
Cannig Tol: wódz klanu
Bek Okhan: rzucający kości
Pran Chole: rzucający kości
Okral Lom: rzucający kości
Bendal Home: rzucający kości
Ay Estos: rzucający kości
Olar Ethil: Pierwsza Rzucająca Kości i Pierwsza Jednopochwycona
Tool, Odrzucony: dawniej Pierwszy Miecz
Kilava: rzucająca kości – renegatka
Lanas Tog: z T'lan Imassów Kerluhma

Pannion Domin

Jasnowidz: król-kapłan Domin
Ultentha: septarcha Koralu
Kulpath: septarcha oblegającej armii
Inal: septarcha Lest
Anaster: Dziecko Martwego Nasienia z Tenescowri
Jasnodomin Kahlt

Inni

K'rul: pradawny bóg
Draconus: pradawny bóg
Siostra Zimnych Nocy: pradawna bogini
Pani Zawiść: mieszkanka Morn
Gethol: herold
Treach: Pierwszy Bohater (Tygrys Lata)
Toc Młodszy: Aral Fayle, malazański zwiadowca
Garath: wielki pies
Baaljagg: jeszcze większa wilczyca
Mok: Seguleh
Thurule: Seguleh
Senu: Seguleh
Przykuty: tajemniczy Ascendent (znany też jako Okaleczony Bóg)
Czarownica Tennes
Munug: rzemieślnik Daru
Talamandas: barghascka sznurołapka
Ormulogun: artysta z Zastępu Jednorękiego
Gumble: jego krytyk
Haradas: karawanmistrz Gildii Kupieckiej Trygalle
Azra Jael: żołnierz piechoty morskiej z Zastępu Jednorękiego
Słoma: żołnierz Mottańskich Pospolitaków
Chlewik: żołnierz Mottańskich Pospolitaków
Kikut: żołnierz Mottańskich Pospolitaków
Kliwer Pień: żołnierz Mottańskich Pospolitaków

KSIĘGA TRZECIA

CAPUSTAN

Ostatnim Śmiertelnym Mieczem Reve Fenera był Fanald z Cawn Vor, który poległ podczas Przykucia. Ostatnim noszącym dziczy płaszcz Bożym Jeźdźcem był Ipshank z Korelri, który zaginął podczas Ostatniej Ucieczki Manasków na Polach Lodowych Stratem. Był też inny, który pragnął zdobyć ów tytuł, lecz wyrzucono go ze świątyni, nim zdołał tego dokonać, a jego imię wymazano ze wszystkich zapisków. Wiadomo jednak, że pochodził z Unty, zaczął karierę jako złodziejaszek na jej plugawych ulicach, a jego wygnaniu ze świątyni towarzyszyła wyjątkowa kara, wymierzona przez Reve Fenera...

Świątynne życie
Birrin Thund

Rozdział czternasty

Przyjaciele, jeśli tylko to możliwe, starajcie się nie przeżywać oblężenia.

Ubilast (Beznogi)

W gospodzie stojącej na południowo-wschodnim rogu Starej Ulicy Daru przebywało zaledwie siedmiu klientów. Większość z nich stanowili przybysze spoza miasta, którzy – podobnie jak Zrzęda – zostali w nim uwięzieni. Otaczające Capustan pannionskie armie już od pięciu dni nie wykonywały żadnych ruchów. Kapitan słyszał, że za wzgórzami na północy zauważono obłoki pyłu, które oznaczały... z pewnością coś oznaczały. To jednak było kilka dni temu i nic z tego nie wynikło.

Nikt nie wiedział, na co czeka septarcha Kulpath, choć krążyło mnóstwo domysłów. Rzekę pokonywało coraz więcej przewożących Tenescowri barek. Wydawało się, że do chłopskiej armii przyłączyła się połowa ludności imperium.

– Przy takiej liczebności każdy dostanie jedynie po kąsku Capańczyka – zauważył ktoś przed dzwonem. Zrzęda był chyba jedynym, któremu żart się spodobał.

Siedział za stołem obok wejścia, odwrócony plecami do otynkowanej, złożonej z podwójnych belek futryny. Drzwi miał po prawej, a przed sobą główną izbę o niskim sklepieniu. Po klepisku, pod stołami, biegała mysz, od jednego cienia do drugiego, przemykając między butami klientów. Kapitan obserwował ją spod opadniętych powiek. W kuchni można było znaleźć mnóstwo pokarmu. Tak przynajmniej mówił zwierzątku węch. Zrzęda zdawał sobie sprawę, że jeśli oblężenie się przeciągnie, ta obfitość wkrótce się skończy.

Podniósł wzrok na pokryty plamami sadzy główny dźwigar, który biegł wzdłuż pomieszczenia. Drzemał na nim miejscowy kot, z łapami zwisającymi z belki. W tej chwili polował tylko we śnie.

Mysz dotarła do podstawy szynkwasu i ruszyła wzdłuż niego do wejścia na zaplecze.

Zrzęda pociągnął kolejny łyk rozcieńczonego wina. Po blisko tygodniu pannionskiego oblężenia była w nim więcej niż połowa wody. Sześciu pozostałych klientów siedziało samotnie za stolikami albo opierało się o szynkwas. Od czasu do czasu któryś z nich rzucał kilka niezobowiązujących słów, na które z reguły odpowiadano jedynie chrząknięciem.

Zrzęda zaobserwował, że dniem i nocą gospodę odwiedzają dwa typy ludzi. Ci, których widział teraz, praktycznie w niej mieszkali, ani na chwilę nie rozstając się z winem bądź *ale*. Byli obcy w Capustanie i wydawało się, że nie mają tu przyjaciół, lecz mimo to udało się im osiągnąć coś w rodzaju wspólnoty, która charakteryzowała się wielką umiejętnością nierobienia zupełnie niczego przez bardzo długi czas. Gdy nadchodziła noc, zjawiał się drugi typ klientów. Byli głośni i swarliwi, wabili kurwy z ulicy pieniędzmi, które ciskali na szynkwas, nie myśląc o jutrze. Była to energia płynąca z desperacji, rubaszny hołd dla Kaptura. Zdawali się mówić: „Jesteśmy twoi, ty skurczybyku z kosą. Ale dopiero po świcie!". Przypominali wzburzone morze omywające nieruchome, obojętne skały, jakimi byli milczący klienci pierwszego rodzaju.

Morze i skały. Morze świętuje, gdy spojrzy w oblicze Kaptura. Skały patrzyły skurwysynowi prosto w oczy tak długo, że nie zamierzają się nawet ruszyć, nie mówiąc już o świętowaniu. Morze śmieje się głośno z własnych dowcipów. Skały wyrzucają z siebie kilka zwięzłych słów, które uciszają całą salę. Capańskie powiedzenie...

Następnym razem będę trzymał język za zębami.

Kot przeciągnął się na belce. Jego ciemnobrązowe futro zdobiły czarne pręgi. Zwierzę spojrzało w dół, stawiając uszy.

Mysz, która dotarła już do wejścia do kuchni, zamarła w bezruchu.

Zrzęda syknął pod nosem.

Kot zerknął na niego.

Mysz czmychnęła na zaplecze.

Drzwi gospody otworzyły się z głośnym skrzypnięciem. Do środka wszedł Buke, który opadł na krzesło obok Zrzędy.

– Łatwo cię znaleźć – mruknął starszy strażnik. Zerknął na oberżystę i zamówił gestem dwa razy to samo.

– Ehe – przyznał Zrzęda. – Jestem skałą.

– Skałą? Chyba raczej tłustą iguaną, która na niej siedzi. A kiedy nadejdzie wielka fala...

– Będzie, co ma być. Znalazłeś mnie, Buke. I co teraz?

– Chciałem ci podziękować za pomoc, Zrzęda.

– Czy to miała być subtelna ironia, kolego? Powinieneś trochę popracować...

– Mówiłem prawie serio. Ta błotnista woda, którą kazałeś mi wypić, mikstura Kerulego, zdziałała cuda. – Na jego wąskiej twarzy pojawił się lekko tajemniczy uśmieszek. – Cuda...

– Cieszę się, że czujesz się lepiej. Masz jeszcze jakieś inne wstrząsające wieści? Jeśli nie...

Buke odchylił się, by zrobić miejsce oberżyście, który przyniósł im dwa kufle.

– Rozmawiałem ze starszymi obozów – oznajmił, gdy mężczyzna już się oddalił. – Z początku chcieli iść prosto do księcia...

– Ale dali sobie przemówić do rozsądku.

– To nie było łatwe.

– Czyli, że będziesz miał pomoc potrzebną, by przeszkodzić temu szalonemu eunuchowi w zabawie w odźwiernego bramy Kaptura. To dobrze. Nie możemy dopuścić do paniki na ulicach, kiedy miasto oblega ćwierć miliona Panniończyków.

Buke przymrużył powieki, spoglądając na Zrzędę.

– Sądziłem, że będziesz zadowolony ze spokoju.

– Tak jest znacznie lepiej.

– Nadal potrzebuję twojej pomocy.

– Nie wiem, w czym ci mogę pomóc, Buke. Chyba że chcesz, żebym poszedł na całość i oddzielił głowę Korbala Broacha od tułowia. W takim razie będziesz musiał odwrócić uwagę Bauchelaina. Podpal go albo coś. Potrzebna mi tylko chwila. Oczywiście, trzeba będzie wybrać właściwy moment. Na przykład wtedy, gdy w murach powstanie wyłom i na ulice wtargną Tenescowri. W ten sposób będziemy mogli iść ręka w rękę z Kapturem, śpiewając wesołą piosenkę.

Buke uśmiechnął się, zasłaniając twarz kuflem.

– Może być – stwierdził i pociągnął łyk.

Zrzęda wysuszył swój kufel i sięgnął po następny.

– Wiesz, gdzie mnie znaleźć – stwierdził po chwili.

– Dopóki nie nadejdzie fala.

Kot zeskoczył z belki, przebiegł kawałek, capnął karalucha i zaczął się nim bawić.

– No dobra – warknął po chwili kapitan – co jeszcze masz mi do powiedzenia?

Buke wzruszył ramionami.

– Słyszałem, że Stonny zgłosiła się na ochotnika. Ostatnie pogłoski mówią, że Pannończycy są już gotowi do przypuszczenia pierwszego szturmu.

– Pierwszego? Wątpię, by potrzebowali ich więcej. A jeśli chodzi o gotowość, byli gotowi już od wielu dni, Buke. Jeśli Stonny chce stracić życie, broniąc tego, czego się nie da obronić, to już jej interes.

– A jaka jest alternatywa? Pannończycy nie będą brali jeńców, Zrzęda. Prędzej czy później będziemy musieli walczyć.

Tak ci się zdaje.

– Chyba że – dodał po chwili Buke, unosząc kufel – zamierzasz przejść na drugą stronę. Nawrócenie bywa niekiedy opłacalne...

– A czy jest jakieś inne wyjście?

W oczach starego strażnika pojawił się ostry błysk.

– Wypełniłbyś brzuch ludzkim mięsem, Zrzęda? Tylko po to, by przeżyć? Zrobiłbyś to, prawda?

– Mięso to mięso – odparł kapitan, nie spuszczając wzroku z kota. Cichy trzask oznajmił, że zwierzę skończyło zabawę.

– Myślałem, że już niczym mnie nie zaskoczysz – obruszył się Buke, wstając z krzesła. – Sądziłem, że cię znam...

– Sądziłeś.

– I to jest człowiek, za którego Harllo oddał życie.

Zrzęda uniósł powoli głowę. Buke cofnął się na widok tego, co dostrzegł w jego oczach.

– Z którym obozem obecnie współpracujesz? – zapytał spokojnie kapitan.

– Uldan – wyszeptał stary strażnik.

– Znajdę cię. A tymczasem, zejdź mi z oczu, Buke.

Cienie wycofały się już z większej części placu i na Hetan oraz jej brata, Cafala, padały promienie słońca. Dwoje Barghastów przykucnęło na wytartym, wyblakłym dywaniku, pochylając głowy.

Ociekali czarnym od popiołu potem. Między nimi stał płytki, szeroki piecyk, umocowany na trzech żelaznych, wysokich na piędź nogach i wypełniony tlącymi się węgielkami. Wokół rodzeństwa krążyli bezustannie żołnierze oraz dworscy posłańcy.

Tarcza Kowadło Itkovian przyglądał się Barghastom, stojąc przy bramie koszar. Nigdy nie słyszał, by ów lud zbytnio kochał medytację, wydawało się jednak, że od chwili przybycia do Niewolnika Hetan i Cafal nie robią niemal nic innego. Głodowali, nie chcieli z nikim rozmawiać i zajęli miejsce pośrodku koszarowego placu, gdzie wszystkim przeszkadzali. Przypominali niedostępną wyspę.

To nie jest spokój śmierci. Wędrują pośród duchów. Brukhalian żąda, bym za wszelką cenę do nich dotarł. Czy Hetan ukrywa jeszcze jakąś tajemnicę? Drogę ucieczki dla siebie, swego brata i kości Duchów Założycieli? Nieznany słaby punkt w naszych murach? Lukę w pannionskim oblężeniu?

Itkovian westchnął. Próbował przedtem, lecz bez powodzenia. Teraz spróbuje raz jeszcze. Był już gotów ruszyć w ich stronę, gdy nagle wyczuł obok siebie czyjąś obecność. Odwrócił się i zobaczył księcia Jelarkana.

Twarz młodego mężczyzny pokrywały głębokie bruzdy spowodowane znużeniem. Jego szczupłe dłonie o długich palcach drżały, mimo że splótł je kurczowo tuż nad pasem szaty. Obserwował intensywny ruch panujący na dziedzińcu.

– Tarczo Kowadło, muszę wiedzieć, co zamierza Brukhalian. Jest oczywiste, że ma to, co żołnierze zwą przyciętym kłykciem w rękawie. Dlatego po raz kolejny musiałem zabiegać o audiencję u człowieka, którego zatrudniam. – Nawet nie próbował ukryć sardonicznej goryczy kryjącej się w tych słowach. – Niestety, bez powodzenia. Śmiertelny Miecz nie ma dla mnie czasu. Nie ma czasu dla księcia Capustanu.

– Książę – rzekł Itkovian – możesz zadać swe pytania mnie, a uczynię, co tylko będę mógł, żeby ci odpowiedzieć.

Młody Capańczyk spojrzał na Tarczę Kowadło.

– Czy Brukhalian cię do tego upoważnił?

– Tak.

– Proszę bardzo. T'lan Imassowie Krona i ich wilki-martwiaki. Pokonali te demony K'Chain, które wspomagały siły septarchy.

– Tak.

– Ale Pannion Domin ma ich więcej. Całe setki.

– To prawda.

– W takim razie, dlaczego T'lan Imassowie nie pomaszerują na imperium? Atak na jego terytorium mógłby spowodować wycofanie armii Kulpatha. Jasnowidz nie miałby innego wyboru, jak kazać jej wrócić na drugi brzeg rzeki.

– Gdyby T'lan Imassowie byli armią śmiertelników, taka opcja w rzeczy samej wydawałaby się oczywista. Odpowiada też ona w pełni naszym potrzebom – wyjaśnił Itkovian. – Niestety, Kron i jego martwiaki kierują się nieziemskimi motywami, o których nie wiemy prawie nic. Oznajmili nam, że zmierzają na zgromadzenie, otrzymali milczące wezwanie o nieznanym celu. W tej chwili to jest dla nich najważniejsze. Kron i T'lan Ay zlikwidowali K'Chain Che'Malle septarchy dlatego, że uznali ich obecność za bezpośrednie zagrożenie dla zgromadzenia.

– Ale dlaczego? To nie jest wystarczające wyjaśnienie, Tarczo Kowadło.

– Zgadzam się z twą opinią, książę. Wygląda na to, że Kron nie śpieszy się z marszem na południe również z innego powodu. Chodzi o tajemnicę otaczającą samego jasnowidza. Wygląda na to, że „Pannion" to jaghuckie słowo. Być może wiadomo ci, iż Jaghuci byli śmiertelnymi wrogami T'lan Imassów. Osobiście jestem przekonany, że Kron czeka na przybycie... sojuszników. Innych T'lan Imassów, którzy zjawią się na tym zgromadzeniu.

– Sugerujesz, że Kron obawia się Panniońskiego Jasnowidza.

– Tak, ponieważ sądzi, iż jest on Jaghutem.

Książę milczał przez długą chwilę, po czym potrząsnął głową.

– Nawet gdyby T'lan Imassowie zdecydowali się pomaszerować na Pannion Domin, dla nas będzie już za późno.

– To wydaje się prawdopodobne.

– W porządku. Teraz następne pytanie. Dlaczego to zgromadzenie ma się odbyć tutaj?

Itkovian zawahał się, po czym skinął głową.

– Książę Jelarkanie, ta, która wezwała T'lan Imassów, zbliża się do Capustanu... w towarzystwie armii.

– Armii?

– Armii, która maszeruje na wojnę z Pannion Domin, a jej dodatkowym celem jest przyjście z odsieczą oblężonemu Capustanowi.

– Co takiego?
– Książę, przybędą tu za pięć tygodni.
– Nie utrzymamy się...
– Zdajemy sobie z tego sprawę, książę.
– A czy owa wzywająca dowodzi tą armią?
– Nie. Dowództwo jest podzielone między dwie osoby. Caladana Brooda i Dujeka Jednorękiego.
– Dujeka... wielką pięść Jednorękiego? Malazańczyka? Władcy na dole, Itkovian! Od jak dawna o tym wiecie?
Tarcza Kowadło odchrząknął.
– Wstępny kontakt nawiązano jakiś czas temu, książę. Czarodziejskimi metodami. Później ta droga stała się jednak nieprzebyta...
– Tak, tak, wiem o tym. Mów dalej, niech cię szlag.
– O obecności w tej armii wzywającej dowiedzieliśmy się dopiero niedawno. Od rzucającego kości z T'lan Imassów Krona...
– Armia, Itkovian! Powiedz mi więcej o tej armii!
– Dujek ze swymi legionami został wyjęty spod prawa przez cesarzową Laseen i działa teraz niezależnie. Jego odziały liczą sobie jakieś dziesięć tysięcy ludzi. Caladan Brood ma na swoje rozkazy szereg niewielkich kompanii najemników, trzy klany Barghastów, rhivijski naród oraz Tiste Andii. W sumie będzie tego ze trzydzieści tysięcy.
Książę Jelarkan wybałuszył oczy. Słowa Itkoviana skruszyły jego wewnętrzne osłony, powodując, że rozkwitł w nim szereg nadziei, które jednak szybko gasły jedna po drugiej.
– Z pozoru – ciągnął cicho Tarcza Kowadło – wydawałoby się, że wszystko, co ci powiedziałem, ma wielkie znaczenie. Widzę jednak, że zdałeś już sobie sprawę, iż nic to nie zmienia. Pięć tygodni, książę. Zostaw im ich zemstę, ponieważ to wszystko, co mogą osiągnąć. A biorąc pod uwagę ich ograniczoną liczbę...
– Czy to opinia Brukhaliana, czy twoja?
– Muszę z żalem stwierdzić, że nas obu.
– Wy durnie – wychrypiał młody mężczyzna. – Wy przeklęci przez Kaptura durnie.
– Książę, nie zdołamy opierać się Panniończykom przez pięć tygodni.
– Wiem o tym, niech cię szlag! Pytanie brzmi: dlaczego w ogóle próbujemy?

Itkovian zmarszczył brwi.

– Książę, tak każe nam kontrakt. Obrona miasta...

– Co mnie obchodzi wasz cholerny kontrakt, ty idioto? I tak już doszliście do wniosku, że przegracie! Dla mnie ważne jest życie moich ludzi. Czy ta armia nadciąga z zachodu? Z pewnością. Maszeruje wzdłuż rzeki...

– Nie zdołamy się przebić, książę. Wybiją nas w pień.

– Skoncentrujemy wszystkie siły na zachodzie. Nagła wycieczka, która przerodzi się w exodus. Tarczo Kowadło...

– Wyrżnęliby nas – przerwał mu Itkovian. – Książę, rozważaliśmy już tę możliwość. To się nie uda. Skrzydła konnicy septarchy otoczą nas i zmuszą do zatrzymania się. Potem przybędą beklici i Tenescowri. Zamienimy pozycję nadającą się do obrony na taką, której nie da się bronić. Wszystko skończyłoby się w ciągu jednego dzwonu.

Książę Jelarkan wpatrywał się w Tarczę Kowadło z nieskrywaną pogardą, a nawet nienawiścią.

– Przekaż Brukhalianowi, co następuje – wychrypiał. – W przyszłości Szare Miecze nie będą myślały za księcia. Nie jest ich zadaniem decydować, co książę powinien, a czego nie powinien wiedzieć. Księcia należy informować o wszystkim, bez względu na to, czy uznacie to za ważne. Zrozumiano, Tarczo Kowadło?

– Przekażę twe słowa dokładnie, książę.

– Muszę przyjąć założenie, że Rada Masek wie jeszcze mniej niż ja przed dzwonem – ciągnął książę.

– Z pewnością jest to prawda. Książę, ich interesy...

– Oszczędź mi już swych uczonych opinii, Itkovian. Życzę dobrego dnia.

Książę oddalił się w stronę wejścia do koszar, krokiem zbyt sztywnym, by można go było uznać za królewski.

Ale na swój sposób jest szlachetny. Przykro mi, mój drogi książę, choć nie śmiem powiedzieć tego głośno. Jestem przedłużeniem woli Śmiertelnego Miecza. Moje osobiste pragnienia się nie liczą.

Odepchnął od siebie gorzki gniew ukryty za tymi myślami i ponownie spojrzał na dwoje siedzących na dywaniku Barghastów.

Hetan i Cafal wyrwali się z transu i pochylali się teraz nad piecykiem. Smugi białego dymu wznosiły się pod słoneczne niebo.

Minęła chwila, nim zaskoczony Itkovian ruszył w ich stronę.

Kiedy się zbliżył, zobaczył, że na węglach piecyka leży jakiś przedmiot. Miał czerwonawe brzegi, a pośrodku był płaski i mlecznobiały. Była to świeża łopatka, zbyt lekka, by mogła pochodzić od bhederin, lecz węższa i dłuższa od ludzkiej. Być może była to kość jelenia albo antylopy. Barghastowie przystąpili do wróżby z kości, której ich plemienni szamani zawdzięczali miano gnaciarzy.

Są czymś więcej niż wojownikami. Powinienem był się domyślić. Pieśń Cafala w Niewolniku. Jest gnaciarzem, a Hetan jego żeńskim odpowiednikiem.

Zatrzymał się tuż przed dywanikiem, nieco na lewo od Cafala. Na łopatce zaczęły się już pojawiać szczeliny. Na długich krawędziach kości było widać bąbelki tłuszczu, które żarzyły się, skwiercząc niczym pierścień ognia.

Najprostsza wróżba polegała na interpretacji tych szczelin, jakby były mapą. W ten sposób odnajdywano stada dzikich zwierząt dla plemiennych myśliwych. Itkovian wiedział, że w tym przypadku czary są znacznie bardziej skomplikowane, a szczeliny to coś więcej niż zwykła mapa fizycznego świata. Tarcza Kowadło milczał, próbując podsłuchać mamrotaną wymianę słów między Hetan a jej bratem.

Mówili po barghascku, w języku, który Itkovian znał raczej słabo. Co jeszcze dziwniejsze, wydawało się, że w rozmowie uczestniczą trzy osoby. Rodzeństwo unosiło głowy albo kiwało nimi w odpowiedzi na słowa, których nikt inny nie słyszał.

Łopatkę pokrywał już cały labirynt szczelin. Kość przybrała kolor niebieski, beżowy i biały. Niedługo zacznie się kruszyć, gdyż duch zwierzęcia ustąpi przed przemożną mocą atakującą jego słabnącą siłę życiową.

Niesamowita konwersacja dobiegła końca. Cafal ponownie zapadł w trans, a Hetan usiadła, podniosła wzrok i spojrzała w oczy Itkovianowi.

– Ach, wilku, cieszę się, że cię widzę. Na świecie zaszły zmiany, zaskakujące zmiany.

– I czy jesteś z nich zadowolona, Hetan?

Uśmiechnęła się.

– A czy ucieszyłbyś się, gdybym była?

Czy mam postawić krok nad tą przepaścią?

– Istnieje taka możliwość.

Roześmiała się i wstała powoli. Skrzywiła się, rozprostowując kończyny.

– Niech to duchy, ależ mnie łupie w kościach. Moje mięśnie domagają się troskliwych dłoni.

– Są rozluźniające ćwiczenia...

– Myślisz, że o tym nie wiem, wilku? Czy zechcesz wykonać je ze mną?

– Jakie masz wieści, Hetan?

Uśmiechnęła się, wspierając ręce na biodrach.

– Na Otchłań – wycedziła – w ogóle nie wiesz, jak się do tego zabrać. Ulegnij mi i wyciągnij ze mnie wszystkie tajemnice, czy takie zadanie ci postawiono? Powinieneś się wystrzegać tego rodzaju gierek. Szczególnie ze mną.

– Być może masz rację – przyznał. Odwrócił się i odszedł.

– Stój, człowieku! – zawołała ze śmiechem Hetan. – Uciekasz jak królik? A ja nazwałam cię wilkiem? Muszę zmienić to imię.

– Jak uważasz – odparł, oglądając się przez ramię.

Raz jeszcze usłyszał za plecami jej śmiech.

– Ach, teraz gra robi się naprawdę ciekawa! Uciekaj, mój drogi króliku! Moja nieuchwytna zwierzyno, ha!

Itkovian wrócił do kwatery głównej i ruszył korytarzem biegnącym wzdłuż zewnętrznego muru, aż wreszcie dotarł do wejścia do wieży i wspiął się z brzękiem zbroi po stromych, kamiennych schodach. Starał się zapomnieć o Hetan, o jej roześmianej twarzy i błyszczących, roztańczonych oczach, o strużkach potu, które spływały po jej pokrytym warstwą popiołu czole, o tym, jak stała z wygiętymi do tyłu plecami, wypinając piersi w prowokującym geście. Nie był zadowolony z powrotu od dawna zapomnianych żądzy. Był bliski złamania ślubów, a na każdą modlitwę do Fenera odpowiadała jedynie cisza, jakby bóg był obojętny na poświęcenia, których Itkovian dokonał w jego imię.

Być może to właśnie jest ostateczna, najbardziej porażająca prawda. Bogów nic nie obchodzą ascetyczne umartwienia śmiertelników ani zasady zachowania czy wypaczona moralność świątynnych kapłanów i mnichów. Niewykluczone nawet, że śmieją się z łańcuchów, które sami sobie zakładamy, z naszej wiecznej, nienasyconej potrzeby wyszukiwania skaz w wymogach życia. Albo się nie śmieją, tylko gniewają na nas. Być może to właśnie odrzucenie radości życia jest największą obelgą wobec tych, których czcimy i którym służymy.

Dotarł do położonej na szczycie krętych schodów zbrojowni, skinął z roztargnieniem głową do dwóch stojących tam na warcie żołnierzy i wspiął się po drabinie na pomost na dachu.

Boży Jeździec już tam był. Karnadas przyjrzał się uważnie nadchodzącemu Itkovianowi.

– Widzę, że masz zakłopotaną minę, Tarczo Kowadło.

– W rzeczy samej, nie przeczę. Właśnie odbyłem rozmowę z księciem Jelarkanem. Nie był zadowolony z jej przebiegu. Potem rozmawiałem z Hetan. Boży Jeźdźcze, moja wiara się chwieje.

– Kwestionujesz swe śluby.

– Tak. Przyznaję, że wątpię w ich autentyczność.

– Tarczo Kowadło, czyżbyś dotąd sądził, że zasady, których przestrzegasz, istnieją po to, by ugłaskać Fenera?

Itkovian zmarszczył brwi. Oparł się o blanki, by przyjrzeć się spowitym w obłoki dymu obozom nieprzyjaciela.

– Hmm, tak...

– W takim razie pozostawałeś w fałszywym przekonaniu.

– Wytłumacz mi to, proszę.

– Jak sobie życzysz. Poczułeś potrzebę nałożenia sobie łańcuchów, narzucenia własnej duszy ograniczeń, którymi są twoje śluby. Innymi słowy, Itkovian, zrodziły się one z dialogu, który wiodłeś z sobą samym, nie z Fenerem. To ty zakułeś się w łańcuchy i ty posiadasz klucze, które pozwolą ci je zdjąć, gdy już nie będą potrzebne.

– Nie będą potrzebne?

– Tak jest. Gdy wszystko to, co składa się na życie, przestanie zagrażać twej wierze.

– Sugerujesz więc, że istota kryzysu nie tkwi w mojej wierze, lecz w samych ślubach. Że zatraciłem różnicę między nimi.

– Tak jest, Tarczo Kowadło.

– Boży Jeźdźcze – rzekł Itkovian, nie spuszczając oczu z panniońskiego obozowiska – twoje słowa prowokują mnie do szału cielesnych uciech.

Wielki kapłan wybuchnął śmiechem.

– Mam nadzieję, że gdy się mu oddasz, pryśnie twój ponury nastrój!

Itkovian wykrzywił usta.

– Tym razem domagasz się cudu, Boży Jeźdźcze.

– Chciałbym wierzyć...

– Stój. – Tarcza Kowadło uniósł zakutą w stalową rękawicę dłoń. – Beklici się ruszyli.

Karnadas podszedł do niego. Nagle spoważniał.

– I tam też. – Itkovian wyciągnął rękę. – Urdomeni. Scalandi na ich flankach. Jasnodomini zajmują pozycje dowódców.

– Najpierw zaatakują reduty – zapowiedział Boży Jeździec. – Sławetnych Gidrathów Rady Masek w ich fortecach. To może dać nam trochę czasu...

– Znajdź mój korpus kurierów, Boży Jeźdźcze. Zaalarmuj oficerów. I przekaż słówko księciu.

– Tak jest, Tarczo Kowadło. Zostaniesz tutaj?

Itkovian skinął głową.

– To dobry punkt obserwacyjny. Idź już.

Beklici utworzyli pierścień wokół fortecy Gidrathów na polu śmierci. Groty włóczni lśniły jasno w blasku słońca.

Gdy Itkovian został sam, skupił całą uwagę na przygotowaniach.

– No cóż, zaczęło się.

Ulice Capustanu spowiła cisza, a niebo było bezchmurne. Gdy Zrzęda zmierzał w stronę Zaułka Calmanark, nie spotkał po drodze prawie nikogo. W końcu dotarł do biegnącego po łuku muru samodzielnego obozu znanego jako Ulden, zszedł po zaśmieconych schodach na poziom położony poniżej ulicy i walnął pięścią we wprawione w fundamenty wieży solidne wrota, które po chwili otworzyły się z głośnym skrzypnięciem.

Zrzęda wszedł do wąskiego korytarza, który wznosił się stromo i w odległości dwudziestu kroków wychodził na powierzchnię. W jaskrawych promieniach słońca było widać okrągły centralny dziedziniec.

Buke zamknął za nim ciężkie drzwi, uginając się pod ciężarem masywnej antaby. Później wychudły, siwowłosy mężczyzna spojrzał na Zrzędę.

– Szybko się uwinąłeś. I co?

– A jak ci się zdaje? – warknął kapitan. – Zaczął się ruch. Pannończycy przygotowują się do szturmu. Kurierzy zapychają w tę i we w tę...

– Na której części murów stałeś?

– Na północnej, tuż przed Domem Lestarskim, jeśli to ma jakieś znaczenie. A ty? Zapomniałem zapytać cię wcześniej. Czy ten skurwysyn wyszedł ostatniej nocy na łowy?

– Nie. Mówiłem ci już, że zdobyłem pomoc obozów. Sądzę, że do tej pory stara się zrozumieć, dlaczego przedwczoraj wrócił z pustymi rękami. To go poirytowało. Do tego stopnia, że Bauchelain to zauważył.

– To niedobra wiadomość. Będzie sondował, Buke.

– Ehe. Mówiłem ci, że to ryzykowne, nie?

No jasne. Próba przeszkodzenia obłąkanemu mordercy w znalezieniu kolejnych ofiar – tak, żeby nic nie zauważył – i to w chwili, gdy zaczyna się oblężenie... niech cię Otchłań pochłonie, Buke, w co ty próbujesz mnie wciągnąć?

Zrzęda zerknął w górę pochyłego korytarza.

– Mówisz, że zdobyłeś pomoc? A co o tym sądzą ci twoi nowi przyjaciele?

Stary strażnik wzruszył ramionami.

– Korbal Broach woli wykorzystywać do swych eksperymentów zdrowe narządy. To ich dzieciom grozi niebezpieczeństwo.

– Groziłoby mniejsze, gdyby o niczym nie wiedzieli.

– Zdają sobie z tego sprawę.

– Czy powiedziałeś „dzieciom"?

– Ehe. Dom cały czas obserwuje przynajmniej czwórka. Bezdomni ulicznicy. Autentycznych jest wystarczająco wiele, by mogły się wtopić w tłum. Patrzą również na niebo...

Przerwał nagle, a w jego oczach pojawił się dziwnie tajemniczy wyraz.

Zrzęda uświadomił sobie, że Buke ukrywa jakiś sekret.

– Na niebo? A po co?

– Hm, na wypadek, gdyby Korbal Broach spróbował przemieszczać się po dachach.

W mieście pełnym zwieńczonych kopułami, stojących daleko od siebie budynków?

– Chodziło mi o to, że nie spuszczają domu z oczu – ciągnął Buke. – Na szczęście, Bauchelain nadal siedzi w piwnicy, z której zrobił jakiegoś rodzaju laboratorium. W ogóle stamtąd nie wychodzi. A Korbal w dzień śpi. Zrzęda, to co mówiłem wcześniej...

Kapitan przerwał mu szybkim ruchem dłoni.

– Posłuchaj – powiedział.

Obaj mężczyźni znieruchomieli.

Ziemia pod ich stopami drżała lekko, a zza miejskich murów dobiegał nasilający się powoli ryk.

Buke pobladł nagle i zaklął pod nosem.

– Gdzie Stonny? – zapytał. – Tylko nie próbuj mi wmawiać, że nie wiesz.

– Przy Bramie Portowej. Pięć drużyn Szarych Mieczy, kompania Gidrathów, kilkunastu lestarskich gwardzistów...

– Tam jest najgłośniej.

Zrzęda chrząknął, krzywiąc ze złością twarz.

– Doszła do wniosku, że zacznie się od tamtej bramy. Głupia baba.

Buke podszedł bliżej i złapał go za ramię.

– To czemu tu stoisz, do Kaptura? Szturm się zaczął, a Stonny znalazła się w samym jego środku!

Zrzęda wyrwał się mu.

– Niech cię Otchłań pochłonie, staruchu. Jest już dorosła. Mówiłem jej. Tobie też mówiłem! To nie moja wojna!

– Ale to nie przeszkodzi Tenescowri uciąć ci łba i wrzucić go do gara!

Zrzęda uśmiechnął się szyderczo i odepchnął Buke'a od drzwi. Ujął w prawą dłoń ciężką antabę i wysunął ją jednym ruchem z otworów. Spadła na podłogę z brzękiem, który wypełnił korytarz. Zrzęda otworzył wrota i pochylił się, by wyjść na schody.

Gdy dotarł na poziom ziemi i wyszedł do zaułka, ogłuszył go łoskot szturmu. Słychać było szczęk broni, krzyki, wrzaski oraz to nieokreślone, urywane drżenie, które zawsze towarzyszyło tysiącom zakutych w zbroje ciał w ruchu – za murami, na ich szczytach oraz po obu stronach bram, które z pewnością jęczały już pod uderzeniami taranów.

Oblężenie w końcu pokazało żelazne ostrze. Oczekiwanie dobiegło końca. Nie obronią ani murów, ani bram. Do zmierzchu będzie po wszystkim.

Zastanowił się, czyby się nie napić, i pocieszyła go ta myśl.

Jego uwagę przyciągnął nagły ruch w górze. Podniósł wzrok i zobaczył pół setki kul ognia, nadlatujących z zachodu. Gdy pociski uderzyły z głośnym hukiem w budynki i ulice, wszędzie wokół eksplodowały płomienie.

Odwrócił się akurat na czas, by ujrzeć drugą falę, która nadlatywała z północy. Jeden z pocisków stawał się stopniowo większy od pozostałych, aż wreszcie przerodził się w gorejące słońce, mknące wprost na niego.

Zrzęda zaklął szpetnie i rzucił się z powrotem ku schodom.

Smolista masa uderzyła w ulicę, odbiła się od niej pośród płomieni i gruchnęła w łukowaty mur obozu niespełna dziesięć kroków od schodów.

Kamienny rdzeń pocisku przebił mur, ciągnąc za sobą płomienie. Na skąpaną w ogniu ulicę posypał się gruz.

Posiniaczony, na wpół ogłuszony Zrzęda opuścił pośpiesznie schody. Z Uldanu dobiegały krzyki. Z otworu w murze buchały gęste kłęby dymu.

W razie pożaru te cholerstwa zamieniają się w pułapkę – pomyślał, odwracając się. W tej samej chwili drzwi na dole otworzyły się z hukiem. Pojawił się Buke, który ciągnął za sobą nieprzytomną kobietę.

– Czy jest bardzo źle?! – krzyknął Zrzęda.

Buke podniósł wzrok.

– Jeszcze tu jesteś? Wszystko w porządku. Pożar już prawie ugaszony. Zjeżdżaj stąd. Idź się schować albo coś.

– Świetny pomysł – warknął kapitan.

Niebo przesłonił dym, buchający czarnymi kolumnami z całej wschodniej części Capustanu. Wiatr znosił go na zachód, tworząc jednolity całun. Również w dzielnicy Daru, pośród świątyń i domów mieszkalnych, było widać pożary. Zrzęda doszedł do wniosku, że najłatwiej można ukryć się przed pociskami w cieniu miejskich murów, i ruszył na wschód.

To czysty przypadek, że tam, przy Bramie Portowej, jest Stonny. Podjęła już decyzję.

To nie nasza walka, do cholery. Gdybym chciał zostać żołnierzem, zaciągnąłbym się do jakiejś przeklętej przez Kaptura armii. Niech Otchłań pochłonie ich wszystkich...

Przez obłoki dymu przemknęła kolejna salwa pocisków wystrzelonych z katapult. Kapitan przyśpieszył kroku, ale kule ogniste przeleciały już nad nim i wylądowały z łoskotem gdzieś w sercu miasta.

Jeśli nie przestaną, to oszaleję.

W kłębach dymu przed nim biegały jakieś postacie. Szczęk broni stawał się coraz głośniejszy, przypominał szum fal rozbijających się o żwirową plażę.

Świetnie. Po prostu znajdę bramę i wyciągnę stamtąd dziewczynę. To nie potrwa długo. Kaptur wie, że jeśli będzie się opierała, zbiję ją do nieprzytomności. Znajdziemy jakąś drogę ucieczki i na tym koniec.

Zbliżył się do zaplecza straganów na Wewnętrznej Portowej. Zaułki biegnące między walącymi się budami były wąskie i po kolana brnęło się w odpadach. Biegnącą za nimi ulicę zasłaniał dym. Zrzęda wyszedł na nią, rozgarniając nogami śmieci. Brama znajdowała się po lewej, ledwie widoczna. Masywne wrota zostały roztrzaskane, a w wejściu i na progu leżało mnóstwo ciał. Z wąskich strzelnic baszt stojących po obu stronach wejścia buchał dym, a na ich poczerniałych murach widać było białe blizny pozostawione przez strzały, bełty i pociski z balist. Ze środka dobiegały krzyki i szczęk oręża. Po obu stronach żołnierze w mundurach Szarych Mieczy torowali sobie drogę na szczyty wież.

Po prawej rozległ się głośny tupot. Z dymu wybiegło kilka drużyn Szarych Mieczy. Pierwsze dwa szeregi dzierżyły tarcze i miecze, a następne dwa naładowane kusze. Przemknęli przed Zrzędą i zajęli pozycję za stosem ciał w przejściu.

Wiatr zmienił nagle kierunek, usuwając dym z ulicy po prawej stronie kapitana. Leżały tam dalsze ciała: Capański Dwór, lestarczycy oraz panniońscy betaklici. W odległości sześćdziesięciu kroków wznosiła się barykada, za którą leżała kolejna sterta zabitych żołnierzy.

Zrzęda podbiegł truchtem do Szarych Mieczy. Nikt z nich nie nosił oficerskich insygniów, kapitan zwrócił się więc do najbliższej kuszniczki.

– Jaka jest sytuacja, żołnierko?

Skierowała ku niemu twarz: pozbawioną wyrazu, pokrytą sadzą maskę. Zrzęda z zaskoczeniem zorientował się, że kobieta jest Capanką.

– Oczyszczamy wieże z nieprzyjaciela. Wycieczka powinna wkrótce wrócić. Wpuścimy ich do środka, a potem będziemy bronić bramy.

Zrzęda wytrzeszczył oczy.

Wycieczka? Bogowie, to szaleńcy!

– Mówisz: bronić. – Zerknął na puste wejście. – A jak długo?

Wzruszyła ramionami.

– Saperzy z brygadami roboczymi już tu idą. Za dzwon albo dwa odbudujemy bramę.

– Ile jest wyłomów? Co stracono?

– Nie mam pojęcia, obywatelu.

– Przestań trzepać ozorem – rozległ się męski głos. – I przegoń stąd tego cywila...

– Ruch przed nami! – krzyknął inny żołnierz.

Kusznicy wsparli broń na ramionach przykucniętych żołnierzy z pierwszych szeregów.

– Wstrzymać ogień! Jesteśmy lestarczykami! – dobiegł od strony bramy czyjś głos. – Wchodzimy do środka.

Szare Miecze nie sprawiały wrażenia uspokojonych. Po chwili pojawili się pierwsi wracający z wycieczki. Poranieni, zmordowani żołnierze, dźwigający rannych i zakuci w ciężkie zbroje, głośnym krzykiem domagali się od Szarych Mieczy przejścia.

Czekające drużyny rozstąpiły się, tworząc korytarz.

Każdy z pierwszych trzydziestu lestarczyków, którzy weszli przez bramę, dźwigał rannego towarzysza. Uwagę Zrzędy przyciągnęły dobiegające z zewnątrz odgłosy walki. Były coraz bliższe. Tylna straż broniła tych, którzy nieśli rannych, a nacisk na nią stawał się coraz większy.

– Kontratak! – ryknął ktoś. – Scalandi...

Wysoko na murze, na prawo od południowej baszty, zabrzmiał róg.

Zza bramy dobiegał coraz głośniejszy ryk. Brukowce pod stopami Zrzędy drżały.

Scalandi. Zwykle atakują w legionach liczących sobie co najmniej pięć tysięcy...

Dalej, na Wewnętrznej Portowej, gromadziły się szeregi uzbrojonych w miecze i kusze Szarych Mieczy oraz łuczników z Capańskiego Dworu, gotowych osłaniać odwrót. Za nimi ustawiła się jeszcze liczniejsza kompania, wyposażona w balisty, trebusze oraz ciskacze. Wyładowane rozżarzonym żwirem wiadra tych ostatnich dymiły niczym kotły.

Tylna straż dobrnęła do wejścia. Pomknęły za nią dziryty, które jednak odbiły się od zbroi i tarcz. Tylko jeden trafił w cel. Żołnierz padł na ziemię, gdy wyposażona w zadziory broń przebiła mu szyję. Pojawili się pierwsi pannióńscy scalandi, gibcy, w skórzanych koszulach i skórzanych hełmach na głowach. W dłoniach dzierżyli włócznie i zdobyczne miecze, a niektórzy również wiklinowe tarcze. Napierali na cofającą się lestarską ciężką piechotę i choć ginęli jeden po drugim, wciąż napływali nowi. Z ich ust wydobywał się przenikliwy okrzyk bojowy:

– Wyłom! Wyłom!

Wydano rykiem rozkaz, który natychmiast wykonano. Tylna straż oderwała się od przeciwnika i rzuciła do ucieczki, zostawiając za sobą poległych, których natychmiast porwali scalandi. Wywleczone na zewnątrz ciała zniknęły Zrzędzie z oczu. Potem wróg wypełnił wejście.

Pierwszy szereg Szarych Mieczy przepuścił lestarczyków i natychmiast uformował się na nowo. Zagrały kusze. Dziesiątki scalandi padły na bruk. Ich miotające się w konwulsjach ciała utrudniały zadanie tym, którzy szli za nimi. Szare Miecze spokojnie załadowały po raz drugi.

Garstka atakujących dotarła do pierwszej linii najemników i natychmiast padła pod ich ciosami.

Druga fala ruszyła do natarcia, depcząc po rannych pobratymcach.

I skosiła ją kolejna salwa. Przejście wypełniały ciała. Następna grupa scalandi, która się pojawiła, nie miała broni. Szare Miecze naładowały kusze, podczas gdy nieprzyjaciel wyciągał na zewnątrz swych zabitych i konających żołnierzy.

Drzwi lewej baszty otworzyły się nagle, zaskakując Zrzędę. Odwrócił się błyskawicznie, sięgając jednocześnie po swe gadrobijskie kordelasy. Z wieży wyszło sześciu kaszlących, usmarowanych krwią żołnierzy Capańskiego Dworu. Towarzyszyła im Stonny Menackis.

Jej rapier był złamany piędź od sztychu. Całą broń, łącznie z koszem i poprzeczkami jelca, a także urękawicznioną dłoń i zakute w zarękawie przedramię kobiety grubo pokrywała ludzka krew. Z wąskiego ostrza lewaka, który trzymała w drugiej dłoni, zwisało coś długiego i śliskiego, z czego skapywała brązowa maź. Jej cenna skórzana zbroja zwisała w strzępach. Jedno skośne cięcie dotarło tak głęboko, że przecięło koszulę z podszewką, którą miała pod spodem. Skóra i tkanina rozchyliły się, odsłaniając prawą pierś. Na białej, delikatnej skórze było widać siniaki zostawione przez czyjąś dłoń.

Z początku kobieta nie zauważyła Zrzędy. Wlepiła wzrok w bramę. Usunięto już stamtąd ostatnie trupy i do środka wlewała się kolejna fala scalandi. Ich pierwsze szeregi padły trafione bełtami, tak jak poprzednio, lecz nie powstrzymało to oszalałego, wrzeszczącego tłumu.

Złożona z czterech szeregów linia Szarych Mieczy rozstąpiła się. Żołnierze rzucili się do ucieczki, kryjąc się w najbliższych zaułkach po obu stronach Portowej. Łucznicy z Capańskiego Dworu czekali spokojnie, aż będą mogli bezpiecznie strzelać do nacierających scalandi.

Stonny wydała warknięciem rozkaz garstce swych towarzyszy i jej oddziałek zaczął się wycofywać równolegle do muru. Nagle zauważyła Zrzędę.

Spojrzeli sobie w oczy.

– Chodź tu, ty wole! – wysyczała.

Kapitan potruchtał w jej stronę.

– Na jaja Kaptura, kobieto, co...

– A jak ci się zdaje? Zalali nas, wdarli się przez bramy, do wież i na te cholerne mury. – Cofnęła gwałtownie głowę, jakby zadano jej niewidzialny cios. Do oczu Stonny wróciły spokój i obojętność. – Walczyliśmy o każdą izbę. Jeden na jednego. Znalazł mnie jasnodomin... – Znowu targnął nią skurcz. – Ale skurwysyn zostawił mnie żywą i potem go dopadłam. Ruszaj się! – Machnęła lewakiem w stronę Zrzędy, opryskując mu pierś i twarz żółcią oraz wodnistym gównem. – Porżnęłam go na kawałeczki i niech mnie szlag, jeśli nie błagał o litość. – Splunęła. – Mnie to nie pomogło, czemu więc miałoby pomóc jemu? Co za dureń. Żałosny, płaczliwy...

Zrzęda musiał mocno wyciągać nogi, by nadążyć za Stonny, i dopiero po chwili dotarł do niego sens jej słów.

Och, Stonny...

Kobieta zwolniła kroku. Jej twarz zbielała. Odwróciła się i spojrzała na Zrzędę z grozą zastygłą w oczach.

– To miała być walka. Wojna. Ten skurwysyn... – Oparła się o mur. – Bogowie!

Pozostali żołnierze poszli przed siebie, zbyt oszołomieni, by cokolwiek zauważyć, albo może zbyt odrętwiali, by ich to obchodziło.

Zrzęda podszedł do niej.

– Porżnęłaś go na kawałeczki, tak? – zapytał cicho, nie ważąc się jej dotknąć.

Skinęła głową, zaciskając powieki. Oddech kobiety był ochrypły i urywany.

– A czy zostawiłaś coś dla mnie, dziewczyno?

Potrząsnęła głową.

– Szkoda. Ale z drugiej strony, jeden jasnodomin jest równie dobry jak drugi.

Wtuliła twarz w jego ramię. Objął ją mocno.

– Wyplączmy się z tej walki – szepnął. – Mam czysty pokój z miednicą, piecem i dzbanem wody. Wystarczająco blisko północnego muru, żeby było tam bezpiecznie. Jest na końcu korytarza. Tylko jedno wejście. Zostanę pod drzwiami, Stonny, tak długo, jak tylko zechcesz. Nikt się nie przedostanie. Obiecuję.

Poczuł, że skinęła głową. Sięgnął w dół, by ją podnieść.

– Mogę iść.

– Ale czy chcesz, dziewczyno? Oto jest pytanie.

Po długiej chwili potrząsnęła głową.

Zrzęda podniósł ją z łatwością.

– Zaśnij, jeśli chcesz – powiedział. – Jesteś teraz bezpieczna.

Ruszył przed siebie wzdłuż muru.

Kobieta zwinęła się w ramionach kapitana, wtulając mocno twarz w jego bluzę. Szorstka tkanina stawała się w tym miejscu coraz bardziej wilgotna.

Za nimi scalandi ginęli setkami. Szare Miecze i Capański Dwór bezlitośnie siali wśród nich śmierć.

Zrzęda pragnął być z nimi. W pierwszej linii. Odbierać życie kolejnym wrogom.

Jeden jasnodomin nie wystarczy. Tysiąc byłoby za mało.

Nie teraz.

Poczuł, że marznie, jakby krew w jego żyłach zmieniła się nagle w coś innego, jakąś gorzką ciecz, która wypełniała jego mięśnie dziwną, nieustępliwą siłą. Nigdy dotąd nie czuł nic takiego, lecz nie był teraz w stanie o tym myśleć. Nie było na to słów.

Wkrótce miał się też przekonać, że nie ma słów na to, kim się stanie i co uczyni.

Zgodnie z przewidywaniami Brukhaliana, wycięcie w pień K'Chain Che'Malle przez T'lan Imassów Krona oraz T'lan Ay wywołało chaos w siłach septarchy. Zamieszanie oraz utrata mobilności, do której doprowadziło, dało Tarczy Kowadłu Itkovianowi kilka dodatkowych dni na przygotowania do oblężenia. Teraz jednak czas ten dobiegł już końca i Itkovian musiał dowodzić obroną miasta.

T'lan Imassowie i T'lan Ay tym razem ich nie uratują.

Ani żadna sojusznicza armia nie przybędzie nam z odsieczą wraz z ostatnim ziarenkiem przesypującym się w klepsydrze.

Capustan był zdany na własne siły.

Tylko to nam zostało. Strach, ból i rozpacz.

Boży Jeździec Karnadas odszedł i Itkovian został sam na najwyższej z wież Muru Koszarowego. Strumień kurierów nieustannie pędził w obie strony, a nieprzyjacielskie oddziały na wschodzie i południowym wschodzie wykonywały pierwsze skoordynowane ruchy. Pojawiły się toczące się z łoskotem machiny oblężnicze. Beklici i zakuci w cięższe zbroje betaklici zbierali się naprzeciwko Bramy Portowej. Za plecami i po obu skrzydłach mieli masę scalandi. Widać też było szturmowe oddziały jasnodominów oraz grupki szybko się poruszających desandi – saperów – którzy rozmieszczali kolejne machiny oblężnicze. A w ogromnych obozowiskach nad rzeką i na brzegu morza czekały kłębiące się masy Tenescowri.

Itkovian obserwował szturm na położoną na zewnątrz redutę Wschodniej Straży Gidrathów. Nieprzyjaciel już przedtem izolował ją i otoczył, a teraz rozbito wąskie drzwi i do korytarza wtargnęli beklici, trzy kroki, dwa kroki, jeden, potem zatrzymali się, by po chwili cofnąć się o krok, a następnie o drugi. Z korytarza wywlekano ciała. Coraz więcej ciał. Gidrathowie – elitarna straż Rady Masek – dowiedli swej dyscypliny i determinacji. Odparli intruzów i zastąpili drzwi kolejną barykadą.

Beklici kłębili się chwilę przed wyjściem, po czym wznowili szturm.

Bitwa trwała całe popołudnie, lecz za każdym razem, gdy Itkovian odrywał swą uwagę od innych wydarzeń, widział, że Gidrathowie jeszcze się trzymają i kładą trupem dziesiątki wrogów.

To dokuczliwy cierń w boku septarchy.

Wreszcie, gdy już zbliżał się zmierzch, machiny oblężnicze podtoczyły się do murów reduty i zaczęły ciskać w nie potężne głazy. Łoskot nie ustawał aż do chwili, gdy zrobiło się zupełnie ciemno.

To jednak był tylko uboczny element dramatu. W tym samym momencie zaczął się szturm na mury miasta. Okazało się, że atak od północy był jedynie pozoracją. Wykonano go niedbale i obrońcy szybko się zorientowali, że jest pozbawiony znaczenia. Kurierzy poinformowali Tarczę Kowadło, że na murach od zachodu toczą się podobne, drobne utarczki.

Prawdziwy szturm przypuszczono od południa i wschodu. Skupiał się na bramach. Itkovian, który znajdował się w równej odległości od nich, był w stanie obserwować obronę po obu stronach. Wrogowie go widzieli i w jego kierunku pomknęło sporo pocisków, lecz tylko nieliczne z nich przeleciały blisko. To był pierwszy dzień. Zasięg i celność z czasem się poprawią. Wkrótce może być zmuszony do rezygnacji z tego punktu obserwacyjnego, tymczasem jednak zamierzał drwić z nieprzyjaciela swą obecnością.

Gdy beklici i betaklici ruszyli ku murom w towarzystwie dźwigających drabiny desandi, Itkovian rozkazał otworzyć ogień z murów i baszt. Nastąpiła straszliwa rzeź. Atakujący nie zawracali sobie głowy żółwiami ani innymi formami osłony i w rezultacie ponosili przerażające straty.

Było ich jednak tak wielu, że zdołali dotrzeć do bram, użyć taranów i dokonać wyłomów. Niemniej, gdy Panniończycy wtargnęli do środka, znaleźli się na otwartych placach, które zamieniły się w pola śmierci, kiedy Szare Miecze i żołnierze Capańskiego Dworu przywitali ich morderczym ogniem krzyżowym zza barykad zamykających boczne ulice, skrzyżowania i wyloty zaułków.

Przygotowana przez Tarczę Kowadło strategia warstwowej obrony okazała się morderczo efektywna. Kontrataki były tak skuteczne, że mogli sobie nawet pozwolić na wycieczki za mury w pościgu za uciekającymi Panniończykami. Ponadto, przynajmniej dziś, żadna z kompanii nie zapuściła się za daleko. Capański Dwór zachował dyscyplinę, podobnie jak lestarskie i koralesjańskie kompanie.

Pierwszy dzień dobiegł końca i przyniósł zwycięstwo obrońcom Capustanu.

Nogi Itkoviana drżały. Wiatr od morza dął coraz silniej, osuszając pot na jego twarzy i sięgając chłodnymi witkami pod zasłonę hełmu, by muskać zaczerwienione od dymu oczy. Gdy zrobiło się ciemno, Itkovian słuchał jeszcze przez chwilę pocisków uderzających w mury reduty Wschodniej Straży, po czym odwrócił się, by po raz pierwszy od wielu godzin spojrzeć na miasto.

Całe kwartały budynków ogarnął pożar. Płomienie sięgały pod niebo, które zasnuła ciężka, nieprzenikniona zasłona dymu.

Wiedziałem, co zobaczę. Czemu to mną wstrząsnęło i zmroziło mi krew w żyłach?

Ogarnięty nagłą słabością, oparł się o blanki plecami, dotykając dłonią szorstkiego kamienia.

– Potrzebny ci odpoczynek, Tarczo Kowadło – rozległ się dobiegający z mroku przy wejściu do wieży głos.

Itkovian zamknął oczy.

– Masz rację, Boży Jeźdźcze.

– Ale nie będziesz miał takiej szansy – oznajmił Karnadas. – Druga połowa nieprzyjacielskich sił przygotowuje się do akcji. Możemy oczekiwać ataków przez całą noc.

– Wiem o tym, Boży Jeźdźcze...

– Brukhalian...

– Tak, trzeba to uczynić. Chodź do mnie.

– Podobne zabiegi stają się coraz trudniejsze – wyszeptał Karnadas, zbliżając się do Tarczy Kowadła. Położył dłoń na piersi Itkoviana. – Zagraża mi choroba grot – ciągnął. – Wkrótce będę mógł już tylko się przed nią bronić.

Znużenie odpłynęło z Tarczy Kowadła. Jego kończyny wypełnił świeży wigor. Itkovian westchnął.

– Dziękuję, Boży Jeźdźcze.

– Śmiertelnego Miecza właśnie wezwano do Niewolnika, gdzie ma złożyć raport z pierwszego dnia bitwy. I nie, nie mieliśmy tyle szczęścia, by okazało się, że Niewolnik został zniszczony przez kilkaset kul ognistych. Stoi nietknięty. Niemniej jednak, biorąc po uwagę, kto w nim teraz zamieszkał, nie życzę mu już zagłady w płomieniach.

Itkovian oderwał wzrok od ulic i przyjrzał się podświetlonej czerwonym blaskiem twarzy Bożego Jeźdźca.

– O kim mówisz?

– O Barghastach. Hetan i Cafal wprowadzili się do Głównej Sali.

– Ach, rozumiem.

– Przed pójściem do Niewolnika Brukhalian prosił, bym cię zapytał, czy udało ci się odkryć, w jaki sposób kości Duchów Założycieli mają zostać uratowane przed nadchodzącym pożarem.

– Niestety, nie, Boży Jeźdźcze. Nie wydaje się też prawdopodobne, bym miał okazję ponowić te próby.

– Rozumiem, Tarczo Kowadło. Przekażę Śmiertelnemu Mieczowi twoje słowa, lecz nie wspomnę o twej widocznej uldze.

– Dziękuję.

Boży Jeździec podszedł do murów i spojrzał na wschód.

– Bogowie na dole, czy Gidrathowie ciągle bronią reduty?

– Nie jestem pewien – wyszeptał Itkovian, zbliżając się do niego. – W każdym razie bombardowanie nie ustało. Niewykluczone, że nie zostało już tam nic poza gruzami. Jest za ciemno, żeby cokolwiek zobaczyć, ale mam wrażenie, że przed połową dzwonu słyszałem huk walącego się muru.

– Legiony znowu się zbierają, Tarczo Kowadło.

– Potrzebuję świeżych kurierów, Boży Jeźdźcze. Mój oddział...

– Jest już zmęczony, wiem – odparł Karnadas. – Oddalę się, by spełnić twe życzenia, Tarczo Kowadło.

Itkovian wsłuchiwał się w kroki schodzącego po drabinie towarzysza, lecz nie odrywał wzroku od nieprzyjacielskich pozycji na wschodzie i południu. Tu i ówdzie rozbłyskiwały osłonięte lampy. W ich świetle ukazywało się coś, co wyglądało na czworoboki utworzone z żołnierzy, którzy poruszali się niespokojnie za wiklinowymi tarczami. Pojawiły się mniejsze kompanie scalandi i ruszyły ostrożnie naprzód.

Za plecami Tarczy Kowadła rozległy się kroki. Przybyli kurierzy.

– Zawiadomcie kapitanów łuczników i trebuszników, że Pannończycy wkrótce wznowią szturm – rozkazał, nie odwracając się. – Żołnierze na mury. Kompanie przy bramach zebrać się w pełnym składzie, łącznie z saperami.

Ku niebu pomknęła salwa kul ognistych, które wystrzelono zza szeregów Pannończyków. Pociski zatoczyły łuk i przemknęły wysoko nad głową Itkoviana ze skwierczącym rykiem. Wybuchy rozświetliły miasto, wstrząsając okutymi brązem płytami podłogowymi pod jego stopami. Tarcza Kowadło spojrzał na swą kadrę kurierów.

– Idźcie.

Karnadas galopował Bulwarem Tura'l. Wielki łuk pięćdziesiąt kroków na lewo od niego właśnie przed chwilą oberwał. Pocisk uderzył w róg piedestału, zasypując bruk oraz dachy okolicznych domów deszczem odłamków kamienia oraz płonącej smoły. Płomienie strzeliły w górę. Boży Jeździec zauważył wybiegające z drzwi jednego z domów postacie. Gdzieś na północy, na granicy Dzielnicy Świątynnej, pożar ogarnął inny budynek mieszkalny.

Karnadas dotarł do końca bulwaru i, nie zwalniając tempa, skręcił w ulicę Cieni. Po lewej miał świątynię Cienia, a po prawej świątynię Królowej Snów. Potem ponownie skręcił w lewo, we Włócznię Daru, główną aleję dzielnicy. Przed nim majaczyły ciemne kamienie Niewolnika. Starożytna warownia górowała nad niższymi budynkami mieszkalnymi.

Bramy strzegły trzy drużyny Gidrathów. Mieli na sobie zbroje, a w rękach trzymali gotową do użytku broń. Poznali Bożego Jeźdźca i przepuścili go skinieniem dłoni.

Na dziedzińcu zsunął się z siodła, zostawił konia stajennemu i ruszył do Wielkiej Sali. Wiedział, że znajdzie tam Brukhaliana.

Idąc głównym przejściem ku dwuskrzydłowym drzwiom, zauważył przed sobą kogoś nieznajomego. Mężczyzna był odziany w szatę z kapturem. Nie towarzyszyła mu eskorta, którą zwykle przydzielano w Niewolniku obcym. Mimo to zmierzał w stronę wejścia z gracją i pewnością siebie. Karnadas zadał sobie pytanie, w jaki sposób udało mi się przedostać przez warty Gidrathów. Nagle wybałuszył oczy, gdy nieznajomy skinął dłonią i masywne drzwi otworzyły się przed nim.

Z Wielkiej Sali dobiegały podniesione gniewnie głosy, które jednak szybko umilkły, gdy tajemniczy mężczyzna wszedł do środka.

Karnadas przyśpieszył kroku i dotarł na miejsce akurat na czas, by usłyszeć koniec okrzyku jednego z kapłanów.

– ...natychmiast!

Boży Jeździec wśliznął się do środka tuż za nieznajomym. Śmiertelny Miecz, który stał obok kamienia młyńskiego, odwrócił się, by spojrzeć na przybysza. Barghastowie, Hetan i Cafal, siedzieli na swym dywaniku, kilka kroków na prawo od Brukhaliana. Kapłani i kapłanki z Rady Masek pochylali się na krzesłach, a ich maski przybrały wyraz będący karykaturą skrajnego niezadowolenia – wszyscy z wyjątkiem Rath'Kaptura, który stał, a osłaniająca mu twarz drewniana czaszka zastygła w grymasie gniewu.

Intruz skrył dłonie w rękawach ciemnobrązowej szaty. Nie sprawiał wrażenia zbytnio przejętego nieprzyjaznym powitaniem.

Boży Jeździec nie widział jego oblicza, zauważył jednak, że kaptur się poruszył, gdy mężczyzna przesunął wzrokiem po zamaskowanych postaciach.

– Czy zignorujecie mój rozkaz? – zapytał Rath'Kaptur, wyraźnie starając się okiełznać wściekłość. Rozejrzał się z irytacją wokół. – Gdzie są nasi Gidrathowie? Dlaczego, w imię bogów, nie usłuchali naszego wezwania?

– Niestety – wyszeptał nieznajomy w języku daru – chwilowo ulegli zewowi snów. Dzięki temu unikniemy niepożądanych przerw. – Mężczyzna zwrócił się w stronę Brukhaliana. Karnadas, który zatrzymał się obok Śmiertelnego Miecza, miał w końcu okazję ujrzeć jego twarz. Była pucołowata i dziwnie wolna od bruzd. Nic w niej nie zapadało w pamięć, pomijając wyraz osobliwego spokoju.

Ach, to kupiec uratowany przez Itkoviana. Jak on się nazywał... Keruli.

Mężczyzna nie spuszczał spojrzenia jasnych oczu z Brukhaliana.

– Wybacz, dowódco Szarych Mieczy, ale obawiam się, że muszę przemówić do Rady Masek. Czy zechciałbyś ustąpić mi na chwilę miejsca?

Śmiertelny Miecz pochylił głowę.

– Ależ oczywiście.

– Nie zgadzamy się na to! – wysyczał Rath'Tron Cienia.

Gdy nieznajomy przeniósł wzrok na kapłana, w jego oczach pojawił się twardszy błysk.

– Niestety, nie macie wyboru. Patrząc na was wszystkich, nie mogę nie zauważyć, że jesteście rozpaczliwie niereprezentatywni.

Karnadas stłumił śmiech. Zdążył odzyskać panowanie nad sobą akurat na czas, by spojrzeć na unoszącego brwi Brukhaliana z wyrazem niewinnej ciekawości w oczach.

– Na Otchłań – zapytała Rath'Pożoga – kim jesteś, by wygłaszać takie opinie?

– Nie muszę zdradzać swego prawdziwego imienia, kapłanko. Wystarczy, że podam tytuł, którego przyznania się domagam.

– Tytuł?

– Rath'K'rul. Przybyłem tu po to, by zająć należne mi miejsce w Radzie Masek i powiedzieć wam, że jest wśród was ktoś, kto zdradzi nas wszystkich.

Siedziała na płaskim łóżku, a długie, rozczochrane włosy opadały jej na twarz. Zrzęda zaczesywał je powoli do tyłu.

Stonny westchnęła ochryple.

– To głupota. Takie rzeczy się zdarzają. Na wojnie nie ma zasad. Zachowałam się jak idiotka, atakując jasnodomina rapierem. Odbił cios ze śmiechem. – Podniosła wzrok. – Nie musisz ze mną zostawać, Zrzęda. Widzę, co jest w twoich oczach. Idź. – Rozejrzała się po pokoju. – Chcę tylko... doprowadzić się do porządku. Nie musisz ze mną siedzieć ani stać pod drzwiami. Jeśli weźmiesz na siebie to zadanie, Zrzęda, już nigdy się od niego nie uwolnisz. Idź. Jesteś najlepszym wojownikiem, jakiego w życiu widziałam. Idź, zabij trochę Panniończyków. Zabij ich wszystkich, niech mnie Kaptur.

– Jesteś pewna...

Roześmiała się ochryple.

– Nawet nie próbuj.

Chrząknął i zaczął sprawdzać rzemienie oraz osprzęt zbroi. Poprawił wyściółkę. Opuścił zasłonę hełmu. Poluzował w pochwach ciężkie kordelasy.

Stonny przyglądała mu się bez słowa.

Wreszcie był gotowy.

– No dobra. Nie śpiesz się, dziewczyno. I tak zostanie ich dla ciebie mnóstwo.

– To prawda.

Zrzęda zwrócił się w stronę drzwi.

– Załatw ich jak najwięcej.

Skinął głową.

– Zrobię to.

Na wschodzie do murów dotarły tysiące beklitów i scalandi. Wznieśli drabiny pod morderczym gradem strzał, weszli na nie i zalali mury. Brama Wschodnia padła ponownie. Wróg przedostał się przez tunel i wybiegł na Nowy Rynek Wschodni.

Na południu Brama Główna ustąpiła pod miarowym ostrzałem z katapult. Na Bulwar Jelarkana wtargnął legion betaklitów. Dobrze wycelowana kula płonącej smoły uderzyła w Zachodnie Koszary Capańskiego Dworu i budynek ogarnął pożar, który rozświetlił całe miasto krwawą łuną.

Szturmowe oddziały urdomenów i jasnodominów sforsowały Bramę Północną i dotarły na najbliższe ulice Dzielnicy Daru, zniszczywszy po drodze Obóz Nildar i wyrżnąwszy wszystkich jego mieszkańców. Wróg wdzierał się do miasta ze wszystkich stron.

Itkovian musiał przyznać, że walka nie układa się po jego myśli.

Po każdym meldunku Tarcza Kowadło cichym, spokojnym głosem przekazywał kurierom rozkazy.

– Czwarte Skrzydło na Dziewiątą Barykadę, między Wschodnią Wieżą Wewnętrzną a Wieżą Ne'roka. Wsparcie dla Capańskiego Dworu w dwóch wieżach... Siódme Skrzydło do Zachodniej Wieży Wewnętrznej i na mur. Potrzebny mi raport o sytuacji w Wieży Jehbar. W Koszarach Zachodnich było pięciuset żołnierzy Capańskiego Dworu. Zapewne ich wyrżnięto... Piąta i Trzecia Grzywa na ulice wokół Bulwaru Tura'l, żeby wspomóc Capański Dwór... Pierwsza, Siódma i Szósta Grzywa zapychają do Północnej Dzielnicy Świątynnej. Niech blokują im drogę i kontratakują, dopóki nie odzyskamy Bramy Północnej... Czwarta, Druga i Ósma Grzywa na Nowy Rynek Wschodni. Gdy tylko odzyskamy Bramę Wschodnią, chcę, żeby Pierwsze, Trzecie i Piąte Skrzydło urządziły wycieczkę. Ich celem będzie reduta Wschodniej Straży. Niech zneutralizują machiny oblężnicze, które ją atakują, a potem uratują Gidrathów, jeśli jacyś jeszcze się ostali. Niech trójmistrz zgłosi się do mnie...

W przerwach między rozmowami z kurierami Itkovian obserwował bitwę na Nowym Rynku Wschodnim. Widok przesłaniały mu kłębiące się obłoki dymu. Scalandi ze wszystkich sił starali się sforsować barykady, które zagradzały im drogę do pałacu księcia. O jego zewnętrzne mury nieustannie tłukły głazy, lecz nie przynosiło to żadnego rezultatu. Cienkie, lśniące, kamienne mury nawet nie zadrżały. Smoła spalała się z głośnym rykiem, ale na powierzchni nieznanego kamienia zostawały jedynie czarne plamy.

Pałac trzeba będzie wziąć szturmem, komnata po komnacie, piętro po piętrze. Pannióńczycy palili się do rozpoczęcia tego zadania.

Na wieżę wspiął się trójmistrz Szarych Mieczy, dowodzący Pierwszym, Trzecim i Piątym Skrzydłem. Ten wysoki i chudy mężczyzna był jednym z najstarszych oficerów Tarczy Kowadła. Niezliczone blizny na jego twarzy zakrywała siwa broda.

– Przekazano mi twe rozkazy, Tarczo Kowadło.

Dlaczego więc cię wezwałem? Widzę to pytanie w twych oczach, trójmistrzu. Nie potrzebujesz podnoszących na duchu słów, by wyruszyć na misję, która może okazać się samobójcza.

– To będzie zaskoczenie – stwierdził Itkovian.

Mężczyzna przymrużył powieki, a potem skinął głową.

– To prawda, Tarczo Kowadło. Nieprzyjaciel dokonał tak wielu wyłomów, że jego pierwsze linie straciły spoistość. Dzisiejszej nocy wszystkim włada chaos. Zniszczymy machiny oblężnicze, tak jak rozkazałeś, i uratujemy ocalałych z reduty.

Tak, stary przyjacielu. To ja potrzebuję podnoszących na duchu słów.

– Miej oczy otwarte, trójmistrzu. Chcę poznać rozmieszczenie pannióńskich sił, które pozostają w odwodzie. Zwłaszcza Tenescowri.

– Zrozumiałem.

Pojawiła się kolejna kurierka.

– Tarczo Kowadło! – wydyszała.

– Słucham – rzekł Itkovian.

– Meldunek od trójmistrza Pierwszej, Siódmej i Szóstej Grzywy, Tarczo Kowadło.

Brama Północna.

Itkovian zerknął na północ. Większość domów Daru płonęła.

– Mów.

– Trójmistrz melduje, że natknęli się na oddziały szturmowe urdomenów i jasnodominów. Wszyscy byli martwi, Tarczo Kowadło.

– Martwi?

Młoda kobieta skinęła głową. Przerwała na chwilę, by zetrzeć z czoła brudny od popiołu pot. Itkovian zauważył, że jej hełm jest za duży.

– Jakiś obywatel zebrał niedobitki Capańskiego Dworu, a także innych cywilów i garstkę strażników karawanowych. Tarczo

Kowadło, oni stoczyli serię ulicznych potyczek z urdomenami i jasnodominami. Zmusili ich do odwrotu. Trójmistrz panuje nad Bramą Północną, a jego kompania saperów ją naprawia.

– A co z tą improwizowaną milicją i jej dowódcą?

– Trójmistrza przywitało tylko kilku rannych, Tarczo Kowadło. Ta, hmm, milicja ruszyła na zachód w pościgu za kompanią urdomenów, która próbowała szturmować Dom Lestarski.

– Kurierko, niech Pierwsze Skrzydło przyjdzie jej z pomocą. Kiedy już przekażesz moje rozkazy, odpocznij trochę.

– Tak jest, Tarczo Kowadło.

– To nie jest twój przydziałowy hełm, prawda?

Zawstydzona, pokręciła głową.

– Hmm, tamten straciłam, Tarczo Kowadło.

– Niech twój kwatermistrz znajdzie ci taki, który będzie pasował.

– Tak jest.

– Idź już.

Obaj weterani śledzili młodą kobietę wzrokiem.

– Jest nieostrożna – wyszeptał trójmistrz. – Zgubiła hełm.

– To prawda.

– Ale i bystra, bo znalazła sobie nowy.

Itkovian uśmiechnął się.

– Pójdę już, Tarczo Kowadło.

– Niech cię Fener prowadzi, trójmistrzu.

Karnadas głęboko odetchnął. Włoski na karku stanęły mu dęba. W Wielkiej Sali nagle zapadła złowroga cisza. Zdrada? Jego spojrzenie przyciągał zwłaszcza jeden kapłan. Słowa Rath'K'rula podsyciły podejrzenia, które Boży Jeździec żywił już od dawna. Był jednak uprzedzony i z tego powodu nie ufał własnym wnioskom. Trzymał język za zębami, lecz nie spuszczał wzroku z Rath'Fenera.

Dzicza maska nic nie wyrażała, lecz kapłan skulił się, jakby przed chwilą zadano mu cios.

– Era K'rula dawno już minęła – wysyczał Rath'Tron Cienia.

– K'rul powrócił – oznajmił przybysz. – I wszyscy powinniście odczuć z tego powodu pewną ulgę. Ostatecznie to jego krew zatruto. Wojna, która nadchodzi, nie oszczędzi nikogo, w tym również bogów, którym służycie. Jeśli wątpicie w moje słowa, wyruszcie w wewnętrzną podróż i usłyszcie prawdę od swych bogów. Przyznaję, że mogą wypowiedzieć te słowa z niechęcią, a nawet ze złością. Niemniej jednak wypowiedzą je.

– Twej sugestii nie można zrealizować w pośpiechu – wskazała Rath'Królowa Snów.

– Mogę się zgodzić na odłożenie spotkania – odparł Rath'K'rul z lekkim ukłonem. – Ostrzegam was jednak, że mamy niewiele czasu.

– Mówiłeś o zdradzie...

– Tak, Rath'Królowo Snów, mówiłem...

– Wprowadziłeś między nas podziały.

Przybysz uniósł głowę.

– Bracia i siostry, ci z was, którzy wiedzą, że mają czyste sumienie, zjednoczą się dzięki temu. Z tym, który nie może tego o sobie powiedzieć, zapewne policzy się jego bóg.

– Jego?

Rath'K'rul wzruszył ramionami.

Brukhalian odchrząknął, mącąc ciszę.

– Jeśli Rada Masek pozwoli, chciałbym się oddalić. Potrzebuje mnie mój Tarcza Kowadło.

– Oczywiście – zgodził się Rath'Kaptur. – Sądząc po dobiegających z zewnątrz odgłosach, mury padły i nieprzyjaciel wdarł się do miasta.

A po ulicach Capustanu spaceruje Kaptur. Niejednoznaczność tej sytuacji pozwala ci zachować spokój.

– Rath'Kapturze, od samego początku spodziewaliśmy się, że bramy i mury zostaną zdobyte. Niejeden raz – odparł z uśmiechem Śmiertelny Miecz. Odwrócił się w stronę Karnadasa. – Chodź ze mną, proszę. Będą mi potrzebne najświeższe informacje.

Boży Jeździec skinął głową.

Hetan zerwała się nagle, spoglądając na Rath'K'rula z błyskiem w oczach.

– Śpiący, czy propozycja twego boga jest szczera? Czy naprawdę nam pomoże?

– Pomoże. Które z was zgłasza się na ochotnika?

Barghascka kobieta wytrzeszczyła oczy i wskazała głową na brata. Spowity w szatę mężczyzna uśmiechnął się.

– I co teraz? I co teraz? I co teraz? – powtarzał Rath'Tron Cienia, jakby wypluwał te słowa.

Karnadas spojrzał na Cafala i ze zdumieniem zauważył, że młodzieniec nadal siedzi ze skrzyżowanymi nogami na dywaniku. Głowa mu opadła. Zapadł w sen.

– Ostrzegam wszystkich – rzekł cicho Rath'K'rul. – Nie budźcie go, jeśli życie wam miłe.

Z sześćdziesięciu kilku żołnierzy Capańskiego Dworu, których Zrzęda poprowadził na zachód z Bramy Północnej, pozostał tylko tuzin. Z lestarskich gwardzistów żył tylko jeden, sierżant o krótkich nogach i długich rękach, który bez słowa podjął się roli prawej ręki Zrzędy.

Dom Lestarski był jedną z nielicznych dobrze ufortyfikowanych prywatnych rezydencji w Capustanie. Mieszkali w nim Kalan D'Arle, kupiecka rodzina połączona więzami krwi z darudżystańską Radą, a także z nieistniejącym już szlacheckim rodem o identycznym nazwisku, który mieszkał w samym Lest. Solidny kamienny budynek stykał się od północy z miejskimi murami, a jego płaski dach stał się twierdzą i miejscem zbiórki dla ich obrońców.

Wspaniałe wejście do posiadłości tworzyły grube drzwi z brązu osadzone w kamiennej framudze. Zawiasy były ukryte w murze. Nad wejściem wisiał szeroki fronton podtrzymywany przez dwie marmurowe kolumny. Sufit zdobiły rzeźbione głowy demonów, a z ich otwartych paszcz resztki wrzątku skapywały właśnie na wrzeszczących scalandi, którzy przed chwilą próbowali rozbić bramę.

Zrzęda i jego żołnierze nie odzyskali jeszcze równowagi po straszliwej walce z piętnastoma urdomenami, którzy poszatkowali większość członków milicji na plasterki, nim Zrzęda w końcu załatwił dwóch ostatnich Panniończyków. Mimo to bez chwili zwłoki uderzyli od tyłu na zdezorganizowanych scalandi.

Walka była krótka i brutalna. Tylko lestarski sierżant okazał litość, podrzynając gardła tym wrogom, których poważnie poparzył wrzątek. Gdy ich wrzaski umilkły, zapadła nagła cisza.

Zrzęda przykucnął obok trupa i wytarł kordelasy w jego tunikę. Mięśnie ramion i barków ogarnęło mu drżenie. Były ciężkie jak ołów.

Nocna bryza przybierała na sile. Niosła zapach soli, spychając dym w głąb lądu. W mieście szalało jeszcze wystarczająco wiele pożarów, by rozproszyć ciemność.

– Hej, popatrz na to.

Zrzęda zwrócił się ku lestarskiemu sierżantowi i spojrzał we wskazanym przez niego kierunku.

Na południowy wschód od nich, w odległości zaledwie kilku przecznic, wznosił się Niewolnik. Cały gmach lekko lśnił.

– Jak myślisz, co to może być? – mruknął posiwiały żołnierz. Na pewno jakieś czary.

– Tak sobie myślę, że to rytualna magia – ciągnął sierżant. – Pewnie ochronna. Kaptur wie, że nam też by się coś takiego przydało. Zrobili z nas siekane mięso. Nie mam już wiele sił, a co do reszty... – Spojrzał na dwunastu sfatygowanych, krwawiących żołnierzy, którzy kucali, klęczeli albo opierali się o mur domu. Potrząsnął głową. – Nic już z siebie nie wykrzeszą.

Z południowego zachodu dobiegały odgłosy walki.

Uwagę Zrzędy przyciągnął chrzęst zbroi, który rozległ się na dachu Domu Lestarskiego. Z góry spoglądało na nich sześciu regularnych żołnierzy Capańskiego Dworu.

– Dobra robota, kimkolwiek jesteście! – krzyknął jeden z nich.

– Co widać z góry?! – zawołał sierżant.

– Odzyskaliśmy Bramę Północną! Szare Miecze, prawie tysiąc ludzi. Pannióńczycy się cofają!

– Szare Miecze – mruknął pod nosem lestarczyk, spoglądając ze złością na Zrzędę. – To my żeśmy odzyskali tę bramę.

– Ale nie my jej bronimy – warknął kapitan, prostując się. Spojrzał na garstkę swych ludzi. – Ruszać się, capańskie niezguły. Jeszcze nie skończyliśmy.

Skierowali na niego otępiałe, pełne niedowierzania spojrzenia.

– Wygląda na to, że Brama Zachodnia padła. Sądząc po tych dźwiękach, nasi obrońcy się cofają. To znaczy, że albo nie mają oficerów, albo ich oficerowie są gówno warci. Sierżancie, od tej chwili jesteś porucznikiem. Reszta, mianuję was sierżantami. Musimy zorganizować sporą zgraję wystraszonych żołnierzy. Ruszamy. Tylko biegiem. Nie chcę, żebyście zesztywnieli. – Zrzęda spojrzał na nich groźnie i rozprostował ramiona, pobrzękując kordelasami. – Za mną.

Potruchtał w stronę Bramy Zachodniej. Inni po chwili podążyli za nim.

Dwa dzwony do świtu. Na północy i na zachodzie zgiełk bitwy powoli cichł. Kontrataki Itkoviana pozwoliły odzyskać bramy i mury w tej części miasta i – przynajmniej na resztę nocy – zabrakło atakujących.

Przed dzwonem Brukhalian wrócił z Niewolnika, przyprowadzając ze sobą Karnadasa. Śmiertelny Miecz zgromadził sześciuset rekrutów, których Tarcza Kowadło trzymał w odwodzie, w tym również dwie grzywy i dwa skrzydła, po czym ruszył z nimi ku Bulwarowi Jelarkana, gdzie ponoć do miasta przebiło się z górą tysiąc beklitów, którzy zagrozili wewnętrznym liniom obrony.

Sytuacja wokół Bramy Zachodniej była jeszcze poważniejsza. Troje wysłanych przez Itkoviana kurierów nie wróciło. Zachodnie Koszary przerodziły się w potężną pięść ognia, w którego jaskrawym blasku było widać gruzy Bramy Zachodniej. Jeśli wróg zdoła dotrzeć do zachodniego końca Bulwaru Jelarkana, może to oznaczać upadek połowy miasta.

Tarcza Kowadło spacerował wkoło sfrustrowany. Zabrakło mu już odwodów. Przez chwilę wydawało się, że oddziały Capańskiego Dworu i Szarych Mieczy skierowane do Bramy Zachodniej po prostu przestały istnieć, a cieknący przez ranę strumień przerodził się w potop. Później, z jakichś niewyjaśnionych powodów, opór stał się silniejszy. Potop natknął się na ludzki mur i chociaż wciąż wzbierał, jeszcze się przez niego nie przelał.

Los Capustanu zależał teraz od tych obrońców. Itkovian mógł jedynie biernie przyglądać się wydarzeniom.

Karnadas był na dole, w koszarach. Niemal już wyczerpał swą grotę Denul i wciąż musiał walczyć z jej czarodziejskim zakażeniem, lecz mimo to nie przestawał uzdrawiać rannych Szarych Mieczy. W Niewolniku coś się wydarzyło, coś nadal się tam działo. Cała warownia lśniła, otoczona bezbarwnym półcieniem. Itkovian chciał zapytać o to Bożego Jeźdźca, lecz jak dotąd nie miał okazji.

Ktoś wchodził po drabinie. Tarcza Kowadło się odwrócił.

Kurier, który się pojawił, miał straszliwie poparzoną połowę twarzy. Plama zaczerwienionej, pokrytej pęcherzami skóry obejmowała szczękę i tworzyła linię biegnącą wzdłuż skraju hełmu. Oko po tej stronie twarzy miał skurczone, otoczone fałdami skóry i ciemne jak rodzynek.

Itkovian zobaczył, że za żołnierzem podąża Karnadas.

Boży Jeździec odezwał się pierwszy, nim jeszcze cały wynurzył się z otworu.

– Nalegał, że najpierw musi złożyć ci meldunek, Tarczo Kowadło. W sprawie oka nic nie poradzę, ale ból...

– Chwileczkę – warknął Itkovian. – Kurierze, słucham.

– Przepraszam, że to trwało tak długo – wydyszał młodzieniec.

Tarcza Kowadło otworzył szeroko oczy.

– Zawstydzasz mnie, kurierze. Minęło dopiero trochę więcej niż dzwon, odkąd wysłałem cię do Bramy Zachodniej.

– Pannióńczycy dotarli do Obozu Tular. Obóz Senar padł. Wszystkich mieszkańców wyrżnięto. Wszystkich. Dzieci... Tarczo Kowadło, przepraszam, ale nie potrafię się uwolnić od tej grozy...

– Mów dalej.

– Wieża Jehbar została oblężona. Tak wyglądała sytuacja, kiedy tam przybyłem. Nasi żołnierze się rozproszyli, walczyli w luźnych grupach, często otoczonych. Wszędzie, gdzie spojrzałem, padali pod ciosami wroga. – Przerwał, z wysiłkiem zaczerpnął tchu i zaczął mówić dalej. – Tak wyglądała sytuacja, kiedy tam przybyłem. Gdy już chciałem wrócić do ciebie z tą wiadomością, zostałem... zwerbowany...

– Słucham?

– Przepraszam, Tarczo Kowadło, ale żadne inne słowo nie przychodzi mi do głowy. Pojawił się cudzoziemiec, któremu towarzyszyło dziesięciu Capańczyków. To było coś w rodzaju milicji, Tarczo Kowadło. Był też z nimi lestarski sierżant. Ten człowiek przejął dowództwo... nad wszystkimi, w tym również nade mną. Tarczo Kowadło, sprzeciwiałem się...

– Widocznie miał dar perswazji. Mów dalej, kurierze.

– Cudzoziemiec kazał swym żołnierzom rozbić bramę Obozu Tular. Zażądał, by mieszkańcy wyszli na zewnątrz i stanęli do walki. Za swoje dzieci...

– I przekonał ich?

– Tarczo Kowadło, trzymał w ramionach to, co zostało z dziecka z Obozu Senar. Nieprzyjaciel, Tarczo Kowadło... Pannióńczycy... ktoś zaczął je jeść...

Karnadas stanął za jego plecami i położył mu dłonie na ramionach.

– Przekonał – stwierdził Itkovian.

Kurier skinął głową.

– Cudzoziemiec... potem... wziął to, co zostało z bluzeczki dziecka, i zrobił z tego chorągiew. Widziałem to na własne oczy. Tarczo Kowadło, wtedy przestałem się sprzeciwiać. Przykro mi...

– Rozumiem, kurierze.

– Broni nam nie brakowało. Ludzie z tularskiego Capańskiego Dworu uzbroili się sami. Wyszło czterystu, pięciuset mieszkańców. Mężczyźni i kobiety. Cudzoziemiec wysłał w miasto własnych ludzi i oni zaczęli wracać, prowadząc niedobitki Capańskiego Dworu, garstkę Gidrathów, koralesjan i Szare Miecze. Rozumiesz, trójmistrz poległ...

– Cudzoziemiec zebrał ich wszystkich – przerwał mu Itkovian. – I co potem?

– Pomaszerowaliśmy z odsieczą do Wieży Jehbar. Tarczo Kowadło, pod tą straszliwą chorągwią nieśliśmy śmierć.

– Jak wygląda sytuacja w wieży?

– Leży w gruzach, Tarczo Kowadło. Niestety. Z broniących jej ludzi z Capańskiego Dworu ocalało ze dwudziestu. Są teraz z cudzoziemcem. Ja, hmm, wróciłem do swych obowiązków. Pozwolił mi zgłosić się do ciebie...

– To bardzo szlachetnie z jego strony. Jak rozmieścił oddziały milicji?

– Przygotowywali się do wycieczki za Zachodnią Bramę, Tarczo Kowadło...

– Słucham?

– Przysłano kompanię beklitów, która miała wzmocnić najeźdźców walczących wewnątrz miasta. Ale ci najeźdźcy już nie żyli. Cudzoziemiec postanowił zaskoczyć ich tym faktem.

– Na Bliźniacze Kły, kim jest ten człowiek?

– Nie znam jego imienia, Tarczo Kowadło. Ma dwa kordelasy. Walczy nimi jak... jak odyniec...

Itkovian wpatrywał się w młodzieńca przez długą chwilę. Czuł, że dręczący kuriera ból słabnie, gdy Boży Jeździec nadal ściskał jego ramiona. Pęcherze się kurczyły, pręga bladła, a wokół uszkodzonego oka tworzyła się nowa skóra. Wreszcie Tarcza Kowadło odwrócił się z brzękiem zbroi i spojrzał na zachód. Karmazynowy blask pożaru Zachodnich Koszar oświetlał tylko ich najbliższe otoczenie. Dalej panowała nieprzenikniona ciemność. Przeniósł spojrzenie na Bulwar Jelarkana. Nie zauważył nic, co świadczyłoby o tym, że doszło do dalszych wyłomów. Śmiertelny Miecz panował nad sytuacją. Itkovian wiedział, że tak będzie.

– Do świtu został niecały dzwon – wyszeptał Karnadas. – Tarczo Kowadło, miasto się broni.

Itkovian skinął głową.

Od strony drabiny znowu dobiegł tupot. Wszyscy się odwrócili i zobaczyli kolejnego kuriera.

– Tarczo Kowadło, meldunek z trzeciej wycieczki do reduty Wschodniej Straży. Uratowaliśmy niedobitki Gidrathów. Zauważyliśmy ruch na południowym wschodzie. Trójmistrz wysłał zwiadowcę. Tarczo Kowadło, ruszyli się Tenescowri.

Itkovian skinął głową.

Przybędą o świcie. Trzysta tysięcy ludzi, może więcej.

– Boży Jeźdźcze, otwórz tunele. Zacznij od wewnętrznych obozów. Niech każdy obywatel skryje się pod ziemią. Przejmij dowództwo nad koszarowymi grzywami i skrzydłami, i kogo tam jeszcze znajdziesz. Jak najszybciej skierujcie wszystkich do korytarzy i zachowajcie kontrolę nad wejściami.

Na twarzy Karnadasa wykwitł blady uśmieszek.

– Tarczo Kowadło, mam obowiązek przypomnieć ci, że Rada Masek nie zaaprobowała dotąd wykopania rzeczonych tuneli.

Itkovian raz jeszcze pokiwał głową.

– Na szczęście dla mieszkańców Capustanu zrobiliśmy to, nie czekając na jej zgodę. – Zmarszczył brwi. – Wygląda na to, że Rada Masek znalazła dla siebie jakiś sposób obrony.

– To nie Rada, Tarczo Kowadło. To Hetan i Cafal. I nowy kapłan. Jest nim ten „kupiec", którego uratowaliście na równinie.

Tarcza Kowadło zamrugał.

– A czy nie towarzyszył mu strażnik karawanowy? Wielki facet z dwoma kordelasami u pasa?

Kordelasami? Raczej kłami Fenera.

Boży Jeździec syknął przez zęby.

– Chyba masz rację, Tarczo Kowadło. Nie dalej jak wczoraj miałem okazję go uzdrowić.

– Był ranny?

– Miał kaca, Tarczo Kowadło. Straszliwego.

– Rozumiem. Wracaj do swych obowiązków, Boży Jeźdźcze. – Itkovian spojrzał na dwóch kurierów. – Trzeba przesłać wiadomość do Śmiertelnego Miecza... i do tego cudzoziemca...

Wiklinowa tarcza beklity rozleciała się w drzazgi, gdy Zrzęda uderzył na odlew. Wyszczerbiony, usmarowany krwią kordelas, który strażnik karawanowy trzymał w drugiej ręce, uderzył prosto w dół, przebijając hełm, a potem czaszkę. Beklita zwalił się na bok. Jego kończyny drżały konwulsyjnie.

Zrzęda odwrócił się błyskawicznie, strząsając z ostrza krwawą miazgę. Kilkanaście kroków za jego plecami, nad szeregami oszalałych ludzi, powiewała Chorągiew Dziecka, wystrzępiona, jaskrawożółta bluzeczka splamiona czerwienią, która wysychała już, przybierając ciemnopurpurowy odcień.

Kompania beklitów została zmiażdżona. Ofiara Zrzędy była ostatnim pozostałym przy życiu żołnierzem. Karawanowy kapitan i jego milicja zapuścili się czterdzieści kroków poza ruiny Bramy Zachodniej. Znajdowali się na otwartej przestrzeni, która ongiś była szeroką, główną aleją podgrodzia. Budynki zniknęły. Rozebrano je, a następnie zabrano drewniane ściany i kryte dachówką dachy. Zostały tylko plamy klepisk oraz walająca się tu i ówdzie potłuczona ceramika. Dwieście kroków dalej na zachód było widać pierwsze linie oblegających, którzy gromadzili się w blasku świtu.

Zrzęda zauważył jakieś pół tysiąca beklitów, na których flankach ustawiły się kompanie urdomenów oraz lekkiej kawalerii betrullidów. Gdzieś poza nimi wzbiła się gęsta zasłona pyłu, rozświetlona złotym blaskiem wschodzącego słońca.

Porucznik opadł przed Zrzędą na jedno kolano, starając się zapanować nad oddechem.

– Czas... nadszedł czas... na odwrót.

Kapitan skrzywił się wściekle i odwrócił, by spojrzeć na swą milicję.

Na nogach trzyma się jeszcze pięćdziesięciu, może sześćdziesięciu. Czemu dałem dziś początek? Mniej więcej taka sama liczba. Czy to prawda? Bogowie, czy to może być prawda?

– Gdzie są nasi sierżanci?

– Tutaj. Przynajmniej większość z nich. Czy mam ich zawołać? Nie, tak, chcę zobaczyć ich twarze, nie chcę pamiętać ich twarzy.
– Każ im zebrać drużyny.
– Jeśli ta kawaleria ruszy do szarży...
– Nie ruszy. To tylko maska.
– Maska dla czego?
– Dla Tenescowri. Po co mieliby wysyłać na śmierć kolejnych weteranów? Zresztą te skurwysyny muszą odpocząć. Nie, nadszedł czas na wygłodniałą hordę.
– Beru broń – wyszeptał porucznik.
– Nie martw się – pocieszył go Zrzęda – oni łatwo giną.
– My również musimy odpocząć. Zrobią z nas siekane mięso. Jestem za stary na samobójcze misje.
– To co, w imię Kaptura, robisz w Capustanie? Mniejsza z tym. Zbierzmy drużyny. Niech zdejmą zbroje z tych trupów. Tylko skóry, hełmy i rękawice. Moja sześćdziesiątka ma wyglądać jak żołnierze.
– Ale...
– Dopiero wtedy się wycofamy. Zrozumiano? Lepiej się z tym pośpieszcie.

Zrzęda poprowadził swą zmordowaną kompanię z powrotem do Capustanu. W ruinach Bramy Zachodniej panował gorączkowy ruch. W tłumie najwięcej było bezbarwnych, pozbawionych ozdób płaszczy Szarych Mieczy, choć byli tam też inni: murarze i zbieranina robotników. Gdy ich zauważono, aktywność zmniejszyła się nieco. Rozmowy ucichły.

Zrzęda zasępił się jeszcze bardziej. Nie znosił przyciągać nadmiernej uwagi.

Kim niby jesteśmy, duchami?

Wszyscy spoglądali na Chorągiew Dziecka.

Ruszyła ku nim jakaś kobieta, oficer najemników.

– Witajcie – rzekła, poważnie skinąwszy głową. Twarz miała pokrytą pyłem, a spod jej hełmu wypływały strumyczki potu. – Pod obozem Tular mamy trochę płatnerzy. Przypuszczam, że twe Kły wymagają naostrzenia...

– To są kordelasy.

– Jak sobie życzysz. Tarcza Kowadło... nie, my wszyscy chcielibyśmy poznać twe imię...

Zrzęda zdążył już jednak ją wyminąć.

– Naostrzyć. To dobry pomysł. Poruczniku, nie sądzisz, że wszyscy powinniśmy naostrzyć kły?

Kobieta odwróciła się nagle.

– Tej nazwy nie należy traktować lekko – zaprotestowała.

Zrzęda się nie zatrzymał.

– No dobra, w takim razie nazwijmy je tygrysimi pazurami, zgoda? Mam wrażenie, że musicie odbudować bramę. Lepiej bierzcie się do roboty, dziewczyno. Ci Tenescowri mają ochotę na śniadanie i upatrzyli sobie akurat nas.

Kobieta syknęła, być może z gniewnej frustracji.

Po paru chwilach robotnicy wznowili pracę.

Płatnerze ustawili swe toczaki na ulicy. Zza ich pleców, od strony Bulwaru Jelarkana, nadal dobiegały odgłosy walki. Zrzęda skinął na żołnierzy, każąc im ruszać naprzód.

– Ustawcie się w szereg. Wasze miecze mają być tak ostre, żebyście mogli się nimi golić.

Porucznik prychnął pogardliwie.

– Większość twoich żołnierzy to kobiety.

– Nic nie szkodzi.

Ulicą pędził jakiś jeździec. Ściągnął wodze, po czym zsunął się z siodła, zatrzymał na chwilę, by poprawić stalowe rękawice, i podszedł do Zrzędy.

– Czy jesteś karawanowym kapitanem Kerulego? – zapytał z twarzą skrytą za pełną zasłoną hełmu.

– Byłem nim. Czego ode mnie chcesz, najemniku?

– Wyrazy uznania od Tarczy Kowadła. – Jego głos był twardy i niski. – Tenescowri się zbierają...

– Wiem o tym.

– Tarcza Kowadło jest przekonany, że główne uderzenie nadejdzie od wschodu, bo właśnie tam Pierwsze Dziecko Martwego Nasienia zgromadziło swą straż przednią.

– Dobrze, no i co z tego?

Kurier milczał przez chwilę.

– Obywatele Capustanu mają się ukryć... – zaczął wreszcie.

– A gdzie?

– Szare Miecze wydrążyły pod miastem tunele. Jest w nich wystarczająco wiele zapasów, by wykarmić dwadzieścia tysięcy ludzi...

– Jak długo?

– Dwa tygodnie, być może trzy. Tunele są bardzo rozległe. W wielu miejscach otworzono też stare, puste kurhany, by wykorzystać je jako magazyny. Było tego więcej, niż ktokolwiek mógłby się spodziewać. Wejścia są dobrze zamaskowane i nadają się do obrony.

Dwa tygodnie. To nic nie da.

– No cóż, to załatwia sprawę cywilów. A co z tymi, którzy mogą walczyć?

Ukryte za czarnymi, żelaznymi prętami zasłony oczy kuriera nic nie wyrażały.

– Będziemy walczyć. O każdą ulicę, każdy budynek. O każdy pokój. Tarcza Kowadło pyta, którą dzielnicę miasta wybierasz? I czy jest coś, czego potrzebujesz? Strzały, prowiant...

– Nie mamy łuczników, ale prowiant i rozcieńczone wino się przydadzą. Którą dzielnicę? – Zrzęda przyjrzał się swoim ludziom. – Chyba raczej, który budynek. Jest taka kamienica na Starej Daru, ta o fundamentach z czarnego kamienia. Zaczniemy od Bramy Północnej i będziemy się wycofywać w tamtym kierunku.

– Jak sobie życzysz. Dostarczymy zapasy do tej kamienicy.

– W jednym z pokojów na piętrze jest kobieta. Jeśli wasza ewakuacja zakładała sprawdzanie wszystkich domów...

– Ewakuacja była dobrowolna.

– Ona by się nie zgodziła.

– W takim razie nadal tam jest.

Zrzęda skinął głową.

Podszedł do niego porucznik.

– Twoje kordelasy. Pora naostrzyć tygrysie pazury.

– Tak jest.

Zrzęda odwrócił się i nie zauważył, że kurier poderwał się gwałtownie na słowa lestarskiego porucznika.

Tarcza Kowadło Itkovian przyglądał się potężnie zbudowanemu karawanowemu kapitanowi przez masywną kratę zasłony hełmu. Mężczyzna podszedł do płatnerza. Krótkonogi lestarczyk podążał o krok za nim. Szerokie, wyszczerbione kordelasy były zbroczone krwią, a ich masywne klingi miały kolor przydymionych płomieni.

Przyszedł obejrzeć tego niezwykle uzdolnionego człowieka osobiście, by poddać go ocenie, ujrzeć jego twarz.

Żałował już, że to zrobił. Wymamrotał po cichu długie przekleństwo, poirytowany własną porywczością.

Walczy jak dzik? Bogowie, nie, ten facet to wielki kot z równin. To fakt, że ma masę, ale maskuje ją jego śmiercionośna gracja. Fenerze, ratuj nas wszystkich, w jego cieniu spaceruje duch Tygrysa Lata.

Itkovian podszedł do konia i wspiął się na siodło. Wziął wodze, zawrócił wierzchowca, odchylił głowę i spojrzał na poranne słońce.

Prawda eksplodowała w moim sercu niczym ogień. Tego dnia, ostatniego dnia naszego życia, spotkałem owego bezimiennego mężczyznę, owego sługę Treacha, Tygrysa Lata... Treach wznosi się ku ascendencji.

A Fener? Brutalny odyniec, którego okrutny spryt włada moją duszą... co z moim panem?

Fener... opada. Tego dnia, ostatniego dnia naszego życia.

W oddali rozległ się głuchy ryk, który dobiegał ze wszystkich stron. Tenescowri ruszyli naprzód.

– Niech nas Bliźniacze Kły bronią – wychrypiał Itkovian, wbijając pięty w końskie boki. Zwierzę pomknęło nagle, krzesząc iskry uderzającymi o brukowce kopytami.

Buke z twarzą poszarzałą ze zmęczenia zmierzał ku posiadłości nekromantów. Gmach był wielki, wzniesiony na niewysokim, wydłużonym wzgórzu, które wydawało się zbyt regularne, by jego pochodzenie mogło być naturalne. Otaczał go wysoki mur z fałszywymi wieżami strażniczymi w narożnikach. Wspaniała brama, wychodząca na Drogę Kilsbańską, była nieco odsunięta od ulicy i prowadził do niej podjazd. Była miniaturową wersją bramy Niewolnika, ustawioną pionowo i zamocowaną w nawierconych pośrodku kamieniach młyńskich.

Uderzyła w nią kula ognista, która obróciła ją w gruzy. Płomienie szalały przez pewien czas i kamienna konstrukcja była teraz poczerniała i spękana. Mimo to w jakiś sposób zachowała pozycję pionową.

Gdy postarzały strażnik karawanowy wspiął się z wysiłkiem na podjazd, zaskoczyło go nagłe pojawienie się wysokiego, chudego mężczyzny spowitego w czarne szaty, który utykał, podskakując, niczym ogromny sęp o hebanowych skrzydłach. Mężczyzna odwrócił się i spojrzał ze złością na Buke'a.

– Jestem drugi po samym Rath'Tronie Cienia! Czy mnie nie znasz? I czy oni mnie nie znają? Jestem Marmur! Znany też jako Morderczy! Postrach tchórzliwych obywateli Capustanu! Czarodziej władający niewyobrażalnymi mocami! A oni... – Zapluł się z wściekłości. – Dali mi kopa w tyłek! Przysięgam, że się na nich zemszczę!

– Nie radzę, kapłanie – ostrzegł go życzliwie Buke. – Moi pracodawcy...

– To aroganckie szumowiny!

– Być może, ale lepiej ich nie irytować.

– Irytować? Kiedy mój pan usłyszy o tej... o tej zniewadze wyrządzonej jego najwyżej cenionemu słudze, wtedy, ach, wtedy cienie popłyną!

Kapłan warknął raz jeszcze, po czym się oddalił. Czarna szata powiewała za nim spektakularnie.

Buke stał przed wejściem przez dłuższą chwilę, czekając, aż mężczyzna zwany Marmurem zniknie za rogiem.

Ze wszystkich stron dobiegały odgłosy walki, które jednak się nie zbliżały. Przed wieloma godzinami, ciemną nocą, gdy Buke pomagał ludziom z obozów i z Dzielnicy Daru dotrzeć do miejsc zbiórek wyznaczonych przez Szare Miecze – skąd miano ich zaprowadzić do ukrytych wejść do tuneli – Pannionczycy dotarli aż do ulicy, którą przed chwilą szedł. Broniącej Capustanu zbieraninie udało się jednak jakoś ich odeprzeć. Drogę Kilsbańską nadal zaściełały ciała walczących po obu stronach żołnierzy.

Buke wszedł do środka. Przechodząc pod osmalonym nadprożem, był w pełni przekonany, że nie opuści żywy posiadłości Bauchelaina i Korbala Broacha. Zwolnił kroku pod wpływem przebłysku instynktu samozachowawczego, lecz w tej samej chwili zauważył, że jest już za późno.

Na dziedzińcu stał Bauchelain.

– Ach, mój dawny pracownik. Zastanawialiśmy się, gdzie się podziałeś.

Buke pochylił głowę.

– Wybacz mi. Dostarczyłem władzom Dzielnicy Daru prośbę o zwolnienie z podatku, tak jak kazałeś...

– Znakomicie. Czy nasze argumenty spotkały się ze zrozumieniem?

– Niestety, oblężenie nie jest powodem do zwolnienia z podatku od nieruchomości. Trzeba zapłacić. Na szczęście, ze względu na ewakuację, w Domu Daru nie ma nikogo, kto czekałby na dostarczenie pieniędzy.

– Tak, tak, ewakuacja. Tunele. Bardzo sprytne. My oczywiście nie skorzystaliśmy z tej propozycji.

– Oczywiście.

Buke nie mógł już dłużej wpatrywać się w bruk pod nogami. Odwrócił lekko głowę i zobaczył sześć bezkrwistych ciał urdomenów, które walały się na dziedzińcu. Ich ukryte za zasłonami hełmów twarze pokrywały czarne plamy.

– Ci lekkomyślni żołnierze wdarli się tu niespodziewanie – wyszeptał Bauchelain. – Korbal był zachwycony. Właśnie się przygotowuje, by ich zwerbować.

– Zwerbować, panie? Ach, tak, zwerbować.

Nekromanta uniósł głowę.

– To dziwne. Nasz drogi Emancipor Reese przed niespełna pół dzwonem wypowiedział dokładnie te same słowa, i to identycznym tonem.

– Rozumiem, panie.

Dwaj mężczyźni patrzyli na siebie przez krótką chwilę. Potem Bauchelain pogładził się po brodzie i odwrócił wzrok.

– Czy wiesz, że nadchodzą Tenescowri? Są wśród nich Dzieci Martwego Nasienia. Te dzieci są doprawdy zdumiewające. Nasienie konającego mężczyzny... Hmm. Ponoć najstarszy z nich dowodzi całą tą hordą wieśniaków. Nie mogę się doczekać chwili, gdy go spotkam.

– Panie? Hmm, w jaki sposób...

– Korbal gorąco pragnie przeprowadzić szczegółowe badania tego dziecka zwanego Anasterem – wyjaśnił z uśmiechem Bauchelain. – Jaki jest smak jego biologii? Nawet ja zadaję sobie to pytanie.

Martwi urdomeni poruszyli się jednocześnie, sięgnęli po leżącą u ich boków broń, unieśli osłonięte hełmami głowy.

Buke gapił się na to przerażony.

– Wreszcie masz strażników na swoje rozkazy, Buke. Sugeruję, byś rozmieścił ich przy bramie. I być może po jednym na czterech narożnych wieżach. To niestrudzeni obrońcy. Tacy są najlepsi, nieprawdaż?

Zza głównego budynku wyłonił się Emancipor Reese, który przyciskał do piersi sparszywiałą kotkę.

Stary sługa podbiegł do jednego ze stojących już urdomenów. Zatrzymał się przed rosłym wojownikiem, wyciągnął rękę i szarpnął gorączkowo za kolczy kołnierz martwiaka oraz ukryty pod nim kaftan. Wsadził dłoń pod obie warstwy, sięgnął w dół...

I nagle zaczął bełkotać z przerażenia. Wyszarpnął rękę i zatoczył się do tyłu.

– Ale... ale... – Zwrócił pomarszczoną, pooraną bruzdami twarz w stronę Bauchelaina. – Ten... ten człowiek, Korbal... on... powiedział... widziałem! On ma ich serca! Zszył je w krwawą, pulsującą masę, która leży na stole w kuchni! Ale... – Odwrócił się i uderzył urdomena w pierś. – Nie ma ran!

Bauchelain uniósł cienką brew.

– Niestety, ty i twój przyjaciel Buke postanowiliście przeszkadzać Korbalowi Broachowi w jego zwyczajowych nocnych poczynaniach. Dlatego mój kolega był zmuszony zmienić swe nawyki, swój sposób działania, że tak powiem. Rozumiecie, przyjaciele, teraz już nie musi opuszczać pokoju, by zdobyć to, czego potrzebuje. Mimo to proszę was, byście zaprzestali swych lekkomyślnych wysiłków. – Nekromanta wbił w Buke'a spojrzenie szarych, pozbawionych wyrazu oczu. – Jeśli zaś chodzi o szczególny czar kapłana Kerulego, który teraz cię wypełnia, nie rób z niego użytku, mój drogi sługo. Gdy przybieramy jednopochwyconą postać, nie lubimy towarzystwa.

Pod Buke'em omal nie załamały się nogi.

– Emancipor – wyszeptał Bauchelain – podtrzymaj naszego strażnika.

Stary sługa zbliżył się do Buke'a, wybałuszając oczy tak szeroko, że strażnik widział całe białka. Po pomarszczonej twarzy Reese'a spływały kropelki potu.

– Mówiłem ci, że to szaleństwo! – wysyczał. – Co ci zrobił Keruli? Niech cię szlag, Buke...

– Zamknij się, Mancy – warknął strażnik. – Wiedziałeś, że to jednopochwyceni, ale nic nikomu nie mówiłeś. A mimo to Keruli też wiedział.

Bauchelain ruszył w stronę głównego domu, nucąc pod nosem jakąś melodię.

Buke odwrócił się i złapał Emancipora za bluzę.

– Mogę ich teraz śledzić! To dar Kerulego. Dotrę za nimi wszędzie.

– Zabiją cię. Zmiażdżą jak muchę, Buke. Ty przeklęty przez Kaptura idioto...

Buke uśmiechnął się mdło.

– Przeklęty przez Kaptura? Och, tak, Mancy, wszyscy jesteśmy przez niego przeklęci. Przeklęci przez Kaptura, to prawda.

Przerwał im straszliwy, odległy ryk, który wypełnił echem miasto, otaczając ich ze wszystkich stron.

Emancipor pobladł.

– Tenescowri...

Uwagę Buke'a przyciągnęła jednak czworokątna wieża głównego budynku. Okiennice na najwyższym, drugim piętrze otworzyły się szeroko. Na parapecie przycupnęły dwa gawrony.

– Tak – mruknął, odsłaniając zęby. – Widzę was. Chcecie go dopaść, co? To Pierwsze Dziecko Martwego Nasienia. Anastera. Lecicie po niego.

Ptaszyska skoczyły z półki, rozpostarły skrzydła, przemknęły nisko nad podwórkiem i przeleciały z głośnym łopotem nad murem. Leciały na południowy wschód.

Buke odepchnął Reese'a na bok.

– Mogę za nimi polecieć! Tak jest. Słodki dar Kerulego...

Moja własna jednopochwycona postać, skrzydła przeszywające powietrze. Bogowie, wolność! To, czego pragnę... znajduje postać...

Poczuł, że jego ciało zmienia kształt, kończyny wypełnia rozkoszne ciepło, a emitującą korzenną woń skórę porasta płaszcz piór. Zmniejszył się, a jego masywne kości stały się cieńsze i lżejsze.

Słodki dar Kerulego, wart więcej, niż mu się zdawało. Lot! Ucieczka od tego, kim jestem! Kim byłem przez całe życie! Brzemiona znikają! Och, potrafię śledzić te dwa straszliwe stwory, te skrzydlate koszmary. Potrafię je śledzić, gdy unoszą się ospale na niewidocznych prądach powietrznych. Mknę z prędkością błyskawicy!

Stojący na podwórku Emancipor Reese obserwował ze łzami w oczach transformację strażnika. Ludzka postać zamazała się, skurczyła, a w powietrzu rozszedł się zapach korzeni. Krogulec, który był Bukiem, pomknął radośnie w górę po spirali.

– Tak – mruknął pod nosem sługa. – W lataniu przewyższasz ich z pewnością. Ale, mój drogi Buke, kiedy postanowią cię strącić, to nie będzie powietrzny pojedynek. To będą czary. Te ociężałe gawrony nie potrzebują szybkości i zwrotności. Gdy nadejdzie czas, owe talenty w niczym ci nie pomogą. Buke... ty biedny durniu...

Krogulec krążył wysoko nad Capustanem. Dwa gawrony, Bauchelain i Korbal Broach, leciały znacznie niżej, lecz bystry wzrok drapieżnika dostrzegał je bez trudu. Machały ociężale skrzydłami, kierując się na południowy wschód, za Bramę Wschodnią...

W niektórych dzielnicach miasta szalały jeszcze pożary, a ku niebu biły kolumny czarnego dymu. Wszyscy generałowie świata oddaliby życie za to, by móc spoglądać na pole bitwy z perspektywy krogulca.

Tenescowri otoczyli miasto grubym, kłębiącym się pierścieniem. Jedna trzecia miliona, może nawet więcej. Buke nigdy w życiu nie widział takiej masy ludzi. Obręcz zaczęła się zaciskać. Dziwnie bezbarwna, wijąca się pętla z każdą chwilą zbliżała się do wątłych, rozsypujących się murów miasta i garstki ich obrońców.

Tego ataku nic nie zdoła powstrzymać. Siłą tej armii nie była odwaga, lecz coś znacznie groźniejszego, coś niepowstrzymanego: głód. Nie mogła sobie pozwolić na odwrót, gdyż oznaczałby on wyniszczającą śmierć.

Capustan zostanie pożarty.

Pannioński Jasnowidz naprawdę jest potworem. To tyrania konieczności, która będzie się szerzyć. Pokonać go? Trzeba by zabić każdego mężczyznę, kobietę i dziecko na tym świecie, którzy kiedykolwiek pokłonili się głodowi, którzy spojrzeli w makabryczną twarz głodowej śmierci. Zaczęło się tutaj, na Genabackis, ale to tylko serce. Ta fala się rozleje. Zarazi wszystkie miasta na wszystkich kontynentach, pożre państwa i imperia od środka.

Widzę cię, jasnowidzu. Z tej wysokości dostrzegam, kim jesteś i kim się staniesz. Jesteśmy zgubieni. Wszyscy jesteśmy zgubieni.

Eksplozja toksycznych czarów na wschodzie wyrwała go z zamyślenia. Wokół niewielkiego skupiska Tenescowri zawirowała znajoma magia. Czarne fale mieniące się niezdrowym fioletem powalały setki wrzeszczących wieśniaków. Odpowiedziała im moc o szarej barwie.

Krogulec wypatrzył w sercu magicznej burzy dwa czarne ptaszyska. Z otwartych portali na równinę wypadły demony, siejąc spustoszenie pośród zmykających z wrzaskiem Tenescowri. Wkrótce jednak zalała je fala szarych czarów.

Oba gawrony pomknęły w dół, kierując się ku postaci siedzącej na wierzgającej, dereszowatej szkapie. Fale magii zderzyły się ze sobą z czarnym błyskiem. Buke usłyszał towarzyszący temu huk.

Krogulec otworzył dziób i wydał z siebie przeszywający krzyk. Czary trafiły w gawrony i odrzuciły je na bok. Poturbowane ptaszyska pierzchły w pośpiechu.

Siedzącemu na koniu człowiekowi nic się nie stało. Otaczały go stosy ciał, na które rzucili się teraz liczni wygłodniali Tenescowri.

Buke wydał z siebie kolejny triumfalny okrzyk, złożył skrzydła i pomknął ku ziemi.

Wrócił do posiadłości na długo przed Bauchelainem i Korbalem Broachem. Opadł w dół po spirali i zwolnił lot, łopocząc skrzydłami. Zawisł na mgnienie oka nad ziemią, a potem przybrał ludzką postać.

Emancipora Reese'a nigdzie nie było widać. Urdomeńskie martwiaki nadal stały tam, gdzie podniosły się z ziemi.

Buke zwrócił się w ich stronę. W dawnym ciele czuł się ciężki i niezgrabny.

– Was sześciu do bram. Ty... – wyciągnął rękę – ...i ci, którzy stoją za tobą. A ty, na północno-zachodnią wieżę. – Wskazywał kolejno palcem milczących wojowników, rozmieszczając ich zgodnie z sugestiami Bauchelaina. Gdy wydał ostatni rozkaz, po bruku przesunęły się chwiejnie bliźniacze cienie. Gawrony wylądowały na dziedzińcu. Pióra miały wystrzępione, a z ciała jednego z ptaków buchał nawet dym.

Wróciły do ludzkiej postaci. Buke uśmiechnął się, zobaczywszy najpierw Korbala Broacha – z jego zbroi zostały strzępy, a całą postać spowijały cuchnące opary – a potem Bauchelaina, który na jednym bladym policzku miał wielki siniak, a wąsy i srebrzystą brodę zbrukała mu krew.

Korbal Broach sięgnął do zapinki płaszcza. Jego pulchne, miękkie dłonie drżały. Czarny strój opadł na ziemię i czarodziej zaczął go deptać, by dogasić tlący się materiał.

Bauchelain strzepnął pył z płaszcza i spojrzał na Buke'a.

– Widzę, że czekałeś cierpliwie na nasz powrót.

Strażnik wzruszył ramionami, tłumiąc uśmiech.

– Nie dorwaliście go. Co się stało?

– Wygląda na to, że musimy udoskonalić taktykę – mruknął nekromanta.

Buke zapomniał o instynkcie samozachowawczym. Roześmiał się cicho.

Bauchelain zamarł, unosząc brew. Potem westchnął.

– Hmm, tak. Ja również życzę ci dobrego dnia, Buke.

Nekromanta zniknął wewnątrz budynku.

Korbal Broach nie przestawał deptać płaszcza jeszcze długo po tym, gdy ostatnie płomienie zgasły.

Rozdział piętnasty

W snach staję twarzą w twarz
z niezliczonymi odbiciami siebie,
a wszystkie z nich są nieznane i niezwykłe.
Gadają bez końca
w obcych językach
i wędrują z towarzyszami,
których nie znam, w miejsca,
gdzie nigdy nie byłem.

W snach wędruję po światach,
gdzie lasy sięgają mi kolan,
a połowę nieba przesłania ściana lodu.
Brunatne stada płyną niby błoto,
ogromne potoki kłów i rogów
zalewają równinę.
Oto są moje wspomnienia,
wędrówki mojej duszy.

W czasach przed nastaniem nocy
D'arayans Rhivijczyk

Sójeczka uniósł się w siodle, gdy koń przeskoczył nad skalnymi wyniosłościami szczytu wzgórza. Zwierzę pocwałowało przez płaskowyż, po czym zwolniło, gdy Malazańczyk pociągnął za wodze i usadowił się wygodniej. Podjechał do drugiego końca wzgórza i zatrzymał się na krawędzi.

Wyboisty, usiany głazami stok opadał ku szerokiemu korytu wyschłej rzeki. U jego podstawy siedzieli na koniach zwiadowcy Drugiej Armii, zwróceni plecami do Sójeczki. Dalej kilkunastu Rhivijczyków poruszało się pieszo po polu zasłanym kośćmi.

Wielkimi kośćmi.

Malazańczyk popędził konia i zjechał ostrożnie po prastarym osypisku. Nie odrywał wzroku od kości. Widać wśród nich było potężne, żelazne klingi oraz powgniatane zbroje i hełmy o dziwnych kształtach. Widział też gadzie paszcze, wypełnione szeregami wyszczerbionych zębów. Do niektórych zgruchotanych szkieletów przywierały jeszcze kawałki szarej skóry.

Sójeczka zjechał z piargu i zatrzymał się przy najbliższym zwiadowcy.

Mężczyzna zasalutował.

– Dowódco, Rhivijczycy bełkoczą jak opętani. Nie bardzo kapuję, o czym mówią. Wygląda na to, że demonów było mniej więcej dziesięć. To, co je załatwiło, musiało być paskudne. Być może Rhivijczycy dowiedzieli się czegoś więcej, bo czołgają się między trupami.

Malazańczyk skinął głową i zsiadł z konia.

– Miejcie oczy otwarte – rozkazał. Wiedział, że zwiadowcy z pewnością to robią, czuł jednak potrzebę powiedzenia czegoś. Nad polem walki unosiła się woń strachu, starego, a zarazem nowego. Co nawet bardziej niepokojące, towarzyszyło mu szczególne napięcie, które z reguły następowało po bitwie.

Gęsta cisza, nadal nie uspokojona przez odgłosy przemocy, jakby jeszcze drżała, jeszcze dygotała...

Podszedł do Rhivijczyków i walających się na ziemi kości.

Plemienni zwiadowcy w rzeczy samej bełkotali.

– Martwe wilki...

– Podwójne ślady, dotyk ciężki, lecz zarazem lekki, szersze od mojej dłoni. Wielkie.

– Wielkie, martwe wilki.

– Nie ma krwi, zgoda? Smród kurhanów.

– Czarny, kamienny pył. Ostry.

– Błyszczy pod przedramionami. Skóra...

– Odpryski czarnego szkła...

– To obsydian. Z dalekiego południa...

– Południowego zachodu. Albo z dalekiej północy, za Płaskowyżem Laederon.

– Nie, nie widzę czerwieni ani brązu. Laederoński obsydian ma żyłki koloru drewna. Ten pochodzi z Morn.

– Albo z innego świata...

– Demony są tutaj, zgadza się? W tym świecie.

– Smród kurhanów.

– Ale w powietrzu czuć zapach lodu, tundrowego wiatru, zamarzniętego torfu.

– To ślad wilków, zabójców...

– Rhivijscy zwiadowcy, do mnie – warknął Sójeczka.

Unieśli głowy, zwrócili ku niemu twarze. Zapadła cisza.

– Chcę wysłuchać waszego meldunku. Który z was tu dowodzi?

Wymienili spojrzenia, po czym jeden z nich wzruszył ramionami.

– Umiem mówić w tym waszym daru. Lepiej niż inni. To mogę być ja.

– Proszę bardzo. Słucham.

Młody Rhivijczyk odrzucił do tyłu natłuszczone, splecione w warkocze włosy, po czym wskazał zamaszystym gestem na rozrzucone wokół nich kości.

– Demony-martwiaki. Zakute w zbroje, z mieczami zamiast rąk. Nadeszły z południowego wschodu, bardziej ze wschodu niż z południa. – Zmarszczył przesadnie brwi. – Coś je uszkodziło. Zaatakowało. Ścigało. Polowało na nie. Uciekały. Pędzono je jak bhederin, to w tę, to w tamtą, a za nimi, na czterech nogach, cierpliwi, milczący łowcy...

– Wielkie wilki-martwiaki – przerwał mu Sójeczka.

– Dwukrotnie większe od wilków występujących na tej równinie. Tak jest. – Twarz przejaśniła mu się, jakby nagle go olśniło. – Są jak widmowi biegacze z naszych legend. Gdy najstarsi gnaciarze albo gnaciarki zapuszczają się w snach wyjątkowo daleko, widzą w nich wilki. Nigdy nie są blisko, zawsze uciekają i wszystkie są duchami, poza tym, który biegnie na czele. Ten wygląda na zwierzę z krwi i kości, a oczy ma pełne życia. Zobaczyć je to wielkie szczęście, gdyż w ich biegu jest radość.

– Tyle że tym razem opuściły sny waszych czarownic i czarowników – wskazał Sójeczka. – A w ich biegu była śmierć.

– Polowały. Powiedziałem tylko, że one są jak wilki ze snów. Nie mówiłem, że to one. – Jego twarz straciła raptem wyraz, a oczy stały się oczami zimnokrwistego zabójcy. – Polowały. Zapędziły zwierzynę w pułapkę. I tu ją powaliły. Bitwa martwiaków. Demony wyszły z kurhanów na dalekim południu. Wilki powstały z pyłu, który przyniósł północny wiatr.

– Dziękuję – rzekł dowódca. Rhivijski sposób narracji, opierający się na dramatycznym aktorstwie, dobrze zilustrował wypadki, które rozegrały się w dolinie.

Od głównej kolumny oddzielili się kolejni jeźdźcy. Weteran zwrócił się w ich stronę.

Było ich troje. Korlat, Srebrna Lisica i Daru, Kruppe. Ten ostatni chwiał się i kołysał na grzbiecie muła, który wyciągał krótkie, sztywne nogi, by nadążyć za dwoma dosiadanymi przez kobiety końmi. Desperackie krzyki grubaska niosły się echem w wąskiej dolinie.

– Tak.

Malazańczyk odwrócił się, spoglądając na dowódcę rhivijskich zwiadowców, który przypatrywał się trójce jeźdźców, tak samo jak wszyscy jego towarzysze.

– Słucham?

Rhivijczyk wzruszył ramionami i nic nie powiedział.

Piarg zmusił kobiety do zwolnienia, lecz Kruppe zjeżdżał w dół na łeb, na szyję, ciskany w siodle to w przód, to w tył. Muł zdołał jakoś utrzymać się na nogach, przemknął obok zdumionej Korlat i roześmianej Srebrnej Lisicy, wybiegł na płaski teren, zwolnił, przechodząc z szalonej szarży w kłus, i podbiegł do Sójeczki, unosząc dumnie głowę i stawiając uszy do przodu.

Natomiast Kruppe uczepił się rozpaczliwie szyi zwierzęcia i zacisnął powieki. Twarz miał czerwoną i zlaną potem.

– Groza! – jęknął. – To była bitwa na siłę woli. Kruppe znalazł równego przeciwnika w bezmózgim, ulegającym ułudzie bydlęciu. Zaiste, został pokonany! Och, oszczędź mi...

Muł się zatrzymał.

– Możesz już zejść – odezwał się Malazańczyk.

Kruppe otworzył oczy, rozejrzał się wokół i wyprostował powoli. Wyciągnął drżącą dłonią chusteczkę.

– Oczywiście. Kruppe popuścił stworzeniu cugli, ale teraz odzyskał panowanie nad sytuacją. – Ucichł na chwilę, by wytrzeć czoło i twarz, po czym zlazł z głośnym westchnieniem z siodła. – Ach, nadciągają leniwe ogony Kruppego. Cudownie, że udało się wam zjechać, drogie panie! W tak piękne popołudnie nie ma to jak przejażdżka, nieprawdaż?

Srebrna Lisica przestała się śmiać i spoglądała na rozrzucone wokół kości.

Niech mnie Kaptur weźmie, w tym futrze naprawdę jej do twarzy. Sójeczka otrząsnął się i napotkał spokojne, ironiczne spojrzenie Korlat. Och, ale blednie przy Tiste Andii. Do cholery, staruchu, nie myśl o minionych nocach. Nie ściskaj tego cudu tak mocno, bo wydusisz z niego życie.

– Zwiadowcy natrafili na ślady bitwy... – oznajmił obu kobietom.

– K'Chain Che'Malle. – Korlat skinęła głową, przyglądając się kościom. – Łowcy K'ell. Na szczęście nie żywi, tylko martwiaki. Zapewne nie byli aż tak szybcy. Mimo to, żeby coś tak ich rozszarpało na strzępy...

– To były T'lan Ay – wtrąciła Srebrna Lisica. – Dlatego tu przybyłam.

Sójeczka przyjrzał się jej uważnie.

– Nie rozumiem.

Wzruszyła ramionami.

– Musiałam to ujrzeć na własne oczy, dowódco. Wszyscy zbliżamy się już do celu. Wy do waszego oblężonego miasta, a ja do przeznaczenia, dla którego się narodziłam. Konwergencja jest przekleństwem tego świata. Mimo to – dodała, zsuwając się z siodła – istnieją też dary. A najwspanialszym z nich są T'lan Ay. – Przerwała, pozwalając, by wiatr pieścił lisie futro, w które była odziana. – T'lan Ay – wyszeptała raz jeszcze.

– Kruppe drży, gdy słyszy tę nazwę, ach... bogowie, błogosławcie złowrogie piękno widoczne na tym jałowym pustkowiu, wobec którego promienne sny, tak bardzo już wyblakłe od upływu czasu, przypominają tęczowe rzeki płynące po niebie! – Przerwał i zamrugał, spoglądając na pozostałych. – Słodki sen, w którym kryje się podobna poezja, przepływ niepołączonych ze sobą strumieni, tak gładkich, że wydają się splecione. Tak?

– Niestety, nie potrafię docenić twoich abstrakcji, Kruppe – warknął Sójeczka.

– Oczywiście, mój prosty żołnierzu, jak sobie życzysz! Ale zaczekaj, czy Kruppe dostrzega w tych oczach pewne... napięcie? Powietrze wręcz od niego iskrzy. Czy przeczysz, iż jesteś na to wrażliwy, Malazańczyku? Nie, nie mów nic, prawdę widać w twym twardym spojrzeniu i ruchu zakutej w stal dłoni, która zbliża się do rękojeści miecza.

Sójeczka nie mógł zaprzeczyć, że włoski na karku stanęły mu dęba. Rozejrzał się wokół i zauważył podobne zaniepokojenie wśród Rhivijczyków i u pary malazańskich zwiadowców, którzy wpatrywali się w otaczające ich wzgórza.

– Co się zbliża? – wyszeptała Korlat.

– Dar – wyszeptał Kruppe z błogim uśmiechem, spoglądając na Srebrną Lisicę.

Sójeczka prześledził wzrokiem jego spojrzenie.

I zobaczył niezwykle podobną do Tattersail kobietę, która odwróciła się do nich plecami i uniosła wysoko ręce.

Wszędzie wokół pojawiły się wiry pyłu.

Ukształtowały się T'lan Ay, w niecce, na zboczach i na szczytach okolicznych wzgórz.

Są ich tysiące...

Z szarego pyłu zrodziły się szare skołtunione futra, czarne kłęby, gardła barwy chmur deszczowych, grube, srebrzyste ogony o czarnych koniuszkach; inne były brązowe, koloru zbutwiałego, sproszkowanego drewna, jaśniejsze na gardłach i na brzuchach. Wielkie, chude wilki o pustych jamach zamiast oczu. Wszystkie zwracały masywne, długie łby w stronę Srebrnej Lisicy.

Ta obejrzała się za siebie, spoglądając na Sójeczkę spod opadających powiek.

– To moja eskorta – wyjaśniła z uśmiechem.

Malazańczyk zapomniał języka w gębie. Gapił się tylko na nią.

Tak bardzo podobna do Tattersail. Ale zarazem niepodobna. Powiedziała, że to eskorta, ja jednak dostrzegam coś więcej, a jej twarz mówi mi, że ona również zdaje sobie z tego sprawę... i to bardzo dobrze.

Eskorta... i ochrona. Być może już nas nie potrzebuje. A ponieważ nasza opieka przestała jej być potrzebna, może teraz zrobić... co tylko zechce...

Przez umysł Sójeczki powiał zimny wiatr.

Bogowie, co, jeśli Kallor od samego początku miał rację? Co, jeśli zmarnowaliśmy szansę? Odegnał z cichym chrząknięciem tę niegodną myśl. Nie, zademonstrowaliśmy wiarę w nią wtedy, gdy było to najważniejsze. Kiedy była najsłabsza. Tattersail by o tym nie zapomniała...

Tak bardzo podobna... a zarazem niepodobna. Nightchill, którą zdrada doprowadziła do okrutnej śmierci. Czy to Tayschrenna nienawidzi pozostałość jej duszy? Czy raczej Imperium Malazańskiego i wszystkich jego synów oraz córek? A może tego, z którym toczyła walkę: Anomandera Rake'a, i, co za tym idzie, również Caladana Brooda? Rhivijczyków, Barghastów... czy będzie szukała zemsty na nich wszystkich?

Kruppe odchrząknął.

– Jest z nich naprawdę piękna eskorta, kochana dziewczyno. Sieją lęk wśród wrogów i uspokajają wiernych przyjaciół! Jesteśmy oczarowani i widzimy, że ty również. Głęboko oczarowani tymi milczącymi, nieruchomymi T'lan Ay. Cóż za grzeczne pieski. Zaimponowały Kruppemu tak głęboko, że nie sposób tego wyrazić słowem, gestem ani w żaden inny sposób!

– Gdybyż tylko rzeczywiście tak było – wyszeptała Korlat. Spojrzała na Sójeczkę z profesjonalną, nic niewyrażającą miną. – Dowódco, opuszczę cię teraz, by zameldować naszym wodzom...

– Korlat – przerwała jej Srebrna Lisica – wybacz, że nie zapytałam cię o to wcześniej, ale kiedy ostatnio sprawdzałaś, jak się miewa moja matka?

– Dziś rano – odpowiedziała kobieta Tiste Andii. – Nie może już chodzić, i to prawie od tygodnia. Słabnie z dnia na dzień, Srebrna Lisico. Być może, gdybyś ją odwiedziła...

– Nie ma takiej potrzeby – stwierdziła odziana w futro kobieta. – Kto jest z nią w tej chwili?

– Radny Coll i ten Daru, Murillio.

– Kruppe zapewnia wszystkich, że to jego najwierniejsi przyjaciele. Nic jej nie grozi.

– Sytuacja wkrótce stanie się... napięta – oznajmiła Srebrna Lisica z rysującą się na twarzy nerwowością.

A jaka była do tej pory, kobieto? Kallor podąża za tobą jak sęp. Jestem zdumiony, że pozwolił ci się oddalić... chyba że czai się za najbliższym wzgórzem...

– Czy prosisz mnie o coś, Srebrna Lisico? – zapytała Korlat.

– Tak – odparła, wyraźnie biorąc się w karby. – Niech paru twoich kuzynów pilnuje mojej matki.

Kobieta Tiste Andii zmarszczyła brwi.

– Masz mnóstwo nowych strażników. Wydawałoby się, że możesz skierować kilku z nich...

– Obawiam się, że nie pozwoli im się do siebie zbliżyć. Nawiedzają ją... koszmary. Przykro mi, ale muszę dopilnować, by moje T'lan Ay nie wchodziły jej w oczy. Być może wydaje się wątła i bezsilna, ma jednak władzę odesłania T'lan Ay. Czy zrobisz to, o co cię proszę?

– Oczywiście, Srebrna Lisico.

Kobieta skinęła głową, ponownie przenosząc uwagę na Sójeczkę. Korlat zawróciła wierzchowca i wjechała na zbocze. Srebrna Lisica przypatrywała się przez moment Malazańczykowi, po czym spojrzała na Kruppego.

– I jak, Daru? Czujesz się usatysfakcjonowany?

– Tak, najdroższa.

Cichy, spokojny głos nie przypominał zwykłego tonu Kruppego. Usatysfakcjonowany. Ale czym?

– Myślisz, że wytrzyma?

Grubasek wzruszył ramionami.

– Przekonamy się, tak? Kruppe ma wiarę.

– Wystarczy jej dla nas dwojga?

– Oczywiście – zapewnił z uśmiechem Daru.

Srebrna Lisica westchnęła.

– Proszę bardzo. Wiesz, że bardzo na ciebie liczę.

– Nogi Kruppego są jak kamienne kolumny. Twój dotyk jest tak delikatny, że owa szlachetna osoba go nie zauważa. Moja droga, odgłosy zbliżania się jeźdźców zmuszają cię do podjęcia decyzji. Co pozwolisz im zobaczyć?

– Nic, co wzbudziłoby ich nieufność – odparła kobieta i znowu uniosła ręce.

T'lan Ay ponownie obróciły się w pył, z którego powstały.

Sójeczka chrząknął cicho i podszedł do konia. Wokół obu armii kłębiło się zbyt wiele tajemnic, sekretów, których ujawnienie zdawało się grozić gwałtownym wybuchem. Niepokoiło go to.

Gdyby tylko był tu Szybki Ben... Kaptur wie, że chciałbym się dowiedzieć, co się dzieje z nim, z Paranem i z Podpalaczami Mostów. Czy im się powiodło? Czy może wszyscy zginęli, a ich czaszki zdobią tyczki otaczające barghasckie obozowiska?

Znacząca część przedniej straży kolumny wjechała już na szczyt wzgórza i tam się zatrzymała.

Sójeczka wspiął się na siodło i ruszył w stronę grupy.

Kallor, który dosiadał chudego siwka, celowo zatrzymał się z dala od pozostałych. Wyblakły, szary płaszcz ciasno opinał szerokie, zakute w zbroję bary. W bruzdach jego ogorzałej, starczej twarzy zalegly cienie. Wiatr targał długimi kosmykami siwych włosów.

Sójeczka przyglądał mu się przez dłuższą chwilę, próbując ocenić jego zamiary, po czym przeniósł wzrok na innych jeźdźców. Brood i Dujek przystanęli obok siebie. Po prawej stronie naczelnego wodza znajdował się zwiadowca Hurlochel, a po lewej stronie Malazańczyka chorąży Artanthos. Była też obecna Haradas, czarodziejka Gildii Kupieckiej Trygalle, oraz oczywiście Korlat.

Gdy wierzchowiec Sójeczki wspiął się na wzgórze, nikt nie odezwał się ani słowem. Po chwili Dujek skinął głową.

– Korlat powiedziała mi, co znaleźli zwiadowcy – warknął. – Masz coś do dodania?

Sójeczka zerknął na Tiste Andii, lecz jej twarz nic nie wyrażała. Potrząsnął głową.

– Nie, wielka pięści. Wydaje się, że Korlat i jej pobratymcy wiedzą o tych K'Chain Che'Malle więcej od nas. Na dole leży tylko kupa pogruchotanych kości oraz trochę broni i zbroi. Ja nie potrafiłbym ich zidentyfikować. Rhivijscy zwiadowcy są przekonani, że to były martwiaki...

– I całe szczęście – mruknął Kallor. – Wiem na ten temat nieporównanie więcej od was wszystkich, pomijając Korlat. Co więcej jestem w bardzo... rozmownym nastroju. No dobra. Pozostałości cywilizacji K'Chain Che'Malle można znaleźć praktycznie na każdym kontynencie tego świata. W moim dawnym imperium, w Jacuruku, ich niezwykłe mechanizmy wypełniały podziemne zagłębienia. Gdy tylko moi poddani wykopali głębszy dół, natrafiali na podobne konstrukcje. Co więcej, znaleziono też kurhany. Uczeni poddali ich zawartość dokładnym badaniom. Czy chcecie się dowiedzieć, do jakich wniosków doszli, czy może was nudzę?

– Mów dalej – wycedził Caladan.

– Jak sobie życzysz. Być może w tym gronie jest więcej mądrości, niż mi się do tej pory zdawało. Owe istoty były najwyraźniej gadami i dzieliły się na kasty, hodowane z myślą o specjalnych talentach. Na przykład ci, których Tiste Andii zwą Łowcami K'ell, rodzili się na wojowników. Przed nami, w dolinie, leżą kości takich łowców-martwiaków, tak? Zamiast rąk mieli miecze, połączone w jakiś sposób z kośćmi przedramion. K'Chain Che'Malle byli matriarchalni, matrylinearni. Podobnie jak pszczoły, mieli królowe. To królowa była matką wszystkich dzieci. Zwano ją matroną i zawierała w sobie czarodziejski potencjał całej rodziny. Ich moc przyćmiewała moce dzisiejszych bogów. Była wystarczająco wielka, by zagrodzić pradawnym bogom drogę do tego świata. Gdyby K'Chain Che'Malle nie zniszczyli się sami, ich władza trwałaby niezagrożona po dziś dzień.

– Zniszczyli się sami? – zapytała Korlat, spoglądając z błyskiem w oczach na Kallora. – To interesujący szczegół. Czy mógłbyś powiedzieć coś więcej?

– Oczywiście. Gdy już udało się odcyfrować język K'Chain Che'Malle – co samo w sobie zasługuje na dłuższy monolog, ale oszczędzę go wam, albowiem widzę, że zaczynacie się już wiercić w siodłach niby niecierpliwe dzieci – wyczytano w ich zapiskach, że matrony, z których każda władała odpowiednikiem współczesnego miasta, zebrały się, by połączyć swe siły. Nie jest do końca jasne, czego pragnęły, jako że już przedtem władały olbrzymią mocą. Z drugiej strony jednak, cóż za znaczenie mają powody tam, gdzie włada ambicja? Wystarczy, że powiem, iż matrony... wskrzesiły starożytną odmianę, dawno już wymarłą, prymitywną wersję K'Chain Che'Malle. Z braku lepszego określenia uczeni mojego imperium nazwali ich krótkoogonowymi.

Sójeczka, który nie spuszczał oczu z Korlat, jako jedyny zauważył, że kobieta Tiste Andii zesztywniała na to słowo. Za jego plecami było słychać Srebrną Lisicę i Kruppego, wracających już na wzgórze.

– Z tego powodu – ciągnął Kallor – iż różnili się fizycznie od innych K'Chain Che'Malle tym, że mieli krótkie, grube ogony, a nie długie, zwężające się na końcu. Dlatego nie byli tak szybcy i poruszali się w bardziej wyprostowanej pozycji, co czyniło ich lepiej przystosowanymi do świata i cywilizacji, w jakich ongiś bytowali.

Niestety, te nowe dzieci nie okazywały posłuszeństwa, jakiego matrony nauczyły się oczekiwać od swego pomiotu. Mówiąc dokładniej, krótkoogonowi nie zamierzali wyrzec się swych magicznych talentów na rzecz matek. Doszło do wojny domowej, podczas której użyto czarów o apokaliptycznych mocach. By zrozumieć, jak wielka była desperacja matron, wystarczy udać się na południe tego kontynentu, do miejsca zwanego Morn.

– Rozdarcie – wyszeptała Korlat, kiwając głową.

Kallor rozciągnął usta w lodowatym uśmiechu.

– Matrona chciała zawładnąć mocą samej bramy i nie była to zwykła brama do groty. O nie, postanowiła otworzyć portal wiodący do Królestwa Chaosu. Cóż za pycha. Wydawało jej się, że potrafi zapanować nad czymś takim, narzucić chaosowi ład. – Przerwał, jakby zastanawiał się nad własnymi słowami, po czym wybuchnął śmiechem. – Och, z tej opowieści można wyciągnąć parę gorzkich nauczek. Nie sądzicie?

Caladan Brood chrząknął.

– Wróćmy do współczesności, zgoda? W dolinie leżą szczątki Łowców K'ell. Pytanie brzmi: skąd się tam wzięli?

– Wykorzystuje ich.

Wszyscy spojrzeli na Srebrną Lisicę, która stała obok konia, trzymając wodze w dłoniach.

– To mi się nie podoba – warknął Dujek.

– Panniański Jasnowidz – uściśliła Srebrna Lisica.

– Niemożliwe – warknął Kallor. – Tylko matrona może rozkazywać Łowcom K'ell, nawet martwiakom.

– W takim razie wygląda na to, że mamy więcej niż jednego wroga – wtrąciła Korlat.

– Panniański Jasnowidz ma sojusznika? – Dujek pochylił się w siodle i splunął. – Nic dotąd na to nie wskazywało...

– Dowód leży w dolinie przed nami – przerwała mu Srebrna Lisica.

– Matrona nie może spłodzić dzieci, nie mając nasienia żywych samców – stwierdził Kallor. – To znaczy, że z każdym unieszkodliwionym Łowcą K'ell liczba naszych przeciwników się zmniejsza.

Brood odwrócił się na te słowa. Jego oczy zamieniły się w wąskie szparki.

– W tę wiadomość miło jest uwierzyć.

Kallor wzruszył ramionami.

– Mamy również przed oczyma dowód innej prawdy – ciągnął naczelny wódz. – Jeśli chodzi o unieszkodliwianie Łowców K'ell, ktoś robi to już za nas.

Zapadła cisza, po czym wszyscy skupili uwagę na Srebrnej Lisicy.

– Mówiłam wam jakiś czas temu, że będziecie potrzebowali pomocy – oznajmiła z uśmiechem.

– T'lan Imassowie! – warknął Kallor. – Powiedz nam, suko, co ich obchodzą K'Chain Che'Malle? Czyż ich zaprzysiężonymi wrogami nie są Jaghuci? Po co zleciłaś swym martwiakom nowe zadanie? Dlaczego przyłączyliście się do tej wojny, kobieto?

– Do niczego się nie przyłączyliśmy – odparła. Spoglądała spod opadających powiek, stojąc tak, jak stałaby Tattersail, z rękami złożonymi na brzuchu. Jej okryte tuniką ze skóry jelenia ciało wydawało się twarde, lecz zarazem pełne krągłości.

Ach, znam tę pozę. Coś knujesz. Trzeba uważać...

– Czy więc zaprzeczasz – zaczął powoli Brood z zachmurzoną, niepewną miną – że to twoi T'lan Imassowie są odpowiedzialni za zagładę tych Łowców K'ell?

– Czy nikt z was nigdy nie zadał sobie pytania – zaczęła Srebrna Lisica – dlaczego T'lan Imassowie toczyli wojnę z Jaghutami?

– Być może przydałoby się nam wyjaśnienie – zasugerował Dujek.

Srebrna Lisica skinęła głową.

– Gdy pojawili się pierwsi Imassowie, byli zmuszeni żyć w cieniu Jaghutów. Tolerowano ich i ignorowano, lecz tylko wtedy, gdy żyli w małych grupkach, które nie sprawiały kłopotu. Spychano na najmniej gościnne tereny. Potem wśród Jaghutów pojawili się tyrani, który znajdowali przyjemność w obracaniu T'lan Imassów w niewolników, narzucaniu im koszmarnej egzystencji. Kolejne pokolenia, które ją wiodły, nie znały innego życia i nic nie wiedziały o wolności. Tę lekcję trudno było zaakceptować, prawda bowiem wyglądała tak, że na świecie istniały inteligentne istoty, które wykorzystywały cnoty innych, ich współczucie, miłość i wiarę w więzy krwi. Wykorzystywały je i drwiły z nich. Jak wiele plemion Imassów przekonało się, że ich bogowie są w rzeczywistości jaghuckimi tyranami? Ukrytymi za maskami przyjaźni tyranami, którzy manipulowali nimi za pomocą wiary. Bunt był nieunikniony i miał dla Imassów katastrofalne skutki. Byli słabsi i nie do końca wiedzieli, czego właściwie pragną, co przyniesie im wolność, gdy już ją osiągną... Nie poddaliśmy się jednak. Nie mogliśmy.

Kallor uśmiechnął się szyderczo.

– Wśród Jaghutów nigdy nie było więcej niż garstki tyranów, kobieto.

– Garstka to i tak zbyt wiele. To prawda, że znaleźliśmy sojuszników wśród samych Jaghutów, tych, którzy uważali poczynania tyranów za odrażające. Naznaczyły nas jednak blizny. Blizny zrodzone ze zdrady i nieufności. Mogliśmy zaufać tylko własnym pobratymcom. W imię pokoleń, które miały się dopiero narodzić, wszyscy Jaghuci musieli zginąć. Nie mogliśmy zostawić nikogo, kto wydałby na świat dzieci, z których wyrośliby nowi tyrani.

– A co to ma wspólnego z K'Chain Che'Malle? – zapytała Korlat.

– Nim światem zawładnęli Jaghuci, rządzili nim K'Chain Che'-Malle. Pierwsi Jaghuci byli dla K'Chain Che'Malle tym, czym pierwsi Imassowie wobec Jaghutów. – Przerwała, omiatając ich spojrzeniem. – W każdym gatunku rodzą się nasiona dominacji. Wojny z Jaghutami zniszczyły nas jako żywy lud, ewoluującą, tętniącą życiem kulturę. Tę cenę zapłaciliśmy za wolność, którą wy obecnie się cieszycie. To nasze wieczne poświęcenie. – Umilkła raz jeszcze. Po chwili podjęła twardszym tonem: – Dlatego teraz pytam was, wszystkich tych, którzy ruszyli na wojnę z tyrańskim, wszystko pożerającym imperium, gotowi w razie potrzeby oddać życie za tych, którzy nic o was nie wiedzą, za krainy, w których nigdy nie byliście i nie będziecie, pytam was, czego w nas, T'lan Imassach, nadal nie potraficie zrozumieć? Zniszczcie Pannion Domin. Trzeba to uczynić. Mnie i moim T'lan Imassom przypadnie zadanie unicestwienia tego, co ukrywa się za Pannion Domin, groźby K'Chain Che'Malle.

Przyjrzała się powoli ich twarzom.

– Matrona żyje. Jeśli znajdzie żywego samca ze swego gatunku... samca z krwi i kości, tyrania Jaghutów wyda się niczym w porównaniu z tyranią K'Chain Che'Malle. To będzie nasze poświęcenie.

Ciszę, która zapadła, mąciło jedynie zawodzenie wiatru.

Po chwili Caladan Brood odwrócił się do Kallora.

– I ty zwiesz tę kobietę monstrum?

– Wszystko to kłamstwa – padła odpowiedź. – Cała ta wojna jest pozbawiona znaczenia. To tylko zmyłka.

– Zmyłka? – powtórzył z niedowierzaniem Dujek. – Kto chce nas zmylić?

Kallor zamknął gwałtownie usta, nie odpowiadając na zadane pytanie.

Haradas, czarodziejka Gildii Kupieckiej Trygalle, odchrząknęła.

– Może w tym być ziarenko prawdy. Nie twierdzę, że Srebrna Lisica kłamie. Jestem przekonana, że mówi nam tyle prawdy, ile jest skłonna wyjawić. Chodzi mi o to, że to rzeczywiście może być zmyłka. Pomyślcie o zakażeniu grot. To prawda, że jego ognisko najprawdopodobniej znajduje się w Pannion Domin, a sama trucizna pochodzi z Groty Chaosu. Mimo to trzeba zapytać: dlaczego matrona K'Chain Che'Malle, która zawiera w sobie potężne źródło czarów, miałaby próbować zniszczyć ścieżki własnej mocy? Jeśli była obecna w chwili zagłady Morn i powstania rozdarcia, dlaczego miałaby po raz drugi próbować zapanować nad chaosem? Może i jest ambitna, ale głupia? Trudno mi w to uwierzyć.

Gdy do Sójeczki dotarł sens tych słów, weteran zdał też sobie sprawę z czegoś innego.

Wygląda na to, że mamy również innego wroga, i sądząc z wyrazu twarzy wszystkich tu obecnych – poza twarzą Dujeka i z pewnością również moją – ta wiadomość nie jest dla nikogo szczególnym zaskoczeniem. To prawda, że słyszeliśmy pewne aluzje, ale nie pojęliśmy ich znaczenia. Brood, Korlat, Kallor... bogowie, nawet Kruppe i Artanthos! Muszę ich starannie unikać, jeśli jeszcze kiedyś zachce mi się zagrać w kości!

Przeniósł wzrok na Srebrną Lisicę, która odwzajemniła mu się sennym, mądrym spojrzeniem.

Nie, tym razem ci się nie uda.

– Srebrna Lisico – warknął. – Ta opowieść miała wzbudzić sympatię w naszych sercach, lecz wygląda na to, że twe wysiłki zaszkodziły tylko temu, co chciałaś osiągnąć. Jeżeli rzeczywiście istnieje głębiej ukryta groźba, trzecia ręka, która zręcznie manipuluje zarówno nami, jak i Pannionńskim Jasnowidzem... to czy ty i twoi T'lan Imassowie skupicie potem swą uwagę na tej ręce?

– Nie.

– A dlaczego?

Zaskoczyło go, gdy odwróciła z zakłopotaniem wzrok. Jej głos przemienił się w ochrypły szept.

– Dlatego, że żądasz od nas zbyt wiele, Sójeczka.

Zapadła cisza.

Malazańczyka zalała fala strachu. Odwrócił się, spojrzał w oczy Dujekowi i zobaczył, że na twarzy starego wodza pojawiło się lustrzane odbicie jego narastającego przerażenia.

Bogowie na dole, idziemy na śmierć. Niewidzialny wróg, ale taki, o którym wiedzieliśmy już od dawna i spodziewaliśmy się, że prędzej czy później nadejdzie. Wróg, który – na Otchłań – przeraża nawet T'lan Imassów...

– Cóż za okropna niespokojność! – krzyknął Kruppe. – Niespokojność? Czy jest takie słowo? Jeśli nie ma, to musimy do listy niezliczonych talentów Kruppego dodać językowe nowatorstwo! Przyjaciele! Słuchajcie! Wytężcie słuch! Skupcie uwagę! Niech doda wam odwagi świadomość, że pulchne ciało Kruppego stoi niezachwianie na drodze rzeczonego, lecz wciąż niewymienionego z imienia, straszliwego wroga wszystkiego, co istnieje! Niech ta świadomość pozwoli wam spać spokojnie. Śpijcie jak dzieci w ramionach matek, jak spał ongiś każdy z was, nawet Kallor, choć ta wizja budzi szok i trwogę...

– Niech to szlag! – ryknął Caladan Brood – co ty wygadujesz, przeklęty przez Kaptura konusie? Twierdzisz, że stoisz na drodze Okaleczonego Boga? Na Otchłań, oszalałeś! A jeśli nie – dodał ciszej, zeskakując z siodła – daj nam natychmiast dowód swych możliwości, bo inaczej – ruszył w stronę grubaska, sięgając jedną ręką do rękojeści młota – nie potrafię przewidzieć skali mego gniewu.

– Nie radzę, Brood – wyszeptała Srebrna Lisica.

Naczelny wódz zwrócił się w jej stronę, odsłaniając zęby.

– Czy rozciągasz swą opiekę na tę arogancką, spasioną ropuchę?

Wybałuszyła oczy, spoglądając na Daru.

– Kruppe, czy mnie o to prosisz?

– Nonsens! Ojej, Kruppe nie chciał cię obrazić swym okrzykiem, moja droga, zapewnia cię o tym z całą serdecznością!

Sójeczka z niedowierzaniem przyglądał się małemu grubaskowi w poplamionych jedzeniem i winem szatach, który wyprostował się dumnie na taką wysokość, jaka tylko leżała w jego możliwościach, i skierował lśniące oczka na Caladana Brooda.

– Grozisz Kruppemu z Darudżystanu, tak? Żądasz wyjaśnień, co? Sięgasz po młot, hę? Obnażasz kły...

– Cisza! – ryknął naczelny wódz, usiłując zapanować nad gniewem.

Bogowie na dole, co ten Kruppe kombinuje?

– Kruppe opiera się wszystkim groźbom! Drwi z demonstracji siły, jakie chce urządzić naburmuszony naczelny wódz...

Młot znalazł się nagle w rękach Brooda, przeszył powietrze z prędkością błyskawicy i uderzył w ziemię tuż obok stóp Kruppego.

Detonacja poprzewracała konie, wyrzucając Sójeczkę i innych jeźdźców w górę. Zahuczał grom. Malazański dowódca miał wrażenie, że ziemia uniosła się, wychodząc mu na spotkanie. Gdy uderzyła weń z siłą pięści, potoczył się w dół po kamienistym stoku.

Konie kwiczały przeraźliwie. Gorący, zawodzący straszliwie wicher wzbił ku niebu obłok ziemi i pyłu.

Piarg poruszył się pod Sójeczką, opadając ku dolinie z głuchym, coraz głośniejszym hukiem. Kamienie uderzały o jego zbroję i stukały w hełm, ogłuszając Malazańczyka. Przez lukę w chmurze udało mu się dojrzeć przelotnie wzgórza po drugiej stronie doliny. Nie wierzył własnym oczom. Wypiętrzały się błyskawicznie, skała macierzysta wychodziła spod trawiastej powłoki, tryskając fontannami pyłu, kamieni oraz dymu. Potem cały świat przesłoniły mu obłoki kurzu. Ocierały się o niego spadające głazy. O inne sam uderzał się boleśnie, gdy staczał się ze stoku, dysząc, kaszląc i nie mogąc zaczerpnąć tchu.

Wstrząsy nadal nie ustawały. Słychać było odległe detonacje, które przeszywały bólem sfatygowane kości Sójeczki.

Wreszcie się zatrzymał, po części zagrzebany w żwirze i kamieniach. Otworzył zaczerwienione oczy i ujrzał przed sobą rhivijskich zwiadowców, którzy uskakiwali pośpiesznie przed toczącymi się głazami, jakby to była jakaś dziwaczna, śmiercionośna zabawa. Za nimi wznosiła się czarna, buchająca parą skała macierzysta, nowy łańcuch górski, który nie przestawał rosnąć. Dno doliny, na którym leżał Malazańczyk, pochylało się, zamieniając się w stok. Zasłonięte parą i dymem niebo miało kolor żelaza.

Niech mnie Kaptur... biedny Kruppe.

Sójeczka obrócił się z jękiem tak bardzo, jak tylko zdołał. Cały był podrapany i czuł, że pod jego powgniataną, podziurawioną zbroją tworzą się bolesne siniaki, lecz kości miał, o dziwo, całe. Załzawionymi oczyma popatrzył na szczyt wzgórza za swymi plecami.

Osypisko zniknęło, zastąpione przez nagi, stromy klif. Większa część płaskowyżu po prostu przestała istnieć. Została tylko maleńka wysepka o płaskim szczycie... Sójeczka dostrzegał na niej wstające z ziemi postacie. Podnoszące się konie. Jego uszu dobiegł żałosny ryk muła.

Na północ, przez dolinę, a potem przez leżące za nią wzgórza, biegła wąska rozpadlina, z której buchała para. Pęknięcie wyglądało na bezdenne.

Obolały Sójeczka strącił z siebie gruz i podniósł się powoli.

Zobaczył Caladana Brooda, któremu z rąk zwisał nieruchomo młot... oraz stojącego przed naczelnym wodzem, na własnej wysepce, Kruppego. Grubasek strzepywał kurz z ubrania. Szczelina powstała po uderzeniu młotem w ziemię rozdzielała się na dwoje tuż przed niskim Daru, i ponownie łączyła za jego plecami.

Sójeczka z wysiłkiem powstrzymał śmiech, wiedząc, że wydałby się on w tej chwili desperacki i niestosowny.

A więc byliśmy świadkami gniewu Brooda. A Kruppe, ten mały, groteskowy człowieczek, zdołał mu się oprzeć. No cóż, jeśli był potrzebny dowód na to, że nie jest on tym, kim się wydaje... Zmarszczył brwi. To rzeczywiście była demonstracja, ale dla kogo przeznaczona?

Z zamyślenia wyrwał go przepełniony trwogą krzyk.

Korlat. Spoglądała na północ, dziwnie skulona.

Sójeczka zobaczył, że szczelinę wypełnia krew. Wszelka wesołość z niego umknęła.

Zatruta, zgniła krew. Beru broń, Śpiąca Bogini... Pożoga śpi snem zatrutych, umierających. Zdał sobie sprawę, że to najstraszliwsza ze wszystkich rzeczy, których się dziś dowiedział. Zatruła ją... ukryta dłoń Okaleczonego Boga...

Mhybe rozchyliła nagle powieki. Wóz kołysał się, a ziemią targały wstrząsy. Ze wszystkich stron dobiegały ją krzyki Rhivijczyków, przeraźliwy chór świadczący o lęku i konsternacji. Jej kości i mięśnie protestowały, gdy ciskał nią kataklizm, nie chciała jednak krzyczeć. Pragnęła jedynie się ukryć.

Łoskot umilkł, ustępując miejsca odległemu porykiwaniu bhederin oraz bliższemu odgłosowi kroków jej rodaków, którzy przebiegali obok wozu. Stado było bliskie paniki.

Stratują nas wszystkich. To byłaby dla mnie ulga. Koniec bólu, koniec koszmarów...

W snach znowu była młoda, lecz nie znajdowała w tym radości. Po tundrze, do której niezmiennie trafiała, chodzili obcy. Gdy się zbliżali, pierzchała niczym śnieżny zając. Ucieczka, wieczna ucieczka.

Obcy. Nie wiedziała, czego od niej chcą, było jednak jasne, że jej szukają. Tropili ją jak myśliwi. Zawsze budziła się wyczerpana, kończyny jej drżały, a pierś rozdzierał spazmatyczny oddech.

Ocalono ją przed Otchłanią, przed strzępkami dusz dręczonymi wiecznym, rozpaczliwym głodem. Ocalił ją smok.

Ale w jakim celu? Po to, by zostawić mnie w miejscu, gdzie polują na mnie bez wytchnienia?

Mijał czas, urozmaicany jedynie słowami pasterzy uspokajających wystraszone bhederin. Udało się uniknąć paniki. Ziemią nadal wstrząsał łoskot, lecz był coraz słabszy i jego fale nadchodziły coraz rzadziej.

Mhybe jęknęła cicho pod nosem, gdy wóz zakołysał się raz jeszcze, tym razem dlatego, że wdrapali się na niego dwaj Daru, Coll i Murillio.

– Obudziłaś się – zauważył radny. – Nie dziwi mnie to.

– Zostawcie mnie – zażądała, owijając skórami drżące ciało i odwracając się od obu mężczyzn.

Tak mi zimno...

– Wiesz, co się stało? – zapytał Colla Murillio.

– Wygląda na to, że Brood się wkurzył.

– Bogowie! Na kogo? Na Kallora? Ten skurczybyk zasługuje...

– Nie na Kallora – warknął Coll. – Zgaduj jeszcze raz. To nie powinno być trudne.

Murillio jęknął.

– Na Kruppego.

– Kaptur wie, że ten skubaniec nieraz już nadużył cierpliwości nas wszystkich... tyle że nikt z nas nie potrafi rozłupać połowy świata i stworzyć przy okazji nowych gór.

– Czy zabił kurdupla? Nie potrafię uwierzyć...

– Ponoć nic mu się nie stało. Typowe. Skarżył się na pył. Nikt inny również nie odniósł obrażeń, choć mało brakowało, żeby naczelnego wodza kopnął w głowę rozgniewany muł.

– Muł Kruppego? Ten, który chodzi przez sen?

– Tak jest.

Chodzi przez sen. Z pewnością śni mu się, że jest koniem. Wspaniałym, wielkim, ognistym...

– To naprawdę bardzo dziwne zwierzę. Nigdy nie widziałem muła, który byłby taki... czujny. Uważa na wszystko, co się wokół niego dzieje. Królowo Snów, w życiu nie widziałem takich dziwnych gór!

– Ehe, Murillio, faktycznie wydają się większe niż w rzeczywistości. Mylą wzrok. To ten złamany grzbiet. Wygląda jak coś, co widzi się na samym horyzoncie, ale tak naprawdę są tylko półtorej mili od nas. Lepiej o tym nie myśleć, jeśli mnie o to pytasz...

O tym wszystkim lepiej nie myśleć. O górach, mułach i gniewie Brooda. Wewnątrz mojej córki kłębią się dusze. Dwie kobiety i Thelomen zwany Rozbijaczem Czaszek. Dwie kobiety i mężczyzna, których nigdy nie spotkałam... mimo że nosiłam w sobie to dziecko. Ja, Rhivijka, młoda, w kwiecie życia, wciągnięta w sen, który potem stał się rzeczywistością. Ale gdzie w mojej córce jestem ja? Gdzie jest krew i serce Rhivijczyków?

Nie ma w niej nic ze mnie, zupełnie nic. Rzeczywiście byłam tylko naczyniem i niczym więcej. Naczyniem, które nosiło w sobie obcą, a potem wydało ją na świat.

Nie ma powodu, by mnie odwiedzała, brała za rękę i próbowała pocieszyć. Spełniłam już swoje zadanie. Dlatego leżę tu teraz, odrzucona i zapomniana. Mhybe.

Czyjaś dłoń spoczęła delikatnie na jej barku.

– Chyba znowu zasnęła – odezwał się Murillio.

– To dobrze – szepnął Coll.

– Pamiętam swoją młodość – ciągnął Daru cichym, introspekcyjnym tonem.

– Ja też pamiętam twoją młodość, Murillio.

– Byłem szalony i lekkomyślny...

– Co noc inna wdowa, jeśli sobie przypominam.

– Faktycznie byłem dla nich magnesem i, rozumiesz, to było takie łatwe...

– Zauważyliśmy.

Murillio westchnął.

– Ale z tym już koniec. Postarzałem się, zapłaciłem za dni swej młodości...

– Chciałeś powiedzieć, noce.

– Wszystko jedno. Pojawili się nowi rywale. Świeża krew. Marak z Paxto. Jest wysoki i gibki, a gdzie tylko się pojawi, przyciąga wszystkie spojrzenia. Zarozumiały sukinsyn. Jest też Perryl z M'necrae...

– Och, Murillio, oszczędź mi tych wszystkich szczegółów.

– Rzecz w tym, że minęło parę lat. Dobrych lat. Pełnych przyjemności. Moja gwiazda już zachodzi, ale mogę wspominać dni, no dobra, niech ci będzie, że noce, swej chwały. Ale ta nieszczęsna kobieta...

– Tak, słyszę cię. Zwróciłeś może uwagę na te miedziane ozdoby, które nosi? Zobacz, ma dwie na nadgarstku. To prezenty od Kruppego, pochodzą z Darudżystanu.

– I co z tego?

– Właśnie cię pytałem, czy je zauważyłeś. To dziwne. Kiedy zasypia, błyszczą jaśniej.

– Naprawdę?

– Przysiągłbym na stertę chusteczek Kruppego.

– Rzeczywiście bardzo dziwne.

– Ale w tej chwili są raczej matowe...

Obaj przykucnięci nad nią mężczyźni umilkli. Po długiej chwili dłoń, która spoczywała na jej barku, zacisnęła się lekko.

– Ach, moja droga – wyszeptał Murillio – gdybym tylko mógł cofnąć swe słowa.

Niby dlaczego? Powiedziałeś prawdę. Płynęły z serca, a choć jesteś nieodpowiedzialnym młodzieńcem, serce masz dobre. Wyraziłeś słowami ciążącą nade mną klątwę. To nic nie zmienia. Czy należy się nade mną litować? Wygląda na to, że tylko wtedy, kiedy śpię. W oczy nie mówisz mi nic i uważasz swe milczenie za akt dobroci. W rzeczywistości jednak jest drwiną, gdyż odbieram je jako obojętność.

A co z moim milczeniem? Dlaczego nic nie mówię tym dwóm dobrym ludziom, którzy teraz na mnie spoglądają? Którą z moich niezliczonych wad to ujawnia?

Wygląda na to, że wasza litość nie może sprostać mojej.

Jej myśli oddaliły się w końcu. Pojawiło się przed nią bezdrzewne pustkowie barwy ochry, które wypełniało świat jej snów.

Rzuciła się do ucieczki.

Gdy tylko Dujek wszedł do namiotu, cisnął ze złością stalowymi rękawicami o ścianę. Twarz mu pociemniała z wściekłości.

Sójeczka wyciągnął zatyczkę z dzbana *ale* i napełnił dwa puchary, stojące na stoliku obozowym. Obaj mężczyźni byli brudni od potu i pyłu.

– Co to za nowy obłęd? – wychrypiał wielka pięść. Zatrzymał się tylko na chwilę, by złapać za jeden z pucharów, po czym zaczął spacerować po namiocie.

Sójeczka rozprostował obolałe nogi, aż krzesło pod nim skrzypnęło. Pociągnął z westchnieniem długi łyk *ale*.

– O którym obłędzie mówisz, Dujek? – zapytał.

– Ehe, lista jest cholernie długa. Okaleczony Bóg! O tym skurczybyku krążą najpaskudniejsze legendy...

– Poemat Rybaka Kel Tatha o Przykuciu...

– Nie mam zwyczaju czytywać poezji, ale Kaptur wie, że słyszałem fragmenty powtarzane przez bardów w oberżach i tak dalej. Na jaja Fenera, na tę wojnę się nie pisałem.

Sójeczka przyjrzał się uważnie wielkiej pięści.

– To na niej nie walcz.

Dujek zatrzymał się i spojrzał na zastępcę.

– Mów dalej – rzekł po chwili.

– Brood już o tym wiedział – stwierdził ze wzruszeniem ramion, od którego przeszył go nagły ból. I Korlat też. – To znaczy, że to samo zapewne dotyczy Anomandera Rake'a. I Kallora również, chociaż nie podobał mi się błysk chciwości w jego oczach. To już dwa Ascendenty i jeden kandydat na Ascendent. Okaleczony Bóg jest zbyt potężnym przeciwnikiem dla takich, jak ty i ja, wielka pięści. Zostawmy go im i bogom. Ostatecznie zarówno Rake, jak i Brood byli obecni przy Przykuciu.

– Chcesz powiedzieć, że to oni narobili tego bałaganu.

– Szczerze mówiąc, tak.

– Ale my wszyscy za to płacimy, a wkrótce możemy zapłacić najwyższą cenę. Nie pozwolę, żeby moja armia przelewała krew w tej sprawie, Sójeczka. Naszym zadaniem miało być zmiażdżenie Pannion Domin, które uważaliśmy za śmiertelne imperium.

– Wygląda na to, że obie strony dopuściły się manipulacji, Dujek.

– I to ma mnie pocieszyć?

Wielka pięść przeszył swego zastępcę pełnym złości spojrzeniem, po czym dopił *ale* i podsunął pusty puchar Sójeczce, który go napełnił.

– Raczej nie mamy prawa skarżyć się na to, że inni nami manipulują, przyjacielu.

Dujek znieruchomiał, a potem chrząknął.

Tak jest. Uspokój się, wielka pięści. Myśl jasno.

– Poza tym – ciągnął Sójeczka – mam wiarę.

– W co? – warknął wielka pięść. – W kogo? Powiedz mi, proszę!

– W pewnego niskiego, korpulentnego, odpychającego człowieczka...

– W Kruppego! Oszalałeś...

Sójeczka uśmiechnął się.

– Mój stary przyjacielu, spójrz tylko na własny gniew. Wściekasz się, że cię wyprowadzono w pole. Wykorzystano. Być może oszukano. A teraz pomyśl, jak musiał się poczuć Ascendent, taki jak Caladan Brood, kiedy zdał sobie sprawę, że ktoś nim manipuluje? Czy to nie wystarczyłoby, żeby stracił panowanie nad sobą? Wyciągnął młot i spróbował załatwić tego nadętego, zadowolonego z siebie władcę marionetek?

Dujek zamarł w bezruchu na długi czas. Potem wykrzywił usta w uśmiechu.

– Innymi słowy, on potraktował Kruppego poważnie...

– Darudżystan – przerwał mu Sójeczka. – Nasza wielka porażka. Przez cały czas miałem poczucie, że ktoś kieruje z ukrycia całą tą cholerną aferą. Nie Anomander Rake. Nie koteria. Nie Vorcan i jej skrytobójcy. Ktoś inny. Ktoś tak sprytnie zamaskowany, tak przerażająco... biegły... że byliśmy bezradni, zupełnie bezradni. A potem podczas rokowań wszyscy dowiedzieliśmy się, kto był odpowiedzialny za powtórne narodziny Tattersail jako Srebrnej Lisicy, dziecka rhivijskiej kobiety. Ziarno posiano w nieznanej grocie i w niej też doszło do narodzin. Połączono w całość odrębne nici. Nightchill, Bellurdana i samą Tattersail. A teraz wygląda na to, że do królestwa śmiertelników powrócił pradawny bóg. Na koniec najbardziej spektakularne wydarzenie. T'lan Imassowie. Tattersail, Nightchill i Bellurdan, wszyscy troje wywodzący się z Imperium Malazańskiego, narodzili się na nowo z rhivijskiej kobiety towarzyszącej armii Brooda... w chwili, gdy zbliżały się negocjacje, rysowała się szansa na zawarcie sojuszu... niech to Kaptur, bardzo dogodne było pojawienie się dziecka, które stało się pomostem między obydwoma obozami...

– Pomijając Kallora – wskazał Dujek.

Sójeczka skinął głową.

– A jemu właśnie przypomniano o mocy Brooda. Miejmy nadzieję, że to wystarczy, by utrzymać go w cuglach.

– Czy o to właśnie chodziło?

– Być może. Zażądał demonstracji, nieprawdaż? Kruppe manipuluje okolicznościami. W jakiś sposób. Nie uważam, byśmy musieli tańczyć tak, jak nam zagra. Za Daru stoi pradawny bóg, lecz nawet w tym przypadku wydaje mi się, że jest to... obopólnie korzystny sojusz między niemal równymi stronami. Partnerstwo, jeśli tak można to nazwać. Przyznaję, że wszystko to spekulacje, ale powiem ci jedno: nieraz już mną manipulowano, tak samo jak tobą. Tym razem jednak wrażenie jest inne. Mniej nieprzyjazne. Dujek, wyczuwam w tym współczucie.

– Sojusz między równymi stronami – mruknął wielka pięść. Potrząsnął głową. – Kim w takim razie jest ten Kruppe? Jakimś bogiem w przebraniu? Potężnym czarodziejem, arcymagiem?

Sójeczka wzruszył ramionami.

– Sądzę, że to śmiertelny człowiek, tyle że obdarzony niezrównaną inteligencją. Dosłownie niezrównaną, Dujek. Gdyby pradawny bóg nagle wrócił do naszego królestwa, to czyż nie wybrałby sobie na sojusznika najbłyskotliwszego z umysłów?

Na twarzy Dujeka malowało się niedowierzanie połączone ze zdumieniem.

– Ale, Sójeczka... Kruppe?

– Kruppe. To on dał nam Gildię Kupiecką Trygalle, jedynych kupców, którzy mogli zapewnić nam zaopatrzenie na wybranej przez nas marszrucie. To on podarował mhybe ocalałe artefakty pierwszych Rhivijczyków i poradził, by je nosiła, co zmniejszyło ból. Podejrzewam zresztą, że moc tych ozdób nie rozkwitła jeszcze w pełni. To on jest jedynym, z którym chce rozmawiać Srebrna

Lisica, odkąd opuścił nas Paran. I, na koniec, to on stoi na drodze Okaleczonego Boga.

– Jeśli jest tylko śmiertelnikiem, to w jaki sposób zdołał ocaleć przed gniewem Brooda?

– No cóż, podejrzewam, że jego sojusznik, pradawny bóg, nie chciał, by Daru zginął. Przypuszczam że postanowił interweniować. Cóż innego mogło to być?

Dujek opróżnił puchar.

– Niech to szlag. – Westchnął. – Zgoda. Ignorujemy Okaleczonego Boga, jeśli tylko będzie to możliwe. Nadal koncentrujemy się na Pannion Domin. Ale ta sytuacja mi się nie podoba, przyjacielu. Nie mogę nie czuć się zaniepokojony, nawet jeśli nie zaangażowaliśmy się czynnie w konfrontację z tym nowym nieprzyjacielem...

– Sądzę, że się zaangażowaliśmy, wielka pięści.

Dujek przeszył go ostrym, dociekliwym spojrzeniem. Skrzywił się.

– Szybki Ben.

Sójeczka skinął z namysłem głową.

– Tak mi się zdaje. Nie jestem pewien, Kapturze, nawet nie wiem, czy on jeszcze żyje. Znając Szybkiego, żyje. I, biorąc pod uwagę, jak bardzo był podekscytowany, kiedy go ostatnio widziałem, nie ma złudzeń i świetnie wie, co jest grane.

– I mamy tylko jego? Po to, by przechytrzyć Okaleczonego Boga?

– Wielka pięści, jeśli Kruppe jest największym geniuszem na świecie, to Szybki Ben stoi tylko krok za nim. Bardzo niewielki krok.

Na zewnątrz rozległy się krzyki, a potem ciężki tupot nóg. Po chwili chorąży Artanthos uchylił połę i wszedł do namiotu.

– Zauważono Morantha – oznajmił. – Nadlatuje z północnego wschodu. To Skręt.

Sójeczka podniósł się, stękając głośno, gdy przeszyły go liczne ukłucia bólu.

– Królowo Snów, za chwilę się czegoś dowiemy.

– Miejmy nadzieję, że to będą dobre wieści – warknął Dujek. – Z chęcią bym jakichś wysłuchał.

Przyciskała twarz do pokrytych porostami kamieni. W miarę, jak rośliny nasiąkały jej potem, powierzchnia stawała się coraz mniej szorstka. Serce jej waliło, dyszała ciężko i jęczała pod nosem, zbyt zmęczona, by dalej biec czy choćby unieść głowę.

W tundrze jej snów pojawili się nowi wrogowie. Tym razem nie ścigała jej banda nieznajomych.

Tym razem były to wilki. Wielkie, wychudłe bestie. Na jawie nigdy nie widziała tak olbrzymich. Pojawiły się na pasmie wzgórz na północ od niej. Osiem długonogich, przygarbionych zwierząt o futrze dostosowanym barwą do szarego krajobrazu. Przewodnik stada odwrócił się, jakby wyczuł jej zapach na suchym, zimnym wietrze.

I zaczął się pościg.

Z początku mhybe radowała się chyżością swych młodych, gibkich nóg. Rącza jak antylopa – szybsza od wszystkich śmiertelnych ludzi – uciekała przez jałową krainę.

Wilki niestrudzenie dotrzymywały jej kroku. Stado rozciągnęło się w wachlarz. Od czasu do czasu jeden z nich zrywał się do sprintu, próbując zajść mhybe z boku, co zmuszało ją do zmiany kierunku.

Choć próbowała trzymać się równej powierzchni, zwierzęta raz po raz zaganiały ją na wzgórza. Była już zmęczona.

Nacisk nie ustawał ani na chwilę. Ból w nogach mhybe narastał. W jej płucach płonął ogień, a wyschnięte gardło ściskał ostry skurcz. Stopniowo zdała sobie z przerażeniem sprawę, że ucieczka jest niemożliwa. Że nie ujdzie śmierci. Że jak zwykłe zwierzę padnie ofiarą głodu wilków.

Wiedziała, że dla nich morze jej umysłu, które ogarnął teraz szalony sztorm paniki i rozpaczy, nie ma żadnego znaczenia. Były łowcami i nie obchodziło ich, co kryje się w duszy ofiary. Tak jak w przypadku antylop, cieląt bhederin, czy ranagów, cała jej gracja i piękno, nadzieje i potencjał, miały się zamienić w mięso.

To była ostatnia lekcja życia, jedyna prawda kryjąca się za gęstą zasłoną iluzji.

Mhybe zrozumiała, że prędzej czy później wszyscy stajemy się pokarmem. Dla wilków czy dla robaków, po kresie nagłym czy długotrwałym – wszystko to nie miało najmniejszego znaczenia.

Skomlała rozpaczliwie, na wpół oślepiona. Wspięła się na kolejne wzgórze. Wilki były coraz bliżej. Słyszała już, jak ich łapy depczą suche porosty i mchy. Z prawej i z lewej, wyprzedzały ją, zamykały krąg.

Krążyły wokół niej. Słuchała ich uważnie. Krążyły, a potem zaczęły się zbliżać.

Mhybe poczuła na karku gorący oddech.

Krzyknęła.

I obudziła się. Nad nią, na ciemniejącym niebie, krążył jastrząb. Na wietrze unosiły się obłoki wzbitego przez bhederin pyłu. W oddali było słychać głosy, a znacznie bliżej jej ochrypły oddech.

Wóz zatrzymał się. Armia szykowała się do nocnego odpoczynku.

Mhybe leżała skulona pod futrami i niewyprawionymi skórami. W pobliżu rozmawiały szeptem dwie osoby. Poczuła smród palonego nawozu oraz woń rosołu z ziołami – szałwia i kozie mięso. Rozległ się trzeci głos i słowa powitania wypowiedziane przez dwie poprzednie osoby. Wszystkie brzmiały dziwnie niewyraźnie i nie była w stanie ich poznać.

Nie warto nawet próbować. To moi opiekunowie. Moi strażnicy.

Wóz zaskrzypiał. Ktoś przykucnął obok niej.

– Sen nie powinien prowadzić do takiego wyczerpania.

– Nie, Korlat, nie powinien. Proszę, pozwól mi z tym skończyć...

– Nie. Masz, Coll przyrządził gulasz...

– Nie mam już zębów i nie pogryzę mięsa.

– Są w nim tylko małe kawałeczki, łatwe do przełknięcia. To właściwie rosół.

– Nie jestem głodna.

– Ale zjedz. Czy mam ci pomóc usiąść?

– Niech cię Kaptur weźmie, Korlat. Ciebie i całą resztę. Wszystkich bez wyjątku.

– Daj, pomogę ci.

– Wasze dobre chęci mnie zabijają. Nie, nie zabijają. W tym właśnie tkwi problem... – Stęknęła, bezsilnie próbując wyrwać się z rąk Korlat, która bez wysiłku podniosła ją do pozycji siedzącej. – Torturujecie mnie swoim miłosierdziem, które wcale nie jest miłosierne. Nie, nie patrz na moją twarz, Korlat. – Podniosła wyżej kaptur. – Bo mogę się przyzwyczaić do litości w twoim spojrzeniu. Gdzie jest miska? Zjem ten rosół. Zostaw mnie.

– Posiedzę przy tobie, mhybe – sprzeciwiła się Korlat. – W końcu mam dwie miski.

Rhivijka spojrzała na swe pomarszczone, pokryte plamami i wychudłe dłonie, a potem na ściskaną w nich miskę wodnistego rosołu, w którym pływały pasemka upstrzonego plamami wina mięsa.

– Widzisz? Rzeźnik, który zabił kozę. Morderca. Czy powstrzymało go albo może ją rozpaczliwe meczenie zwierzęcia? Czy spojrzał w jego błagające o zmiłowanie oczy? Zawahał się, nim uderzył nożem? W swych snach jestem jak ta koza. Na to właśnie mnie skazujecie.

– Rzeźnik był Rhivijczykiem – odparła po chwili Korlat. – Obie świetnie znamy rytuał, mhybe. Przebłaganie. Przywołanie miłosiernego ducha, którego objęcie jest koniecznością. Obie wiemy, w jaki sposób ów duch zstępuję na kozę, czy inne stworzenie, którego ciało ma wykarmić wasz lud albo którego skóra ma mu posłużyć jako odzienie. Dlatego zwierzę nie sprzeciwia się i nie błaga. Widziałam to... i byłam zdumiona, gdyż naprawdę jest to coś niezwykłego. Taki rytuał znają tylko Rhivijczycy. Nie mam na myśli jego intencji, lecz oczywistą skuteczność. Wygląda to tak, jakby duch ukazywał zwierzęciu lepszą przyszłość, coś, co wykracza poza życie, jakie znało do tej pory...

– To kłamstwa – wyszeptała mhybe. – Duch oszukuje biedne stworzenie. Żeby łatwiej je było zabić.

Korlat umilkła.

Mhybe uniosła miskę do ust.

– Być może nawet takie oszustwo jest... aktem łaski – podjęła kobieta Tiste Andii.

– Nieprawda – warknęła mhybe. – To tylko słowa, które mają pocieszyć zabójcę i jego bliskich. Trup to trup, jak mawiają Podpalacze Mostów. Ci żołnierze świetnie znają prawdę. Dzieci Imperium Malazańskiego nie zwykły ulegać złudzeniom. Niełatwo je zaczarować.

– Widzę, że sporo o nich wiesz.

– Czasem odwiedzają mnie dwie żołnierki piechoty morskiej. Wzięły na siebie obowiązek pilnowania mojej córki. I opowiadania mi o niej, ponieważ nikomu innemu nie chce się tego robić. Jestem im za to bardzo wdzięczna.

– Nic o tym nie wiedziałam...

– Czujesz się zaniepokojona? Czy zdradzono mi jakieś straszliwe tajemnice? Czy zamierzasz położyć temu kres?

Korlat zacisnęła dłoń na jej barku.

– Chciałabym, żebyś choć spojrzała mi w twarz, mhybe. Nie, nie zrobię nic w tym rodzaju. Nic mi też nie wiadomo o tym, by ukrywano przed tobą jakieś złowrogie sekrety. Mam zamiar odszukać te dwie żołnierki, żeby im podziękować.

– Zostaw je w spokoju, Korlat. One nie proszą o podziękowania. To proste żołnierki, dwie kobiety z imperium. Dzięki nim wiem, że Kruppe regularnie odwiedza Srebrną Lisicę. Być może postanowił grać rolę dobrego wujka. To bardzo dziwny człowiek. Lubię go mimo straszliwej klątwy, jaką na mnie rzucił.

– Klątwy? Och, mhybe, może i nie wiem o Kruppem zbyt wiele, ale zapewniam cię, że on by nikogo nie przeklął. Nie sądzę, by choć sobie wyobrażał, co będą dla ciebie oznaczały ponowne narodziny Tattersail.

– Masz absolutną rację. Widzisz, ja również to rozumiem. Kruppego przywołał pradawny bóg, który postanowił zaangażować się w tę sprawę albo już był w nią zaangażowany. Stworzono monstrum, jak słusznie określił to Kallor. Zmumifikowane zwłoki Nightchill, uwięziona w nich dusza Tattersail i widmo zrodzone z czarów T'lan Imassów. Powstał koszmarny stwór. Pradawny bóg chciał go w jakiś sposób uratować i wygląda na to, że był mu do tego potrzebny Kruppe. To wszystko. Daru uczynił, co tylko zdołał, sądząc, że to akt łaski. Nie daj się jednak nabrać, Korlat. Kruppe i jego pradawny bóg postanowili zrobić użytek z dziecka, które stworzyli. Czy tylko wykorzystali nadarzającą się okazję, czy też od początku było to ich zamiarem? Czy to ważne? A teraz Kruppe zaprzyjaźnił się ze Srebrną Lisicą. Czy knują coś razem? Czy jestem ślepa...?

– Knują? A w jakim celu, mhybe?

– Nie wiesz? Trudno mi w to uwierzyć.

– Widzę, że doszłaś do wniosku, iż spiskują przeciwko tobie.

– A ty nie? – Mhybe cisnęła miską z całą siłą, na jaką mogła się zdobyć. Rosół wylał się z pluskiem, naczynie odbiło się od czegoś, a Murillio – który najwyraźniej znalazł się na trasie jego lotu – krzyknął zaskoczony. – Pilnujecie mnie! – wysyczała Rhivijka. – Karmicie! Nie spuszczacie mnie z oczu, żebym nie odebrała sobie życia! I to nie jest spisek? A moja córka, moja rodzona córka, czy mnie odwiedza? Nie! Kiedy ostatnio widziałam jej twarz? Kiedy? Prawie już tego nie pamiętam!

Korlat jeszcze mocniej zacisnęła dłoń na jej barku.

– Słyszę cię, moja droga – rzekła cichym, lecz pełnym napięcia głosem. – Zbadam tę sprawę dokładnie. Odkryję prawdę i zapoznam cię z nią. Masz na to moje słowo, mhybe.

– W takim razie powiedz mi, co się wydarzyło? Dziś rano. Poczułam coś. Jakieś wydarzenie. Coll i Murillio mówili, że doszło do sprzeczki między Kruppem a Broodem. Powiedz mi, gdzie była wtedy Srebrna Lisica?

– Była przy tym – przyznała Korlat. – Pojechała tam ze mną, gdy tylko wezwał nas Sójeczka. Będę z tobą szczera, mhybe. Przed starciem Brooda z Kruppem coś faktycznie się wydarzyło. Twoja córka znalazła... obrońców, ale nie chce otoczyć ich opieką również i ciebie, choć z jakiegoś powodu uważa, że zagraża ci niebezpieczeństwo. Nie znam jego źródła.

Ale ja je znam. Och, Korlat, zaślepiła cię przyjaźń dla mnie. Sama sobie zagrażam.

– Obrońców. Co to za obrońcy?

Korlat odetchnęła głęboko.

– Srebrna Lisica prosiła, bym nic ci o nich nie mówiła. Nie rozumiałam dlaczego, ale zgodziłam się spełnić jej prośbę. Teraz rozumiem, że postąpiłam źle. Skrzywdziłam cię, mhybe. Jeśli to spisek, nie zamierzam w nim uczestniczyć. Obrońcy twojej córki to wilki. Wielkie bestie z zamierzchłej epoki...

Mhybe ogarnęło przerażenie. Warknęła wściekle i uderzyła Korlat w twarz, rozdzierając paznokciami skórę.

– Polują na mnie! – wrzasnęła. Kobieta Tiste Andii cofnęła się trwożnie. – Chcą mnie zabić! Moja córka...

To moja córka prześladuje mnie w snach! Duchy na dole, to ona chce mojej śmierci!

Coll i Murillio skoczyli z głośnym krzykiem do wozu. Korlat syknęła, każąc im się uspokoić, lecz mhybe ich nie słyszała, stała się głucha na otaczający ją świat. Nie przestawała się miotać, przeszywając pazurami powietrze. Zdrada obróciła jej serce w popiół.

Moja córka! Moja córka!

A z moich ust wydobywa się skomlenie.
A moje oczy błagają.
A ona ściska w rękach nóż i w jej spojrzeniu nie ma nic poza zimną determinacją.

Gdy Sójeczka odwrócił się i zauważył nadchodzącą Korlat, z ust zniknął mu uśmieszek. Jej oczy przypominały rozżarzone do białości żelazo, a na prawym policzku miała cztery równoległe zadrapania. Spływająca z nich krew kapała na pokrywające ziemię sitowie.

Malazańczyk omal się nie cofnął przed zbliżającą się Tiste Andii.

– Korlat, co się stało?

– Wysłuchaj mnie, kochanie – wychrypiała kobieta lodowatym głosem. – Jeśli ukrywałeś przede mną jakieś tajemnice dotyczące odrodzonej Tattersail, tych cholernych T'lan Ay albo tego, co rozkazałeś powiedzieć mhybe dwóm pilnującym dziecka żołnierkom, teraz mi je zdradzisz. Natychmiast.

Poczuł, że ogarnął go chłód. Skrzywił się gwałtownie pod wpływem jej furii.

– Rozkazałem? – zapytał cicho. – Nic im nie rozkazałem. Nawet pilnować Srebrnej Lisicy. Wszystko robią z własnej inicjatywy. Jeśli powiedziały coś, co doprowadziło do takiej reakcji, to, no cóż, przyjmuję za to odpowiedzialność jako ich dowódca. Zapewniam cię też, że jeśli trzeba wymierzyć karę...

– Przestań. Daj mi chwilę, proszę.

Coś w niej się załamało. Zaczęła drżeć.

Sójeczka pragnął wziąć ją w ramiona, powstrzymał jednak ten impuls. Wyczuwał, że Korlat potrzebuje pocieszenia, lecz instynkt podpowiadał mu, że nie jest jeszcze do tego gotowa. Rozejrzał się wokół, znalazł stosunkowo czystą chustkę, namoczył ją w misce i podsunął kobiecie.

Przyglądała się mu bez słowa. Jej oczy pociemniały, nabierając ciemnoszarej barwy. Nie sięgnęła jednak po chustkę.

– Dlaczego Srebrna Lisica upierała się, że jej matka nie może się dowiedzieć o T'lan Ay? – zapytała.

– Nie mam pojęcia, Korlat. Wiem tylko to, co mi powiedziała. Sądziłem, że ty to wiesz.

– Sądziłeś, że wiem.

Skinął głową.

– Podejrzewałeś, że ukrywam przed tobą... tajemnicę. Coś, co dotyczy Srebrnej Lisicy i jej matki...

Sójeczka wzruszył ramionami.

– Czy zamierzałeś mnie o to zapytać?

– Nie.

Otworzyła szeroko oczy.

– Na oddech Kaptura, oczyść mi te rany – poprosiła po długiej chwili ciszy.

Podszedł do niej z ulgą i zaczął bardzo delikatnie przemywać poranioną skórę.

– Kto cię uderzył? – zapytał cicho.

– Mhybe. Chyba popełniłam straszliwy błąd, mimo że miałam dobre intencje...

– Z dobrymi intencjami często tak bywa – wyszeptał.

Korlat przeszyła go dociekliwym spojrzeniem.

– Pragmatyczni Malazańczycy. Rzeczywiście zawsze widzicie jasno. Dlaczego z uporem uważamy was tylko za żołnierzy? Brood, Rake, Kallor... i ja, wszyscy spoglądamy na ciebie, Dujeka i waszą armię jak na coś w rodzaju... wsparcia. Miecz, który mamy nadzieję pochwycić w dłonie, gdy nadejdzie taka potrzeba. Wychodzi na to, że wszyscy jesteśmy głupcami. Nikt z nas dotąd nie odgadł, jak naprawdę mają się sprawy.

– A jak się mają? – zapytał Sójeczka, marszcząc brwi.

– Staliście się naszym kręgosłupem. To wy dajecie nam siłę, utrzymujecie nas razem. Och, wiem, że macie swoje tajemnice, Sójeczka.

Uśmiechnął się z przekąsem.

– Nie tak wiele, jak ci się zdaje. Zdradzę ci największą z nich. Oto ona. Czujemy się słabi. W porównaniu z wami. Z Rakiem, Caladanem Broodem i Kallorem. Z armią Tiste Andii, Rhivijczyków i Barghastów. Kapturze, nawet ta zgraja najemników, która wam towarzyszy, budzi nasz niepokój. Nie dysponujemy waszymi mocami. Jesteśmy tylko armią. Nasz najlepszy czarodziej nie ma nawet rangi. To tylko mag drużyny, a do tego w tej chwili przebywa bardzo daleko stąd i podejrzewam, że czuje się jak mucha w pajęczej sieci. Wiemy, że gdy nadejdzie czas bitew, będziemy grotem włóczni i będzie nas to drogo kosztowało. Jeśli zaś chodzi o samego jasnowidza i o to, co ukrywa się za nim, to, no cóż, mamy nadzieję, że wy się tym zajmiecie. To samo dotyczy Okaleczonego Boga. Macie rację, Korlat. Jesteśmy tylko żołnierzami. I to zmęczonymi. Jeśli jesteśmy kręgosłupem naszych połączonych armii, to niech nam Kaptur pomoże, bo ten kręgosłup jest kruchy i skrzywiony.

Położyła rękę na jego dłoni i dotknęła nią swojego policzka. Spojrzeli sobie w oczy.

– Kruchy i skrzywiony? Nie sądzę.

Sójeczka potrząsnął głową.

– To nie jest pusta skromność, Korlat. Mówię prawdę, choć obawiam się, że nie jesteś gotowa jej wysłuchać.

– Srebrna Lisica manipuluje swą matką – stwierdziła po chwili kobieta Tiste Andii. – W jakiś sposób. Może być nawet odpowiedzialna za straszliwe koszmary, które dręczą staruszkę.

– Trudno mi w to uwierzyć...

– Tattersail by czegoś takiego nie zrobiła, prawda? Ale co z Nightchill? Albo z Thelomenem? Znałeś ich, Sójeczka. No, w każdym razie lepiej niż ktokolwiek z nas. Czy to możliwe, żeby któreś z nich, albo może oboje, było za to odpowiedzialne?

Nie odpowiedział, dopóki nie skończył wycierać jej policzka.

– To wymaga dotyku uzdrowiciela, Korlat. W przeciwnym razie może dojść do zakażenia...

– Sójeczka.

Odsunął się od niej z westchnieniem.

– Obawiam się, że Nightchill może się czuć zdradzona. Na obiekt zemsty mogłaby wybrać kogokolwiek. To samo dotyczy Bellurdana Rozbijacza Czaszek. W końcu ta zdrada dotyczyła ich obojga. Jeśli masz rację i rzeczywiście próbują w jakiś sposób zaszkodzić mhybe, to sądzę, że Tattersail próbowałaby stanąć im na drodze.

– A co, jeśli już przegrała tę walkę?

– Nie zauważyłem żadnych oznak...

Oczy Korlat rozbłysły nagle. Dźgnęła go palcem w pierś.

– To znaczy, że twoje dwie żołnierki nie meldowały ci o żadnych oznakach!

Skrzywił się.

– One naprawdę są ochotniczkami, Korlat. Biorąc pod uwagę przerażający zakres naszej ignorancji, opłaca się mieć oczy otwarte.

Te dwie kobiety postanowiły strzec Srebrnej Lisicy, ponieważ widzą w niej Tattersail. Nie tylko w jej wyglądzie, lecz także w osobowości. Gdyby działo się coś złego, przyszłyby z tym do mnie. Bezzwłocznie.

Korlat opuściła dłoń. Westchnęła.

– A ja naskoczyłam na ciebie, gotowa urwać ci głowę. Niech cię szlag, Sójeczka, co zrobiłam, by sobie na ciebie zasłużyć? I, niech mnie Otchłań pochłonie, czemu jeszcze tu stoisz? Po wszystkich moich oskarżeniach...

– Przed kilkoma godzinami Dujek miał podobne wejście. – Malazańczyk uśmiechnął się. – Widać to już taki dzień. A teraz, czy wezwiemy tego uzdrowiciela...?

– Za chwilę. – Przyjrzała się mu. – Sójeczka, ty naprawdę nie wiesz, jak rzadko spotyka się takich jak ty, co?

– Rzadko? – Uśmiechnął się szerzej. – Oczywiście, że wiem. Jestem tylko jeden, dzięki Kapturowi.

– Nie o to mi chodziło.

Podszedł bliżej i objął ją w talii.

– Pora znaleźć uzdrowiciela, kobieto. Jestem mężczyzną, który ma proste potrzeby, a my marnujemy czas.

– To była żołnierska odpowiedź – zauważyła. – Ale ja nie dałam się nabrać.

Zamknął oczy, nie patrząc na nią.

Och, ależ dałaś, Korlat. Gdybyś tylko wiedziała, czego najbardziej się boję... tego, że mogę cię utracić...

Kruppe, Węgorz z Darudżystanu, sporadycznie złodziej i paser, ten, który rzucił wyzwanie Caladanowi Broodowi, szedł główną aleją obozu ku wozom z zaopatrzeniem, wymachując ekspresyjnie rękami. Właśnie przed chwilą opuścił namiot kuchenny Mottańskich Pospolitaków i w obu dłoniach trzymał nathijskie czarne ciastka, ociekające syropem. Kilka kroków za nim dreptał muł, który postawił uszy i wyciągał nos w stronę ciastek.

Przed chwilą nad obozem zabrzmiał drugi dzwon po północy. Odległe stada bhederin odpowiedziały mu żałobnym muczeniem, które powoli ucichło, gdy zwierzęta z powrotem zapadły w sen. Dotarłszy do wozów – które ustawiono w czworobok, by utworzyć fort na kołach – zauważył dwie malazańskie żołnierki, ciasno opatulone płaszczami. Kobiety siedziały przy małym ognisku, w którym płonął nawóz.

Kruppe zmienił kierunek i podszedł do nich.

– Drogie przyjaciółki – zawołał cicho. – Jest już późno i z pewnością piękne panie mają ochotę na odrobinę słodyczy.

Podniosły wzrok.

– Ha – mruknęła jedna z nich. – To ten spasiony Daru.

– I jego muł. Czai się za nim w cieniu.

– Jedyny w swoim rodzaju zaiste jest Kruppe! Spójrzcie! – Podsunął im ociekające syropem ciastka. – To dla was, kochaniutkie!

– To co mamy zjeść, ciastka czy twoje łapy?

Druga kobieta wyciągnęła nóż na te słowa.

– Dwa szybkie cięcia i będziemy mogły wybierać.

Kruppe cofnął się.

– Królowo Snów! Twarde i mało kobiece! Jesteście strażniczkami pięknej Srebrnej Lisicy, tak? Uspokaja mnie ta prawda. Serce Tattersail lśni tak wyraźnie w tym dziecku, które zmienia się w kobietę...

– Ehe, nieraz już widziałyśmy, jak gadasz z dziewczyną. To czarodziejka, na mur. Ci, którzy ją znali, nie mają wątpliwości.

– Cóż za nadzwyczajnie chaotyczna rozmowa. Kruppe jest zachwycony...

– To dostaniemy te ciastka czy nie?

– Oczywiście, choć błysk noża nadal oślepia hojnego Kruppego.

– Nie masz poczucia humoru, co? Chodź do nas, jeśli się odważysz.

Daru zbliżył się z uśmiechem na twarzy.

– To nathijskie czarne ciastka, moje drogie.

– Poznajemy je. Mottańscy Pospolitacy obrzucali nas nimi, kiedy zabrakło im strzał.

– O ile sobie przypominam, Jaybar dostał takim prosto w gębę.

– Ehe, a kiedy wstał, wyglądał jak ściółka leśna z oczyma.

– Ten straszliwy syrop to groźna broń – przyznał im rację Kruppe, po raz kolejny podsuwając ciastka żołnierkom.

Tym razem je wzięły.

– To wielka odwaga pilnować tej rhivijskiej dziewczyny.

– To nie jest żadna rhivijska dziewczyna. To Tattersail. Te futra i skóry są tylko na pokaz.

– Ach, czyli że z nią rozmawiałyście.

– Niewiele. Nie potrzebujemy tego robić. Bez gałązek i liści te ciastka jakby łatwiej przełknąć.

Kruppe zamrugał, po czym skinął głową.

– Z pewnością. To wielka odpowiedzialność służyć jako oczy waszego dowódcy w sprawie rzeczonej dziewczyny.

Obie kobiety przestały żuć i wymieniły spojrzenia. Jedna z nich przełknęła kęs.

– Kogo? Dujeka? – zapytała. – Jeśli jesteśmy jego oczyma, to jest ślepy jak stare krecisko.

– Ach, Kruppe mówił o Sójeczce, oczywiście.

– Sójeczka nie jest ślepy i nie potrzebuje, żebyśmy za niego patrzyły.

– Mimo to – rzekł z uśmiechem Daru – z pewnością czuje się bardzo uspokojony tym, że podjęłyście się tego zadania, składacie mu raporty i tak dalej. Gdyby Kruppe był na miejscu Sójeczki, z pewnością by się tak czuł.

– Czuł się jak?

– Ależ uspokojony, oczywiście.

Obie kobiety chrząknęły, po czym jedna prychnęła pogardliwie.

– To było dobre. Gdybyś był na miejscu Sójeczki. Ha.

– To taka metafora...

– Meta co, grubasie? Chcesz wskoczyć w buty Sójeczki? Widzieć jego oczyma? Ha.

– Też tak powiem – zgodziła się druga kobieta. – Ha.

– Właśnie to zrobiłaś – zauważył Kruppe.

– Co takiego zrobiłam?

– Powiedziałaś „ha".

– Masz cholerną rację. Sójeczka powinien był zostać cesarzem, kiedy wykończyli staruszka. Nie Laseen. Ale ona wiedziała, kto jest jej rywalem. Dlatego właśnie go zdegradowała. Zrobiła z niego przeklętego przez Kaptura sierżanta i odesłała daleko, bardzo daleko.

– Czyli że Sójeczka jest ambitny.

– Ani trochę, Daru. O to właśnie chodzi. Dlatego mówię, że byłby z niego dobry cesarz. Nie chciał tej roboty, a to pierwszy i jedyny warunek, jaki powinno się stawiać.

– Moja droga, to bardzo ciekawa opinia.

– Nie jestem.

– Przepraszam, jaka nie jesteś?

– Ciekawa. Posłuchaj, Imperium Malazańskie wyglądałoby zupełnie inaczej, gdyby Sójeczka zasiadł wtedy na tronie. Gdyby zrobił to, czego wszyscy chcieliśmy, złapał Laseen za kołnierz i wyrzucił ją z wieży przez okno.

– A czy byłoby go stać na tak zdumiewający krok?

Obie żołnierki wyglądały na zbite z tropu. Jedna z nich spojrzała na drugą.

– Widziałaś go kiedyś bez majtek?

Tamta potrząsnęła głową.

– Nie, ale może i jest zdumiewający. Kto wie?

– W takim razie powiedziałabym, że powinien ją wypieprzyć, a powiedziałam wyrzucić.

– No, do tego musiałby mieć rzeczywiście zdumiewający krok, nieprawdaż?

– Hm – przerwał im Kruppe. – Zdumiewający krok w znaczeniu czyn, kochaniutkie.

– Ach.

– Aha, rozumiem. Pytasz, czy mógłby to zrobić, gdyby się zdecydował? Jasne. Sójeczki lepiej nie wkurzać. A jakby tego było mało, jest też z niego niezły spryciarz.

– W takim razie, dlaczego tego wówczas nie zrobił, pyta zdumiony Kruppe.

– Dlatego, że jest żołnierzem, ty idioto. Laseen zagarnęła tron i to był krwawy interes. Całe imperium chwiało się w posadach. Jak ludzie raz zaczną wsadzać sobie noże w plecy i wskakiwać na jeszcze mokry od krwi tron, to czasami nie mogą przestać. Czasami to jest jak w dominie, kapujesz? Jeden po drugim, po trzecim, aż wreszcie wszystkie klocki się przewracają. Wszyscy patrzyliśmy na niego, kapujesz? Czekaliśmy na to, jak zareaguje na Laseen i cały ten interes. A kiedy po prostu zasalutował i powiedział: „Tak jest, cesarzowo", no cóż, wszystko się uspokoiło.

– Rozumiesz, chciał jej dać szansę.

– Oczywiście. A czy teraz sądzicie, że popełnił błąd?

Obie kobiety jednocześnie wzruszyły ramionami.

– To już nieważne. Teraz jest teraz, a wtedy było wtedy i jak jest, tak jest.

– Jeśli tak, to tak. – Kruppe wstał z westchnieniem. – To była cudowna konwersacja. Kruppe serdecznie wam dziękuje, ale musi już was opuścić.

– Jasne. Dziękujemy za ciastka.

– Kruppe zawsze jest hojny. Dobranoc, kochaniutkie.

Grubasek oddalił się nieśpiesznie w stronę wozów.

Gdy zniknął w mroku, obie żołnierki milczały przez długi czas, zajęte zlizywaniem syropu z palców.

Potem jedna z nich westchnęła.

Druga poszła za jej przykładem.

– I co?

– Ach, to było cholernie łatwe.

– Tak myślisz?

– Jasne. Spodziewał się znaleźć tu dwa mózgi, a znalazł tylko jeden.

– Ale może jednak wygadałyśmy za dużo?

– Taka już jest natura półgłówków, kochanie. W przeciwnym razie mógłby zacząć coś podejrzewać.

– Jak myślisz, o czym rozmawiają z Tattersail?

– Pewnie o staruszce.

– Też tak sobie pomyślałam.

– Coś wykombinowali.

– I ja to podejrzewam.

– A Tattersail ma dominującą pozycję.

– To prawda.

– I to mi wystarcza.

– Mnie również. Wiesz co, bez gałązek i liści czarne ciastko to już jednak nie to samo.

– To dziwne, ale też tak sobie pomyślałam...

Gdy Kruppe znalazł się wewnątrz ruchomego fortu, podszedł do kolejnego ogniska. Kiedy się zbliżył, dwaj skuleni mężczyźni podnieśli wzrok.

– Co ci się stało w ręce? – zainteresował się Murillio.

– Wszystko, czego Kruppe dotknie, przylepia się do nich, przyjacielu.

– No cóż – mruknął Coll – o tym wiedzieliśmy już od lat.

– A o co chodzi z tym cholernym mułem? – nie dawał za wygraną Murillio.

– To bydlę naprawdę mnie prześladuje, ale mniejsza z tym. Kruppe odbył interesującą rozmowę z dwiema żołnierkami i z przyjemnością informuje was, że młoda Srebrna Lisica jest w dobrych rękach.

– Tak samo lepkich jak twoje?

– Teraz już tak, mój drogi Murillio, teraz już tak.

– Wszystko to pięknie – wtrącił Coll – ale w czym nam to pomoże? W tym wozie śpi stara kobieta. Złamane serce jest najmniej istotną z jej dolegliwości, choć wystarczyłoby, żeby zdruzgotać silnego mężczyznę, nie wspominając już o kruchej staruszce.

– Kruppe z przyjemnością zapewnia cię, że przeprowadzane jest wielkie dzieło miłosierdzia. Nie należy zważać na chwilowe pozory.

– To czemu jej tego nie powiesz? – warknął Coll, wskazując głową w stronę wozu mhybe.

– Ach, niestety, nie jest jeszcze gotowa do wysłuchania takich prawd. To jest duchowa podróż. Musi ją zacząć we wnętrzu swej jaźni. Kruppe i Srebrna Lisica mogą ją jedynie wspierać, aczkolwiek wydają się wszechpotężni.

– Wszechpotężni, tak? – Coll pokręcił głową. – Jeszcze wczoraj wyśmiałbym cię za te słowa. A więc oparłeś się Caladanowi Broodowi, tak? Ciekawe, jak właściwie udało ci się tego dokonać, ty cholerna ropucho.

Kruppe uniósł brwi.

– Coll, mój drogi, kochany towarzyszu! Twój brak wiary miażdży swym ciężarem delikatnego Kruppego, pozostawiając jedynie palce u nóg, które również wiją się z bólu!

– W imię Kaptura, tylko nam ich nie pokazuj – zaniepokoił się Murillio. – Nosisz te pantofle, odkąd cię poznałem, Kruppe. Sama Poliel wzdrygnęłaby się na widok tego, co się czai między twoimi palcami.

– I słusznie by zrobiła! Żeby odpowiedzieć Collowi, zwięźle i precyzyjnie, Kruppe oznajmia, że gniew, nie, wściekłość, nie może zaszkodzić komuś takiemu jak on, kto pomieścił cały świat niczym perłę w oślizłym wnętrzu swego bystrego, muskularnego mózgu. Hm, być może po drugim spojrzeniu to porównanie nie wygląda najlepiej... a po trzecim jeszcze gorzej. Kruppe próbuje ponownie! Dla kogo świat jest ponoć jedynie barwnopiórym, pełnym niewyobrażalnych cudów snem, w którym nawet sam czas traci znaczenie! A skoro mowa o czasie, jest już bardzo późno, tak? Wzywa nas sen, strumień spokojnego przeistoczenia, który przekształca zapomnienie w odnowę i odmłodzenie. Cóż lepszego, niż taki cud, by zakończyć tę niespokojną noc!

Zamachał na pożegnanie i oddalił się. Muł po chwili ruszył jego śladem.

Obaj mężczyźni śledzili ich wzrokiem.

– Szkoda, że młot Brooda nie trafił w ten śliski łeb – mruknął po chwili Coll.

– Pewnie by się omsknął – zaoponował Murillio.

– Masz rację.

– Małże, mózgi i śmierdzące paluchy, na Otchłań, chyba się porzygam.

Wysoko nad obozem Starucha złożyła znużone, ciężkie jak ołów skrzydła i opadła po spirali w stronę namiotu naczelnego wodza. Choć czuła się zmęczona, przeszywał ją dreszcz podniecenia i ciekawości. Z położonej na północ od obozu szczeliny nadal sączyła się splugawiona krew Pożogi. Ptaszysko poczuło detonację, choć przebywało w Górach Widokowych, daleko na południowy wschód stąd, i natychmiast zrozumiało, co się wydarzyło.

Caladan Brood wpadł w gniew.

Pocałunek młota spowodował gwałtowną zmianę ukształtowania naturalnego świata. Choć było ciemno, widziała świetnie: tam, gdzie przedtem nie było gór, w samym sercu równiny Catlin, pojawiły się ostro zarysowane, bazaltowe turnie. Starucha poznawała też czary emanujące z krwi Śpiącej Bogini.

Dotknięcie Okaleczonego Boga. W żyłach Pożogi odbywała się transformacja. Upadły przeradzał jej krew we własną.

A ten smak świetnie znam, gdyż bardzo dawno temu był dla mnie jak mleko matki. Dla mnie i dla moich pobratymców.

Świat na dole zmienił oblicze, a Starucha uwielbiała zmiany. Dusze wszystkich członków jej gatunku po raz kolejny ocknęły się, gotowe do czujnej obserwacji. Nigdy dotąd nie czuła się bardziej żywa.

Opadała, przeszywając ciepłe prądy termiczne, i podskakiwała nerwowo, trafiając na obszary chłodniejszego powietrza – echa wstrząsu, który zmącił atmosferę w momencie wybuchu furii Brooda – aż wreszcie wylądowała z cichym łoskotem na ziemi obok namiotu naczelnego wodza.

W środku panowała ciemność.

Starucha zaskrzeczała cicho i przemknęła pod częściowo uniesioną połą.

– Ani słowa o tym, że wpadłem w złość – dobiegł ją z mroku głos Brooda.

Ptaszysko uniosło głowę. Naczelny wódz siedział na łóżku z głową skrytą w dłoniach.

– Jak sobie życzysz – wyszeptała Starucha.

– Złóż meldunek.

– Już się robi. Po pierwsze, wiadomość od Anomandera Rake'a. Udało mu się. Odprysk Księżyca przemknął się niepostrzeżenie i teraz się ukrywa. Moje dzieci zapuściły się daleko nad ziemie Pannionśkiego Jasnowidza. Naczelny wodzu, nie tylko ich oczy ujrzały prawdę o tym, co się tam dzieje. Ja również widziałam...

– Zachowaj szczegóły na potem. Odprysk Księżyca jest na miejscu. Świetnie. Czy poleciałaś do Capustanu, tak jak ci kazałem?

– Poleciałam, o poważny. I byłam świadkiem pierwszego dnia i pierwszej nocy bitwy.

– I jak oceniasz sytuację, Starucho?

– Miasto się nie utrzyma, naczelny wodzu. Nie z winy obrońców. Siły atakujących są zbyt liczne.

Brood chrząknął.

– Być może powinniśmy ponownie rozważyć rozmieszczenie Czarnych Moranthów Dujeka...

– Ach, ale oni są dokładnie tam, gdzie chciał ich mieć Jednoręki. – Starucha zawahała się, spoglądając na Caladana Brooda najpierw jednym, a potem drugim okiem. – Muszę cię poinformować o pewnym niezwykłym szczególe, naczelny wodzu. Czy zechcesz mnie wysłuchać?

– Proszę bardzo.

– Jasnowidz toczy wojnę również na południu.

Brood uniósł gwałtownie głowę.

– Tak jest – potwierdziła Starucha. – Moje dzieci widziały rozbite armie Domin, które wycofywały się na północ. Do samej Wieży. Jasnowidz użył potężnych czarów przeciwko nieznanemu wrogowi. Rzeki i ściany lodu. Straszliwy mróz, wiatry i burze. Minęło wiele czasu, odkąd widzieliśmy, by ktoś korzystał z tej groty.

– Omtose Phellack. Groty Jaghutów.

– Naczelny wodzu, sprawiasz wrażenie mniej zaskoczonego, niż się spodziewałam.

– Wojna na południu rzeczywiście jest dla mnie niespodzianką, Starucho. – Wstał, otulił ramiona futrzaną derką i zaczął spacerować po namiocie. – Ale Omtose Phellack... nie, to mnie nie dziwi.

– Czyli jasnowidz nie jest tym, kim się wydaje.

– Najwyraźniej nie jest. Podejrzewaliśmy coś z Rakiem...

– Gdybym o tym wiedziała, przyjrzałabym się uważniej sytuacji w Wieży – warknęła Starucha. – Twój upór zaszkodził nam wszystkim.

– Nie mieliśmy dowodu, Starucho. Poza tym cenimy twą upierzoną skórę zbyt wysoko, by pozwolić ci zanadto się zbliżać do twierdzy nieznanego wroga. Stało się. Powiedz mi, czy jasnowidz nadal przebywa w Wieży?

– Moi kuzyni nie byli w stanie tego ustalić. W okolicy kręcą się kondory, którym nie spodobała się nasza obecność.

– Czemu niemagiczne ptaki miałaby sprawić wam kłopoty?

– Nie są do końca niemagiczne. To prawda, że śmiertelne ptaki to niewiele więcej niż opierzone jaszczurki, ale te kondory mają w sobie więcej z jaszczurek niż ich kuzyni.

– Oczy jasnowidza?

– Być może.

– To może skomplikować sprawy.

Starucha na wpół rozpostarła skrzydła w geście odpowiadającym wzruszeniu ramion.

– Masz jakieś mięso? Jestem głodna.

– W dole na odpadki za namiotem są resztki kozy z kolacji.

– Co? Mam jeść z dołu na odpadki?

– Przecież jesteś cholernym krukiem, Starucho.

– Skandal! Ale jeśli nie ma nic innego...

– Nie ma.

Starucha skierowała się ku tylnej ścianie namiotu, poskrzekując, by dać ujście gniewowi.

– Na przyszłość weź ze mnie przykład – wyszeptała, gdy zaczęła się przeciskać pod tkaniną.

– Pod jakim względem? – zapytał Brood.

Wsunęła głowę z powrotem do namiotu i otworzyła dziób w bezgłośnym śmiechu.

– Czy dostałam ataku szału?

Warknął groźnie i ruszył w jej stronę.

Ptaszysko umknęło, skrzecząc głośno.

Rozdział szesnasty

Pierwsze Dziecko Martwego Nasienia
śni o ostatnim oddechu ojca
i słyszy wieczny refren krzyku
uwięzionego w jego płucach –
Czy odważysz się zajrzeć w głąb jego oczu,
choćby na chwilę?

Pierwsze Dziecko Martwego Nasienia
prowadzi armię smutku
brukowaną ogryzionymi kośćmi drogą głodu,
na której tańczy i śpiewa matka –
Czy odważysz się pójść w jego ślady
i czule uścisnąć jej rękę?

Pierwsze Dziecko Martwego Nasienia
osłaniają resztki roztrzaskanej zbroi,
która broniła go od chwili narodzin
i przez lata straszliwej nauki –
Nie waż się osądzać go surowo,
jeśli nie jesteś w jego skórze.

Silba o zgruchotanym sercu
K'alass

Tenescowri obleźli wszystkie mury miasta niczym niepowstrzymany potop. Obleźli je, a potem przelali się na drugą stronę – ogromny tłum doprowadzony przez głód do obłędu. Barykady w bramach ugięły się pod ich naporem, a następnie ustąpiły.

I fala zalała Capustan.

Itkovian zawrócił zbryzganego krwią wierzchowca czterysta kroków od koszar. Z dołu wyciągały się ręce, chwytające konia za zakute w pancerz kończyny. Ogarnięte zimną furią zwierzę raz po raz tratowało napastników, łamiąc kości, miażdżąc czaszki i klatki piersiowe.

Tarczę Kowadło otaczały trzy grzywy Szarych Mieczy. Odcięto ich od koszar i otoczono na szczycie niewysokiego wzgórza, pełnego kolumn grzebalnych. Większość pionowych trumien przewrócono i ich zgniła, owinięta w tkaninę zawartość walała się teraz wśród świeżych trupów.

Itkovian widział bramę koszar, pod którą leżała sterta zwłok, wystarczająco wysoka, by można się było po niej wspiąć. Robiły to dziesiątki Tenescowri, którzy wdrapywali się na umocnienia skarpy, po to tylko, by napotkać wyposażone w zadziory groty długich pik. Broń ta raniła i zabijała chłopów, którzy nawet nie próbowali się bronić, uderzała raz po raz, ciągnąc za sobą proporce krwi.

Tarcza Kowadło nigdy jeszcze nie widział czegoś tak przerażającego. Choć brał udział w wielu bitwach i – jak każdy żołnierz – był świadkiem licznych towarzyszących walce okropności, ta wizja kazała mu zapomnieć o wszystkim.

Gdy chłopi cofnęli się, schodząc ze stosu trupów, kobiety rzuciły się na mężczyzn, zerwały z nich ubrania, dosiadły ich okrakiem i zgwałciły pośród krwi, krzyków oraz wyciągających się rozpaczliwie palców.

Na skraju skupiska martwych i umierających żywi pożerali swych braci.

Dwa bliźniacze koszmary. Tarcza Kowadło nie potrafił zdecydować, który z nich wstrząsnął nim bardziej. Krew w jego żyłach stała się zimna jak lód. Z bliskim paniki przerażeniem zdał sobie sprawę, że atak dopiero się zaczął.

Do pechowej grupy Szarych Mieczy, która otaczała Itkoviana, dotarła kolejna fala. Szerokie ulice i aleje gęsto wypełniali oszalali Tenescowri. Wszyscy wbili wzrok w Itkoviana i w jego żołnierzy. Wyciągali ku nim ręce, nie zważając na odległość, i chciwie poruszali palcami w powietrzu.

Szare Miecze złączyły tarcze i ponownie zwarły otaczający Tarczę Kowadło czworobok. Itkovian świetnie wiedział, że fala go zaleje, tak samo, jak stało się to przed chwilą, jeśli jednak jego żołnierze spiszą się równie dobrze, jak poprzednim razem, czworobok ponownie wynurzy się z morza ciał, odepchnie nieprzyjaciela, wespnie się na nowo powstałe wzgórze zwłok. A jeśli Itkovian zdoła się utrzymać na koniu, będzie zataczał mieczem szerokie łuki, zabijając wszystkich, którzy znajdą się w jego zasięgu. Ci, których tylko rani, zginą pod ciosami podkutych kopyt jego wierzchowca.

Nigdy dotąd nie zabił tak wielu ludzi. Robiło mu się od tego niedobrze, a jego serce wypełniała nieprzebrana nienawiść do jasnowidza, który uczynił coś takiego własnym poddanym. A także do septarchy Kulpatha, który z zimnym okrucieństwem wysyłał nieszczęsnych wieśniaków do szturmu na zdesperowaną armię.

Jeszcze większą goryczą wypełniała go myśl, że ta taktyka zapewne okaże się skuteczna, choć koszty będą niewyobrażalnie wielkie.

Tenescowri rzucili się z rykiem do ataku.

Pierwszych, którzy dotarli do najeżonego stalą czworoboku, posiekano na plasterki. Wrzeszczących, chwiejących się na nogach rannych towarzysze wciągali w głąb nienasyconej tłuszczy, jeszcze straszliwszej od nieprzyjaciela, z którym musieli się mierzyć, gdy byli w pierwszej linii. Następni przepychali się do przodu, na spotkanie tego samego losu. Wciąż jednak nadciągali nowi, wdrapując się na plecy tych, którzy byli przed nimi, podczas gdy jeszcze następni wspinali się im na ramiona. Przez króciutką chwilę Itkovian miał przed sobą trzywarstwowy, oszalały tłum, który potem runął na Szare Miecze, grzebiąc je pod sobą.

Czworobok ugiął się pod naporem. Żołnierzom wyrywano miecze i tarcze. Ściągano im hełmy z głów. Tarcza Kowadło wszędzie wokół widział tylko krew.

Na falującą powierzchnię właziły kolejne postacie. Siekiery, tasaki i noże uderzały w tych, którzy byli na dole, lecz Itkovian wiedział, że to on jest ich ostatecznym celem. Przygotował miecz i ścisnął lekko wierzchowca nogami, nakazując mu kręcić się nieustannie wkoło. Zwierzę to podrzucało łbem, to go opuszczało, by osłaniać gardło. Pokrywająca mu czoło, szyję i pierś zbroja była już powgniatana i pełna plam krwi. Koń tupał kopytami o bruk, niecierpliwie czekając na żywy cel.

Pierwszy wieśniak znalazł się w zasięgu ramion Tarczy Kowadła. Itkovian ciął mieczem i głowa odpadła od ciała, które zadrżało i zwaliło się na ziemię. Koń wierzgnął zadnimi nogami, trafiając z głuchym łoskotem w dwa inne cele. Następnie stanął dęba, młócąc w powietrzu podkutymi kopytami, i powalił wrzeszczącą kobietę. Inny Tenescowri skoczył naprzód, próbując złapać zwierzę za nogę, lecz Itkovian pochylił się w siodle i ciął go mieczem po krzyżu, przerąbując kręgosłup.

Obracający się koń odrzucił trupa na bok. Wysunął nagle głowę i zacisnął zęby na czuprynie kolejnego chłopa, miażdżąc kość i odgryzając porośnięty włosami kawałek czaszki.

Na udzie Itkoviana, od strony tarczy, zacisnęły się dłonie. Odwrócił się, zsunął lekko z siodła i przeciął mięśnie oraz obojczyk, bryzgając na boki krwią i ochłapami.

Koń wierzgał i gryzł, tupał i kręcił się w kółko, lecz ręce wyciągały się już ze wszystkich stron. Itkovian uderzał mieczem na oślep, a mimo to za każdym razem trafiał w cel. Ktoś wspiął się na zad wierzchowca za jego plecami. Tarcza Kowadło wygiął plecy i sięgnął za siebie zakutą w stal dłonią, uderzając mieczem w dół. Ostrze przecięło skórę i mięśnie, ześliznęło się po żebrach i wbiło w podbrzusze.

Tył siodła zbroczyła fala krwi i żółci. Postać zsunęła się z konia.

Itkovian wykrzyknął rozkaz i koń pochylił głowę. Tarcza Kowadło machnął mieczem w szerokim poziomym cięciu. Oręż co chwila podskakiwał na kolejnych przeszkodach. Wierzchowiec odwrócił się i Itkovian wyprowadził takie samo cięcie z drugiej strony. Potem znowu i znowu.

Człowiek i zwierzę kręcili się w ten sposób, zadając straszliwe rany. Spoglądający przez wizurę rozgrzanego przez upał hełmu Itkovian widział jedynie urywki rozgrywających się wokół scen.

Jego Szare Miecze już się nie podniosą. Nie tym razem. Nie widział ani jednej znajomej opończy. Tenescowri otoczyli go ze wszystkich stron. Warstwa ciał pod ich stopami była gruba na wysokość dorosłego mężczyzny. Gdzieś pod tą falującą powierzchnią byli żołnierze Itkoviana. Pochowani żywcem, pochowani konający, pochowani martwi.

Zostali tylko Itkovian i jego koń, i na nich skupiały się spojrzenia setek oszalałych z głodu oczu.

Chłopom, którzy byli najbliżej niego, podawano już zdobyczne piki o długich drzewcach. Za parę chwil zaczną dźgać nimi ze wszystkich stron. Zbroja nie mogła uchronić Tarczy Kowadła i jego wierzchowca przed podobnym atakiem.

Bliźniacze Kły, jestem wasz. W tej ostatniej chwili.

– Naprzód!

Rumak czekał na ten rozkaz. Runął przed siebie. Kopyta, pierś i kłąb przebijały się przez tłum, a Itkovian wyrąbywał sobie drogę, wymachując mieczem w obie strony. Ludzie zataczali się, rozstępowali, wpadali pod młócące wściekle kopyta. Piki odbijały się od jego zbroi i tarczy. Te, które uderzały z prawej, Itkovian odtrącał mieczem.

Coś trafiło go w krzyż, przecięło ogniwa kolczugi, skórzaną kurtę i filcową podszewkę. Gdy wyposażony w zadziory grot przebił skórę i otarł się o najniższe żebro tuż obok kręgosłupa, Tarczę Kowadło przeszył straszliwy ból.

W tej samej chwili jego koń zakwiczał przeraźliwie, nadziewając się na drugą pikę, która wbiła się głęboko w pierś po prawej stronie. Zwierzę szarpnęło się w lewo i zachwiało na nogach. Opuściło łeb, próbując pochwycić drzewce zębami.

Ktoś skoczył na tarczę Itkoviana, uderzając nad nią drwalską siekierą. Ostrze wbiło się między lewy bark i szyję, a potem ugrzęzło.

Tarcza Kowadło ciął sztychem miecza w twarz wieśniaczki. Oręż wbił się w jeden policzek i wyszedł przez drugi. Itkovian obrócił klingę. Jego ukrytą za zasłoną hełmu twarz dzieliło od oblicza młodej ofiary zaledwie kilka cali. Kobieta runęła na plecy z głośnym bulgotem.

Itkovian czuł ciężar sterczącej mu z pleców piki, która obijała się z głośnym stukotem o zbroję chwiejącego się na nogach konia.

Nóż do czyszczenia ryb wbił się w nieosłonięte miejsce po tylnej stronie lewego kolana, sięgając aż do stawu. Itkovian uderzył słabo w dół dolnym brzegiem tarczy, z trudem odtrącając napastnika. Wąskie ostrze pękło, pozostawiając w nodze sześciocalowy odłamek, który przecinał więzadła i chrząstkę. Po łydce Itkoviana, pod filcową wyściółką zbroi, spłynęła krew.

Tarcza Kowadło nie czuł bólu. Jego myślami zawładnęła okrutna jasność. W tej ostatniej chwili był z nim jego bóg. Z nim i z dzielnym, nieposkromionym rumakiem, którego dosiadał.

Wierzchowiec zdołał tymczasem wyrwać ze swego ciała pikę i wyprostował się, choć po piersi spływała mu krew. Skoczył naprzód, miażdżąc wrogów, kopał i gryzł, chcąc utorować sobie drogę ku – jak zauważył ze zdumieniem Itkovian – wolnej przestrzeni, którą zaścielały jedynie nieruchome ciała.

Tarcza Kowadło zrozumiał w końcu, co widzi, i wznowił swe wysiłki. Wszędzie wokół wrogowie pierzchali. Krzyki i szczęk żelaza wypełniały hełm Itkoviana echem.

Po chwili rumak wydostał się na otwartą przestrzeń i stanął dęba, młócąc kopytami – tym razem nie z wściekłości, lecz z triumfu.

Itkovian osunął się na zakutą w zbroję szyję zwierzęcia. W końcu poczuł ból, przerastający wszystko, czego zaznał dotąd. Z pleców nadal sterczała mu pika, spod lewego kolana złamana klinga noża, a w roztrzaskanym obojczyku ugrzęzła siekiera. Zacisnął zęby, zdołał zapanować nad chwiejącym się na nogach koniem i zmusić go do zwrócenia się w stronę cmentarza.

Ujrzał z niedowierzaniem, że jego Szare Miecze wyłażą ze sterty ciał, która je pogrzebała, niczym milczące duchy wyłaniające się z usypanego z trupów kurhanu. Żołnierze poruszali się niepewnie, jakby właśnie obudzili się z przerażającego koszmaru. Tarcza Kowadło naliczył zaledwie dwunastu ocalonych, lecz było to o cały tuzin więcej, niż się spodziewał.

Usłyszał głośny tupot. Zamrugał, by usunąć z oczu pot, i spróbował skupić wzrok na zbliżających się postaciach.

Szare Miecze. Brudne, wystrzępione opończe, młode, blade twarze capańskich rekrutów.

Za nimi, na rumaku podobnym do wierzchowca Itkoviana, podążał Śmiertelny Miecz. Brukhalian miał na sobie czarną zbroję, a jego włosy o tej samej barwie przerodziły się w pozlepianą krwią grzywę, nadając mu nieludzki wygląd. W wielkim, zakutym w stalową rękawicę łapsku ściskał święty miecz Fenera.

Uniósł zasłonę hełmu i wbił w Tarczę Kowadło spojrzenie ciemnych oczu.

– Przepraszam, że nie przybyliśmy wcześniej – mruknął basem, ściągając wodze.

Za jego plecami Itkovian zauważył Karnadasa, który zbliżał się pośpiesznie. Jego twarz, blada i zapadnięta jak u trupa, wydawała się Tarczy Kowadłu nadzwyczaj piękna.

– Boży Jeźdźcze! – wydyszał, chwiejąc się w siodle. – Mój koń... moi żołnierze...

– Fener jest ze mną, Tarczo Kowadło – zapewnił Karnadas drżącym głosem. – Mogę odpowiedzieć na twe żądanie.

Świat nagle pociemniał. Itkovian poczuł ściągające go z siodła ręce. Zdążył jeszcze pomyśleć: mój koń... moi żołnierze... po czym zapadł w ciemność.

Rozwalali cienkie okiennice, przedzierali się przez izby na pierwszym piętrze i przeciskali przez wypełniony ciałami tunel, który ongiś był klatką schodową. Stalowe kły Zrzędy były już stępiałe i wyszczerbione. Służyły mu teraz jako maczugi. Panował nad korytarzem i powoli, metodycznie wznosił w nim barykady ze stygnących ciał oraz połamanych kości.

Zmęczenie nie spowalniało jego ruchów ani nie odbierało im precyzji. Oddychał miarowo, tylko trochę głębiej niż zwykle. Pokrywające jego przedramiona plamy krwi tworzyły dziwny, pasiasty wzór. Czerniejąca posoka zdawała się wsiąkać w jego skórę. Nie zwracał na to uwagi.

Tu i ówdzie w tłumie Tenescowri widać było jasnodominów. Zapewne zostali porwani przez falę wbrew ich woli. Zrzęda kładł trupem dziesiątki wieśniaków, żeby się do nich dobrać. Pragnął tylko tego. Dobrać się do nich. Zabić ich. Reszta to były jedynie irytujące plewy, które stały mu na drodze. Utrudniały osiągnięcie celu.

Gdyby ujrzał w tej chwili własną twarz, trudno by mu było ją poznać. Brodate policzki znaczyły czarne, biegnące od oczu pasy, a sama broda nabrała bursztynowego odcienia. Jego oczy miały barwę wypalonej słońcem preriowej trawy.

Milicja Zrzędy liczyła sobie już stu ludzi, którzy stanowili milczące przedłużenie jego woli. Nie zadawali pytań i patrzyli na niego z bojaźnią. Gdy na nich spojrzał, ich twarze promieniały. Nad tym również się nie zastanawiał, nie zdawał sobie sprawy, że blask, który widzi, jest zaledwie odbiciem bladego, lecz dziwnie tropikalnego promieniowania jego oczu.

Zrzęda był usatysfakcjonowany. Odpłacił za wszystko, co wyrządzono Stonny. Walczyła teraz u boku jego zastępcy, niskiego, żylastego lestarskiego żołnierza. Bronili tylnego wejścia do gmachu. Od chwili, gdy przed kilkoma godzinami wycofali się do tego budynku, widzieli się tylko raz. To spotkanie wstrząsnęło Zrzędą, dotknęło go głęboko. Wydawało się, że ów impuls go przebudził, jakby cały ten czas jego dusza ukrywała się, milcząca i skulona, ustąpiwszy miejsca nieznanej, nieubłaganej mocy, która poruszała kończynami kapitana, niesiona przez płynącą w jego żyłach krew. Stonny nie wróciła jeszcze do siebie. Maska brawury pękła, odsłaniając ludzkie oblicze, boleśnie bezbronne i głęboko zranione.

Ta świadomość ponownie obudziła w Zrzędzie zimną determinację. Stonny była długiem, który dopiero zaczął spłacać. Choć coś wyraźnie nią wstrząsnęło podczas ich krótkiego spotkania, z pewnością zrozumiała sens obnażonych kłów i pazurów jego pragnienia. To była zrozumiała reakcja i nie kłopotał się nią bardziej niż to konieczne.

Starą, walącą się kamienicę Daru ogarnął sztorm śmierci, huragan gniewu, strachu i bólu, który wiał przez wszystkie korytarze i wszystkie izby, choćby nawet najmniejsze. Był gwałtowny i nie uspokajał się ani na chwilę. We wszystkich szczegółach zgadzał się ze stanem ducha Zrzędy, światem, który wypełniał teraz jego czaszkę.

Między światem zewnętrznym a wewnętrznym krajobrazem umysłu kapitana nie było sprzeczności. Ta prawda wykraczała poza wszelkie pojmowanie. Można ją było ogarnąć jedynie instynktem. Udało się to zaledwie maleńkiej garstce ludzi Zrzędy, w tym również lestarskiemu porucznikowi.

Kapitan zdawał sobie sprawę, że obszar, na którym się znalazł, wykracza poza zasięg zdrowego rozumu. Był świadomy faktu, że i on, i jego milicja istnieją teraz raczej w jego umyśle niż w świecie rzeczywistym. Walczyli z biegłością, jakiej nigdy dotąd nie posiadali. Nie męczyli się. Nie krzyczeli, nie wrzeszczeli ani nawet nie wydawali głośno rozkazów i nie nawoływali się nawzajem. Nie było to potrzebne. Nikt nie wyłamywał się z szeregu ani nie rzucał do ucieczki. Ci, którzy ginęli, padali po prostu bez słowa niczym automaty.

W korytarzach na parterze stosy ciał sięgały piersi. Do niektórych pokojów nie sposób było wejść. Krew płynęła pod stertami zwłok niby karmazynowa podziemna rzeka. Tak jak tamta wsiąka w ukryte żwirowe soczewki bądź gniazda piasku i omywa podziemne głazy, tak ta, w owym straszliwym budynku, omywała kości i mięso, zbroje, buty i sandały, miecze i hełmy. Cuchnący niczym rynsztok nurt płynął gęsto jak w rynnie chirurgicznej.

W końcu atakujący stracili odwagę, wycofali się niemal całkowicie zablokowanymi klatkami schodowymi, wyczołgali przez okna. Na zewnątrz czekały tysiące dalszych, lecz uciekinierzy blokowali im wejście. Na chwilę w budynku zapanował spokój.

Lestarski porucznik odszukał Zrzędę w głównym korytarzu, choć kręciło mu się w głowie i chwiał się na nogach. Na ramionach jego dowódcy błyszczały pręgi, a żółtobiałe kordelasy rzeczywiście upodobniły się do kłów. Straszliwe, kocie oblicze zwróciło się w stronę lestarczyka.

– Musimy oddać to piętro – stwierdził Zrzęda, strząsając krew z broni.

Karawanowego kapitana otaczały szczątki jasnodominów. Dosłownie porąbał na kawałki zakutych w zbroje wojowników.

Porucznik skinął głową.

– Nie mamy tu swobody manewru.

Zrzęda wzruszył potężnymi ramionami.

– Zostały nam jeszcze dwa piętra, a potem dach.

Spoglądali sobie w oczy przez dłuższą chwilę. To, co dostrzegł w pionowych źrenicach Zrzędy, przeszyło porucznika dreszczem, lecz zarazem dodało mu otuchy.

Ten człowiek budzi strach... oddanie... miłość.

– Jesteś Śmiertelnym Mieczem Trake'a – oznajmił.

Wysoki Daru zmarszczył brwi.

– Stonny Menackis.

– Odniosła jedynie drobne obrażenia, kapitanie. Przeszła na następny pomost.

– Świetnie.

Obciążeni workami z prowiantem członkowie milicji zbierali się wokół nich. Rozkazu nie trzeba było wydawać głośno, podobnie jak przy poprzednich okazjach. Lestarczyk zauważył, że w tej ostatniej bitwie stracili z górą dwudziestu ludzi.

Na każdym piętrze liczba poległych jest podobna. Kiedy dotrzemy na dach, zostanie nas tylko dwudziestka. No cóż, to powinno z nawiązką wystarczyć, by bronić jednej zapadni. Aż do nastania Otchłani Ostatniej Nocy.

Milczący żołnierze zbierali nadającą się do wykorzystania broń oraz fragmenty zbroi. Wszystko to pochodziło głównie od jasnodominów. Lestarczyk przyglądał się z odrętwieniem, jak jakaś

Capanka podnosi zakutą w stalową rękawicę dłoń, odrąbaną w nadgarstku jednym z kordelasów Zrzędy, i spokojnie zdejmuje z niej wykonaną z metalowych łusek osłonę, którą następnie wkłada sobie na rękę.

Zrzęda ruszył ku schodom, przechodząc nad trupami.

Nadszedł czas, by wycofać się na wyższe piętro, obsadzić wychodzące na ulice pokoje z ich wątłymi okiennicami oraz tylne i główne schody.

Czas, by wepchnąć kolejną porcję dusz w dławiące się gardło Kaptura.

Zrzęda wszedł na schody, uderzając kordelasem o kordelas.

Na ulicy znowu rozległ się ryk...

Dosiadający wielkiego, spienionego rumaka Brukhalian przyglądał się, jak cyrulicy Bożego Jeźdźca zawlekli ledwie oddychającego Itkoviana do pobliskiego budynku, który przez najbliższy dzwon czy dwa miał służyć jako lazaret. Sam Karnadas ponownie zaczerpnął ze swej dręczonej gorączką groty Denul i zahamował krwotok z piersi konia Tarczy Kowadła.

Ludzie z kompanii Brukhaliana pomagali ocalałym Szarym Mieczom. Wielu z nich odniosło rany, lecz te, które były śmiertelne, doprowadziły już do zgonów. Odciągano trupy na bok, rozpaczliwie poszukując jeszcze żywych.

Niosący Itkoviana cyrulicy stanęli teraz przed zadaniem usunięcia wbitych w ciało Tarczy Kowadła żelaznych odłamków broni, których pozostanie w ranach zapewne uratowała mu życie. Podczas tych operacji Karnadas będzie pod ręką, gotów do stłumienia krwotoku, który nastąpi po wydobyciu żelaza.

Brukhalian patrzył pozbawionymi wyrazu oczyma na Bożego Jeźdźca, który wlókł się za swymi cyrulikami. Karnadas posunął się za daleko, zaczerpnął ze swej groty zbyt wiele i robił to za często. Jego ciało zaczęło już nieodwracalną kapitulację. Stawy barkowe, łokcie, nadgarstki i palce pokryły siniaki. Jego tętnice i żyły stały się przepuszczalne jak gaza, a wyciek krwi do mięśni i jam ciała miał się stale pogłębiać. Strumień Denul powodował rozkład tego, przez co przepływał – w tym przypadku ciała samego kapłana.

Brukhalian wiedział, że Karnadas nie doczeka świtu.

Ale przedtem Itkovian zostanie brutalnie uzdrowiony, bez zwracania uwagi na mentalny uraz, towarzyszący wszystkim ranom. Tarcza Kowadło ponownie obejmie dowództwo, lecz nie będzie już takim człowiekiem, jak przedtem.

Śmiertelny Miecz był twardy. Na los przyjaciół spoglądał bez emocji. Tak musiało być.

Wyprostował się w siodle i rozejrzał wokół, by ocenić sytuację. Szturm na koszary odparto. Tenescowri zostali zmuszeni do odwrotu i w zasięgu jego wzroku nie było ani jednego, który trzymałby się na nogach. Brukhalian jednak świetnie zdawał sobie sprawę, że gdzie indziej sytuacja wygląda zupełnie inaczej. Szare Miecze praktycznie przestały istnieć jako zorganizowana armia. Z pewnością tu i ówdzie przetrwały jeszcze gniazda oporu, lecz było ich niewiele. Można było przyjąć, że Capustan padł.

Z północnego zachodu nadjechała konna kurierka. Wierzchowiec przeskakiwał nad stertami trupów, zmierzając ku kompaniom Śmiertelnego Miecza.

Brukhalian wykonał gest swym orężem i młoda Capanka ściągnęła przed nim wodze.

– Śmiertelny Mieczu! – wydyszała. – Przynoszę wiadomość od Rath'Fenera! Przekazał mi ją akolita!

– W takim razie wysłuchajmy jej, rekrutko.

– Zaatakowano Niewolnika! Rath'Fener odwołuje się do Ósmego Nakazu Reve. Masz natychmiast ruszyć mu z odsieczą razem z całą kompanią. Rath'Fener klęka przed kopytami. Macie być Bliźniaczymi Kłami cienia jego i Fenera!

Brukhalian przymrużył powieki.

– Rekrutko, ten akolita zdołał opuścić Niewolnika, by przekazać święte wezwanie swego kapłana. Jak udało mu się tego dokonać, biorąc pod uwagę otaczające gmach ochronne czary?

Młoda kobieta potrząsnęła głową.

– Nie wiem, Śmiertelny Mieczu.

– A czy ktoś próbował cię zatrzymać po drodze przez miasto?

– Nikt żywy nie stanął mi na drodze, Śmiertelny Mieczu.

– Potrafisz to wytłumaczyć?

– Nie, Śmiertelny Mieczu, nie potrafię. Może był to uśmiech fortuny Fenera...

Brukhalian przyglądał się jej jeszcze przez chwilę.

– Rekrutko, czy zechcesz nam towarzyszyć podczas odsieczy?

Zamrugała, po czym z powagą skinęła głową.

– To byłby dla mnie zaszczyt, Śmiertelny Mieczu.

– Dla mnie również, rekrutko – odparł Brukhalian ochrypłym, pełnym smutku szeptem, który tylko powiększył jej widoczną dezorientację. – Jedenasta Grzywa zostanie z Bożym Jeźdźcem i jego cyrulikami! – rozkazał, opuszczając zasłonę hełmu. – Reszta kompanii maszeruje do Niewolnika! Rath'Fener odwołał się do Reve i musimy go wysłuchać! – Zsiadł z konia i wręczył wodze kurierce. – Zmieniłem zdanie – oznajmił. – Zostaniesz tutaj, rekrutko. Żeby pilnować mojego rumaka. A także poinformować Tarczę Kowadło o mojej decyzji, gdy tylko się ocknie.

– Twojej decyzji, Śmiertelny Mieczu?

– Wkrótce ją poznasz, rekrutko. – Brukhalian ponownie odwrócił się do swych żołnierzy. Ustawili się w szeregi i czekali w milczeniu. Czterysta Szarych Mieczy, być może ostatni, którzy pozostali przy życiu. – Żołnierze, czy jesteście gotowi? – zapytał Brukhalian.

– Gotowi podjąć próbę, Śmiertelny Mieczu – wychrypiał oficer-weteran.

– To znaczy? – zapytał Brukhalian.

– Musimy przejść przez pół miasta, Śmiertelny Mieczu. Nie uda się nam.

– Uważasz, że napotkamy opór, Nilbanas. Zgadza się?

Stary żołnierz zmarszczył brwi. Nie odpowiedział.

Brukhalian sięgnął po tarczę, którą trzymał czekający u jego boku adiutant.

– Ja poprowadzę – rzekł. – Czy podążycie za mną?

Wszyscy żołnierze skinęli głowami. Śmiertelny Miecz dojrzał w ich częściowo ukrytych za zasłonami hełmów twarzach narodziny świadomości, wiedzy, którą on zdołał już osiągnąć. Z tej drogi nie będzie powrotu. Są takie prądy, z którymi nie sposób walczyć.

Brukhalian założył na lewe ramię wielką tarczę z płyt brązu, ujął pewniej święty miecz i ruszył naprzód. Szare Miecze podążyły za nim. Wybrał najprostszą drogę, nawet na chwilę nie zwalniając, gdy przemierzał szerokie, pokryte trupami bulwary.

Ze wszystkich stron dobiegał ich głuchy pomruk tłumu. Izolowane dźwięki walki, zawalanie się płonących budynków, huk niegaszonych pożarów, ulice zasłane trupami – po drodze mijali sceny rodem z piekielnej otchłani Kaptura, jakby po obu stronach ich trasy rozwijały się gobeliny utkane przez obłąkanego, udręczonego artystę.

Nikt ich jednak nie zatrzymywał.

Gdy jednak docierali już do spowitego aurą Niewolnika, weteran przyśpieszył kroku, by dogonić Brukhaliana.

– Słyszałem słowa kurierki, Śmiertelny Mieczu...

– Zdaję sobie z tego sprawę, Nilbanas.

– To nie mogła być wiadomość od Rath'Fenera...

– Ale była.

– To znaczy, że kapłan nas zdradził!

– Tak, stary przyjacielu, zdradził.

– Sprofanował najtajniejszą Reve Fenera! Na Kły, Śmiertelny Mieczu...

– Słowa Reve są większe od niego, Nilbanas. To słowa Fenera.

– Ale on je wypaczył w złej intencji! Nie powinniśmy go słuchać!

– Zbrodnia Rath'Fenera zostanie ukarana, ale nie przez nas.

– Kosztem naszego życia?

– Gdybyśmy nie zginęli, nie byłoby zbrodni, Nilbanas, i nie byłoby podstaw do wymierzenia odpowiedniej kary.

– Śmiertelny Mieczu...

– Z nami już koniec, stary przyjacielu. W ten sposób będziemy mogli nadać naszej śmierci znaczenie.

– Ale... ale co on na tym zyska? Zdradził swego boga...

– Z pewnością ocali życie – odparł Brukhalian, uśmiechając się pod nosem do siebie. – Na pewien czas. Gdyby otaczająca Niewolnika magiczna osłona została rozerwana i Rada Masek wpadła w ręce Panniończyków, niewątpliwie oszczędzono by mu straszliwego losu, który czeka pozostałych kapłanów. Uważa, że to mu się opłaca.

Weteran pokręcił głową.

– Tak oto Fener przyzwala, by jego słowa stały się słowami zdrady. Jak bardzo szlachetne będzie jego Zwierzęce Oblicze, gdy w końcu dopadnie Rath'Fenera?

– To nie nasz bóg wymierzy karę, Nilbanas. Masz rację, że nie mógłby tego uczynić z czystym sumieniem, gdyż owa zdrada zraniła go głęboko, osłabiła tak bardzo, że może to doprowadzić do jak najgorszych konsekwencji.

– W takim razie, kto będzie dłonią naszej zemsty, Brukhalian? – zapytał bliski łez weteran.

Uśmiech Śmiertelnego Miecza stał się jeszcze bardziej złowrogi.

– Tarcza Kowadło z pewnością odzyskuje już przytomność. Za parę chwil wysłucha meldunku kurierki. Zrozumie jego prawdziwe znaczenie. Nilbanas, dłonią naszej zemsty będzie Itkovian. I jak czujesz się teraz, przyjacielu?

Przez kilka następnych kroków żołnierz milczał. Przed sobą mieli otwarty plac, za którym znajdowała się brama Niewolnika.

– Uspokoiłeś mnie, Śmiertelny Mieczu – oznajmił z satysfakcją. – Uspokoiłeś mnie.

Brukhalian uderzył mieczem o tarczę. Klingę ogarnęły czarne, skwierczące płomienie.

– Otaczają bulwar przed nami. Wejdziemy na niego?

– Tak jest. Z wielką radością.

Śmiertelny Miecz i jego czterystu ludzi wyszli na otwartą przestrzeń, nie wahając się ani przez chwilę, gdy ulice i wyloty zaułków ze wszystkich stron szybko wypełniły się doborowymi żołnierzami septarchy, jego urdomenami, jasnodominami i betaklitami. Wyroili się oni również w alei, którą przed chwilą przeszły Szare Miecze. Na dachach pojawili się łucznicy, a setki jasnodominów, którzy leżeli dotąd przed bramą Niewolnika, udając trupy, podniosły się i przygotowały broń.

– Żałosne – żachnął się idący u boku Brukhaliana Nilbanas.

Śmiertelny Miecz wybuchnął ochrypłym śmiechem, który usłyszeli wszyscy.

– Septarsze wydaje się, że jest sprytny.

– A nas uważa za honorowych głupców.

– Ach, ale przecież nimi jesteśmy, nieprawdaż, stary przyjacielu?

Nilbanas uniósł miecz i ryknął triumfalnie. Zakręcił orężem nad głową w tańcu radosnego wyzwania. Szare Miecze złączyły tarcze, otaczając Śmiertelnego Miecza, gotowe stoczyć ostatnią walkę pośrodku bulwaru.

Weteran pozostał na zewnątrz kręgu, nie przestając wirować, wrzeszczeć i wymachiwać mieczem.

Pięć tysięcy Panniończyków, w tym również sam septarcha, przyglądało się ze zdumieniem, niedowierzaniem i głębokim niepokojem dzikiemu, zwierzęcemu tańcowi mężczyzny. Potem Kulpath otrząsnął się, warknął, uniósł zakutą w stal dłoń i opuścił ją gwałtownie.

Powietrze nad bulwarem poczerniało, gdy tysiąc pięćset cięciw zagrało jak jedna.

Itkovian usłyszał ich dźwięk i otworzył nagle oczy. Jego umysł wypełniła przyćmiewająca wszystko inne wizja wyposażonych w zadziory grotów wbijających się w pancernego żółwia Szarych Mieczy. Strzały przenikały tu i ówdzie przez osłonę tarcz, a żołnierze chwiali się i padali na ziemię.

Nilbanas, którego trafiło z górą sto pocisków, wykonał jeszcze jeden obrót, siejąc wokół kropelkami krwi, i zwalił się na bruk.

Na bulwar wbiegła rycząca masa panniońskiej piechoty. Wrogowie uderzyli o złączone tarcze ocalałych Szarych Mieczy, które rozpaczliwie usiłowały zatkać luki w swych szeregach. Czworobok pękł, rozerwany na strzępy. Bitwa zamieniła się w rzeź.

Śmiertelny Miecz stał nadal, a jego oręż gorzał czarnym ogniem. Naszpikowany strzałami, wyglądał jak olbrzym pośród tłumu dzikich dzieci.

Walczył dalej.

Piki wbiły się weń ze wszystkich stron i uniosły go. Uderzył z rozmachem mieczem, przeciął drzewca i upadł na bruk pośród wijących się ciał.

Itkovian zobaczył, jak dwuręczny topór oddzielił lewe ramię Brukhaliana od ciała. Krew trysnęła z barku niepowstrzymanym strumieniem, a obciążona tarczą kończyna upadła na bruk, zginając się spazmatycznie w łokciu niczym odcięta noga owada.

Śmiertelny Miecz zwrócił się w prawo.

W jego tułów wbiły się kolejne piki.

Nie wypuszczał miecza. Płonący oręż nadal rozprzestrzeniał swój niszczycielski ogień, paląc wszystko, czego dotknął. Było słychać krzyki.

Do szturmu ruszyli uzbrojeni w krótkie, ciężkie miecze urdomeni.

Nadziane na sztych jelita Śmiertelnego Miecza rozwinęły się niczym wąż. W głowę Brukhaliana trafił kolejny topór, który rozpłatał masywny hełm z czarnego żelaza, potem czaszkę, a na końcu twarz.

Płonący miecz eksplodował. Jego czarne odłamki powaliły kolejnych Panniończyków.

Rozczłonkowany, niemal bezgłowy trup Śmiertelnego Miecza Fenera stał chwiejnie jeszcze przez chwilę, po czym osunął się powoli na kolana, z przygarbionymi plecami niczym strach na wróble przeszyty kilkunastoma pikami i niezliczonymi strzałami.

Klęczał nieruchomo w coraz mroczniejszym cieniu Niewolnika. Panniończycy odstąpili powoli od niego. Szał bojowy opuścił ich, ustępując miejsca czemuś bezgłośnemu i przerażającemu. Patrzyli na zmasakrowane szczątki Brukhaliana... i na wysokie, ledwie dostrzegalne widmo, które uformowało się przed Śmiertelnym Mieczem. Zakapturzona, spowita w czerń postać ukrywała dłonie w szerokich, wystrzępionych rękawach.

Kaptur. Król Wielkiego Domu Śmierci... przybył po jego duszę. Osobiście.

Dlaczego?

Po chwili Pan Śmierci zniknął. Nikt się jednak nie poruszył.

Zaczął padać deszcz. Rzęsisty.

Rozwodniona krew splamiła czarną zbroję klęczącej postaci. Ogniwa kolczugi lśniły karmazynowym blaskiem.

Wizję Itkoviana dzieliła też inna para oczu, oczu, które dobrze znał. Umysł Tarczy Kowadła wypełniła zimna satysfakcja. Zwrócił się w myśli do drugiego świadka i wiedział ponad wszelką wątpliwość, że usłyszał on jego słowa.

Mam cię Rath'Fenerze.

Jesteś mój, zdrajco.

Mój.

Krogulec mknął przez niesione wiatrem deszczowe chmury. Krople uderzały w jego skrzydła i ogon z siłą stalowych gwoździ. Pośród szarych, coraz ciemniejszych budynków miasta na dole było widać jaskrawe płomienie.

Dzień skłaniał się już ku zachodowi, lecz grozie nie było końca. Buke'a ogarnęło odrętwienie. Widział zbyt wiele, a choć jednopochwycona postać pozwalała mu trzymać się na dystans, nie przynosiło mu to ulgi. Jego nowe oczy były za bystre, stanowczo za bystre.

Zakręcił ostro nad posiadłością, w której zamieszkali Bauchelain i Korbal Broach. Bramę wypełniał stos zwłok. Na zbudowanych głównie ku ozdobie narożnych wieżach oraz biegnących wzdłuż murów chodnikach czuwali milczący wartownicy, mroczni i nieruchomi.

Armia ożywionych trupów Korbala Broacha zwiększyła liczebność. Bramę rozbiły setki Tenescowri, którzy wdarli się na dziedziniec. Bauchelain przywitał ich falami śmiercionośnych czarów, od których ich ciała poczerniały, popękały i oddzieliły się pasmami od kości. Zaklęcie nie przestawało działać jeszcze długo po śmierci ofiar, aż w końcu bruk pokrył sięgający kostek czarny pył.

Podjęto jeszcze dwie próby szturmu. Każda z nich była bardziej rozpaczliwa od poprzedniej. Dziesiątkowani przez czary i bezlitosne martwiaki Tenescowri rzucili się w końcu do panicznej ucieczki. Po południu próbę podjęła kompania beklitów, której nie powiodło się lepiej. Teraz, gdy już zapadał zmierzch, na zlanych deszczem ulicach wokół posiadłości nie było nikogo poza trupami.

Buke wspiął się wyżej na znużonych skrzydłach, lecąc na zachód wzdłuż głównej alei Dzielnicy Daru.

Spalone budynki, buchający z gruzów dym, kapryśne płomienie. Kłębiące się tłumy Tenescowri, wielkie ogniska, nad którymi pieczono na rożnach ludzkie mięso. Wędrujące po mieście drużyny oraz kompanie scalandi, beklitów i betaklitów, urdomenów i jasnodominów.

Są oszołomieni i wściekli. Zastanawiają się, gdzie się podziali obywatele Capustanu. Och, zdobyliście miasto, ale i tak czujecie się oszukani.

W miarę, jak robiło się ciemniej, jego wzrok tracił ostrość. Na południowym wschodzie, za mgiełką deszczu i dymu, było widać mroczne wieże pałacu księcia, które wyglądały na nietknięte. Być może jego mieszkańcy jeszcze się bronili. A może znowu stał się martwym gmachem, w którym nie było nikogo oprócz duchów. Wrócił do spokojnej ciszy, jaką znał w ciągu stuleci przed nadejściem Capańczyków i Daru.

Buke obejrzał się i dostrzegł w przelocie kamienicę po lewej. Otaczały ją płomienie, lecz wydawało się, że przysadzisty budynek opiera się im jeszcze. W czerwonym blasku ognisk Buke ujrzał stosy nagich trupów wypełniających ulice i zaułki wokół posesji.

Nie, na pewno mi się zdawało. Oczy wprowadziły mnie w błąd. Te zwłoki leżą na gruzach. Nie ma innej możliwości. Bogowie, w ogóle nie widać parteru. To gruz go zasypał. Niemożliwe, żeby sterta ciał była tak wysoka... och... na bezdenną Otchłań!

To w tym budynku Zrzęda wynajął pokój.

I choć dom atakowały płomienie, nie chciał spłonąć.

A wszystkie jego ściany ociekały jakimś płynem.

Nie wodą, ale krwią.

Buke podleciał bliżej. Im bardziej się zbliżał, tym większe ogarniało go przerażenie. Pozbawione okiennic okna na pierwszym widocznym piętrze zatkały trupy. Tak samo na następnym i na jeszcze następnym, poniżej dachu.

Buke zdał sobie sprawę, że cały budynek wypełnia niemal lita masa mięsa i kości. Z okien spływały krople krwi i żółci. Kamienica zamieniła się w ogromne mauzoleum, pomnik tego dnia.

Dostrzegł na dachu jakieś postacie. Było ich kilkanaście i kuliły się tu i ówdzie za prowizorycznymi osłonami. Jedna z nich trzymała się w pewnej odległości od pozostałych. Stała ze spuszczoną głową, jakby przyglądała się okropnościom na dole. Wysoki, potężnie zbudowany mężczyzna, szerokie, pochylone bary. Dziwnie ostry zarys spowitej w cienie sylwetki. W obu zakutych w stal dłoniach dzierżył masywne kordelasy, nagie i lśniące niczym kość.

Kilkanaście kroków za jego plecami stała chorągiew, oparta o coś, co wyglądało jak worki z prowiantem wydzielane Szarym Mieczom. Żółtą, mokrą dziecinną bluzeczkę zbroczyły ciemne plamy krwi.

Buke zbliżył się jeszcze trochę, po czym odleciał. Nie był gotowy. Nie na spotkanie ze Zrzędą. Nie z człowiekiem, którym stał się on teraz. To była straszliwa transformacja...

Jeszcze jedna ofiara oblężenia.

Tak jak my wszyscy.

Itkovian zamrugał, usiłując się zorientować w otoczeniu. Niski, pokryty grzybem sufit, smród surowego mięsa. Żółte światło lamp, ciężar szorstkiego wełnianego koca na piersi. Leżał na wąskiej pryczy i ktoś trzymał go za rękę.

Odwrócił powoli głowę, krzywiąc się, gdy jego szyję przeszyło ukłucie bólu.

Uzdrowiony, ale niezupełnie zdrowy. Proces jest... niekompletny.

Karnadas przykucnął u jego boku, zgięty wpół i nieruchomy. Pochylił głowę, tak że jego blada, pomarszczona łysina znalazła się na wprost oczu Itkoviana.

Ściskająca rękę Tarczy Kowadła dłoń składała się jedynie z kości i śmiertelnie suchej, lodowato zimnej skóry.

Itkovian uścisnął ją lekko.

Boży Jeździec uniósł głowę. Jego twarz przypominała czaszkę, skórę naznaczyły ciemne siniaki biorące początek w stawach żuchwowych, a zaczerwienione oczy skrywały się w czarnych jak węgiel zagłębieniach.

– Ach – wychrypiał kapłan – zawiodłem cię, Tarczo Kowadło...

– Nie zawiodłeś...

– Twoje rany...

– Ciało się zagoiło. Czuję to. Szyja, plecy, kolano. Został tylko lekki ból. Łatwo go wytrzymać. – Usiadł ostrożnie, zachowując spokojny wyraz twarzy mimo rozdzierających go cierpień. Gdy zgiął nogę w kolanie, zalał go pot i przebiegł nagły dreszcz. Zakręciło mu się w głowie. Mimo to nadal ściskał dłoń Karnadasa. – Twój dar uczy mnie skromności, Boży Jeźdźcze.

Karnadas oparł głowę na udzie Itkoviana.

– Ze mną już koniec, przyjacielu – wyszeptał.

– Wiem – odparł Tarcza Kowadło. – Ale ja mam jeszcze coś do zrobienia.

Boży Jeździec skinął nieznacznie głową, nie podniósł jej jednak.

Itkovian rozejrzał się wokół. Były tu jeszcze cztery inne prycze, a na każdej z nich leżał żołnierz. Twarze zakryto im wełnianymi kocami. Dwaj cyrulicy kapłana siedzieli na lepkiej od krwi podłodze, oparci plecami o ścianę. Zamknęli oczy, pogrążeni we śnie. Obok drzwi izby stała kurierka Szarych Mieczy, sądząc z rysów widocznej pod hełmem twarzy, Capanka. Widział wśród rekrutek jej młodszą wersję. Może to była siostra?

– Jak długo byłem nieprzytomny? Czy słyszę deszcz?

Karnadas nie odpowiedział. Żaden z chirurgów się nie obudził. Po chwili kurierka odchrząknęła.

– Tarczo Kowadło, został niespełna dzwon do północy. Padać zaczęło o zmierzchu.

O zmierzchu, gdy zginął pewien człowiek.

Dłoń, którą ściskał, wiotczała stopniowo.

– Ilu mamy tu żołnierzy? Jak wielu nas zostało?

Wzdrygnęła się.

– W sumie stu trzydziestu siedmiu, Tarczo Kowadło. W tym dziewięćdziesięciu sześciu rekrutów. Z grzyw, które towarzyszyły ci na cmentarzu, ocalało jedenastu.

– A nasze koszary?

– Padły, Tarczo Kowadło. Budynek płonie.

– Pałac Jelarkana?

Potrząsnęła głową.

– Żadnych wieści.

Itkovian uwolnił powoli dłoń z uścisku Karnadasa i spojrzał na jego nieruchomą postać. Pogłaskał przerzedzone kosmyki włosów. Minęło parę chwil, nim wreszcie Tarcza Kowadło zmącił ciszę.

– Znajdź sanitariusza, rekrutko. Boży Jeździec nie żyje.

Wytrzeszczyła szeroko oczy.

– Połączył się z naszym Śmiertelnym Mieczem, Brukhalianem. Dokonało się.

Itkovian zsunął obute nogi na podłogę. Ból w uszkodzonym kolanie był tak straszliwy, że Tarcza Kowadło omal nie zemdlał. Drżąc, zaczerpnął tchu i wyprostował się powoli.

– Czy mamy jeszcze jakichś płatnerzy?

– Jednego ucznia, Tarczo Kowadło – odpowiedziała po chwili tonem łamiącym się jak zwęglona skóra.

– Będę potrzebował szyny na to kolano, rekrutko. Co tylko zdoła zmontować.

– Tak jest – wyszeptała. – Tarczo Kowadło...

Przerwał poszukiwania opończy i obejrzał się na kobietę, która pobladła śmiertelnie.

– Od... odwołuję się do Trzynastego Prawa Reve. Domagam się... sprawiedliwego ukarania.

Dygotała.

– Ukarania, rekrutko? A jakiej zbrodni się dopuściłaś?

– Dostarczyłam wiadomość. Od akolity Rath'Fenera. – Zatoczyła się, zszokowana własnymi słowami, i ze szczękiem zbroi oparła plecami o drzwi. – Fenerze, wybacz mi! To ja wysłałam Śmiertelnego Miecza na śmierć!

Itkovian przymrużył powieki, przyglądając się jej uważnie.

– Jesteś tą rekrutką, która towarzyszyła mi i moim skrzydłom podczas ostatniego wypadu na równinę. Wybacz, proszę, że nie poznałem cię wcześniej, rekrutko. Powinienem był wziąć poprawkę na... doświadczenia, których ślady tak wyraźnie rysują się na twej twarzy. Odrzucam twoją prośbę. A teraz idź po sanitariusza i tego ucznia.

– Ale, Tarczo Kowadło...

– Brukhalian nie dał się oszukać. Rozumiesz? Co więcej, twoja obecność tutaj dowodzi, że jesteś niewinna. W przeciwnym razie rozkazałby ci ruszyć ze sobą, byś nie uniknęła zasłużonej kary. Idź już. Nie możemy tu zostać zbyt długo.

Tarcza Kowadło pokuśtykał ku stosowi zbroi, ignorując łzy spływające po ubłoconej twarzy kobiety. Po chwili rekrutka odwróciła się, otworzyła drzwi i wybiegła na korytarz.

Itkovian znieruchomiał. Zerknął na śpiących cyrulików.

– Jestem nosicielem żałoby Fenera – wyszeptał. – Jestem wcieleniem swej przysięgi. W tej sprawie i we wszystkim, co nadejdzie później. Mamy tu jeszcze coś do zrobienia. Ja mam coś do zrobienia. Spójrzcie, nie ustępuję przed niczym.

Wyprostował się, a jego twarz utraciła wszelki wyraz. Ból zmniejszył się. Wkrótce nie będzie już miał znaczenia.

Na Tarczę Kowadło spoglądało stu trzydziestu siedmiu zakutych w zbroje żołnierzy. On również przyglądał się uważnie swym ludziom ustawionym w szeregach na mrocznej, zlanej deszczem ulicy. Ocalały dwa bojowe rumaki: jego własny – na piersi miał czerwoną pręgę pozostałą po ranie, lecz ogień w oczach wierzchowcach nie zgasł – oraz kara klacz Brukhaliana. Kurierka trzymała w dłoniach wodze obu.

Do uszkodzonego kolana Tarczy Kowadła przytroczono z obu stron pasy oderwane od brygantyny, które były wystarczająco giętkie, by umożliwić mu chodzenie i jazdę konną, a zarazem na tyle mocne, że mogły utrzymać ciężar jego ciała, kiedy stał. Dziury w kolczym płaszczu załatano prowizorycznie miedzianym drutem. Ciężar rękawa był poważnym obciążeniem dla jego lewej ręki, w której nadal miał niewiele sił, a skóra pokrywająca nie do końca zagojoną tkankę między szyją i barkiem wydawała się gorąca i napięta. Unieruchomiono mu rękę pasami pod odpowiednim kątem, żeby mógł trzymać tarczę.

– Szare Miecze – zaczął. – Mamy do wykonania robotę. Nasza kapitan i jej sierżanci podzielili was na drużyny. Maszerujemy do pałacu księcia. To niedaleko. Wygląda na to, że główna część sił nieprzyjaciela skupiła się wokół Niewolnika. Jeśli napotkamy grupy maruderów, zapewne okażą się one nieliczne, a do tego będą się składały ze źle wyszkolonych i uzbrojonych Tenescowri. Bądźcie gotowi. – Itkovian spojrzał na swego jedynego oficera, kobietę, która przed zaledwie paroma dniami była starszym sierżantem odpowiedzialnym za szkolenie capańskich rekrutów. – Kapitanie, ustaw drużyny.

Kobieta skinęła głową.

Itkovian podszedł do konia. Zmontowano prowizoryczny podest, który ułatwił mu wspięcie się na siodło. Wziął wodze z rąk kurierki i spojrzał na nią z góry.

– Kapitan pójdzie ze swymi żołnierzami, rekrutko – oznajmił. – Klacz Śmiertelnego Miecza nie powinna pozostawać bez jeźdźca. Należy do ciebie, rekrutko. Sposób, w jaki jej dosiądziesz, pozwoli jej ocenić twe umiejętności. Zareaguje odpowiednio do tego, by zapewnić ci bezpieczeństwo. Nie warto próbować się jej sprzeciwiać.

Młoda kobieta zamrugała powiekami i powoli skinęła głową.

– Wsiadaj, rekrutko. Pojedziesz u mojego boku.

Rampa wiodąca do wąskiej, zwieńczonej łukiem bramy pałacu Jelarkana była zupełnie pusta. Same wrota roztrzaskano, a położony za nimi przedpokój oświetlał słaby blask pochodni. Na murach i wałach nie było ani jednego żołnierza. Itkoviana i jego Szare Miecze przywitała cisza, mącona jedynie bębnieniem deszczu.

Maszerujące na szpicy drużyny wysłały zwiadowców aż do samej bramy, potwierdzając, że nigdzie nie widać nieprzyjaciela. Nie natrafiono na żadnych ocalałych obrońców, ani na ich ciała.

Luki między budynkami wypełniała mgła i dym, a nocne niebo nad ich głowami strugi deszczu. We wszystkich częściach miasta odgłosy walki ucichły.

Brukhalian prosił o sześć tygodni. Itkovian zgodził się na mniej niż trzy dni. Ta świadomość sprawiała mu dokuczliwy ból, jakby wewnątrz jego ciała znajdował się jeszcze odłamek miecza albo grot strzały, niezauważony przez cyrulików, ukryty gdzieś w brzuchu i promieniujący bólem aż do serca.

Mam jeszcze coś do zrobienia.

Uczepił się tych słów. Wyprostował się, zgrzytając zębami. Skinął zakutą w stalową rękawicę dłonią i pierwsi zwiadowcy wpadli za bramę. Nie było ich przez dłuższy czas, lecz w końcu jedna z nich zbiegła na dół po rampie.

– Tarczo Kowadło – zameldowała. – W środku są Tenescowri. Chyba w głównej komnacie. Słychać odgłosy zabawy i ucztowania.

– Czy drogi prowadzące do sali są strzeżone? – zapytał Itkovian.

– Te trzy, które znaleźliśmy, nie.

Do głównej komnaty Jelarkana prowadziły cztery drogi: dwuskrzydłowe drzwi na końcu przedpokoju naprzeciwko bramy, wrota w bocznych ścianach, łączące ją z komnatą gościnną i wartownią, oraz wąski, osłonięty kurtyną korytarz znajdujący się bezpośrednio za tronem księcia.

– Bardzo dobrze. Kapitanie, skieruj po jednej drużynie do obu bocznych wejść. Tylko po cichu. Sześć drużyn tutaj, przy bramie. Pięć pozostałych pójdzie ze mną.

Tarcza Kowadło zsunął się ostrożnie z siodła. Przy lądowaniu wsparł ciężar ciała na zdrowej nodze, lecz mimo to zachwiał się, gdy wzdłuż kręgosłupa przebiegł mu paroksyzm bólu. Kurierka również zeskoczyła z konia i stanęła u boku dowódcy. Itkovian zapanował nad oddechem i zerknął na nią.

– Podaj mi tarczę – wychrypiał.

Inny żołnierz pomógł rekrutce przytroczyć tarczę z brązu do kończyny Itkoviana, mocując mu temblak na ramieniu.

Tarcza Kowadło opuścił zasłonę hełmu i wysunął miecz z pochwy. Kapitan wydała rozkazy pięciu zgromadzonym wokół nich drużynom.

– Ci z kuszami do drugiego szeregu. Trzymajcie głowy nisko, a gotową do strzału broń jeszcze niżej. Pierwszy szereg złączyć tarcze i wyciągnąć miecze. Wszyscy opuścić zasłony. Tarczo Kowadło, jesteśmy gotowi.

Skinął głową.

– Trzymaj się mojego lewego boku – rozkazał rekrutce. – Naprzód, w moim tempie.

Ruszył powoli w górę śliskiej od deszczu rampy.

Pięćdziesięciu trzech żołnierzy podążyło bez słowa za nim.

Weszli do przedpokoju, wysokiego, kwadratowego pomieszczenia oświetlanego przez jedną, migoczącą pochodnię umieszczoną w uchwycie na ścianie po prawej stronie. Dwie drużyny, skierowane do bocznych wejść, odłączyły się od grupy, gdy Tarcza Kowadło poprowadził swych żołnierzy szerokim korytarzem wiodącym do dwuskrzydłowych drzwi głównej komnaty. Towarzyszyło im kapanie spadających z nich kropel wody.

Zza masywnych wrót dobiegały stłumione głosy. Śmiech zabarwiony nutą histerii. Potrzaskiwanie płonącego drewna.

Itkovian nie zatrzymał się przed drzwiami. Uderzył w nie tarczą i zakutą w stal pięścią. Wkroczył do środka, a podążający za nim żołnierze rozeszli się na boki, by zapanować nad bliższym końcem długiej komnaty o kopulastym sklepieniu.

Twarze zwróciły się w ich stronę. Z krzeseł ustawionych po obu stronach długiego stołu podniosły się chwiejnie wychudłe, odziane w łachmany postacie. Sztućce i kości posypały się na posadzkę. Jakaś rozczochrana kobieta wrzasnęła przeraźliwie i popędziła jak szalona w stronę siedzącego na tronie Jelarkana młodego mężczyzny.

– Dobra matko – wychrypiał młodzieniec, wyciągając ku niej lśniącą od tłuszczu dłoń. Pożółkłymi oczyma wciąż jednak patrzył na Itkoviana. – Bądź spokojna.

Ujęła jego dłoń w obie własne i skomląc, padła na kolana.

– To tylko goście, matko. Niestety, przybyli zbyt późno, by wziąć udział w... królewskiej uczcie.

Ktoś roześmiał się histerycznie.

Pośrodku stołu ustawiono wielki, srebrny półmisek. Rozpalono na nim ognisko, w którym płonęły ułamane nogi krzeseł i ramy obrazów. Wszystkie były już prawie całkowicie zwęglone. Nad ogniskiem piekł się obdarty ze skóry ludzki tułów. Nikt go już nie obracał i jego spód czerniał szybko. Nogi obcięto w kolanach, a uda połączono ze sobą miedzianym drutem. Ręce wyrwano z barków, choć one również były związane. Głowę pozostawiono na miejscu. Była zwęglona i rozszczepiona toporem.

Ze wszystkich stron z ciała odcięto już plastry mięsa. Z ud, pośladków, piersi, pleców i twarzy. Itkovian wiedział jednak, że motywem przewodnim tej uczty nie był głód. Obecni w komnacie Tenescowri wyglądali na lepiej odżywionych niż wszyscy, których dotąd widział. Nie, tym razem była to uczta zwycięstwa.

Po lewej stronie tronu, na wpół ukryty w cieniu, ustawiono krzyż w kształcie litery X, wykonany z dwóch pik. Rozpięto na nim skórę księcia Jelarkana.

– Nasz drogi książę był już martwy, nim zaczęliśmy go piec – oznajmił zasiadający na tronie młodzieniec. – Ostatecznie nie zwykliśmy popełniać świadomych okrucieństw. Nie możesz być Brukhalianem, bo Brukhalian nie żyje. Z pewnością jesteś Itkovianem, tak zwanym Tarczą Kowadłem Fenera.

Zza tronu wyłonili się jasnodomini, zakuci w zbroje i hełmy. Na plecy narzucili futra, twarze przesłaniały im kraty zasłon, a w zakutych w stalowe rękawice dłoniach dzierżyli ciężkie topory. Czterech, ośmiu, dwunastu. Dwudziestu. I wciąż napływali nowi.

Siedzący na tronie mężczyzna uśmiechnął się.

– Twoi żołnierze są jacyś... zmęczeni. To zadanie przerasta ich siły. Znasz mnie, Itkovian? Jestem Anaster, Pierwsze Dziecko Martwego Nasienia. Powiedz mi, gdzie się podziali mieszkańcy tego miasta? Co z nimi zrobiliście? Och, pozwól mi zgadnąć. Pochowali się w tunelach pod ulicami. Strzeże ich garstka ocalałych Gidrathów, kompania albo dwie twoich Szarych Mieczy i trochę capańskich gwardzistów księcia. Przypuszczam, że książę Arard również się tam ukrywa. Wielka szkoda. Od dawna chcieliśmy się z nim spotkać. No, ale poszukiwania ukrytych wejść trwają. Znajdziemy je. Capustan zostanie oczyszczony, Tarczo Kowadło, choć ty, niestety, nie dożyjesz tego wspaniałego dnia.

Itkovian przyjrzał się młodzieńcowi i zobaczył w nim coś, czego nie spodziewał się ujrzeć.

– Pierwsze Dziecko – oznajmił. – Jest w tobie rozpacz. Przejmę ją od ciebie, a wraz z nią wszystkie twoje brzemiona.

Anaster odskoczył gwałtownie, jakby zadano mu fizyczny cios. Podciągnął kolana i wdrapał się na siedzenie tronu. Twarz wykrzywiły mu nerwowe tiki. Sięgnął po dziwny, obsydianowy sztylet, który miał za pasem, lecz cofnął nagle dłoń, jakby kamień był gorący.

Jego matka wrzasnęła głośno, chwytając wyciągniętą rękę syna. Wyrwał się jej z wściekłym warknięciem i skulona osunęła się na podłogę.

– Nie jestem twoim ojcem – ciągnął Itkovian – ale przejmę jego rolę. Uwolnij z siebie swój potop, Pierwsze Dziecko.

Młodzieniec wybałuszył oczy i rozciągnął usta, odsłaniając zęby.

– Kim... czym jesteś? – wysyczał.
Kapitan podeszła bliżej.
– Wybaczamy ci twą ignorancję – oznajmiła. – Jest Tarczą Kowadłem. Fener zna żal, tak wiele żalu, że zniesienie go przekracza jego możliwości. Dlatego wybiera sobie ludzkie serce. Opancerzone. Duszę śmiertelnika, która bierze na siebie smutek świata. Tarczę Kowadło. Ostatnie dni i noce przyniosły ogromny smutek oraz porażający wstyd. Tę świadomość widzimy wyraźnie wypisaną w twych oczach. Nie zdołasz oszukać samego siebie.
– To nigdy nie było możliwe – dodał Itkovian. – Daj mi swą rozpacz, Pierwsze Dziecko. Jestem gotowy ją przyjąć.
Główną komnatę wypełniło wycie Anastera, który wdrapał się jeszcze wyżej na tron, oplatając się ciasno ramionami.
Wszyscy spoglądali na niego.
Nikt się nie ruszał.
Pierwsze Dziecko wlepiło wzrok w Itkoviana, oddychając ciężko. Potrząsnęło głową.
– Nie – wyszeptało – nie dostaniesz mojej... mojej rozpaczy.
– To dar! – wysyczała kapitan. – Pierwsze Dziecko...
– Nie!
Itkovian oklapł wyraźnie. Opuścił drżący miecz. Rekrutka podeszła do Tarczy Kowadła, by go podtrzymać.
– Nie dostaniesz jej! Nie dostaniesz!
Kapitan spojrzała na Itkoviana, wytrzeszczając oczy.
– Tarczo Kowadło, nie mogę zaaprobować tego...
Itkovian potrząsnął głową i wyprostował się powoli.
– Nie, rozumiem to. Pierwsze Dziecko... w nim nie ma nic oprócz rozpaczy. Bez niej...
Będzie niczym.
– Zabijcie ich! – wrzasnął załamującym się głosem Anaster. – Jasnodomini! Zabijcie wszystkich!
Czterdziestu jasnodominów rzuciło się do ataku, biegnąc po obu stronach stołu.
Kapitan wydała rozkaz. Żołnierze z pierwszej linii opadli na jedno kolano. Ci z drugiej unieśli kusze. Pomknęły dwadzieścia cztery bełty. Żaden z nich nie chybił celu.
Z bocznych wejść wystrzelono dalsze pociski.
Pierwsza linia żołnierzy podniosła się i przygotowała broń.

Tylko sześciu jasnodominów trzymało się jeszcze na nogach. Posadzkę zaścielały wijące się i nieruchome postacie.

Siedzący za stołem Tenescowri rzucili się do ucieczki ku ukrytemu za tronem wejściu.

Anaster dotarł do niego pierwszy. Jego matka biegła tuż za nim.

Jasnodomini skoczyli na Itkoviana.

Mam jeszcze coś do zrobienia.

Śmignął mieczem. Zakuta w stal głowa spadła z barków. Ciosem na odlew przeciął kolczugę i rozpruł brzuch następnego jasnodomina.

Kusze zagrały raz jeszcze.

I Szarym Mieczom zabrakło przeciwników.

Tarcza Kowadło opuścił broń.

– Kapitanie – rzekł po chwili. – Zdejmijcie ciało z rożna i skórę z krzyża. Posadzimy księcia Jelarkana na tronie, na należnym mu miejscu. Będziemy bronić tej komnaty. Przez pewien czas. W imię księcia.

– Pierwsze Dziecko...

Itkovian spojrzał na nią.

– Jeszcze się z nim spotkamy. Jestem jego jedyną nadzieją, kapitanie, i nie zawiodę go.

– Jesteś Tarczą Kowadłem – zaintonowała.

– Jestem Tarczą Kowadłem.

Jestem żalem Fenera. Żalem całego świata. I pomieszczę go w sobie, albowiem mamy jeszcze coś do zrobienia.

Rozdział siedemnasty

Co dusza pomieści, tego ciało nie zgłębi.
Reve Fenera
Imarak, Pierwszy Boży Jeździec

Skóra była ziarnista i rozpalona gorączką. Jej ruchy sprawiały, że czuł się tak, jakby dotykał wilgotnego, wypełnionego kamieniami worka. Ciało matrony wydzielało olej o gryzącym zapachu, który wsiąkał w wystrzępione ubranie Toca Młodszego. Gdy ogromna, spasiona K'Chain Che'Malle przesuwała się po pokrytej żwirem podłodze, jej potężne ramiona ściskały go gwałtownie pośród fałd monstrualnego cielska.

W jaskini panowała ciemność. Błyski, które widywał, były produktem jego umysłu, złudzeniem, być może zrodzonym ze wspomnień. Urwane sceny, w których na niskie, porośnięte pożółkłą trawą wzgórza padał ciepły blask słońca. Postacie, które dostrzegał kącikiem oka. Niektóre z nich nosiły maski. Inna składała się tylko z martwej skóry pokrywającej masywne kości. Jeszcze inna była... piękna. Doskonała. Nie wierzył w ich realność. Ich twarze były obliczami obłędu, który czaił się coraz bliżej, tuż za jego plecami.

Kiedy zasypiał, śniły mu się wilki. Polowały nie z głodu, lecz dlatego że chciały coś oddać... coś innego, nie wiedział co. Zwierzyna wędrowała samotnie i uciekała, gdy tylko go zobaczyła. Ścigał ją, z braćmi i siostrami u boku. Biegł bez wytchnienia, połykając kolejne mile. Małe, przerażone stworzenie nie mogło im umknąć. Byli coraz bliżej, zmuszali je do wbiegania na szczyty wzgórz, aż wreszcie padło ze zmęczenia na ziemię. Otoczyli je.

Kiedy podeszli bliżej, by oddać to, co miało być oddane, zdobycz zniknęła.

Szok, a potem rozpacz.

Krążyli wokół miejsca, w którym jeszcze przed chwilą leżała. Unosili głowy ku niebu, a z ich gardeł wydobywało się żałobne wycie.

Wyli bez chwili wytchnienia, a gdy wreszcie Toc Młodszy obudził się w objęciach matrony, wydawało mu się, że w nieruchomym powietrzu jaskini tańczą jeszcze milknące echa ich głosów. Bestia wzmacniała wtedy uścisk i skomlała, szturchając go w kark uzębionym pyskiem. Jej oddech pachniał słodzonym mlekiem.

Cykle jego życia. Sen, a potem urozmaicana halucynacjami jawa. Zamazane wizje skąpanych w blasku słońca postaci, złudzenia, że jest ssącym pierś matki niemowlęciem. Wiedział, że matrona nie ma piersi, z pewnością więc były to omamy, lecz mimo to dostarczały mu one pożywienia. Chwile, gdy opróżniał kiszki i pęcherz. Wyciągała wtedy ramiona, by zanieczyścił tylko siebie, a potem wylizywała go do czysta. Ten gest odzierał go z resztek godności.

Jej uścisk kruszył mu kości. Im głośniej krzyczał z bólu, tym mocniej go obejmowała. Nauczył się cierpieć w milczeniu. Jego kości zrastały się nadnaturalnie szybko. Czasami nierówno. Wiedział, że jego ciało jest zniekształcone: pierś, biodra, łopatki.

A były jeszcze odwiedziny. W jego umyśle formowała się widmowa twarz, ukryta za pomarszczonym obliczem starca. Widać było cień lśniących kłów, a pożółkłe oczy gorzały obłąkaną radością.

Toc znał skądś obie te twarze, lecz nie potrafił nadać im imienia.

Gość mówił do niego.

Zostali uwięzieni, przyjacielu. Wszyscy poza T' lan Imassem, który boi się samotności. W przeciwnym razie, czyż nie opuściłby już swych towarzyszy? Połknął ich lód. Są bezradni. Zamarzli. Seguleh. Nie ma powodu się ich bać. Nigdy nie było. Tylko się z nimi bawiłem. I kobieta! Piękny, oszroniony posąg! Wilk i pies zniknęły. Uciekły. Tak, twój kuzyn, brat twojego oka... uciekł. Z podkulonym ogonem, hi, hi!

I znowu.

Wasza malazańska armia się spóźniła! Jest już za późno, by uratować Capustan! Miasto należy do mnie. Wasi żołnierze dotrą tam dopiero za tydzień, przyjacielu. Będziemy na nich czekać. Przywitamy ich tak, jak witamy wszystkich wrogów.

Przyniosę ci głowę malazańskiego generała. Przyniosę ci jego pieczone mięso i znowu będziemy ucztować razem.

Jak wiele przelanej krwi może pomieścić jeden świat? Czy zadawałeś sobie kiedyś to pytanie, Tocu Młodszy? Czy to sprawdzimy?

Sprawdźmy to. Ty, ja i nasza droga matka. Och, czy widzę przerażenie w jej oczach? Wygląda na to, że w jej zgniłym mózgu zachowała się jeszcze resztka zdrowego rozsądku. Ma pecha.

Gość wrócił po długiej przerwie. Fałszywa skóra starca mocno naciągała się na nieludzkim obliczu. Kły prześwitywały przez nią, jak przez przezroczystą błonę. Oczy gorzały, lecz tym razem nie radością.

Oszustwo! To nie są śmiertelne zwierzęta! Jak śmią atakować moje osłony! Tutaj, u moich bram! A T'lan Imass zniknął! Nie mogę go nigdzie znaleźć! Czy on również tu przybywa?

Niech i tak będzie. Nie znajdą cię. Przeniesiemy się we troje na północ, daleko poza ich zasięg. Przygotowałem dla was dwojga nowe... gniazdko.

Niedogodności...

Toc już go nie słyszał. Jego umysł porwała wizja. Widział blask słońca, odbijający się raniącą oczy bielą od skutych lodem gór i wypełnionych rzekami śniegu dolin. Po niebie krążyły kondory. Potem, znacznie bliżej, ujrzał dym, zburzone drewniane budynki, zawalone kamienne mury. Uciekające z krzykiem postacie. Czerwień plamiącą śnieg i wypełniającą mleczne kałuże na żwirowej drodze.

Jego punkt widzenia – spoglądające przez czerwoną mgiełkę oczy – przesunął się w bok. Obok szedł cętkowany, czarno-szary pies. Jego kłąb sięgał do wysokości oczu zakutych w zbroje postaci, które rozszarpywał z dziką zawziętością. Zwierzę zmierzało w stronę drugiej, zwieńczonej łukiem bramy, stanowiącej wejście do wyniosłej fortecy. Nikt nie mógł mu się oprzeć, czy choćby spowolnić jego marszu.

Nad kłębem psa uformował się obłok szarego pyłu. Zawirował i skupił się, tworząc ręce, ściskające boki zwierzęcia nogi, głowę w kościanym hełmie oraz podarte futro, które łopotało na wietrze niczym wystrzępione skrzydło. Istota unosiła wysoko nad głowę prążkowany miecz koloru starej krwi.

Jego kości są w dobrym stanie, ale ciało w kiepskim. Ze mną sprawy mają się dokładnie na odwrót. Czy jesteśmy braćmi?

Pies i jego jeździec – wizja zrodzona z koszmarów – uderzyli w potężną, okutą żelazem bramę.

Drewno eksplodowało we wszystkie strony, a w grupkę ukrytych w mroku korytarza jasnodominów wtargnęła groza.

Wilk, który był oczyma Toca, popędził ku roztrzaskanej bramie. Po obu stronach psa i dosiadającego go martwiaka wyłoniły się z mroku wielkie, gadzie postacie.

Łowcy K'ell unieśli szerokie miecze.

Wilk warknął i pognał sprintem w ich stronę. Wbił wzrok w bramę. Każdy jej szczegół stał się ostry jak rozbite szkło, natomiast wszystko, co znajdowało się po bokach, utraciło wyrazistość. Skręcił lekko i runął na K'Chain Che'Malle, który atakował psa z lewej.

Stwór odwrócił się, unosząc miecz, by powstrzymać szarżę.

Wilk przemknął pod klingą i skoczył w górę, otwierając szeroko paszczę. Wypełniło ją pokryte łuską gardło. Zatopił głęboko kły w martwym ciele. Zacisnął mięśnie szczęk. Kości trzasnęły, a potem się skruszyły. Wilk nieubłaganie wzmacniał uścisk. Jego impet obalił Łowcę K'ell do tyłu. Bestia upadła na ogon i walnęła w ścianę, która zadrżała pod wpływem wstrząsu. Górne i dolne kły zetknęły się ze sobą, a po nich trzonowce, które przecięły twarde jak drewno ścięgna oraz wysuszone mięśnie.

Wilk metodycznie oddzielał głowę od ciała.

Leżący pod nim K'Chain Che'Malle zadrżał spazmatycznie. Miotający się na oślep miecz wbił się w zad wilka z prawej strony.

Toc i zwierzę wzdrygnęli się z bólu, nie dali jednak za wygraną.

Osłonięta ozdobnym hełmem głowa potoczyła się z łoskotem po pokrytym topniejącym śniegiem bruku.

Wilk odwrócił się z głośnym warknięciem. Z paszczy zwisały mu strzępy martwego ciała.

Pies skulił się, przygarbiony, w kącie bramy. Z jego ran płynęła krew. Musiał sam toczyć z nimi walkę.

Martwiak – brat Toca – zeskoczył z grzbietu zwierzęcia. Jego krzemienny miecz starł się z bliźniaczymi ostrzami drugiego Łowcy K'ell. Szybkość T'lan Imassa była niewyobrażalna. Kawałki K'Chain Che'Malle fruwały w powietrzu. Zakończone mieczem przedramię zawirowało i upadło na ziemię obok skulonego psa.

Łowca K'ell zatoczył się do tyłu. Kości goleni złamały się z trzaskiem i ogromny stwór padł na bruk, bryzgając błotem na wszystkie strony.

T'lan Imass wspiął się na przeciwnika, wymachując systematycznie mieczem, by go poćwiartować. Szybko uporał się z tym zadaniem.

Wilk podszedł do rannego psa, który kłapnął zębami, by go odpędzić...

Toc nagle oślepł. Jego kontakt z wilkiem został raptownie przerwany.

Szarpał nim okrutny wiatr, lecz matrona trzymała go mocno. Przemieszczali się. Szybko. Wędrowali przez grotę, ścieżkę spękanego lodu. Zdał sobie sprawę, że uciekają z Wieży, z fortecy, do której przed chwilą wdarł się wróg.

Baaljagg. Garath i Tool. Garath... te rany...

– Cisza! – wrzasnął ktoś nagle.

Był z nimi jasnowidz, który prowadził ich przez Omtose Phellack. Umysł Toca zachował dar jasności. Śmiech Malazańczyka brzmiał jak ochrypły bulgot.

– Zamknij się!

Całą grotą wstrząsnął odległy huk, odgłos, który wydawały tafle lodu, pękając, eksplodując w pożarze czarów.

Pani Zawiść. Wróciła do nas...

Jasnowidz krzyknął przeraźliwie.

Gadzie ramiona uścisnęły Toca. Kości trzasnęły. Ból wepchnął go w otchłań. Moi bliscy, moi bracia... Zemdlał.

Od północy na nocnym niebie gorzała krwawa łuna. Choć miasto dzieliły od porośniętego rzadkim lasem wzgórza ponad trzy mile, nie ulegało wątpliwości, że do Capustanu przyszła śmierć. Świadkowie umilkli. Słychać było jedynie szczęk zbroi i oręża oraz mlaskanie deptanego butami i mokasynami błota.

Z liści ściekała szemrząca cicho woda. Zapach rozmokłej gleby przesycał ciepłe powietrze. W pobliżu ktoś kasłał.

Kapitan Paran wyjął sztylet i zaczął sobie zeskrobywać błoto z butów. Wiedział, czego się spodziewać w chwili, gdy po raz pierwszy ujrzy miasto. Zwiadowcy Humbralla Taura przynieśli dziś wieści. Oblężenie było skończone. Szare Miecze mogły żądać za swe usługi cesarskiej zapłaty, lecz nadpalone, poobgryzane kości raczej nie będą mogły jej odebrać. Choć jednak nie był zaskoczony, nie zmniejszyło to patosu umierającego miasta.

Gdyby te Szare Miecze były Karmazynową Gwardią, scena, jaką miał przed oczyma, mogłaby wyglądać inaczej. Zdaniem kapitana wszyscy najemnicy, z jednym wyjątkiem Kompanii

Zaprzysiężonych księcia Kazza D'Avore'a, byli nic nie warci. Potrafili tylko gadać.

Miejmy nadzieję, że dzieciom Humbralla Taura powiodło się lepiej.

Nie wydawało się to prawdopodobne. Być może przetrwały jeszcze ogniska oporu – garstki otoczonych żołnierzy, którzy wiedzieli, że nie mają szans na otrzymanie pardonu. Będą walczyli do końca. W zaułkach, w domach, w pokojach. Śmiertelne konwulsje Capustanu potrwają długo.

Ale z drugiej strony, jeśli ci cholerni Barghastowie ruszą tyłki i przestaną tak się wlec, możemy jeszcze zmienić wyrok losu w tej sprawie.

Paran odwrócił się, gdy nadszedł jego nowy dowódca, Biegunek. Potężny Barghast spojrzał z błyskiem w oczach na płonące miasto.

– Deszcze nie przyczyniły się zbytnio do ugaszenia pożarów – mruknął, krzywiąc się wściekle.

– Być może nie jest tak źle, jak się zdaje – pocieszył go Paran. – Widzę najwyżej pięć wielkich pożarów. Mogło być gorzej. Słyszałem opowieści o burzach ogniowych...

– Ehe. W Siedmiu Miastach widzieliśmy kiedyś taką z daleka.

– Co miał do powiedzenia Humbrall Taur, wodzu wojenny? Czy ruszymy naprzód szybciej, czy będziemy tu dalej sterczeć?

Biegunek obnażył spiłowane zęby.

– Wyśle klany Barahnów i Ahkratów na południowy wschód. Mają zająć przystanie, pływające mosty i barki. Jego Senanowie i Gilkowie ruszą na Capustan. Reszta klanów zagarnie główne tabory septarchy, które znajdują się w połowie drogi między przystaniami a miastem.

– Wszystko to bardzo pięknie, ale jeśli nadal będziemy się tak wlec...

– Hetan i Cafal, dzieci Taura, żyją i nie grozi im żadne niebezpieczeństwo. Tak zapewniają gnaciarze. Kości są pod ochroną niezwykłych czarów. Niezwykłych i bardzo potężnych. Jest też...

– Niech cię szlag, Biegunek! Ludzie tam giną! Są pożerani!

Barghast uśmiechnął się szerzej.

– Dlatego pozwolono mi poprowadzić mój klan w takim tempie, jakie uznam za stosowne. Kapitanie, czy chcesz wkroczyć do Capustanu jako pierwszy z Białych Twarzy?

Paran warknął pod nosem. Czuł potrzebę wyciągnięcia miecza, wywarcia zemsty, zadania w końcu – po tak długim czasie – ciosu

Pannion Domin. Szybki Ben – w tych chwilach gdy umysł miał jasny i nie dręczyła go gorączka – zapewniał, że w Domin kryją się straszliwe tajemnice, a jego serce jest pełne złej woli. Dla kapitana wystarczającym dowodem na to był sam fakt istnienia Tenescowri.

Potrzebował jednak czegoś więcej. Żył z bólem. W jego żołądku gorzały pożary. Często wymiotował kwaśną żółcią i krwią, lecz nikomu się do tego nie przyznał. Ból zamykał go w sobie, a to więzienie stawało się coraz ciaśniejsze.

Jest też coś innego, co od siebie odpycham. Ona mnie prześladuje. Chce wtargnąć w moje myśli. Ale nie jestem na to gotowy. Nie w chwili, gdy mój żołądek płonie...

Z pewnością był to obłęd – urojenie – lecz Paran był przekonany, że ból ustąpi i wszystko znowu będzie dobrze, gdy tylko odda światu uwięzioną w nim przemoc. Szaleństwo czy nie, uczepił się tego przekonania.

Tylko wtedy napięcie zelżeje. Tylko wtedy.

Nie czuł się gotowy przegrać.

– Zbierz Podpalaczy Mostów – mruknął Paran. – Nim minie dzwon, będziemy pod północną bramą.

Biegunek chrząknął.

– Wszystkich trzydziestu paru.

– Niech to szlag, może uda się nam zawstydzić tych Barghastów i skłonić ich do pośpiechu.

– Czy na to właśnie liczysz?

Paran przyjrzał się towarzyszowi.

– Niech nas wszystkich Kaptur! Biegunek, to ty prosiłeś Taura o pozwolenie. Wydaje ci się, że zdołamy wyzwolić Capustan, mając trzydziestu siedmiu żołnierzy i jednego nieprzytomnego maga?

Barghast przymrużył powieki, patrząc na miasto. Wzruszył ramionami.

– Szybkiego Bena zostawimy. A jeśli chodzi o wyzwolenie miasta, zamierzam spróbować.

Po dłuższej chwili kapitan wyszczerzył zęby w uśmiechu.

– Cieszę się, że to słyszę.

Marsz Barghastów z klanów Białych Twarzy był powolny i meandryczny. Z początku, gdy szli na południe przez wyżynne równiny, nagłe pojedynki kilka razy dziennie zmuszały klany do postoju.

Częstotliwość tych incydentów zaczęła w końcu spadać, a teraz Humbrall Taur wyznaczył poszczególnym klanom odrębne zadania do spełnienia, dzięki czemu w następnych dniach nie będzie okazji do sporów. Co prawda, każdy z wodzów służył sprawie wyzwolenia ich bogów, lecz zadawnione nienawiści nie zniknęły.

Nowa rola Biegunka jako wodza wojennego Podpalaczy Mostów okazała się ulgą dla Parana, który nie znosił odpowiedzialności związanej z dowodzeniem. Konieczność dbania o każdego z podkomendnych stawała się dla niego coraz dokuczliwszym brzemieniem. Choć dla zastępcy było ono tylko nieco lżejsze, to mu na razie wystarczało. Mniej przyjemny był fakt, że Paran utracił pozycję przedstawiciela Podpalaczy Mostów. W naradach uczestniczył obecnie Biegunek, a kapitan znalazł się na uboczu.

Ściśle mówiąc, Paran pozostał dowódcą Podpalaczy Mostów, lecz Humbrall Taur i jego Barghastowie uważali teraz kompanię za plemię, a plemiona wybierały sobie wodzów wojennych i ta rola należała do Biegunka.

Podpalacze Mostów ruszyli w stronę miasta błotnistym brzegiem płynącego tylko w porze deszczowej strumienia, zostawiając za sobą porośnięte drzewami wzgórza. Dym bijący z płonącego Capustanu przesłaniał gwiazdy na niebie, a miękka po padającym od kilku dni deszczu gleba tłumiła odgłos ich kroków. Mocno przytroczyli broń i zawiązali ciasno zbroje, żeby nie robić po drodze hałasu.

Paran podążał trzy kroki za Biegunkiem, który – tak jak w drużynie Sójeczki – zawsze szedł przodem. Nie była to idealna pozycja dla dowódcy, choć pasowała do barghasckiego wodza wojennego. Kapitan nie czuł się z tego powodu zbyt zadowolony. Co gorsza, wyraźnie świadczyło to o uporze Biegunka. Brak elastyczności był u dowódcy niepokojącą cechą.

Miał wrażenie, że na barku spoczęła mu niewidzialna dłoń, dotknięcie znajomego, odległego umysłu. Skrzywił się. Więź łącząca go ze Srebrną Lisicą stawała się coraz silniejsza. W tym tygodniu próbowała do niego sięgnąć już trzy razy. Lekkie muśnięcie świadomości, jak zetknięcie się czubkami palców. Zastanawiał się, czy to jej pozwala widzieć to, co on widzi, albo czytać w jego myślach. Ukrywał teraz w sobie tak wiele, że instynktownie unikał z nią kontaktu. Jego tajemnice należały wyłącznie do niego. Nie miała prawa kraść mu ich, jeśli to właśnie robiła. Nie mogły tego usprawiedliwić nawet wymogi taktyki. Gdy nie chciała odejść, zasępił się głęboko.

O ile to rzeczywiście ona. Co, jeśli...?

Biegunek zatrzymał się nagle i przykucnął, unosząc rękę. Skinął dwukrotnie.

Paran i żołnierz, który podążał za nim, podeszli do barghasckiego wojownika.

Dotarli do północnych straży Panniończyków. W ich obozie panował chaos, nie było tam żadnej organizacji, rozbito go byle jak i obsadzono stanowczo za małą liczbą ludzi. Ścieżki wydeptane między okopami, dołami oraz rozbitymi tu i ówdzie prowizorycznymi namiotami zaściełały sterty śmieci. Wszędzie było czuć smród ze źle rozmieszczonych latryn.

Trzej mężczyźni przyglądali się tej scenie jeszcze przez chwilę, po czym wrócili do pozostałych. Dowodzący drużynami sierżanci ruszyli naprzód, tworząc zwartą grupkę.

Trzpień, który był żołnierzem towarzyszącym Paranowi, odezwał się jako pierwszy.

– Średniozbrojna piechota na posterunku – wyszeptał. – Dwie małe kompanie wokół dwóch sztandarów...

– Dwustu – zgodził się Biegunek. – W namiotach jest ich więcej. Chorzy i ranni.

– Pewnie głównie chorzy – dodał Trzpień. – Sądząc po zapachu, na dyzenterię. Ci panniońscy oficerowie są gówno warci. Chorzy nie będą brać udziału w walce, bez względu na to, co zrobimy. Cała reszta pewnie jest w mieście.

– Spójrz na bramę – warknął Biegunek.

Paran skinął głową.

– Leży tam mnóstwo ciał. Tysiąc trupów, może więcej. Nie ma barykad, nie widzę też żadnych wartowników. Zwycięzcy są pewni siebie.

– Musimy się przebić przez tę średniozbrojną piechotę – mruknął sierżant Nerwusik. – Trzpień, jak stoją nasi saperzy z amunicją Moranthów?

Niski mag wyszczerzył zęby w uśmiechu.

– Wróciła ci odwaga, Nerwusik?

Sierżant skrzywił się ze złością.

– To jest walka, nie? Odpowiedz na moje pytanie, żołnierzu.

– Mamy ich mnóstwo. Ale przydałoby się parę tych miotaczy, które robi Skrzypek.

Paran zamrugał. Po chwili przypomniał sobie wielkie kusze, których Skrzypek i Płot używali, by zwiększyć zasięg wstrząsaczy.

– A czy Płot takiego nie ma? – zapytał.

– Zepsuł go, idiota. Nie, uzbroimy trochę wstrząsaczy, ale to będzie tylko posiew. Dziś w nocy używamy przebijaczy. Zapalacze dają za dużo światła i nieprzyjaciel zobaczyłby, jak niewielu nas jest. Przebijacze. Zbiorę chłopaków i dziewczyny.

– Myślałem, że jesteś magiem – mruknął Paran, gdy mężczyzna odwrócił się w stronę oczekujących drużyn.

Trzpień obejrzał się za siebie.

– Jestem, kapitanie. I saperem też. To śmiercionośna kombinacja, co?

– Śmiercionośna dla nas – wtrącił Nerwusik. – Ty i ta twoja cholerna włosiennica...

– Hej, spalone fragmenty odrastają. Widzisz?

– Bierz się do roboty – warknął Biegunek.

Trzpień zaczął wyznaczać zadania saperom poszczególnych drużyn.

– Przedrzemy się prosto przez obóz – zdecydował Paran. – Dzięki przebijaczom nie powinniśmy mieć trudności, ale potem ci na flankach zajdą nas od tyłu...

Trzpień wrócił akurat na czas, by odchrząknąć i powiedzieć:

– Po to właśnie posiejemy wstrząsacze, kapitanie. Dwie krople na wosk. Dziesięć uderzeń serca. Hasło brzmi „bieg" i kiedy je usłyszycie, lepiej biegnijcie, i to szybko. Jeśli w chwili wybuchu będziecie bliżej niż trzydzieści kroków, zrobi się z was siekana wątróbka.

– Jesteście gotowi? – zapytał Trzpienia Biegunek.

– Tak. Jest nas dziewięciu, więc utorujemy ścieżkę szeroką na niespełna trzydzieści kroków.

– Wyciągać broń – rozkazał Barghast. Wysunął rękę, złapał Trzpienia za włosiennicę i przyciągnął go do siebie. Uśmiechnął się. – Tylko żadnych pomyłek.

– Żadnych pomyłek – zgodził się saper, wybałuszając oczy, gdy Barghast kłapnął spiłowanymi zębiskami kilka cali od jego twarzy.

Po chwili Trzpień i jego ośmiu ludzi ruszyli ku liniom wroga, zakapturzeni i bezkształtni w przeciwdeszczowych pelerynach.

Świadomość Parana ponownie poczuła znajome dotknięcie. Ze wszystkich sił starał się je odepchnąć. Kwas w jego żołądku zabulgotał, zapowiadając ból. Kapitan zaczerpnął głęboko tchu, żeby się uspokoić.

Jeśli zagrają miecze... to będzie dla mnie pierwszy raz. Po wszystkim, przez co przeszedłem, moja pierwsza bitwa...

Średniozbrojna piechota nieprzyjaciela stała zbita w grupki po około dwudziestu ludzi przy każdym z palenisk w jedynym w obozie wyżej położonym miejscu, biegnącym równolegle do muru nasypie, po którym ongiś biegła droga. Według oceny Parana ścieżka szeroka na trzydzieści kroków powinna załatwić większość żołnierzy w trzech grupkach.

Zostanie jednak z górą stu zdolnych do walki Panniończyków. Jeśli znajdą się wśród nich jacyś kompetentni oficerowie, może się zrobić paskudnie.

Ale z drugiej strony, gdyby te drużyny miały kompetentnych oficerów, obóz by tak nie wyglądał...

Saperzy zaczęli się czołgać i kapitan stracił ich z oczu. Przesunął dłoń na rękojeści miecza i obejrzał się przez ramię na resztę Podpalaczy Mostów. Na czele grupy stała Wykałaczka, która miała zbolałą minę. Chciał już ją zapytać, co się stało, gdy nocą wstrząsnęły wybuchy. Kapitan odwrócił się błyskawicznie.

W blasku bijącym z rozbitych palenisk było widać wijące się na ziemi ciała.

Biegunek wydał z siebie wibrujący okrzyk wojenny.

Podpalacze Mostów ruszyli sprintem naprzód.

Eksplodowały kolejne przebijacze, tym razem po bokach. Zaskoczeni żołnierze wokół sąsiednich palenisk padli na ziemię.

Paran wypatrzył z przodu mroczne postacie saperów, którzy przycupnęli pośród martwych i konających Panniończyków.

W rękach kilkunastu Podpalaczy Mostów zagrały kusze.

Rozległy się krzyki.

Malazańczycy wbiegli, podążając za Biegunkiem, na zasłaną trupami drogę i minęli przycupniętych saperów, którzy przygotowywali już większe wstrząsacze. Dwie krople kwasu na woskową zatyczkę, która zamykała otwór w glinianym granacie.

Chór stłumionych syknięć.

– Bieg!

Paran zaklął. Dziesięć uderzeń serca nagle wydało mu się nader krótką chwilą. Wstrząsacze były największymi produkowanymi przez Moranthów pociskami. Jeden z nich mógł całkowicie zablokować duże skrzyżowanie. Kapitan zerwał się do biegu.

Serce omal nie stanęło mu w piersi, gdy wbił wzrok w bramę przed nimi. Tysiąc trupów poruszyło się nagle.

Cholera jasna. To wcale nie trupy. Spali. Te skurwysyny spały!

– Padnij, padnij, padnij!

To był Płot. Krzyczał po malazańsku.

Paran zawahał się tylko na krótką chwilę, potrzebną, by zobaczyć, że Trzpień, Płot i pozostali saperzy wpadli między nich... i rzucili wstrząsacze. Przed siebie. W skłębioną masę Tenescowri, która dzieliła ich od bramy. Potem padli płasko na ziemię.

– Och, Kapturze!

Kapitan podążył za ich przykładem, ślizgając się po mokrym żwirze. Wypuścił z rąk miecz i zatkał uszy dłońmi.

Wstrząs wybił mu powietrze z płuc, podrzucił nogi w powietrze. Kapitan runął z powrotem w błoto. Na plecy. Gdy zaczął się przetaczać, wstrząsacze eksplodowały. Wybuch raz jeszcze podrzucił go w górę. Posypały się na niego krwawe ochłapy.

Obok głowy Parana wylądował z łoskotem jakiś wielki przedmiot. Kapitan otworzył oczy i zobaczył przed sobą ludzkie biodra. Same biodra. Tam, gdzie powinny być jelita, było widać mokrą, czarną jamę, a uda zniknęły, urwane w stawach. Kapitan wytrzeszczył oczy.

W uszach mu dzwoniło. Czuł, że z nosa cieknie mu krew. W piersi ściskał go ból. W oddali było słychać krzyki.

Na jego pelerynie zacisnęła się czyjaś dłoń. Ktoś szarpnął go w górę.

Młotek. Uzdrowiciel pochylił się nad kapitanem i wepchnął mu miecz w dłonie. Potem wykrzyczał słowa, które Paran z trudem usłyszał:

– Naprzód! Wszyscy zwiewają stąd do samego Kaptura!

Młotek popchnął go silnie naprzód.

Oczy Parana widziały to, co leżało po obu stronach ścieżki, którą biegli ku północnej bramie, lecz jego umysł nie chciał tego zarejestrować. Zamknął się przed widokiem ludzkich szczątków, które mijał, potykając się o nie... tak samo jak stało się to przed laty na trakcie w Itko Kan.

Ręka zemsty nie pozostawała zimna zbyt długo. Każdy, kto zachował choć odrobinę człowieczeństwa, musiał dostrzec rzeczywistość ukrytą za tym, co się tu stało, choćby nawet w pierwszej chwili wydawało się to usprawiedliwione. Martwe, pozbawione wyrazu twarze. Ciała wykręcone w nieosiągalny dla żywych sposób. Unicestwienie życia. Zemsta była dla każdej okropności zwierciadłem, w którym pojęcia dobra i zła zamazywały się i traciły wszelkie znaczenie.

Po prawej i lewej widział pierzchające postacie. Eksplodowało jeszcze kilka przebijaczy, które przyśpieszyły ich ucieczkę.

Podpalacze Mostów oznajmili wrogowi swe przybycie.

Dorównujemy im w wykalkulowanej brutalności – zdał sobie sprawę kapitan. To jest wojna nerwów, w której nie ma zwycięzców.

Parana i innych Podpalaczy Mostów pochłonęła nieprzenikniona ciemność bramy. Żołnierze wyhamowali szaleńczy sprint, ślizgając się na kamieniach. Przykucnęli. Naładowali kusze. Nikt nie odzywał się ani słowem.

Biegunek wysunął rękę i przyciągnął do siebie Płota. Potrząsał nim mocno przez chwilę. Potem chciał go rzucić na ziemię, lecz powstrzymał go pisk Trzpienia. W końcu plecak Płota był jeszcze w połowie wypełniony amunicją.

Saper, którego twarz nadal pokrywały siniaki pozostałe po czułych pieszczotach Detoran, zaklął szpetnie.

– Nie mamy wyboru, ty wielka małpo!

Paran słyszał już słowa. To była wyraźna poprawa. Nie był pewien, po czyjej stronie opowiada się w tym sporze, ale, szczerze mówiąc, nie miało to już znaczenia.

– Biegunek! – warknął. – Co teraz? Jeśli będziemy tu czekać...

Barghast chrząknął.

– Do miasta. Powoli i ostrożnie.

– W którym kierunku? – zapytał Nerwusik.

– Zmierzamy w stronę Niewolnika...

– Świetnie, ale co to takiego?

– Świecąca twierdza, ty tępogłowy idioto.

Ruszyli naprzód, wynurzając się z ciemnej bramy na położony za nią bulwar. Zwolnili kroku, gdy w migotliwym blasku ognia ujrzeli wypełniający plac koszmar.

Doszło tu do straszliwej rzezi, po której nastąpiła uczta. Bruk pokrywała sięgająca kostek warstwa kości. Niektóre z nich były nadpalone, inne czerwone, surowe i wciąż przylegały do nich kawałki mięsa oraz ścięgien. Przyglądając się resztkom mundurów i strojów, kapitan doszedł do wniosku, że dwie trzecie zwłok należały do najeźdźców.

– Bogowie – mruknął Paran – Pannionczycy zapłacili słoną cenę. Chyba powinienem zmienić opinię o Szarych Mieczach.

Trzpień skinął głową.

– Ale w końcu zadecydowała przewaga liczebna.

– Gdybyśmy przybyli dzień albo dwa wcześniej... – odezwał się Młotek.

Nikt nie dokończył jego myśli. Nie było potrzeby.

– Masz jakiś problem, Wykałaczka? – zapytał Nerwusik.

– Nic, nic! – warknęła kobieta. – To nic.

– Czy to jest ten Niewolnik? – zapytał Płot. – Ta świecąca kopuła? Tam, za tymi obłokami dymu...

– Idziemy – rozkazał Biegunek.

Podpalacze Mostów ruszyli ostrożnie za Barghastem. Opuścili makabryczny bulwar i wkroczyli na główną aleję, która zdawała się prowadzić prosto ku niezwykle oświetlonej budowli. Styl mijanych domów – tych, które jeszcze stały – kojarzył się Paranowi z Daru. Zaglądając w boczne zaułki i ulice, gdzie płonęły jeszcze pożary, przekonał się jednak, że reszta miasta wygląda zupełnie inaczej. Obco. Wszędzie też pełno było trupów.

W pewnej chwili drogę zagrodził im pagórek nietkniętych przez kanibali zwłok.

Podpalacze Mostów zbliżali się do niego bez słowa. Trudno było pojąć prawdę o tym, co widzieli przed sobą. Na tej jednej ulicy leżało co najmniej dziesięć tysięcy trupów. Być może więcej. Mokre od deszczu, rozkładające się już zwłoki pełne były ran, z których wyciekła krew. Ich sterty skupiały się wokół wejść do budynków, wylotów zaułków, bramy posiadłości oraz schodów spalonych świątyń. Martwe twarze o ślepych oczach lśniły w blasku płomieni. Wydawało się, że wiją się w szyderczej imitacji życia.

Żeby iść dalej, Podpalacze Mostów musieliby się wdrapać na to wzgórze.

Biegunek nie wahał się ani chwili.

Nieliczna straż tylna kompanii zawiadomiła ich, że Tenescowri weszli do miasta przez bramę i podążają za nimi niczym milczące duchy. Najwyżej kilkuset kiepsko uzbrojonych ludzi. Nie sprawią im kłopotu. Biegunek wzruszył tylko ramionami na tę wieść. Wspięli się na miękką, zasłaną ciałami rampę.

Nie patrz w dół. Nie myśl o tym, co masz pod nogami. Myśl tylko o obrońcach, którzy z pewnością nie zaprzestali walki. Myśl o ich niemal nieludzkiej odwadze, która wykroczyła poza możliwości śmiertelników. O tych Szarych Mieczach, tych nieruchomych, umundurowanych trupach w drzwiach i w wejściach do zaułków. Nie zaprzestali walki. Nie ustąpili nawet o krok. Zarąbano ich tam, gdzie stali.

Ci żołnierze są dla nas lekcją skromności. To nauczka... dla Podpalaczy Mostów, których mam wokół siebie. Dla tej kruchej kompanii o złamanych sercach. Przybyliśmy na wojnę, która nie zna pardonu.

Tę rampę ukształtowano celowo. Jej konstrukcji przyświecał jakiś zamiar. To miało być wejście. Ale dokąd?

Wejście kończyło się bezładną stertą, mniej niż wzrost mężczyzny poniżej dachu kamienicy. Naprzeciwko budynku stało ongiś drugie, podobne, lecz płomienie obróciły je już w tlące się szczątki.

Biegunek zatrzymał się na samym końcu rampy. Reszta podążyła za jego przykładem. Wszyscy przykucnęli, rozglądając się wokół. Starali się jakoś pojąć znaczenie tego, co mieli przed oczyma. Z tego miejsca wyraźnie było widać prawdę. Makabrycznego wzgórza nie wspierało żadne rusztowanie. Składało się ono wyłącznie z udeptanych ciał.

– Rampa oblężnicza – wykrztusił w końcu Trzpień cichym, niemal nieśmiałym tonem. – Chcieli kogoś dorwać...

– Nas – dobiegł z góry cichy bas.

Unieśli gwałtownie kusze.

Paran spojrzał na dach kamienicy. Na jego brzegu stało kilkanaście postaci widocznych w blasku odległych pożarów.

– Przywlekli drabiny – ciągnął ten ktoś z góry, tym razem w języku daru. – Ale i tak ich pokonaliśmy.

Ci wojownicy nie byli Szarymi Mieczami. Mieli zbroje, lecz złożone z niedobranych fragmentów. Twarze oraz odsłoniętą skórę pokrywały im dziwne pręgi. Wyglądali jak ludzie-tygrysy.

– Podoba mi się ta farba! – zawołał do nich Płot, również w języku daru. – O mało się nie zesrałem ze strachu.

Przywódca grupy – wysoki, potężnie zbudowany mężczyzna, ściskający w zakutych w stal dłoniach białe jak kość, pokryte czarnymi paskami kordelasy – uniósł głowę.

– To nie jest farba, Malazańczyku.

Zapadła cisza.

Potem mężczyzna skinął kordelasem.

– Wejdźcie na górę, jeśli chcecie.

Z dachu spuszczono drabiny.

Biegunek się zawahał. Paran podszedł do niego.

– Myślę, że powinniśmy to zrobić. Ci ludzie coś w sobie mają...

Barghast przerwał mu pogardliwym prychnięciem.

– Naprawdę?

Skinął na Podpalaczy Mostów, każąc im wspiąć się na drabiny.

Paran przyglądał się im. Postanowił, że wejdzie na dach ostatni. Zobaczył, że Wykałaczka również zwleka.

– Jakiś problem, kapralu?

Wzdrygnęła się, masując prawe ramię.

– Coś cię boli – zauważył kapitan, przyglądając się jej skurczonej twarzy. – Czy jesteś ranna? Chodźmy do Młotka.

– On mi nie pomoże, kapitanie. Zapomnijmy o tym.

Doskonale wiem, jak się czujesz.

– W takim razie gramol się na górę.

Żołnierka ruszyła ku najbliższej drabinie, jakby szła na szubienicę.

Paran zerknął w dół rampy. W mroku u jej podstawy, daleko poza zasięgiem pocisków, poruszały się widmowe postacie. Być może Tenescowri bali się wejść na górę. Kapitana to nie dziwiło.

Zaczął się wspinać, walcząc z ukłuciami bólu.

Płaski dach kamienicy przypominał małe podgrodzie. Rozbito tu namioty i ustawiono baldachimy, a na odwróconych tarczach paliły się ogniska. Widać było worki z prowiantem oraz beczułki z wodą i winem. Obok nich spoczywał szereg nakrytych kocami postaci. Polegli, w sumie siedmiu. Paran zauważył w niektórych namiotach innych leżących ludzi, najprawdopodobniej rannych.

W pobliżu zapadni ustawiono chorągiew, żółtą, pokrytą ciemnymi plamami dziecinną bluzeczkę.

Wojownicy milczeli, obserwując Biegunka, który kazał drużynom zająć pozycje w narożnikach dachu i sprawdzić, co jest na dole oraz po drugiej stronie.

Przywódca grupy odwrócił się nagle płynnym, pełnym przerażającej gracji ruchem i spojrzał na kapral Wykałaczkę.

– Masz coś dla mnie – oznajmił.

Wybałuszyła oczy.

– Słucham?

Wsunął do pochwy jeden z kordelasów, podszedł do niej, dotknął prawego ramienia kobiety i zacisnął dłoń na okrytym kolczugą bicepsie. Rozległ się stłumiony stukot.

Wykałaczka wciągnęła głośno powietrze.

Po chwili wypuściła miecz, który upadł z brzękiem na smołowany dach, i zaczęła szybkimi, urywanymi ruchami zdejmować kolczą opończę.

– Beru błogosław! – zawołała z ulgą. – Nie wiem, kim jesteś, do Kaptura, ale one mnie zabijały. Stawały się coraz ciaśniejsze. Bogowie, ból! Powiedział, że nigdy nie zejdą. Powiedział, że już zawsze będę musiała je nosić. Nawet Szybki Ben tak powiedział. Nie można się dogadać z Treachem. Tygrys Lata jest szalony, obłąkany...

– Tygrys Lata nie żyje – przerwał jej Daru.

Zdejmująca opończę Wykałaczka zamarła w bezruchu.

– Słucham? – wyszeptała. – Nie żyje? Treach nie żyje?

– Tygrys Lata osiągnął ascendencję, kobieto. Treach – Trake – jest teraz z bogami. Daj mi te obręcze. Dziękuję ci za ich dostarczenie.

Oswobodziła prawe ramię i na jej dłoń opadły z grzechotem trzy obręcze z kości słoniowej.

– Proszę! Proszę bardzo! Z radością spełnię...

– Niech ci Kaptur zeżre język, Wykałaczka – warknął Nerwusik. – Przynosisz nam wstyd! Daj mu te cholerstwa i tyle!

Kapral rozejrzała się wokół.

– Niewidka! Gdzie się schowałaś, na Otchłań?

– Tutaj – rozległ się szept u boku Parana.

Kapitan cofnął się, zaskoczony.

Niech ją szlag!

– Ha! – zawołała Wykałaczka. – Słyszałaś mnie, Niewidka? Ha!

Drużyny zebrały się ponownie.

Daru podwinął wystrzępiony rękaw. Potężne, uwydatnione mięśnie jego ramienia również pokrywały pręgi. Wsunął sobie trzy obręcze za łokieć. Rozległ się trzask kości słoniowej i w mroku pod jego hełmem pojawił się bursztynowy blask.

Paran przyjrzał się mężczyźnie.

Mieszka w nim bestia, starożytny duch, który obudził się na nowo. Daru otaczał wir mocy, lecz kapitan wyczuwał, że pochodzi ona w równym stopniu z wrodzonych zdolności dowódczych, jak z ukrytej w nim bestii. Bestia wolała samotność. Jej ogromna siła w jakiś sposób ustąpiła przed tą aurą przywództwa.

To bardzo udana unia. Nie ulega wątpliwości, że ten człowiek jest ważny. Coś ma się tu wydarzyć i moja obecność nie jest przypadkiem.

– Jestem kapitan Paran z Zastępu Jednorękiego.

– Nie śpieszyło wam się, co, Malazańczyku?

Paran zamrugał.

– Zrobiliśmy, co się dało. Tak czy inaczej, z odsieczą dzisiejszej nocy i jutro przychodzą wam klany Białych Twarzy.

– Ojciec Hetan i Cafala, Humbrall Taur. Świetnie. Pora odwrócić falę.

– Odwrócić falę? – zapluł się Nerwusik. – Wygląda na to, że nie potrzebowaliście do tego naszej pomocy.

– Biegunek! – zawołał Płot. – Nie podoba mi się to, co mamy pod nogami. Są tu szczeliny. Na całym dachu jest pełno szczelin.

– W murach też – zauważył inny saper. – Ze wszystkich stron.

– Ten budynek jest wypełniony trupami – wyjaśnił niski wojownik w lestarskiej zbroi, który stał obok Daru. – Pewnie już obrzmiewają.

– Jak się nazywasz? – zapytał Paran, spoglądając na rosłego wodza grupy.

– Zrzęda.

– Jesteście jakąś sektą albo czymś w tym rodzaju? Świątynnymi wojownikami?

Zrzęda zwrócił się powoli ku niemu.

– Nie. Jesteśmy niczym. To dla kobiety. A teraz ona umiera...

– W którym namiocie? – przerwał mu Młotek swym piskliwym głosem.

– Grota Denul jest zatruta...

– Czujesz to, Zrzęda? To ciekawe. W którym namiocie? – powtórzył po chwili milczenia uzdrowiciel.

Towarzyszący Zrzędzie lestarczyk wyciągnął rękę.

– Tam. Paskudnie oberwała. Krew w płucach. Możliwe, że już... Umilkł.

Paran podążył za Młotkiem do wystrzępionego namiotu.

Leżąca w nim kobieta była blada, a młodą twarz miała zapadniętą. Jej wargi pokrywała krwawa piana.

A na tym jeszcze nie koniec.

Uzdrowiciel opadł na kolana i wyciągnął ręce.

– Stój – warknął Paran. – Poprzedni raz omal cię nie zabił.

– Nie korzystam ze swego daru, kapitanie. Wokół mnie tłoczą się barghasckie duchy. Znowu. Nie wiem dlaczego. Być może ktoś zainteresował się osobiście tą sprawą. Zresztą może już jest za późno. Zobaczymy... zgoda?

Po chwili Paran skinął głową.

Młotek położył dłonie na nieprzytomnej kobiecie i zamknął oczy. Minęło kilkanaście uderzeń serca.

– Aaj – wyszeptał wreszcie. – Jest tu wiele warstw. Rany ciała... i rany ducha. Będę musiał uzdrowić wszystkie. Czy mogę liczyć na pomoc?

Kapitan zdał sobie sprawę, że to pytanie nie jest skierowane do niego, nie odpowiedział więc na nie.

Młotek westchnął, nie otwierając oczu.

– Chcecie poświęcić tak wiele dla tej kobiety? – Przerwał na chwilę, nie otwierając oczu, po czym zmarszczył brwi. – Nie widzę tych wątków, o których mówicie. Ani jej, ani Zrzędy, ani tego, kto stoi u mego boku...

U twego boku? Mówisz o mnie? Bogowie, czemu po prostu nie zostawicie mnie w spokoju?

– ...ale uwierzę wam na słowo. Zaczynamy?

Mijał czas. Uzdrowiciel zastygł w bezruchu. Wreszcie kobieta poruszyła się na pryczy i jęknęła cicho.

Ktoś nagle zerwał im namiot znad głów. Linki pękły z trzaskiem. Zaskoczony Paran uniósł głowę. Zrzęda stał nad nimi, dysząc ciężko.

– Co? – wydyszał Daru. – Co...

Zatoczył się krok do tyłu i podtrzymał go Biegunek, który wsparł dłonie na jego ramionach.

– Nie ma takich słów, jak „za późno" – warknął Barghast.
Nerwusik podszedł do nich z uśmiechem.
– Witaj, Capustanie. Przybyli Podpalacze Mostów.

Świtowi towarzyszyły dobiegające z północy i wschodu odgłosy walki. Klany Białych Twarzy wreszcie uderzyły na nieprzyjaciela. Wykałaczka i pozostali mieli później usłyszeć o gwałtownej i krwawej walnej bitwie, która rozegrała się u przystani na wybrzeżu morza oraz na brzegu Catlin. Klany Barahnów i Ahkratów starły się z nowo przybyłymi pułkami betaklitów oraz betrullidów. Ich dowódca postanowił kontratakować, zamiast bronić kiepsko przygotowanych umocnień, i niedługo to Barghastowie musieli się okopywać, nękani ze wszystkich stron.

Pierwsi w rozsypkę poszli Barahnowie. Widok rzezi kuzynów wzmocnił determinację Ahkratów, którzy bronili się aż do południa, kiedy to Taur oddzielił swoich Gilków od oddziałów szturmujących miasto i wysłał odzianych w pancerze z żółwich skorup wojowników na odsiecz Ahkratom. Gilkowie byli równinnym klanem, zahartowanym w nieustannych walkach z konnymi wrogami. Zwarli się z betrullidami i stali się ośrodkiem wznowionej ofensywy Ahkratów, którzy rozbili betaklitów i zdobyli barki oraz mosty pontonowe. Niedobitki średniozbrojnej piechoty Panniończyków zagnano na rzeczne płycizny, gdzie woda przybrała czerwoną barwę. Resztki betrullidów oderwały się od Gilków i wycofały na północ, na nadmorskie bagna. Okazało się to fatalnym w skutkach błędem, gdyż konie ugrzęzły w słonym błocie. Gilkowie ich doścignęli i zaczęła się rzeź, która trwała aż do zmierzchu. Posiłki zmierzające z odsieczą septarsze Kulpathowi wybito do nogi.

Szturm Humbralla Taura na miasto zakończył się paniczną ucieczką Panniończyków. Oddziały jasnodominów, urdomenów, beklitów, scalandi i betaklitów porwała rzeka Tenescowri pierzchających przed mieczami i lancami Barghastów. Głównymi alejami płynęły strumienie rejterujących bezładnie na zachód ludzi, które wylewały się na równinę przez wyłomy w murach.

Taur nie zaprzestawał pościgu. Klany pędziły Panniończyków coraz dalej na zachód.

Wykałaczka przykucnęła na skraju dachu, spoglądając z góry na wrzeszczącą, spanikowaną tłuszczę. Fala wdarła się w rampę, ryjąc w niej wąskie wąwozy, wijące się między ścianami z zimnych ciał. Każdy z nich był gęsto zapchany ludźmi. Inni wdrapywali się na górę, niekiedy przechodząc mniej niż na długość piki poniżej pozycji Malazańczyków.

Choć to, co obserwowała na dole, napawało ją grozą, Wykałaczka czuła się tak, jakby zdjęto z niej straszliwe brzemię. Jej ramienia nie ściskały już te cholerne obręcze. Im bardziej zbliżali się do miasta, tym były ciaśniejsze i gorętsze. Nadal miała na skórze ślady po oparzeniach, a ból zapadł jej głęboko w kości. Z całą tą sprawą wiązało się mnóstwo pytań, lecz Wykałaczka nie czuła się jeszcze gotowa, by się nad nimi zastanawiać.

Kilka przecznic na wschód stąd było słychać znajome odgłosy rzezi. Akompaniament dla nich tworzyły nieharmonijne, basowe pieśni bojowe Barghastów. Pannióńczycy zdołali uformować coś w rodzaju ariergardy, złożonej z niedobitków beklitów, urdomenów i jasnodominów, którzy połączyli wysiłki, by zahamować marsz Białych Twarzy. Ta tylna straż załamywała się jednak szybko pod naporem mającego przewagę liczebną nieprzyjaciela.

Choć Płot ciągle narzekał na szczeliny w fundamentach i inne tego rodzaju rzeczy, nie będą mogli zejść z dachu, dopóki uciekający wrogowie nie odejdą na zachód. Cieszyło to Wykałaczkę. Podpalacze Mostów byli w mieście. Za murem i pod północną bramą było ciężko, ale potem poszło im łatwo. Łatwiej, niż się spodziewała. Pociski Moranthów skutecznie niwelowały przewagę liczebną.

Jak dotąd nawet nie musieliśmy wyciągać mieczy. I bardzo dobrze. Nie jesteśmy tacy twardzi, jak kiedyś, nawet jeśli Nerwusik zgrywa bohatera.

Zastanawiała się, jak daleko są Dujek i Brood. Kapitan Paran wysłał Skręta, by się z nimi skontaktował, gdy tylko stało się jasne, że Humbrall Taur zjednoczył plemiona i jest gotowy do wymarszu na południe, do Capustanu. Szybki Ben był wyłączony z akcji, a Trzpień bał się korzystać z grot, nie mieli więc pojęcia, czy Czarny Moranth zdołał wykonać zadanie.

Kto wie, co się z nimi stało. Barghastowie opowiadają, że po równinach grasują demoniczne gady-martwiaki... a są jeszcze te zatrute groty. Skąd wiemy, czy to nie robota jakiegoś wrednego skurczybyka? Trzpień mówi, że groty są chore. A co, jeśli w rzeczywistości ktoś nimi zawładnął? Możliwe, że ten ktoś z nich skorzystał. Może coś przeszło przez groty i uderzyło w nich z całej siły. Niewykluczone, że na równinie gnije teraz trzydzieści tysięcy trupów, a my jesteśmy wszystkim, co zostało z Zastępu Jednorękiego.

Barghastowie nie sprawiali wrażenia zainteresowanych zaniesieniem wojny dalej na południe. Chcieli odzyskać kości swych bogów, a gdy ich życzenie się spełni, zapewne wrócą do domu.

A jeśli zostaniemy sami... jaką decyzję podejmie Paran? Ten cholerny szlachcic wygląda jak chodząca śmierć. Jest chory. W jego myśli wbijają się gwoździe bólu, a to niedobrze. Bardzo niedobrze.

Obok niej rozległ się chrzęst kroków. Ktoś podszedł do brzegu dachu. Wykałaczka podniosła wzrok i ujrzała rudowłosą kobietę, którą Młotek uratował u progu śmierci. W prawej dłoni trzymała wysunięty w jednej trzeciej z pochwy rapier. Jej skórzana zbroja była w strzępach, a w niezliczonych rozdarciach widniały plamy zakrzepłej krwi. Na twarzy kobiety malował się niepokój, a także coś w rodzaju... zdumienia.

Wykałaczka wyprostowała się. Ogłuszały ją dobiegające z dołu krzyki.

– To nie potrwa długo – stwierdziła, podchodząc bliżej. – Widać już pierwsze szeregi Barghastów.

Wyciągnęła rękę.

Kobieta skinęła głową.

– Jestem Stonny Menackis.

– Kapral Wykałaczka.

– Rozmawiałam z Niewidką.

– To dziwne. Ona nie jest zbyt gadatliwa.

– Opowiedziała mi o tych obręczach.

– Naprawdę? Hm.

Stonny wzruszyła ramionami.

– Czy... czy jesteś zaprzysiężona Trake'owi albo coś w tym rodzaju? – zapytała po chwili wahania. – To często się zdarza u żołnierzy. Tygrys Lata, Władca Bitew...

– Nie – warknęła Wykałaczka. – Nic z tych rzeczy. Po prostu pomyślałam sobie, że te amulety przyniosą mi szczęście.

– Czyli, że nie wiedziałaś, iż wybrano cię po to, byś je oddała... Zrzędzie...

Kapral zerknęła na kobietę.

– To właśnie zbija cię z tropu, prawda? Twój przyjaciel Zrzęda. Nigdy byś nie pomyślała, że może się stać... kim tam właściwie teraz się stał.

Stonny wykrzywiła twarz w grymasie.

– Szczerze mówiąc, każdy tylko nie on. To cyniczny sukinsyn, który lubi zaglądać do kieliszka. Och, jest bystry, jak na mężczyznę. Ale teraz, kiedy na niego patrzę...

– Nie poznajesz tego, co widzisz.

– Nie chodzi tylko o te dziwne znaki. Raczej o oczy. Ma teraz oczy kota, cholernego tygrysa. Zimne i nieludzkie.

– Powiedział, że walczył dla ciebie, dziewczyno.

– Chcesz powiedzieć, że stałam się dla niego pretekstem.

– Nie mogę twierdzić, żebym widziała różnicę.

– Ale jest różnica, kapralu.

– Skoro tak mówisz. Tak czy inaczej, dowód prawdy masz przed oczyma. W cholernym grobowcu, w który zamienił się ten budynek. Niech nas Kaptur weźmie, widać ją też w ludziach Zrzędy. Nie tylko on ma te pręgi, prawda? Ten człowiek stanął między tobą a Panniończykami i okazał się wystarczająco silny, by przyciągnąć pozostałych. Czy to Treach ukształtował to wszystko? Podejrzewam, że to możliwe i że ja również mogłam odegrać w tym pewną rolę, kiedy zjawiłam się tu z tymi obręczami na ramieniu. Ale teraz mam już cały ten interes z głowy i bardzo się z tego cieszę.

I nie zamierzam więcej o tym myśleć.

Stonny potrząsała głową.

– Nie uklęknę przed Trakiem. Na Otchłań, znalazłam już sobie inny ołtarz. Mam swojego boga, i to nie on nim jest.

– Hm. W takim razie może to twój bóg doszedł do wniosku, że cały ten interes ze Zrzędą może być dla niego użyteczny. Nie tylko ludzie przędą pajęczyny. Nie tylko my czasem maszerujemy w grupie albo nawet współpracujemy ze sobą, by osiągnąć jakiś wspólny cel, nie wyjaśniając jednocześnie innym swych zamiarów. Nie zazdroszczę ci, Stonny Menackis. Temu, kto przyciągnął uwagę boga, grozi śmiertelne niebezpieczeństwo. Niemniej, to się zdarza...

Wykałaczka umilkła.

Maszerujemy w grupie. Przymrużyła powieki. I nic nikomu nie mówimy.

Odwróciła się i przeszukała wzrokiem ludzi skupionych wokół namiotów. Po chwili wypatrzyła Parana.

– Hej, kapitanie! – zawołała.

Spojrzał na nią.

A jak to wygląda w twoim przypadku, kapitanie? Ty też ukrywasz jakieś tajemnice? Przekonamy się.

– Masz jakieś wieści od Srebrnej Lisicy? – zapytała.

Wszyscy zgromadzeni w pobliżu Podpalacze Mostów skupili uwagę na szlachetnie urodzonym oficerze.

Paran wzdrygnął się, jak uderzony. Jedną rękę uniósł do żołądka, jakby złapał go tam spazm bólu. Zacisnął zęby i zdołał jakoś unieść głowę, by spojrzeć Wykałaczce w oczy.

– Żyje – wychrypiał.

Tak myślałam. Byłeś stanowczo zbyt spokojny, kapitanie. A to znaczy, że coś przed nami ukrywasz. To niedobra decyzja. Kiedy poprzednim razem Podpalaczy Mostów utrzymywano w nieświadomości, kosztowało to życie większości z nas.

– Jak daleko jest? Kiedy tu dotrze, kapitanie?

Widziała, jaki efekt spowodowały jej słowa, lecz gniew w niej był wystarczająco silny, by znieczulić serce. Oficerowie zawsze coś ukrywali. Tego właśnie Podpalacze Mostów najbardziej nienawidzili u swych dowódców. Ignorancja była śmiertelnie groźna.

Paran wyprostował się powoli. Zaczerpnął głęboko tchu raz, a potem drugi, jakby chciał stłumić ból.

– Humbrall Taur pędzi Panniończyków prosto na nich, kapralu. Dujek i Brood są może z dziesięć mil od nas.

– A czy wiedzą, co się do nich zbliża? – zapytał Nerwusik.

– Wiedzą, sierżancie.

– Skąd?

To celne pytanie. Jak mocna jest więź, która łączy cię z odrodzoną Tattersail? I dlaczego nam o tym nie powiedziałeś? Jesteśmy twoimi żołnierzami. Mamy za ciebie walczyć. To cholernie celne pytanie.

Paran łypnął spode łba na Nerwusika, nie odpowiedział mu jednak.

Sierżant nie zamierzał dać za wygraną. Udało mu się przejąć sprawę z rąk Wykałaczki i przemawiał teraz w imieniu wszystkich Podpalaczy Mostów.

– Cholernie mało zabrakło, żeby urżnęły nam łby Białe Twarze, a potem żeby upiekli nas Tenescowri i cały ten czas myśleliśmy, że niewykluczone, iż jesteśmy sami. Zupełnie sami. Nie wiedzieliśmy, czy sojusz się utrzymał, czy może Dujek i Brood rozszarpali się na strzępy i na zachodzie zostały tylko gnijące trupy. A ty cały czas wiedziałeś. Czyli że, gdybyś zginął... kapitanie... Nadal nie wiedzielibyśmy ni cholery.

– Gdybym zginął, nie moglibyśmy prowadzić tej rozmowy – odparł Paran. – Czemu nie możemy udawać, że tak się stało?

– Może nie będziemy musieli udawać – warknął Nerwusik, sięgając po miecz,

Przykucnięty na brzegu dachu Zrzęda odwrócił się powoli, a potem wyprostował.

Chwileczkę.

– Sierżancie! – warknęła Wykałaczka. – Wydaje ci się, że Tattersail się do ciebie uśmiechnie, kiedy cię znowu zobaczy? Jeśli zrobisz to, co masz zamiar zrobić?

– Cisza, kapralu – rozkazał Paran, spoglądając na Nerwusika. – Skończmy z tym. Proszę, nawet ci to ułatwię.

Kapitan odwrócił się plecami do sierżanta i czekał spokojnie.

Jest tak bardzo chory, że pragnie końca. Cholera. Co gorsza... wszystko to dzieje się przy świadkach.

– Nawet o tym nie myśl, Nerwusik – ostrzegł go Młotek. – Wcale nie jest tak, jak się zdaje...

Wykałaczka spojrzała na uzdrowiciela.

– No proszę, nareszcie do czegoś dochodzimy. Nim ruszyliśmy w drogę, cały czas gadałeś z Sójeczką, Młotek. Ty i Szybki Ben. Słucham! Kapitan cierpi tak bardzo, że chce, żebyśmy go zabili, i nikt nam nic za cholerę nie mówi. Co tu jest grane, w imię Kaptura?

Uzdrowiciel skrzywił się wściekle.

– To prawda, że Srebrna Lisica próbuje sięgać do kapitana, ale on cały czas ją odpycha, czyli że nie było między nimi żadnej niekończącej się wymiany informacji. Mówi, że wie, iż ona żyje. Myślę też, że może się zorientować, jaka dzieli ich odległość, ale na tym koniec. Niech cię szlag, Wykałaczka. Wydaje ci się, że ty i reszta Podpalaczy Mostów padniecie ofiarą kolejnej zdrady, tylko dlatego, że Paran nie chce z wami rozmawiać? On z nikim nie rozmawia!

Gdyby ci wyżarło tyle dziur we flakach, co jemu, też trzymałabyś gębę na kłódkę! A teraz skończcie z tym! Spójrzcie na siebie. Jeśli zobaczycie wstyd, to zasłużyliście na to!

Wykałaczka wbiła wzrok w plecy kapitana. Paran nawet się nie poruszył. Nie chciał patrzeć na swoją kompanię. Nie mógł na nią patrzeć. Nie w tej chwili. Młotek potrafił przedstawiać sytuację w zupełnie innym świetle.

Paran jest chory, a chorzy ludzie nie myślą jasno. Bogowie, kiedy te obręcze wgryzały mi się w ramię, sama szybko traciłam rozsądek. Wdepnęliśmy w prawdziwą stertę gnoju. I cały czas przysięgaliśmy, że to nie nasza wina. Podejrzewam, że oparzenia po Pale wcale się jeszcze nie zagoiły. Cholera. Niech Kaptur kopnie moją przegniłą duszę. I to porządnie.

Paran ledwie słyszał krzyki, które rozbrzmiewały za jego plecami. Czuł coraz silniejszy nacisk Srebrnej Lisicy. Ogarniało go mroczne pożądanie, które przekonywało, że zamiast mu ulec, powinien raczej pozwolić, by ów napór go zmiażdżył, o ile coś takiego w ogóle było możliwe.

Miecz wbity między łopatki... tym razem żaden bóg by mnie nie uratował. Albo gwałtowny, śmiertelny krwotok z żołądka, gdy jego ściany wreszcie ustąpią. To wyjście byłoby bardziej bolesne, lecz równie nieodwołalne. Albo mógłby skoczyć w dół, by tłuszcza go rozszarpała i stratowała. Bezsilność szeptała mu o wolności.

Była rzeczywiście blisko, jakby szła ku niemu po moście z kości. Nie, nie ona. Jej moc, która była nieporównanie potężniejsza od mocy Tattersail. Próbowała ona przebić się przez jego osłony z determinacją znacznie gwałtowniejszą niż zwykłe uczucia kochanki, zdecydowanie bardziej złowrogą, niż wymagała tego nawet strategiczna konieczność.

Chyba że armie Dujeka i Brooda zostałyby zaatakowane... a tak nie jest. Bogowie, nie wiem, skąd o tym wiem, ale wiem. Z całą pewnością. To... to wcale nie jest Tattersail. To Nightchill. Bellurdan. Któreś z nich. Czego ode mnie chcą?

Nagle wstrząsnęła nim wizja, od której coś złamało się w jego umyśle z niemal słyszalnym trzaskiem. Odejście. Zbliżenie. Sucha, kamienna posadzka mrocznej jaskini, głęboko wytrawione linie karty talii, obraz wijący się, jakby żył.

Obelisk. Jedna z nieprzypisanych kart, pochyły monolit... tym razem z zielonego kamienia. Nefrytu. Górująca nad niesionymi wiatrem falami – nie, piaskowymi wydmami. W cieniu monolitu postacie. Trzy, w sumie trzy. Obdarte, zdruzgotane, konające.

I nagle, za tą dziwną sceną, niebo się rozerwało.

I na śmiertelną ziemię opadło porośnięte futrem kopyto boga.

Groza.

Brutalnie ściągnięty do świata.

Och, nie pragnąłeś tego, prawda? Ktoś cię tu ściągnął i teraz...

Fener był już praktycznie trupem. Bóg uwięziony w królestwie śmiertelników był jak niemowlę na ołtarzu. Wystarczy tylko nóż i gotowa go użyć ręka.

Już po nim.

Ta złowroga świadomość rozkwitła w umyśle Parana niczym wilcza jagoda. Nie chciał mieć z tym wszystkim nic wspólnego. Niewyobrażalnie starożytne moce żądały od niego decyzji. Talia Smoków... grali nią pradawni bogowie... a teraz chcieli użyć w swej grze również i jego.

I to ma być rola władcy talii? Tym właśnie mam się stać? Kimś, kto dysponuje zgubną wiedzą, a teraz również przeklętym przez Kaptura pośrednikiem? Widzę, czego ode mnie chcecie. Gdy jeden bóg upada, mam wepchnąć na jego miejsce następnego? Śmiertelnicy zaprzysiężeni jednemu mają przenieść swą wierność na drugiego? Otchłani na dole, chcecie nas przesuwać jak kamyki na planszy?

Gniew i oburzenie rozgorzały w umyśle Parana białym płomieniem, przesłaniając ból. Poczuł, że odwraca się, by stawić czoło nieustępliwej, obcej obecności, która tak go prześladowała. Że otwiera się z gwałtownością wybuchu.

Proszę bardzo, chciałaś przyciągnąć moją uwagę. Udało ci się. Wysłuchaj mnie uważnie, Nightchill, czy kim albo czym właściwie jesteś. Być może kiedyś, dawno temu, istnieli władcy talii, którymi mogliście manipulować wedle swej woli. Kaptur wie, może to ty i twoi pradawni przyjaciele wybraliście mnie do tej roli. Jeśli tak, to popełniliście błąd. I to poważny.

Byłem już kiedyś marionetką boga, ale przeciąłem sznurki. Jeśli interesują cię szczegóły, zapytaj Oponn. W tym celu musiałem znaleźć się w przeklętym mieczu i przysięgam, że zrobię to po raz drugi – i to mając w sercu znacznie mniej współczucia – jeśli tylko zwęszę z waszej strony próbę manipulacji.

Wyczuł jej zimną wesołość. Płynąca w jego żyłach krew bestii odpowiedziała. Postawił sierść. Obnażył kły. Z jego gardła wyrwał się głuchy warkot.

Wesołość przeszła w nagły niepokój.

Tak jest, to prawda. Nie pozwolę sobie założyć obroży. Mówię ci to teraz Nightchill i lepiej zapamiętaj sobie moje słowa. Stawiam krok naprzód. Nie wiem, co ten Zrzęda musiał utracić, by dotrzeć tam, gdzie chcieliście go mieć, wyczuwam jednak jego rany. Niech was Otchłań pochłonie, czy ból to jedyny sposób, który pozwala wam na nas wpływać? Na to wygląda. Dowiedz się więc, że dopóki nie znajdziecie innej metody, nie pokażecie mi drogi innej niż ból i żałoba, będę z wami walczył.

Każdy z nas ma swoje życie i nie wolno wam traktować nas jak pionków. Ani Wykałaczki, ani Zrzędy, ani Stonny.

Ty otworzyłaś tę ścieżkę, Nightchill. Połączyłaś nas ze sobą. Świetnie. Proszę bardzo. Jeśli dasz mi powód, to wkroczę na nią. Poniesie mnie krew Ogara Cienia. Czy wiesz, że sądzę, iż gdybym zechciał, mógłbym dzięki niej przywołać też pozostałe? Wszystkie.

W końcu coś zrozumiałem. Olśniło mnie. Wewnątrz Dragnipura... dwa Ogary Cienia wróciły do Groty Ciemności. Wróciły, Nightchill. Rozumiesz, o co mi chodzi? Wróciły do domu.

A ja mogę je przywołać z powrotem. Dwie dusze rodem z nieokiełznanej Ciemności. Wdzięczne dusze, ukochany pomiot zagłady...

Paranowi odpowiedział głos kobiety, której nie znał.

– Nie masz pojęcia, czemu grozisz, śmiertelniku. W mieczu mojego brata kryje się znacznie więcej tajemnic, niż ci się zdaje.

Uśmiechnął się.

Jest nawet gorzej, Nightchill. Dłoń, która obecnie włada Dragnipurem, należy do Ciemności. Anomander Rake, syn Matki. Ścieżka nigdy nie była tak prosta, otwarta i krótka, nieprawdaż? Gdybym mu powiedział, co się wydarzyło wewnątrz jego oręża...

– Gdyby Rake się dowiedział, że znalazłeś drogę do Dragnipura i że uwolniłeś dwa Ogary, które zabił... pozbawiłby życia również ciebie, śmiertelniku.

To możliwe. Miał już kilka okazji, by to zrobić, i miał też wystarczające powody. Powstrzymał się jednak. Sądzę, że nie rozumiesz władcy Odprysku Księżyca tak dobrze, jak ci się zdaje. W Anomanderze Rake'u nie ma nic przewidywalnego. Być może właśnie dlatego tak się go boisz.

– *Lepiej nie drąż tego tematu.*

Zrobię, co będę musiał, by przeciąć wasze sznurki, Nightchill. Uważacie śmiertelników za słabych i ta słabość staje się dla was usprawiedliwieniem dla manipulacji.

– *Wojna, która nas czeka, będzie znacznie większa i straszliwsza, niż ci się wydaje.*

Wyjaśnij mi to. Wszystko. Pokaż mi tę straszliwą groźbę.

– *Nie możemy tego zrobić. To kosztowałoby cię zdrowe zmysły, Ganoesie Paran.*

Protekcjonalna suka.

Wyczuł, że jej gniew rozgorzał na te słowa.

– *Mówisz, że wpływamy na was tylko przez wykorzystanie bólu. Na to mamy tylko jedną odpowiedź. Pozory mylą.*

Wydaje się wam, że okazujecie nam łaskę, utrzymując nas w nieświadomości?

– *Mocno powiedziane, ale w ogólnych zarysach masz rację, Ganoesie Paran.*

Władca talii nie może być nieświadomy, Nightchill. Jeśli mam zaakceptować tę rolę i wiążącą się z nią odpowiedzialność – na czymkolwiek ona polega, a Kaptur wie, że nie mam o tym pojęcia – muszę się dowiedzieć wszystkiego.

– *W swoim czasie...*

Uśmiechnął się szyderczo.

– *Powiedziałam, w swoim czasie. Przyznaj nam choć tę łaskę, śmiertelniku. Walka, która nas czeka, nie różni się od wojskowej kampanii: starcia o nasilającej się gwałtowności, lokalne konflikty. Polem bitwy jest jednak sam byt. Małe zwycięstwa mają swój udział w pandemicznej wojnie, którą postanowiliśmy podjąć...*

My, to znaczy kto?

– *Pozostali przy życiu pradawni bogowie... i inni, nieco mniej świadomi swej roli.*

K'rul? Ten, który jest odpowiedzialny za ponowne narodziny Tattersail?

– *Tak. Mój brat.*

Twój brat. Ale nie ten, który wykuł Dragnipura.

– Nie ten. W tej chwili Draconus może wpływać na sytuację tylko pośrednio, gdyż jest skuty łańcuchami wewnątrz miecza, który sam stworzył. Anomander Rake zabił go jego własną bronią.

Paran poczuł, że wbija się w niego zimna stal podejrzenia.

Powiedziałaś „pośrednio".

– Wykorzystał sposobność, Ganoesie Paran. Niespodziewaną. Pojawienie się wewnątrz Dragnipura duszy, która nie nosiła łańcuchów. Wymiana kilku słów, które znaczyły znacznie więcej, niż ci się zdawało. Podobnie jak otwarcie drogi do Groty Ciemności, przebicie na krótką chwilę bariery dusz. Ale dość już...

Chwileczkę.

Paran potrzebował ciszy, by się zastanowić, szybko i intensywnie. Gdy był wewnątrz Dragnipura i szedł u boku skutych łańcuchami, ciągnących niewyobrażalne brzemię dusz, rzeczywiście rozmawiał z jednym z uwięzionych.

Otchłani na dole, to był Draconus.

Nie przypominał sobie jednak, o czym mówili.

Łańcuchy wiodły do Groty Ciemności, węzła ukrytego pod skrzypiącym wozem. W ten właśnie sposób Ciemność więziła te dusze.

Muszę wrócić. Do miecza. Zapytać...

– Jen'isand Rul. Tak jest, Draconus, ten, z którym rozmawiałeś wewnątrz Dragnipura – mój drugi brat – wykorzystał cię, Ganoesie Paran. Czy ta prawda wydaje ci się okrutna? Czy wykracza poza twoje pojmowanie? Tak jak inni uwięzieni w mieczu, mój brat ma przed sobą... wieczność. Chciał przechytrzyć klątwę, lecz nie wyobrażał sobie, że to potrwa tak długo. Zmienił się, śmiertelniku. Jego legendarne okrucieństwo... złagodniało. Po tysiąckroć zapracował na swą mądrość. Co więcej, jest nam potrzebny.

Chcecie, żebym uwolnił Draconusa z miecza Rake'a.

– Tak.

A wtedy on spróbuje załatwić Rake'a, żeby odebrać mu broń, którą wykuł. Nightchill, wolę mieć do czynienia z Rakiem niż z Draconusem...

– Nie dojdzie do takiego pojedynku, Ganoesie Paran.

A to dlaczego?

– Żeby uwolnić Draconusa, trzeba będzie zniszczyć miecz.

Zimna stal, którą miał między żebrami, obróciła się nagle.

A wtedy wolność odzyskają... wszyscy. Wszystko, co jest w mieczu. Przykro mi, kobieto, ale nie zrobię tego...

– *Jeśli jest jakiś sposób, by zapobiec katastrofalnemu uwolnieniu obłąkanych, złośliwych duchów, których naprawdę jest więcej niż legion, tak wiele, że strach o tym myśleć, może go znać tylko jedna osoba.*

Sam Draconus.

– *Tak. Zastanów się nad tym, Ganoesie Paran. Nie musisz się śpieszyć. Jest jeszcze czas.*

Słyszę to z radością.

– *Nie jesteśmy tacy okrutni, jak sądzisz.*

Serce nie poczerniało ci z żądzy zemsty, Nightchill? Wybacz mi mój sceptycyzm.

– *Och, pragnę zemsty, śmiertelniku, ale nie na drobnych graczach, którzy mnie zdradzili, bo ta zdrada została przepowiedziana. Przez starożytną klątwę. Jedynym celem mojej zemsty jest ten, który ją na mnie rzucił.*

Dziwię się, że ten ktoś jeszcze żyje.

W jej słowach można było wyczuć zimny uśmiech.

– *Taką klątwę my rzuciliśmy na niego.*

Zaczynam podejrzewać, że wszyscy jesteście siebie warci.

Nastała chwila przerwy.

– *Być może masz rację, Ganoesie Paran.*

Co zrobiłaś z Tattersail?

– *Nic. Jej uwagę przyciągnęło w tej chwili coś innego.*

Czyli że pochlebiałem sobie, sądząc, iż jest inaczej. Niech cię szlag, Paran, nadal jesteś głupcem.

– *Nie skrzywdzimy jej, śmiertelniku. Nie zrobilibyśmy tego, nawet gdyby nie wykraczało to poza nasze możliwości. Ona ma w sobie honor. I uczciwość. To rzadkie cechy u kogoś tak potężnego. Dlatego pokładamy wiarę w...*

Parana obudził dotyk urękawicznionej dłoni na ramieniu. Zamrugał i rozejrzał się wokół. Był na dachu.

Wróciłem.

– Kapitanie?

Spojrzał w zatroskane oczy Młotka.

– Słucham?

– Przepraszam, ale wydawało się, że cię straciliśmy... przez chwilę.

Paran skrzywił się. Chciał temu zaprzeczyć, lecz nie był w stanie okłamać Młotka prosto w oczy.

– Jak długo to trwało?

– Kilkanaście uderzeń serca, kapitanie.

– Tylko tyle? To świetnie. Pora ruszać w drogę. Idziemy do Niewolnika.

– Kapitanie?

Jestem teraz między „nimi" a „nami", Młotek. Ale jest we mnie więcej z „nas", niż ci się wydaje. Niech to szlag, gdybym tylko mógł ci to wytłumaczyć, nie brzmiąc jak napuszony sukinsyn.

Nie odpowiedział uzdrowicielowi. Odwrócił się i spojrzał na Biegunka.

– Wodzu wojenny. Wzywa nas Niewolnik.

– Tak jest, kapitanie.

Wszyscy Podpalacze Mostów unikali jego spojrzenia. Paran zastanawiał się dlaczego. Zadawał sobie pytanie, co mu umknęło. Wzruszył ramionami i podszedł do Zrzędy.

– Musisz iść z nami – oznajmił.

– Wiem.

Tak, to mnie nie dziwi. No dobrze, zróbmy to.

Wieża pałacowa wznosiła się niczym włócznia, spowita chorągwiami widmowego dymu. Ciemny, bezbarwny kamień tłumił jasny blask słońca. Trzysta trzydzieści dziewięć stopni krętych schodów biegnących wewnątrz wieży prowadziło na otwarty taras nakryty spiczastym dachem z miedzianych płytek, na których nie było nawet śladu śniedzi. Między wspartym na kolumnach dachem a gładkimi kamieniami tarasu hulał wicher, lecz sama wieża się nie chwiała.

Itkovian spoglądał na wschód, a wiatr smagał mu twarz. Miał wrażenie, że z jego ciała odpłynęła krew. Pod sfatygowaną zbroją było mu dziwnie gorąco. W końcu dało znać o sobie zmęczenie. Ludzka wytrzymałość ma swoje granice. Walka w obronie zabitego księcia w jego Wielkiej Komnacie była brutalna i zawzięta. Wejścia i korytarze zamieniły się w rzeźnię. Smród mordu przeniknął pod skórę Tarczy Kowadła, tworząc coś w rodzaju nowej warstwy, której nie mógł usunąć nawet wiatr.

Jedyny ocalały zwiadowca zameldował, że bitwy na wybrzeżu i u przystani zbliżają się już do końca. Betrullidzi poszli w rozsypkę i pierzchali na północ, wzdłuż brzegu morza. Tarcza Kowadło świetnie wiedział, że ich konie ugrzęzną w słonym bagnie. Ścigający ich Barghastowie szybko się z nimi załatwią.

Obozy oblegających wyglądały jakby przeszło przez nie tornado. Kilkuset Barghastów – starcy obojga płci oraz dzieci – wędrowało pośród zniszczeń, zbierając łupy na wyścigi z wrzeszczącymi mewami.

Reduta Wschodniej Straży obróciła się w stertę gruzu, która ledwie wystawała ponad warstwę trupów. Dym buchał z niej jak z dogasającego stosu.

Itkovian widział, jak barghasckie klany wdarły się do miasta, widział, jak odwrót Pannionczyków przerodził się w klęskę. Front walk szybko minął pałac. Oficer jasnodominów zdołał skrzyknąć tylną straż na Bulwarze Jelarkana i tam walka jeszcze trwała. Był to jednak tylko manewr, mający dać czas Pannionczykom uciekającym przez gruzy południowej i zachodniej bramy.

Kilku zwiadowców Białych Twarzy zapuściło się na teren pałacu, wystarczająco blisko, by zauważyć, że ocalała tam jeszcze grupka obrońców, nie nawiązano jednak oficjalnego kontaktu.

Rekrutka, Velbara, stała u boku Itkoviana. Nie była już jednak rekrutką. Bronią nauczyła ją władać desperacja. Dobrze przyswoiła sobie najważniejszą lekcję – lekcję zachowania życia – i to ona była siłą ukrytą za wszystkimi umiejętnościami, które opanowała w ogniu walk. Podobnie jak reszta świeżo zwerbowanych Capańczyków, którzy stanowili teraz większość sił dowodzonych przez Tarczę Kowadło, zasłużyła sobie na tytuł żołnierza Szarych Mieczy.

Itkovian przerwał długą ciszę.

– Pora opuścić Wielką Komnatę.

– Tak jest.

– Zwróciliśmy księciu honor. Teraz musimy stąd odejść. W Niewolniku czeka na nas niezałatwiona sprawa.

– Ale czy zdołamy tam dotrzeć, Tarczo Kowadło? Musielibyśmy znaleźć barghasckiego wodza wojennego.

– Nie wezmą nas za wrogów, żołnierko. Na ulicach leży wystarczająco wielu naszych poległych braci i sióstr, by dobrze znali nasze barwy. Ponadto wszędzie poza bulwarem pościg zmusił już Pannionczyków do ucieczki na równinę, zapewne więc nikt nie będzie nas zatrzymywał.

– Tak jest.

Itkovian po raz ostatni skierował wzrok na zniszczoną redutę na polu śmierci na wschodzie. Dwóch Gidrathów przebywających w komnacie na dole brało udział w jej lekkomyślnej, lecz szlachetnej obronie. Jednemu z nich zadano niedawno rany, które zapewne miały doprowadzić do śmierci. Drugi, potężny jak byk mężczyzna, który ongiś klęczał przed Rath'Kapturem, nie był już zdolny zasnąć. Przez całe cztery dni i noce, które minęły od odzyskania Wielkiej Komnaty, gdy nadeszła dla niego pora na odpoczynek, spacerował tylko w kółko, nie zważając na otoczenie. Chodził i mamrotał coś pod nosem, a w jego oczach gorzał mroczny płomień. Itkovian podejrzewał, że on i jego umierający towarzysz są jedynymi pozostałymi przy życiu Gidrathami poza tymi, którzy byli w Niewolniku.

Jest Gidrathem zaprzysiężonym Kapturowi, a mimo to bez wahania wykonuje moje rozkazy. Narzuca się wniosek, że skłoniły go do tego wymogi sytuacji. Rozpaczliwe położenie każe zapomnieć o rywalizacji. Mimo to... nie ufam własnym wyjaśnieniom.

Choć Tarcza Kowadło był doszczętnie wyczerpany, ogarnął go narastający niepokój. Coś gdzieś się wydarzyło. Jakby w odpowiedzi na ten impuls, poczuł, że krew z niego odpłynęła, opróżniając żyły i serce, znikając w ranie, której jeszcze nie zdołał odnaleźć. Czuł się z tego powodu... niekompletny.

To tak, jakbym się wyrzekł swej wiary. Ale przecież tego nie uczyniłem. „Pustkę po utraconej wierze wypełnia wyolbrzymione poczucie ja". To były słowa dawno zmarłego Bożego Jeźdźca. Ludzie niczego się nie wyrzekają, a tylko to zastępują. Wiarę zwątpieniem, sceptycyzmem, odrzuceniem. Ja niczego nie odrzuciłem. Moich wewnętrznych osłon nie bronią hordy słów. Umniejszyłem się i popadłem w milczenie. Stałem się pusty... jakbym czekał na odnowienie...

Otrząsnął się.

– Wiatr za głośno zawodzi w moich uszach – stwierdził, nie spuszczając wzroku z reduty Wschodniej Straży. – Zejdźmy na dół, żołnierko.

Zostało im stu dwunastu zdolnych do walki ludzi, choć żaden z nich nie był wolny od ran. Siedemnaście martwych lub umierających Szarych Mieczy leżało pod ścianą. W powietrzu unosił się smród potu, moczu i gnijącego mięsa. Ściany korytarzy pokrywały plamy sczerniałej krwi. Z posadzki ją zeskrobano, by ułatwić chodzenie. Dawno zmarły architekt, który zaprojektował komnatę, byłby przerażony tym, co się z nią teraz stało. Jej szlachetne piękno mieściło w sobie koszmar.

Na tronie siedział książę Jelarkan. Skórę zaszyto mu pobieżnie na częściowo pożartym ciele. Nie miał oczu, a zęby odsłaniał w uśmiechu, który stawał się coraz szerszy w miarę, jak kurczyły się wysychające wargi. To był prawdziwy uśmiech śmierci, perfekcyjny symbol poetycznej grozy. Jelarkan był godzien tego, by zajmować honorowe miejsce w komnacie w jej obecnej postaci. Młody książę, który kochał swój lud i podzielił jego los.

Nadszedł czas, by odejść. Itkovian zatrzymał się obok głównego wejścia, przyglądając się temu, co zostało z jego Szarych Mieczy. Oni z kolei skierowali na niego nieruchome, kamienne spojrzenia. Po lewej dwie capańskie rekrutki trzymały wodze dwóch ocalałych rumaków. Ostatni Gidrath – jego towarzysz skonał przed paroma chwilami – spacerował w tę i we w tę między szeregami najemników. Głowę miał nisko zwieszoną, a plecy przygarbione. W obu dłoniach dzierżył sfatygowane miecze. Ten z lewej wygiął się po szaleńczym uderzeniu o marmurową kolumnę przedwczorajszej nocy.

Tarcza Kowadło miał zamiar przemówić do żołnierzy, choćby tylko dla zachowania form, teraz jednak, gdy spojrzał w ich twarze, zdał sobie sprawę, że zabrakło mu już słów. Nie potrafił wyrazić tego, co ich ze sobą połączyło, ani dziwnie zimnej dumy, jaką poczuł w tym momencie. Po chwili wyciągnął miecz, sprawdził rzemienie utrzymujące jego tarczę na ramieniu i skierował się ku głównemu wyjściu.

Korytarz za nim oczyszczono z trupów, tworząc przejście wiodące między ich zwałami do drzwi wyjściowych.

Itkovian przeszedł tą makabryczną aleją i wydostał się przez pobijane, zwisające krzywo na zawiasach wrota w światło słońca.

Po licznych szturmach Panniończycy odciągali padłych towarzyszy z niskich, szerokich schodów prowadzących do pałacu i składowali ich bezładnie na dziedzińcu. Niektórzy z nich jeszcze żyli, lecz wkrótce potem umierali od ran lub na skutek uduszenia.

Itkovian zatrzymał się u szczytu schodów. Od strony Bulwaru Jelarkana nadal dobiegały odgłosy walki, lecz nie słyszał nic poza nimi. Scenę, którą miał przed oczyma, spowijał całun ciszy, tak bardzo niepasującej do pełnego ongiś życia dziedzińca pałacowego w jeszcze niedawno kwitnącym mieście, że Itkovian po raz pierwszy, odkąd zaczęło się oblężenie, poczuł się dogłębnie wstrząśnięty.

Dobry Fenerze, znajdź w tym dla mnie zwycięstwo.

Zszedł po schodach. Kamień pod jego butami wydawał się miękki jak guma. Żołnierze podążali za nim bez słowa.

Minęli rozbitą bramę, przedostali się przez zwały trupów zaścielające rampę i wyszli na ulicę. Choć nie stał im na drodze nikt żywy, droga miała być długa. Nie obejdzie się też bez walki. Wrogiem było dla nich to, co widziały ich oczy, co czuły ich nosy i co mieli pod nogami.

W tej bitwie tarcze i zbroje ich nie osłonią, a ostre miecze nie zdadzą się na nic. Jedyną obroną byłoby utwardzenie duszy, wyzucie jej z człowieczeństwa, a Itkovian uważał, że to zbyt wysoka cena.

Jestem Tarczą Kowadłem. Poddaję się temu, co widzę wokół siebie. To martwe powietrze wypełniła gęstsza od dymu żałoba, która już się rozproszyła. Zamordowano miasto. Nawet ci, którzy ukryli się w kanałach... Fenerze, zabierz mnie... lepiej, żeby stamtąd nie wyszli... jeśli mają zobaczyć to.

Ich trasa wiodła między cmentarzami. Itkovian przyjrzał się miejscu, w którym przed kilkoma dniami bronił się ze swymi żołnierzami. Nie różniło się niczym od innych części miasta. Jak wszędzie, leżały tu sterty trupów. Zgodnie z zapowiedzią Brukhaliana, nie oddano bez walki ani kawałka bruku. To niewielkie miasto zrobiło wszystko, co leżało w jego mocy. Zwycięstwo Panniończyków mogło być nieuniknione, lecz istniały progi opłacalności, które przerodziły niepowstrzymany impet w przekleństwo.

A teraz zjawili się Barghastowie z klanów Białych Twarzy, którzy również byli niepowstrzymani. Pannióńczykom odpłacono tą samą monetą.

Wszyscy zostaliśmy ciśnięci do świata, którym włada obłęd, ale to nam musi przypaść zadanie wydobycia się z tej Otchłani, powstrzymania opadającej wciąż w dół spirali. Z grozy trzeba ukształtować żałobę, a z żałoby współczucie.

Gdy kompania dotarła do zapchanej trupami alei na granicy dzielnicy Daru, z wylotu zaułka przed nimi wychynęło dwudziestu Barghastów. W dłoniach trzymali krzywe, okrwawione miecze, a pomalowane na biało twarze upstrzyły im plamki czerwieni. Ten, który szedł na czele, uśmiechnął się do Tarczy Kowadła.

– Obrońcy! – warknął po capańsku z ochrypłym akcentem. – Jak wam się podoba ten dar wyzwolenia?

Itkovian zignorował jego pytanie.

– Wasi kuzyni czekają w Niewolniku. Widzę, że ochronna łuna już słabnie.

– Tak jest, ujrzymy kości naszych bogów – potwierdził wojownik, kiwając głową. Omiótł Szare Miecze spojrzeniem małych, ciemnych oczu. – Dowodzisz plemieniem kobiet.

– Capańskich kobiet – uściślił Itkovian. – To najwytrzymalsza siła w tym mieście, choć dopiero nam było dane to odkryć. Teraz wszystkie są Szarymi Mieczami i ich obecność nas wzmocniła.

– Wszędzie widzieliśmy waszych braci i siostry – warknął barghascki wojownik. – Gdyby byli naszymi wrogami, cieszylibyśmy się, że nie żyją.

– A jako sojusznicy? – zapytał Tarcza Kowadło.

Wszyscy Barghastowie wykonali taki sam gest, dotykając na krótką chwilę czół grzbietami prawych dłoni.

– Rzucane przez nas cienie wypełnia żal – oznajmił przywódca grupy. – Dowiedz się, żołnierzu, że wróg, którego nam zostawiliście, był kruchy.

Itkovian wzruszył ramionami.

– Wiara Panniończyków nie zna czci, a jedynie konieczność. Ich siła jest płytka, wojowniku. Czy pójdziecie z nami do Niewolnika?

– U waszego boku, żołnierze. W waszym cieniu leży honor.

Większość budynków w dzielnicy Daru spłonęła. Tam, gdzie się zawaliły, ulice zasypał poczerniały gruz. Gdy Szare Miecze i Barghastowie zmierzali naprzód, wzrok Itkoviana przyciągnął ocalały budynek po prawej. Czynszowa kamienica, której ściany były dziwnie pochyłe. Pod najbliższym murem rozpalono wielkie ognisko. Płomienie pełgały po kamieniu, lecz z jakiegoś powodu ich atak zakończył się niepowodzeniem. Wszystkie łukowate okna, które widział Itkovian, wyglądały na zabarykadowane.

– Wasz lud lubi tłoczne kurhany – warknął idący u jego boku Barghast.

– Słucham? – zapytał Tarcza Kowadło, spoglądając na niego.

Wojownik wskazał głową na spowitą obłokami dymu kamienicę.

– Tak, to łatwiejsze niż wykopać i wzmocnić dół za miastem, a potem zasypać go wiadrami ziemi. Wygląda na to, że lubicie mieć otwarty widok z murów. Ale my nie mieszkamy wśród swych zmarłych, tak jak wy...

Itkovian odwrócił się, by przyjrzeć się kamienicy, która została już nieco z tyłu. Przymrużył powieki.

Barykady w oknach. One również składają się z ciał. Na Bliźniacze Kły, kto zbudowałby taką nekropolię? To chyba nie mogą być konsekwencje obrony?

– Podeszliśmy blisko – mówił Barghast. – Ściany promieniują własnym ciepłem. Ze szczelin w murach wycieka galaretowaty płyn. – Wykonał kolejny gest. Tym razem zadrżał cały, uderzając rękojeścią zakrzywionego miecza w pokrywającą tułów, wykonaną z monet zbroję. – Na kości, żołnierzu, uciekliśmy.

– Czy ta kamienica jest jedyną, którą w ten sposób... wypełniono?

– Drugiej nie widzieliśmy, choć minęliśmy jedną posiadłość, która jeszcze się broniła. W bramie i na murach straż pełniły ożywione trupy. Śmierdziało tam czarami, ohydną nekromancją. Powiadam ci, żołnierzu, z radością opuścimy to miasto.

Itkovian milczał. Czuł się rozdarty wewnętrznie. Reve Fenera głosiła prawdę wojny. Prawdę o okrucieństwach, jakie ludzie potrafili wyrządzać swym pobratymcom. Dla tych, którzy dowodzili innymi, wojna była grą, rozgrywaną w iluzorycznym królestwie spokoju i opanowania, lecz podobne kłamstwa nie mogły przetrwać kontaktu z rzeczywistością. Wydawało się też, że ta rzeczywistość nie zna granic. Reve wzywała do umiarkowania i zapewniała, że chwały nie przynosi ślepota, lecz raczej trzeźwe, spokojne spojrzenie. Bezgraniczna rzeczywistość zawierała szansę odkupienia.

Itkovian nie był już jednak zdolny do takiego spojrzenia. Miotał się niczym uwięzione w klatce zwierzę, okrutnie dźgane ze wszystkich stron. Nie mógł uciec, lecz była to niemożliwość, którą sam sobie narzucił, zrodzona ze świadomego wyboru i ukształtowana przez słowa przysięgi. Musiał podźwignąć to brzemię, bez względu na koszty. Ognie zemsty przeobraziły się w jego wnętrzu. To on przyniesie odkupienie duszom poległych w tym mieście.

Odkupienie. Dla wszystkich, ale nie dla niego. O to mógłby prosić tylko swego boga.

Co się z tobą stało, dobry Fenerze? Gdzie jesteś? Klęczę, czekając na twój dotyk, ale nie mogę cię nigdzie znaleźć. Twoje królestwo... wydaje się... puste.

Dokąd mogę się teraz udać?

Tak, mam jeszcze coś do zrobienia. Akceptuję to. A kiedy już to zrobię, kto będzie na mnie czekał? Kto mnie obejmie?

Przeszył go dreszcz.

Kto mnie obejmie?

Tarcza Kowadło odepchnął od siebie to pytanie, starając się odzyskać determinację. Przecież nie miał wyboru. Będzie żałobą Fenera. I wykonawcą jego sprawiedliwości. Nie cieszył się z tych obowiązków i wyczuwał, ile będzie musiał za nie zapłacić.

Zbliżyli się do sąsiadującego z Niewolnikiem placu. Widać na nim było innych Barghastów, którzy ściągali tu ze wszystkich stron. Odległe odgłosy walki na Bulwarze Jelarkana, towarzyszące im przez większą część popołudnia, ucichły nagle. Wrogów wyparto z miasta.

Itkovian nie sądził, by Barghastowie mieli ich ścigać. Osiągnęli już swój cel. Usunęli groźbę zawisłą nad kośćmi ich bogów.

Jeśli septarcha Kulpath jeszcze żył, zapewne przegrupuje swe rozbite oddziały, przywróci dyscyplinę i przygotuje następne posunięcie. Albo spróbuje kontrataku, albo wycofa się na zachód. Obie te możliwości wiązały się z ryzykiem. Jego siły mogły okazać się za małe, by odzyskać miasto. Ponadto jego armia straciła obozy i szlaki zaopatrzenia, szybko więc zabraknie jej zapasów. Nie była to godna pozazdroszczenia pozycja. Capustan, niewielkie, pozbawione znaczenia miasto na wschodnim wybrzeżu środkowej Genabackis, okazało się klątwą o wielu skierowanych na różne strony ostrzach. A ofiary, które tu padły, sygnalizowały dopiero początek nadchodzącej wojny.

Wyszli na plac.

Miejsce, w którym padł Brukhalian, znajdowało się bezpośrednio przed nimi, lecz wszystkie ciała już zniknęły. Z pewnością zabrali je ze sobą wycofujący się Panniończycy. Mięso na jeszcze jedną królewską ucztę.

To nie ma znaczenia. Przyszedł po niego Kaptur. Osobiście. Czy miał to być wyraz uznania, czy małostkowe napawanie się triumfem?

Tarcza Kowadło spoglądał jeszcze przez chwilę na plamę na kamieniach placu, po czym przeniósł wzrok na główną bramę Niewolnika.

Łuna zniknęła. W cieniu pod łukiem bramy pojawiły się jakieś postacie.

Wszystkie wychodzące na plac ulice wypełnili Barghastowie, którzy jednak nie podchodzili bliżej.

Itkovian odwrócił się, spoglądając na swoich ludzi. Zatrzymał wzrok na kapitanie, kobiecie, która jeszcze niedawno była starszym sierżantem odpowiedzialnym za szkolenie rekrutów, a potem na Velbarze. Przyjrzał się uważnie ich sfatygowanym, poplamionym zbrojom oraz zapadniętym, pooranym bruzdami twarzom.

– Idziemy na środek placu, we troje.

Obie kobiety skinęły głowami.

Wyszli razem na bulwar. Skierowało się na nich tysiące oczu. Po chwili rozległ się basowy szept, a następnie głuche, miarowe uderzanie mieczami o miecze.

Po prawej pojawiła się następna grupa. Żołnierze mieli na sobie mundury, których Itkovian nie poznawał. Towarzyszyły im postacie pokryte pręgowanymi, kocimi tatuażami. Tę drugą grupę prowadził mężczyzna, którego Itkovian już kiedyś widział. Tarcza Kowadło zwolnił kroku.

Zrzęda. To imię było dla niego jak uderzenie młotem w pierś. Jego następne myśli ukształtowała okrutna pewność. Śmiertelny Miecz Trake'a, Tygrysa Lata. Pierwszy Bohater osiągnął ascendencję.

Zostaliśmy zastąpieni.

Wziął się w garść i ruszył naprzód. Zatrzymał się pośrodku placu.

U boku Zrzędy podążał żołnierz w cudzoziemskim mundurze. Nieznajomy zacisnął dłoń na pręgowanym ramieniu rosłego Daru i warknął coś do pozostałych. Wszyscy się zatrzymali, a żołnierz i Zrzęda szli dalej, prosto w stronę Itkoviana.

Ich uwagę przyciągnęło nagłe poruszenie u wyjścia z Niewolnika. Kapłani i kapłanki z Rady Masek wychodzili pośpiesznie na zewnątrz, wlokąc wyrywającego się towarzysza. Prowadził ich Rath'Trake. Krok za nim podążał kupiec Daru, Keruli.

Żołnierz i Zrzęda dotarli do Itkoviana przed nimi.

Tygrysie oczy Zrzędy patrzyły na Tarczę Kowadło spod hełmu typowego dla Daru.

– Itkovianie z Szarych Mieczy – oznajmił basem – dokonało się.

Nie musiał mówić nic więcej. Prawda była jak nóż wbity w serce Tarczy Kowadła.

– Nie, jeszcze nie – warknął cudzoziemski żołnierz. – Witaj, Tarczo Kowadło. Jestem kapitan Paran z Podpalaczy Mostów. Z Zastępu Jednorękiego.

– Jest kimś więcej – mruknął Zrzęda. – To, co chce teraz uczynić...

– Nie robię tego dobrowolnie – przerwał mu Paran. – Tarczo Kowadło. Fener został wyrwany ze swego królestwa. Wędruje po dalekiej krainie. Ty i twoja kompania utraciliście swojego boga.

A więc wszyscy już o tym wiedzą.

– Jesteśmy tego świadomi.

– Zrzęda utrzymuje, że nie ma już dla was miejsca. Szare Miecze muszą zejść ze sceny, gdyż nastał nowy bóg wojny. Tak jednak nie musi się stać. Przygotowano dla was ścieżkę... – Paran spojrzał za plecy Itkoviana. – Witaj, Humbrallu Taur – oznajmił podniesionym tonem. – Twoje dzieci z pewnością czekają w Niewolniku.

Tarcza Kowadło obejrzał się przez ramię i zobaczył stojącego dziesięć kroków z tyłu potężnie zbudowanego Barghasta w zbroi z monet.

– Mogą jeszcze chwilę poczekać – warknął Humbrall Taur. – Chcę to zobaczyć.

Paran skrzywił się.

– Ale z ciebie ciekawski skurczybyk...

– Zgadza się.

Malazańczyk ponownie spojrzał na Itkoviana. Chciał coś powiedzieć, lecz Tarcza Kowadło go ubiegł.

– Chwileczkę.

Wyminął obu mężczyzn.

Rath'Fener szarpał się rozpaczliwie w uścisku kapłanów. Jego maska się przekrzywiła, a spod skórzanych taśm wysuwały się siwe włosy.

– Tarczo Kowadło! – krzyknął, widząc Itkoviana. – W imię Fenera...

– Tak jest, w jego imię – przerwał mu Itkovian. – Do mnie, kapitanie Norul. Przywołuję prawo Reve.

– Tak jest – odparła posiwiała kobieta, podchodząc bliżej.

– Nie możesz tego zrobić! – wrzeszczał Rath'Fener. – W takiej sprawie Reve może przywołać tylko Śmiertelny Miecz!

Itkovian nawet nie drgnął.

Kapłan zdołał wyrwać rękę i wskazać palcem Tarczę Kowadło.

– Mam rangę Bożego Jeźdźca! Chyba że jest wśród was ktoś, kto zgłasza pretensje do tego tytułu?

– Boży Jeździec Karnadas nie żyje.

– On nie był Bożym Jeźdźcem, Tarczo Kowadło! Mógł co najwyżej aspirować do tego tytułu, ale moja ranga była i nadal jest wyższa. Dlatego tylko Śmiertelny Miecz może przywołać Reve w mojej sprawie i świetnie o tym wiesz.

Zrzęda prychnął pogardliwie.

– Itkovian, Paran mówił mi, że was zdradzono. Wasz kapłan sprzedał życie Brukhaliana Panniończykom. To nie tylko odrażające, lecz również nierozsądne. W takim razie... – Przerwał. – Czy może być dowolny Śmiertelny Miecz? Jeśli tak, to ja przywołuję Reve. – Obnażył zęby. – Ukarzcie skurwysyna.

Zostaliśmy zastąpieni. Władca Bitew w rzeczy samej ma nowe oblicze.

– Nie może tego zrobić! – wrzasnął Rath'Fener.

– Śmiałe twierdzenie – oznajmił zamaskowanemu kapłanowi Itkovian. – Jeśli chcesz obalić pretensje tego człowieka do owego tytułu, musisz zawezwać na pomoc swego boga. Jeśli ci się uda, odejdziesz stąd wolny.

Kapłan wybałuszył oczy.

– Wiesz, że to niemożliwe, Itkovian.

– W takim razie koniec z tą linią obrony. Reve została przywołana. Jestem ręką sprawiedliwości Fenera.

– To nie jest konieczne, Tarczo Kowadło – odezwał się nagle Rath'Trake, który do tej pory stał w pobliżu, przysłuchując się uważnie. – Nieobecność twojego boga zmienia... wszystko. Z pewnością rozumiesz implikacje tradycyjnej formy kary. Zwykła egzekucja... nie prawo Reve...

– Nie zasłużył na zwykłą egzekucję – przerwał mu Itkovian. – Kapitanie Norul.

Kobieta podeszła do Rath'Fenera i przejęła go z rąk kapłanów oraz kapłanek. W jej wielkich, naznaczonych bliznami dłoniach przypominał szmacianą lalkę. Odwróciła go i rzuciła brzuchem na kamienie bulwaru. Potem usiadła na nim okrakiem, wyciągając jego ręce do przodu. Kapłan krzyknął przeraźliwie. Nagle zrozumiał, co go czeka.

Itkovian wydobył miecz. Z jego klingi buchały smużki dymu.

– Reve – oznajmił, stając nad wyprostowanymi rękami Rath'Fenera. – Zdrada, sprzedanie życia Brukhaliana w zamian za własne. Zdrada samego Fenera, najohydniejsza zbrodnia znana prawu Reve. Wykonana zostanie kara zgodna z osądem Dzika Lata. – Milczał przez chwilę. – Módl się o to, by Fener znalazł to, co do niego wyślemy.

– Ale on tego nie znajdzie! – krzyknął Rath'Trake. – Nie rozumiesz? Jego królestwo... wasz bóg już w nim nie czeka!

– On o tym wie – stwierdził Paran. – Tak to właśnie wygląda, kiedy sprawa staje się osobista. Uwierz mi, że wolałbym nie mieć z tym nic wspólnego.

Rath'Trake zwrócił się w stronę kapitana.

– A kim ty jesteś, żołnierzu?

– Dzisiaj, w tej chwili, jestem władcą talii, kapłanie. Wydaje się też, że jestem tu po to, by negocjować w imieniu twoim i twojego boga. Niestety – dodał z przekąsem – Tarcza Kowadło okazuje godną podziwu... niesubordynację...

Itkovian ledwie słyszał ich rozmowę. Nie spuszczał oczu z rozciągniętego na ziemi kapłana.

– Nasz Pan... odszedł – przyznał. – To prawda. Lepiej więc módl się, Rath'Fenerze, by jakaś miłosierna istota spojrzała na ciebie łaskawym okiem.

Rath'Trake zwrócił się ku Tarczy Kowadłu, słysząc te słowa.

– Na Otchłań, Itkovian. Nie ma zbrodni tak ohydnej, by zasłużyć na to, co chcesz uczynić. Jego dusza zostanie rozerwana na strzępy! A tam, gdzie one pójdą, nie ma żadnych miłosiernych istot! Itkovian...

– Zamilcz, kapłanie. Wydanie wyroku należy do mnie i do Reve.

Ofiara wrzasnęła przeraźliwie.

Tarcza Kowadło opuścił miecz. Ostrze odbiło się z trzaskiem od kamiennej nawierzchni. Z kikutów rąk Rath'Fenera trysnęły bliźniacze strugi krwi. Dłonie... zniknęły bez śladu.

Itkovian uderzył o kikuty płazem miecza. Mięso zaskwierczało. Krzyki Rath'Fenera umilkły nagle, gdy kapłan stracił przytomność. Kapitan Norul odsunęła się odeń, zostawiając go leżącego na kamiennym placu.

– Tarczo Kowadło, wysłuchaj mnie – zaczął Paran. – Proszę. Fener wędruje po królestwie śmiertelników. Dlatego nie może cię pobłogosławić. Wziąłeś na siebie tak wielkie brzemię... i nigdzie nie znajdziesz ulgi.

– Znakomicie zdaję sobie z tego sprawę. – Itkovian cały czas wpatrywał się w Rath'Fenera, który zaczynał odzyskiwać przytomność. – Taka wiedza jest bezwartościowa.

– Jest inne wyjście, Tarczo Kowadło.

Itkovian odwrócił się i spojrzał na niego z uwagą.

– Stworzono alternatywę – ciągnął Paran. – Jestem w tej sprawie jedynie posłańcem...

Rath'Trake podszedł do Itkoviana.

– Przywitamy was z radością. Ciebie i twoich ludzi. Tygrys Lata was potrzebuje. Potrzebuje Tarczy Kowadła. Jest gotów was objąć...

– Nie.

Kapłan przymrużył powieki.

– Itkovian – wtrącił Paran – to przewidziano... ścieżkę przygotowały wam... pradawne moce... które przebudziły się i znowu są aktywne na tym świecie. Mam ci powiedzieć, czego od was oczekują...

– Nie. Przysięgałem Fenerowi. Jeśli okaże się to konieczne, podzielę jego los.

– To oferta ratunku, nie zdrada! – krzyknął Rath'Trake.

– Czyżby? Dość już słów. – Leżący na kamiennej nawierzchni Rath'Fener odzyskał przytomność. Itkovian przyjrzał się mu. – Mam jeszcze coś do zrobienia – wyszeptał.

Rath'Fener szarpnął się gwałtownie, z jego gardła wyrwał się rozdzierający krzyk, a ręce złamały się, jakby pociągnęły za nie niewidzialne, nieludzkie dłonie. Na jego skórze pojawiły się ciemne tatuaże, lecz nie należały one do Fenera. To nie on znalazł odcięte dłonie kapłana. Ciało leżącego pokryło wijące się, obce pismo. Nieznana istota pozostawiła na nim swój ślad, ogłaszając, że wzięła w posiadanie jego duszę. Tajemnicze słowa pociemniały niczym ślady po oparzeniach.

Pojawiły się pęcherze, które pękły, tryskając gęstym żółtym płynem.

Plac wypełniły krzyki nieznośnego, niewyobrażalnego bólu. Ciało miotało się na kamieniach. Mięśnie i tłuszcz rozpuściły się pod skórą, a potem zawrzały i wykipiały na zewnątrz.

Ale Rath'Fener wciąż nie umierał.

Itkovian schował miecz.

Malazańczyk pierwszy zrozumiał, co się stało. Wyciągnął rękę i zacisnął dłoń na ramieniu Tarczy Kowadła.

– Na Otchłań, nie...

– Kapitanie Norul.

Kobieta zacisnęła dłoń na rękojeści miecza. Twarz miała zupełnie białą.

– Kapitanie Paran – powiedziała pełnym napięcia, załamującym się głosem – cofnij rękę.

Zwrócił się w jej stronę.

– Tak, nawet ty wzdrygasz się przed tym, co on chce zrobić...

– Nic nie szkodzi. Puść go albo cię zabiję.

Na tę groźbę w oczach Malazańczyka pojawił się dziwny błysk, lecz Itkovian nie miał czasu zawracać sobie głowy młodym kapitanem. Czekał go obowiązek. Rath'Fener poniósł już wystarczającą karę. Jego ból musi się skończyć.

A kto zbawi mnie?

Paran cofnął rękę.

Itkovian pochylił się nad wijącą się, ledwie rozpoznawalną postacią.

– Rath'Fenerze, wysłuchaj mnie. Nadchodzę. Czy zaakceptujesz moje objęcie?

Bez względu na całą zawiść i złą wolę, które popchnęły cierpiącego męki kapłana do zdradzenia nie tylko Brukhaliana – Śmiertelnego Miecza – lecz również Fenera, w jego duszy ocalała jeszcze drobna iskierka miłosierdzia. Miłosierdzia i zrozumienia. Ciało kapłana szarpnęło się gwałtownie. Jego kończyny ślizgały się po kamieniach w próbie wyczołgania się z cienia Itkoviana.

Tarcza Kowadło skinął głową. Potem wziął ropiejącą postać w ramiona i wstał.

Widzę, że się wzdrygasz, i wiem, że to twój ostatni gest. Gest pokuty. Nie mogę go pozostawić bez odpowiedzi, Rath'Fenerze. Dlatego przejmuję na siebie twój ból. Nie, nie opieraj się temu darowi. Uwalniam twą duszę, oddaję ją Kapturowi, by znalazła pociechę w śmierci...

Paran i reszta świadków nie widzieli nic poza Tarczą Kowadłem, który stał bez ruchu, trzymając w ramionach Rath'Fenera. Rozszarpany, zakrwawiony kapłan opierał się jeszcze przez chwilę, po czym zapadł się w siebie, a jego krzyki umilkły.

Przed oczyma duszy Itkoviana przesunęło się całe życie umierającego. Ujrzał drogę, która doprowadziła kapłana do zdrady. Zobaczył młodego akolitę o czystym sercu, który odebrał okrutne lekcje nie wiary i pobożności, lecz cynicznych rozgrywek o świecką władzę. Rząd i administracja były gniazdem żmij. Tępe i małostkowe umysły toczyły tam nieustanną walkę o iluzoryczne nagrody. Życie w zimnych komnatach Niewolnika wyssało wszelką treść z duszy kapłana. Pustkę pozostałą po utraconej wierze zajęło ego, pełne obaw i zawiści, na które jedyną odpowiedzią były złe uczynki. Potrzeba ocalenia skóry uczyniła z każdej cnoty towar, który w razie potrzeby można sprzedać.

Itkovian rozumiał go, dostrzegał każdy krok, który w nieunikniony sposób wiódł do zdrady, sprzedania życia Brukhaliana w zamian za własne, jak uzgodnili z kapłanem agenci Pannion Domin. Dostrzegł też ukrytą w Rath'Fenerze świadomość tego, że popełniając ten czyn, oddał się we władanie żmii, której pocałunek niósł śmierć. Tak czy owak, musiał zginąć, lecz odszedł od swej wiary tak daleko, że nie potrafił już sobie wyobrazić, iż mógłby któregoś dnia do niej wrócić.

Rozumiem cię Rath'Fenerze, ale zrozumienie nie jest tożsame z przebaczeniem. Twa kara pozostaje sprawiedliwa. Tak oto poznałeś ból.

Wiem, że powinien czekać na ciebie Fener. Nasz bóg powinien przyjąć twe dłonie, by po twej śmierci móc na ciebie spojrzeć i wypowiedzieć słowa przygotowane tylko dla ciebie. Wypisane na twej skórze słowa, które byłyby dla ciebie ostateczną pokutą za popełnione zbrodnie. Tak właśnie powinno się stać.

Ale Fener odszedł.

A to, co cię teraz przejęło, ma... inne pragnienia.

Odbiorę mu ciebie...

Dusza Rath'Fenera krzyknęła, raz jeszcze próbując się uwolnić. Przez hałas przebiły się słowa:

Itkovian! Nie rób tego. Zostaw mnie tu, błagam. Nie dla twojej duszy... nie chciałem... proszę, Itkovian...

Tarcza Kowadło zacisnął duchowy uścisk, łamiąc ostatnie bariery.

Nikomu nie można odmówić żałoby, kapłanie, nawet tobie.

Gdy jednak bariery już padły, nie można było wybierać, co przez nie przejdzie.

Itkoviana zalał sztorm. Ból tak potężny, że stał się abstrakcyjną siłą, żywym jestestwem wypełnionym grozą i paniką. Tarcza Kowadło otworzył się na nie, pozwolił, by wypełniły go jego krzyki.

Na polu bitwy, gdy ostatnie serce przestanie już bić, pozostaje jeszcze ból. Zamknięty w glebie, w kamieniach, tworzący w powietrzu mosty, pajęczynę wspomnień, która wibruje w rytm bezgłośnej pieśni. Śluby Itkoviana odarły go jednak z daru ciszy. Słyszał tę pieśń. Wypełniła go ona w całości. Stał się jej kontrapunktem. Odpowiedzią na nią.

Mam cię wreszcie, Rath'Fenerze. Znalazłem cię i teraz... odpowiem.

Wtem wyczuł za zasłoną bólu inną świadomość. Obcą obecność. Ogromną moc. Istota nie była zła, lecz... zupełnie inna. Promieniowały od niej gwałtowna dezorientacja i udręka. Próbowała stworzyć z nieoczekiwanie ofiarowanych jej rąk śmiertelnika... coś pięknego. Niestety, ludzkie ciało nie mogło pomieścić tego daru.

Wewnątrz owego sztormu kryła się groza. Groza... i żal.

Ach, nawet bogowie potrafią płakać. Poleć się więc mojemu duchowi. Wezmę na siebie również i twój ból.

Obca obecność wzdrygnęła się, było już jednak za późno. Itkovian ofiarował jej swe niezmierzone dary...

...i został pochłonięty. Czuł, że jego dusza rozpuszcza się, rozpada na fragmenty. Za wielki!

Pod zimnymi obliczami bogów kryło się ciepło, lecz w ciemności był też smutek, gdyż to nie bogowie byli niezgłębieni, a śmiertelnicy. Bogowie po prostu płacili.

To my jesteśmy łożem tortur, na którym ich rozciągają.

Potem wrażenie umknęło, gdy obcy bóg zdołał zerwać kontakt, zostawiając Itkovianowi jedynie dogasające echa żalu dalekiego świata, świata, który miał własne okrucieństwa, długą, pełną udręki historię. Dogasały... a wreszcie zniknęły.

Pozostawiając mu rozdzierającą serce wiedzę.

Nie było to zbyt wielką łaską. Uginał się pod ciężarem bólu Rath'Fenera i przerażającej rzezi Capustanu, a jego objęcie musiało sięgać coraz dalej. Ze wszystkich stron głośno nawoływały go dusze. Nie było wśród nich ani jednej, której historia nie zasługiwałaby na uwagę. Żadnej nie mógł odesłać. Dziesiątki tysięcy dusz, których życie było pełne bólu, utraty, miłości i smutku, a każde z nich zakończyło się okrutną śmiercią. Żelazo i ogień, dym i spadające kamienie. Pył i brak powietrza. Wspomnienie żałosnego, bezsensownego końca dziesiątków tysięcy żywotów.

Muszę odbyć pokutę. Muszę udzielić odpowiedzi. Na każdą śmierć. Każdą.

Zabłądził w burzy, niezdolny objąć otaczającego go oceanu cierpienia. Nie poddawał się jednak. Niósł dar pokoju. Pozwalał zapomnieć o bólu, uwalniał dusze, by mogły odnaleźć drogę... do stóp niezliczonych bogów, królestwa Kaptura, czy nawet do samej Otchłani. Było to konieczne, by uwolnić dusze uwięzione w udręce, która towarzyszyła ich śmierci.

Jestem... Tarczą Kowadłem. Moim zadaniem jest... wytrzymać... wytrzymać. Sięgnąć... bogowie! Odkup ich! To twoje zadanie. Serce twoich ślubów. Jesteś tym, który wędruje między trupami na polu bitwy, zwiastunem pokoju, odkupicielem poległych. Ty naprawiasz zdruzgotane losy. Bez ciebie śmierć jest pozbawiona sensu, a odmowa nadania sensu jest najstraszliwszą zbrodnią, jakiej może dopuścić się świat wobec swych dzieci. Wytrzymaj, Itkovian... wytrzymaj...

Nie miał jednak boga, na którym mógłby się wesprzeć, nie miał solidnego, niewzruszonego oparcia, które odpowiedziałoby na jego potrzebę. A był tylko samotnym śmiertelnikiem...

Ale nie wolno mi się poddać. Bogowie, wysłuchajcie mnie! Być może nie jestem wasz, ale wasze polegle dzieci są moje. Spójrzcie, co kryje się za moją zimną twarzą. Spójrzcie!

Na placu panowała straszliwa cisza. Paran przyglądał się wraz z resztą obecnych, jak Itkovian osuwa się powoli na kolana. W ramionach ściskał gnijącego trupa. Kapitan odnosił wrażenie, że samotna, klęcząca postać zawiera w sobie wyczerpanie całego świata. Ten obraz wypalił się w jego umyśle. Wiedział, że nigdy go nie zapomni.

Na zewnątrz nie było widać oznak walk – wojen – które wciąż trwały wewnątrz Tarczy Kowadła. Po długiej chwili Itkovian uniósł rękę i rozpiął rzemień hełmu. Następnie uniósł go, odsłaniając przepocony, skórzany czepiec. Długie, ociekające potem włosy, przylepione do czoła i szyi, zasłaniały mu twarz. Klęczał z pochyloną głową, aż trup w jego ramionach obrócił się w jasny popiół. Tarcza Kowadło nadal był nieruchomy.

Targające nim gwałtowne drżenia spowolniły.

Ich rytm uległ zakłóceniu.

Potem ustały.

Kapitan Paran czuł, że serce wali mu jak szalone. Podbiegł do Itkoviana, złapał go za ramiona i potrząsnął nim.

– Nie, do cholery! Nie to przyszedłem tu zobaczyć! Ocknij się, ty sukinsynu!

Pokój... Czy już cię mam? Mój dar... ach, to brzemię...

Tarcza Kowadło odwrócił nagle głowę i zaczerpnął tchu z przypominającym łkanie dźwiękiem.

Opada... taki ciężar! Dlaczego? Bogowie, wszyscy na to patrzyliście. Wasze nieśmiertelne oczy to widziały. Ale nic nie zrobiliście. Nie odpowiedzieliście na moje wołanie o pomoc. Dlaczego?

Malazańczyk okrążył Itkoviana i przykucnął przed nim.

– Młotek! – krzyknął, spoglądając za siebie.

Uzdrowiciel pobiegł ku nim. Itkovian odnalazł wzrokiem Parana i uniósł powoli rękę. Przełknął trwogę i zdołał odnaleźć w sobie słowa.

– Nie wiem, jak to się stało, ale sprowadziłeś mnie z powrotem... – wychrypiał.

Paran rozciągnął usta w wymuszonym uśmiechu.

– Jesteś Tarczą Kowadłem.

– Tak – wyszeptał Itkovian. I, niech mi Fener wybaczy, to, co uczyniłeś, nie było łaską... – Jestem Tarczą Kowadłem.

– Czuję to w powietrzu – ciągnął Paran, spoglądając Itkovianowi w oczy. – Oczyściłeś je.

To prawda.

I mam jeszcze coś do zrobienia.

Zrzęda przyglądał się, jak Malazańczyk i jego uzdrowiciel rozmawiają z dowódcą Szarych Mieczy. Mgła – która, jak zdał sobie teraz sprawę, spowijała jego myśli już od wielu dni – zaczęła rzednieć. Wszędzie dostrzegał mnóstwo szczegółów. Przeraziły go zmiany, które w nim zaszły.

Jego oczy widziały teraz... inaczej. Z nieludzką ostrością. Każde poruszenie – nawet najdrobniejsze, na granicy pola widzenia – natychmiast przyciągało jego uwagę, wypełniało świadomość. Uznawał je za nieistotne bądź definiował jako groźbę, zdobycz lub coś nieznanego: te instynktowne decyzje nie kryły się już głęboko, lecz czaiły pod samą powierzchnią umysłu.

Czuł każdy swój mięsień, każde ścięgno i kość. Mógł się skoncentrować na dowolnym z nich, zapominając o wszystkich pozostałych. Osiągnięta w ten sposób przestrzenna wrażliwość dawała mu absolutną kontrolę nad ruchami. Gdyby zechciał, mógłby iść przez las całkowicie bezszelestnie albo pogrążyć się w całkowitym bezruchu, ukrywając nawet własny oddech.

Wyczuwał też jednak w sobie zmiany sięgające znacznie głębiej niż te fizyczne objawy. Drzemała w nim gwałtowność zabójcy, zimna i nieubłagana, nieznająca współczucia ani wątpliwości.

Przeraziła go ta świadomość.

Jestem Śmiertelnym Mieczem Tygrysa Lata. Tak, Trake, czuję cię. Wiem, co ze mnie uczyniłeś. Niech cię szlag, mogłeś przynajmniej poprosić.

Spojrzał na swych wyznawców. Wiedział, że tak właśnie brzmi właściwa nazwa. Wyznawcy, zaprzysiężeni ludzie. Przerażająca prawda. Była wśród nich Stonny Menackis.

Nie, ona nie należy do Trake'a. Wybrała pradawnego boga Kerulego. I bardzo dobrze. Gdyby kiedyś uklękła przede mną, nie myślelibyśmy o religii... ale jakie są na to szanse? Ach, dziewczyno...

Zerknęła na niego, wyczuwając jego spojrzenie.

Zrzęda mrugnął do niej znacząco.

Uniosła brwi. Rozumiał jej zaniepokojenie i rozbawiło go to jeszcze bardziej. Poczucie humoru było dla niego jedyną obroną przed kryjącym się wewnątrz brutalnym mordercą.

Po chwili wahania podeszła do niego.

– Zrzęda?

– Ehe. Czuję się tak, jakbym się przed chwilą obudził.

– No tak, uwierz mi, że widać po tobie kaca.

– Co się właściwie stało?

– Nie wiesz tego?

– Wydaje mi się, że wiem, ale nie jestem do końca pewien... nie dowierzam własnym wspomnieniom. Broniliśmy naszej kamienicy i wyglądało to paskudniej niż brud między palcami nóg Kaptura. Byłaś ranna. Umierająca. Uzdrowił cię ten malazański żołnierz, który tam stoi. Jest jeszcze Itkovian... kapłan w jego ramionach przed chwilą obrócił się w proch... bogowie, na pewno przydałaby mu się kąpiel...

– Beru broń nas wszystkich, to naprawdę ty, Zrzęda. Myślałam, że straciłam... straciliśmy cię na dobre.

– Jakąś część mnie chyba straciliśmy, dziewczyno. I ja, i wszyscy.

– Odkąd to stałeś się pobożny?

– Na tym właśnie polega dowcip. Wcale się nie stałem. Trake dokonał fatalnego wyboru. Pokaż mi ołtarz, a prędzej na niego naszczę, niż się przed nim rozpłaszczę.

– Do rozpłaszczenia się możesz zostać zmuszony, więc sugeruję, byś zrobił to w odwrotnej kolejności.

– Ha, ha.

Otrząsnął się, rozprostował ramiona i westchnął.

Stonny wzdrygnęła się na ten widok.

– Hm, to było dla mnie za bardzo kocie. Widać, jak mięśnie prężą ci się pod tą pręgowaną skórą.

– To było cholernie przyjemne. Prężą się? Powinnaś rozważyć nowe... możliwości, dziewczyno.

– Możesz sobie tylko pomarzyć, głąbie.

W ich przekomarzaniu się nie było przekonania i oboje to czuli.

Stonny milczała przez chwilę, po czym wypuściła z sykiem powietrze przez zęby.

– Buke. Pewnie zginął...

– Żyje. Właśnie w tej chwili krąży nad naszymi głowami. Ten krogulec to on. To dar od Kerulego. Dzięki temu mógł mieć na oku Korbala Broacha. Jest teraz jednopochwyconym.

Stonny spojrzała ze złością na niebo, wspierając ręce na biodrach.

– Rewelacyjnie! – Przeszyła jadowitym spojrzeniem Kerulego, który stał na uboczu z rękami schowanymi w rękawach. Nikt go nie zauważał, ale on obserwował ich bez słowa. – Wszyscy otrzymali błogosławieństwo, ale ja nie! Gdzie w tym sprawiedliwość?

– Ty już zostałaś pobłogosławiona niezrównaną urodą, Stonny...

– Jeszcze jedno słowo, a przysięgam, że urżnę ci ogon.

– Nie mam ogona.

– W tym rzecz. – Spojrzała na niego. – A teraz posłuchaj, musimy obgadać pewną sprawę. Coś mi mówi, że raczej nie wrócimy do Darudżystanu, przynajmniej w najbliższym czasie. Co mamy teraz zrobić? Czy nasze drogi się rozejdą, ty ponury staruchu?

– Nie ma powodu się śpieszyć, dziewczyno. Zobaczymy, jak się ułoży sytuacja...

– Przepraszam.

Oboje odwrócili się i zobaczyli, że podszedł do nich Rath'Trake.

Zrzęda łypnął spode łba na zamaskowanego kapłana.
– O co chodzi?
– Sądzę, że powinniśmy omówić parę kwestii, Śmiertelny Mieczu.
– Sądź sobie, co chcesz – burknął Daru. – Jasno dałem do zrozumienia Pręgowanemu, że nie jestem odpowiednim kandydatem...
Wydawało się, że Rath'Trake się zakrztusił.
– Pręgowanemu? – zapluł się, oburzony.
Stonny parsknęła śmiechem. Zdzieliła mocno kapłana w bark.
– Skurczybyk umie okazać szacunek, nie?
– Nie klękam przed nikim – warknął Zrzęda. – W tym również przed bogami. A gdyby te pasy dawało się zmyć, pozbyłbym się ich natychmiast.
Kapłan potarł bolący bark. Ukryte za kocią maską oczy spoglądały ze złością na Stonny. Usłyszawszy słowa Zrzędy, ponownie zwrócił się ku niemu.
– Na ten temat nie ma co debatować, Śmiertelny Mieczu. Jesteś tym, kim jesteś...
– Jestem kapitanem straży karawanowej, i to cholernie dobrym. Przynajmniej kiedy jestem trzeźwy.
– Jesteś pierwszym wojownikiem Pana Lata...
– Powiedzmy, że to takie hobby.
– Takie c... co?
Usłyszeli śmiech. Kapitan Paran, który przykucnął obok Itkoviana, patrzył w ich stronę. Nie ulegało wątpliwości, że słyszał całą rozmowę.
– Nigdy nie idzie tak, jak powinno, co, kapłanie?! – zawołał Malazańczyk, uśmiechając się do Rath'Trake'a. – Na tym właśnie polega wspaniałość nas, ludzi. Twój nowy bóg będzie się musiał z tym pogodzić, i to szybko. Zrzęda, graj według własnych reguł.
– Taki właśnie mam zamiar, kapitanie – stwierdził Daru. – Jak się czuje Tarcza Kowadło?
Itkovian podniósł wzrok.
– Dobrze.
– A to już jest kłamstwo – zaprzeczyła Stonny.
– Skoro tak uważasz – odparł Tarcza Kowadło. Wstał powoli, podtrzymywany przez Młotka.
Zrzęda spojrzał na dwa białe kordelasy, które ciągle trzymał w dłoniach.

– Niech mnie Kaptur weźmie – mruknął – ale się zrobiły brzydkie.
Wetknął je do sfatygowanych, wystrzępionych pochew.

– Nie możesz wypuszczać ich z rąk, dopóki nie nadejdzie koniec tej wojny – warknął Rath'Trake.

– Jeszcze jedno słowo, kapłanie, a to twój koniec nadejdzie – ostrzegł go Zrzęda.

Nikt więcej nie wychodził na plac. Kapral Wykałaczka stała u wylotu zaułka razem z resztą Podpalaczy Mostów, próbując się zorientować, co się tu dzieje. Wszędzie wokół toczyły się rozmowy. Żołnierze w uświęcony zwyczajem sposób próbowali odgadnąć znaczenie gestów i cichych rozmów dygnitarzy.

Wykałaczka rozejrzała się ze złością.

– Gdzie jesteś, Niewidka?

– Tutaj – rozległ się głos tuż obok niej.

– Czemu się tam nie zakradniesz, żeby sprawdzić, co jest grane?

Żołnierka wzruszyła ramionami.

– Zauważyliby mnie.

– Czyżby?

– Poza tym, nie muszę tego robić. To dla mnie oczywiste, co się stało.

– Czyżby?

Niewidka skrzywiła się z ironią.

– Oddałaś mózg razem z tymi obręczami, kapralu? Nigdy nie widziałam, żebyś była taka ogłupiała.

– Czyżby? – powtórzyła po raz trzeci Wykałaczka, tym razem z nutą groźby. – Rób tak dalej, żołnierko, a pożałujesz.

– Mam ci to wyjaśnić? Proszę bardzo. Oto co, moim zdaniem, widziałam. Szare Miecze miały jakąś osobistą sprawę do załatwienia i załatwiły ją, ale ich dowódca przy okazji omal nie został rozerwany na strzępy. Młotek przywrócił mu trochę sił, choć Kaptur wie, z czyich mocy czerpał, ale sądzę, że to dłoń kapitana przywołała go z martwych. I nie, nigdy nie wiedziałam, że Parana stać na coś takiego. Jeśli ostatnio zaczęliśmy przypuszczać, że jest kimś więcej niż szlachetnie urodzonym oficerkiem o słabym kręgosłupie, to przed chwilą widzieliśmy dowód prawdziwości tych podejrzeń. Nie sądzę jednak, by musiała to być zła wiadomość. On nie wbije nam miecza w plecy, kapralu. Może nawet zasłonić nas przed nim własnym ciałem. A jeśli chodzi o Zrzędę, to myślę, że przed chwilą się obudził i ten zamaskowany kapłan Trake'a nie jest z tego zbyt zadowolony, ale nikogo poza nim to nie obchodzi, bo czasami to właśnie uśmiechu wszyscy potrzebujemy najbardziej.

Odpowiedź Wykałaczki ograniczyła się do chrząknięcia.

– I na koniec, gdy już zobaczyliśmy to wszystko – ciągnęła Niewidka – nadszedł czas na Humbralla Taura i jego Barghastów...

Humbrall Taur uniósł topór wysoko nad głowę i ruszył ku bramie Niewolnika. Z tłumu Barghastów wyłonili się wodzowie wojenni oraz gnaciarze i gnaciarki, którzy ruszyli za postawnym wojownikiem.

Biegunek przepchnął się przez grupkę Podpalaczy Mostów i dołączył do nich.

Wykałaczka prychnęła pogardliwie, odprowadzając go wzrokiem.

– Idzie na spotkanie ze swymi bogami – wyszeptała Niewidka. – Pozwól mu na to, kapralu.

– Miejmy nadzieję, że z nimi zostanie – padła odpowiedź. – Kaptur wie, że nie ma pojęcia o dowodzeniu...

– Ale kapitan ma – przerwała jej Niewidka.

Wykałaczka zerknęła na towarzyszkę, po czym wzruszyła ramionami.

– Pewnie masz rację.

– Może warto byłoby przydusić Nerwusika – ciągnęła cicho Niewidka – i paru innych, którzy ostatnio wygadywali głupoty...

– Ehe, przydusić. A potem stłuc ich do nieprzytomności. Niezły plan, Niewidka. Idź poszukać Detoran. Wygląda na to, że my też mamy osobistą sprawę do załatwienia.

– No, widzę, że jednak mózg ci pracuje.

Wykałaczka po raz drugi odpowiedziała chrząknięciem.

Niewidka zniknęła w tłumie.

Osobista sprawa. To mi się podoba. Przemówimy do nich w twoim imieniu, kapitanie. Kaptur wie, że mogę zrobić przynajmniej tyle...

Nic nie umykało bystrym oczom krążącego wysoko w górze krogulca. Dzień skłaniał się już ku zachodowi, a cienie były coraz dłuższe. Na równinie, na zachód od miasta, było widać obłoki pyłu – ślad po uciekających Panniończykach, których wciąż gnały na zachód oddziały klanu Barahnów Humbralla Taura.

W samym mieście na ulice wylały się tysiące Barghastów. Jedni zbierali zabitych, podczas gdy inni kopali na północ od miejskich murów olbrzymie doły. Wkrótce miasto zaczęły opuszczać zarekwirowane wozy, których zawartość wypełniała wykopy. Zaczęła się długa, rozdzierająca duszę praca przy oczyszczaniu miasta.

Na wprost pod nim, na placu, roiło się teraz od Barghastów, którzy wynurzali się szeregami z ulic i zaułków, podążając za kierującym się ku bramie Niewolnika Humbrallem Taurem. Krogulec, który był kiedyś Bukiem, nie słyszał nic poza szumem wiatru, co nadawało rozgrywającej się na dole scenie uroczysty, eteryczny charakter.

Ptak nie zbliżał się jednak. Już od świtu zachowywał zdrowe zmysły tylko dzięki temu, że trzymał się na dystans.

Z tak wysoka straszliwe dramaty śmierci i desperacji, które rozgrywały się w Capustanie, wydawały się czymś małym, niemal abstrakcyjnym. Falujące tłumy, plamy kolorów, towarzyszący nieodłącznie ludzkości brud – wszystko to stawało się umniejszone. Bezowocność przeradzała się w coś, z czym można było sobie poradzić.

Wypalone budynki. Tragiczny kres niewinnych. Żon, matek, dzieci. Desperacja, groza i żal, nawałnica zniszczonych istnień...

Nie zbliży się.

Żony, matki, dzieci. Wypalone budynki.

Nie zbliży się.

Już nigdy.

Krogulec wzbił się na wstępującym prądzie, kierując wzrok ku jaśniejącym gwiazdom. Świat na dole pochłonął mrok.

Dary pradawnych bogów niosły ból.

Ale czasami dawały też łaskę.

Rozdział osiemnasty

Narodzinom barghasckich bogów towarzyszył głośny dźwięk, jakby młot uderzył w kowadło panteonu. Te ascendentne duchy o pierwotnym aspekcie wyłoniły się z Twierdzy Bestii, najbardziej starożytnego z królestw dawno zaginionej Pradawnej Talii. Znały one tajemnice zrodzone ze zwierzęcego cienia ludzkości, a ich moc spowijał całun starożytności.

Inni bogowie z pewnością poczuli drżenie towarzyszące tym narodzinom i unieśli głowy, zaniepokojeni i skonsternowani. Ostatecznie, przed chwilą jeden z nich został ciśnięty do królestwa śmiertelników, a płaszcz wojownika przywdział za niego Pierwszy Bohater. Co więcej, do gry powrócił pełen straszliwej złości Upadły, który zatruł groty, by dać wyraz swemu pragnieniu zemsty i – spoglądając wstecz, widzimy to jasno – również dominacji.

Śpiącą Pożogę dręczyła gorączka. Ludzka cywilizacja na niezliczonych kontynentach grzęzła w bagnie rozlanej krwi. Były to mroczne czasy i ta ciemność wydawała się najodpowiedniejszą chwilą dla wzejścia jutrzenki barghasckich bogów...

W ślad za snami
Imrygyn Tallobant Młodszy

Czarodziej otworzył oczy.

I zobaczył siedzącą na plecaku przed nim maleńką postać z patyków i zapętlonego sznurka. Główkę z żołędzia przechylała lekko na bok.

– Obudziłeś się. Tak jest. Twój umysł wrócił do normy.

Szybki Ben skrzywił się.

– Talamandas. Przez chwilę wydawało mi się, że znowu znalazłem się w wyjątkowo nieprzyjemnym koszmarze.

– Słuchając twego majaczenia przez kilka ostatnich dni i nocy, nie mogłem nie dojść do wniosku, że nawiedziło cię sporo nieprzyjemnych koszmarów, Benie Adaephonie Delat.

O pochyłe ściany namiotu stukał lekki deszczyk. Czarodziej zsunął futrzane narzuty i usiadł powoli. Zobaczył, że ma na sobie jedynie wełnianą bieliznę. Ktoś zdjął z niego skórzaną zbroję i pikowaną bluzę. Zmarzł od stygnącego potu, a szorstka, gruba wełna była zupełnie wilgotna.

– Majaczenia?

Sznurołapka roześmiała się cicho.

– Och, tak. I słuchałem go. Słuchałem uważnie. Dlatego znam przyczynę choroby Śpiącej Bogini. Chcesz stanąć na drodze Okaleczonego Boga, pokonać go sprytem, jeśli nawet nie mocą, i doprowadzić do klęski jego planów. Śmiertelniku, twoja zarozumiałość jest doprawdy niezwykła... i nie mogę jej nie przyklasnąć.

Szybki Ben rozejrzał się z westchnieniem po namiocie, w którym panował straszliwy bałagan.

– Z pewnością to drwiące oklaski. Gdzie się podziało moje ubranie?

– Nie drwię z ciebie, czarodzieju. Powiem więcej, twa... uczciwość nauczyła mnie skromności. I pomyśleć, że znalazłem podobną prawość u zwykłego żołnierza, który służy złej, okrutnej cesarzowej, zasiadającej na splamionym krwią tronie i władającej imperium morderców...

– Tylko spokojnie, ty pokraczna marionetko...

Talamandas wybuchnął śmiechem.

– Och, ale zawsze tak było, nieprawdaż? Wewnątrz gnijącego trupa kryją się diamenty! Czyste serca i niezłomny honor, ale ich dom oblegają najplugawsi władcy. A gdy historycy skończą już swą robotę i inkaust wyschnie, dom błyszczy wspaniale, nawet jeśli płonie!

– Nie nadążam za tobą, kurduplu – mruknął Szybki Ben. – Jak długo byłem... nieprzytomny?

– Wystarczająco długo. Miasto odzyskano, z Niewolnika zabrano kości naszych założycieli, Panniończyków popędzono prosto w paszczę Brooda i twoich malazańskich kuzynów. Ominęła cię najlepsza zabawa. Przynajmniej na razie. To jeszcze nie koniec opowieści.

– Miło byłoby to wszystko zobaczyć – mruknął czarodziej, wciągając grubą pikowaną bluzę – ale biorąc pod uwagę, że jestem w tej chwili bezsilny...

– Ach, jeśli już o tym mowa...

Szybki Ben zerknął na sznurołapkę.

– Mów dalej.

– Chcesz pokonać Okaleczonego Boga, a nie jesteś nawet w stanie korzystać z własnych mocy. Jak więc zamierzasz tego dokonać?

Sięgnął po nogawice.

– Coś wymyślę. Oczywiście uważasz, że możesz mi odpowiedzieć na to pytanie, tak?

– Mogę.

– No to słucham.

– Moi bogowie się obudzili, czarodzieju. Węszą uważnie, by się zorientować, pogrążeni w niespokojnych myślach i ponurej kontemplacji. Benie Adaephonie Delat, wybrałeś sobie dobrą sprawę. Wystarczająco śmiałą, by przyciągnąć ich uwagę. Prowadzącą do jednoznacznych rozstrzygnięć. Potrzebne będą poświęcenia. Dla twojej sprawy. Będziesz musiał wejść do grot. Dlatego trzeba ci dać... odpowiednią zbroję. Ona ochroni cię przed truciznami Okaleczonego Boga.

Szybki Ben potarł czoło.

– Talamandas, jeśli ty i twoi bogowie uszyliście dla mnie jakiś nieprzepuszczalny płaszcz, pendent albo coś w tym rodzaju, to po prostu mi to powiedz. Proszę.

– Nic tak... zwyczajnego, czarodzieju. Nie, samo twoje ciało musi stać się odporne na infekcję. Również twój umysł nie może być podatny na gorączki i inne tego rodzaju dolegliwości. Trzeba cię nasycić ochronnymi mocami, które z samej swej natury oprą się wszelkim atakom Okaleczonego Boga.

– Talamandas, to co opisujesz, jest niemożliwe.

– Zgadza się. – Sznurołapka wyprostowała się i wstała. – Spójrz. Przed tobą stoi ten, kto się poświęci. Gałązki i sznurki nie chorują. Dusza, która zaznała śmierci, nie zapadnie na gorączkę. Ochronne moce, które mnie więżą, są potężne i starożytne. To czary najwyższego stopnia, dzięki którym zostałem uwięziony wewnątrz siebie samego...

– Ale raz już tobą zawładnięto. Wyrwano z kurhanu...

– To byli nekromanci, niech zgnilizna pochłonie ich ohydne serca. To już się nie powtórzy. Zadbali o to moi bogowie. Użyli mocy własnej krwi. Pójdę z tobą, Benie Adaephonie Delat. Do grot. Jestem twoją tarczą. Zrób ze mnie użytek. Zabierz mnie tam, dokąd się wybierasz.

Szybki Ben przyjrzał się uważnie sznurołapce.

– Nie zwykłem chodzić prostymi drogami, Talamandas. I bez względu na to, jak mało sensowne wydadzą ci się moje poczynania, nie będę tracił czasu na wyjaśnienia.

– Moi bogowie ci zaufali, śmiertelniku.

– Dlaczego?

– Dlatego że cię lubią.

– Na oddech Kaptura! O czym właściwie gadałem w malignie?

– Nie potrafię wyjaśnić, dlaczego ci zaufali, czarodzieju, tak jednak się stało. Nie do mnie należy kwestionowanie podobnych decyzji. Gdy dręczyła cię gorączka, ujawniłeś, w jaki sposób funkcjonuje twój umysł. Utkałeś sieć, pajęczynę, i nawet ja nie byłem w stanie prześledzić wszystkich połączeń jej nitek. Twoje zrozumienie przyczynowości wykracza poza możliwości mojego intelektu, Benie Adaephonie Delat. Być może moi bogowie dostrzegli coś w twoich planach. Być może był to tylko przebłysk, który wzbudził w nich instynktowne podejrzenie, że to właśnie ty możesz pokrzyżować plany Okaleczonego Boga.

Szybki Ben wstał i podszedł do swej skórzanej zbroi oraz munduru Podpalaczy Mostów, które leżały przy wejściu do namiotu.

– Taki przynajmniej mam plan. No dobra, Talamandas, umowa stoi. Przyznaję, że nie miałem pojęcia, jak sobie poradzę bez grot. – Przerwał i znowu spojrzał na sznurołapkę. – Może ty również mógłbyś mi odpowiedzieć na kilka pytań. W tej grze uczestniczy ktoś jeszcze, i ten ktoś również usiłuje przeszkodzić Upadłemu. Czy wiesz, kto albo co to jest?

Talamandas wzruszył ramionami.

– Pradawni bogowie, czarodzieju. Moi barghasccy bogowie doszli do wniosku, że do tej pory było to tylko hamowanie...

– Hamowanie?

– Ehe, coś w rodzaju zbrojnego odwrotu. Wygląda na to, że nie są w stanie zmienić przyszłości i mogą się tylko do niej przygotować.

– To cholerny fatalizm.

– Zawsze było to ich wadą, czarodzieju.

Szybki Ben wcisnął się w skórzaną zbroję.

– Szczerze mówiąc, to nie jest ich walka – mruknął. – Pomijając, być może, K'rula...

Talamandas zeskoczył na ziemię i podbiegł do czarodzieja.

– Co powiedziałeś? K'rula? A co ty o nim wiesz?

Szybki Ben uniósł brwi.

– No cóż, w końcu to on stworzył groty. Pływamy w jego nieśmiertelnej krwi. My, magowie, i wszyscy, którzy używają ścieżek czarów, w tym także bogowie. Przypuszczam, że twoi również.

Sznurołapka skakała po namiocie, zaciskając wykonane z gałązek palce na pożółkłej trawie przywiązanej do służącego jej jako główka żołędzia.

– Nikt o tym nie wie! Nikt! Skąd... aach! Pajęczyna! Pajęczyna twego piekielnego mózgu!

– Ze względu na naturę ataku Okaleczonego Boga K'rul jest w jeszcze gorszym stanie niż Pożoga – ciągnął czarodziej. – Jeśli więc ja czuję się bezradny, pomyśl, jak musi się czuć on. To po części tłumaczy ten fatalizm, nie sądzisz? A jakby tego było mało, wszyscy ocalali pradawni bogowie od bardzo dawna żyli z całym zestawem paskudnych klątw. Mam rację? W tej sytuacji każdy mógłby ulec fatalizmowi.

– Ty śmiertelny skurczybyku! Wątek i osnowa! Śmiercionośne sidła! Gadaj, niech cię szlag!

Szybki Ben wzruszył ramionami.

– Wasi barghascy bogowie nie są jeszcze gotowi do działania na własną rękę. A przynajmniej nie poprą mnie całą swą mocą. To wykluczone, Talamandas. Oni wciąż są jak małe dzieci. Natomiast pradawni bogowie zostali zepchnięci do defensywy. Przypuszczam, że próbowali działać sami. Pycha tej zgrai jest legendarna. Ale nic z tego nie wyszło, postanowili więc poszukać sojuszników. Któż więc uczynił z ciebie coś, co będzie mogło zapewnić mi osłonę w grotach? Przypuszczam, że między innymi Kaptur. Twą duszę chronią warstwy śmierci. I oczywiście wasi barghascy bogowie. To oni przecięli te wiążące zaklęcia, które hamowały twą moc. Fener też rzucił ci kość, czy może Treach, który tam z nich właściwie siedzi teraz na tej grzędzie. Dzięki temu, jeśli coś cię zaatakuje, możesz oddać cios. Domyślam się, że wtrąciła się również Królowa Snów, tworząc most łączący cię ze Śpiącą Boginią, by uczynić z ciebie samotnego i zapewne bardzo groźnego bojownika przeciwko truciźnie wypełniającej ciało Pożogi i żyły K'rula. Wszyscy jesteście gotowi wyruszyć, ale dokąd? I tu właśnie zaczyna się moja rola. Jak spisałem się do tej pory, Talamandas?

– Polegamy na tobie, Benie Adaephonie Delat – warknęła sznurołapka.

– A co mam zrobić?

– To co zaplanowałeś! – rozległ się wrzask. – I lepiej niech się uda!

Po długiej chwili Szybki Ben uśmiechnął się do istoty.

Ale nic nie powiedział.

Gdy wyszedł z namiotu, sznurołapka podreptała za nim. Mag przystanął, by rozejrzeć się wokół. To, co brał za deszcz, było w rzeczywistości wodą ściekającą z liści potężnego dębu, którego konary zwisały nad namiotem. Było późne popołudnie, a nad głową widział bezchmurne niebo.

Ze wszystkich stron otaczało go barghasckie obozowisko. Na dole, u podstawy lekko zadrzewionego stoku, wznosił się szereg schronień z wikliny i niewyprawionych skór, natomiast przed czarodziejem, na południu, było widać skupisko ciemnobrązowych, zaokrąglonych tipi. Te odmienne style sugerowały, że są tu obecne co najmniej dwa różne plemiona. Na biegnących przez obóz błotnistych ścieżkach roiło się od wojowników. Wielu z nich było rannych bądź też niosło poległych współbraci.

– Gdzie są Podpalacze Mostów? – zapytał Talamandasa Szybki Ben.

– Pierwsi weszli do Capustanu i nadal tam przebywają, czarodzieju. Zapewne są pod Niewolnikiem.

– Czy brali udział w walkach?

– Tylko pod północną bramą. Przebili się przez linie oblegających. To była szybka robota. Nikt z nich nie został ranny, Benie Adaephonie Delat. Twoje plemię jest jedyne w swoim rodzaju, tak?

– Na to wychodzi – wyszeptał Szybki Ben, obserwując wracających do obozu wojowników. – Jak widzę, ostatnio nie ma zbyt wielu pojedynków.

Sznurołapka chrząknęła.

– To prawda. Nasi bogowie przemówili do szamanów, którzy z kolei... skarcili klanowych wojowników. Wygląda na to, że Białe Twarze nie uwolniły się jeszcze od tych Pannióńczyków... ani od waszej wojny, czarodzieju.

Szybki Ben spojrzał pod nogi.

– Pomaszerujecie z nami na południe, Talamandas?

– Pomaszerujemy. Nie wystarczy stępić miecz. Musimy odciąć rękę, która go trzyma.

– Muszę skontaktować się z sojusznikami... w armii na zachodzie. Spróbujemy skorzystać z groty?

– Jestem gotowy.

– Świetnie. Znajdźmy jakieś ustronne miejsce.

Sześć mil na zachód od Capustanu, w cieniu, który powoli ogarniał szeroki stok, skupione szeregi malazańskiej piechoty złączyły tarcze i ruszyły naprzód, strzelając z kusz do kłębiącego się tłumu betaklitów, odległego o niespełna trzydzieści kroków.

Sójeczka przyglądał się temu przez wąską wizurę hełmu. Znalazłszy się na szczycie wzgórza, ściągnął wodze, a jego koń podrzucał łbem, czując zapach krwi. Wokół dowódcy zgromadzili się adiutanci i kurierzy.

Dujek zaatakował z flanki pułk łuczników septarchy, praktyczne eliminując ostrzał z przeciwnej strony doliny. Strzały nieprzyjaciela przyciągnęła ciężka piechota Sójeczki, co dało pancernej konnicy Jednorękiego czas potrzebny na przygotowanie szarży wzdłuż północnego zbocza. Gdyby pannióńscy łucznicy mieli dyscyplinę – i kompetentnych dowódców – zdążyliby wykonać zwrot i wypuścić na szarżującego przeciwnika przynajmniej trzy serie strzał. Być może wystarczyłoby to, żeby powstrzymać atak. Na widok zbliżających się jeźdźców Pannióńczycy stracili jednak głowę, a potem rzucili się do bezładnej ucieczki, po której nastąpił pościg i rzeź.

Piechota morska wycofała się przez luki między maszerującymi formacjami ciężkiej piechoty, po czym skupiła się na skrzydłach, by wznowić ostrzał z kusz. Cztery tysiące zakutych w łuskowe zbroje, dźwigających tarcze weteranów zdążyło już jednak wtedy uderzyć na betaklitów. Szarżę poprzedziły dziryty, rzucone w chwili, gdy od nieprzyjaciela dzieliło ich dwanaście kroków. Długie, wyposażone w zadziory groty przetrzebiły szeregi Panniończyków – to była metoda wynaleziona przez Zastęp Jednorękiego – po czym Malazańczycy wydobyli miecze i rzucili się do ataku.

Linia betaklitów załamała się.

Ciężka piechota Sójeczki podzieliła się na składające się z czterech drużyn kliny i każdy z nich wbijał się na własną rękę coraz głębiej w szyki nieprzyjaciela.

To, co widział Sójeczka, doskonale zgadzało się z malazańskim schematem walnych bitew, opracowanym przed kilkoma dziesięcioleciami przez Dassema Ultora. W walce obronnej najlepiej sprawdzały się linie złączonych tarcz i czworoboki, natomiast do wprowadzania chaosu w zmasowane szeregi nieprzyjaciela lepiej nadawały się mniejsze, bardziej zwarte jednostki. Udany frontalny atak, który zmuszał przeciwnika do odwrotu, często kończył się utratą impetu, a nawet kontaktu z uciekającym wrogiem, gdyż usłany trupami grunt oraz konieczność zachowania szyku zmuszały żołnierzy do zwolnienia kroku. Z drugiej strony mnóstwo klinów, złożonych z trzydziestu pięciu do czterdziestu żołnierzy każdy, odwlekało moment ucieczki nieprzyjaciela. Trudno mu było zachować łączność, a poszczególni żołnierze często nie widzieli się nawzajem. Nikt nie wiedział, co robią inni, i ze względu na tę niepewność wróg często wahał się przed rozpoczęciem ucieczki, co było fatalnym błędem. Istniała też, rzecz jasna, inna opcja, a mianowicie walka, lecz tylko wyjątkowa armia potrafiła zachować w podobnych warunkach niezbędną dyscyplinę i elastyczność. W takiej sytuacji Malazańczycy ponownie zwierali tarcze.

Betaklici nie posiadali podobnych umiejętności. Ich dywizja poszła w rozsypkę, nim minęło pięćdziesiąt uderzeń serca. Otoczeni przez milczących, śmiertelnie groźnych Malazańczyków, rzucili broń.

Sójeczka pomyślał, że ta część bitwy jest skończona.

Podjechał do niego saltoański kurier.

– Dowódco! Wiadomość od Caladana Brooda!

Weteran skinął głową.

– Barghastowie z klanu Ilgres oraz ich rhivijska piechota rozbili jasnodominów i urdomenów. Z początku w walce brała udział kadra magów, ale zneutralizowali ją Tiste Andii. Brood panuje nad polem bitwy na południowej flance.

– Znakomicie – mruknął Sójeczka. – Coś jeszcze?

– Dobrze wymierzony kamień z rhivijskiej procy zrobił septarsze Kulpathowi trzecie oko. Skurwysyn zginął na miejscu. Zdobyliśmy jego chorągiew.

– Poinformuj naczelnego wodza, że kompanie betaklitów, beklitów, scalandi i desandi zostały pokonane. Panujemy nad centrum i północnym skrzydłem. Zapytaj go, co mamy zrobić teraz. Zwiadowcy informują mnie, że półtorej mili na wschód od nas obozuje z górą dwieście tysięcy Tenescowri. Sądząc z relacji, mocno oberwali, ale mogą jeszcze narobić nam kłopotów. Z drugiej strony, ja i Dujek jesteśmy zgodni w tej sprawie, nie bylibyśmy zadowoleni, gdyby wieśniaków po prostu wyrżnięto.

– Przekażę twoje słowa, dowódco.

Kurier zasalutował, zawrócił konia i pomknął na południe.

Przed Sójeczką rozwarła się nagle szrama ciemności. Jego koń się spłoszył, podobnie jak wierzchowce stojące obok niego. Parskające, tupiące zwierzę omal nie stanęło dęba, nim uspokoiło je ciche warknięcie Sójeczki. Jego towarzysze również zdołali zapanować nad swymi wierzchowcami.

Korlat wynurzyła się ze swej groty. Jej czarna zbroja lśniła od kropelek krwi, lecz Tiste Andii nie odniosła widocznych ran. Mimo to...

– Jesteś ranna?

Pokręciła głową.

– To był pechowy panniośski czarnoksiężnik. Sójeczka, chcę, żebyś ze mną poszedł. Czy tu już wszystko załatwione?

Skrzywił się. Nigdy nie lubił opuszczać pola bitwy, nawet takiej, która szybko zmierzała ku satysfakcjonującemu rozstrzygnięciu.

– Przypuszczam, że to ważne. Inaczej nie ryzykowałabyś użycia groty. W takim razie muszę się zgodzić. Daleko się wybieramy?

– Do namiotu dowodzenia Dujeka.

– Jest ranny?

– Nie. Wszystko w porządku. Nie musisz się ciągle martwić – zapewniła go z uśmiechem. – Jak długo mam czekać?

– No dobra – warknął. Zwrócił się do oficera, który siedział na koniu obok niego. – Koszar, przejmij tu dowództwo.

Młody mężczyzna wybałuszył oczy.

– Jestem tylko kapitanem...

– To masz swoją szansę. Poza tym ja jestem sierżantem, a przynajmniej byłbym nim, gdybym jeszcze brał żołd od cesarzowej. W dodatku jesteś tu jedynym oficerem, który nie musi się martwić o własną kompanię.

– Ale, dowódco, jestem oficerem łącznikowym odpowiedzialnym za łączność Dujeka z Czarnymi Moranthami...

– A widzisz ich gdzieś tutaj?

– Hmm, nie.

– To przestań strzępić jęzor i zrób, co tu jeszcze jest do zrobienia, Koszar.

– Tak jest.

Sójeczka zsiadł z rumaka i wręczył wodze adiutantowi, po czym podszedł do Korlat. Musiał się hamować przed wzięciem jej w ramiona. Zaniepokoił go błysk w jej oczach.

– Z pewnością nie przy żołnierzach – wyszeptała.

– Prowadź, kobieto – warknął.

Sójeczka podróżował przez groty zaledwie kilka razy w życiu i wspomnienia tych niebezpiecznych wędrówek nie przygotowały go zbytnio na spotkanie z Kurald Galain. Korlat ujęła jego dłoń i poprowadziła do starożytnego królestwa Matki Ciemności. Choć czuł pewny uścisk jej palców, był zupełnie ślepy.

Nie było tu światła. Pod nogami miał pokryte piaskiem kamienne płyty, powietrze było zupełnie nieruchome i pozbawione jakiegokolwiek zapachu, a temperatura wydawała się nie odbiegać od ciepłoty skóry Malazańczyka.

Korlat ciągnęła go naprzód. Jego buty ledwie dotykały podłoża.

Nagle pojawiła się smuga szarości. Korlat syknęła przez zęby:

– Atak dotarł nawet tutaj. Trucizna Okaleczonego Boga wniknęła głęboko, Sójeczka. To źle wróży.

Odchrząknął.

– Z pewnością Anomander Rake zdaje sobie sprawę z tej groźby. Czy wiesz, jakie kroki zamierza podjąć?

– Wszystko po kolei, kochany. On jest Rycerzem Ciemności, Synem. Wybranym obrońcą Matki Ciemności. Nie będzie się uchylał przed konfrontacją.

– Nigdy bym się tego nie domyślił – stwierdził z przekąsem. – W takim razie, na co czeka?

– My, Tiste Andii, jesteśmy cierpliwym ludem. Prawdziwa moc łączy się z mądrością, która każe czekać na odpowiedni moment. Gdy Anomander Rake uzna, że ten moment nadszedł, przystąpi do działania.

– Zapewne to samo dotyczy wykorzystania Odprysku Księżyca przeciwko Pannion Domin.

– Tak jest.

I Rake zdołał w jakiś sposób ukryć latającą fortecę wielkości góry...

– Pokładasz w swoim władcy sporą wiarę, nieprawdaż?

Za pośrednictwem jej dłoni wyczuł, że wzruszyła ramionami.

– Jeśli chodzi o niego, istnieje wystarczająco wiele precedensów, by wiara nie była potrzebna. Pociechę przynosi mi pewność.

– Słyszę to z radością. Czy czujesz się ze mną dobrze, Korlat?

– Podstępne pytanie. Odpowiedź na każdy jego aspekt brzmi „tak". Czy mam ci się odwdzięczyć tym samym?

– To nie powinno być konieczne.

– Wszyscy mężczyźni są tacy sami, czy to ludzie, czy Tiste Andii. Być może jednak zmuszę cię do odpowiedzi.

– Nie musisz się zbytnio wysilać. Będzie brzmiała tak samo, jak twoja.

– To znaczy jak?

– Ależ użyję tego samego słowa, oczywiście.

Stęknął, gdy wymierzyła mu kuksańca w żebra.

– Wystarczy już tego. Jesteśmy na miejscu – powiedziała.

Otworzył się przed nimi portal wiodący w oślepiający blask – wnętrze namiotu dowodzenia Dujeka, spowite w późnopopołudniowym półmroku. Weszli do środka i grota zamknęła się bezszelestnie za ich plecami.

– Jeśli to wszystko było tylko po to, by znaleźć się ze mną sam na sam...

– Bogowie, cóż za zarozumiałość!

Skinęła wolną dłonią i przed Sójeczką uformowała się widmowa postać. Na jej znajomej twarzy widniał uśmiech.

– Cóż za czarujący widok – oznajmiła zjawa, gapiąc się na nich. – Kaptur wie, że nie pamiętam, kiedy ostatnio miałem kobietę.

– Uważaj, co mówisz, Szybki – warknął Sójeczka, wysuwając dłoń z dłoni Korlat. – Dawno się nie widzieliśmy. Wyglądasz okropnie.

– Serdecznie dziękuję, dowódco. Dowiedz się, że czuję się jeszcze gorzej. Mogę jednak podróżować przez swoje groty, w mniejszym lub większym stopniu osłonięty przed działaniem trucizny Upadłego. Przynoszę wieści od kapitana. Chcesz ich wysłuchać czy nie?

Sójeczka uśmiechnął się.

– Mów.

– Białe Twarze panują nad miastem.

– Domyślaliśmy się tego, bo Skręt przyniósł nam wiadomość, że powiodło się wam u Barghastów, a potem ktoś pognał panniońską armię prosto na nas.

– Znakomicie. No cóż, zakładając, że poradziliście już sobie z tą armią, dodam jeszcze jeden szczegół. Barghastowie maszerują z nami. Na południe. Jeśli mieliście z Dujekiem trudności z dogadaniem się z Broodem, Kallorem i całą tą bandą, wybacz mi, Korlat, to teraz dostaniecie na dokładkę Humbralla Taura.

Sójeczka chrząknął.

– Jaki on jest?

– Stanowczo za sprytny, ale przynajmniej udało mu się zjednoczyć klany i świetnie zdaje sobie sprawę, w co się pakuje.

– To dobrze, że przynajmniej jeden z nas to wie. Jak wiedzie się Paranowi i Podpalaczom Mostów?

– Podobno dobrze, chociaż nie widziałem ich już od dość dawna. Przebywają w Niewolniku, razem z Humbrallem Taurem i ocalałymi obrońcami miasta.

Sójeczka uniósł brwi.

– A są tacy?

– Na to wygląda. Cywile ukrywający się w tunelach. I garstka Szarych Mieczy. Trudno w to uwierzyć, co? Co prawda, wątpię, by zachowali jeszcze ochotę do walki. Sądząc z tego, co słyszałem o capustańskich ulicach... – Szybki Ben pokręcił głową. – Będziesz musiał sam to zobaczyć, żeby w to uwierzyć. Ja też. Właściwie to właśnie zamierzam zrobić. Jeśli pozwolisz, oczywiście.

– Mam nadzieję, że będziesz ostrożny.

– Nikt mnie nie zobaczy, jeśli mu na to nie pozwolę – zapewnił z uśmiechem czarodziej. – Kiedy spodziewacie się dotrzeć do Capustanu?

Sójeczka wzruszył ramionami.

– Najpierw musimy załatwić sprawę Tenescowri, a to może się okazać skomplikowane.

Szybki Ben przymrużył powieki ciemnych oczu.

– Chyba nie zamierzacie z nimi negocjować?

– Czemu by nie? Lepsze to niż rzeź, czarodzieju.

– Sójeczka, to, co Barghastowie opowiadają o tym, co działo się w Capustanie, co Tenescowri robili z obrońcami... Oni mają wodza, człowieka imieniem Anaster, Pierwsze Dziecko Martwego Nasienia. Najświeższe pogłoski mówią, że to on własnoręcznie obdarł ze skóry księcia Jelarkana, a potem podał go jako główne danie na bankiecie w jego własnej sali tronowej.

Korlat wypuściła z sykiem powietrze przez zęby.

Sójeczka skrzywił się wściekle.

– Jeśli uda się udowodnić podobne zbrodnie temu Anasterowi albo innemu Tenescowri, zastosowane zostanie malazańskie prawo wojskowe.

– Zwykła egzekucja będzie dla nich łaską, której nie przyznali swym ofiarom.

– W takim razie będą mieli szczęście, jeśli pojmie ich Zastęp Jednorękiego, a nie ktoś inny.

Szybki Ben nadal miał zakłopotaną minę.

– A ocalali obywatele Capustanu, obrońcy i kapłani z Niewolnika, wszyscy oni nie będą mieli nic do powiedzenia w sprawie losu jeńców? Możemy mieć kłopoty, dowódco.

– Dziękuję za ostrzeżenie, czarodzieju.

Po chwili Szybki Ben wzruszył ramionami. Potem westchnął.

– Do zobaczenia w Capustanie, Sójeczka.

– Ehe.

Widmo zniknęło.

Korlat zwróciła się w stronę weterana.

– Malazańskie prawo wojskowe.

Uniósł brwi.

– Nie odniosłem wrażenia, by Caladan Brood był szczególnie mściwy. Czy przewidujesz konflikt?

– Wiem, jak będzie brzmiała rada Kallora.

W jej głosie pojawiła się lekka nuta napięcia.

– Ja też, ale nie sądzę, by naczelny wódz był skłonny jej wysłuchać. Kaptur wie, że do tej pory tego nie robił.

– Do tej pory nie widzieliśmy Capustanu.

Wypuścił powoli powietrze z płuc i zdjął stalowe rękawice.

– Za podobne okropności trzeba odpłacić tą samą monetą.

– To niepisane prawo – powiedziała cicho. – Niepisane i starożytne.

– Ja go nie uznaję – warknął Sójeczka. – Gdybyśmy tak postąpili, stalibyśmy się tacy sami jak oni. Nawet zwykła egzekucja... – Zwrócił się w jej stronę. – Ponad dwieście tysięcy umierających z głodu wieśniaków. Czy pozwolą się zarżnąć jak owce? Mało prawdopodobne. A jeśli weźmiemy ich do niewoli? Nie wykarmimy ich, nawet gdybyśmy chcieli, a do tego mamy za mało żołnierzy, by ich pilnować.

Korlat otworzyła szeroko oczy.

– Chcesz ich po prostu zostawić, mam rację?

Ona zmierza do czegoś innego. Już przedtem dostrzegałem cień jakiegoś ukrytego klina, który wbija się między nas.

– Nie wszystkich. Pojmiemy przywódców. Tego Anastera i jego oficerów, zakładając, że miał takowych. Jeśli Tenescowri kroczyli ścieżką mordu, prowadziło ich po niej Pierwsze Dziecko. – Sójeczka pokręcił głową. – Ale prawdziwy zbrodniarz czeka na nas w Domin. To jasnowidz głodem doprowadził swych wyznawców do kanibalizmu i obłędu. To on zniszczył własny lud. Skazalibyśmy na śmierć ofiary. Jego ofiary.

Kobieta Tiste Andii zmarszczyła brwi.

– Na tej samej zasadzie powinniśmy ułaskawić też panniońskie armie, Sójeczka.

W szarych oczach Malazańczyka pojawił się twardy błysk.

– Naszym wrogiem jest jasnowidz. W tej sprawie zgadzam się z Dujekiem. Nie mamy zamiaru unicestwić całego narodu. Jeśli jakieś armie zagrodzą nam drogę, policzymy się z nimi. Skutecznie. Zemsta i odwet odwracałyby tylko naszą uwagę.

– A co z wyzwoleniem? Podbite miasta...

– To sprawa uboczna, Korlat. Dziwię się, że tego nie rozumiesz. Na pierwszej naradzie, gdy omawialiśmy naszą strategię, Brood patrzył na to tak samo, jak my. Uderzymy w samo serce...

– Chyba źle mnie zrozumiałeś, Sójeczka. Przez z górą dziesięć lat naczelny wódz toczył wojnę wyzwoleńczą przeciw drapieżnej chciwości Imperium Malazańskiego. Obecnie ma nowego przeciwnika, lecz nadal jest to ta sama wojna. Jego celem jest wyzwolenie Pannończyków...

– Na oddech Kaptura! Nie można wyzwolić ludzi od nich samych!

– Chce ich wyzwolić spod władzy jasnowidza.

– A kto dał jasnowidzowi tę władzę?

– Przecież mówiłeś o ułaskawieniu zwykłych mieszkańców, a nawet pannońskich żołnierzy, Sójeczka. To właśnie zbija mnie z tropu.

Nie tylko to.

– Oboje mówimy o czym innym, Korlat. Ani ja, ani Dujek nie weźmiemy na siebie dobrowolnie roli sędziego i kata, o ile wygramy tę wojnę. Nie przybyliśmy tu też po to, by podjąć się za Pannończyków dzieła odbudowy. To zadanie należy do nich. Gdybyśmy wzięli na siebie tę odpowiedzialność, uczyniłoby to z nas administratorów, a żeby być skutecznymi administratorami, musielibyśmy zostać okupantami.

Roześmiała się ochryple.

– A czyż Malazańczycy zwykle tak nie postępują, Sójeczka?

– To nie jest malazańska wojna!

– Czyżby? Jesteś tego pewien?

Przyjrzał się jej spod zmrużonych powiek.

– O co ci chodzi? Wyjęto nas spod prawa, kobieto. Zastęp Jednorękiego...

Umilkł, widząc, że oczy Korlat nabrały nagle twardego wyrazu. Zdał sobie poniewczasie sprawę, że właśnie przed chwilą nie sprostał próbie i w ten sposób zniszczył zaufanie, które się między nimi zrodziło.

Niech to szlag. Wlazłem prosto w pułapkę. Jak idiota.

Uśmiechnęła się, lecz był to uśmiech pełen bólu i żalu.

– Za chwilę zjawi się Dujek. Równie dobrze możesz zaczekać na niego tutaj.

Odwróciła się i wyszła z namiotu.

Sójeczka odprowadził ją wzrokiem. Potem cisnął stalowe rękawice na stół mapowy i usiadł na pryczy Dujeka.

Czy powinienem był powiedzieć ci prawdę, Korlat? Wyznać, że do naszych gardeł przystawiono nóż, a ręka, która trzyma go w imieniu cesarzowej Laseen, ukrywa się w tym obozie. Towarzyszyła nam już od samego początku.

Usłyszał, że przed namiotem zatrzymał się koń. Po kilku chwilach do środka wszedł Dujek Jednoręki. Miał na sobie zakurzoną zbroję.

– Ach, właśnie się zastanawiałem, gdzie się podziałeś...

– Brood wie – przerwał mu Sójeczka cichym, ochrypłym głosem.

Dujek zatrzymał się tylko na chwilę.

– Tak przypuszczałem. A czego dokładnie się domyślił?

– Że nie jesteśmy tak bardzo wyjęci spod prawa, jak chcieliśmy go przekonać.

– I coś jeszcze?

– A czy to nie wystarczy, Dujek?

Wielka pięść podszedł do ustawionego z boku stolika, na którym czekał dzban *ale*. Otworzył go i napełnił dwa kufle.

– Istnieją... okoliczności łagodzące.

– Ważne tylko dla nas dwóch. Ciebie i mnie...

– I naszych żołnierzy...

– Którzy są przekonani, że imperium skazało ich na śmierć, Dujek. Ponownie uczyniło z nich ofiary. Nie, tym razem sprawa dotyczy tylko nas dwóch i nikogo więcej.

Dujek wysączył kufel i bez słowa napełnił go ponownie.

– Sugerujesz, żebyśmy pokazali karty Broodowi i Korlat? – zapytał. – W nadziei, że jakoś zaradzą naszym... trudnościom?

– Nie wiem. Nie, jeśli liczymy na to, że nam wybaczą, iż tak długo ich oszukiwaliśmy. Taki motyw nie przypadłby mi zbytnio do gustu, nawet jeśli byłby jawnie fałszywy. Pozory...

– Przemawiałyby dokładnie za tym, tak jest. „Okłamywaliśmy was od samego początku, po to, żeby ocalić skórę. Ale teraz, skoro już i tak wiecie, wszystko wam powiemy...". Bogowie, to brzmi obraźliwie nawet dla mnie, a to ja jestem tym, który miałby to powiedzieć. No dobra, sojusz jest zagrożony...

Klapa namiotu odsunęła się z głuchym łopotem i do środka wszedł Artanthos.

– Przepraszam, że wam przeszkadzam. – Pozbawionymi wyrazu oczyma patrzył kolejno na obu żołnierzy, przyglądając się im uważnie. – Brood wzywa na naradę.

Ach, chorąży, zawsze wiesz, w którym momencie się zjawić.

Sójeczka opróżnił stojący przed nim kufel, po czym spojrzał na Dujeka i skinął głową.

Wielka pięść westchnął.
– Prowadź, Artanthos. Pójdziemy za tobą.

W obozie panowała wyjątkowa cisza. Mhybe nie zdawała sobie dotąd sprawy, jak bardzo uspokajała ją bliskość maszerującej armii. Teraz zostali tu tylko starcy, dzieci oraz kilkuset malazańskich żołnierzy tworzących tylną straż. Nie miała pojęcia, jak zakończyła się bitwa. Tak czy inaczej, bliskość śmierci dawała się odczuć. Pośród Rhivijczyków i Barghastów panowała żałoba, a w ciemności rozlegały się rozpaczliwe głosy.

Zwycięstwo jest złudzeniem. W każdej ze spraw.

Co noc uciekała przed swymi snami. Uciekała, lecz prędzej czy później ją doganiały. Wtedy się budziła. Nagle, jakby wyrwano ją ze snu siłą. Jej zwiędłym ciałem targało drżenie, a stawy wypełniał ból. Była to swego rodzaju ucieczka, lecz w rzeczywistości zamieniała tylko jeden koszmar na następny.

Złudzenie. W każdej ze spraw.

Wóz stał się dla niej całym światem, czymś w rodzaju parodii azylu, która pojawiała się za każdym razem, gdy tylko kończył się sen. Szorstkie wełniane koce oraz futra, które ją spowijały, były teraz jej osobistym krajobrazem, posępną krainą pokrytą ciemnobrązowymi fałdami, zdumiewająco podobną do tej, którą widziała, gdy niósł ją w swych objęciach smok-martwiak. Lecąca wysoko nad tundrą ze snu mhybe bestia dała jej zakosztować wolności, której echo pełne było bolesnej ironii.

Po obu stronach miała deski. Poznała na pamięć wszystkie ich słoje i sęki. Przypomniała sobie, że daleko na północy, wśród Nathijczyków, zmarłych grzebie się w drewnianych skrzyniach. Ów zrodzony przed wieloma pokoleniami zwyczaj wywodził się z jeszcze bardziej starożytnej praktyki chowania trupów w wydrążonych pniach drzew. Skrzynie zakopywano w ziemi, gdyż to z niej wyrastało drewno i w nią musiało się obrócić. Naczynie życia stawało się naczyniem śmierci. Mhybe wyobrażała sobie, że gdyby zmarły Nathijczyk mógł cokolwiek zobaczyć, to na chwilę przed zamknięciem pokrywy i pogrążeniem się w nieprzeniknionej ciemności widziałby dokładnie to, co ona w tej chwili.

Leżała w skrzyni, niezdolna się poruszyć, i czekała na zatrzaśnięcie pokrywy. Bezużyteczne już ciało oczekiwało na ciemność.

Kres jednak nie nadejdzie. Nie dla niej. Odwlekali go celowo. Wydawało im się, że są współczujący i miłosierni. Daru, którzy ją karmili, Rhivijka, która ją kąpała, ubierała i czesała rzadkie resztki jej włosów. To były gesty złej woli. Powtarzane raz po raz akty tortury.

Rhivijka siedziała teraz nad mhybe i spokojnie czesała jej włosy, nucąc dziecięcą piosenkę. Mhybe pamiętała tę kobietę ze swego poprzedniego życia. Wtedy wydawała się jej stara. Nieszczęsną kopnął w głowę bhederin i od tego czasu żyła w prostym świecie.

Przynajmniej wydawało mi się, że jej świat jest prosty. To jednak również było złudzeniem. Nie, ją zewsząd otaczają nieznane, sprawy, których nie potrafi pojąć. To świat pełen grozy. Śpiewa po to, by odegnać strach, rodzący się z jej niewiedzy. Zlecają jej różne zadania, żeby miała coś do roboty.

Nim jeszcze zajęła się mną, przygotowywała trupy do pochówku. Ostatecznie duchy zwykły działać za pośrednictwem takich dziecinnych dorosłych. Dzięki niej mogły dotrzeć do poległych, pocieszyć ich i zaprowadzić do świata przodków.

Mhybe doszła do wniosku, że ci, którzy przydzielili do niej tę kobietę, z pewnością kierowali się złą wolą. Być może nie zdawała sobie nawet sprawy, że przedmiot jej zabiegów jeszcze żyje. Nigdy nie patrzyła ludziom w oczy. Zdolność rozpoznawania ich opuściła ją po uderzeniu kopyta bhederin.

Grzebień wciąż przesuwał się w tę i we w tę, w tę i we w tę. Nucona melodia powtarzała się raz za razem.

Duchy na dole, wolałabym nawet twój strach przed nieznanym od świadomości, że zdradziła mnie własna córka. Poszczuła na mnie wilki, które ścigają mnie w snach. Wilki, które są jej głodem. Głodem, który już pożarł moją młodość, a teraz pragnie pożreć więcej. Jakby coś jeszcze zostało. Czy mam się stać jedynie pokarmem dla rozkwitającego życia córki? Ostatnim posiłkiem? Matka zredukowana do roli przekąski?

Ach, Srebrna Lisico, czy uosabiasz wszystkie córki? A ja wszystkie matki? Nie przeprowadziłyśmy rytuału rozdzielającego nasze życie. Zapomniałyśmy o znaczeniu rhivijskich zwyczajów, prawdziwym powodzie, dla którego odbywa się te rytuały. Cały czas ustępuję, a ty wysysasz ze mnie coraz więcej. I tak oto obie zapadamy się coraz głębiej.

Nosić w sobie dziecko znaczy postarzeć się w głębi kości. Zmęczyć swą krew. Rozciągnąć skórę i ciało. Poród rozszczepia kobietę na dwoje w okrutnym bólu. Oddziela młode od starego. Dziecko potrzebuje, a matka daje.

Nigdy nie odstawiłam cię od piersi, Srebrna Lisico. Nie opuściłaś nawet mojej macicy. Córko, wyssałaś ze mnie znacznie więcej niż tylko mleko.

Duchy, proszę, ześlijcie mi wyzwolenie. Nie mogę już znieść tej okrutnej parodii macierzyństwa. Oddzielcie mnie od córki. Dla jej dobra. Moje mleko przerodziło się w truciznę. Mogę ją karmić jedynie złością, bo nie zostało we mnie nic innego. A choć ciało mam stare, nadal pozostaję młodą kobietą...

Grzebień zaplątał się we włosach, szarpiąc do tyłu jej głowę. Mhybe syknęła z bólu i zerknęła z wściekłością na kobietę. Jej serce nagle zabiło szybciej.

Ich oczy się spotkały.

Kobieta, która nigdy nie patrzyła na nikogo, teraz spoglądała na nią.

Ja, młoda kobieta w ciele staruszki. I ona, dziecko w ciele kobiety...

Dwa więzienia, jak zwierciadlane odbicie.

Oczy spoglądające na siebie.

– Kochana dziewczyno, wyglądasz na zmęczoną. Usiądź tu ze wspaniałomyślnym Kruppem, a on naleje ci trochę gorącego, ziołowego naparu.

– Dziękuję, chętnie.

Kruppe uśmiechnął się, patrząc, jak Srebrna Lisica siada powoli na ziemi i opiera się o leżące z tyłu siodło. Dzieliło ich małe ognisko. Pod znoszoną bluzą z jeleniej skóry było widać dobrze już zaznaczone krągłości dojrzałej kobiety.

– Gdzie się podziali twoi przyjaciele? – zapytała.

– Oddają się hazardowi. Z ludźmi z Gildii Kupieckiej Trygalle. Kruppemu, z jakiegoś niezrozumiałego powodu, zabroniono udziału w takich grach. To skandal. – Daru wręczył jej blaszany kubek. – Niestety, to głównie szałwia. Jeśli dokucza ci kaszel...

– Nie dokucza, ale i tak chętnie się napiję.

– Kruppe, oczywiście, nigdy nie kaszle.

– A to dlaczego?

– Ależ dlatego, że pije napar z szałwii.

Jej wzrok zatrzymał się na odległym o kilkanaście kroków wozie.

– Jak ona się czuje?

Kruppe uniósł brwi.

– Mogłabyś ją sama zapytać, dziewczyno.

– Nie mogę. Dla matki zawsze będę monstrum. Wcieleniem jej ukradzionej młodości. Nienawidzi mnie, i to nie bez powodu, zwłaszcza odkąd Korlat opowiedziała jej o moich T'lan Ay.

– Kruppe zadaje sobie pytanie, czy zwątpiłaś w sens przedsięwziętej podróży?

Srebrna Lisica potrząsnęła głową, popijając łyk napoju.

– Jest już na to za późno. Jak dobrze wiesz, problem pozostaje nierozwiązany. Poza tym nasza podróż dobiegła kresu. Tylko jej wędrówka jeszcze trwa.

– Nie bujaj – wyszeptał Kruppe. – Twoja podróż bynajmniej nie jest skończona, Srebrna Lisico. Ale zostawmy na razie ten temat, zgoda? Czy masz jakieś wieści o straszliwej bitwie?

– Bitwa już się skończyła. Pannionskie siły przestały istnieć, pomijając paręset tysięcy kiepsko uzbrojonych wieśniaków. Białe Twarze wyzwoliły Capustan, a przynajmniej to, co z niego zostało. Podpalacze Mostów są już w mieście. Pilniejsza jest wiadomość, że Brood zwołał naradę. Może zechciałbyś w niej uczestniczyć?

– W rzeczy samej, choćby tylko po to, by pobłogosławić owo zgromadzenie porażającą mądrością Kruppego. A co z tobą? Nie zamierzasz się tam udać?

– Jak powiedziałeś wcześniej, Daru, moja podróż jeszcze się nie skończyła – odparła z uśmiechem Srebrna Lisica.

– Ach, tak. Kruppe życzy ci powodzenia, dziewczyno. I ma szczerą nadzieję, że wkrótce cię zobaczy.

Kobieta raz jeszcze zerknęła na wóz.

– Zobaczysz mnie, przyjacielu – zapewniła. Potem opróżniła kubek i wstała z cichym westchnieniem.

Grubasek zauważył jej wahanie.

– Coś nie w porządku, dziewczyno?

– Hmm, nie jestem pewna – odparła z zakłopotaną miną. – Część mnie chce udać się z tobą na naradę. To pragnienie nawiedziło mnie niespodziewanie.

Kruppe skierował na nią małe oczka.

– Część ciebie, Srebrna Lisico?

– Ehe, narzuca się pytanie, która część. Czyją duszę ogarnęły nagle podejrzenia. Kto wyczuwa, że w naszym sojuszu za chwilę zaiskrzy? Bogowie, jest jeszcze gorzej. Mam wrażenie, że wiem, czemu tak się stanie... ale nie wiem.

– To nie jest Tattersail, zgadza się? Zostają Nightchill i Bellurdan. Któreś z nich dysponuje wiedzą o przyszłych wydarzeniach, podszytą złowrogą motywacją. Hm, być może dałoby się powiedzieć to prościej.

– Nie trudź się, Kruppe.

– Ujmując to bezpośrednio, jesteś rozdarta, dziewczyno. Zadaj sobie pytanie, czy drobna zwłoka w podróży ku twemu przeznaczeniu może odmienić jej wynik? Innymi słowy, czy możesz poświęcić trochę czasu i udać się ze mną do namiotu naczelnego wodza?

Przyjrzała mu się uważnie.

– Ty też masz jakieś przeczucie, co?

– Jeśli grozi nam rozłam, dziewczyno, twoja obecność może mieć kluczowe znaczenie, bo to ty jesteś mostem, który zespala te dwa potężne obozy.

– Nie... nie ufam Nightchill, Kruppe.

– Wielu śmiertelników od czasu do czasu odczuwa nieufność do pewnych części swych osobowości. Pomijając rzecz jasna Kruppego, którego uzasadniona wiara w siebie jest niezachwiana. Tak czy inaczej, sprzeczne instynkty są nieodłączną częścią naszej natury, pomijając Kruppego, który...

– Tak, tak. Oczywiście. Chodźmy.

W ścianie namiotu dowodzenia otworzyła się szrama ciemności. Do środka napłynęło delikatne tchnienie Kurald Galain, które przyćmiło blask lamp. Z groty wyszedł Anomander Rake. Czarne rozdarcie zamknęło się za nim bezszelestnie i lampy ponownie się rozjarzyły.

Brood wykrzywił szeroką, płaską twarz.

– Spóźniłeś się – warknął. – Malazańczycy już tu idą.

Władca Odprysku Księżyca zrzucił z ramion czarną skórzaną pelerynę.

– I co z tego? – zapytał. – Czy znowu mam rozsądzać spór między wami?

Zwrócona plecami do ściany Korlat odchrząknęła.

– Wyszło na jaw parę spraw, panie. Zagrożony jest sam sojusz.

Kallor, ostatnia z obecnych tu osób, prychnął pogardliwie.

– Zagrożony? Okłamywali nas od samego początku. Konieczne jest szybkie uderzenie na Zastęp Jednorękiego, nim zdąży on wrócić do równowagi po dzisiejszych bitwach.

Korlat obserwowała swego władcę, który bez słowa przyglądał się obecnym.

Po długiej chwili milczenia Rake rozciągnął usta w uśmiechu.

– Mój drogi Caladanie, jeśli przez kłamstwo rozumiesz ukrytą rękę cesarzowej, sztylety przystawione do pleców Dujeka Jednorękiego oraz Sójeczki, to faktycznie wydaje się, że gdyby wskazane było działanie, a śpieszę dodać, iż moim zdaniem tak nie jest, powinniśmy zdecydować się na interwencję. Na rzecz Dujeka i Sójeczki, oczywiście. Chyba że... – przeszył Brooda twardym spojrzeniem – ...utraciłeś wiarę w ich zdolności jako dowódców. – Powoli ściągnął stalowe rękawice. – A raport, jaki złożyła mi dziś z bitwy Starucha, pełen był z niechęcią wyrażanego szacunku. Malazańczycy byli profesjonalni, szybcy i nieubłagani. Dokładnie tego od nich oczekujemy.

– Problemem nie są ich umiejętności – wychrypiał Kallor. – To miała być wojna wyzwoleńcza...

– Nie bądź głupi – mruknął Rake. – Macie wino albo *ale*? Kto się ze mną napije?

Brood chrząknął.

– Nalej mi też, Rake. Muszę jednak stwierdzić, że choć Kallor w przeszłości nieraz wygadywał głupoty, tym razem jest inaczej. Wyzwolenie. Pannion Domin...

– Jest tylko kolejnym imperium – wycedził władca Odprysku Księżyca. – I jako takie stanowi dla nas zagrożenie, któremu zamierzamy położyć kres. Niewykluczone, że wyniknie z tego wyzwolenie jego mieszkańców, lecz nie może to być naszym celem. Jeśli wyzwolisz żmiję, to ona cię ugryzie, o ile dasz jej szansę.

– Czyli że mamy zmiażdżyć Pannionskiego Jasnowidza tylko po to, żeby zastąpił go jakiś wielka pięść Imperium Malazańskiego?

Rake wręczył naczelnemu wodzowi kielich wina, przyglądając mu się oczyma o opadających powiekach i niemal sennym wyrazie.

– Domin jest imperium, które szerzy grozę i prześladowania – stwierdził. – Nikt z nas temu nie przeczy. Dlatego, z samych względów etycznych, wojna przeciwko niemu jest sprawiedliwa.

– O tym właśnie mówiliśmy...

– Słyszałem cię już za pierwszym razem, Kallor. Męczy mnie to, że ciągle się powtarzasz. Opisałem tylko jedno... usprawiedliwienie. Jeden powód. Wygląda jednak na to, że pozwoliliście, by przesłonił on wam wszystkie inne, podczas gdy moim zdaniem jest najmniej ważny. – Pociągnął łyk wina, po czym mówił dalej: – Zatrzymajmy się jednak na nim na chwilę. Groza i prześladowania, oblicza Pannion Domin. Pomyślcie, proszę, o tych miastach i terytoriach na Genabackis, które znalazły się obecnie pod malazańskim panowaniem. Groza? Nie większa od tej, która zawsze towarzyszy śmiertelnikom w ich codziennym życiu. Prześladowania? Każdy rząd potrzebuje praw, a sądząc z tego, co mi wiadomo, malazańskie prawa należą do najmniej represyjnych spośród wszystkich znanych mi imperiów. Tak więc jasnowidz zostaje usunięty i zastępuje go wielka pięść oraz rządy w malazańskim stylu. Rezultat? Pokój, odbudowa, prawo, porządek. – Przyjrzał się pozostałym, po czym uniósł powoli brew. – Przed piętnastoma laty Genabaris była ropiejącym wrzodem północno-zachodniego wybrzeża, a Nathilog prezentował się jeszcze gorzej. A teraz, pod malazańskimi rządami? Oba miasta rywalizują z samym Darudżystanem. Jeśli rzeczywiście dobrze życzycie zwykłym pannionskim obywatelom, dlaczego nie cieszycie się z nadejścia cesarzowej? W rezultacie Dujek i Sójeczka zostali zmuszeni do skomplikowanej maskarady, która miała zrobić z nas ich sojuszników. To żołnierze. Przypominam wam o tym na wypadek, gdybyście zapomnieli. Żołnierze wykonują rozkazy. Jeśli nie przypadają im one do gustu, to mają pecha. Jeśli oznacza to, że muszą udawać wyjętych spod prawa, nie wtajemniczając jednocześnie w ten sekret każdego szeregowca w armii, bo w takim przypadku my również dowiedzielibyśmy się o tym bardzo szybko, to dobry żołnierz zaciska zęby i bierze się do roboty. Prawda wygląda prosto, przynajmniej dla mnie. Brood, my dwaj walczyliśmy z Malazańczykami jako prawdziwi wyzwoliciele. Nie prosiliśmy o pieniądze ani o ziemię. Nasze motywy nie są jasne nawet dla nas samych, pomyśl więc, jakie muszą się wydawać cesarzowej. Niepojęte. Sprawiamy wrażenie wyznawców górnolotnych ideałów, skłonnych do niemal szokujących poświęceń. Jesteśmy jej wrogami i podejrzewam, że ona nawet nie wie dlaczego.

– Śpiewaj mi o Otchłani – zadrwił Kallor. – W jej imperium nie byłoby dla nas miejsca. Dla żadnego z nas.

– Naprawdę cię to dziwi? – zapytał Rake. – Nad nami nie sposób zapanować. Naga prawda brzmi tak, że walczymy o własną wolność. Przeciwko granicom dla Odprysku Księżyca. Przeciwko ogólnoświatowemu pokojowi, który uczyniłby anachronizmem naczelnych wodzów, generałów i kompanie najemników. Walczymy przeciwko narzuceniu porządku i pancernej pięści, która musi się za nim ukrywać, ponieważ nie jest to nasza pięść.

– Ja z pewnością nie chciałbym podjąć się tej roli – warknął Brood.

– Dokładnie. Czemu więc żałować cesarzowej spełnienia jej pragnień i wiążącej się z tym odpowiedzialności?

Korlat gapiła się na swego pana. Po raz kolejny zdumiał ją, wytrącił z równowagi.

To na pewno smocza krew w jego żyłach. On nie myśli tak, jak my. Czy to krew, czy coś innego?

Nie potrafiła odpowiedzieć na to pytanie, nie rozumiała tego, komu służyła. Nagle wypełniła ją duma.

Jest Synem Ciemności. Władcą, któremu warto przysiąc wierność. Być może jedynym. Dla mnie. Dla Tiste Andii.

Caladan Brood westchnął przeciągle.

– Nalej mi jeszcze, niech cię szlag.

– Zapomnę na chwilę o odrazie – odezwał się Kallor, ze szczękiem kolczugi wstając z krzesła – i poruszę temat tylko marginalnie związany z tym, co dotąd powiedziano. Capustan został oczyszczony z nieprzyjaciela. Drogę zagradza nam rzeka, a za nią leżą trzy miasta, które musimy wyzwolić. Gdybyśmy zrobili to po kolei, jako jedna armia, znacznie spowolniłoby to nasz marsz. Zwłaszcza Setta nie leży na drodze prowadzącej do Koralu. Armia musi się podzielić na dwie części i połączyć ponownie na południe od Lest i Setty, być może w Mauriku, przed uderzeniem na Koral. Pytanie brzmi: według jakiego klucza się podzielimy?

– To rozsądny temat do przedyskutowania na nadchodzącej naradzie – wyszeptał Rake.

– Ten i żaden inny – zagrzmiał Caladan Brood. – Czyż nie będą zaskoczeni?

I to jak. Myśli Korlat wypełnił żal. Co więcej, niesprawiedliwie potraktowałam Sójeczkę. Mam nadzieję, że nie jest jeszcze za późno, by wszystko naprawić. Tiste Andii nie powinni dokonywać pośpiesznych osądów. To było tak, jakby chmury przesłoniły mi oczy. Chmury? Nie, to był prawdziwy sztorm. Burza uczuć, zrodzonych z tęsknoty i miłości. Potrafisz mi wybaczyć, Sójeczka?

Poła namiotu się uchyliła i do środka weszli dwaj malazańscy dowódcy. Podążał za nimi chorąży, Artanthos. Twarz Dujeka pociemniała.

– Przepraszam za spóźnienie – warknął. – Właśnie mnie poinformowano, że Tenescowri się ruszyli. Prosto na nas.

Korlat spróbowała spojrzeć w oczy Sójeczce, lecz Malazańczyk patrzył na naczelnego wodza.

– O świcie możemy oczekiwać następnej bitwy – uzupełnił słowa Dujeka. – I to paskudnej.

– Zostawcie to mnie – wycedził Anomander Rake.

Sójeczka odwrócił się, zaskoczony.

– Wybacz, panie, nie zauważyłem cię. Obawiam się, że moje myśli zaprzątnęło... coś innego.

– Czy zamierzasz wysłać przeciw Tenescowri swoich Tiste Andii, panie? – zapytał Dujek.

– Bynajmniej – zaprzeczył Rake. – Zamierzam ich śmiertelnie przestraszyć. Osobiście.

Na pewien czas zapadła cisza, po czym Caladan Brood otworzył kufer, by wyjąć z niego nowe kielichy.

– Musimy omówić pewną sprawę, wielka pięści – oznajmił.

– Tak. Przypuszczam, że tak.

Wyglądał, jakby dręczyły go mdłości, a Sójeczka zrobił się czerwony na twarzy.

Naczelny wódz napełnił kielichy i wskazał je dłonią.

– Proszę. Kallor zwrócił uwagę na problem dotyczący podziału naszych sił.

Och, sukinsyny zrobiły sobie z tego zabawę. Pora im przerwać.

– Wielka pięści, na południu czekają na nas trzy miasta – odezwała się Korlat. – Jeśli to tylko możliwe, powinniśmy zdobyć Lest i Settę jednocześnie. Następnie nasze siły połączyłyby się w Mauriku i pomaszerowały na Koral. Chcielibyśmy omówić z wami kwestię podziału armii.

Sójeczka odszukał spojrzeniem jej oczy. Uśmiechnęła się do niego półgębkiem. Zmarszczył w odpowiedzi brwi.

– Rozumiem – rzekł po chwili Dujek. Wziął kielich i usiadł na krześle obozowym. – Proszę bardzo.

Zamilkł.

Sójeczka odchrząknął.

– Kryteria podziału, przynajmniej na pierwszy rzut oka, wydają się oczywiste. Zastęp Jednorękiego pomaszeruje na południowy zachód, do Setty, skracając w ten sposób dystans dzielący nas od naszych Czarnych Moranthów, którzy nadal przebywają w Górach Widokowych. Naczelny wódz i jego siły ruszą prosto na południe, do Lest. Po zdobyciu Setty skierujemy się ku górnym dopływom Mauriku, a potem podążymy na południe, wzdłuż samej rzeki. Być może dotrzecie na miejsce przed nami, ale to nie powinno stanowić problemu.

– Zgoda – odezwał się Brood.

– Niestety, powiedziałem „na pierwszy rzut oka" – dodał Sójeczka.

Wszyscy spojrzeli na niego.

Weteran wzruszył ramionami.

– Do wojny przyłączyli się Barghastowie z klanów Białych Twarzy. Musimy uwzględnić również ocalałych obrońców Capustanu. Oni także mogą zechcieć wyruszyć z nami. Na koniec pozostaje kwestia Srebrnej Lisicy i jej T'lan Imassów.

– Jeśli pozwolimy dziwce i jej martwiakom wziąć udział w walkach, utracimy wszelkie szanse na zachowanie kontroli nad ich przebiegiem – warknął Kallor.

Sójeczka przyjrzał się prastaremu wojownikowi.

– Ta obsesja wypacza twój umysł, Kallor...

– A twój wypaczył sentyment, żołnierzu. Być może nadejdzie dzień, gdy poddamy próbie swą determinację...

– Dość tego – przerwał mu Brood. – Wygląda na to, że naradę trzeba zakończyć. Spotkamy się ponownie, gdy będą obecni wszyscy dowódcy. – Naczelny wódz spojrzał na Rake'a. – Jak wygląda sytuacja Odprysku Księżyca?

Władca Tiste Andii wzruszył ramionami.

– Spotkamy się w Koralu, zgodnie z planem. Być może warto wspomnieć, że z południa wyprowadzono poważny atak przeciwko jasnowidzowi. Próbuje go odeprzeć za pomocą czarów Omtose

Phellack. Moje Wielkie Kruki zdołały wypatrzyć jego wrogów, a przynajmniej niektórych z nich. To T'lan Imass, wilczyca i olbrzymi pies. Chodzi więc o starą wojnę: Omtose Phellack w wiecznym odwrocie przed Tellann. Możliwe jednak, że uczestniczą w tym również inni gracze, gdyż terytoria położone na południe od Wieży całkowicie spowiła mgła zrodzona z topniejącego lodu. Ma to znaczenie głównie dlatego, że jasnowidz uciekł z Wieży i kieruje się przez grotę do Koralu.

Zapadła cisza. Implikacje słów Rake'a powoli dotarły do wszystkich obecnych.

Pierwszy odezwał się Sójeczka.

– Tylko jeden T'lan Imass? Musi być rzucającym kości, jeśli potrafi w pojedynkę zwyciężyć jaghuckie czary.

– Usłyszał wezwanie Srebrnej Lisicy i zmierza w naszą stronę – dodał Dujek. – Tak, to prawdopodobne.

– Ten T'lan Imass jest wojownikiem – wskazał lakonicznie Rake. – Walczy dwuręcznym krzemiennym mieczem. Rzucający kości nie noszą broni. Jego umiejętności muszą być wyjątkowe. Wilk to chyba ay, zwierzę z gatunku uważanego za dawno wymarły. Pies dorównuje Ogarom Cienia.

– I pędzą jasnowidza prosto na nas – mruknął Brood. – Wygląda na to, że Koral będzie czymś więcej niż ostatnim miastem, jakie zdążymy zdobyć przed nastaniem zimy. Zmierzymy się z samym władcą Pannion Domin.

– Jest cholernie pewne, że użyje przeciw nam potężnych czarów – dodał Dujek. – Rewelacyjnie.

– Mamy mnóstwo czasu na przygotowanie taktyki – uspokoił go po chwili Brood. – Ogłaszam naradę za zamkniętą.

Nad obozem zapadał coraz głębszy mrok. W odległości trzydziestu kroków od namiotu dowodzenia Srebrna Lisica zwolniła kroku.

Kruppe zerknął na nią.

– Ach, dziewczyno, czujesz, że groźba burzy minęła. Ja również. Czy na wszelki wypadek złożymy wizytę owym potężnym osobistościom?

Po chwili wahania pokręciła głową.

– Nie, po co prowokować konfrontację? Muszę się teraz zająć własnym przeznaczeniem. Kruppe, nie zawiadamiaj nikogo o moim odejściu, jeśli łaska. Przynajmniej przez pewien czas.

– Nadeszło Zgromadzenie.

– Tak – przyznała. – Wyczuwam zbliżającą się konwergencję T'lan Imassów i wolałabym, żeby odbyła się ona gdzieś, gdzie postronni jej nie zobaczą.

– Tak, to prywatna sprawa. Czy jednak nie ucieszyłabyś się z towarzystwa, Srebrna Lisico? Kruppe jest mądry. Wystarczająco mądry, by zachować milczenie, gdy jest to wskazane, i jeszcze mądrzejszy, by przemówić wtedy, gdy konieczne są rozumne słowa. Ostatecznie, rozum jest rodzonym bratem Kruppego.

Uśmiechnęła się do niego.

– Chciałbyś być świadkiem Drugiego Zgromadzenia?

– Nie ma lepszego świadka wszelkich cudowności niż Kruppe z Darudżystanu, dziewczyno. Jakież opowieści mogłyby z łatwością popłynąć z jego lśniących od tłuszczu ust, gdybyś tylko okazała zainteresowanie...

– Wybacz, ale powstrzymam się przed tym – odparła. – Przynajmniej w najbliższej przyszłości.

– Tak, tak. To mogłoby odwrócić twoją uwagę. Czyż nie jest oczywiste, że nawet sama obecność Kruppego jest nieprzebranym źródłem mądrości?

– Zupełnie oczywiste. Proszę bardzo. Będziemy musieli znaleźć ci konia, bo mam zamiar pojechać tam konno.

– Konia? O zgrozo! To paskudne bydlaki. Nie, wolę się trzymać mojego wiernego muła.

– I to mocno.

– Aż do granic moich fizycznych możliwości. – Odwrócił się, słysząc odgłos kopyt. – Ach, o demonie mowa! I spójrz, ogłupiały z miłości koń idzie za nim, jak mały piesek na smyczy. Czyż można się temu dziwić, patrząc na moje dumne, piękne zwierzę?

Srebrna Lisica przyjrzała się spod opadających powiek osiodłanemu wierzchowcowi, który podążał za mułem.

– Powiedz mi, Kruppe, kto jeszcze ujrzy to Zgromadzenie twoimi oczyma?

– Oczyma Kruppego? Ależ tylko sam Kruppe! Kruppe przysięga!

– Z pewnością nie muł?

– Dziewczyno, zdolność tego zwierzęcia do spania w każdych warunkach jest niezmierzona, niezachwiana i godna podziwu. Zapewniam cię, że jego oczyma nikt nic nie zobaczy!

– Mówisz, że śpi? Z pewnością po to, by śnić. No dobrze, ruszajmy w drogę, Kruppe. Mam nadzieję, że radzisz sobie z jazdą po ciemku?

– Bardzo słabo, ale wytrwałość jest najbliższą kuzynką Kruppego...

– Przejdź się kawałek ze mną.

Sójeczka zatrzymał się przy wyjściu z namiotu i spojrzał w lewo, na stojącego w mroku Anomandera Rake'a.

Ach, czyli że to nie Korlat. A niech to...

– Oczywiście, panie.

Syn Ciemności poprowadził go między szeregami namiotów, kierując się na południe. Dotarli do granicy obozu, a potem go opuścili. Weszli na wzgórza, za którymi było widać Catlin. W falach odległej o dwieście kroków rzeki odbijało się światło gwiazd. Ćmy unosiły się w powietrzu niczym umykające przed ciepłym wiatrem płatki śniegu.

Obaj mężczyźni milczeli przez długą chwilę.

– Jak twoja noga? – zapytał z westchnieniem Anomander Rake.

– Boli mnie – odpowiedział zgodnie z prawdą Sójeczka. – Zwłaszcza po całym dniu spędzonym w siodle.

– Brood jest biegłym uzdrowicielem. Włada Wielką Denul. Gdybyś go o to poprosił, pomoże ci bez wahania.

– Kiedy tylko będę miał czas...

– Obaj wiemy, że miałeś go pod dostatkiem. Niemniej jednak ja również jestem uparty, nie będę już więc poruszał tego tematu. Czy skontaktował się z tobą Szybki Ben?

Malazańczyk skinął głową.

– Jest w Capustanie. A przynajmniej powinien już tam dotrzeć.

– Słyszę to z ulgą. Atak na groty zagraża wszystkim magom. Nawet Kurald Galain poczuła dotknięcie trucizny.

– Wiem.

Rake zwrócił się powoli w jego stronę.

– Nie spodziewałem się, że jest zdolna do takiej... odnowy. Sądziłem, że jej serce jest zamknięte na wieki. Na widok jego rozkwitu...

Sójeczka przestąpił nerwowo z nogi na nogę.

– Niewykluczone, że dziś wieczorem je zraniłem.

– Być może na chwilę. Wiemy, że wasze wyjęcie spod prawa jest oszustwem.

– Sądziliśmy, że właśnie z tego powodu zwołano naradę.

– Wyrwałem ten cierń, nim jeszcze zjawiliście się z wielką pięścią.

Malazańczyk przyjrzał się w mroku Tiste Andii.

– Nie byłem tego pewien. To podejrzenie nie mogło się zakorzenić.

– Dlatego że moje stanowisko wydaje ci się bezsensowne.

– Tak jest.

Rake wzruszył ramionami.

– Rzadko uważam konieczność za brzemię.

Po chwili zastanowienia Sójeczka skinął głową.

– Nadal jesteśmy wam potrzebni.

– Być może bardziej niż kiedykolwiek. I to nie tylko wasza armia. Szybki Ben. Humbrall Taur i jego klany Białych Twarzy. Więź łącząca was ze Srebrną Lisicą i za jej pośrednictwem z T'lan Imassami. Kapitan Paran...

– Ganoes Paran? A dlaczego?

– Dlatego że jest władcą Talii Smoków.

– A więc to nie jest tajemnicą.

– Nigdy nią nie było.

– Czy wiesz, jakie jest znaczenie tej roli? – zainteresował się Sójeczka. – To autentyczne pytanie, ponieważ, szczerze mówiąc, nie wiem tego i cholernie chciałbym się dowiedzieć.

– Okaleczony Bóg ukształtował nowy Dom i pragnie przyłączyć się do Talii Smoków. Potrzebne jest usankcjonowanie go. Błogosławieństwo, jeśli wolisz. Albo przeciwnie, odmowa.

Sójeczka chrząknął.

– A co z Domem Cienia? Czy talia miała wówczas władcę, który mógłby go usankcjonować?

– Nie było takiej potrzeby. Dom Cienia istniał zawsze, w mniejszym lub większym stopniu. Tron Cienia i Kotylion tylko go przebudzili.

– A teraz chcesz, żeby Paran, władca talii, odmówił usankcjonowania Domu Okaleczonego Boga.

– Sądzę, że musi to zrobić. Legitymizacja Upadłego byłaby równoznaczna z przyznaniem mu mocy. Widzimy, do czego jest zdolny w swym obecnym, osłabionym stanie. Dom Łańcuchów stanie się fundamentem, na którym odbuduje swą potęgę.

– Ale raz już go obaliliście. Podczas przykucia.

– To było kosztowne przedsięwzięcie, Sójeczka. I kluczową rolę odegrał w nim bóg Fener. Odyniec wydaje się popularny wśród waszych żołnierzy. Powiedz mi, czy macie też jego kapłanów?

– Nie mamy. Fener faktycznie jest dość popularny jako Władca Bitew. Malazańczycy mają dość... swobodny stosunek do panteonu. Do zorganizowanych kultów w armii odnosimy się raczej z niechęcią.

– Straciliśmy Fenera – oznajmił Rake.

– Jak to straciliśmy?

– Został wyrwany ze swego królestwa i wędruje teraz po krainie śmiertelników.

– Jak to się stało?

– Z winy Malazańczyka – wyjaśnił posępnym głosem Syn Ciemności. – Byłego kapłana Fenera, który padł ofiarą Reve.

– A co to oznacza?

– Rytualnie odcięto mu ręce. Moc Reve wysłała odrąbane dłonie pod kopyta samego Fenera. Ów rytuał musi być wyrazem najczystszej sprawiedliwości, lecz w tym przypadku tak nie było. Agenci imperium, zapewne Szpon, doszli do wniosku, że trzeba zmniejszyć wpływy Fenera, a zwłaszcza tego wielkiego kapłana. Wspominałeś, że z niechęcią odnosicie się do kultów w armii. Być może to również odegrało pewną rolę. Moja wiedza nie jest, niestety, kompletna. Z pewnością inną przyczyną było upodobanie owego wielkiego kapłana do historycznej analizy. Z jego dociekań wynikało, że cesarzowej Laseen nie udało się zgładzić cesarza i Tancerza. Co prawda zdobyła tron, którego tak bardzo pragnęła, lecz ani Kellanved, ani Tancerz nie zginęli. Obaj osiągnęli ascendencję.

– Potrafię uwierzyć, że Gburce przeszły ciarki po plecach na te wieści.

– Gburce?

– Cesarzowej Laseen. Przedtem nazywała się Gburka.

– Tak czy inaczej, te odcięte dłonie okazały się dla Fenera trucizną. Nie mógł ich dotknąć ani usunąć ze swego królestwa. Wypalił na skórze wielkiego kapłana tatuaże wyrażające sprzeciw i w ten sposób odgrodził się od toksycznej mocy dłoni, przynajmniej na pewien czas. I to powinno wystarczyć. Z czasem kapłan by umarł, a jego duch przyszedłby do Fenera, by odzyskać to, co mu okrutnie i niesprawiedliwie odebrano. Ów duch stałby się potem narzędziem gniewu Dziczego Boga, jego zemsty na kapłanach splugawionej świątyni, a także na Szponie i samej cesarzowej. Nad Imperium Malazańskie nadciągała złowroga burza, Sójeczka.

– Ale coś się wydarzyło.

– Tak jest. Wielki kapłan, przypadkiem lub przez czyjś zamiar, wszedł w kontakt z Grotą Chaosu. Być może chodziło o jakiś przedmiot ukształtowany w jej wnętrzu. Pieczęć chroniąca jego odcięte dłonie została unicestwiona przez potężną, niekontrolowaną erupcję mocy. A gdy owe dłonie znalazły Fenera... popchnęły go.

– Na oddech Kaptura – mruknął Sójeczka, spoglądając na połyskliwą rzekę.

– A teraz – ciągnął Rake – Tygrys Lata osiągnął ascendencję i zajął jego miejsce. Ale Treach jest młody, znacznie słabszy, jego grota to lichy drobiazg, a wyznawcy są zdecydowanie mniej liczni od wyznawców Fenera. Sytuacja jest niestabilna. Okaleczony Bóg z pewnością się uśmiecha.

– Chwileczkę – sprzeciwił się Sójeczka. – Treach został Ascendentem? To bardzo niezwykły zbieg okoliczności.

– Wygląda na to, że niektóre wydarzenia zostały przewidziane z góry.

– Przez kogo?

– Przez pradawnych bogów.

– A czemu to wszystko tak ich interesuje?

– Byli tu, gdy Okaleczony Bóg spadł – został ściągnięty – na tę ziemię. Upadek zabił wielu z nich, pozostawiając tylko nielicznych. K'rul i jego krewni znają wszystkie tajemnice dotyczące Upadłego: skąd przybył, jaka jest natura jego aspektu, jaki rytuał umożliwił jego pojmanie. Fakt, że postanowili interweniować w na nowo podjętej przez Okaleczonego Boga wojnie, świadczy, że sytuacja jest naprawdę poważna.

– To grube niedopowiedzenie, panie. – Sójeczka milczał przez pewien czas, po czym westchnął. – To nas prowadzi z powrotem do Ganoesa Parana i Domu Łańcuchów. W porządku, rozumiem dlaczego chciałbyś, żeby sprzeciwił się ambicjom Okaleczonego Boga. Ostrzegam cię jednak, że Paran nie lubi, gdy mu rozkazywać.

– Musimy więc mieć nadzieję, że sam dostrzeże najmądrzejszy kurs. Czy udzielisz mu rady w naszym imieniu?

– Spróbuję.

– Powiedz mi, Sójeczka – podjął Rake innym tonem – czy szum rzeki wydaje ci się niepokojący?

Malazańczyk zmarszczył brwi.

– Wprost przeciwnie, bardzo mnie uspokaja.

– Ach, to wskazuje na fundamentalną różnicę między nami.

Między śmiertelnikami a nieśmiertelnymi? Beru broń... Anomanderze Rake, dokładnie wiem, czego ci trzeba.

– Mam małą beczułkę gredfallańskiego *ale*, panie. Gdybyś zechciał chwilkę zaczekać, to mógłbym ją tu przynieść.

– To świetny plan, Sójeczka.

Obyś o świcie się przekonał, że szum rzeki cię uspokaja.

Malazańczyk odwrócił się i ruszył ku obozowi. Zbliżając się do pierwszego szeregu namiotów, przystanął i obejrzał się na wysoką postać, która stała nieruchomo na porośniętym trawą wzniesieniu.

Dragnipur wisiał na plecach Anomandera Rake'a niczym wydłużony krzyż, otoczony tchnieniem nadnaturalnej ciemności.

Niestety, obawiam się, że gredfallańskie *ale* nie wystarczy...

– A którą grotę wybierzesz w tym celu?

Szybki Ben przyjrzał się leżącym na ziemi zwłokom oraz zbrukanym krwią kamieniom wyrwanym z miejskich murów. Za wyłomem było widać pożary, buchający pod nocne niebo dym oraz z pozoru pozbawione życia budynki.

– Chyba Rashan – odparł.

– Grotę Cienia. Powinienem był się domyślić. – Talamandas wdrapał się na stertę trupów, po czym spojrzał na czarodzieja. – Zaczynamy?

Szybki Ben otworzył grotę, trzymając ją na krótkiej uprzęży tuż obok siebie. Czary spowiły go w cienie. Talamandas zachichotał i zbliżył się do niego.

– Pojadę na twoim ramieniu, zgoda?

– Skoro nalegasz – burknął czarodziej.

– Nie zostawiasz mi wielkiego wyboru. Jeśli kontrolujesz grotę, otwierając ją na oślep przed sobą i zamykając za swymi plecami, to może to świadczyć o twoim mistrzostwie, ale nie daje mi wielkiej swobody manewru. Co prawda, nie mam pojęcia, po co w ogóle zawracamy sobie w tej chwili głowę grotami.

– Nie chcę wyjść z wprawy. A poza tym nie cierpię rzucać się w oczy. – Szybki Ben skinął dłonią. – No to właź.

Sznurołapka wspięła się po nodze czarodzieja, wetknęła stopy ze splecionego sznurka za jego pas i wdrapała się na górę po bluzie. Gdy Talamandas usiadł na lewym ramieniu Szybkiego Bena, mag poczuł, że waga sznurołapki jest minimalna. Na jego kołnierzu zacisnęły się wykonane z gałązek palce. – Mogę od czasu do czasu wytrzymać upadek – oznajmiła sznurołapka – ale niech ci to nie przechodzi w zwyczaj.

Szybki Ben ruszył naprzód, przemykając się przez wyrwę w murze. Blask ognia przebijał się tu i ówdzie przez spowijające czarodzieja cienie, malując jego ciało bezładnymi plamami koloru. Głęboki cień wędrujący przez rozświetloną pożarami scenerię za bardzo rzucałby się w oczy. Szybki Ben ze wszystkich sił starał się wtopić w otoczenie.

Płomienie, dym i popioły. Ciche jęki dobiegające spod gruzów, a w odległości kilku przecznic żałobna pieśń Barghastów.

– Wszyscy Panniończycy uciekli – wyszeptał Talamandas. – Po co się ukrywać?

– To leży w mojej naturze. Ostrożność utrzymuje mnie przy życiu. A teraz bądź cicho.

Wyszedł na ulicę, przy której znajdowały się rezydencje Daru. W innych alejach widać już było efekty wysiłków usuwających ciała Barghastów, w tym miejscu jednak nie uczyniono dotąd nic w tym celu. Leżało tu przerażająco wielu zabitych pannionskich żołnierzy. Szczególnie duże ich sterty zgromadziły się przed jedną posiadłością. Wypalona wartownia przypominała paszczę oblepioną zakrzepłą krwią. Posiadłość otaczał niski mur. Pełniły na nim straż mroczne, nieruchome postacie, najwyraźniej stojące na jakimś biegnącym szczytem chodniku.

Szybki Ben przycupnął pod ścianą sąsiedniego budynku, w odległości sześćdziesięciu kroków, i przyjrzał się scenie. W powietrzu wyczuwało się jeszcze gorzkie tchnienie czarów. Siedzący na jego ramieniu Talamandas syknął nagle głośno.

– Nekromanci! Ci, którzy wyrwali mnie z kurhanu!

– Myślałem, że już nie musisz się ich bać – wyszeptał Szybki Ben.

– Nie muszę, ale to nie zmniejsza mojej nienawiści i obrzydzenia.

– To pech, bo chcę z nimi porozmawiać.

– A po co?
– Żeby się dowiedzieć, ile są warci, oczywiście.
– To szaleństwo, czarodzieju. Zapewniam cię, że ci nekromanci to nic dobrego.
– A ja to niby co? Daj mi pomyśleć.
– Nie ma mowy, żebyś przemknął się między tymi martwiakami.
– Kiedy powiedziałem „daj mi pomyśleć", to miałem na myśli „zamknij się".
Talamandas posłuchał go z niechęcią, mamrocząc coś pod nosem i przesuwając się nerwowo na ramieniu.
– Będzie do tego potrzebna inna grota – oznajmił w końcu czarodziej. – Wybór wygląda tak: grota Kaptura albo Aral Gamelon...
– Aral co? Nigdy nie słyszałem...
– To demoniczna grota. Większość czarodziejów, którzy przywołują demony, otwiera ścieżkę do Gamelon, choć zapewne nie zdają sobie z tego sprawy, a przynajmniej nie znają jej prawdziwej nazwy. Co prawda, można znaleźć demony również w innych grotach, na przykład Aptorianie z Cienia, ale Korvalahrai i Galayn, ulubione demony cesarzowej, wywodzą się z Gamelon. Tak czy inaczej, jeśli instynkt mnie nie myli, w tej posiadłości natrafimy na oba rodzaje nekromancji. Mówiłeś, że było ich dwóch, tak?
– Tak jest, dwa rodzaje obłędu.
– To brzmi ciekawie.
– Nie ulegaj zachciankom! Czy niczego się nie nauczyłeś od swych licznych dusz, czarodzieju? Zachcianki są śmiertelnie groźne. Jeśli zrobisz coś tylko z ciekawości, pułapka zamknie się na twym gardle niczym wilcze szczęki. I nawet jeśli uda ci się uciec, wspomnienie będzie cię prześladowało. Już zawsze!
– Za dużo gadasz, sznurołapko. Podjąłem decyzję. Pora ruszać.
Owinął się ciasno grotą Rashan i skierował ku bramie.
– Popioły z urny! – wysyczał Talamandas.
– Ehe. Grota Kaptura. Pociesza cię to znajome wrażenie? To bezpieczniejszy wybór, bo Kaptur pobłogosławił cię osobiście, nieprawdaż?
– Nie czuję się pocieszony.
Obserwując zachodzącą wokół transformację, Szybki Ben musiał przyznać, że nie jest zaskoczony. W mieście odbyła się orgia śmierci. Na ulicach roiło się od dusz, uwięzionych w cyklach ostatnich

chwil życia. Powietrze wypełniały krzyki, zawodzenie, szczęk broni, łoskot walących się budynków oraz dławiący dym. Pod tymi warstwami, niczym słoje drzewa, kryły się następne, niezliczone śmierci, które gromadziły się wszędzie, gdzie mieszkali ludzie. Pokolenie po pokoleniu.

Szybki Ben zdał sobie jednak powoli sprawę, że cała ta nawałnica jest jedynie echem.

– Bogowie na dole – wyszeptał w chwili olśnienia. – Wszystko to tylko wspomnienie, utrwalone w kamieniach ulic i budynków, a nawet w samym powietrzu. Wszystkie dusze przeszły już przez Bramę Kaptura...

Talamandas znieruchomiał na jego ramieniu.

– Masz rację, czarodzieju – mruknął. – Co się tu wydarzyło? Kto zadbał o tych wszystkich zabitych?

– Tak jest, ktoś wziął ich pod swe opiekuńcze skrzydła. Pobłogosławił ich, położył kres bólowi. Czy to dzieło Rady Masek?

– Tych durniów? – warknęła sznurołapka. – Bardzo wątpię.

Szybki Ben nie odzywał się przez dłuższą chwilę.

– Capustan może jeszcze wrócić do siebie – rzekł wreszcie z westchnieniem. – Nie wierzyłem, że to możliwe. No cóż, czy wejdziemy między te duchy?

– A czy musimy?

Szybki Ben nie odpowiedział. Ruszył naprzód. Pełniące straż martwiaki – jasnodomini i urdomeni – przerodziły się w ciemne plamy na grocie Kaptura. Gdy jednak czarodziej wszedł do groty, stały się ślepe na jego obecność. W ten sposób udało mu się zneutralizować jednego z dwóch przebywających wewnątrz nekromantów.

Jedynym zagrożeniem mógł być dla niego drugi, o ile wezwał jakieś demony, by wzmocnić obronę posiadłości.

Szybki Ben wszedł do środka przez bramę. Na dziedzińcu nie dostrzegł ani jednego ciała, choć na kamiennych płytach tu i ówdzie było widać zakrzepłą krew.

Palce z gałązek zacisnęły się spazmatycznie na jego ramieniu.

– Czuję zapach...

Przed głównym wejściem do budynku przycupnął Sirinth, ukryty w cieniu kamienia nadproża. Demon chrząknął i zlazł z ganku, ukazując całe swe cielsko. Spowijały go fałdy ropuchowatej skóry, miał rozstawione nogi oraz wielki, nisko zwieszony łeb, który składał się przede wszystkim z potężnej, pełnej kłów paszczy. Masą przewyższał byka bhederin, lecz na krótkich odcinkach mógł się poruszać z prędkością błyskawicy.

A odległość dzieląca go od Szybkiego Bena i Talamandasa była bardzo niewielka.

Sznurołapka wrzasnęła.

Czarodziej uskoczył zwinnie na bok, otwierając kolejną grotę, którą nałożył na grotę Kaptura. Cofnął się o krok i znalazł w jej wnętrzu, wypełnionym płynnym jak ciecz ciepłem oraz suchym, bursztynowym światłem.

Sirinth zawrócił i padł płasko na brzuch wewnątrz Aral Gamelon.

Szybki Ben zapuścił się dalej w głąb demonicznej groty.

Demon próbował podążyć za nim, skomląc żałośnie, lecz powstrzymały go żelazna obroża i łańcuch, które stały się teraz widoczne. Łańcuch wychodził na zewnątrz. Szybki Ben wiedział, że prowadzi on do kręgu wiązania, który stworzył przywołujący.

– Masz pecha, przyjacielu – oznajmił czarodziej popiskującej istocie. – Czy mogę zasugerować umowę, Sirinthu? Ja uwolnię cię z łańcucha, a ty pójdziesz odszukać swych bliskich. Zawrzyjmy pokój.

Stwór zamarł w bezruchu. Pofałdowane powieki rozchyliły się, odsłaniając wielkie, lśniące ślepia. W królestwie śmiertelników, które przed chwilą opuścili, te oczy płonęły jak ogień. Tutaj, w Aral Gamelon, miały niemal potulny wyraz.

Niemal. Nie daj się nabrać, Szybki. Ten stwór mógłby cię połknąć za jednym zamachem.

– I jak?

Sirinth odsunął się na bok i wyciągnął szyję.

Obroża i łańcuch lśniły czarami. Na żelazie roiło się od rzeźbionych znaków.

– Muszę przyjrzeć się temu bliżej – oznajmił demonowi Szybki Ben. – Dowiedz się, że grota Kaptura nadal jest z nami...

– To nie wystarczy! – syknął Talamandas. – Zauważyły nas te martwiaki!

– Mamy jeszcze parę chwil – uspokoił go Szybki Ben. – Pod warunkiem, że się zamkniesz. Sirinthu, jeśli mnie zaatakujesz, kiedy się zbliżę, ujawnię jeszcze jeden łańcuch na twojej szyi. Łańcuch Kaptura. Będziesz martwy, ale nie martwy, uwięziony pomiędzy życiem i śmiercią. Na wieczność. Zrozumiałeś?

Stwór zapiszczał raz jeszcze, lecz już więcej się nie poruszył.
– To mi wystarczy.
– Ty durniu...
Szybki Ben podszedł do boku olbrzymiego demona, ignorując sznurołapkę. Wiedział, że stwór może w jednej chwili odwrócić głowę, otworzyć paszczę i połknąć jego głowę, ramiona – łącznie z Talamandasem – oraz tułów aż po biodra.
Przyjrzał się znakom, po czym stęknął głośno.
– To rzeczywiście niezła robota. Niemniej kluczem do skruszenia łańcucha jest rozsupłanie tylko jednego wątku. Kłopot w tym, żeby znaleźć właściwy...
– Śpiesz się! Martwiaki się zbliżają! Do nas!
– Chwileczkę. – Szybki Ben pochylił się nad symbolami i przyjrzał się im z uwagą. – Ciekawe – wyszeptał. – To jest pismo z Korelri. Klasyczny korelrijski. Nikt nie używał tego języka od stuleci. No cóż, w takim razie to łatwe. – Wyciągnął rękę, wymamrotał kilka słów i dotknął jednego ze znaków paznokciem kciuka. – Tak oto zmieniam jego znaczenie...
Złapał za łańcuch po obu stronach przekształconego symbolu i szarpnął go mocno.
Łańcuch się zerwał.
Sirinth skoczył naprzód, po czym odwrócił się, otwierając paszczę.
Talamandas wrzasnął.
Szybki Ben był już w powietrzu. Umknął przez bramę do groty Kaptura, wylądował na kamiennej nawierzchni dziedzińca, przetoczył się i zerwał na nogi. Talamandas nadal trzymał się jego bluzy. Czarodziej zamarł w bezruchu.
Otaczały ich mroczne, niematerialne postacie, które zatrzymały się, gdy zdobycz, którą ścigały, zniknęła.
Talamandas rozsądnie zachował milczenie. Szybki Ben powoli i bezszelestnie prześliznął się między dwoma strażnikami, a potem ruszył ku dwuskrzydłowym drzwiom.
– Bogowie – jęknęła sznurołapka – dlaczego to robimy?
– Dlatego że to fajna zabawa?
Drzwi nie były zamknięte.
Szybki Ben wśliznął się do środka, i zamknął je za nimi. Cichy szczęk zatrzasku wydawał się w mrocznej niszy nieproporcjonalnie głośny.

– Która grota teraz? – wydyszał Talamandas.

– Ach, widzę, że zaczynasz wciągać się w ducha tej zabawy.

– To nie było fortunnie dobrane słowo, śmiertelniku.

Szybki Ben zamknął z uśmiechem grotę Kaptura.

Powinno być dla ciebie oczywiste, dlaczego to robię, sznurołapko. Zbyt długo musiałem obywać się bez grot. Co więcej, muszę się dowiedzieć, na co cię stać. Jak dotąd, spisujesz się dobrze. Utrzymujesz truciznę na dystans, nie pozwalasz jej się do mnie zbliżyć.

Podszedł do najbliższej ściany i wsparł obie dłonie na chłodnym kamieniu.

Talamandas zachichotał.

– D'riss. Ścieżka Kamienia. Sprytny z ciebie sukinsyn.

Szybki Ben otworzył grotę i wśliznął się do ściany.

Nie było to łatwe. Przez kamień mógł wędrować bez przeszkód, gdyż nie stawiał on oporu większego niż woda, lecz z zaprawą murarską sprawy miały się inaczej. Czepiała się go ona niczym pasma wyjątkowo nieustępliwej pajęczyny. Co gorsza, ściany były cienkie i musiał posuwać się naprzód bokiem.

Przemieszczał się wewnątrz nich od pokoju do pokoju, cały czas kierując się ku centrum budynku. Architektura Daru była symetryczna i przewidywalna. Na parterze główne pomieszczenie będzie usytuowane pośrodku. Górne piętra mogą mu nastręczyć więcej trudności, lecz często zdarzało się, że najważniejsze pomieszczenie na parterze miało kopulasty sufit i odpychało górne piętra budynku na boki.

Widział, co znajduje się w pokojach, lecz bardzo słabo. Obraz był szary i ziarnisty, a meble niewyraźne i rozmazane. Za to żywe ciała otaczała łatwo dostrzegalna łuna.

„Kamień zna krew, lecz nie potrafi jej w sobie utrzymać. Kamień łaknie życia, lecz potrafi jedynie je imitować".

To były słowa starożytnego murarza i rzeźbiarza, który żył wiele stuleci temu w Uncie. Świetnie pasowały do kogoś, kto wędrował ścieżką D'riss, przebywał wewnątrz ciała Śpiącej Bogini.

Szybki Ben minął narożnik i ujrzał wnętrze głównego pomieszczenia.

Na kanapie obok kominka siedział mężczyzna. Wydawało się, że czyta książkę. Drugi mężczyzna starał się rozpalić różowawe, blade płomienie na palenisku, mrucząc coś pod nosem. Po obramowaniu kominka łaził jakiś ptak, być może wrona albo kruk.

– Kiedy już z tym skończysz, Emancipor, wyślij wartowników z powrotem na mur – mówił mężczyzna, przewracając pergaminowe stronice księgi. Jego przenikający przez kamień głos brzmiał głucho i słabo. – To wygląda śmiesznie, kiedy stoją tak na dziedzińcu, wpatrzeni w puste miejsce. Taki widok raczej nie wzbudzi lęku w potencjalnych intruzach.

– Jeśli wolno mi coś powiedzieć, panie – zaczął Emancipor, wstając od kominka i wycierając sadzę z dłoni – to, skoro mamy niepożądane towarzystwo, czy nie powinniśmy czegoś w tej sprawie zrobić?

– Choć bardzo nie lubię tracić demonów, drogi sługo, nie przyjmuję założenia, że wszyscy goście koniecznie muszą mieć złe zamiary. Odesłanie mojego Sirintha z pewnością było jedyną dostępną opcją, lecz nawet ona musiała się wiązać z niejakim ryzykiem. Łańcuch oczywiście stanowił jedynie połowę nałożonego przeze mnie przymusu. Rozkazów ukrytych w obroży nie da się tak łatwo odwołać. Okaż odrobinę cierpliwości. Zaczekajmy, aż nasz gość zechce się przed nami ujawnić.

Ucho Szybkiego Bena musnęła żołędziowa główka Talamandasa.

– Gdy będziesz wychodził na zewnątrz, zostaw mnie tutaj, czarodzieju. W przypadku tego człowieka zdrada jest nie tylko prawdopodobna, lecz cholernie pewna.

Szybki Ben wzruszył ramionami i ciężar sznurołapki zniknął z jego ramienia.

Czarodziej wyszedł z uśmiechem z groty i zaczął strzepywać pył z bluzy oraz peleryny.

Siedzący mężczyzna zamknął powoli książkę, nie podnosząc wzroku.

– Przynieś trochę wina dla mnie i dla mojego gościa, Emancipor.

Sługa odwrócił się w stronę Szybkiego Bena.

– Na oddech Kaptura! Skąd on się tu wziął?

– Ściany mają uszy, oczy i całą resztę. Zrób, co ci kazałem, Emancipor.

Mężczyzna uniósł wreszcie głowę i popatrzył czarodziejowi w oczy.

Spojrzenie jaszczurki. No cóż, nigdy nie bałem się takich jak on. Czemu tym razem miałoby być inaczej?

– Wino byłoby w sam raz – zgodził się Szybki Ben, mówiąc w języku daru, podobnie jak siedzący mężczyzna.

– Coś o... kwietnym aromacie – dodał nekromanta, gdy sługa skierował się ku bocznemu wejściu.

Wrona przestała łazić po kominku i przyglądała się teraz czarodziejowi, przekrzywiając głowę. Po chwili wróciła do spacerowania.

– Usiądź, proszę. Jestem Bauchelain.

– Szybki Ben.

Czarodziej podszedł do pluszowego fotela stojącego naprzeciwko nekromanty i usiadł, wzdychając.

– Interesujące imię. Jestem pewien, że trafnie dobrane. Żeby uniknąć ataku Sirintha... zakładam, że zaatakował cię, gdy tylko go uwolniłeś?

– To było sprytne – przyznał Szybki Ben. – Zamknąłeś w obroży dodatkowe zaklęcie, które kazało mu zabić tego, kto go uwolni. Zakładam, że sam, jako wzywający, wyłączyłeś się spod jego działania.

– Nigdy nie zwalniam swych demonów – oznajmił Bauchelain.

– Nigdy?

– Każdy wyjątek w magicznym przymusie go osłabia. Dlatego nie pozwalam na żaden.

– Biedne demony!

Bauchelain wzruszył ramionami.

– Nie zwykłem współczuć zwykłym narzędziom. Czy płaczesz nad swym sztyletem, gdy złamie się w czyichś plecach?

– To zależy od tego, czy zabiłem skurwysyna, czy tylko go rozjuszyłem.

– Ach, ale wtedy płaczesz nad sobą.

– To był żart.

Bauchelain uniósł cienką brew.

Ciszę, która potem zapadła, zmąciło nadejście Emancipora. Sługa przyniósł tacę, na której stała zakurzona butelka i dwa kryształowe kielichy.

– A dla siebie nie przyniosłeś kieliszka? – zdziwił się nekromanta. – Czy jestem aż tak nieegalitarny, Emancipor?

– Hm, pociągnąłem łyk na dole, panie.

– Naprawdę?

– Żeby się przekonać, czy ma kwietny aromat.

– I ma?

– Nie jestem pewien. Może i ma. Jaki to jest kwietny?

– Hmm, widzę, że musimy ponownie podjąć twoją edukację w sprawach dotyczących kwestii towarzyskich. Kwietny aromat to przeciwieństwo... drzewnego. Innymi słowy, nie czuje się w nim gorzkiego wspomnienia żywicy, lecz coś słodkiego, jak narcyz albo tarczownica...

– To są trujące kwiaty – przerwał mu lekko zaniepokojony Szybki Ben.

– Ale ładne i miłe dla oka, tak? Wątpię, by któryś z nas miał zwyczaj jeść kwiaty. Ta analogia miała być jedynie wizualną wskazówką dla mojego drogiego Emancipora.

– Ach, rozumiem.

– Zanim nalejesz nam z tej butelki, Emancipor, powiedz mi, czy posmak był gorzki, czy słodki?

– Hmm, raczej metaliczny, panie. Jak żelazo.

Bauchelain wstał, chwycił za butelkę i przysunął sobie jej wylot do nosa.

– Ty idioto, to jest krew z kolekcji Korbala Broacha. Nie ten szereg, tylko ten naprzeciwko. Zabierz to z powrotem do piwnicy.

Poorana bruzdami twarz Emancipora zrobiła się blada jak pergamin. Sługa wytrzeszczył oczy.

– Krew? A czyja?

– Czy to ważne?

Szybki Ben odchrząknął.

– Sądzę, że dla twojego sługi odpowiedź brzmi: „tak, ważne".

Wrona zaskrzeczała na kominku, kiwając głową.

Sługa osunął się na kolana. Kielichy na tacy przewróciły się z brzękiem.

Bauchelain zmarszczył brwi. Ponownie wziął butelkę i uważniej powąchał zawartość.

– No cóż – stwierdził, odstawiając flaszkę – oczywiście nie mnie należy o to pytać, ale sądzę, że to krew dziewicy.

Szybki Ben nie miał innego wyjścia, jak zapytać:

– Skąd wiesz?

Bauchelain spojrzał na niego z uniesionymi brwiami.

– Ma drzewny aromat.

Do Kaptura z planami – pomyślał Paran. Siedział ze zwieszoną głową na jednej z niższych ław w Sali Rady Niewolnika. Wydawało się, że panująca na zewnątrz noc napłynęła do wielkiego, zakurzonego pomieszczenia, przyćmiewając blask umieszczonych na ścianach pochodni. Podłogę pośrodku komnaty zerwano, odsłaniając cały szereg oblepionych ziemią czółen-katamaranów. Owinięte w materiał trupy, które je wypełniały, zabrali w uroczystym orszaku Barghastowie, lecz najważniejsze dla zmysłów kapitana artefakty zostały na miejscu. Nie spuszczał wzroku z morskich czółen, jakby ukrywające się w nich prawdy mogły okazać się wstrząsające, gdyby tylko potrafił je zgłębić.

Ból wypełniał jego żołądek zanikającymi echami. Sądził, że rozumie źródła swej choroby. Nie był człowiekiem, który pragnął mocy, lecz i tak mu ją zesłano. Nie było to coś równie oczywistego jak miecz, taki jak Dragnipur, nic, co mógłby wziąć w rękę, by razić wrogów niczym demon zemsty, który klęka jedynie przed zimną sprawiedliwością. Niemniej jednak była to moc. Wrażliwość na niewidoczne prądy, wiedza o więziach łączących ze sobą wszystko i wszystkich. Ganoes Paran, który gardził władzą, został wybrany na rozjemcę decydującego o sprawach mocy, narzucającego zasady rozgrywki graczom, którym nie podobało się żadne ograniczenie ich całkowitej swobody.

Jestem gorszy od malazańskiego sędziego z Unty, który próbuje się trzymać litery prawa, lecz jednocześnie podlega wszelkim wyobrażalnym naciskom, poczynając od konkurencyjnych stronnictw, a kończąc na samej cesarzowej. To nieustanna szarpanina, która podejmowanie nawet najprostszych decyzji zamienia w koszmar.

Nic dziwnego, że moje ciało się wzdryga, próbuje odrzucić to, do czego mnie zmuszono.

Był sam w sali Rady Niewolnika. Podpalaczom Mostów bardziej odpowiadały koszary Gidrathów. Z pewnością oddawali się w tej chwili hazardowi i pijaństwu razem z pięćdziesięcioma ludźmi tworzącymi Wewnętrzną Straż Niewolnika, podczas gdy kapłani z Rady Masek udali się już na spoczynek.

Wydawało się też, że Śmiertelny Miecz Trake'a, mężczyzna imieniem Zrzęda, zawarł z córką Humbralla Taura przyjaźń, która mogła go wkrótce połączyć więzami pokrewieństwa z klanem Białych Twarzy. Oboje udali się gdzieś do serca Niewolnika, z pewnością w poszukiwaniu ustronnego miejsca, ku widocznemu niesmakowi Stonny Menackis.

Tarcza Kowadło Itkovian poprowadził swych ludzi do koszar w pobliżu pałacu Jelarkana, by dokonać niezbędnych napraw, a rankiem zacząć uwalniać ukrytych w tunelach uciekinierów. Wskrzeszenie Capustanu z pewnością będzie trudne i pełne bólu. Kapitan nie zazdrościł Szaremu Mieczowi tego zadania.

Za to my ruszymy w dalszą drogę. Itkovian będzie musiał znaleźć wśród ocalonych kogoś, w kogo żyłach płynie królewska krew, choćby nawet bardzo rozrzedzona – by posadzić go na tym zbezczeszczonym tronie. Infrastruktura miasta leży w gruzach. Kto nakarmi żywych? Ile czasu upłynie, nim będzie można wznowić handel z takimi miastami, jak Saltoan i Darudżystan? Kaptur wie, że Barghastowie nie są nic winni Capustanowi...

W końcu żołądek mu się uspokoił. Paran niepewnie zaczerpnął tchu i westchnął. Moc. Jego myśli uparcie zbaczały ku zwykłym sprawom. Wiedział, że to tylko próba uniku, lecz trudno mu było wracać do jedynej kwestii, którą prędzej czy później będzie się musiał zająć.

Otacza mnie burza planów, a każdy z nich próbuje zrobić ze mnie swój ośrodek. Wystarczy, że rozpościeram palce dłoni, a ujmuję w nie całą Talię Smoków. Wolałbym nie zdawać sobie sprawy z tej prawdy, ale czuję te cholerne karty w swym wnętrzu niczym kości jakiejś ogromnej bestii, tak gigantycznej, że nie sposób ogarnąć jej w całości. Szkielet, który w każdej chwili może się rozpaść. Chyba że ja go uratuję. To właśnie jest zadanie, które mi zlecono. Utrzymać to wszystko w całości.

Ci, którzy już uczestniczą w grze i nie chcą nowych graczy. Ci, którzy pozostają na zewnątrz i chcą się przyłączyć. Gracze pierwszo- i drugoplanowi, manewrujący w mroku. Uczciwi i tacy, którzy oszukują. Bogowie, jak mam się w tym wszystkim połapać?

Pomyślał o Zrzędzie, Śmiertelnym Mieczu Treacha, nowego Ascendentu. Tygrys Lata na swój sposób zawsze uczestniczył w grze, podążając bezszelestnie tropem Fenera. Jeśli opowieści mówiły prawdę, Pierwszy Bohater bardzo dawno temu zgubił drogę, całkowicie ulegając zwierzęcym instynktom swej jednopochwyconej postaci. Niemniej jednak, tak nieprawdopodobny zbieg okoliczności... Paran zaczynał podejrzewać, że pradawni bogowie nie zaaranżowali wszystkiego do takiego stopnia, jak sugerowała Nightchill, i swą rolę w wydarzeniach odegrał również szczęśliwy traf oraz umiejętność wykorzystania okazji.

W przeciwnym razie nikt, nawet Okaleczony Bóg, nie miałby najmniejszych szans w starciu z pradawnymi bogami. Gdyby wszystko to było z góry ukartowane, plan musiałby przewidywać, że Treach zgubi drogę i stanie się w tej grze uśpionym agentem, a groźba, jaką stanowił dla Fenera, zostanie zręcznie zneutralizowana aż do chwili, gdy Pierwszy Bohater okaże się potrzebny. Jego śmierć również musiałaby być zaaranżowana, tak by mógł osiągnąć ascendencję w ściśle określonym momencie.

Wszystkie te wydarzenia, które nagle uczyniłyby Fenera zupełnie, rozpaczliwie bezbronnym, musiałyby zostać przewidziane przez pradawnych bogów w najdrobniejszych szczegółach.

Dlatego, jeżeli nasze losy nie są z góry ustalone i w związku z tym poznawalne dla istot takich, jak pradawni bogowie, jeżeli tak nie jest, to wszystko, co postanowi uczynić lub czego postanowi nie uczynić każdy z nas, może mieć daleko idące konsekwencje. Nie tylko dla naszego życia, lecz również dla świata. Dla światów, wszystkich królestw, jakie istnieją.

Przypomniał sobie dzieła historyków, którzy głosili taką właśnie tezę.

Na przykład ten stary żołnierz, Duiker, chociaż on już dawno wypadł z łask. Każdy uczony, zgadza się przywdziać imperialną szatę, traci wiarygodność... z oczywistych przyczyn, gdyż natychmiast staje się nieobiektywny i zakłamany. Niemniej jednak w swych wczesnych dniach Duiker był zagorzałym orędownikiem tezy o znaczeniu indywidualnych decyzji.

To przekleństwo wielkich umysłów. W młodości wpadają na nową myśl, wychodzą cało z oblężenia, które z pewnością ją czeka, a potem, na koniec, pełnią straż na wałach, choć wojna dawno już się skończyła, a w ciężkich jak ołów dłoniach ściskają stępiony oręż... niech to szlag, znowu zbaczam z tematu.

Musiał zająć miejsce w centrum. Ta pozycja wymagała gwałtownego rozkwitu ego, niewzruszonej wiary we własne możliwości.

Niestety, to ostatnie na co mnie stać. Dręczy mnie niepewność, sceptycyzm, wszystkie słabości charakterystyczne dla kogoś, kto nigdy nie miał w życiu celu. Kto podważa wszystkie swe plany niczym drzewo podgryzające własne korzenie, po to tylko, by, padając, potwierdzić swą marną opinię o sobie samym.

Bogowie, co tu mówić o nieodpowiednich kandydatach...

Odgłos szurających po posadzce stóp uświadomił Paranowi, że w sali jest ktoś jeszcze. Kapitan zamrugał, wpatrując się w mrok. Wśród czółen było widać masywną, zakutą w zbroję z zaśniedziałych monet, postać.

Kapitan odchrząknął.

– Pożegnalna wizyta?

Barghascki wojownik wyprostował się gwałtownie.

Twarz młodzieńca była znajoma, lecz minęła chwila, nim Paran przypomniał sobie jego imię.

– Cafal, zgadza się? Brat Hetan.

– A ty jesteś malazańskim kapitanem.

– Nazywam się Ganoes Paran.

– Ten, Który Błogosławi.

Paran zmarszczył brwi.

– Nie, to określenie bardziej pasuje do Itkoviana, Tarczy Kowadła...

Cafal potrząsnął głową.

– On tylko dźwiga brzemiona. Ty jesteś Tym, Który Błogosławi.

– Sugerujesz, że jeśli ktoś potrafi uwolnić Itkoviana od jego... brzemion... to tylko ja? Że wystarczy, jeśli go... pobłogosławię?

Myślałem, że mam być po prostu rozjemcą. Najwyraźniej to bardziej skomplikowana sprawa. Moc błogosławienia? Beru broń.

– Nie mnie o to pytaj – warknął Cafal. Jego oczy lśniły w blasku pochodni. – Nie możesz pobłogosławić kogoś, kto nie przyznaje ci prawa do tego.

– Słuszna uwaga. Nic dziwnego, że kapłani na ogół nie są zbyt szczęśliwi.

Zęby Barghasta błysnęły, odsłonięte w uśmiechu lub bardziej złowrogim grymasie.

Och, nie bardzo mi się podoba ten pomysł z błogosławieniem, ale to ma sens. Jak inaczej władca talii może ogłosić swój werdykt? W rzeczy samej tak, jak untański sędzia, tyle że jest w tym element religii, a to mnie niepokoi. Potem się nad tym zastanowisz, Ganoes...

– Kiedy tu sobie siedziałem – odezwał się Paran – co chwila nasuwała mi się myśl, że w tych butwiejących czółnach kryje się jakaś tajemnica.

Cafal chrząknął.

– Czy mylę się, biorąc to za potwierdzenie?

– Nie.

Paran uśmiechnął się. Nauczył się już, że Barghastowie bardzo nie lubią mówić „tak", ale często można ich skłonić do przeczącej odpowiedzi na pytanie o przeciwstawnym sensie.

– Czy wolałbyś zakończyć tę rozmowę?

– Nie. Tylko tchórze ukrywają tajemnice. Podejdź bliżej, jeśli chcesz, i ujrzyj przynajmniej jedną z prawd ukrytych w owych starożytnych łodziach.

– Dziękuję – odparł Paran, wstając powoli z ławy. Wziął lampę, po czym zszedł na dół i stanął na pachnącej stęchlizną ziemi obok Cafala.

Barghast oparł prawą dłoń na rzeźbionym dziobie.

Paran przyjrzał się uważnie przedstawionej na nim scenie.

– To jakaś bitwa morska.

– Nie tę tajemnicę chciałem ci pokazać – rzekł Cafal. – Rzeźbiarze byli nadzwyczaj biegli. Ukryli spojenia i nawet upływ stuleci nie zdemaskował ich podstępu. Spójrz, wydaje się, że to czółno wystrugano z jednego pnia. Rzeczywiście tak było, lecz mimo to zmontowano je z części. Dostrzegasz to, Ganoesie Paran?

Kapitan przykucnął nad łodzią.

– Z trudem – odparł po chwili – i to tylko dzięki temu, że niektóre części wypaczyły się i odkształciły. Na przykład te ze scenami bitew...

– Tak jest, te. A teraz ujrzyj tajemnicę. – Cafal wyciągnął myśliwski nóż o szerokim ostrzu, wsunął klingę pod rzeźbioną płycinę i odwrócił ją nagle.

Zdobna deska nadburcia odpadła od kadłuba, odsłaniając długą niszę, w której coś blado świeciło. Barghast wetknął nóż za pas, wsadził rękę do zagłębienia i wydobył z niego jakiś przedmiot.

Był to wąski, jednosieczny miecz. W migotliwym świetle pochodni lśnił płynnym blaskiem. Owiniętą ścięgnami rękojeść chroniła niewielka, czworokątna garda. Choć oręż był nienaoliwiony i nie miał pochwy, nie widziało się na nim upływu stuleci.

– Są w nim czary.

– Nie. – Cafal uniósł broń, splatając w dziwny sposób palce obu dłoni na rękojeści. – Gdy nasz lud był młody, cierpliwość i zręczność połączyły się w nim w idealnym związku. Miecze, które wówczas produkowaliśmy, nie miały i nadal nie mają sobie równych.

– Wybacz mi, Cafal, ale zakrzywione miecze i włócznie, które widziałem u waszych wojowników, raczej nie stanowią przykładów biegłego rzemiosła.

Cafal obnażył zęby.

– Nie ma czego wybaczać. Powiedziałbym nawet, że jesteś zbyt uprzejmy. Broń, którą produkują obecnie nasi kowale, jest kiepskiej jakości. Utraciliśmy starożytną wiedzę.

– Nie potrafię sobie wyobrazić, żeby całkowicie niemagiczny miecz przechowywany w takich warunkach zniósł to bez szkody, Cafal. Jesteś pewien, że nie nasycono ich...

– Jestem. Ten stop opiera się działaniu czasu. Zawiera metale, których jeszcze nie odkryto na nowo. W dzisiejszych czasach, gdy czary zdobyły tak dominującą pozycję, być może nigdy do tego nie dojdzie. – Podsunął miecz Paranowi. – Wygląda na źle wyważony, prawda? Za ciężki na końcu. Zobacz.

Malazańczyk ujął broń. Była lekka jak sztylet.

– To niemożliwe – mruknął. – Musi się złamać...

– Nie tak łatwo, kapitanie. Wydaje się sztywny, prawda? Dlatego jesteś skłonny sądzić, że jest kruchy, ale to nieprawda. Przyjrzyj się ostrzu. Nie jest wyszczerbione, mimo że ten miecz widział już wiele bitew. Nadal jest ostry. Ta broń nie wymaga szczególnej dbałości.

Paran oddał oręż Barghastowi i ponownie spojrzał na czółna.

– I na tych łodziach jest więcej podobnych mieczy?

– Tak.

– Kto będzie ich używał? Wodzowie wojenni?

– Nie, dzieci.

– Dzieci?

– Starannie wybrane. Od początku będą się uczyły walczyć tylko tymi mieczami. Wyobraź sobie, że próbujesz się zamachnąć taką bronią, kapitanie. Twoje mięśnie są przyzwyczajone do czegoś znacznie cięższego. Albo zrobisz to zbyt silnie, albo przesadnie skompensujesz ruch. Mocne uderzenie mogłoby wytrącić ci broń z ręki. Nie, prawdziwy potencjał tych mieczy zrealizuje się tylko w rękach, które nie znają innej broni. Poza tym te dzieci będą musiały bardzo wielu rzeczy nauczyć się same. Ostatecznie, jak możemy je uczyć czegoś, czego sami nie umiemy?

– A jaki użytek zrobicie z tych mieczy? I z młodych wojowników, którzy będą nimi władali?

– Być może pewnego dnia się tego dowiesz, Ganoesie Paran.

Malazańczyk milczał przez pewien czas.

– Chyba poznałem jeszcze jedną tajemnicę – stwierdził po chwili.

– A mianowicie jaką?

Rozmontujecie te czółna. Nauczycie się budować takie same.

– Czy ląd długo jeszcze pozostanie waszą ojczyzną, Barghaście?

– Niedługo – przyznał z uśmiechem Cafal.

– No właśnie.

– No właśnie. Kapitanie, Humbrall Taur chciałby cię o coś poprosić. Czy musi to zrobić osobiście, czy mogę przekazać tę prośbę w jego imieniu?

– Mów.

– Barghastowie chcieliby, żebyś... pobłogosławił ich bogów.

– Słucham? Nie potrzebujecie tego...

– To prawda. Ale i tak cię o to prosimy.

– Daj mi się zastanowić, Cafal. Jeden z problemów polega na tym, że nie wiem, jak to się robi. Czy mam po prostu podejść do kości i powiedzieć: „Błogosławię was", czy też potrzebne jest coś bardziej skomplikowanego?

Cafal uniósł krzaczaste brwi.

– Nie wiesz tego?

– Nie wiem. Może powinniście zwołać waszych szamanów, żeby omówili tę sprawę?

– Tak jest, będziemy musieli to zrobić. Kiedy odkryjemy potrzebny rytuał, to czy zgodzisz się go wykonać?

– Powiedziałem, że się nad tym zastanowię, Cafal.

– Dlaczego się wahasz?

Dlatego, że jestem przeklętym przez Kaptura ośrodkiem i jeśli zdecyduję się coś zrobić, może to zmienić – z pewnością zmieni – wszystko.

– Nie chcę was urazić. Po prostu jestem ostrożnym skurczybykiem.

– Ten, kto posiada moc, musi działać stanowczo Ganoesie Paran. W przeciwnym razie rozpłynie mu się ona między palcami.

– Kiedy postanowię działać, Cafal, będę działał stanowczo. Jeśli to ma sens. Natomiast z pewnością nie będę pochopny i jeśli rzeczywiście władam olbrzymią mocą, powinieneś się z tego cieszyć.

Barghascki wojownik chrząknął.

– Być może twoja ostrożność jest mimo wszystko rozsądna. Przekażę ojcu twe słowa.

– Proszę bardzo.

– Jeśli pragniesz samotności, udaj się teraz gdzie indziej. Wkrótce Barghastowie przyjdą tu po broń. Noc będzie pełna ruchu.

– Dziękuję. Pójdę na przechadzkę.

– Strzeż się, Ganoesie Paran.

Kapitan odwrócił się.

– A czego?

– Kapłani z Rady Masek wiedzą, kim – czym – jesteś, i wcale im się to nie podoba.

– Dlaczego?

Cafal uśmiechnął się raz jeszcze.

– Nie lubią rywali. Nadal nie zgodzili się uznać Kerulego, który pragnie do nich dołączyć. Ty mógłbyś właściwie ogłosić się ich panem. Oczy ukryte pod tymi maskami spoglądają na ciebie z ukosa, kapitanie.

– Na oddech Kaptura – wydyszał Paran. – A kto to właściwie jest Keruli?

– Wielki kapłan K'rula.

– K'rula? Pradawnego boga?

– Spodziewaj się, że on również poprosi cię o błogosławieństwo w imieniu swego boga.

Paran potarł czoło. Nagle poczuł się niewiarygodnie zmęczony.

– Zmieniłem zdanie – mruknął. – Nie pójdę na spacer.

– A co zrobisz?

– Schowam się w jakiejś dziurze, Cafal.

Wojownik ryknął ochrypłym śmiechem, w którym było mniej sympatii, niż pragnąłby tego Paran.

Emancipor Reese zdołał odnaleźć w piwnicy bardziej odpowiednią butelkę. Napełnił winem dwa kielichy, po czym opuścił pośpiesznie pomieszczenie. Jego poorana bruzdami twarz była jeszcze bledsza niż zwykle.

Szybki Ben skosztował trunku z wielką ostrożnością. Zatrzymał na chwilę pierwszy łyk w ustach, po czym przełknął go z westchnieniem.

Siedzący naprzeciwko Bauchelain uśmiechnął się półgębkiem.

– Znakomite. Skoro zadałeś sobie tyle trudu, by przedostać się przez chroniące tę posiadłość bariery, z pewnością miałeś w tym jakiś cel. Wysłucham cię z najwyższą uwagą.

– Wzywanie demonów. To najrzadziej spotykana i najtrudniejsza z nekromantycznych dyscyplin.

Bauchelain odpowiedział skromnym wzruszeniem ramion.

– A używana w niej moc – ciągnął Szybki Ben – choć czerpana z groty Kaptura, jest głęboko skażona Chaosem. Rozpościera się po obu stronach dzielącej te groty bariery. A tak na marginesie, jak sądzisz, dlaczego aspektem przywoływania demonów jest śmierć?

– To ustanowienie absolutnej władzy nad siłą życiową, Szybki Benie. Groźba unicestwienia ma z samej definicji aspekt śmierci. Wracając do twojego spostrzeżenia na temat wpływu Groty Chaosu, mów dalej, proszę.

– Groty zostały zatrute.

– Ach. Moc Chaosu ma wiele różnych odcieni. Ta, która atakuje groty, ma niewiele wspólnego z używanymi przeze mnie elementami Groty Chaosu.

– Czyli że nie zetknąłeś się z utrudnieniami w dostępie do grot.

– Tego nie powiedziałem – zaprzeczył Bauchelain, pociągając łyk wina. – To... zakażenie... jest irytującym czynnikiem, którego działanie może się nasilić. Być może w przyszłości uznam za konieczne pomyśleć o odwecie na tym, kto jest za to odpowiedzialny. Mój towarzysz, Korbal Broach, wyraził niedawno swój narastający niepokój. Korzysta bardziej bezpośrednio z groty Kaptura i jemu przeszkadza to w większym stopniu.

Szybki Ben zerknął na chodzącą po kominku wronę.

– W rzeczy samej. No cóż – ciągnął, ponownie spoglądając na Bauchelaina – mogę ci powiedzieć, kto jest za to odpowiedzialny.

– A dlaczego miałbyś to zrobić, magu? Chyba że chcesz, byśmy ci pomogli. Zakładam, że sprzeciwiasz się temu... trucicielowi. I szukasz potencjalnych sojuszników.

– Sojuszników? Pomogli? Nie, źle mnie zrozumiałeś. Podzielę się tą informacją za darmo. Nie tylko nie pragnę nic otrzymać w zamian, lecz gdybyś coś mi oferował, z całym szacunkiem bym odmówił.

– To ciekawe. Czyżbyś więc dorównywał mocą bogom?

– Nie przypominam sobie, bym wspominał w tej rozmowie o bogach, Bauchelain.

– To prawda, ale istota odpowiedzialna za zatrucie wszystkich grot z pewnością jest niesłychanie potężna. Jeśli nie bóg, to przynajmniej kandydat na boga.

– Ta czy inaczej – dodał z uśmiechem Szybki Ben – nie rywalizuję z bogami.

– To bardzo rozsądna decyzja.

– Ale czasami udaje mi się ich pokonać w ich własnej grze.

Bauchelain przyjrzał się uważnie czarodziejowi, po czym odchylił się powoli.

– Przypadło mi do gustu twoje towarzystwo, Szybki Benie. Niełatwo mnie zainteresować, ty jednak ubarwiłeś mi dzisiejszą noc i dziękuję ci za to.

– Drobiazg.

– Niestety, mój towarzysz, Korbal Broach, ma ochotę cię zabić.

– Nie można zadowolić wszystkich.

– Czysta prawda. Rozumiesz, on nie lubi, gdy zbija się go z tropu, a ty to właśnie zrobiłeś.

– Lepiej niech siedzi spokojnie na tym kominku – poradził cicho Szybki Ben. – Nie lubię, kiedy mi przerywają.

Bauchelain uniósł brwi.

Po lewej stronie Szybkiego Bena eksplodowały nagle skrzydła. Korbal Broach zeskoczył z kominka, zmieniając w locie kształt.

Mag wyciągnął lewą rękę. Spłynęły z niej liczne warstwy czarów, które uderzyły w nekromantę.

Korbal Broach nie skończył się jeszcze przeobrażać. W połowie był człowiekiem, a w połowie potarganą wroną. Fale mocy nekromanty nawet nie zdążyły rozkwitnąć, gdy magiczne uderzenie uniosło go w górę. Kiedy dotarło do ściany nad kominkiem, niosąc półludzką postać o dziwacznych skrzydłach, nastąpiła detonacja.

Malowany tynk eksplodował w obłoku pyłu. Ściana zatrzęsła się i pękła, przebita na wylot w miejscu, w które uderzył Korbal Broach. Ostatnim, co zobaczył z niego Szybki Ben, były buty. Potem widok przesłoniły mu tumany kurzu oraz ruchliwe witki mocy.

Zza ściany, gdzie zapewne znajdował się korytarz, dobiegł głuchy łoskot. Potem ciszę mącił już tylko stukot osypującego się na kominek tynku.

Szybki Ben rozsiadł się wygodnie.

– Jeszcze wina? – zapytał Bauchelain.

– Tak, proszę. Dziękuję. Przepraszam, że narobiłem bałaganu.

– Nie ma sprawy. Nigdy jeszcze czegoś takiego nie widziałem. Sześć, może siedem grot otwartych jednocześnie i starannie połączonych ze sobą w uzupełniającą się całość. Jesteś prawdziwym artystą. Czy Korbal Broach wróci do siebie?

– Jestem twoim gościem, Bauchelain. Nie byłoby w dobrym tonie zabić twojego towarzysza. Ostatecznie, ściśle mówiąc, jestem również jego gościem.

Komin leżał w gruzach i pokój powoli wypełniał dym.

– To prawda – przyznał Bauchelain. – Muszę jednak z niechęcią wskazać, że on próbował zabić ciebie.

– Nie ma powodów do trwogi – uspokoił go mag. – To nie był dla mnie wielki wysiłek.

– I to właśnie najbardziej mnie zdumiewa. W twych czarach nie było ani śladu chaotycznej trucizny, Szybki Benie. Z pewnością rozumiesz, że chciałbym ci zadać całe mnóstwo pytań.

Na korytarzu rozległ się jęk.

– Muszę też wyznać – ciągnął Bauchelain – że ciekawość to moja obsesja, która często prowadzi mnie do użycia godnej pożałowania przemocy wobec wypytywanej osoby, zwłaszcza gdy nie jest ona skłonna odpowiadać na moje pytania. Sześć albo siedem grot...

– Sześć.

– Sześć grot użytych jednocześnie. Twierdzisz, że nie był to dla ciebie wielki wysiłek, wydaje mi się to jednak jawnym samochwalstwem. W związku z tym doszedłem do wniosku, że twoja moc jest, powiedzmy to otwarcie, wyczerpana.

– Dajesz mi jasno do zrozumienia, że nie jestem już tu mile widzianym gościem – odparł Szybki Ben, z westchnieniem odstawiając kielich.

– Niekoniecznie. Wystarczy, że odpowiesz mi na wszystkie pytania, a będziemy mogli kontynuować tę rozmowę w uprzejmy sposób.

– Obawiam się, że to nie będzie możliwe – odpowiedział Malazańczyk. – Niemniej jednak poinformuję cię, że istota, która zatruła groty, to Okaleczony Bóg. Będziesz musiał rozważyć... odwet na nim. I to szybciej, niż zapewne ci się zdaje.

– Dziękuję. Nie przeczę, że imponuje mi, iż władasz sześcioma grotami, Szybki Benie. Spoglądając wstecz, powinieneś jednak zachować w odwodzie przynajmniej połowę tego, czym dysponujesz.

Zaczął podnosić się z kanapy.

– Ależ, Bauchelain – rzekł czarodziej – tak właśnie zrobiłem. Kanapa i siedzący na niej mężczyzna nie znieśli uderzenia sześciu zharmonizowanych grot lepiej niż ściana i Korbal Broach przed paroma chwilami.

Szybki Ben natknął się na Emancipora Reese'a w wypełnionym gęstym, gryzącym dymem korytarzu prowadzącym do drzwi wyjściowych. Sługa osłonił sobie tkaniną dolną część twarzy. Z oczu ciekły mu łzy.

– Twoi panowie potrzebują pomocy, Emancipor.

– Żyją?

– Oczywiście. Aczkolwiek wdychanie dymu...

Sługa odepchnął Szybkiego Bena na bok.

– Co jest z wami wszystkimi?

– O co ci chodzi? – zdziwił się Malazańczyk.

Emancipor odwrócił się.

– Czy to nie oczywiste? Kiedy strącisz osę na ziemię, to potem ją rozdepczesz, nie? W przeciwnym razie może cię użądlić.

– Sugerujesz, żebym zabił twoich pracodawców?

– Wszyscy jesteście przeklętymi przez Kaptura idiotami i tyle! Sprzątnij tu, Mancy! Zdrap to z podłogi! Pochowaj tamto w ogrodzie! Spakuj kufry, musimy natychmiast wyjechać! To moje przekleństwo. Nikt nie chce ich zabić! Wydaje się wam, że lubię tę robotę? Idioci! Wydaje się wam...

Staruszek nie przestawał wrzeszczeć, nawet gdy Szybki Ben opuścił już budynek.

Na ganku czekał na niego Talamandas.

– Wiesz, że on ma rację...

– Cisza – warknął czarodziej.

Wszystkie pełniące straż martwiaki pospadały z muru i leżały na dziedzińcu, lecz odzyskiwały już zdolność ruchu. Ich kończyny drżały lekko.

Wyglądają jak opancerzone chrząszcze poprzewracane na grzbiety. Lepiej stąd zmiatajmy, bo tym razem moja moc naprawdę jest wyczerpana.

– Mało brakowało, a przeniósłbym się do tej ściany, którą rozwaliłeś.

– To byłoby bardzo niefortunne posunięcie – stwierdził Szybki Ben. – Właź mi na plecy, znikamy stąd.

– Nareszcie jakieś mądre słowa!

Bauchelain otworzył oczy. Emancipor spoglądał na niego z góry.

– Jesteśmy w ogrodzie, panie – oznajmił sługa. – Wyciągnąłem was obu na zewnątrz. Ugasiłem też ogień. Muszę teraz otworzyć wszystkie okna...

– Znakomicie, Emancipor – wyjęczał po chwili siwobrody nekromanta. – Emancipor! – zawołał raz jeszcze, gdy sługa zaczął się oddalać.

– Panie?

– Przyznaję, że czuję się... zbity z tropu. Czy posiadamy jakąś chroniczną wadę, Emancipor?

– Słucham?

– Nie docenia... och, mniejsza z tym, Emancipor. Bierz się do roboty.

– Tak jest, panie.

– Och, i za twoje wysiłki należy ci się premia. Co chciałbyś otrzymać?

Sługa wpatrywał się w Bauchelaina przez kilkanaście uderzeń serca, po czym potrząsnął głową.

– Nie ma potrzeby, panie. To należy do moich obowiązków. Pora już, żebym do nich wrócił.

Nekromanta uniósł głowę, śledząc spojrzeniem starego sługę, który powlókł się w stronę domu.

– Cóż to za skromny człowiek – wydyszał. Spojrzał z posępnym westchnieniem na swe sfatygowane ciało. – Czy mam jeszcze coś, w co mógłbym się ubrać?

O ile pamięć go nie myliła, po ostatnich wydarzeniach nie zostało tego wiele.

Szybki Ben ponownie spowił się w cienie i zszedł na zasypaną gruzem ulicę. Większość pożarów wygasła tymczasem sama bądź też ugasili je ludzie i w oknach – ani tych pustych, ani osłoniętych okiennicami – nie widziało się żadnych świateł. Niebem władały gwiazdy, a miastem ciemność.

– To cholernie niesamowite – wyszeptał Talamandas.

Czarodziej chrząknął.

– I pomyśleć, że mówi to ktoś, kto spędził całe pokolenia w urnie ustawionej pośrodku kurhanu.

– Włóczędzy, tacy jak ty, nie wiedzą, co to znaczy czuć się gdzieś jak u siebie w domu – odparła sznurołapka, pociągając nosem.

Horyzont na wprost przed nimi przesłaniała mroczna sylwetka Niewolnika. Mury gmachu lśniły lekko w słabym blasku płonących na placu pochodni. Po wyjściu na wiodącą w stronę bulwaru aleję natknęli się na pierwszą grupę Barghastów. Skupili się oni wokół niewielkiego ogniska, w którym palono zniszczone meble. Między budynkami rozwieszono baldachimy i aleja przerodziła się w swego rodzaju tunel, uderzająco podobny do targowych ulic w Siedmiu Miastach. Na całej jego długości pod domami leżały śpiące postacie. Liczne ogniska pokrywały dolne powierzchnie brezentowych płacht różnobarwnymi, upstrzonymi dymem plamami światła. Wielu barghasckich wojowników nie spało, pełniąc straż.

– Jak chcesz przemknąć się przez tę ciżbę niepostrzeżenie, czarodzieju? – wyszeptał Talamandas. – Będziemy musieli ją obejść, zakładając, że nie opuściło cię dziwaczne pragnienie skradania się niczym mysz w chacie pełnej kotów. Przypominam ci, że to są moi kuzy...

– Cisza – rozkazał pod nosem Szybki Ben. – Możesz to uznać za kolejną próbę naszych zdolności współdziałania, a także grot.

– Przejdziemy prosto przez tłum?

– Tak jest.

– Której groty chcesz użyć? Błagam, tylko nie D'riss. Te brukowce...

– Nie, nie, przesiąknęlibyśmy starą krwią. Nie pójdziemy dołem, Talamandas, tylko górą. Serc, Ścieżka Nieba.

– Myślałem, że wyczerpałeś swą moc w rezydencji.

– Wyczerpałem. W znacznym stopniu. Będziemy musieli trochę się napocić.

– Ja nigdy się nie pocę.

– Przekonamy się.

Czarodziej otworzył grotę Serc. Otaczająca ich sceneria nie uległa zbyt wielkiej zmianie. Potem, gdy oczy Szybkiego Bena przyzwyczajały się stopniowo, dostrzegł prądy powietrzne, warstwy zimna i ciepła płynące równolegle do ziemi, spirale wypływające ku niebu spomiędzy brezentowych płacht, ślady pozostawiane w powietrzu przez chodzących, cieplne wspomnienia w kamieniu i drewnie.

– To nie wygląda zdrowo – mruknęła sznurołapka. – Masz zamiar pływać w tych prądach?

– Czemu by nie? Jesteśmy prawie tak samo ulotni jak powietrze, które przed sobą widzimy. Nie będę miał trudności ze wzbiciem się w górę. Problem w tym, żeby się tam utrzymać. Masz rację, nie zostało mi już prawie nic. Dlatego to zadanie spadnie na ciebie, Talamandas.

– Na mnie? Ja nic nie wiem o Serc.

– I nie będziesz się musiał niczego nauczyć. Chodzi mi tylko o twoją moc.

– Tego nie było w umowie!

– Ale teraz jest.

Sznurołapka zadrżała nerwowo na barku Szybkiego Bena.

– Czerpiąc z mojej mocy, osłabisz osłony chroniące cię przed trucizną.

– Trzeba odnaleźć próg, Talamandas. Muszę się dowiedzieć, co mogę od ciebie uzyskać w nagłej sytuacji.

– A jak bardzo paskudnej sytuacji się spodziewasz, gdy w końcu rzucimy wyzwanie Okaleczonemu Bogu? – zainteresowała się sznurołapka. – Te twoje sekretne plany. Nic dziwnego, że trzymasz je w tajemnicy!

– Mógłbym przysiąc, że słyszałem, jak mówiłeś, iż jesteś gotów poświęcić się dla sprawy. Czyżbyś nagle się przestraszył?

– Szaleństwa? Możesz być tego pewien, czarodzieju!

Szybki Ben uśmiechnął się do siebie.

– Spokojnie. Nie zamierzam zapalić dla ciebie stosu. Nie planuję też rzucić wyzwania Okaleczonemu Bogu. Nie bezpośrednio. Raz już spojrzałem mu prosto w twarz i ten jeden raz wystarczy. O tym progu mówiłem jednak poważnie. Wyciągaj korek, szamanie. Zobaczymy, na co nas stać.

Talamandas syknął z wściekłości, po czym warknął pod nosem na znak zgody.

Szybki Ben uniósł się w powietrze i dał ponieść najbliższemu prądowi płynącemu nad ulicą. Chłodny powiew wnikał pod brezentowe płachty, lecz na chwilę przed tym czarodziej uniósł się nieco wyżej i wpadł w spiralę ciepła bijącą w górę od jednego z ognisk. Pomknęli prosto ku niebu.

– Cholera! – warknął Szybki Ben, koziołkując w słupie gorącego powietrza. Zazgrzytał zębami, sięgnął do mocy sznurołapki i przekonał się, że jego podejrzenia były prawdą.

Grota Kaptura. Niemal wyłącznie. Czuję tylko kapkę słonych szczyn barghasckich bogów. Ci cholerni nowi przybysze za bardzo rozciągnęli swe siły. Ciekawe, co wyczerpuje ich energię? W talii, w Domu Śmierci, jest karta, która od bardzo dawna była nieobsadzona. Mag. Podejrzewam, że właśnie znalazła twarz. Wymalowaną na głupim żołędziu. Talamandas, niewykluczone, że popełniłeś straszliwy błąd. A dla was, barghasccy bogowie, będzie to nauczką na przyszłość. Nigdy nie oddawajcie swych sług innych bogom, gdyż w takim przypadku wkrótce przestaną być waszymi sługami. Ów bóg obróci ich w broń... wymierzoną prosto w wasze plecy.

Drodzy barghasccy bogowie, znaleźliście się w świecie pełnym drapieżników znacznie wredniejszych od tych, których znaliście w przeszłości. Macie szczęście, że trafiliście na mnie.

Zaczerpnął brutalnie owej mocy.

Sznurołapka wygięła się spazmatycznie, wpijając w bark i szyję czarodzieja gałązki palców.

Szybki Ben zamknął moc Pana Śmierci w nieubłaganym, mentalnym uchwycie i pociągnął z całej siły.

Chodź do mnie, ty skurczybyku. Musimy porozmawiać.

W zaciśniętej dłoni trzymał kawałek szorstkiej tkaniny, który rozciągał się coraz bardziej. Poczuł na swoim ciele oddech Śmierci, jej nieodpartą, kipiącą od gniewu obecność.

Zupełnie bezradną w uścisku śmiertelnika.

Szybki Ben roześmiał się chrząkliwie.

– I to cały pożytek z progów. Chcesz zawrzeć ze mną sojusz, Kapturze? Proszę bardzo, chętnie cię wysłucham, mimo że próbowałeś mnie oszukać. Będziesz mi jednak musiał zdradzić swe zamiary.

– Ty przeklęty głupcze!

Głos Kaptura niósł się pod czaszką czarodzieja niczym grom, przeszywając ją falami bólu.

– Ciszej – warknął Szybki Ben, zgrzytając zębami. – Bo inaczej ściągnę cię tu w całości i Fener nie będzie jedynym bogiem, na którego zaczął się sezon polowań.

– *Nie można zatwierdzić Domu Łańcuchów!*

Czarodziej zamrugał, zaskoczony słowami Kaptura.

– Domu Łańcuchów? Myślałem, że chodzi nam o wycięcie trucizny? O gorączkę trawiącą Pożogę... zakażenie grot...

– *Trzeba przekonać władcę talii, śmiertelniku. Dom Okaleczonego Boga znajduje... zwolenników...*

– Chwileczkę. Zwolenników? Wśród panteonu?

– *Tak jest, zdrajców. Poliel, Pani Zarazy, aspiruje do roli Małżonki Króla Łańcuchów. Zwerbowano też Herolda. Prastary wojownik pragnie zostać Łupieżcą, a na odległym lądzie Dom znalazł Śmiertelnego Miecza. Mowri przejęła Kalekę, Trędowatego i Głupca; trójkę będącą odpowiednikami Tkaczki, Murarza i Żołnierza. Co najbardziej niepokojące, wokół ostatniej z tych budzących grozę kart drży prastara moc... śmiertelniku, Władca Talii nie może pozostawać ślepy na tę groźbę.*

Szybki Ben skrzywił się.

– Kapitan Paran nie jest bynajmniej zaślepiony, Kapturze. Powiedziałbym, że spogląda na świat trzeźwiej nawet od ciebie, a z pewnością znacznie obiektywniej. Coś mi też mówi, że gdy nadejdzie czas podjęcia decyzji, będzie potrzebna właśnie chłodna zdolność rozumowania. Tak czy inaczej, ciebie może martwić Dom Łańcuchów, ale ja niepokoję się o zakażającą groty truciznę. I o to, jak ona wpływa na Pożogę.

– *To tylko zmyłka, czarodzieju. Dałeś się wprowadzić w błąd. W Pannion Domin nie znajdziesz odpowiedzi. Nie znajdziesz rozwiązania. Jasnowidz stanowi serce zupełnie innej opowieści.*

– Tyle sam się domyśliłem, Kapturze. Mimo to mam zamiar rozgryźć skurczybyka i zniszczyć jego moc.

– *To ci nic nie da.*

– Tak ci się tylko zdaje – odparł z uśmiechem Szybki Ben. – Wkrótce zwrócę się do ciebie znowu, Kapturze.

– *A czemu miałbym ci odpowiedzieć? Nie wysłuchałeś ani jednego słowa, które...*

– Wysłuchałem. Zastanów się, Panie. Barghasccy bogowie mogą być młodzi i niedoświadczeni, ale nie zawsze tak będzie, a poza tym młodzi bogowie są niebezpieczni. Jeśli ich teraz zranisz, nie zapomną, kto jest za to odpowiedzialny. Obiecałeś, że im pomożesz, i lepiej to zrób, Kapturze.

– *Śmiesz mi grozić...*

– I kto teraz nie słucha? Nie grożę ci, tylko cię ostrzegam. I to nie tylko przed barghasckimi bogami. Treach znalazł sobie potężnego Śmiertelnego Miecza. Czy go nie czujesz? Dzieli mnie od niego z górą tysiąc kroków i co najmniej dwadzieścia kamiennych murów, a mimo to wyczuwam go świetnie. Spowija go ból po śmierci kogoś bliskiego, kogo dusza trafiła do ciebie. Ten Śmiertelny Miecz nie jest ci przyjacielem, Kapturze.

– *Sądzisz, że nie przywitałem z radością dusz, które mi dostarczył? Treach mi je obiecał, a jego ludzki sługa w końcu spełnił tę obietnicę.*

– Innymi słowy, Tygrys Lata i barghasccy bogowie dotrzymali umowy. Lepiej zrób to samo. Mam na myśli również uwolnienie Talamandasa, gdy nadejdzie czas. Przestrzegaj ducha porozumienia, Kapturze... chyba że niczego się nie nauczyłeś na błędach, które popełniłeś w sprawie Dassema Ultora...

Czarodziej poczuł kipiący gniew Pana Śmierci, lecz bóg zachował milczenie.

– Tak jest – warknął Szybki Ben – zastanów się nad tym. A tymczasem, będziesz musiał uwolnić swą moc, w stopniu wystarczającym, by przenieść mnie nad tym tłumem Barghastów na plac przed Niewolnikiem. Potem wycofasz ją, na tyle, by zwrócić Talamandasowi wolność, zgodnie z umową. Ukryj się za jego malowanymi oczyma, jeśli tego pragniesz, ale nie rób nic więcej do chwili, gdy uznam, że znowu jesteś mi potrzebny...

– *Pewnego dnia będziesz należał do mnie, śmiertelniku...*

– Z pewnością, Kapturze. Ale na tę piękną chwilę musimy jeszcze trochę poczekać.

Wypowiedziawszy te słowa, czarodziej wypuścił z rąk płaszcz boga. Obecność cofnęła się z ulgą.

Moc popłynęła równym strumieniem, unosząc Szybkiego Bena i siedzącą na jego ramieniu sznurołapkę wysoko nad brezentowymi baldachimami.

– Co się stało? – syknął Talamandas. – Na chwilę, hmm, zniknąłem.

– Wszystko w porządku – wyszeptał czarodziej. – Czy moc ma odpowiedni smak, sznurołapko?

– Tak jest. Tej mocy mogę używać.

– Cieszę się, że to słyszę. W takim razie prowadź nas na plac.

Gwiazdy przesłaniała cienka zasłona zalegającego od dłuższego czasu dymu. Kapitan Paran siedział na szerokich schodach przed głównym wejściem do Niewolnika. Na wprost niego, na końcu szerokiej alei, wznosiła się wieża strażnicza. Przez jej otwarte drzwi było widać płonące w barghasckich obozach ogniska, które rozświetlały gęstniejącą mgłę.

Choć Malazańczyk czuł się wyczerpany, sen nie chciał nadejść. Od chwili, gdy przed dwoma dzwonami rozstał się z Cafalem, jego myśli wędrowały niezliczonymi ścieżkami. Wewnątrz nadal trudzili się barghasccy gnaciarze, którzy rozmontowywali czółna i zbierali starożytną broń. Poza tym jednak Niewolnik wydawał się całkowicie opuszczony i martwy.

Puste sale i korytarze nieubłaganie przywiodły Parana do myśli o tym, jak wygląda teraz jego rodzinna posiadłość w Uncie. Oboje rodzice nie żyli, Felisin skuwały łańcuchy w jakiejś odległej o tysiące mil kopalni, a kochana Tavore miała do swego użytku ze dwadzieścia luksusowych komnat w pałacu Laseen.

Dom został sam na sam ze swymi wspomnieniami. Ograbili go służący, strażnicy oraz uliczne szczury rynsztokowe. Czy przyboczna przejeżdżała czasem tamtędy konno? Czy jej myśli wędrowały tam niekiedy podczas pełnego zajęć dnia?

Tavore nigdy nie miała skłonności do ulegania sentymentom. Cechowała się zimnym spojrzeniem, brutalną racjonalnością i pragmatyzmem o tysiącu ostrzy, gotowych rozpruć każdego głupca, który podszedłby zbyt blisko.

Cesarzowa będzie bardzo zadowolona ze swej nowej przybocznej.

A co z tobą, Felisin? Z twym szerokim uśmiechem i roztańczonym spojrzeniem? W kopalniach otataralu nie ma miejsca na skromność. Nic nie osłoni cię tam przed najgorszymi aspektami ludzkiej natury. Mimo to z pewnością znajdziesz opiekuna – jakiegoś zbira albo alfonsa.

Kwiat zmiażdżony obcasem.

Twoja siostra jest jednak zdecydowana cię uratować. Tyle przynajmniej o niej wiem. Niewykluczone też, że na okres trwania wyroku przydzieliła ci strażnika albo i dwóch.

Ale nie uratuje dziecka. Nie będziesz już dzieckiem. Nie będziesz się już uśmiechała, a roztańczone spojrzenie ustąpi miejsca czemuś twardemu i śmiercionośnemu. Trzeba było znaleźć inne wyjście, siostro. Bogowie, lepiej by było, gdybyś zabiła Felisin i tyle. To byłby akt miłosierdzia.

Obawiam się, że pewnego dnia drogo zapłacisz za ten błąd...

Paran pokręcił głową. Rodziny nikt nie mógłby mu zazdrościć.

Sami rozerwaliśmy się na strzępy. A teraz troje rodzeństwa zmierza każde swą odrębną drogą.

Nigdy dotąd szansa na to, że ich szlaki jeszcze kiedyś się przetną, nie wydawała się tak mała.

Wytarte schody, które widział przed sobą, pokrywały plamy popiołu, jakby jedynym, co ocalało w mieście, był kamień. Ciemność sprawiała wrażenie przepojonej powagą i smutkiem. Nie było słychać żadnych dźwięków, które powinny towarzyszyć nocy w takim miejscu.

Dzisiejszej nocy wyczuwa się bliskość Kaptura...

Jedne z potężnych, dwuskrzydłowych drzwi Niewolnika otworzyły się nagle. Kapitan obejrzał się przez ramię, po czym skinął głową.

– Śmiertelny Mieczu, wyglądasz na... wypoczętego.

Potężnie zbudowany mężczyzna wykrzywił twarz.

– Zamęczyła mnie prawie na śmierć. Cóż za okropna baba.

– Słyszałem już, jak mężczyźni mówili tak o swoich kobietach i w ich skargach zawsze pobrzmiewała nuta zadowolenia. Teraz również ją słyszę.

Zrzęda zmarszczył brwi.

– Masz rację. Śmieszna sprawa.

– Schody są szerokie. Usiądź, jeśli masz ochotę.

– Nie chcę zakłócać twej samotności, kapitanie.

– Zrób to, proszę. Z chęcią się od niej uwolnię. Gdy jestem sam, ogarniają mnie mroczne myśli.

Śmiertelny Miecz podszedł bliżej i usiadł na stopniu obok Parana, ze szczękiem sfatygowanej, niezawiązanej zbroi. Wsparł przedramiona na kolanach, a zakute w stalowe rękawice dłonie zwisały luźno.

– To również i moja klątwa, kapitanie.
– Masz szczęście, że trafiłeś na Hetan.
Mężczyzna chrząknął.
– Kłopot w tym, że ona jest nienasycona.
– Innymi słowy, szukasz teraz samotności, a moja obecność ci w tym przeszkodziła.
– Cieszę się z twojego towarzystwa, pod warunkiem, że nie rozorasz mi pleców pazurami.
Paran skinął głową.
– Nie jestem jednym z tych kotów... uch, przepraszam.
– Nie ma za co. Jeśli Trake nie ma poczucia humoru, to wyłącznie jego problem. Ale z drugiej strony, na pewno je ma. Inaczej nie wybrałby mnie na Śmiertelnego Miecza.
Paran przyjrzał się uważnie siedzącemu obok niego mężczyźnie. Pod zygzakowatymi tatuażami kryła się twarz, która pamiętała trudne lata – ogorzała i grubo ciosana. Odkąd do jego ciała i krwi wniknęła moc boga, oczy Zrzędy upodobniły się do tygrysich ślepiów. Mimo to otaczały je zmarszczki wesołości.
– Mam wrażenie, że Trake dokonał mądrego wyboru...
– Nie, jeśli wymaga pobożności albo żąda składania ślubów. Kaptur wie, że ja nawet nie lubię walczyć. Nie jestem żołnierzem i nie pragnę nim zostać. Jak więc mam służyć Bogu Wojny?
– Sądzę, że jesteś lepszy niż jakiś krwiożerczy zupak o równej linii brwi, Zrzęda. Niechęć do wyciągania tych kordelasów i do wszystkiego, co one reprezentują, wydaje mi się korzystną cechą. Bogowie wiedzą, że w obecnych czasach to rzadkość.
– Nie jestem pewien. Nikt w tym mieście nie palił się do walki. Kapłani, Gidrathowie, nawet Szare Miecze. Gdyby tylko było jakieś inne wyjście... – Wzruszył ramionami. – To samo dotyczy mnie. Gdyby nie to, co spotkało Harlla i Stonny, siedziałbym teraz w tunelach, bełkocząc ze strachu razem z całą resztą.
– Stonny to ta twoja przyjaciółka ze złamanym rapierem, zgadza się? A kto to jest Harllo?
Zrzęda odwrócił na chwilę wzrok.
– To jedna z ofiar, kapitanie. – Jego głos był pełen goryczy. – Jeden z ludzi, którzy zostali na szlaku. Słyszałem, że wasza malazańska armia jest tuż na zachód od miasta. Przybywa przyłączyć się do tej przeklętej przez śmierć wojny. Dlaczego?

– To przejściowa aberracja. Zabrakło nam nieprzyjaciół.

– Żołnierski humor. Nigdy nie potrafiłem go zrozumieć. Czy walka jest dla was aż tak ważna?

– Dla mnie osobiście nie. Ale dla ludzi takich, jak Dujek Jednoręki i Sójeczka, to cała treść życia. Oni są twórcami historii. Ich darem jest władza rozkazywania. Ich czyny zmieniają mapy kreślone przez uczonych. Jeśli zaś chodzi o żołnierzy, powiedziałbym, że dla większości jest to po prostu zawód, zajęcie, zapewne jedyne, w jakim są dobrzy. Są fizycznym wyrazem woli dowódców, którym służą, i w związku z tym również tworzą historię.

– A co, jeśli ci dowódcy są głupcami o samobójczych skłonnościach?

– Prawem żołnierza jest narzekać na oficerów. Każdy piechociarz o ubłoconych nogach jest prawdziwym artystą, jeśli chodzi o odgadywanie zamiarów wielkich strategów po fakcie, prawda jednak wygląda tak, że Imperium Malazańskie od dawna może się pochwalić znakomitymi, kompetentnymi dowódcami. Są twardzi i sprawiedliwi, i z reguły zaczynają służbę od szeregowca, choć przyznaję, że szlachta, do której się zaliczam, zdążyła już osłabić tę tradycję. Gdybym wybrał bezpieczniejszy szlak, mógłbym już być pięścią, nie dzięki umiejętnościom czy doświadczeniu, rzecz jasna. Wystarczyłyby koneksje. Niemniej cesarzowa dostrzegła w końcu zgniliznę i podjęła odpowiednie kroki. Zapewne jednak jest już za późno.

– W takim razie, dlaczego, w imię Kaptura, wyjęła spod prawa Dujeka Jednorękiego?

Paran milczał przez chwilę, po czym wzruszył ramionami.

– Z powodów politycznych. Pewnie nawet cesarzowa musi czasem ulegać wymogom sytuacji.

– Dla mnie to wygląda na zmyłkę – mruknął Zrzęda. – Nikt nie pozbywa się swego najlepszego dowódcy po prostu ze złości.

– Niewykluczone, że masz rację. Niestety, nie mogę potwierdzić ani zaprzeczyć. Tak czy inaczej, między Laseen i Dujekiem jest trochę zastarzałych urazów.

– Kapitanie Paran, przemawiasz stanowczo zbyt otwarcie. Osobiście nie uważam tego za wadę, ale podobna szczerość może cię któregoś dnia zaprowadzić na szubienicę.

– To wysłuchaj czegoś jeszcze, Śmiertelny Mieczu. Pojawił się nowy Dom, który ubiega się o członkostwo w Talii Smoków. Jego twórcą jest Okaleczony Bóg. Czuję nacisk, głosy niezliczonych bogów, którzy domagają się, bym odmówił jego usankcjonowania, ponieważ wygląda na to, że to mnie przeklęto ową odpowiedzialnością. Czy mam pobłogosławić Dom Łańcuchów, czy też nie? Przemawiają przeciwko temu przemożne argumenty i nie potrzebuję podszeptów żadnego boga, żeby to zrozumieć.

– W czym więc tkwi problem, kapitanie?

– To proste. Jest też inny głos, ukryty tak głęboko wewnątrz mnie, że prawie go nie słychać. Odosobniony głos, Zrzęda, który domaga się ode mnie czegoś dokładnie przeciwnego. Twierdzi, że muszę usankcjonować Dom Łańcuchów, muszę pobłogosławić prawo Okaleczonego Boga do zajęcia miejsca w Talii Smoków.

– I czyj to głos powtarza tak szalone tezy?

– Myślę, że mój własny.

Zrzęda milczał przez kilkanaście uderzeń serca, Paran czuł jednak na sobie spojrzenie nieludzkich oczu mężczyzny. Wreszcie Śmiertelny Miecz odwrócił wzrok i wzruszył ramionami.

– Niewiele wiem o Talii Smoków. Używa się jej do wróżenia, tak? Nigdy się tym nie zajmowałem.

– Ja też nie – przyznał Paran.

Zrzęda wybuchnął śmiechem, ostrym i niosącym się echami, po czym skinął powoli głową.

– Co to mówiłeś o mnie wcześniej? Lepiej, żeby Bogu Wojny służył człowiek, który nienawidzi rozlewu krwi, niż taki, który go pożąda. Podobnie, czy nie lepiej, by Talią Smoków zarządzał ktoś, kto nic o niej nie wie, a nie ktoś, kto studiował ją przez całe życie?

– Może i masz trochę racji. Co jednak nie zmienia faktu, że nie czuję się na siłach.

– Rozumiem. – Zrzęda przerwał na chwilę. – Kapitanie, poczułem, jak mój bóg wzdrygnął się, gdy wspomniałeś, co podpowiada ci instynkt w sprawie Okaleczonego Boga i jego Domu Łańcuchów. Jak już jednak mówiłem, nie jestem niczyim wyznawcą. Pewnie dlatego spoglądam na to inaczej. Jeśli Trake pragnie trząść się na czterech chwiejnych nogach, to tylko jego sprawa.

– Zaintrygował mnie twój brak obaw, Zrzęda. Mam wrażenie, że nie widzisz żadnego ryzyka w zalegalizowaniu Domu Łańcuchów. Dlaczego?

Mężczyzna wzruszył potężnymi ramionami.

– Ale właśnie o to chodzi, nieprawdaż? O zalegalizowanie. Obecnie Okaleczony Bóg pozostaje poza całą cholerną grą, a to znaczy, że nie obowiązują go żadne zasady...

Paran wyprostował się nagle.

– Masz rację. Niech mnie Otchłań, w tym właśnie tkwi sedno. Jeśli pobłogosławię Dom Łańcuchów, Okaleczony Bóg zostanie... związany...

– Stanie się po prostu kolejnym graczem na planszy, tak jest. W tej chwili kopie ją, gdy tylko ma na to szansę. Kiedy sam się na niej znajdzie, nie będzie już miał tego przywileju. Przynajmniej tak to dla mnie wygląda, kapitanie. Dlatego, gdy powiedziałeś, że chcesz usankcjonować ten dom, pomyślałem sobie: o co tyle hałasu? Uważam, że to rozsądne posunięcie. Bogowie potrafią niekiedy być cholernie tępi. Pewnie dlatego potrzebują zdrowego rozsądku śmiertelników. Radzę ci, byś wysłuchał tego odosobnionego głosu, chłopcze.

– To dobra rada...

– Może dobra, a może zła. Może się zdarzyć i tak, że Trake i wszyscy inni bogowie będą mnie smażyli na wiecznym ogniu Otchłani za to, że ci jej udzieliłem.

– To znaczy, że będę miał towarzystwo – zauważył z uśmiechem Paran.

– Całe szczęście, że obaj nie znosimy samotności.

– To właśnie jest żołnierski humor, Zrzęda.

– Naprawdę? Ale ja mówiłem poważnie, kapitanie.

– Och.

Zrzęda zerknął na niego.

– Dałeś się nabrać.

Chłodny, opadający prąd powietrza zaniósł Szybkiego Bena na wykładany kamiennymi płytami, pokryty żwirem plac. Kilkanaście kroków przed nim majaczyła wieża strażnicza. Za nią, na szerokich, niskich schodach Niewolnika, siedzieli obok siebie kapitan Paran i Śmiertelny Miecz.

– Z nimi właśnie chciałem porozmawiać – mruknął czarodziej, zamykając grotę Serc.

– Błagam, tylko bez dalszych sporów – odezwał się siedzący na jego ramieniu Talamandas. – To potężni ludzie...

– Bez obaw – uspokoił go czarodziej. – Nie przewiduję konfrontacji.

– Ale na wszelki wypadek uczynię się niewidzialnym.

– Jak sobie życzysz.

Sznurołapka zniknęła, choć czarodziej nadal czuł jej niewielki ciężar oraz wczepione w jego płaszcz palce z gałązek.

Gdy Szybki Ben podszedł bliżej, obaj mężczyźni unieśli wzrok.

Paran przywitał go skinieniem głowy.

– Kiedy ostatnio cię widziałem, dręczyła cię gorączka. Jestem rad, że już czujesz się lepiej. Zrzęda, to jest Szybki Ben, żołnierz z Podpalaczy Mostów.

– I mag.

– To również.

Zrzęda przyglądał się przez chwilę Szybkiemu Benowi. Paran wyczuwał w jego bursztynowych, kocich oczach obecność poruszającej się nerwowo bestii.

– Cuchniesz śmiercią – stwierdził wreszcie Daru. – To mi się nie podoba.

Szybki Ben poderwał się nagle.

– Naprawdę? Ostatnio obracałem się w nieodpowiednim towarzystwie. Zgadzam się, że to bardzo nieprzyjemne, ale, niestety, konieczne.

– I to wszystko?

– Mam nadzieję, że tak, Śmiertelny Mieczu.

W oczach Zrzędy zapłonęła na moment brutalna groźba, która jednak powoli przygasła. Mężczyzna wzruszył ramionami.

– To Podpalacz Mostów uratował życie Stonny, więc na razie wezmę się w cugle. Poczekam, aż się okaże, czy ta skaza zanika.

– Możesz uznać, że powiedział ci w wymyślny sposób, iż powinieneś się jak najszybciej wykąpać – oznajmił Szybkiemu Benowi Paran.

– Widzę, że zacząłeś żartować – zauważył czarodziej, spoglądając na kapitana. – Coś się zmieniło.

– Ostatnio zmieniło się bardzo wiele – przyznał Paran. – Jeśli chcesz dołączyć do kompanii, to znajdziesz ją w koszarach Gidrathów.

– Właściwie to przynoszę wiadomość od Sójeczki.

Paran wyprostował się.

– Udało ci się z nim skontaktować? Mimo że groty są zatrute? Jestem pod wrażeniem, czarodzieju. Słucham cię z najwyższą uwagą. Czy ma dla mnie nowe rozkazy?

– Brood zażądał kolejnej narady – oznajmił Szybki Ben. – Z udziałem wszystkich oficerów, w tym również Zrzędy, Humbralla Taura i kto tam ocalał z Szarych Mieczy. Czy mógłbyś zawiadomić o tym innych dowódców sił zbrojnych w Capustanie?

– Pewnie mógłbym. Czy to wszystko?

– Jeśli masz dla Sójeczki jakiś meldunek, mogę mu go przekazać.

– Nie, dziękuję. Zaczekam na chwilę, gdy spotkam się z nim osobiście.

Jak sobie życzysz – pomyślał Szybki Ben, krzywiąc się wściekle.

– Jeśli chodzi o pozostałe sprawy, lepiej żebyśmy porozmawiali w cztery oczy, kapitanie.

Zrzęda zaczął się podnosić, lecz Paran powstrzymał go, wyciągając rękę.

– Sądzę, że potrafię przewidzieć pytania, jakie mi zadasz, Szybki.

– Może i potrafisz, ale wolałbym, żebyś tego nie robił.

– Masz pecha. Powiem to jasno. Nie podjąłem jeszcze decyzji, czy usankcjonuję Dom Łańcuchów. Szczerze mówiąc, nie podjąłem w ogóle żadnej decyzji i może upłynąć trochę czasu, nim to się zmieni. Nie próbuj wywierać na mnie nacisku.

Szybki Ben uniósł przed siebie obie ręce.

– Nie mam podobnego zamiaru, kapitanie. Przed krótką chwilą sam padłem ofiarą podobnej próby, a sprawcą był nie kto inny, jak Kaptur. Poczułem się zdrowo poirytowany. Jeśli ktoś próbuje mnie nakłonić do podjęcia jakichś działań, instynkt z reguły podpowiada mi, bym uczynił coś wręcz przeciwnego. Nie jesteś jedynym, który lubi zamieszać w gnojowicy.

Zrzęda parsknął ochrypłym śmiechem.

– Cóż za zabawne niedopowiedzenie! Chyba znalazłem dziś sobie idealne towarzystwo. Mów dalej, czarodzieju.

– Mam jeszcze tylko jedno do dodania – ciągnął Szybki Ben, przyglądając się Paranowi. – To spostrzeżenie. Być może błędne, ale nie sądzę. Kapitanie, zachorowałeś nie dlatego, że opierałeś się mocy, do której zaakceptowania byłeś zmuszany, lecz dlatego, że stawiałeś opór samemu sobie. Rób to, co podpowiada ci instynkt, a resztę niech Otchłań pochłonie. To wszystko.

– Czy to twoja rada, czy Sójeczki? – zapytał cicho Paran.

Szybki Ben wzruszył ramionami.

– Gdyby on tu był, powiedziałby ci to samo, kapitanie.

– Znasz go już od dawna, co?

– Od dawna.

Paran skinął głową.

– Przed chwilą sam doszedłem do podobnego wniosku. To znaczy, z pomocą Zrzędy. Wygląda na to, że nas trzech wkrótce narazi się na poważny gniew pewnych bardzo potężnych istot.

– Niech sobie wrzeszczą – warknął Zrzęda. – Kaptur wie, że zrobiliśmy więcej, niż do nas należało, a oni tylko gapili się na nas ze śmiechem. Pora wdziać stalową rękawicę na drugą dłoń.

Szybki Ben westchnął pod nosem.

Sam widzisz, Kapturze. Właściwie nawet nie próbowałem, ale tylko dlatego, że było oczywiste, iż Paran nie zamierza cię wysłuchać. Po zastanowieniu, chyba rozumiem dlaczego. Tak czy inaczej, wysłuchaj mojej rady: Dom Łańcuchów powstanie. Pogódź się z tym i bądź gotowy. Masz jeszcze dużo czasu... no, w miarę.

Aha, i jeszcze jedno, Kapturze. Wy, bogowie, stanowczo zbyt długo sami określaliście zasady. Ustąpcie teraz miejsca śmiertelnikom. Zobaczymy, jak my sobie poradzimy. Sądzę, że może was czekać parę niespodzianek.

Wynędzniali, umazani ziemią, ale żywi. Gdy niebo na wschodzie jaśniało, ocaleni z Capustanu wylegli z ostatniego z wylotów tuneli. Pobladli mieszkańcy korzeni miasta wzdrygali się przed blaskiem pochodni, krążąc bez celu po bulwarze, jakby zgubili się w mieście, które ongiś zwali domem.

Tarcza Kowadło Itkovian ponownie dosiadł swego rumaka, mimo że przy każdym szybszym poruszeniu kręciło mu się w głowie z powodu zmęczenia i bólu płynącego z ran. Jego zadaniem było teraz być dostrzegalnym. Wymagano od niego jedynie obecności. Znajomej, rozpoznawalnej, uspokajającej.

Gdy wstanie dzień, kapłani z Rady Masek ruszą przez miasto z procesją, by również uspokoić mieszkańców, zapewnić ich, że istnieje tu władza, że ktoś panuje nad sytuacją i życie może się zacząć od nowa. Itkovian jednak wybrał chwilę mroku przed wschodem słońca, by pomóc Szarym Mieczom otrząsnąć się z szoku wywołanego otaczającym ich zewsząd zniszczeniem. Jeśli wliczyć tych, którzy byli w tunelach, pełnili straż przy każdym wylocie i w każdym miejscu zbiórki, zostało ich trzystu dziewiętnastu.

Mieli narzucić przestrzeganie stanu wyjątkowego i dopilnować, by nikt nie zakłócił powagi chwili. Itkovian jednak wiedział, że ich obecność ma przede wszystkim wartość psychologiczną.

Jesteśmy obrońcami miasta. I nadal żyjemy.

Żałoba była ciemnością, a zwycięstwo i wszystko, co się z nim wiązało, szarością nadchodzącego świtu, złagodzeniem nacisku utraty i zniszczeń, które dzień powoli odsłaniał wokół nich. Nie zdołają ugasić konfliktu, który gorzał w każdym z ocalonych, dręczącej ducha świadomości brutalnej przypadkowości losu, lecz Szare Miecze przez samą swą obecność podnosiły ich na duchu. Stały się sztandarem miasta.

I nadal żyjemy.

Itkovian zakładał, że gdy uporają się z tym zadaniem, ich kontrakt będzie można uważać za wykonany. Z zaprowadzeniem ładu i porządku uporają się Gidrathowie z Niewolnika. Ocalałe Szare Miecze opuszczą Capustan i zapewne nigdy już nie wrócą. Tarcza Kowadło zastanawiał się nad przyszłością kompanii. Jej liczebność spadła z ponad siedmiu tysięcy do trzystu dziewiętnastu. Po tym oblężeniu Szare Miecze mogą się już nigdy nie podnieść. Straty jednak, nawet tak straszliwe, można było jakoś przetrwać. Wygnanie Fenera z jego groty to coś całkiem innego. Armia zaprzysiężona bogu, który postradał moc, nie różniła się zdaniem Itkoviana od innych band najemników, złożonych z nieudaczników z niewielką domieszką zawodowych żołnierzy. Rulon monet nikomu nie wzmocni kręgosłupa i niewiele było kompanii, które mogły uchodzić za honorowe i uczciwe. Niewiele takich, które kontynuowałyby walkę, gdy istniała możliwość ucieczki.

Szanse zwerbowania nowych ludzi nie wyglądały zachęcająco. Szare Miecze potrzebowały trzeźwo myślących ludzi o prostym kręgosłupie, zdolnych zaakceptować dyscyplinę najwyższego stopnia, takich, dla których śluby miały realne znaczenie.

Na Bliźniacze Kły, potrzebuję fanatyków...

Z drugiej strony, musieli to być ludzie wolni od wszelkich zobowiązań. Mało prawdopodobne połączenie.

A nawet gdyby udało się odnaleźć takich ludzi, komu mogliby oni poprzysiąc wierność? Nie Trake'owi. Jądro jego armii już istniało, skupione wokół Zrzędy.

Itkovian znał jeszcze dwoje innych bogów, których aspektem była wojna. Północnych bogów, rzadko czczonych tu, w sercu kontynentu czy na południu.

Jak to nazwała mnie Hetan? Nigdy nie porównywała mnie do kota ani do niedźwiedzia. W jej oczach byłem wilkiem.

Niech i tak będzie...

Uniósł głowę i omiótł spojrzeniem kłębiący się tłum ocalonych, aż wreszcie wypatrzył drugiego samotnego jeźdźca.

Kobieta patrzyła na niego.

Wezwał ją do siebie skinieniem dłoni.

Minęła chwila, nim zdołała się przedostać przez tłum i podjechać do niego.

– Tarczo Kowadło?

– Znajdź kapitan Norul. Nas troje czeka ważne zadanie, żołnierko.

Kobieta zasalutowała i zawróciła wierzchowca.

Itkovian śledził ją wzrokiem, aż zniknęła w bocznej ulicy. Za decyzją Tarczy Kowadła stała niezłomna logika, on jednak wyczuwał w niej pustkę, jakby jego zadanie ograniczało się do przygotowań, a w tym, co wydarzy się później, nie miał do odegrania żadnej roli. Niemniej jednak przetrwanie Szarych Mieczy było dla niego ważniejsze od osobistych pragnień.

To jedyne wyjście. Nie widzę innego. Musimy stworzyć nową Reve. Nawet w tej sprawie mam jeszcze coś do zrobienia.

Kapitan Norul znalazła sobie konia. Jej skryta w cieniu hełmu twarz postarzała się bardzo. Zbyt długo już nie zaznali snu. Gdy zatrzymały się z rekrutką obok Tarczy Kowadła, nie odezwała się ani słowem.

– Jedźcie za mną – rzucił Itkovian, zawracając konia.

Gdy zmierzali przez miasto, niebo nad ich głowami powoli jaśniało, nabierając modrego koloru. Opuścili Capustan przez północną bramę. Na wzgórzach, w odległości mili od niej, znajdowały się obozowiska Barghastów. Jurt i namiotów strzegła stosunkowo nieliczna straż tylna. Z niezliczonych ognisk, nad którymi starzy mężczyźni i kobiety przyrządzali poranny posiłek, wzbijały się kłęby dymu. Po krzywych alejkach biegały już dzieci, mniej hałaśliwe od miejskich, lecz równie żywiołowe.

Troje Szarych Mieczy minęło splądrowane resztki panniońskich linii i skierowało się ku najbliższemu barghasckiemu obozowi.

Itkovian nie zdziwił się, widząc sześć starych kobiet, czekających na nich na skraju obozowiska.

Istnieje pewien prąd, który zaniósł nas w to miejsce, i te czarownice wyczuwają go równie wyraźnie jak ja. Tak oto prawda staje się jasna dla wszystkich. Owa świadomość nie zmniejszyła bynajmniej jego złowrogiej determinacji. Uznaj to za kolejne brzemię, które musisz dźwigać, Tarczo Kowadło. Jesteś dla niego stworzony, tak samo jak dla wszystkich pozostałych.

Ściągnęli wodze przed barghasckimi kobietami.

Przez dłuższą chwilę nikt się nie odzywał. Wreszcie jedna ze staruszek zachichotała i skinęła dłonią.

– Chodźcie więc.

Itkovian zsiadł z konia, a jego towarzyszki uczyniły to samo. Pojawiły się dzieci, które ujęły wodze ich wierzchowców i odprowadziły je na bok.

Staruszki ruszyły główną aleją obozu ku wielkiej jurcie stojącej na jego końcu. Przy wejściu do niej straż pełniło dwóch wojowników. Pierwsza z kobiet syknęła na nich i usunęli się im z drogi.

Itkovian, rekrutka i kapitan weszli za staruszkami do wnętrza jurty.

– Rzadko się zdarza, by do tego miejsca przybył mężczyzna – oznajmiła przywódczyni grupy. Pokuśtykała na drugą stronę centralnego paleniska i opadła na stos futer.

– Czuję się zaszczycony...

– Nie ma powodu! – przerwała mu z chichotem kobieta. – Musiałbyś pobić wojownika do nieprzytomności, żeby go tu przywlec, a i wtedy zapewne zaatakowaliby cię po drodze jego bracia i przyjaciele. Jesteś młodym mężczyzną wśród starych kobiet, a na świecie nie ma bardziej niebezpiecznego połączenia!

– Popatrz na niego! – krzyknęła inna kobieta. – On nie zna strachu!

– W palenisku jego duszy zostały jedynie popioły – dodała trzecia, pociągając nosem.

– Mimo wszystko – podjęła pierwsza – to, do czego w tej chwili zmierza, może oznaczać burzę ogniową w skutej lodem puszczy.

Togctha i Farand, kochankowie rozłączeni na całą wieczność, zimowe serca, które wyją w głębokich kryjówkach Laederon i jeszcze dalej. Wszystkie słyszałyśmy w snach ich żałobne głosy. Czyż nie mam racji? Są coraz bliżej, ale nie przybywają z północy, nie, nie z północy. A teraz zjawił się ten mężczyzna. – Pochyliła się. Bijący z paleniska dym przesłaniał jej pooraną zmarszczkami twarz. – Ten mężczyzna...

Jej ostatnie słowa zabrzmiały jak westchnienie.

Itkovian zaczerpnął głęboko tchu, po czym wskazał na rekrutkę.

– Śmiertelny Miecz...

– Nie – warknęła staruszka.

Tarcza Kowadło zawahał się.

– Ale...

– Nie – powtórzyła kobieta. – Jego już znaleziono. On istnieje. To już się stało. Spójrz na jej dłonie, Wilku. Jest w nich zbyt wiele czułości. Ona będzie Bożym Jeźdźcem.

– Jesteś... jesteś tego pewna?

Staruszka wskazała głową na kapitan Norul.

– A ona – kontynuowała, ignorując pytanie Itkoviana – stanie się tym, kim ty byłeś. Widzę tę prawdę w jej oczach i w miłości, którą cię darzy. Będzie godną odpowiedzią, wypisaną krwią. Będzie Tarczą Kowadłem.

Pozostałe staruchy kiwały głowami na znak zgody. Ich oczy lśniły w półmroku, a ostre nosy przypominały dzioby. Itkovian miał wrażenie, że nagle zmaterializowało się przed nim stado wron.

Zwrócił się powoli w stronę kapitan Norul. Weteranka była wyraźnie wstrząśnięta.

– Tarczo Kowadło, co... – zaczęła, spoglądając na niego.

– To dla Szarych Mieczy – przerwał jej, próbując zapanować nad nagłym bólem. – Trzeba to uczynić – wychrypiał. – Togg, Pan Zimy, dawno zapomniany bóg wojny. Barghastowie pamiętają go jako wilczego ducha imieniem Togctha. I jego utracona towarzyszka, wilczyca, Fanderay. Po barghascku Farand. W naszej kompanii jest obecnie więcej kobiet niż mężczyzn. Musimy ogłosić Reve, klęknąć przed wilczym bogiem i wilczą boginią. Ty będziesz Tarczą Kowadłem. A ty – dodał, zwracając się do rekrutki, która wybałuszyła oczy – Bożym Jeźdźcem. Szare Miecze zostały stworzone na nowo. Usankcjonowały nas te kobiety.

Kapitan odsunęła się ze szczękiem zbroi.

– Ty jesteś Tarczą Kowadłem Szarych Mieczy...

– Nie. Jestem Tarczą Kowadłem Fenera, a Fenera... już nie ma.

– Kompania została praktycznie zniszczona – wskazała weteranka. – Mało prawdopodobne, by udało się ją odbudować. Kwestia jakości...

– Będziecie potrzebowali fanatyków, kapitanie. Kluczowe znaczenie ma stan ich umysłu, ich wychowanie i kultura. Musicie odnaleźć takich ludzi. Ludzi, którzy utracili wiarę i wszystko, co nadawało ich życiu sens. Ludzi... zagubionych.

Norul potrząsała głową, Itkovian widział jednak, że w jej szarych oczach narasta zrozumienie.

– Kapitanie – ciągnął bezlitośnie – Szare Miecze pomaszerują na wojnę u boku dwóch cudzoziemskich armii. Na południe, by zanieść zagładę do Pannion Domin. W odpowiedniej chwili zaczniesz werbować rekrutów. Ludzi, których ci potrzeba, znajdziesz między Tenescowri.

Nie obawiaj się, na razie cię nie opuszczę, przyjaciółko. Musisz się jeszcze wiele nauczyć.

Wygląda na to, że ciągle mam coś do zrobienia.

Zobaczył, że ogarnęło ją przygnębienie. Odepchnął od siebie przerażenie wywołane własnym uczynkiem. Niektórymi uczuciami nie można się było z nikim dzielić.

To właśnie jest moja najstraszliwsza zbrodnia. Włożyłem Norul na plecy brzemię Tarczy Kowadła i nie dałem jej wyboru.

Nie dałem jej wyboru.

Rozdział dziewiętnasty

Tego dnia spotkały nas złowrogie niespodzianki
Rok Zgromadzenia
Koralb

Ktoś nas śledzi.

Srebrna Lisica odwróciła się w siodle, mrużąc powieki. Westchnęła.

– To moje dwie malazańskie opiekunki – stwierdziła. – Wątpię, by udało się nam je zniechęcić – dodała po chwili wahania.

Kruppe uśmiechnął się.

– Najwyraźniej twoje nienaturalne zniknięcie z obozu nie cechowało się całkowitą czarodziejską niewykrywalnością. Oznacza to kolejnych świadków oczekującego nas złowrogiego wydarzenia. Czy obawiasz się publiczności, dziewczyno? To straszliwa skaza...

– Nie, Kruppe, nie obawiam się.

– Czy więc na nie zaczekamy?

– Coś mi mówi, że wolą się trzymać na dystans. Jedźmy dalej, Daru. Jesteśmy już prawie na miejscu.

Grubasek omiótł spojrzeniem niskie, trawiaste wzgórza, które otaczały ich ze wszystkich stron. Poranne słońce świeciło jasno, rozpraszając ostatnie cienie w rozległych, płytkich kotlinach. Pomijając dwie malazańskie żołnierki, które podążały tysiąc kroków za nimi, byli zupełnie sami.

– Wydaje się, że to raczej nieliczna armia – zauważył. – Z pewnością skryła się w norach susłów.

– To ich dar i przekleństwo – wyjaśniła Srebrna Lisica. – T'lan Imassowie we wszystkim są jak pył.

W tej samej chwili wokół ich podążających wolnym kłusem wierzchowców zmaterializowały się liczne postacie. Wychudłe wilki, które biegały bezgłośnie. T'lan Ay, najpierw dziesiątki, a potem setki.

Muł Kruppego zaryczał i podrzucił łbem, stawiając uszy.

– Spokój, bestio! – krzyknął Daru, co przestraszyło zwierzę jeszcze bardziej.

Srebrna Lisica, która jechała obok, uspokoiła muła, dotykając jego szyi.

Zbliżyli się do wzgórza o płaskim szczycie, wznoszącego się między dwoma starodawnymi, wyschniętymi korytami rzek. Były one szerokie, a erozja zamieniła ich brzegi w łagodne stoki. Srebrna Lisica wjechała na szczyt, ściągnęła wodze i zsunęła się z siodła.

Kruppe pośpiesznie podążył za jej przykładem.

T'lan Ay nadal krążyły w oddali. Były ich już tysiące, lecz swymi postaciami dziwnie przypominały widma, przesłonięte tumanami pyłu, który się bezustannie wzbijał.

Dwie żołnierki wprowadziły konie na wzgórze, ignorowane przez Rhivijkę i Daru.

– Będzie gorąco – zauważyła jedna z nich.

– Bardzo gorąco – zgodziła się druga.

– W takie dni lepiej nie wdawać się w bijatykę.

– Masz rację. Zresztą niespecjalnie chciało mi się bić z Tenescowri. Głodująca armia to żałosny widok. Chodzące szkielety...

– To ciekawe porównanie – wtrącił Kruppe. – Zważywszy wszystko razem.

Obie żołnierki umilkły, przyglądając mu się uważnie.

– Wybaczcie, że przerywam wam rozmowę – rzekła z przekąsem Srebrna Lisica – ale czy moglibyście wszyscy zająć pozycję za mną? Dziękuję, nie, jeszcze trochę dalej. Przynajmniej z pięć kroków. O, tak. Wolałabym, żeby nikt nie zakłócał tego, co się wydarzy.

Kruppe – i stojące za nim kobiety z pewnością również – skierował spojrzenie za plecy Srebrnej Lisicy, na otaczające wzgórze niziny, na których z ziemi wyłaniali się przysadziści, odziani w futra zmumifikowani wojownicy. Otaczało ich morze migotliwego pyłu. Nagły, bezgłośny czar sprawiał niesamowite wrażenie.

„We wszystkim są jak pył...".

Ten pył odnalazł jednak kształt.

Nieregularne szeregi, matowy błysk krzemiennych oręży: szarych, czarnych i rdzawobrązowych plam na morzu gładkiej, wyschniętej skóry barwy betelu. Hełmy z czaszek, w nielicznych przypadkach ozdobione rogami bądź porożem, zamieniły wszystkie zbocza w ocean kości, przypominający plac wyłożony brudnymi brukowcami najrozmaitszych rozmiarów. Nie było wiatru, który poruszyłby długie, skołtunione włosy, sterczące spod owych hełmów, a blask słońca nie był w stanie rozproszyć cienia pod hełmami osłaniającymi jamy oczodołów. Wszystkie martwiaki spoglądały z wielkim skupieniem na Srebrną Lisicę.

W ciągu kilkunastu uderzeń serca otaczająca ich równina zniknęła, wypełniona milczącymi, nieruchomymi T'lan Imassami.

T'lan Ay nie były już widoczne. Przesłoniły je zmasowane legiony. Strażnicy. Kuzyni. Odrzuceni przez Kaptura.

Srebrna Lisica zwróciła się ku T'lan Imassom.

Cisza.

Kruppe zadrżał. W powietrzu unosiła się ostra woń martwiaków, mroźne tchnienie umierającego lodu przesycone czymś, co przypominało żałobę.

To rozpacz. A może po tak długim, bliskim wieczności czasie, tylko jej popioły.

Zewsząd otacza nas starożytna wiedza. Nie sposób temu zaprzeczyć. Kruppe jednak zadaje sobie pytanie, czy towarzyszą jej wspomnienia? Autentyczne wspomnienia? Żywych ciał i pieszczoty wiatru? Śmiechu dzieci? Wspomnienia miłości?

Co ze śmiertelnych uczuć mogło przetrwać zamrożone w lodowatej przestrzeni między życiem a śmiercią? Nawet nie echo. Tylko wspomnienie lodu i nic poza nim. Bogowie na dole... taki smutek...

Do stoku rozciągającego się przed Srebrną Lisicą zbliżyły się postacie odziane w futra pradawnych, dawno wymarłych zwierząt. Spojrzenie Kruppego przyciągał barczysty rzucający kości, który na głowie miał ozdobiony porożem hełm, a na ramionach brudne futro z polarnych lisów. Daru uświadomił sobie z nagłym wstrząsem, że zna tę zjawę.

Ach, spotykamy się znowu, Pranie Chole. Wybacz, ale serce mi pęka na twój widok. Na widok tego, czym się stałeś.

To Pran Chole pierwszy zwrócił się do Srebrnej Lisicy.

– Przybyliśmy na Drugie Zgromadzenie – oznajmił.

– Przybyliście w odpowiedzi na moje wezwanie – wychrypiała.

Rzucający kości pochylił głowę.

– To, kim jesteś, zostało ukształtowane dawno temu, pod przewodnictwem pradawnego boga. W sercu jesteś jednak Imassem. Wszystko, co z tego wynika, płynęło w twojej krwi od chwili narodzin. Oczekiwanie było długie, wzywająca. Jestem Pran Chole z T'lan Imassów Krona. Byłem, razem z K'rulem, obecny przy twych narodzinach.

Uśmiech Srebrnej Lisicy przepełniała gorycz.

– Czy więc jesteś moim ojcem, Pranie Chole? Jeśli tak, to do naszego spotkania doszło stanowczo za późno. Dla nas obojga.

Kruppego ogarnęła rozpacz. To był zastarzały gniew, powstrzymywany od bardzo dawna. Powietrze wypełnił lodowaty chłód. Drugie Zgromadzenie zaczęło się od straszliwych słów.

Wydawało się, że Pran Chole skurczył się nagle. Na jego wyschłej twarzy pojawiło się coś przypominającego wstyd.

Nie, Srebrna Lisico, jak mogłaś to zrobić?

– Tam dokąd się udałaś, córko – wyszeptał Pran Chole – nie mogłem za tobą podążyć.

– Oczywiście – warknęła. – Ostatecznie, czekały na ciebie śluby. Rytuał, który obrócił wasze serca w popiół. I wszystko to w imię wojny. Ale przecież w końcu na tym właśnie ona polega, nieprawdaż? Na porzucaniu domu i tych, których się kocha. Postanowiłeś wyrzec się nawet samej zdolności kochania. Porzuciłeś to wszystko. Porzuciłeś...

Przerwała.

Kruppe zamknął na krótką chwilę oczy, by móc w myśli dokończyć zdanie.

Porzuciłeś mnie.

Pran Chole nadal pochylał głowę. W końcu uniósł ją nieco.

– Wzywająca, czego od nas oczekujesz?

– Wkrótce do tego dojdziemy.

Z grupy wystąpił drugi rzucający kości. Na ramionach miał zbutwiałe futro wielkiego brunatnego niedźwiedzia. Wydawało się, że owa bestia żyje w głębi jam jego oczu.

– Jestem Okral Lom – oznajmił głosem przywodzącym na myśl odległe uderzenie gromu. – Stoją teraz przed tobą wszyscy rzucający kości T'lan Imassów Krona. Agkor Choom. Bendal Home, Ranag Ilm i Brold Chood, a także sam Kron, którego na Pierwszym

Zgromadzeniu wybrano na wodza wojennego. W przeciwieństwie do Prana Chole'a nic nas nie obchodzi twój gniew. Nie odegraliśmy żadnej roli w stworzeniu ciebie, twych narodzinach. Niemniej jednak kierujesz się błędnym wyobrażeniem, wzywająca. Prana Chole'a nie można zwać twoim ojcem. Godzi się dźwigać brzemię twego gniewu dlatego, że jest tym, kim jest. Jeśli musisz zwać kogoś ojcem, jeśli potrzebujesz twarzy, na której mogłabyś skupić swą nienawiść, to musisz być cierpliwa, bo tego, o kogo ci chodzi, wśród nas nie ma.

Z twarzy Srebrnej Lisicy odpłynęła stopniowo krew, zupełnie jakby nie była ona przygotowana na brutalne oskarżenie, które padło z ust rzucającego kości.

– N... nie ma?

– Twe dusze wykuto w grocie Tellann, lecz nie w odległej przeszłości, w czasach Prana Chole'a. W każdym razie nie z początku. Wzywająca, grota, o której mówię, należała do Pierwszego Miecza, Onosa T'oolana. Jest on obecnie bezklanowy i wędruje samotnie. Ta samotność wypaczyła jego moc Tellann...

– Wypaczyła? Dlaczego?

– Z powodu tego, czego szuka, co leży w sercu jego pragnień.

Srebrna Lisica potrząsała głową, jakby chciała zaprzeczyć wszystkiemu, co mówił Okral Lom.

– A czego właściwie szuka?

Rzucający kości wzruszył ramionami.

– Wzywająca, wkrótce sama się o tym przekonasz, gdyż Onos T'oolan usłyszał twe wezwanie na Drugie Zgromadzenie. Niestety, trochę się spóźni.

Srebrna Lisica przeniosła powoli wzrok na Prana Chole'a, który znowu pochylił głowę.

Ten rzucający kości wziął na siebie odpowiedzialność za stworzenie Srebrnej Lisicy i w ten sposób oferował jej dar. Stał się celem dla jej gniewu, zgodził się paść ofiarą jego wybuchu. Pamiętam cię, Pranie Chole, z mojego świata snów. Twoją twarz, wyraz współczucia w oczach. Gdybym tylko miał odwagę zapytać, czy wszyscy Imassowie byli ongiś tacy jak ty?

Z szeregów wystąpiła kolejna dwójka.

– Jestem Ay Estos z T'lan Imassów Logrosa – oznajmił pierwszy z nich w ciszy, która zapadła po słowach Okrala Loma. Ten rzucający kości miał na sobie futro z polarnych wilków. Był wyższy i chudszy od pozostałych.

– Witaj, Ay Estos – odpowiedziała Srebrna Lisica nieco roztargnionym głosem. – Pozwalam ci mówić.

T'lan Imass pokłonił się, po czym oznajmił:

– Logros mógł przysłać na to zgromadzenie tylko dwóch rzucających kości. Wyjaśnię ci dlaczego. – Przerwał na chwilę, lecz gdy Srebrna Lisica nic nie powiedziała, kontynuował: – T'lan Imassowie Logrosa polują na renegatów. Naszych kuzynów, którzy złamali śluby. Popełniono zbrodnie, wzywająca, i musimy na nie zareagować. Dlatego przybyłem tu w imieniu klanów Logrosa.

Srebrna Lisica otrząsnęła się, z wyraźnym wysiłkiem odrywając wzrok od Prana Chole'a. Zaczerpnęła głęboko tchu i wyprostowała się.

– Powiedziałeś, że jest tu obecny jeszcze drugi rzucający kości z klanów Logrosa – stwierdziła bezbarwnym głosem.

Odziany w wilcze futra T'lan Imass odsunął się na bok. Stojąca za nim postać była grubokoścista, a ukryta pod zwiędłym ciałem czaszka przybrała zwierzęcy wygląd. Kobietę spowijał płaszcz z pokrytej łuskami skóry, który sięgał z tyłu aż do ziemi. Na szerokiej, płaskiej głowie nie miała hełmu. Zostało na niej tylko kilka wąskich pasemek skóry, z których wyrastały nieliczne kosmyki długich, białych włosów.

– Olar Ethil — oznajmił Ay Estos. – Pierwsza pośród rzucających kości. Eleint, Pierwsza Jednopochwycona. Nie towarzyszyła mi podczas wędrówki, gdyż Logros wyznaczył jej inne zadanie, które kazało jej odejść daleko od klanów. Dzisiejszego dnia my, członkowie klanów Logrosa, ujrzeliśmy ją po raz pierwszy od wielu lat. Eleint, czy zechcesz opowiedzieć o sukcesie bądź porażce twoich poszukiwań?

Pierwsza Rzucająca Kości pochyliła głowę, po czym zwróciła się do Srebrnej Lisicy.

– Wzywająca, gdy zbliżałam się do tego miejsca, zawładnęłaś moimi snami.

– To prawda, aczkolwiek nie wiedziałam, kim jesteś. Możemy o tym porozmawiać przy innej okazji. Opowiedz mi o tym zadaniu, które zlecił ci Logros.

– Wysłał mnie na poszukiwanie ocalałych armii T'lan Imassów, które pamiętaliśmy z Pierwszego Zgromadzenia. Ifayle'a, Kerluhma, Bentracta i Orshana.

– I znalazłaś je? – zapytała Srebrna Lisica.

– Sądzę, że cztery ocalałe klany T'lan Imassów Bentracta przebywają w Jacuruku, lecz zostały uwięzione wewnątrz Groty Chaosu. Szukałam ich tam, wzywająca, ale bez powodzenia. Jeśli zaś chodzi o T'lan Imassów Orshana, Ifayle'a i Kerluhma, muszę wyznać, że nie udało mi się natrafić na żaden ślad. Musimy wyciągnąć z tego wniosek, że już nie istnieją.

Słowa Olar Ethil wyraźnie wstrząsnęły Srebrną Lisicą.

– Tak wielu... utracono? – wyszeptała. Po chwili Kruppe zauważył, że wzięła się w garść. – Olar Ethil, co skłoniło Logrosa do wysłania cię na poszukiwania zaginionych armii?

– Wzywająca, na Pierwszym Tronie zasiadł ktoś godzien tego zaszczytu. To on wydał Logrosowi taki rozkaz.

– Ktoś godzien? A kto?

– Śmiertelnik znany wówczas jako Kellanved, malazański cesarz.

Srebrna Lisica milczała przez dłuższą chwilę.

– Oczywiście – powiedziała wreszcie. – Ale on już na nim nie zasiada, nieprawdaż?

– Nie zasiada, wzywająca, ale również nie utracił do niego praw.

– A co to znaczy? Aha, dlatego, że nie umarł, tak?

Olar Ethil skinęła głową.

– Kellanved nie umarł. Został Ascendentem i zasiadł na Tronie Cieni. Gdyby zakończył życie, Pierwszy Tron znowu byłby wolny, ale tak się nie stało. Znaleźliśmy się w impasie.

– A gdy doszło do tego... wydarzenia, porzuciliście służbę Imperium Malazańskiemu, zmuszając Laseen, by radziła sobie sama podczas pierwszych, kluczowych dni swych rządów.

– To były niepewne czasy, wzywająca. Wśród T'lan Imassów Logrosa doszło do podziałów. Odkrycie na Jhag Odhan ocalałych Jaghutów dostarczyło nam zajęcia, to jednak nie potrwało długo. Od tego czasu niektóre z naszych klanów wróciły na malazańską służbę.

– Czy to właśnie ten rozłam był przyczyną pojawienia się renegatów, których ścigacie?

Ach, odzyskuje bystrość umysłu. To doprawdy złowroga informacja. Renegaci wśród T'lan Imassów...

– Nie, wzywająca. Renegaci znaleźli inną ścieżkę, która jak dotąd pozostaje przed nami ukryta. Podczas ucieczki wykorzystywali niekiedy Grotę Chaosu.

Chaosu? Ciekawe, przed kim klękają teraz owi renegaci? Nie, nie ma powodu o tym myśleć. Kruppe podejrzewa, że to jeszcze odległa groźba. Wszystko w swoim czasie...

– Jaką jednopochwyconą postać przyjmujesz, Olar Ethil? – zapytała Srebrna Lisica.

– Kiedy się zmieniam, przybieram kształt martwiaka będącego bliźniaczką Tiam, która zrodziła wszystkie smoki.

Nie powiedziano już nic więcej. Tysiące T'lan Imassów stały nieruchomo w milczeniu. Serce Kruppego uderzyło dwadzieścia razy. Wreszcie grubasek odchrząknął i podszedł do Srebrnej Lisicy.

– Wydaje się, że czekają na twój rozkaz, dziewczyno, bez względu na to, jak będzie on brzmiał. Rozsądnym rozwią...

Odwróciła się błyskawicznie w jego stronę.

– Proszę – wychrypiała. – Tylko bez rad. To moje zgromadzenie, Kruppe. Zostaw je mnie.

– Oczywiście, moja droga. Najpokorniej przepraszam. Wróć, proszę, do swych wahań.

Skrzywiła się.

– Ale z ciebie zuchwały skurczybyk.

Kruppe uśmiechnął się tylko.

Srebrna Lisica ponownie odwróciła się do czekających T'lan Imassów.

– Pranie Chole, wybacz mi, proszę, moje wcześniejsze słowa.

Uniósł głowę.

– Wzywająca, to ja muszę cię błagać o wybaczenie.

– Nie. Okral Lom słusznie potępił mój gniew. Czuję się tak, jakbym czekała na to spotkanie wiele tysiącleci. Niecierpliwość, nacisk...

Kruppe odkaszlnął.

– Wiele tysiącleci, Srebrna Lisico? Wystarczy spojrzeć na tych, którzy stoją przed tobą...

– Dziękuję, to wystarczy, Kruppe. Uwierz mi, że potrafię czynić sobie wymówki bez twojej pomocy.

– Oczywiście – wyszeptał Daru.

Srebrna Lisica ponownie skierowała spojrzenie na Prana Chole'a.

– Chciałabym zadać tobie i twoim pobratymcom pewne pytanie.

– Czekamy, wzywająca.

– Czy są jeszcze jacyś Jaghuci?

– Wiadomo nam tylko o jednym Jaghucie czystej krwi, który pozostaje w tym królestwie. Jednym, który nie kryje się za służbą bogu albo Domom Azath.

– I można go znaleźć w sercu Pannion Domin, zgadza się?

– Tak jest.

– Rozkazuje martwiakom K'Chain Che'Malle. Jak to możliwe?

– Nie wiemy, wzywająca – odpowiedział rzucający kości, Kruppe jednak usłyszał w jego głosie wahanie.

– I co się stanie, gdy z nim skończycie, Pranie Chole?

To pytanie wyraźnie wstrząsnęło rzucającym kości.

– Wzywająca, to twoje zgromadzenie. W twoich żyłach płynie żywa krew. Nasza krew, ponownie narodzona. Gdy ostatni Jaghut zostanie zabity...

– Chwileczkę, jeśli łaska! – zawołał Kruppe, postępując krok naprzód. Srebrna Lisica syknęła poirytowana, lecz Daru nie dał za wygraną. – Pranie Chole, czy pamiętasz zacnego Kruppego?

– Pamiętam.

– Zacnego, sprytnego Kruppego, tak? Powiedziałeś, że wiadomo wam o tylko jednym Jaghucie. Z pewnością to prawda. Co jednak nie znaczy, że rzeczywiście został tylko jeden, mam rację? Nie możecie być tego pewni.

Odpowiedzi udzieliła mu Olar Ethil.

– Śmiertelniku, są też inni Jaghuci. Żyją w izolacji. W ukryciu. Nauczyli się ukrywać bardzo dobrze. Jesteśmy przekonani, że istnieją, ale nie potrafimy ich odszukać.

– Mimo to pragniecie oficjalnego zakończenia wojny? Mam rację?

Przez szeregi martwiaków przebiegł cichy szmer.

Srebrna Lisica odwróciła się błyskawicznie.

– Skąd o tym wiesz, niech cię szlag?

Kruppe wzruszył ramionami.

– Niezmierzony, niezrównany smutek. Oni naprawdę pragną obrócić się w proch. Gdyby mieli oczy, Kruppe z łatwością wyczytałby z nich tę prawdę. T'lan Imassowie pragną kresu.

– Mogę spełnić ich życzenie jedynie wtedy, gdy wszyscy Jaghuci na tym świecie zginą – wyznała Srebrna Lisica. – Takie właśnie brzemię złożono na moje barki. To miał być pierwotnie mój cel. Tylko pod warunkiem, że groźba tyranii zniknie na zawsze, będę mogła przyznać T'lan Imassom kres, którego wyczekują. Tego wymaga ode mnie rytuał, a jego więzi nie sposób zerwać.

– Musisz wygłosić oświadczenie, wzywająca – odezwał się Okral Lom.

– Tak – zgodziła się, nadal spoglądając ze złością na Kruppego.

– Twoje słowa mogą skruszyć więzi rytuału – dodał Pran Chole.

Odwróciła gwałtownie głowę.

– Tak łatwo? Ale... – Ponownie spojrzała na Daru i skrzywiła się wściekle. – Kruppe, zmuszasz mnie do zdradzenia nieprzyjemnej prawdy...

– Tak, Srebrna Lisico, ale to nie ta sama prawda, którą ty zdajesz się dostrzegać. Nie, Kruppe odkrył głębszą prawdę, znacznie bardziej bolesną.

Skrzyżowała ramiona.

– A mianowicie?

Grubasek przyjrzał się morzu martwiaków, skupiając wzrok na pustych jamach niezliczonych oczu. Po dłuższej chwili westchnął i był to odgłos przepojony uczuciem.

– Ach, moja droga, popatrz ponownie, proszę cię. To była żałosna próba oszustwa, nie zasługująca nawet na potępienie. Zrozum, jeśli łaska, co wydarzyło się na samym początku. Na Pierwszym Zgromadzeniu. Wówczas istniał tylko jeden wróg. Jeden lud, z którego wywodzili się tyrani. Ale czas płynie, czyż nie tak? Teraz wszędzie powstają dominatorzy i tyrani, czy jednak są oni Jaghutami? Nie. Najczęściej są ludźmi, zgadza się? Chcesz usłyszeć po kolei całą prawdę? Proszę bardzo. Srebrna Lisico, T'lan Imassowie wygrali swą wojnę. Jeśli wśród garstki ocalałych Jaghutów zrodzi się nowy tyran, przekona się, że podbój świata nie jest już tak łatwy, jak kiedyś. Jego wysiłkom opór stawią bogowie, nie, zwykłe Ascendenty! Mężczyźni tacy jak Anomander Rake, kobiety takie jak Korlat. Czy zapomniałaś już, jaki los spotkał ostatniego jaghuckiego tyrana? Nadeszły nowe czasy, Srebrna Lisico. Dla Jaghutów i, co za tym idzie, również dla T'lan Imassów. – Kruppe oparł dłoń na ramieniu Srebrnej Lisicy i spojrzał jej prosto w oczy. – Wzywająca – wyszeptał – ci nieposkromieni wojownicy są... zmęczeni. Zmęczeni w niewyobrażalnym stopniu. Istnieją już od setek tysięcy lat, i to tylko w imię jednej sprawy. A teraz ta sprawa przerodziła się w... farsę. Nie ma już znaczenia. Chcą, by to się skończyło, Srebrna Lisico. Próbowali osiągnąć ów cel przy pomocy Kellanveda i Pierwszego Tronu, ale nic z tego nie wyszło. Dlatego ukształtowali ciebie, to, czym masz się stać. Masz tylko jeden cel. Wybaw ich, proszę.

– Wzywająca, policzymy się z Jaghutem, który ukrywa się wewnątrz Pannion Domin – odezwał się Pran Chole. – I wtedy poprosimy cię o kres. Jest tak, jak powiedział Kruppe. Nie mamy powodu istnieć dłużej. Nasz byt jest pozbawiony honoru, i to nas niszczy. Renegaci, na których polują T'lan Imassowie Logrosa, są zaledwie początkiem. Obawiamy się, że stracimy więcej naszych kuzynów.

Kruppe zauważył, że Srebrna Lisica drży, gdy jednak zwróciła się do noszącego ozdobione porożem nakrycie głowy szamana, jej słowa brzmiały zupełnie spokojnie.

– Stworzyliście mnie jako pierwszą od trzystu tysięcy lat rzucającą kości, w której żyłach płynie żywa krew. Pierwszą i, jak się wydaje, ostatnią.

– Zrób, o co cię prosimy, wzywająca, a reszta twojego życia będzie należała do ciebie.

– Jakiego życia? Nie jestem ani Rhivijką, ani Malazanką. Właściwie nie jestem nawet człowiekiem. Tego właśnie nikt z was nie rozumie. – Wskazała palcem na Kruppego i dwie żołnierki. – Nikt! Nawet Paran, któremu się wydaje... nie, tym, co mu się wydaje, zajmę się kiedy indziej. Was nie powinno to obchodzić. T'lan Imassowie! Jestem jedną z was! Waszym pierwszym dzieckiem od trzystu tysięcy lat! Czy mam być porzucona po raz drugi?

Kruppe cofnął się o krok.

Po raz drugi? O bogowie na dole...

– Srebrna Lisico...

– Cisza!

Cisza jednak nie zapadła Rozległ się skrzypiący, szeleszczący dźwięk. Srebrna Lisica i Kruppe odwrócili się.

I zobaczyli, że dziesiątki tysięcy T'lan Imassów padły na kolana, pochylając głowy.

Olar Ethil stała jeszcze.

– Wzywająca, błagamy cię o uwolnienie.

Wypowiedziawszy te słowa, ona również uklękła.

Ten widok wbił się w duszę Kruppego niczym nóż. Grubasek nie był w stanie nic powiedzieć. Ledwie mógł oddychać. Gapił się tylko z narastającym przerażeniem na tłumy martwiaków. Gdy Srebrna Lisica wreszcie im odpowiedziała, serce Darų omal nie pękło.

– Nie.

Z oddali, ze wszystkich stron, dobiegło wycie wilków-martwiaków.

– Na oddech Kaptura! – zaklęła jedna z żołnierek.

Tak jest, ich głos jest tak przepojony nieziemskim smutkiem, że umysły śmiertelników nie są w stanie tego znieść. Och, K'rulu, co mamy teraz zrobić?

– Wydawałoby się, że ci, którzy żyją tak krótko, nie mogą być zbyt skomplikowani.

Sójeczka uśmiechnął się z goryczą.

– Jeśli to miały być przeprosiny, będziesz musiała postarać się bardziej, Korlat.

Kobieta Tiste Andii westchnęła i w bardzo ludzkim geście przesunęła dłonią po długich, czarnych włosach.

– Ale z drugiej strony – ciągnął Malazańczyk – wystarczy mi nawet twoje chrząknięcie.

Jej oczy rozbłysły.

– Tak? Jak mam to rozumieć?

– Spróbuj dosłownie, dziewczyno. Kilka ostatnich dni nie było dla mnie zbyt przyjemnych. Wolałbym, żeby wszystko było tak jak dawniej, i przyjmę to, co mogę dostać. Nie umiem już wyrazić tego prościej.

Pochyliła się w siodle i położyła dłoń na jego pokrytym kolczugą ramieniu.

– Dziękuję. Wygląda na to, że to do mnie trzeba przemawiać prosto.

– Na to nic już nie powiem.

– Jesteś mądrym człowiekiem, Sójeczka.

Od kłębiących się na równinie Tenescowri dzieliły ich jeszcze dwa tysiące kroków. Byli coraz bliżej. W ich szeregach nie było żadnego ładu, pomijając samotnego jeźdźca, który podążał przodem. Wychudzony młodzieniec dosiadał garbatego pociągowego deresza. Tuż za jeźdźcem – Sójeczka pomyślał, że to z pewnością

Anaster – ciągnęło kilkanaście kobiet. Były rozczochrane i wydawały z siebie bezładne wrzaski. Otaczała je aura szaleństwa i mrocznej grozy.

– To zapewne Kobiety Martwego Nasienia – wyjaśniła Korlat, zauważywszy, że się na nie gapi. – Wyczuwam czarodziejską moc. Sądzę, że to one są prawdziwymi strażniczkami Pierwszego Dziecka.

Sójeczka odwrócił się w siodle, by przyjrzeć się malazańskim legionom, które ustawiły się pięćdziesiąt kroków za nim.

– Gdzie jest Anomander Rake? Ta tłuszcza może w każdej chwili ruszyć do ataku.

– Nie zrobi tego – zapewniła Korlat. – Te czarownice wyczuwają bliskość mojego pana. Niepokoi je to i ostrzegają swe wybrane dziecko.

– Ale czy ono ich wysłucha?

– Lepiej dla niego...

Jej słowa zagłuszył nagły ryk. Tenescowri rzucili się do ataku, nieustraszeni i pełni desperacji. Umysł Sójeczki zaatakowała fala mocy Kobiet Martwego Nasienia. Jego serce zabiło nagle, ogarnięte dziwną paniką.

– Oprzyj się strachowi, kochany! – wysyczała przez zęby Korlat.

Sójeczka wyciągnął z warknięciem miecz i zawrócił konia, by spojrzeć na żołnierzy. Fala czarodziejskiego lęku dotarła już do nich, uderzając w szeregi. Zachwiali się, lecz żaden nie cofnął się ani o krok. Po chwili jego Malazańczycy wzięli się w garść.

– Uwaga! – krzyknęła Korlat. – Mój pan przybywa w pełni swej mocy!

Wydawało się, że powietrze ugięło się wokół nich, przygniecione ogromnym, niewidzialnym ciężarem. Niebo ogarnął budzący lęk mrok.

Koń Sójeczki potknął się, nogi ugięły się pod nim. Po chwili zwierzę odzyskało równowagę, kwicząc głośno.

Rozszalał się zimny, przenikliwy wicher, który przycisnął do ziemi trawę przed weteranem i Korlat, a potem uderzył w masę atakujących Tenescowri.

Podmuch odrzucił do tyłu Kobiety Martwego Nasienia, które padły na ziemię, dręczone nagłymi konwulsjami. Za ich plecami pierwsze szeregi szarżującej tłuszczy próbowały się zatrzymać, lecz stratowały je następne. W ciągu jednego uderzenia serca tłum ogarnął chaos. Ludzie ginęli zdeptani bądź też byli spychani naprzód, wymachując bezradnie kończynami.

Tuż nad głową Sójeczki przemknął czarny, srebrnogrzywy smok, niesiony lodowatym wichrem.

Czekała nań samotna postać Anastera. Jego dereszowaty koń nawet się nie wzdrygnął. Pierwsza linia Tenescowri za jego plecami zmieniła się w skłębiony chaos.

Anomander Rake opadł na młodzieńca.

Anaster wyprostował się w siodle i rozpostarł szeroko ramiona.

Potężne szpony zacisnęły się na Pierwszym Dziecku i poderwały je z końskiego grzbietu.

Smok pomknął w górę, ściskając zdobycz.

I nagle zachwiał się w locie.

– Bogowie, on jest jak trucizna! – krzyknęła Korlat.

Smok wyciągnął nogę w bok, odrzucając od siebie Anastera. Młodzieniec zakoziołkował w powietrzu niczym szmaciana lalka, spadł w tłum Tenescowri daleko po prawej i zniknął Sójeczce z oczu.

Anomander Rake wyrównał lot, opuścił klinowatą głowę i runął na chłopską armię, otwierając pełną kłów paszczę.

Popłynęła z niej surowa moc Kurald Galain. Kłębiąca się ciemność, którą Sójeczka widział już kiedyś pod Pale. Wtedy jednak pozostawała ona pod ścisłą kontrolą, natomiast później, gdy Korlat prowadziła go przez grotę, była zupełnie spokojna. Tym razem jednak Pradawna Grota Ciemności zerwała się z uwięzi.

To znaczy, że istnieje jeszcze jedna droga do Kurald Galain. Jest nią gardziel tego smoka.

Tenescowri kładli się szerokim pokotem. Ich ciała rozpuszczały się całkowicie i zostawiały jedynie łachmany. Smok leciał równo, kładąc za sobą ścieżkę zniszczenia, która dzieliła armię na dwie kłębiące się i oddalające od siebie części.

Gdy Anomander Rake dotarł do jej końca, wzbił się ku niebu i zawrócił, gotowy do drugiego przelotu.

Nie było to już konieczne. Siły wroga poszły w rozsypkę, pierzchając na wszystkie strony. Sójeczka zauważył, że tu i ówdzie Tenescowri zwrócili się przeciwko sobie niczym pies kąsający własne rany. Bezsensowne mordy i samozniszczenie rodziły się ze ślepego, bezrozumnego przerażenia.

Smok przemknął nad ogarniętym paniką tłumem, lecz nie otwierał groty po raz drugi.

Wtem Anomander Rake odwrócił głowę.

Smok obniżył lot. Utworzyła się przed nim wolna przestrzeń. Tenescowri pierzchali na łeb, na szyję, zostawiając jedynie kilka postaci, które leżały na ziemi, lecz powoli, z wysiłkiem, próbowały się podnieść.

Kobiety Martwego Nasienia.

Lecący na wysokości wzrostu mężczyzny smok zmienił kształt, opadł na czarownice i ruszył ku nim pod postacią władcy Odprysku Księżyca, sięgając po miecz.

– Korlat...

– Przykro mi, Sójeczka.

– On chce...

– Wiem.

Przerażony Sójeczka gapił się na Anomandera Rake'a, który podszedł do pierwszej z kobiet, chudej, garbatej staruchy o połowę niższej od niego, i zamachnął się Dragnipurem.

Głowa kobiety opadła na ziemię w strumieniu posoki. Ciało zdołało jeszcze postawić krok, jak w jakimś niesamowitym tańcu, po czym osunęło się na piasek.

Anomander Rake podszedł do następnej kobiety.

– Nie... nie można...

– Proszę...

Sójeczka spiął konia ostrogami, ignorując błagania Korlat, i popędził w dół stoku galopem, przechodząc w cwał, gdy tylko wyjechał na równy teren.

Nim Malazańczyk dotarł na miejsce, zginęła już druga kobieta, a po niej trzecia. Ściągnął gwałtownie wodze, zagradzając drogę Rake'owi.

Władca Odprysku Księżyca był zmuszony się zatrzymać. Podniósł wzrok, a potem zmarszczył brwi.

– Przestań – wychrypiał Sójeczka. Zdał sobie sprawę, że nadal trzyma w ręku nagi miecz. Nieludzkie oczy Anomandera Rake'a zarejestrowały ten fakt mimochodem, zanim Tiste Andii odpowiedział.

– Zejdź mi z drogi, przyjacielu. To jest akt łaski...

– Nie, to sąd, Anomanderze Rake. I – dodał, spoglądając na czarną klingę Dragnipura – wyrok.

Uśmiech Tiste Andii był dziwnie rzewny.

– Jeśli tak chcesz to nazwać, Sójeczka. Mimo to domagam się prawa osądzenia tych kobiet.

– Nie odmawiam ci go, Anomanderze Rake.

– Ach, więc chodzi ci o... wyrok.

– Tak.

Władca Odprysku Księżyca schował miecz.

– W takim razie muszą zginąć z twojej ręki, przyjacielu. I to szybko, nim zdążą odzyskać moc.

Sójeczka skulił się w siodle.

– Nie jestem katem.

– To stań się nim albo zejdź mi z drogi. Natychmiast.

Sójeczka zawrócił konia. Siedem ocalałych kobiet rzeczywiście odzyskiwało już przytomność, choć stare, pożółkłe oczy najbliższej z nich nadal przesłaniała mgiełka niezrozumienia.

Niech mnie Kaptur weźmie...

Popędził kopniakiem konia i wbił miecz w jej pierś.

Wyschnięta skóra rozstąpiła się niemal bez oporu. Kości trzasnęły niczym gałązki. Ofiara zatoczyła się do tyłu i padła na ziemię.

Sójeczka raz jeszcze spiął konia, otrząsając krew z miecza. Gdy dotarł do drugiej kobiety, zamachnął się na odlew i przeciął jej gardło.

Ujął myśli w karby, uspokoił je, zmusił się do skupienia na mechanice swych uczynków. Nie popełni żadnych błędów. Nie sprawi ofiarom niepotrzebnego bólu. Jedna precyzyjna egzekucja po drugiej. Instynktownie kierował ruchami konia, przesuwał ciało w siodle, unosił miecz i ciął albo pchał, zależnie od wymogów sytuacji.

Pierwsza, druga, potem trzecia.

Wreszcie, gdy zawrócił konia, zorientował się, że jest już po wszystkim.

Wierzchowiec kręcił się w koło, depcząc ziemię. Sójeczka podniósł wzrok.

I zobaczył, że Zastęp Jednorękiego ustawił się na grani po jego lewej stronie. Przestrzeń między nimi pokrywały stratowane ciała, lecz poza tym Malazańczycy mieli drogę wolną.

Jego żołnierze.

Stali na grani. W milczeniu.

Zobaczyli to na własne oczy... Teraz naprawdę jestem potępiony. Nie ma już powrotu. Nie pomogą żadne usprawiedliwienia. Nie ma znaczenia, jakie zbrodnie popełniły moje ofiary. Zabiłem. Nie żołnierzy, uzbrojonych przeciwników, lecz ofiary szaleństwa, ogłuszone i nie pojmujące, co się z nimi dzieje.

Odwrócił się i wbił wzrok w Anomandera Rake'a.

Władca Odprysku Księżyca obojętnie odwzajemnił jego spojrzenie.

Brałeś już na siebie to brzemię. Przyjąłeś je już dawno, nieprawdaż? To samo brzemię, które przytłoczyło teraz moją duszę. Żyjesz z nim od stuleci. To jest cena miecza, który nosisz na plecach...

– Powinieneś był zostawić to mnie, przyjacielu – rzekł cicho Tiste Andii. – Mógłbym nalegać, ale nie skrzyżowałbym z tobą mieczy. Tak oto – dodał ze smutnym uśmiechem – otworzenie serca po raz kolejny okazało się klątwą, obciążającą tych, którzy są mi bliscy. Nie uważasz, że powinienem już dawno wyciągnąć z tego nauczkę?

– Wygląda na to, że znowu znaleźliśmy coś, co nas łączy – zdołał wykrztusić Sójeczka.

Anomander Rake przymrużył powieki.

– Nie życzyłem ci tego.

– Wiem. – Sójeczka zapanował z wysiłkiem nad sobą. – Przykro mi, że nie dałem ci wyboru.

Popatrzyli na siebie.

– Mam wrażenie, że kuzyni Korlat pojmali tego Anastera – rzekł po chwili Rake. – Czy pomożesz mi zająć się nim?

Sójeczka wzdrygnął się.

– Nie, przyjacielu – uspokoił go Rake. – Wyrzekam się prawa osądzenia go. Zostawimy to innym, zgoda?

Masz na myśli regularny wojenny trybunał, którego sztywne zasady tak łatwo zwalniają z osobistej odpowiedzialności. Oczywiście. Teraz mamy na to czas, czyż nie tak?

– Zgoda, panie. Prowadź, jeśli łaska.

Na twarzy Anomandera Rake'a ponownie pojawił się blady, rzewny uśmieszek. Władca Odprysku Księżyca ruszył naprzód.

Sójeczka schował okrwawiony miecz i podążył za nim.

Wbił wzrok w szerokie plecy Tiste Andii i zawieszony na nich oręż.

Anomanderze Rake, jak możesz dźwigać to brzemię? Brzemię, które tak dogłębnie złamało mi serce?

Ale nie, nie to mnie dręczy.

Władco Odprysku Księżyca, poprosiłeś, bym usunął ci się z drogi, i nazwałeś to aktem łaski. Błędnie cię zrozumiałem. Nie chodziło o łaskę dla Kobiet Martwego Nasienia, lecz dla mnie. Dlatego uśmiechnąłeś się ze smutkiem, gdy ci się sprzeciwiłem.

Ach, mój przyjacielu, widziałem tylko twą brutalność, i to sprawiło ci ból.

Byłoby lepiej dla nas obu, gdybyśmy skrzyżowali miecze.

Dla nas obu.

Nie zasługuję na takich przyjaciół. Stary żołnierzu, prześladują cię głupie gesty. Skończ już z tym. Niech to będzie twoja ostatnia wojna.

Ostatnia.

Korlat i inni Tiste Andii czekali na nich skupieni wokół wychudłej postaci Anastera, Pierwszego Dziecka Martwego Nasienia, nieopodal miejsca, w którym odrzucony przez Anomandera Rake'a młodzieniec padł na ziemię.

Na widok łez w oczach kochanki Sójeczka poczuł nagły ból w brzuchu. Nakazał sobie odwrócić wzrok. Choć potrzebował jej i być może ona również go potrzebowała, by podzielić się z nim wszystkim, co zdołała zrozumieć, będą musieli z tym zaczekać. Postanowił podążyć za przykładem Anomandera Rake'a, dla którego opanowanie było zarówno zbroją, jak i, jeśli wymagała tego sytuacja, orężem.

Zbliżali się jeźdźcy, zarówno Malazańczycy, jak i żołnierze Brooda.

Będą świadkami tego, co się wydarzy, a fakt, że przeklinam teraz takie prawdy, jest dowodem na to, jak nisko upadłem. Kiedyż to obawiałem się świadków czegoś, co powiedziałem lub zrobiłem? Królowo Snów, wybacz mi. Moje życie obróciło się w koszmar, a potworem, który mnie prześladuje, jestem ja sam.

Ściągnął wodze i zatrzymał się przed grupą Tiste Andii. Po raz pierwszy miał okazję przyjrzeć się z bliska Anasterowi.

Pozbawiony broni, posiniaczony, zakrwawiony młodzieniec odwrócił wzrok. Wydawał się mały, słaby i żałosny.

Tak zawsze się dzieje z obalonymi przywódcami. Królowie i wodzowie schną w chwili klęski...

I nagle zobaczył twarz Anastera. Coś pozbawiło go jednego oka, zostawiając pręgę ciemnoczerwonej krwi. Drugim okiem młodzieniec wpatrywał się w twarz Sójeczki. Choć przyglądał się z uwagą weteranowi, oko wydawało się przerażająco martwe. Jego spojrzenie było jednocześnie zimne i niedbałe, zaciekawione i fundamentalnie obojętne.

– Zabójco mojej matki – odezwał się Anaster ze śpiewnym akcentem. Uniósł głowę, nie przestając się przyglądać Malazańczykowi.

– Przykro mi, że to uczyniłem, Pierwsze Dziecko – oznajmił ochrypłym głosem Sójeczka.

– Mnie nie. Była obłąkana. Stała się więźniem samej siebie. Opętały ją jej własne demony. Musimy przyjąć założenie, że ta klątwa dotknęła również innych.

– Teraz już dotknęła – zgodził się Sójeczka.

– To jest jak zaraza, nieprawdaż? Ciągle się szerzy. Pożera życie kolejnych ludzi. Dlatego w końcu wszyscy przegracie. Stajecie się tym, co niszczycie.

Ton odpowiedzi Anomandera Rake'a był szokująco wulgarny.

– To wyjątkowo trafne słowa w ustach kanibala. Jak uważasz, co powinniśmy z tobą uczynić, Anaster? Odpowiedz szczerze.

Młodzieniec skierował jedyne oko na władcę Odprysku Księżyca. Wydawało się, że nagle opuściło go panowanie nad sobą, gdyż uniósł niepewnie rękę, zasłaniając krwawiący oczodół, a jego twarz pobladła jeszcze bardziej.

– Zabijcie mnie – wyszeptał.

Rake zmarszczył brwi.

– Korlat?

– Tak, nagle coś w nim pękło. Jego strach ma twarz. Twarz kogoś, kogo nie znam...

Anaster zwrócił się błyskawicznie w jej stronę.

– Zamknij się! Nic nie widziałaś!

– Masz w sobie ciemność – odpowiedziała spokojnym tonem. – Toksyczną kuzynkę Kurald Galain. Ciemność duszy. Gdy opuszcza cię pewność siebie, dziecko, widzimy to, co w sobie ukrywasz.

– Łżesz! – wysyczał.

– To twarz żołnierza – stwierdził Anomander Rake. Zwrócił się powoli na zachód. – Z tego miasta. Z Capustanu. – Ponownie spojrzał na Anastera. – On nadal tam jest, czyż nie tak? Śmiertelniku, wygląda na to, że masz teraz prześladowcę, który pragnie dla ciebie czegoś innego niż śmierć. Czegoś znacznie straszliwszego. To ciekawe.

– Nic nie rozumiesz! To Itkovian! Tarcza Kowadło! On chce mojej duszy! Zabijcie mnie, proszę!

Pojawili się Dujek i Caladan Brood, a także Kallor i Artanthos. Wszyscy siedzieli na koniach i w milczeniu przyglądali się wydarzeniom.

– Być może to zrobimy – odpowiedział po chwili Anomander Rake. – W swoim czasie. Na razie jednak zabierzemy cię do Capustanu...

– Nie! Proszę! Zabijcie mnie natychmiast!

– Nie sądzę, by obłęd cię usprawiedliwiał, dziecko – stwierdził Anomander Rake. – Nie widzę powodu do okazania łaski. Jeszcze nie. Być może po spotkaniu z tym... Itkovianem?... który tak cię przeraża, zmienię zdanie i przyznam ci szybki koniec. Mam do tego prawo, gdyż jesteś naszym jeńcem. Być może mimo wszystko umkniesz swemu prześladowcy. – Spojrzał na Brooda i pozostałych. – Zgadzacie się?

– Tak – warknął Dujek, spoglądając na Sójeczkę.

– Zgadzamy – potwierdził Brood.

Anaster rozpaczliwie spróbował wyszarpnąć sztylet stojącemu obok wojownikowi Tiste Andii, który bez trudu mu w tym przeszkodził. Młodzieniec osunął się na kolana. Jego chudym ciałem wstrząsało spazmatyczne łkanie.

– Lepiej go zabierzcie – odezwał się Anomander Rake. – On nie udaje.

Nikt nie wątpił w te słowa.

Sójeczka trącił nogą konia, by podjechać do Dujeka.

Jednoręki przywitał go skinieniem głowy.

– To było cholernie niezręczne – mruknął.

– Masz rację.

– Z oddali wyglądało...

– Wyglądało fatalnie, bo takie było, wielka pięści.

– Rozumiem, Sójeczka. Zdaję sobie sprawę, że to był akt łaski. Miecz Rake'a... ale czy nie mogłeś z tym zaczekać, do cholery?

Umysł Sójeczki wypełniły usprawiedliwienia i wyjaśnienia, lecz odpowiedział tylko jednym słowem:

– Nie.

– Egzekucje wymagają odpowiedniej procedury...

– W takim razie zdegraduj mnie, wielka pięści.

Dujek skrzywił się i odwrócił wzrok, wzdychając ochryple.

– Nie o to chodzi, Sójeczka. Świetnie znam znaczenie takich procedur, powód, dla którego je stworzono. Dzielenie się odpowiedzialnością za konieczne, lecz brutalne uczynki...

– Zmniejsza ich osobiste koszty. To prawda – zgodził się Sójeczka. – Z pewnością Anomander Rake zniósłby ciężar kilku dodatkowych dusz dodanych do jego legendarnej listy. A teraz ja go dźwigam. I oszczędziłem mu osobistych kosztów. Przyznaję, że nie było to wiele i że mnie o to nie prosił, ale to już się stało i sprawa skończona.

– Nie jest skończona – wychrypiał Dujek. – Jestem twoim przyjacielem...

– Nie. – My z pewnością nie skrzyżujemy ze sobą mieczy, więc nie będę się z tobą niczym dzielił. – Nie – powtórzył.

Nie tym razem.

Niemal słyszał, jak Dujek zgrzyta zębami.

Podeszła do nich Korlat.

– Ten Anaster to naprawdę osobliwy młodzieniec.

Obaj Malazańczycy odwrócili się na jej słowa.

– Zdziwiło cię to? – zapytał Dujek.

Wzruszyła ramionami.

– W ciemności jego duszy skrywało się bardzo wiele, wielka pięści. Więcej niż tylko twarz żołnierza. Nie mógł znieść dowodzenia swą armią. Nie był w stanie patrzeć na głód, żałobę i desperację. Dlatego był zdecydowany wysłać ją na śmierć, doprowadzić do jej całkowitego unicestwienia. Był to, ni mniej, ni więcej, akt łaski. Chciał położyć kres cierpieniom. Jeśli zaś chodzi o niego, popełnił zbrodnie, za które jedyną karą mogła być śmierć. Egzekucja z rąk jego ocalałych ofiar. Zwykła śmierć mu jednak nie wystarcza. Pragnie czegoś więcej. Chce zostać potępiony. Potępiony na wieki. Nie potrafię zrozumieć tak głębokiej nienawiści do samego siebie.

Ja potrafię. Co więcej, mam wrażenie, że sam znalazłem się na krawędzi tej przepaści. Jeden błędny krok...

Sójeczka odwrócił wzrok, spoglądając na malazańskie legiony zgromadzone na odległej grani. Odbijający się w zbrojach i ostrzach broni blask słońca oślepiał go, aż oczy zaszły mu łzami.

Dujek skierował konia w drugą stronę, podjeżdżając do Artanthosa, Brooda i Kallora.

Zostawił Sójeczkę sam na sam z Korlat.

Kobieta Tiste Andii wyciągnęła rękę i dotknęła jego zakutej w stalową rękawicę dłoni.

Nie potrafił spojrzeć jej w oczy. Nadal wpatrywał się w nieruchome szeregi swych żołnierzy.

– Ukochany – wyszeptała. – Te kobiety nie były bezbronne. Moc, którą czerpały, wywodziła się z samej Groty Chaosu. Pierwszy atak mojego pana miał je unicestwić, lecz tylko ogłuszył na chwilę. Odzyskiwały już siły, a gdyby ich moc się przebudziła, spowodowałyby wielkie zniszczenia. Ściągnęłyby na twoją armię obłęd i śmierć. Bitwa zostałaby przegrana.

Wykrzywił twarz.

– Nie złorzeczę konieczności.

– Mam wrażenie, że to robisz.

– Wojna pociąga za sobą różne konieczności, Korlat. Zawsze to rozumiałem. Zawsze znałem jej koszt. Dzisiaj jednak mój własny uczynek uświadomił mi coś innego. Wojna nie jest stanem naturalnym. Jest czymś narzuconym i do tego cholernie niezdrowym. Akceptując jej zasady, dobrowolnie wyrzekamy się człowieczeństwa. Nie mów mi o słusznych sprawach i szlachetnych celach. Wszyscy odbieramy życie. Jesteśmy sługami Kaptura.

– Kobiety Martwego Nasienia zabiłyby setki, być może tysiące osób, Sójeczka...

– Moi żołnierze nieraz również to czynili na mój rozkaz, Korlat. Jaka jest między nami różnica?

– Taka, że ty nie obawiasz się pytań, jakie wiążą się z takimi uczynkami – odpowiedziała. – Sam je sobie dobrowolnie zadajesz. Być może uważasz, że jesteś bezlitosny i niszczysz sam siebie, ja jednak sądzę, że okazujesz w ten sposób odwagę. Niezwykłą odwagę. Ktoś mniej odważny zostawiłby to nieprzyjemne zadanie mojemu panu.

– Te słowa nic nie znaczą, Korlat. Cała armia widziała na własne oczy, jak jej dowódca dopuszcza się mordu...

– Nie waż się ich nie doceniać! – wysyczała Korlat. Wstrząsnęły nim te słowa.

– Nie do...

– Poznałam wielu twoich żołnierzy, Sójeczka. Oni nie są głupi. Być może część z nich, czy nawet większość, nie potrafi ubrać swych przemyśleń w słowa, rozumieją jednak, w czym rzecz. Wydaje ci się, że każde z nich nie stanęło kiedyś przed takim samym wyborem, jak ty dziś rano? Że ich życie nie znalazło się w pewnej chwili na nagłym zakręcie? Wszyscy po dziś dzień noszą jakieś blizny.

– Nie widzę...

– Wysłuchaj mnie, Sójeczka. Byli świadkami twego czynu i rozumieli, co on oznacza. Wiem to, do cholery, bo sama czułam to samo. Współczuli ci. Po każdym brutalnym ciosie w ich starych ranach znowu pulsował ból. Dowódco, twój wstyd jest obelgą. Zapomnij o nim, bo inaczej głęboko zranisz swych żołnierzy.

Spojrzał na nią z siodła.

– Nasze życie trwa krótko – stwierdził po dłuższej chwili. – Dlatego nie ma w nim miejsca dla podobnych komplikacji.

– Ty skurczybyku. Przypomnij mi, żebym już nigdy cię nie przepraszała.

Raz jeszcze popatrzył na malazańskie legiony.

– Nadal boję się spojrzeć im w twarz z bliska – mruknął.

– Dystans dzielący cię od nich już zniknął, Sójeczka. Twoja armia pójdzie za tobą do samej Otchłani, jeśli wydasz taki rozkaz.

– To najbardziej przerażające słowa, jakie dziś usłyszałem.

Tym razem mu nie odpowiedziała.

Tak, wojna jest czymś narzuconym i zmusza do skrajnych zachowań. Brutalnych, lecz prostych. Nie ma w niej miejsca dla człowieczeństwa.

– Dujek był niezadowolony.

– On chce zachować swych żołnierzy przy życiu.

Odwrócił raptownie głowę.

Spoglądała na niego, poddając go chłodnej ocenie.

– Nie pragnę zagarnąć jego pozycji...

– Właśnie to uczyniłeś, Sójeczka. Niech szlag trafi Laseen i jej strach przed tobą. Przed chwilą odrodziła się naturalna hierarchia. Cesarzowa wiedziała, że z Dujekiem może sobie poradzić. Dlatego właśnie cię zdegradowała i zrobiła go twoim przełożonym. Bogowie, czasami potrafisz być bardzo tępy!

Skrzywił się.

– Jeśli jestem dla niej aż tak wielkim zagrożeniem, to dlaczego...

Przerwał nagle, zaciskając usta.

Och, Kapturze. Pale. Darudżystan. To nie Podpalaczy Mostów chciała załatwić, tylko mnie.

– Uważaj, komu ufasz, kochany – poradziła Korlat. – Niewykluczone, że twą wiarę w honor wykorzystuje się przeciwko tobie.

Poczuł, że jego wnętrze wypełnił wszechogarniający chłód.

Och, Kapturze.

Na marmurowe jaja Kaptura leżące na kowadle...

Coll zjechał z łagodnego stoku, kierując się w stronę wozu mhybe. Trzydzieści kroków na prawo od niego stały ostatnie pojazdy Gildii Kupieckiej Trygalle. Nieopodal grupka udziałowców rzucała kości na brezentową płachtę. W oddali było widać kurierów, niosących wiadomości do głównego obozowiska armii, położonego trzy mile na południowy zachód stąd.

Murillio siedział oparty plecami o jedno z pełnych, drewnianych kół rhivijskiego wozu. Oczy miał zamknięte.

Otworzył je jednak, gdy tylko zbliżył się radny.

– Jak z nią? – zapytał Coll, przykucnąwszy obok niego.

– Wciąż dręczą ją koszmary – odparł Murillio. – Czuję się już tym zmęczony. Opowiedz mi, co się ostatnio wydarzyło.

– No cóż, Kruppego i Srebrnej Lisicy nie widziano od wczoraj, podobnie jak tych dwóch żołnierek, którym Sójeczka kazał pilnować córki mhybe. Jeśli chodzi o bitwę... – Coll odwrócił wzrok, spoglądając na południowy zachód. – Trwała bardzo krótko. Anomander Rake przyjął jednopochwyconą postać. Po pierwszym przelocie Tenescowri się rozproszyli. Anastera wzięto do niewoli, a służące mu czarownice, hm... stracono.

– To brzmi nieprzyjemnie – zauważył Murillio.

– Sądząc z relacji świadków, faktycznie było nieprzyjemnie. Tak czy inaczej, chłopi uciekli w stronę Capustanu. Wątpię, czy czeka ich tam miłe przyjęcie. Los biednych skurczybyków z pewnością będzie smutny.

– Wszyscy o niej zapomnieli, prawda?

Coll nie musiał pytać, o kogo mu chodziło.

– Trudno to przełknąć, ale masz rację. Faktycznie na to wygląda.

– Przestała być potrzebna i po prostu ją porzucono.

– Trzymam się wiary, że to jeszcze nie koniec opowieści, Murillio.

– Jesteśmy świadkami, którzy mają ujrzeć to wydarzenie. Nikim więcej, Coll. Zapewnienia Kruppego to tylko czcza gadanina. Obaj jesteśmy więźniami tej nieprzyjemnej sytuacji, tak samo jak ona i ta słaba na umyśle Rhivijka, która przychodzi czesać jej włosy.

Coll odwrócił się powoli, by przyjrzeć się staremu przyjacielowi.

– Cóż więc sugerujesz? – zapytał.

– A co robi prędzej czy później większość więźniów? – warknął Murillio, wzruszając ramionami.

– Próbuje ucieczki.

– Tak jest.

Coll przez długą chwilę nie mówił ani słowa. Wreszcie westchnął.

– A jak twoim zdaniem mamy to zrobić? Chcesz ją po prostu zostawić? Samą, bez opieki...

– Oczywiście, że nie. Zabierzemy ją ze sobą.

– Ale dokąd?

– Nie wiem! Dokądkolwiek! Jak najdalej stąd.

– A jak daleko musielibyśmy ją zabrać, żeby uciekła przed tymi koszmarami?

– Musimy tylko znaleźć kogoś, kto zechciałby jej pomóc, Coll. Kogoś, kto nie osądza ludzi tylko według ich użyteczności.

– Równina jest zupełnie pusta, Murillio.

– Wiem o tym.

– Natomiast w Capustanie...

Młodszy mężczyzna przymrużył powieki.

– Wszyscy się zgadzają, że miasto leży w gruzach.

– Wielu mieszkańców ocalało. W tym również kapłani.

– Kapłani! – prychnął pogardliwie Murillio. – Interesowni oszuści żerujący na łatwowiernych, cwaniaczki...

– Murillio, bywają wyjątki...

– Jeszcze żadnego nie spotkałem.

– Być może tym razem. Chodzi mi o to, że jeśli z nią uciekniemy, łatwiej będzie nam znaleźć pomoc w Capustanie niż na tym pustkowiu.

– Saltoan...

– Leży o tydzień drogi dalej. Dłużej, jeśli weźmiemy wóz. A poza tym to miasto jest żywym obrazem brudnego pępka Kaptura. Nie zabrałbym tam nawet uzbrojonej w topór matki Rallicka Noma.

– Rallick Nom – westchnął Murillio.

– Co z nim?

– Chciałbym, żeby tu był.

– A dlaczego?

– Żeby mógł kogoś zabić. Wszystko jedno kogo. On świetnie potrafi upraszczać sprawy.

Coll roześmiał się chrząkliwie.

– Upraszczać sprawy. Niech no tylko mu to powtórzę. Wiesz co, Rallick, ty wcale nie jesteś skrytobójcą. Ty tylko upraszczasz sprawy.

– Niestety, nic z tego nie wyjdzie, bo on zniknął.

– Ale żyje.

– Skąd wiesz?

– Po prostu wiem. To jak, Murillio, zaczekamy do Capustanu?

– Zgoda. A gdy już tam się znajdziemy, weźmiemy przykład z Kruppego i Srebrnej Lisicy. Ulotnimy się. Znikniemy. Kaptur wie, że wątpię, czy ktokolwiek to zauważy, a już z pewnością nikogo to nie obejdzie.

Coll zawahał się chwilę.

– Murillio – odezwał się wreszcie – jeśli znajdziemy kogoś... kogoś, kto będzie mógł coś zrobić dla mhybe... hmm, to zapewne będzie drogo kosztowało.

Młodszy mężczyzna wzruszył ramionami.

– Miewałem już długi.

– Ja też. Ważne, żebyśmy pamiętali, że może to nas obu kosztować ruinę i zapewne osiągniemy tylko mniej bolesny kres jej życia.

– To korzystna transakcja.

Coll nie poddawał już determinacji przyjaciela dalszym próbom. Za dobrze znał Murillia.

Tak jest, to tylko pieniądze, nieprawdaż? Bez względu na sumę to będzie korzystna transakcja, o ile uda się złagodzić cierpienia staruszki. W jeden albo drugi sposób. Przynajmniej coś zrobimy, nawet jeśli już nigdy się nie obudzi i nie będzie o tym wiedziała. Być może nawet tak byłoby lepiej. Czyściej. Prościej...

Wycie niosło się echem, jakby rozbrzmiewało w ogromnej jaskini. Echa nakładały się na siebie, aż żałobny zew zmienił się w chór. Słychać było niezliczone zwierzęce głosy, które zabijały poczucie czasu, przeradzając wieczność w jedno wielkie teraz.

Głosy zimy.

Dobiegały jednak z południa, gdzie tundra się kończyła, gdzie drzewa nie płożyły się już u kostek, lecz sięgały, nadal wychudłe i targane wiatrem, ponad jej głowę. Dzięki nim przestała dominować nad krajobrazem i mogła wędrować niepostrzeżenie.

Na wycie odpowiedzieli kuzyni. Ścigające ją bestie, które wciąż zmierzały jej tropem, lecz zaczęły go tracić, gdy skryła się między czarnymi świerkami. Błotnisty grunt wsysał chciwie jej bose stopy, a brodząc przez chłodne kałuże, mąciła pokrytą czarnymi plamami wodę. Wokół niej krążyły ogromne komary, przynajmniej dwukrotnie większe od tych, które znała z Równiny Rhivijskiej. W jej włosy wkręcały się czarne muchy, gryząc ją w skórę głowy. Na nogach miała czarne, okrągłe placki pijawek.

Uciekając na oślep, wpadła na rozłożyste poroże, które ugrzęzło niegdyś między dwoma drzewami na wysokości jej oczu. Z rany na jej prawym policzku nadal sączyła się krew.

To moja śmierć się zbliża. Ta świadomość dodaje mi sił. Czerpię je z chwili kresu i dlatego nie mogą mnie dogonić.

Nie mogą mnie dogonić.

Jaskinia leżała na wprost przed nią. Jeszcze jej nie widziała i żaden element krajobrazu nie sugerował typowej dla występowania jaskiń geologii, lecz mimo to niosące się echem wycie było coraz bliżej.

Bestia mnie wzywa. To chyba obietnica śmierci, bo dodaje mi sił. To mój syreni zew...

Otoczyła ją ciemność. Zrozumiała, że dotarła na miejsce. Jaskinia miała kształt duszy, duszy, która zgubiła się we własnym wnętrzu.

Powietrze było tu chłodne i wilgotne. Nie było słychać brzęczenia owadów i żadne też nie siadały na jej skórze. Skała pod podeszwami jej stóp była sucha.

Nic nie widziała. Wycie umilkło.

Gdy ruszyła naprzód, wiedziała, że to jej umysł się przemieszcza, że opuścił ciało w poszukiwaniu przykutej łańcuchem bestii.

– Kto idzie?

Zaskoczył ją ten głos. Głos mężczyzny, stłumiony i przepojony bólem.

– To ja.

– Ja?

– Ma... matka.

Mężczyzna roześmiał się ochryple.

– A więc to kolejna gierka? Ty nie znasz żadnych słów, matko. Nigdy ich nie znałaś. Znasz jedynie krzyki, skomlenie i ostrzegawcze

warknięcia. Sto tysięcy nieartykułowanych dźwięków, które wyrażają twoje potrzeby. To jest twój głos i pamiętam go dobrze.

– Matka.

– Zostaw mnie. Nie boję się już drwin. Krążę przykuty łańcuchem, tu, wewnątrz swego umysłu. Ty nie masz tu wstępu. Być może sądzisz, że trafiając w to miejsce, przełamałeś moją ostatnią linię obrony. Wydaje ci się, że wiesz o mnie wszystko. Tu jednak nie masz żadnej mocy. Czy wiesz, że wyobrażam sobie, iż widzę własną twarz, jak w zwierciadle? Tyle że spogląda na mnie niewłaściwe oko. Co gorsza, nie jest nawet ludzkie. Potrzebowałem wiele czasu, by w końcu to zrozumieć. Ty i twoi pobratymcy igraliście z zimą. Omtose Phellack. Ale nigdy jej nie rozumieliście. Nie prawdziwej zimy, która nie jest czarami, lecz rodzi się ze stygnącej ziemi i słabnącego blasku słońca, coraz krótszych dni i coraz dłuższych nocy. Twarz, którą przed sobą widzę, jest twarzą zimy, jasnowidzu. Twarzą wilka. Boga.

– Moja córka dobrze zna wilki.

– Twój syn. To prawda.

– Nie syn. Mam córkę.

– Zmiana zasad w trakcie gry unieważnia jej wynik, jasnowidzu. Tak się...

– Nie jestem tym, za kogo mnie uważasz. Jestem... starą kobietą. Rhivijką. A córka pragnie mojej śmierci. Nie wystarcza jej jednak zwykły kres. Wysłała w pościg wilki, które mają rozszarpać moją duszę. Polują na mnie w moich snach, lecz w końcu udało mi się znaleźć schronienie. To miejsce jest dla mnie azylem.

Mężczyzna roześmiał się ponownie.

– Jasnowidz uczynił je moim więzieniem. Wiem, że to prawda. Jesteś tylko wabikiem obłędu, głosem przemawiającym w mojej głowie. Odrzucam cię. Gdybyś znał moją prawdziwą matkę, mogłoby ci się udać, ale gwałt, którego dopuściłeś się na moim umyśle, nie był całkowity. Tu jest bóg, jasnowidzu. Przycupnął przed moimi tajemnicami, obnażając kły. Nawet twoja droga matka, która ściska mnie tak mocno, nie waży się rzucić mu wyzwania. Jeśli zaś chodzi o twoją Omtose Phellack, już dawno zmierzyłby się z tobą u wejścia do tej groty. Odmówiłby ci wejścia do niej, Jaghucie. Tobie i wszystkim twoim pobratymcom. Ale nie mógł tego zrobić, bo się zgubił. Zgubił. Wiem o tym, bo mu pomagam.

Pomagam mu odnaleźć siebie. On odzyskuje świadomość, jasnowidzu.

– Nie rozumiem cię – rzekła mhybe. Powoli ogarniała ją rozpacz. Nie była tam, gdzie chciała się znaleźć. Uciekła do więzienia kogoś innego, zrodzonego z jego szaleństwa. – Przybyłam tu po śmierć...

– W tych pokrytych łuską ramionach jej nie znajdziesz.

– Uciekam przed córką...

– Ucieczka to tylko złudzenie. Nawet matka to rozumie. Wie, że nie jestem jej dzieckiem, ale nie potrafi się powstrzymać. Zachowała nawet wspomnienia z czasów, gdy była prawdziwą matroną i miała własne dzieci. Dzieci, które ją kochały, i inne, które ją zdradziły. I skazały na wieczne cierpienia. Nie spodziewała się, że zdoła uciec. A gdy wreszcie odzyskała wolność, przekonała się, że jej świat obrócił się w proch, a jej dzieci od dawna spoczywają pogrzebane w kurhanach, gdyż bez matki zwiędły i umarły. Wtedy zwróciła się do ciebie, jasnowidzu. Jesteś jej adoptowanym synem. Zademonstrowała ci twą moc, by za jej pomocą zrekonstruować swój świat. Wskrzesiła swe zmarłe dzieci i kazała im odbudować miasto. Wszystko to jednak był fałsz, iluzja. Nie zdołała oszukać samej siebie, a jedynie wpędziła się w obłęd. I wtedy nią zawładnąłeś – ciągnął. – Jej dziecko uwięziło ją na nowo. Wygląda na to, że nie możemy uciec przed własnym losem. Tej prawdzie nie jesteś jeszcze gotowy stawić czoła, jasnowidzu.

– Mnie również uwięziło własne dziecko – wyszeptała mhybe. – Czy to przekleństwo wszystkich matek?

– To przekleństwo miłości.

Mrok wypełniło odległe wycie.

– Słyszałaś? – zapytał mężczyzna. – To moja towarzyszka. Nadchodzi. Czekałem tak długo. Tak długo. Ale wreszcie nadchodzi.

Głos nabrał niższego tembru. Nie brzmiał już jak głos mężczyzny.

– A teraz – ciągnął. – Teraz jej odpowiem.

Wycie wstrząsnęło mhybe, odrzuciło ją do tyłu. Wypadła z jaskini, przemknęła przez las karłowatych drzew i znalazła się z powrotem w jałowej tundrze.

Zaczęła krzyczeć.

Ścigające ją wilki odpowiedziały triumfalnym zawodzeniem.

Znowu ją znalazły.

Czyjaś dłoń dotknęła jej policzka.

– Bogowie, to mogło zmrozić krew w żyłach.

Głos wydawał się znajomy, ale nie potrafiła go rozpoznać.

– Kryją się w tym niezgłębione tajemnice, Murillio – odezwał się drugi mężczyzna. – Popatrz na jej policzek.

– Podrapała się...

– Przyjacielu, ona nie może unieść ręki. I spójrz, paznokcie ma czyste. Tej rany nie zadała sobie sama.

– W takim razie kto to zrobił? Byłem tu przez cały czas. Odkąd ostatnio na nią spoglądałem, nie odwiedziła jej nawet ta stara Rhivijka, a wtedy żadnej rany nie było.

– Jak już mówiłem, kryją się w tym tajemnice...

– Coll, to mi się nie podoba. Czy to możliwe, by te koszmary działy się naprawdę? Czy to, co ściga ją w snach, może wyrządzić jej realną krzywdę?

– Dowód widzimy...

– To prawda, choć ledwie mogę uwierzyć własnym oczom. Coll, tak dalej być nie może.

– Zgoda, Murillio. W Capustanie, przy pierwszej okazji...

– Pierwszej, jaka się nadarzy. Przesuńmy wóz na sam początek konwoju. Im prędzej znajdziemy się za murami, tym lepiej.

– Masz rację.

Rozdział dwudziesty

To bardzo starożytna opowieść. Mówi o dwóch bogach z czasów sprzed nadejścia ludzi. O tęsknocie, miłości i rozłące, o dwóch bestiach skazanych na stulecia wędrówki.

To powiastka z morałem, opowiadana właśnie dlatego, że nie ma końca. Nie chodzi w niej o jakieś pocieszające zakończenie, dobrzy czytelnicy, lecz o to, co jest na tym świecie nieosiągalne.

Któż więc mógłby się spodziewać takiego jej zamknięcia?

Zimowa miłość
Silbaratha

Serce ogromnego pałacu leżało pochowane pod urwiskiem, o którego wyszczerbioną podstawę tłukły fale zrodzonego na wschód od zatoki morza. Skalną powierzchnię zmoczyły ciemne bryzgi. Tuż przy piętrzącym się stromo brzegu zaczynała się mroczna, głęboka na wiele sążni otchłań Zatoki Koralowej. Miejski port był jedynie wąskim, nieregularnym wcięciem po zawietrznej stronie urwiska, bezdenną szczeliną, która dzieliła miasto niemal na dwoje. Nie było tu nabrzeży. W pionowych ścianach klifu wykuto długie półki, po których biegły drogi. Na poziomie wody wysokiej w litą skałę wbito pierścienie cumownicze. Na wysokości dwukrotnie wyższej od wysokości masztów pełnomorskiego statku, nad całą długością zatoki od jej końca aż po wylot, rozpostarto gęste sieci. Dna fiordu nie mogła sięgnąć żadna kotwica, na brzegach nie było gdzie przycumować i nigdzie nie było płycizn, statki musiały więc zarzucać kotwice do góry. Ludzie-koty, jak ich zwano – niezwykła, zorganizowana na niemal plemienny sposób grupa robotników, którzy mieszkali z żonami i dziećmi w chatach ustawionych na powierzchni sieci i trudzili się jedynie wciąganiem kotwic oraz mocowaniem lin – uczynili z tego zadania dzieło sztuki.

Z wyniosłych, zwróconych ku morzu murów pałacu kryte foczą skórą, zbudowane z wyrzuconego przez morze drewna chaty ludzi-kotów wyglądały jak brązowe kamyki bądź odpadki zgarnięte z brzegu przez sieć, której sznury wydawały się z oddali cienkie jak nitki. Nie krzątały się wokół nich żadne postacie. Z krzywych kominów nie unosił się dym. Gdyby Toc Młodszy miał orli wzrok, bez trudu zauważyłby pokryte warstwą soli ciała zaplątane tu i ówdzie w sieć. Nie miał go jednak i musiał uwierzyć jasnodominowi na słowo, że te małe plamki rzeczywiście są trupami.

Statki kupieckie nie odwiedzały już Koralu. Ludzie-koty umarli z głodu. Wszyscy mężczyźni, kobiety i dzieci. Legendarny, jedyny w swoim rodzaju lud zamieszkujący miasto wyginął.

Tę wiadomość przekazano mu obojętnym tonem, lecz Toc wyczuwał w słowach bezimiennego kapłana-wojownika pewien podtekst. Potężny mężczyzna stał tuż obok Malazańczyka, zaciskając dłoń na jego lewym ramieniu tuż powyżej łokcia. Żeby nie pozwolić mu rzucić się w przepaść. I pomóc utrzymać się na nogach. To pierwsze zadanie szybko przerodziło się w drugie. Toca tylko na chwilę uwolniono z objęć matrony i jego zmaltretowane ciało było zupełnie pozbawione sił. Mięśnie uległy zanikowi. Wypaczone kości i zablokowane stawy sprawiały, że był sztywny jak szczapa suchego drewna. Płuca wypełniał mu płyn. Przy wdechu charczał głośno, a w chwili wydechu na jego ustach pojawiały się mleczne bąbelki.

Jasnowidz zapragnął pokazać mu Koral. Pałac: fortecę, którą często atakowały okręty Elingarthu i pirackie floty, lecz nikt nigdy jej nie zdobył. Liczny kordon magów, przynajmniej tysiąc K'Chain Che'Malle, doborowe legiony swej centralnej armii. Klęski na północy nie znaczyły dla niego wiele. Odda najeźdźcom Settę, Lest i Maurik, pozwoli im na długi, wyczerpujący marsz przez spustoszoną krainę, w której nie znajdą nic do jedzenia, i w której nawet studnie zostały zanieczyszczone. Jeśli zaś chodzi o wrogów nadciągających z południa, dzieliło ich teraz od niego szerokie, burzliwe morze, które jasnowidz w dodatku wypełnił górami lodowymi. Na drugim brzegu nie znajdą żadnych łodzi, a droga do zachodniego końca Szczeliny Ortnalskiej zajmie im miesiące. Co prawda T'lan Imass mógłby się przedostać na drugi brzeg jako niesiony na powierzchni fal pył, lecz przez całą drogę musiałby walczyć z silnymi, zimnymi prądami, które najpierw wnikały w głębinę, a potem jako podmorskie rzeki płynęły na wschód, do oceanu.

Bezimienny jasnodomin zapewnił, że jasnowidz czuje się bardzo usatysfakcjonowany. Do tego stopnia, że mógł przyznać Tocowi tę łaskę i uwolnić go na chwilę z objęć matki.

Zimna, słona bryza owiewała mu twarz, targała długie, brudne, rozczochrane włosy. Jego ubranie zamieniło się w pokryte zaskorupiałym brudem strzępy. Jasnodomin dał mu płaszcz, którym Toc owinął się jak kocem. Ten gest uświadomił Malazańczykowi, że stojący u jego boku mężczyzna zachował jeszcze resztki człowieczeństwa.

Na tę myśl oczy zaszły mu łzami.

Odzyskał jasność umysłu. Pomógł mu w tym jasnodomin, ze swą szczegółową relacją ze stoczonych na południu bitew. Być może było to ostateczne, najbardziej przekonujące urojenie zrodzone z jego obłędu, lecz Toc uczepił się tego przeświadczenia. Patrzył na południe, nad wzburzonymi wodami. Góry na drugim brzegu były ledwie widoczne.

Z pewnością już do nich dotarli. Być może stali w tej chwili na brzegu, spoglądając przygnębionym wzrokiem na północ, na wszystko, co ich od niego dzieliło. Baaljagg nie da się zniechęcić. Ukryta w niej bogini nie przestanie przeć naprzód, by odnaleźć swego towarzysza.

Towarzysza, który ukrywa się wewnątrz mnie. Wędrowaliśmy razem, nieświadomi sekretów, które w sobie chowamy. Ach, cóż za brutalna ironia...

Być może Tool również nie da się zastraszyć. Dla T'lan Imassa czas i odległość nie miały znaczenia. To samo z pewnością dotyczyło trzech Seguleh. Ostatecznie nadal stało przed nimi zadanie przekazania jasnowidzowi szczególnej wiadomości od ich ludu. Zaproszenia na wojnę.

Ale pani Zawiść...

Poszukiwaczka przygód, zwabiona niezwykłą okazją... lecz z drugiej strony była teraz rozwścieczona. To jasno wynikało z relacji jasnodomina. Być może lepiej byłoby powiedzieć „urażona", poprawił się Toc. Jej złość rozbłysła, ale nie będzie paliła się długo. Pani Zawiść nie zwykła tlić się powoli, skrywać głęboko w sobie żarzących się węgielków zemsty. Władały nią ulotne kaprysy i poszukiwała wciąż nowych atrakcji.

Pani Zawiść zapewne zawróci, a wraz z nią jej ranny pies, Garath. Znudzeni polowaniem, nie podejmą pościgu, nie przez wzburzone morze pełne błyszczących, wyszczerbionych, lodowych lewiatanów.

Powiedział sobie, że nie powinien być rozczarowany, ale mimo to poczuł na tę myśl ukłucie smutku. Tęsknił za nią, lecz nie jak za kobietą. Przynajmniej nie do końca.

Nie, sądzę, że chodzi o jej nieśmiertelne, wolne od brzemion oblicze. O błysk chytrości w prastarych oczach. Żartowałem z niej kiedyś... tańczyłem wokół tej jej natury... aż tupała ze złości i marszczyła brwi. Tylko nieśmiertelni potrafią to robić, gdyż rzadko padają ofiarą podobnych drwin. Obracałem nóż w jej ranie. Bogowie, czy naprawdę byłem aż tak zuchwały?

No cóż, droga pani, przepraszam cię najpokorniej. Nie jestem już taki odważny jak niegdyś, jeśli rzeczywiście była to odwaga, a nie zwykła głupota. Z mojej natury wyrwano skłonność do drwin. Nigdy już nie wróci i być może jest to zmiana na lepsze. Ach, widzę, że kiwasz z przekonaniem głową. Śmiertelnicy nie powinni drwić, z oczywistych przyczyn. Ironia przystoi bogom, gdyż tylko oni mogą zapłacić jej cenę. Niech i tak będzie.

Dziękuję, pani Zawiści. Nie będę ci czynił wyrzutów. Dobrze to rozegrałaś.

– Szkoda, że nie widziałeś Koralu w dniach jego świetności, Malazańczyku.

– To było twoje rodzinne miasto?

– Tak. Ale teraz moim domem jest serce jasnowidza.

– W którym wieje jeszcze zimniejszy wiatr – mruknął Toc.

Jasnodomin milczał przez dłuższą chwilę.

Toc spodziewał się ciosu zakutej w stal pięści albo bolesnego szarpnięcia dłoni ściskającej jego wychudłe ramię. To byłaby adekwatna reakcja, na widok której jasnowidz skinąłby głową na znak aprobaty. Mężczyzna powiedział jednak:

– Jest lato, ale ten dzień nie przypomina letnich dni, jakie pamiętam z czasów młodości. Wiatr w Koralu był ciepły i delikatny. Pieścił skórę jak oddech kochanki. Mój ojciec łowił ryby za wylotem szczeliny. Na północ stąd, nieopodal brzegu. Ławice były tam bardzo bogate. Wypływał na połów na tydzień albo dłużej. Wychodziliśmy do portu, żeby patrzeć na wracające floty, zobaczyć pośród barek pomarańczowy żagiel ojca.

Toc podniósł wzrok i zauważył, że mężczyzna się uśmiecha, a w jego oczach błyszczą echa dziecinnej radości.

A potem ujrzał, że znowu zgasły.

– Kiedy wrócił po raz ostatni... przekonał się, że jego rodzina przyjęła wiarę. Żona poszła do Tenescowri, a synowie do wojska. Najstarszy rozpoczął szkolenie jako jasnodomin. Tego dnia nie rzucił mi cum. Zobaczył mój mundur. Ujrzał matkę i usłyszał jej bezmyślne wrzaski. Zauważył moich braci z włóczniami w dłoniach i nagie siostry, uczepione mężczyzn trzykrotnie starszych od nich. Obrócił bom i odpłynął z wiatrem od lądu. Śledziłem wzrokiem jego żagiel, aż wreszcie zniknął mi z oczu. Malazańczyku, tak właśnie chciałem...

– Pożegnać się z nim – wyszeptał Toc.

– Życzyć mu szczęścia. Powiedzieć, że... dobrze zrobił.

Niszczyciel życia. Jasnowidzu, jak możesz to robić własnym poddanym?

Daleko w pałacu odezwał się dzwon.

Mężczyzna zacisnął mocniej dłoń.

– Koniec przerwy.

– Wracam do mojego więzienia – rzekł Toc, po raz ostatni spoglądając na otaczający go świat.

Zapamiętaj sobie to wszystko, bo już więcej tego nie ujrzysz, Tocu Młodszy.

– Dziękuję, że pożyczyłeś mi płaszcz.

– Nie ma za co, Malazańczyku. Ten wiatr kiedyś był ciepły. Chodź, wesprzyj się na mnie po drodze. Prawie nic nie ważysz.

Ruszyli powoli w stronę gmachu.

– Jestem brzemieniem, które łatwo dźwigać.

– Tego nie powiedziałem, Malazańczyku. Tego nie powiedziałem.

Strawiony pożarem budynek zachwiał się, a potem zawalił w obłoku pyłu. Bruk pod butami Tarczy Kowadła Itkoviana zadrżał, a powietrze przeszył huk.

Płot podszedł bliżej. Na jego usmarowanej sadzą twarzy wykwitł uśmiech.

– Widzisz? To łatwe.

Itkovian odpowiedział Podpalaczowi Mostów skinieniem głowy. Płot wrócił do pozostałych saperów i wspólnie z nimi ruszył ku następnemu nienadającemu się do odbudowy budynkowi.

– Przynajmniej budulca z pewnością nie zabraknie – stwierdziła stojąca obok niego kapitan Norul, strzepując pył z opończy.

Poranek był upalny i słońce świeciło jasno. Do Capustanu wracało życie. Ludzie o twarzach osłoniętych szalikami czołgali się w ruinach swych domów. Pod gruzami wciąż znajdowano ciała, po czym owijano w tkaniny i składowano na wozach, wokół których roiło się od much. Wszędzie unosił się smród zgnilizny, wyglądało jednak na to, że konie, których dosiadali, już dawno się do niego przyzwyczaiły.

– Pora ruszać dalej, Tarczo Kowadło – stwierdziła kapitan.

Wznowili wędrówkę. Pod zachodnią bramą zbierali się oficjalni przedstawiciele – kontyngent, który miał wyjechać na spotkanie zbliżającym się armiom Dujeka Jednorękiego i Caladana Brooda. Rozpoczęcie rozmów wyznaczono za trzy dzwony.

Itkovian zostawił kompanię pod dowództwem nowego Bożego Jeźdźca. Z równiny napływały setki uciekających Tenescowri. Tych nielicznych, którzy spróbowali schronić się w mieście, natychmiast zaatakowali ocalali mieszkańcy. Do Tarczy Kowadła dotarły meldunki o wieśniakach rozszarpanych na strzępy przez rozwścieczone tłumy. W odpowiedzi na to rozkazał swym Szarym Mieczom zorganizować na zachód od miasta obóz dla internowanych. Żywności było bardzo niewiele i Itkovian zastanawiał się, jak sobie radzi jego nowy Boży Jeździec. Przynajmniej jednak zapewnią nieszczęsnym uchodźcom schronienie.

Ci uchodźcy niedługo staną się rekrutami. Ci z nich, którzy przeżyją kilka najbliższych tygodni. Szare Miecze zapewne wydadzą wszystkie pieniądze na zakup żywności i zapasów od Barghastów. Daj Fenerze, nie, daj Toggu, żeby ta inwestycja okazała się opłacalna.

Nie cieszył się myślą o zbliżających się negocjacjach. Szczerze mówiąc, w ogóle nie powinien brać w nich udziału. Dowódcą Szarych Mieczy była teraz jadąca u jego boku kobieta. Jego rola jako doradcy była dyskusyjna. Norul potrafi reprezentować interesy kompanii bez jego pomocy.

Podjechali do zachodniej bramy, która była teraz po prostu wielką dziurą w miejskich murach.

Oparty o jedną z wypalonych, niemal doszczętnie zawalonych wież bramnych Zrzęda przyglądał się im z bladym uśmieszkiem na pokrytej pręgami twarzy. Stonny Menackis spacerowała w kółko obok niego, wyraźnie poirytowana.

– Czekamy jeszcze tylko na Humbralla Taura – stwierdził Zrzęda.

Itkovian ściągnął wodze.

– A gdzie jest świta Rady Masek? – zapytał, marszcząc brwi.

Stonny splunęła.

– Ruszyli przodem. Chcą chyba zacząć rozmowy bez nas.

– Spokój, dziewczyno – mruknął Zrzęda. – Jest z nimi twój przyjaciel Keruli, zgadza się?

– Nie w tym rzecz! Oni się ukryli. To ty i Szare Miecze ocaliliście ich cholerne miasto!

– Niemniej jednak to oni władają Capustanem – wskazał Itkovian. – Książę Jelarkan zginął, nie pozostawiając następcy.

– Mogli zaczekać, do cholery!

Kapitan Norul odwróciła się w siodle i spojrzała na aleję.

– Zbliża się Humbrall Taur. Jeśli się pośpieszymy, może jeszcze zdążymy ich dogonić.

– Czy to ma jakieś znaczenie? – zapytał Itkovian.

– Tak jest, ma.

Skinął głową.

– Zgadzam się.

– Przygotujmy konie, Stonny – rzucił Zrzęda, odpychając się od muru.

Pomknęli przez równinę. Humbrall Taur, Hetan i Cafal siedzieli niepewnie na pożyczonych wierzchowcach. Barghastowie również nie byli zbyt zadowoleni z próby uzurpacji, której dopuściła się Rada Masek. Ponownie odżyła zadawniona wrogość i nieufność. Zbliżające się armie dzieliło od nich jeszcze kilka dobrych mil. Keruli, Rath'Kaptur, Rath'Pożoga i Rath'Tron Cienia jechali w wozie zaprzężonym w trzy należące do Gidrathów konie, których jakimś cudem nie zarżnięto i nie zjedzono podczas oblężenia.

Itkovian przypomniał sobie, jak poprzednio jechał tą drogą. Przed jego oczyma pojawiły się twarze poległych żołnierzy. Farakalian, Torun, Sidlis. Choć Reve zmuszała ich do przestrzegania etykiety, byli przyjaciółmi.

Nie odważyłem się przyznać sam przed sobą do tej prawdy. Nie jako Tarcza Kowadło, jako dowódca. Teraz jednak to się zmieniło. Muszę dźwigać żałobę po nich, tak jak po dziesiątkach tysięcy innych.

Odepchnął od siebie tę myśl. Nadal musiał panować nad sobą. Nie mógł sobie pozwolić na uczucia.

Wreszcie zobaczyli wóz kapłanów.

– Będą zachwyceni! – warknęła triumfalnie Stonny.

– Nie przesadzaj z tą radością, dziewczyno – ostrzegł ją Zrzęda. – Podjedziemy do nich z niewinnymi minami...

– Masz mnie za idiotkę? Uważasz, że nie potrafię być subtelna? Dowiedz się...

– W porządku, kobieto – warknął jej towarzysz. – Zapomnij, że w ogóle coś mówiłem...

– Zawsze o tym zapominam, Zrzęda.

Gdy dogonili wóz, powożący nim Gidrath zatrzymał pojazd. Otworzyła się okiennica, zza której wyjrzała pozbawiona wyrazu maska Rath'Tronu Cienia.

– Cóż za szczęśliwy zbieg okoliczności! Reszta naszego szlachetnego orszaku!

Itkovian westchnął pod nosem.

Niestety, w tych słowach nie było nic subtelnego.

– Szlachetnego? – zapytała Stonny, unosząc brwi. – Dziwię się, że znasz to słowo, kapłanie.

– Ach. – Maska zwróciła się w jej stronę. – Dziewka pana Kerulego. Czy nie powinnaś paść na kolana?

– Ja ci pokażę kolano, kurduplu. Oberwiesz nim prosto między nogi...

– Spokojnie! – zawołał Zrzęda. – Jesteśmy już blisko. Widzę zwiadowców. Jedziemy tam?

– Przybyliśmy za wcześnie – warknął Rath'Tron Cienia.

– Tak. To bardzo nieprofesjonalne z naszej strony. Ale trudno. Możemy posuwać się naprzód tak wolno, jak tylko można, żeby dać im czas na przygotowania.

– W obecnej sytuacji to byłoby najrozsądniejsze – przyznał Rath'Tron Cienia. Usta maski rozciągnęły się w szerokim uśmiechu. Potem kapłan schował głowę i zasunął okiennicę.

– Pokrajam tego faceta na bardzo cienkie plasterki – zapowiedziała radośnie Stonny.

– Wszyscy doceniamy twoją subtelność, dziewczyno – mruknął Zrzęda.

– I bardzo słusznie, głąbie.

Itkovian popatrzył z zainteresowaniem najpierw na kobietę, a potem na kapitana.

Kapral Wykałaczka siedziała na zakurzonych schodach ruin świątyni. Plecy i ramiona bolały ją od dźwigania odłamków muru, co robiła już od świtu.

Niewidka z pewnością czaiła się w pobliżu, gdyż pojawiła się nagle z bukłakiem wody w ręku.

– Wyglądasz na spragnioną.

Wykałaczka przyjęła bukłak.

– To dziwne, że znikasz zawsze akurat wtedy, gdy jest do wykonania jakaś ciężka robota.

– Przyniosłam ci wody, nie?

Wykałaczka skrzywiła się wściekle.

Po drugiej stronie ulicy kapitan Paran i Szybki Ben siodłali konie, przygotowując się do wyruszenia na spotkanie Zastępowi Jednorękiego i armii Brooda. Od chwili, gdy znowu się zobaczyli, zachowywali się wyjątkowo tajemniczo, co wzbudziło podejrzliwość Wykałaczki. Plany Szybkiego Bena nigdy nie były przyjemne.

– Wolałabym, żebyśmy już ruszyli – mruknęła.

– Na rokowania? A po co? Lepiej niech wszyscy przyjdą do nas.

– W ten sposób łatwiej ci się czaić, co? Dźwigając do połowy pusty bukłak z wodą? Inaczej byś gadała, gdybyś musiała rzucać kamienie na kupę tak jak my, Niewidka.

Szczupła kobieta wzruszyła ramionami.

– Nie brakowało mi zajęć.

– A co właściwie robiłaś?

– Zbierałam informacje.

– Ach. A czyich szeptów słuchałaś?

– Najróżniejszych. Naszych i ich, tu i ówdzie.

– Ich? A kto to są oni?

– Hmm, chwileczkę. Barghastowie. Szare Miecze. Paru gadatliwych Gidrathów z Niewolnika. Trzech akolitów z tej świątyni, którą masz za sobą...

Wykałaczka wzdrygnęła się. Wstała pośpiesznie i obrzuciła nerwowym spojrzeniem strawiony ogniem budynek.

– A którego to boga świątynia, Niewidka? Tylko nie kłam...

– Czemu miałabym kłamać, kapralu? Tronu Cienia.

Wykałaczka chrząknęła.

– Szpiegujesz szpicli, tak? I o czym mówili?

– O jakimś dziwacznym planie swego zwierzchnika. Chodziło o zemstę na dwóch nekromantach, którzy zaszyli się w rezydencji nieopodal.

– Tej, gdzie przed wejściem jest pełno trupów, a na murach stoją śmierdzący strażnicy?

– Zapewne właśnie tej.

– Dobra, w takim razie wysłuchajmy raportu z pozostałych rozmów.

– Barghastowie są zachwyceni. Agenci Rady Masek kupują żywność dla obywateli. Szare Miecze robią to samo, po to, by wykarmić szybko rosnący obóz uchodźców Tenescowri za miejskimi murami. Białe Twarze zbijają majątek.

– Chwileczkę, Niewidka. Powiedziałaś: uchodźców Tenescowri? Co te Szare Miecze kombinują? Kaptur wie, że trupów dla tych kanibali nie zabraknie. Po co dawać im prawdziwą żywność? Po co w ogóle karmić takich wrednych skurwysynów?

– To celne pytania – zgodziła się Niewidka. – Przyznaję, że ja również poczułam się zainteresowana.

– Z pewnością masz już jakąś teorię.

– Dokładniej mówiąc, dopasowałam fragmenty układanki. Cały szereg odrębnych faktów. Wygłaszane od niechcenia uwagi, podsłuchane przez wierną służkę, która właśnie stoi przed tobą...

– Na drżące kolana Oponn, kobieto, do rzeczy!

– Nigdy nie dajesz mi się pochwalić. No dobra. Szare Miecze były zaprzysiężone Fenerowi. To nie była zwykła kompania najemników. Raczej cholerni krzyżowcy, prowadzący świętą wojnę. I traktowali to poważnie. Ale coś się wydarzyło. Stracili swego boga...

– To z pewnością długa opowieść.

– W rzeczy samej. Ale nie ma znaczenia dla sprawy.

– Chcesz powiedzieć, że jej nie znasz?

– Zgadza się. Rzecz w tym, że ocalali oficerowie kompanii udali się do obozu Barghastów, gdzie spotkali się z grupką plemiennych czarownic, które już na nich czekały, i wspólnie z nimi urządzili rekonsekrację.

– Chcesz powiedzieć, że zmienili bogów. O nie, nie mów mi, że to Treach...

– Nie, nie Treach. On już ma swoich krzyżowców.

– No dobra. W takim razie to na pewno Jhess. Pani Tkactwa. Wszyscy nauczą się robić na drutach z zawziętością godną...

– Niezupełnie. To Togg. I Fanderay, Wilczyca Zimy, jego dawno utracona towarzyszka. Pamiętasz tę historię? Na pewno słyszałaś ją w dzieciństwie, o ile w ogóle byłaś kiedyś dzieckiem...

– Uważaj, Niewidka.

– Przepraszam. Tak czy inaczej, Szare Miecze zostały niemal całkowicie unicestwione. Szukają rekrutów.

Wykałaczka uniosła brwi.

– Tenescowri? Na oddech Kaptura!

– To ma sens.

– Jasne. Gdybym chciała stworzyć armię, najpierw poszukałabym ludzi, którzy mają zwyczaj zjadać się nawzajem, gdy tylko sytuacja robi się trudna. Oczywiście. Świetny pomysł.

– Patrzysz na to z niewłaściwej strony. Powinnaś powiedzieć: ludzi, którzy nic nie mają...

– To znaczy, nieudaczników.

– Hmm, tak. Wolnych od wszelkich więzów. Gotowych poddać się mistycznym rytuałom wtajemniczenia.

Wykałaczka chrząknęła po raz drugi.

– To obłęd. Wszyscy tu zwariowali.

– Jeśli już o tym mowa – wyszeptała Niewidka.

Kapitan Paran i Szybki Ben podjechali do nich.

– Kapralu Wykałaczka.

– Słucham, kapitanie?

– Czy wiesz, gdzie może być Trzpień?

– Nie mam pojęcia, kapitanie.

– Sugeruję, byś lepiej uważała na ludzi ze swej drużyny.

– Hmm, poszedł z sierżantem Nerwusikiem. Z tuneli wylazł ktoś, kto podawał się za księcia Ararda. To wygnany władca któregoś z tych miast na południe od rzeki. Ten facet chciał rozmawiać z przedstawicielem Zastępu Jednorękiego, a ponieważ nie mogliśmy cię zlokalizować...

Paran zaklął pod nosem.

– Wyjaśnijmy sprawę. Sierżant Nerwusik i Trzpień samozwańczo mianowali się oficjalnymi przedstawicielami Zastępu Jednorękiego i udali się na rozmowy z księciem? Nerwusik? Trzpień?

Stojący obok kapitana Szybki Ben prychnął tłumionym śmiechem. Paran przeszył go wściekłym spojrzeniem.

– Detoran również zgłosiła się na ochotnika – ciągnęła niewinnym tonem Wykałaczka. – Chyba poszli we trójkę. Może było też z nimi paru innych.

– Młotek?

Potrząsnęła głową.

– On jest z Płotem, kapitanie. Zajmuje się uzdrawianiem i tak dalej.

– Kapitanie – wtrącił Szybki Ben. – Lepiej ruszajmy już w drogę. Nerwusik zacznie grać na zwłokę, gdy tylko poczuje się zbity z tropu, a to zwykle dzieje się zaraz po tym, jak się przedstawi. Detoran nie odezwie się ani słowem, a pozostali zapewne też nie. Trzpień może gadać głupoty, ale on ma na sobie włosiennicę. Nie powinno stać się nic złego.

– Naprawdę? Mam cię wziąć za słowo, czarodzieju?

Szybki Ben wybałuszył oczy.

– Mniejsza z tym – warknął Paran, biorąc w ręce wodze. – Opuśćmy już to miasto... bo inaczej wkrótce wciągną nas tu w nową wojnę. Kapralu Wykałaczka.

– Słucham?

– Dlaczego stoisz tu sama?

Kobieta rozejrzała się pośpiesznie wokół.

– A to suka – wyszeptała.

– Kapralu?

– Nic, nic. Przepraszam, kapitanie. Chciałam chwilę odpocząć.

– Kiedy już odpoczniesz, idź po Nerwusika, Trzpienia i pozostałych, kapralu. Odeślij Ararda do Niewolnika i powiedz mu, że prawdziwi przedstawiciele Zastępu Jednorękiego wkrótce się do niego zgłoszą, jeśli życzy sobie z nimi porozmawiać.

– Rozumiem, kapitanie.

– Mam taką nadzieję.

Wykałaczka śledziła wzrokiem obu mężczyzn. Gdy oddalili się na bezpieczną odległość, odwróciła się nagle.

– Gdzie się podziałaś, ty tchórzu?

– Kapralu? – odezwała się Niewidka, wynurzając się z cienia przy wejściu do świątyni.

– Słyszałaś mnie.

– Zauważyłam coś w tej ruderze i poszłam zbadać sprawę...

– Ruderze? To święty dom Tronu Cienia.

Wykałaczka z zadowoleniem zauważyła, że druga kobieta nagle pobladła.

– Och. Hmm, zapomniałam o tym.

– Wpadłaś w panikę. Hi, hi. Niewidka się wystraszyła. Wyczuła, że może dojść do sceny i czmychnęła do najbliższego budynku jak spłoszony królik. Niech no tylko o tym opowiem...

– To nieuczciwa wersja – sprzeciwiła się Niewidka, pociągając nosem – która przedstawia w fałszywym świetle zupełnie przypadkowe wydarzenie. Nie uwierzą ci.

– Tak ci się tylko...

– Ojojoj.

Niewidka znowu zniknęła.

Zaskoczona Wykałaczka rozejrzała się wokół.

Ulicą zbliżały się dwie obleczone w czerń postacie, które zmierzały prosto ku niej.

– Droga żołnierko – zawołał wyższy mężczyzna o twarzy ozdobionej ostro zakończoną bródką.

Wykałaczka obruszyła się, słysząc jego władczy ton.

– Czego?

Uniósł cienkie brwi.

– Należy się nam szacunek, kobieto. Domagamy się go. Posłuchaj, potrzebujemy zapasów, które pozwoliłyby nam wznowić podróż. Musimy nabyć żywność i czystą wodę w dużych ilościach. Gdybyś mogła też skierować nas do sukiennika...

– Już się robi. Proszę...

Podeszła bliżej i zdzieliła go zakutą w stal pięścią prosto w nos. Mężczyzna padł z głośnym plaśnięciem na ziemię, nie tracąc przytomności.

Niewidka zaszła drugiego z intruzów od tyłu i walnęła go w głowę gałką krótkiego miecza. Nieznajomy chrząknął piskliwie i również zwalił się na bruk.

Podbiegł do nich staruszek w wystrzępionym stroju sługi. Zatrzymał się pięć kroków od obu żołnierek, unosząc ręce nad głowę.

– Nie bijcie mnie! – zawołał.
– Czemu miałybyśmy cię bić? – zapytała Wykałaczka, marszcząc brwi. – Czy ci dwaj są... z tobą?
Lokaj miał przygnębioną minę.
– Tak – westchnął, opuszczając ręce.
– Naucz ich uprzejmości, kiedy już się ockną – poleciła Wykałaczka.
– Oczywiście, żołnierko.
– Powinnyśmy stąd zniknąć, kapralu – odezwała się Niewidka, spoglądając na nieprzytomnych mężczyzn.
– Tak. Tak, proszę! – błagał lokaj.
Wykałaczka wzruszyła ramionami.
– Nie widzę powodu, by tu siedzieć. Prowadź, żołnierko.

Paran i Szybki Ben minęli leżące na północ od traktu, po ich prawej stronie, obozowisko Tenescowri w odległości tysiąca kroków. Żaden z nich nie odezwał się ani słowem, dopóki nie zostawili go daleko za sobą.
– Wygląda na to, że szybko zbliżają się kłopoty – zauważył wtedy z westchnieniem kapitan.
– Tak? A dlaczego?
Paran przeszył towarzysza pełnym zdziwienia spojrzeniem, po czym przeniósł wzrok z powrotem na drogę.
– Z powodu żądzy zemsty na tych wieśniakach. Capańczycy mogą wypaść przez bramę i wyrżnąć wszystkich, z błogosławieństwem Rady Masek.
Czarodzieju, dlaczego wydaje mi się, że dostrzegam kącikiem oka coś na twoim ramieniu? Ale kiedy przyglądam się dokładniej, znika.
– Rada Masek popełniłaby poważny błąd – wskazał Szybki Ben. – Sądząc po tych wartownikach i okopach, Szare Miecze są gotowe bronić swych gości.
– Tak jest, zdają sobie sprawę, że ich następne posunięcie będzie bardzo niepopularne.
– Werbunek. Ale z drugiej strony, czemu nie? Ich kompania zapłaciła wysoką cenę za obronę miasta i jego obywateli.
– Pamięć o bohaterskich czynach Szarych Mieczy może zniknąć w mgnieniu oka, czarodzieju. Poza tym zostało ich tylko kilkuset. Gdyby zaatakowało ich kilka tysięcy Capańczyków...

– Nie martwiłbym się o to, kapitanie. Nawet najbardziej rozjuszeni Capańczycy zawahają się przed prowokowaniem tych żołnierzy. W końcu to ci, którzy przeżyli. Jak już mówiłem, Rada Masek postąpiłaby głupio, gdyby chowała do nich urazę. Podczas rozmów z pewnością dowiemy się więcej.

– Pod warunkiem, że nas na nie zaproszą. Szybki, lepiej by było, gdybyśmy pogadali z Sójeczką na osobności. Osobiście mam bardzo niewiele do powiedzenia pozostałym uczestnikom spotkania. Zresztą muszę złożyć mu meldunek.

– Hm, nie planowałem się odzywać podczas tych rozmów, kapitanie. Zamierzałem ograniczyć się do słuchania.

Zostawili za sobą zamieszkane obszary i jechali teraz pustym traktem. Po prawej mieli pofałdowaną równinę, a po lewej odległe o trzysta kroków nadrzeczne urwiska.

– Widzę jeźdźców – oznajmił Szybki Ben. – Na północy.

Paran przymrużył powieki, po czym skinął głową.

– Odbyło się.

– Co takiego?

– Drugie Zgromadzenie.

Czarodziej przeszył go ostrym spojrzeniem.

– T'lan Imassów? Skąd wiesz?

Stąd, że przestała do mnie sięgać. Tattersail, Nightchill, Bellurdan. Coś się wydarzyło. Coś... nieoczekiwanego. Coś, co zbiło ich z nóg.

– Po prostu wiem, czarodzieju. Ten pierwszy jeździec to Srebrna Lisica.

– Musisz mieć sokoli wzrok.

Paran nie odpowiedział.

Nie potrzebuję oczu. To ona.

– Kapitanie, czy dusza Tattersail nadal dominuje nad Srebrną Lisicą?

– Nie wiem – przyznał. – Muszę jednak stwierdzić, że jeśli dotąd sądziliśmy, iż potrafimy przewidzieć jej poczynania, to teraz musimy się pożegnać z tą wiarą.

– Kim więc się stała?

– Prawdziwą rzucającą kości.

Ściągnęli wodze, by zaczekać na czworo jeźdźców. Wydawało się, że muł Kruppego ubiega się o czołową pozycję w grupie. Krótkonogie zwierzę co chwila przechodziło od szaleńczego kłusa do galopu i z powrotem, a pękaty Daru podskakiwał w siodle. Za Srebrną Lisicą i Wykałaczką podążały dwie malazańskie żołnierki, które miały spokojne miny.

– Gdybym tylko mógł zobaczyć to, co widzieli jej towarzysze – wyszeptał Szybki Ben.

Nic nie poszło tak, jak planowano. Widzę to z jej postawy. Z tłumionego gniewu, onieśmielenia i ukrytego głęboko bólu. Zaskoczyła ich. Zaskoczyła i sprzeciwiła się im. A T'lan Imassowie zareagowali w równie nieoczekiwany sposób. Nawet Kruppe wygląda na wytrąconego z równowagi, i to nie tylko przez rozbrykanego muła.

Srebrna Lisica ściągnęła wodze, wpatrując się w Parana z wyrazem twarzy, którego nie potrafił określić.

Wyczułem to już przedtem. Odgrodziła się od nas murem. Bogowie, wygląda zupełnie jak Tattersail! Jest już kobietą, nie dzieckiem. Wydaje się, że od naszego rozstania rzeczywiście minęło wiele lat. Zamknęła się w sobie, strzeże sekretów, które jako dziecko ujawniłaby bez wahania. Na oddech Kaptura, przy każdym naszym spotkaniu muszę od nowa przyzwyczajać się... do wszystkiego.

– Cieszę się, że cię widzę, Srebrna Lisico – odezwał się Szybki Ben. – Co...

– Nie.

– Słucham?

– Nie, czarodzieju. Nie mam dla ciebie żadnych wyjaśnień. Nie odpowiem na twoje pytania. Kruppe już próbował mnie wypytywać, zbyt wiele razy. Moja cierpliwość jest na wyczerpaniu. Nie próbuj jej nadużywać.

Zamknięta w sobie i twardsza. Znacznie twardsza.

Po chwili Szybki Ben wzruszył ramionami.

– Jak sobie życzysz.

– Życzę sobie – warknęła. – To gniew Nightchill na ciebie spadnie, a reszta z nas nie będzie próbowała go powstrzymać. Mam nadzieję, że mnie zrozumiałeś.

Szybki Ben wyszczerzył tylko zęby w grymasie zimnego wyzwania.

– Drodzy panowie! – krzyknął Kruppe. – Czy przypadkiem zmierzacie do naszych pięknych armii? Jeśli tak, przyłączymy się do was z radością i ulgą, by powrócić na rzeczone wojskowe łono. Z doprawdy wielką radością z tak wspaniałego towarzystwa, a z ulgą, ak już Kruppe wspomniał, dlatego że wyczekiwany cel jest już tak blisko. Trzeba przyznać, że Kruppe z niecierpliwością oczekuje wznowienia podróży. Jego niepoprawny optymizm...

– Dość już tego, Kruppe – warknęła Srebrna Lisica.

– Hm, oczywiście.

Jeśli nawet coś nas rzeczywiście łączyło, teraz już z tym koniec. Zostawiła Tattersail za sobą. Naprawdę jest teraz rzucającą kości. Ta świadomość zabolała go mniej, niż się tego spodziewał. Być może oboje się zmieniliśmy. Nasze serca nie mogą przeciwstawić się naciskowi tego, kim się staliśmy.

Niech i tak będzie. Nie będę się użalał nad sobą. Nie tym razem. Mamy robotę do wykonania.

Paran ujął w rękę wodze.

– Jak powiedział Kruppe, ruszajmy, bo i tak już jesteśmy spóźnieni.

Nad szczytem wzgórza rozpostarto wielką, jutową płachtę, która miała osłaniać uczestników spotkania przed gorącym, popołudniowym słońcem. Malazańscy żołnierze otoczyli wzgórze ochronnym kordonem. Wszyscy trzymali w ramionach kusze.

Itkovian zatrzymał konia w odległości kilkunastu kroków od wartowników, nie spuszczając wzroku z zebranych pod baldachimem postaci, po czym zsunął się z siodła. Powóz Rady Masek również przystanął i jego drzwi otworzyły się przed czterema przedstawicielami Capustanu.

Hetan zlazła z konia z chrząknięciem ulgi, podeszła do Itkoviana i klepnęła go mocno w plecy.

– Stęskniłam się za tobą, wilku!

– Być może zewsząd otaczają mnie wilki – odparł mężczyzna – ja jednak nie uważam się za jednego z nich.

– Ta opowieść krąży po klanach – przyznała Hetan, kiwając głową. – Stare kobiety nie potrafią trzymać języka za zębami.

– A młode potrafią? – zapytał, nadal przyglądając się postaciom na wzgórzu.

– Tańczysz na niebezpiecznym gruncie, mój drogi.

– Wybacz mi, jeśli cię uraziłem.

– Wybaczyłabym ci uśmiech, bez względu na jego powód. Niestety, to mało prawdopodobne. Jeśli masz poczucie humoru, ukrywasz je stanowczo zbyt dobrze. To pechowe.

Przeniósł wzrok na nią.

– Pechowe? Czy nie chciałaś powiedzieć tragiczne?

Przymrużyła powieki, syknęła sfrustrowana i ruszyła ku szczytowi wzgórza.

Itkovian śledził ją przez chwilę wzrokiem, po czym skierował uwagę na kapłanów, którzy zgromadzili się obok karety.

– Chcą, żebyśmy się zasapali! – utyskiwał Rath'Tron Cienia. – Gdyby stok był trochę łagodniejszy, moglibyśmy zostać w wozie...

– Wystarczyłoby, żebyśmy zabrali więcej koni – dodał Rath'Kaptur pociągając nosem. – To wykalkulowana obelga...

– Nic w tym rodzaju, koledzy – uspokajał ich szeptem Keruli. – Roje dokuczliwych owadów już w tej chwili rozpoczęły atak na nasze szlachetne osoby. Sugeruję, byście przestali narzekać i udali się ze mną na szczyt, gdzie uchroni nas przed nimi wiatr.

Pucołowaty człowieczek zaczął się wspinać na wzgórze.

– Powinniśmy zażądać... aj!

Wszyscy trzej popędzili za Kerulim. Nad ich głowami bzyczały gzy.

Humbrall Taur ryknął śmiechem.

– Wystarczyłoby, żeby wysmarowali się tłuszczem bhederin!

– I bez tego są wystarczająco śliscy, wodzu wojenny – wskazał Zrzęda. – Poza tym to będzie dla nich najlepsza prezentacja. Trzej zamaskowani kapłani, którzy sapią, potykają się i opędzają przed krążącymi wokół ich głów widmami. Tylko Keruli okazuje nieco godności. Zapewne jest wśród nich jedynym, który ma mózg godny tej nazwy.

– Dzięki bogom! – krzyknęła Stonny.

Zrzęda zwrócił się w jej stronę.

– Co takiego? Czemu to mówisz?

– Właśnie zużyłeś cały swój zapas słów, głąbie. To znaczy, że przez całą resztę dnia będziesz milczał!

Uśmiech Zrzędy wyglądał drapieżniej, niż było to jego zamiarem.

Itkovian odprowadził spojrzeniem dwoje Daru. Humbrall Taur, Hetan i Cafal podążyli za nimi.

– Idziemy? – zapytała go kapitan Norul.

– Nie czekaj na mnie – odpowiedział. – Teraz ty przemawiasz w imieniu Szarych Mieczy.

Ruszyła z westchnieniem pod górę.

Itkovian rozejrzał się dokładnie. Pomijając otaczający wzgórze kordon wartowników, nigdzie nie widział żadnych żołnierzy cudzoziemskich armii. Nie będzie pokazu siły, który miałby zastraszyć przedstawicieli miasta. Kapłani jednak zapewne nie docenią tego wielkodusznego gestu. Wielka szkoda, gdyż Rath'Kapturowi, Rath'Pożodze i Rath'Tronowi Cienia bardzo przydałaby się lekcja pokory.

Skończy się jednak na zadyszce i pogryzieniu przez muchy.

Obrzucił szacującym spojrzeniem malazańskich wartowników. Zauważył, że ich broń jest znakomicie wykonana, choć nieco zużyta. Zarówno oręż, jak i zbroje naprawiali w warunkach polowych. Ta armia była daleko od domu i od szlaków zaopatrzenia. Ogorzałe twarze zwracały się ku niemu spod poobtłukiwanych hełmów. Ich spojrzenia były pozbawione wyrazu. Być może zastanawiali się, dlaczego tu został, mając za towarzystwo jedynie milczącego stangreta.

Noszę strój oficera. To wprowadza obserwatorów w błąd.

Zdjął stalowe rękawice, odpiął broszę symbolizującą jego rangę i upuścił ją na ziemię. Następnie ściągnął szarą szarfę i ją również odrzucił. Na koniec zdjął hełm z zasłoną.

Najbliższy z żołnierzy podszedł do niego.

Itkovian skinął głową.

– Chętnie się zamienię.

– To nie byłoby uczciwe – zaprotestował mężczyzna w łamanym języku daru.

– Wybacz, ale się z tobą nie zgodzę. Srebrna inkrustacja i złoty grzebień mogą sugerować, że mój hełm pełni tylko dekoracyjną funkcję, zapewniam cię jednak, że okucia z brązu i żelaza są najwyższej jakości, podobnie jak policzki i rzemienie. Jest tylko odrobinę cięższy od twojego.

Żołnierz milczał przez długą chwilę, po czym powoli zdjął swój hełm z kolczym kołnierzem.

– Kiedy zmienisz zdanie...

– Nie zmienię.

– Tak. Chciałem powiedzieć, że kiedy zmienisz zdanie, zgłoś się do mnie i nie będę miał do ciebie pretensji. Nazywam się Azra Jael. Jedenasta drużyna, piąta kohorta, trzecia kompania piechoty morskiej Zastępu Jednorękiego.

– Ja jestem Itkovian... były żołnierz Szarych Mieczy.

Zamienili się na hełmy.
Itkovian przyjrzał się temu, który trzymał w dłoniach.
– Solidna robota. Jestem zadowolony.
– To areńska stal. Ani razu nie był klepany, więc metal jest w porządku. Kołnierz jest napański i jeszcze nie był cięty mieczem.
– Znakomicie. Ta zamiana wzbogaciła mnie i nauczyła skromności.
Żołnierz nie odpowiedział.
Itkovian spojrzał na szczyt wzgórza.
– Jak sądzisz, czy poczują się urażeni, jeśli tam podejdę? Rzecz jasna, nie zamierzam zabierać głosu, ale chciałbym posłuchać...
Wydawało się, że żołnierz walczy z jakimś przemożnym uczuciem, potrząsnął jednak tylko głową.
– Byliby zaszczyceni twoją obecnością.
Itkovian uśmiechnął się półgębkiem.
– Nie sądzę. Poza tym, szczerze mówiąc, wolałbym, żeby mnie nie zauważyli.
– W takim razie podejdź z drugiej strony wzgórza. Zajdź ich od tyłu.
– Świetny pomysł. Tak właśnie zrobię. Dziękuję za radę i za piękny hełm.
Mężczyzna tylko skinął głową.
Itkovian przeszedł przez kordon. Żołnierze rozstąpili się, by go przepuścić, a potem mu zasalutowali.
Nie zasłużyłem na podobną uprzejmość, ale doceniam ten gest.
Przeszedł na drugą stronę wzgórza, skąd zobaczył obozowiska obu armii, leżące na zachodzie. Nie były zbyt wielkie, ale profesjonalnie urządzone. Malazański obóz tworzyły cztery odrębne, lecz połączone ze sobą forty otoczone wałami ziemnymi i głębokimi okopami. Biegły między nimi poprowadzone po nasypach drogi.
Imponują mi ci cudzoziemcy. Muszę teraz przyznać, że Brukhalian miał rację. Gdybyśmy zdołali się utrzymać, z pewnością poradziliby sobie z liczniejszymi siłami septarchy Kulpatha i położyli kres oblężeniu. Gdybyśmy tylko się utrzymali...
Zaczął się wspinać na wzgórze, ściskając pod lewą pachą malazański hełm.
Wiatr na górze był gwałtowniejszy i przeganiał wszystkie owady. Itkovian zatrzymał się poniżej szczytu. Od rozpiętego na tyczkach baldachimu dzieliło go jeszcze piętnaście kroków. Z tej strony wzgórza

ustawiono szereg beczek z wodą oraz zdobnych skrzyń, na których widniał symbol Gildii Kupieckiej Trygalle. Itkovian świetnie go znał, gdyż ta organizacja powstała w jego ojczystym Elingarthu. Na widok znaku zalała go fala dumy z tego niewątpliwego sukcesu.

Pod baldachimem ustawiono wielki stół, lecz wszyscy stali w słońcu, jakby nie dokończono jeszcze prezentacji.

Być może już doszło do sporu. Zapewne to Rada Masek zgłosiła swe zażalenia.

Przesunął się nieco w lewo, po czym ruszył naprzód, chcąc zatrzymać się po zawietrznej stronie baldachimu, obok beczek z wodą.

Zauważył go jednak malazański oficer, który szepnął słówko innemu mężczyźnie. Po krótkiej wymianie słów ten drugi, który również był malazańskim oficerem wysokiej rangi, zwrócił się powoli w stronę Itkoviana.

Po chwili patrzyli już na niego wszyscy.

Itkovian zatrzymał się.

Podszedł do niego potężnie zbudowany wojownik z młotem na plecach.

– Oto człowiek, którego wszyscy pragnęliśmy poznać. Jesteś Itkovian, Tarcza Kowadło Szarych Mieczy. Obrońca Capustanu. Nazywam się Caladan Brood...

– Wybacz, ale nie jestem już Tarczą Kowadłem ani żołnierzem Szarych Mieczy.

– Słyszeliśmy o tym. Mimo to dołącz do nas, proszę.

Itkovian nie ruszył się z miejsca. Przyglądał się zwróconym ku niemu twarzom.

– Chcesz, żebym obnosił się ze swoim wstydem?

Wojownik zmarszczył brwi.

– Wstydem?

– Tak jest. Nazwałeś mnie obrońcą Capustanu i muszę zaakceptować ten drwiący tytuł, gdyż nie zdołałem obronić miasta. Śmiertelny Miecz Brukhalian rozkazał mi utrzymać je do chwili waszego przybycia, a ja zawiodłem.

Nikt się nie odzywał. Minęło kilka uderzeń serca.

– Nie miałem zamiaru z ciebie drwić – odezwał się w końcu Brood. – A zawiodłeś jedynie dlatego, że nie miałeś szans na zwycięstwo. Czy wyrażam się jasno?

Itkovian wzruszył ramionami.

– Rozumiem twój punkt widzenia, Caladanie Brood, ale nie widzę sensu w debatach o semantyce. Jeśli pozwolisz, będę się przypatrywał tym rozmowom z boku. Zapewniam cię, że nie wygłoszę żadnych komentarzy ani opinii.

– Nasza strata – warknął wojownik.

Itkovian zerknął na kapitan Norul. Poraził go szok, gdy zobaczył, że po ogorzałych policzkach kobiety spływają łzy.

– Czy chcesz, byśmy przekonywali cię o twojej wartości, Itkovian? – zapytał Brood, zasępiając się jeszcze bardziej.

– Nie.

– Ale zdaje się uważasz, że nie masz prawa uczestniczyć w tym zgromadzeniu.

– Niewykluczone, że mam jeszcze coś do zrobienia, jeśli jednak pewnego dnia wezmę na barki nowe brzemię, będę musiał dźwigać je sam. Nie rozkazuję nikomu i w związku z tym nie ma dla mnie miejsca w rozmowach, które mają się tu odbyć. Ograniczę się do słuchania. To prawda, że nie zasługuję na waszą łaskawość...

– Wystarczy już tego – przerwał mu Brood. – Witaj, Itkovian.

– Dziękuję.

Dygnitarze, jak na dany znak, wyrwali się z bezruchu i podeszli do wielkiego drewnianego stołu. Kapłani z Rady Masek zasiedli na jego końcu. Humbrall Taur, Hetan i Cafal zajęli miejsca za najbliższymi krzesłami, dając do zrozumienia, że będą stali podczas spotkania. Zrzęda i Stonny zasiedli naprzeciwko siebie pośrodku stołu, a nowa Tarcza Kowadło zajęła miejsce obok kobiety Daru. Caladan Brood i dwaj malazańscy dowódcy – Itkovian zauważył, że jeden z nich nie ma ręki – zasiedli przy drugim końcu stołu. Dwa kroki za Broodem, u jego lewego boku, przystanął wysoki, siwowłosy wojownik w kolczym płaszczu. Malazański chorąży zatrzymał się za swymi dowódcami, po ich prawej stronie.

Zaczęto napełniać kielichy rozcieńczonym winem z dzbana, lecz nim jeszcze nalano go wszystkim, Rath'Kaptur zaczął mówić.

– Bardziej cywilizowanym miejscem dla tego historycznego spotkania byłby Niewolnik, pałac, w którym ludzie władający Capustanem...

– Chciałeś powiedzieć: władający nim po śmierci księcia – wycedziła Stonny z grymasem na twarzy. – Nie zapominaj, że w tym budynku nie ma podłogi, kapłanie.

– Można by to nazwać strukturalną metaforą – wtrącił Zrzęda.

– Można by, jeśli ktoś jest idiotą.

Rath'Kaptur spróbował raz jeszcze.

– Jak już mówiłem...

– Nie mówiłeś, tylko się przechwalałeś.

– To wino jest zaskakująco dobre – wyszeptał Keruli. – Biorąc pod uwagę, że to wojskowa narada, miejsce wydaje się odpowiednio wybrane. Osobiście chciałbym zadać parę pytań wodzom cudzoziemskiej armii.

Jednoręki dowódca chrząknął.

– Pytaj więc.

– Dziękuję, wielka pięści. Po pierwsze, kogoś tu brakuje, nieprawdaż? Czyż nie ma wśród was Tiste Andii? Czy nie powinien być tu obecny ich legendarny wódz, Anomander Rake, władca Odprysku Księżyca? Nie mogę się też nie zastanawiać, gdzie się podział sam Odprysk Księżyca. Taktyczne korzyści, jakie zapewniłby podobny gmach...

– Zatrzymaj się, jeśli łaska – przerwał mu Brood. – Twoje pytania wymagają przyjęcia wielu założeń. Nie sądzę, byśmy doszli już do punktu, w którym moglibyśmy rozmawiać o taktyce. Capustan jest dla nas jedynie przystankiem w marszu. Jego wyzwolenie przez Barghastów było strategiczną koniecznością, lecz z pewnością jedynie pierwszą z wielu podobnych w tej wojnie. Wielki kapłanie, czy sugerujesz, że chcesz wnieść do kampanii jakiś bezpośredni wkład? Wydawałoby się, że w tej chwili priorytetem powinna być dla was odbudowa miasta.

– Tak oto wymieniliśmy się pytaniami, lecz jak dotąd nie usłyszeliśmy żadnych odpowiedzi – zauważył z uśmiechem Keruli.

Brood zmarszczył brwi.

– Anomander Rake wrócił do Odprysku Księżyca razem z większością Tiste Andii. Odegrają w tej wojnie pewną rolę, lecz na razie nie powiem na ten temat nic więcej.

– Całe szczęście, że Rake'a tu nie ma – wtrącił Rath'Tron Cienia z maską wykrzywioną w szyderczym uśmiechu. – Jest beznadziejnie nieprzewidywalny i skłonny do mordu.

– Twój bóg może o tym zaświadczyć. – Keruli uśmiechnął się i ponownie spojrzał na Brooda. – Odpowiedziałeś mi, odwdzięczę ci się więc tym samym. Jak już wskazałeś, najważniejsza dla Rady

Masek jest odbudowa Capustanu. Niemniej jednak wszyscy moi towarzysze są nie tylko tymczasowymi gubernatorami, lecz również sługami swych bogów. Z pewnością każdy z tu obecnych zdaje sobie sprawę z chaosu, jaki zapanował w tej chwili w panteonie. Ty, Caladanie Brood, nosisz młot Pożogi i nie przestajesz borykać się ze związaną z tym odpowiedzialnością. Natomiast Szare Miecze utraciły jednego boga i postanowiły klęknąć przed dwoma innymi. Przed parą połączoną związkiem, lecz od dawna rozdzieloną. Mój dawny kapitan karawanowy, Zrzęda, narodził się na nowo jako Śmiertelny Miecz nowego boga. Ponownie odkryto barghasckich bogów, którzy są starożytną hordą o nieznanej mocy i usposobieniu. Szczerze mówiąc, jedynymi pozbawionymi aspektu osobami są tu Dujek Jednoręki i jego zastępca, Sójeczka. Malazańczycy.

Itkovian zauważył, że twarz naczelnego wodza, Caladana Brooda, straciła nagle wszelki wyraz. Zadał sobie pytanie, na czym właściwie polega odpowiedzialność, o której Keruli tak beztrosko napomknął.

Siwowłosy wojownik stojący za Broodem zmącił ciszę ochrypłym śmiechem.

– Zapomniałeś o sobie, kapłanie. Zasiadasz w Radzie Masek, ale twarz masz odsłoniętą. Wygląda na to, że inni członkowie tej rady nie są zadowoleni z twego towarzystwa. Oni nie kryją, jakim bogom służą. Dlaczego ty postępujesz inaczej?

Keruli uśmiechnął się spokojnie i dobrodusznie.

– Mój drogi Kallorze, jakże zwiędłeś od ciążącej na tobie klątwy. Czy nadal taszczysz wszędzie ze sobą ten pozbawiony znaczenia tron? Tak też przypuszczałem...

– Domyślałem się, że to ty – wysyczał wielki król. – Cóż za mizerne przebranie...

– Fizyczna materializacja przysporzyła mi nieco trudności...

– Moc cię opuściła.

– Niezupełnie. Raczej się przeobraziła i byłem zmuszony przystosować się do tego.

Wojownik sięgnął po miecz.

– Innymi słowy, mógłbym cię teraz zabić...

– Obawiam się, że nie – wyjaśnił mu z westchnieniem K'rul. – Być może w snach. Ale ty już nie śnisz, prawda, Kallorze? Każdej nocy opadasz w objęcia Otchłani. Nicość, twój osobisty koszmar.

– Cofnij dłoń od miecza, Kallor – rozkazał Brood, nie odwracając się. – Moja cierpliwość wobec ciebie już się kończy.

– Ten, kto przed tobą siedzi, nie jest kapłanem, naczelny wodzu – wychrypiał wojownik. – To pradawny bóg! K'rul we własnej osobie.

– Domyśliłem się tego – westchnął Brood.

Przez kilka uderzeń serca nikt się nie odzywał. Itkovian niemal wyczuwał oporne przesuwanie się ośrodka mocy. Był wśród nich pradawny bóg. Siedział za stołem z dobrodusznym uśmieszkiem na twarzy.

– Ściśle mówiąc, to tylko materializacja o ograniczonej mocy – wyjaśnił Keruli.

– I twoje szczęście – wtrącił Zrzęda, przeszywając K'rula spojrzeniem kocich oczu. – Biorąc pod uwagę los, jaki spotkał Harlla.

Przez gładką, pyzatą twarz pradawnego boga przemknął wyraz smutku.

– Obawiam się, że w tamtej chwili ta moc była bardzo ograniczona. Zrobiłem, co tylko mogłem, Zrzęda. Żałuję, że to nie wystarczyło.

– Ja też.

– W takim razie raczej nie możesz zasiadać w Radzie Masek, czyż nie tak? – warknął Rath'Tron Cienia.

Malazańczyk zwany Sójeczką wybuchnął śmiechem. Ten dźwięk zaskoczył wszystkich zgromadzonych.

Stonny odwróciła się na krześle, by spojrzeć na wielkiego kapłana Cienia.

– Czy twój bóg wie, jak mały masz mózg? W czym problem? Pradawni bogowie nie znają tajnego sposobu podawania dłoni? Jego maska jest zbyt realistyczna?

– Jest nieśmiertelny, ty głupia dziwko!

– To gwarantuje mu starszeństwo – wskazał Zrzęda. – Z czasem...

– Nie rób sobie z tego żartów, szczurojadzie!

– Jeśli jeszcze raz nazwiesz tak Stonny, zabiję cię – zapowiedział Daru. – Trudno jest z tego nie żartować. Wszyscy staramy się przełknąć implikacje tej wiadomości. Pradawny bóg zstąpił między nas... by przyłączyć się do walki z przeciwnikiem, którego uważaliśmy za śmiertelne imperium. Na Otchłań, w co się wpakowaliśmy? Ciebie jednak obchodzi wyłącznie kwestia członkostwa w twojej mizernej, pyszałkowatej radzie. Tron Cienia na pewno kuli się ze wstydu.

– Pewnie już się do tego przyzwyczaił – wychrypiała Stonny, spoglądając szyderczo na wielkiego kapłana. – Ten śmierdziel zawsze przynosił mu wstyd.

Rath'Tron Cienia wybałuszył z wściekłości oczy.

– Wracajmy do spraw bieżących – odezwał się Brood. – Akceptuję twe wyjaśnienia, K'rulu. Sprawa Pannion Domin dotyczy nas wszystkich. Jako bogowie i kapłani z pewnością macie do odegrania pewną rolę w zwalczaniu gróźb dla panteonu oraz grot, aczkolwiek obaj wiemy, że źródło owych zagrożeń nie jest bezpośrednio powiązane z Pannionskim Jasnowidzem. Przypominam, że zebraliśmy się tu po to, by omówić organizację sił, które pomaszerują na południowy brzeg rzeki, ku sercu Domin. To prozaiczne sprawy, ale mają kluczowe znaczenie.

– Zgadzam się – rzekł K'rul. – Tymczasowo – dodał.

– Dlaczego tymczasowo?

– Przewiduję, że podczas tej narady spadnie kilka masek, naczelny wodzu.

Humbrall Taur odchrząknął.

– Rozwiązanie jest proste – warknął. – Cafal.

Jego syn skinął głową.

– Musimy podzielić nasze siły, szlachetni panowie. Jedna ich część pomaszeruje na Settę, a druga na Lest. Spotkają się w Mauriku, a potem ruszą na Koral. Białe Twarze pomaszerują razem z Zastępem Jednorękiego, gdyż to dzięki staraniom Malazańczyków tu jesteśmy, a mój ojciec lubi poczucie humoru tego człowieka... – wskazał na Sójeczkę, który uniósł brwi – ...podobnie jak nasi bogowie. Dobrze by też było, żeby Szare Miecze, które werbują obecnie rekrutów spośród Tenescowri, weszły w skład drugiej armii, gdyż Białe Twarze nie ścierpią bliskości rzeczonych rekrutów.

– Zgadzam się, pod warunkiem, że Caladan Brood i jego niejednorodne siły zdołają przełknąć naszą obecność – oznajmiła nowa Tarcza Kowadło kompanii.

– Czy w tych ludziach naprawdę można doszukać się czegoś wartościowego? – zapytał ją Brood.

– Wszyscy jesteśmy wartościowi, naczelny wodzu, pod warunkiem, że przyjmujemy brzemię wybaczenia i zabiegamy o rozgrzeszenie.

Spojrzała prosto w oczy Itkoviana.

Czy tego właśnie ją nauczyłem? – zadał sobie pytanie. Jeśli tak, to dlaczego jej słowa budzą we mnie zarówno dumę, jak i ból? Nie, nie słowa. Jej wiara. Wiara, którą, ku memu zasmuceniu, utraciłem. To, co czujesz, to zawiść, Itkovian. Zapomnij o niej.

– W takim razie jakoś sobie poradzimy – rzekł po chwili Caladan Brood.

Dujek Jednoręki sięgnął z westchnieniem po wino.

– Jedna sprawa rozwiązana. Poszło łatwiej, niż się tego spodziewałeś, co, Brood?

Naczelny wódz obnażył zęby w uśmiechu twardym, lecz pełnym zadowolenia.

– Tak jest. Wszyscy zmierzamy tym samym tropem. To dobrze.

– Pora przejść do innych kwestii – odezwała się Rath'Pożoga. – Dano ci młot, który jest ogniskiem mocy bogini. Powierzono ci zadanie obudzenia jej w chwili ostatecznej potrzeby...

Uśmiech naczelnego wodza przybrał drapieżny wyraz.

– I zniszczenia wszystkich cywilizacji na świecie. To prawda. Z pewnością uważasz, że potrzeba stała się już wystarczająco pilna, kapłanko.

– Śmiesz twierdzić inaczej? – warknęła, wspierając się obiema dłońmi na blacie. – Oszukałeś ją!

– Nie oszukałem. Pohamowałem.

Zaniemówiła na chwilę, słysząc te słowa.

– W Darudżystanie jest taki sklep z dywanami – wtrącił Zrzęda. – Każdy, kto do niego wejdzie, depcze całe warstwy tkackiego artyzmu. Tak samo mają się sprawy z lekcjami, których śmiertelnicy udzielają bogom. Szkoda, że ci drudzy ciągle się potykają. Mogliby się wreszcie nauczyć.

Rath'Pożoga zwróciła się błyskawicznie w jego stronę.

– Milcz! Nic na ten temat nie wiesz! Jeśli Brood nic nie zrobi, Pożoga umrze! A wraz z nią zginie całe życie na świecie! Tak wygląda wybór, ty głupcze! Obalenie garstki zepsutych cywilizacji albo całkowite unicestwienie. Co wolisz?

– Skoro mnie o to pytasz...

– Cofam pytanie. Najwyraźniej jesteś tak samo obłąkany, jak naczelny wódz. Caladanie Brood, musisz oddać mi młot. Natychmiast. Żądam tego w imieniu Pożogi, Śpiącej Bogini.

Naczelny wódz wstał i zdjął z pleców oręż.

– Proszę.

Ujął młot w prawą dłoń i wyciągnął ją przed siebie.

Kapłanka zamrugała nagle, zerwała się z krzesła i okrążyła stół. Złapała w obie dłonie okutą miedzianą blachą rękojeść.

Brood ją puścił.

Młot runął na ziemię. Rozległ się trzask pękających nadgarstków. Kobieta krzyknęła. W tej samej chwili wzgórze zadrżało, wstrząśnięte uderzeniem masywnej broni. Kielichy na stole podskoczyły. Na blat wylało się czerwone wino. Rath'Pożoga opadła na kolana. Wypuściła broń, tuląc do siebie złamane ręce.

– Artanthos – odezwał się Dujek, spoglądając na Brooda, który z kolei patrzył obojętnym wzrokiem na kobietę. – Idź poszukać uzdrowiciela. Dobrego.

Żołnierz stojący za wielką pięścią oddalił się w pośpiechu.

– Kobieto, twa bogini różni się od ciebie tym, że ma wiarę – oznajmił wielkiej kapłance naczelny wódz. – To bardzo proste. Dostrzegasz przede mną tylko dwie opcje. Śpiąca Bogini z początku była tego samego zdania. Dała mi tę broń, a wraz z nią wolność wyboru. Minęło wiele czasu, nim zrozumiałem, co jeszcze mi oferowała. Powstrzymywałem się od działania, nie chciałem dokonać tego wyboru i uważałem się z tego powodu za tchórza. Być może nadal nim jestem, lecz do mojej głowy wniknęło w końcu drobne ziarenko mądrości...

– Pożoga wierzy, że odnajdziesz trzecią drogę – odezwał się K'rul.

– Tak. To właśnie jest jej wiara.

Wrócił Artanthos w towarzystwie innego Malazańczyka, lecz Brood powstrzymał ich wyciągnięciem ręki.

– Nie, sam ją uzdrowię. Ostatecznie nie mogła o tym wiedzieć.

– To przesadna łaskawość – wyszeptał K'rul. – Już dawno wyrzekła się swej bogini, naczelny wodzu.

– Żadna podróż nie jest zbyt długa – odpowiedział Brood, klękając przed Rath'Pożogą.

Gdy Itkovian poprzednio widział w akcji Wielką Denul, korzystał z niej Boży Jeździec Karnadas i jej moc była zatruta przez szerzącą się w grotach infekcję. To, co ujrzał teraz, było... czyste, nieskażone i przerażająco potężne.

K'rul poderwał się nagle i rozejrzał wokół.

Rath'Pożoga zaczerpnęła głośno tchu.

Dziwne zachowanie pradawnego boga przyciągnęło uwagę Itkoviana, który prześledził wzrokiem jego spojrzenie i zobaczył, że na szczyt wzgórza dotarła kolejna grupa, która zatrzymała się po prawej stronie, w pewnej odległości od baldachimu. Z czworga przybyszy Itkovian znał jedynie kapitana Parana, ale pradawny bóg patrzył nie na niego, lecz na wysokiego, szczupłego i ciemnoskórego mężczyznę, który uśmiechał się półgębkiem.

Nieznajomy przystanął z tyłu grupki, przyglądając się wydarzeniom. Wydawało się, że koncentruje się na Broodzie. Po chwili jakiś instynkt kazał mu spojrzeć na K'rula. Odpowiedział na skupioną uwagę pradawnego boga lekkim wzruszeniem ramion, które wydawało się dziwnie niesymetryczne, jakby na lewym barku dźwigał jakiś niewidzialny ciężar.

K'rul westchnął.

Rath'Pożoga i Caladan Brood podnieśli się jednocześnie. Kości kobiety się zrosły. Na jej nagich przedramionach nie było widać opuchlizny ani siniaków. Opierała się o naczelnego wodza, jakby poraził ją szok.

– Co to ma znaczyć? – zapytał Kallor. – W tej grocie nie było śladu trucizny.

– W rzeczy samej – przyznał z uśmiechem K'rul. – Wygląda na to, że coś przegnało chorobę z tego miejsca. Tylko tymczasowo, ale wystarczy. Być może to kolejny dowód na potęgę wiary... postaram się wyciągnąć z tego naukę...

Itkovian przymrużył powieki.

Jego słowa mają dwa sensy. Jeden przeznaczony dla nas i drugi, głębiej ukryty, adresowany do tego nieznajomego.

Po chwili do stołu podeszła wysoka, mocno zbudowana kobieta, która towarzyszyła kapitanowi Paranowi.

Kallor cofnął się o krok na jej widok.

– To wielka nieostrożność wypuszczać tak młot – wycedziła. Naczelny wódz odwrócił się błyskawicznie, słysząc te słowa.

– Srebrna Lisico, zastanawialiśmy się, czy jeszcze cię zobaczymy.

– Przecież wysłałeś moim śladem Korlat, naczelny wodzu.

– Tylko po to, by upewnić się, gdzie jesteś i dokąd zmierzasz. Wygląda na to, że zabłądziła, bo do tej pory jej nie ma.

– To tylko chwilowe opóźnienie. Otaczają ją teraz moje T'lan Ay, które odprowadzą ją tu bezpiecznie.

– Słyszę to z ulgą. Wnoszę z twych słów, że Drugie Zgromadzenie się odbyło.

– Tak.

Sójeczka zauważył kapitana Parana i ruszył w jego stronę. Ciemnoskóry mężczyzna podążył za jego przykładem.

– Powiedz nam więc – ciągnął naczelny wódz – czy przyłączy się do nas kolejna armia?

– Na moich T'lan Imassów czekają zadania, które będą od nich wymagały podróży do Pannion Domin. To dla was korzystne, gdyby bowiem kryło się tam więcej Łowców K'ell, policzymy się z nimi.

– Jak rozumiem, nie masz zamiaru wyjaśnić nam, na czym polegają te zadania?

– Naczelny wodzu, to są prywatne sprawy, które nie mają nic wspólnego z wami i waszą wojną.

– Nie wierz jej – warknął Kallor. – Chcą dorwać jasnowidza, bo wiedzą, kim jest. Jaghuckim tyranem.

Srebrna Lisica spojrzała na wielkiego króla.

– A co wy byście zrobili z Pannionskim Jasnowidzem, gdyby udało się wam go pojmać? Jest obłąkany. Jego umysł wypaczyły wpływy Groty Chaosu i manipulacje Okaleczonego Boga. Jedynym wyjściem jest egzekucja. Zostawcie ją tym, którzy istnieją po to, by zabijać Jaghutów...

– Nie zawsze – przerwał jej Dujek.

– Nie rozumiem.

– Czyż jeden z twoich T'lan Imassów nie towarzyszył przybocznej Lorn, gdy uwolniła jaghuckiego tyrana na południe od Darudżystanu?

– Bezklanowy. To prawda – przyznała z zakłopotaną miną Srebrna Lisica. – Nie udało mi się dotąd pojąć sensu tego wydarzenia. Tak czy inaczej, tyran przebudził się z przeklętego snu tylko po to, by zginąć naprawdę...

– Kiedy ostatnio widziałem Raesta, wyglądał na jak najbardziej żywego, choć przyznaję, że był nieco sfatygowany – wtrącił ktoś nowy.

Srebrna Lisica odwróciła się błyskawicznie.

– Ganoes, o czym ty mówisz? Tyran zginął.

Pękaty człowieczek, który stał obok kapitana Parana, wyciągnął z rękawa chusteczkę i otarł nią czoło.

– Hmm, jeśli o to chodzi, to... Kruppe z niechęcią przyznaje, że niezupełnie. Niestety, panowało wówczas spore zamieszanie...

– Jaghuckiego tyrana przyjął Dom Azath – wyjaśnił K'rul. – Jak rozumiem, plan Malazańczyków polegał na tym, że zamierzali zmusić Anomandera Rake'a do konfrontacji, która znacznie by go osłabiła, a być może nawet kosztowała życie. Raest jednak nie zdążył się spotkać z władcą Odprysku Księżyca...

– Nie widzę, jakie by to mogło mieć znaczenie – przerwała mu Srebrna Lisica. – Jeśli bezklanowy rzeczywiście złamał śluby, będzie musiał odpowiedzieć przede mną.

– Chodziło mi o to – wyjaśnił Dujek – że twierdziłaś, iż T'lan Imassowie i ich poczynania nie mają nic wspólnego z całą resztą świata. Chcesz się od nas zdystansować, lecz jako weteran malazańskich kampanii zapewniam cię, że twoje słowa mijają się z prawdą.

– Być może T'lan Imassowie Logrosa rzeczywiście... zbłądzili. Jeśli nawet tak się zdarzyło, podobna niejednoznaczność należy już do historii. Chyba że chcecie rzucić wyzwanie władzy, do której sprawowania się urodziłam, oczywiście.

Nikt nie odpowiedział na te słowa.

Srebrna Lisica skinęła głową.

– Bardzo dobrze. Przedstawiłam wam żądania T'lan Imassów. Chcemy dostać tego jaghuckiego tyrana. Czy ktoś z obecnych pragnie się temu sprzeciwić?

– Sądząc z ukrytej w twych słowach groźby, byłoby to sporą lekkomyślnością, kobieto – wychrypiał Brood. – Osobiście nie zamierzam ci go wyszarpywać. – Spojrzał na Dujeka. – Wielka pięści?

Jednoręki żołnierz wykrzywił twarz, po czym potrząsnął głową.

Z jakiegoś niepojętego dla Itkoviana powodu jego uwagę przyciągnął niski, pulchniutki Daru. Pełne, pokryte cienką warstwą tłuszczu usta grubaska rozciągały się w dobrodusznym uśmiechu.

Zgromadziły się tu przerażająco potężne moce. Dlaczego więc sądzę, że epicentrum znaczenia stanowi ten dziwny człowieczek? Nawet K'rul spogląda na niego z podziwem, jak na... coś w rodzaju cudownego dziecka, którego talenty przerosły mistrza. W jego wzroku nie dostrzegam jednak zawiści ani nawet dumy, która wszak zawsze jest cechą posiadacza. Nie, to jakieś znacznie subtelniejsze i bardziej skomplikowane uczucie...

– Trzeba jeszcze omówić kwestie zaopatrzenia – stwierdził wreszcie Caladan Brood. Najwyższa kapłanka nadal opierała się o niego. Z zaskakującą delikatnością zaprowadził ją do krzesła. Powiedział coś do niej cicho, a ona pokiwała głową w odpowiedzi.

– Barghastowie przybyli tu przygotowani – oznajmił Cafal. – Wyżywienie takiej liczby nie przekracza naszych możliwości.

– A cena? – zapytał Dujek.

Młody wojownik wyszczerzył zęby w uśmiechu.

– Będzie dla was do przyjęcia... w zasadzie.

Srebrna Lisica oddaliła się, jakby powiedziała już wszystko, co miała do przekazania, i nie interesowały jej prozaiczne sprawy, które zostały jeszcze do omówienia. Itkovian zauważył, że kapitan Paran, jego ciemnoskóry towarzysz i Sójeczka też już sobie poszli. Wydawało się również, że Zrzęda zasnął na krześle, nie zważając na oburzoną minę siedzącej naprzeciwko Stonny. Rath'Kaptur i Rath'Tron Cienia siedzieli oklapnięci, a ich maski wyrażały przygnębienie. Itkovian zadał sobie pytanie, do jakiego stopnia kapłani panują nad tymi lakierowanymi, połączonymi zawiasami urządzeniami.

Nowa Tarcza Kowadło Szarych Mieczy siedziała nieruchomo, wpatrując się w Itkoviana z nieskrywanym smutkiem.

I... litością.

Odwracam tylko jej uwagę. Pora odejść.

Wycofał się i ruszył ku tylnemu stokowi wzgórza.

Z zaskoczeniem zauważył, że przy końcu baldachimu czekają na niego Paran, Sójeczka i ciemnoskóry mężczyzna. Podeszła do nich wysoka kobieta o wyglądzie wojskowego i czarnej jak noc skórze. Nieznajoma skierowała na Itkoviana niezwykłe, przypominające kształtem migdały, oczy koloru wyblakłej od słońca trawy.

Itkovian omal się nie zachwiał pod ich spojrzeniem.

Na kły Fenera, cóż za smutek... cała wieczność żalu... egzystencja pozbawiona znaczenia...

Odwróciła wzrok z zaskoczoną, niemal zaniepokojoną miną.

To nie dla mnie. Nie dla mojego objęcia. Niektórych ran nie sposób uleczyć, niektórych wspomnień nie należy budzić. Nie próbuj oświetlać tej ciemności. Jest zbyt głęboka...

Nagle zdał sobie sprawę z czegoś innego. Utracił Fenera, i, co za tym idzie, jego opiekę. Był bezbronny, jak nigdy dotąd. Narażony na ból i żałobę świata.

– Itkovian, mieliśmy nadzieję, że się zjawisz – oznajmił kapitan Paran. – To jest mój dowódca, Sójeczka. I Szybki Ben z Podpalaczy Mostów. Tiste Andii to Korlat, prawa ręka Anomandera Rake'a. Cieszymy się z twego towarzystwa, Itkovian. Czy zechcesz się do nas przyłączyć?

– W moim namiocie czeka niecierpliwie beczułka gredfallańskiego *ale* – zachęcał go Sójeczka.

Moje śluby...

– Z wdzięcznością przyjmuję to zaproszenie. Dziękuję. Pani – dodał, zwracając się do Korlat – najpokorniej przepraszam.

– To ja jestem ci winna przeprosiny – odparła. – Byłam nieostrożna. Lekkomyślnie zapomniałam, kim jesteś.

Trójka Malazańczyków popatrzyła na nich, lecz żaden nie odezwał się ani słowem.

– Chodźmy – odezwał się wreszcie Sójeczka, kierując się w stronę obozu Zastępu.

Podpalacz Mostów, Szybki Ben, ruszył u boku Itkoviana.

– Wygląda na to, że Srebrna Lisica zaskoczyła dziś nas wszystkich.

– Nie znam jej, nie mogę się więc wypowiadać o jej nastroju.

– Nic w niej nie wyczułeś?

– Tego nie powiedziałem.

Mężczyzna odsłonił w uśmiechu białe zęby.

– To prawda. Nie powiedziałeś.

– Uczyniła coś bardzo złego, ale nie dźwiga na barkach żadnego brzemienia.

Szybki Ben wypuścił z sykiem powietrze przez zęby.

– Żadnego? Jesteś tego pewien? Na oddech Kaptura, to niedobrze. Bardzo niedobrze.

– Nightchill – odezwał się idący za nimi Paran.

Szybki Ben zerknął na niego przez ramię.

– Tak sądzisz?

– Wiem to, czarodzieju. Co gorsza, Nightchill była, jest, kimś znacznie więcej, niż sądziliśmy. Nie tylko imperialnym wielkim magiem. Nie ma w niej nic miękkiego. Jej kochanek, Bellurdan, pozwalał jej zachować równowagę, ale Thelomena w ogóle już nie wyczuwam.

– A Tattersail?

– Kryje się w cieniu. Obserwuje, ale mam wrażenie, że bez zbytniego zainteresowania.

– Mówiliście o kobiecie zwanej Srebrną Lisicą, ale wymieniacie trzy inne imiona – zauważył Itkovian.

– Przepraszam. Wszyscy troje narodzili się na nowo w Srebrnej Lisicy. To długa historia.

Itkovian skinął głową.

– I są zmuszeni żyć razem, bez względu na to, jak różne są ich natury.

– Tak jest – zgodził się z westchnieniem Paran. – Nic dziwnego, że doszło do wojny jaźni...

– W jej wnętrzu nie ma wojny – zaprzeczył Itkovian.

– Co takiego?

– Panuje tam całkowita zgoda.

Zeszli na równy teren, zbliżając się do malazańskiego obozu. Sójeczka i Korlat szli obok siebie, kilka kroków przed resztą.

– To jest najbardziej zaskakująca wiadomość, jaką dziś usłyszeliśmy – mruknął Szybki Ben.

– Jak dotąd – wskazał Paran. – Coś mi mówi, że to jeszcze nie koniec.

– Panowie! – wycharczał ktoś za nimi. – Zaczekajcie, proszę, by wspaniałe, lecz, niestety, krótkie nogi Kruppego były w stanie pokonać dzielący go od was dystans!

Nim zdyszany grubasek zdążył skończyć to zagmatwane zdanie, trzej mężczyźni zatrzymali się, co pozwoliło mu ich dopędzić. Potem wszyscy ruszyli w dalszą drogę.

– Wiatry fortuny! – wysapał Daru. – Zaniosły do Kruppego wszystkie wasze słowa...

– To bardzo dogodne – mruknął z przekąsem Szybki Ben. – Z pewnością chcesz wygłosić jakąś uwagę albo nawet dziesięć uwag na temat Srebrnej Lisicy.

– W rzeczy samej! Kruppe był w końcu świadkiem rzeczonego straszliwego zgromadzenia. Niepokój wywołany owym wydarzeniem przycichł już jednak w jego jaźni, a z ciemności wymaszerowały prawdy, które padły na twarz u obutych w pantofle nóg Kruppego.

– To sugeruje, że za chwilę się o nie potkniesz i również zwalisz na twarz, Daru – zauważył czarodziej.

– Kruppe przyznaje, że nie sformułował tego rozważnie, ale nikt z was jeszcze nie widział, jak on tańczy! A tańczyć potrafi z zapierającym dech w piersiach artyzmem i gracją... nie! Ślizga się jak nierozbite jajo po wysmarowanej tłuszczem patelni. Potknąć się? Przewrócić? Kruppe? Nigdy!

– Mówiłeś coś o prawdach – przypomniał mu Paran.

– Ach, tak! Prawdy biegają wokół Kruppego niczym szczenięta, a on głaszcze je wszystkie po kolei, jak każdy dobry pan. A jaki rezultat! Kruppe zapewnia, że ze Srebrną Lisicą wszystko w porządku! Zaufajmy spokojowi. Zaufajmy opanowaniu. Zaufajmy ufno... uch...

– Czyżbyś się potknął?

– Nonsens. Nawet pomyłki języka mają swoją wartość.

– Naprawdę? A na czym ona polega?

– Hmm... niestety, to sprawa zbyt skomplikowana, by wyrazić ją w słowach. Nie możemy zanadto odbiegać od bieżących czy może raczej płynących spraw. Mówiliśmy o prawdach...

– Które biegają niczym szczenięta...

– W rzeczy samej, kapitanie. Ściślej mówiąc, jak wilcze szczenięta.

Obaj Malazańczycy stanęli jak wryci. Po chwili Itkovian uczynił to samo. Hipnotyzujący strumień słów, płynący jak we śnie z ust Kruppego, ukazał nagle twarde dno, jakby jego wody opływały skałę.

Ta skała... czy to jedna z prawd, o których mówił Kruppe? Ci Malazańczycy są do tego przyzwyczajeni. Albo po prostu inteligentniejsi ode mnie.

– Do rzeczy – warknął Paran.

– Ale do jakiej konkretnie rzeczy, mój drogi kapitanie? Ostatecznie Kruppe lubuje się w sprytnych dwuznacznościach i pilnie strzeże swych tajemnic. Każdy szanujący się stróż tajemnic musi tak postępować... musi. Czy sprawa dotyczy tego honorowego byłego najemnika, który kroczy obok nas? Pośrednio dotyczy. A raczej nie tyle jego, co kompanii, z którą tak niedawno się rozstał. Pośrednio, powtarza Kruppe. Dwoje starożytnych bogów, którzy ongiś byli zwykłymi duchami i jako pierwsi biegali ze śmiertelnikami, dawnymi, żywymi T'lan Imassami, najdawniejsi towarzysze.

I ich kuzyni, którzy wzięli z nich przykład i biegają z T'lan Imassami po dziś dzień. Dwoje wilczych bogów, tak? Czy jest tu ktoś, kto nie pamięta baśni o ich rozstaniu i wiecznych poszukiwaniach? Nie ma nikogo takiego. Taka smutna opowieść łatwo zapada w pamięć wrażliwym dzieciom. Co jednak doprowadziło do ich rozstania? Co mówi na ten temat opowieść? „Pewnego dnia na ziemię zstąpiła groza. Spadła z ciemnego nieba, by zdruzgotać świat. Kochankowie zostali rozłączeni i nigdy już się nie spotkali". Bla, bla, bla i tak dalej. Panowie, ową grozą było oczywiście pamiętne zstąpienie Upadłego. Uzdrowienie ran okazało się dla mocy, które przetrwały, trudnym i żmudnym zadaniem. Pradawni bogowie zrobili, co tylko mogli, ale zrozumcie, że sami byli młodsi od dwojga wilczych bogów i, co ważniejsze, nie osiągnęli ascendencji krok w krok z ludźmi, czy raczej z tymi, którzy mieli pewnego dnia stać się ludźmi...

– Proszę, przestań! – warknął Paran.

– Kruppe nie może przestać! Gdyby się teraz zatrzymał, umknęłoby mu wszystko, co trzeba powiedzieć! Zachowały się jedynie niewyraźne wspomnienia, a nawet je pochłania już gęstniejący mrok! Kruche urywki przychodzą jako straszliwe sny i obietnica spotkania oraz powtórnych narodzin ginie nierozpoznana, odkupienie obiecane tym, którzy wędrują samotnie po tundrze, wyjąc pospołu z wichrem. A przecież zbawienie jest na wyciągnięcie ręki! Rozmaite duchy zjednoczyły się w swej determinacji! Twardy duch, który utrzymuje pozostałe na wybranym kursie, nie zważając na ich ból. I inny duch, który zamyka w sobie ból porzucenia, nim zdoła znaleźć właściwą odpowiedź! I trzeci, przepełniony miłością i współczuciem, choć muszę przyznać, że nieszczególnie bystry, który przepoi tymi uczuciami zbliżającą się chwilę. I wreszcie czwarty, posiadający moc niezbędną, by zagoić stare rany...

– Czwarty! – wtrącił się Szybki Ben. – Kto jest czwartym duchem w Srebrnej Lisicy?

– Ależ dziecko nasienia rzucającego kości T'lan Imassów, oczywiście. Córka Prana Chole'a, pod której prawdziwym imieniem wszyscy ją znamy!

Itkovian oderwał wzrok od Kruppego, by spojrzeć na Korlat i Sójeczkę, którzy zatrzymali się w odległości dwudziestu kroków, przed wejściem do wielkiego namiotu, i oglądali się teraz na nich.

Z pewnością byli zaciekawieni, lecz zachowywali pełen szacunku dystans.

– To właśnie Kruppe zaleca wszem wobec – podjął po chwili Daru z głęboką satysfakcją w głosie, splatając kiełbaskowate palce na brzuchu. – Wiarę. Cierpliwość. Czekanie na to, na co trzeba czekać.

– I to ma być wyjaśnienie? – warknął Paran, krzywiąc się wściekle.

– To istny paradygmat wyjaśnienia, moi drodzy przyjaciele. Jest przejrzyste i przekonujące, choć przekazane w przedziwnej postaci. Precyzja jest precyzyjną umiejętnością. Wyjątkowa wrażliwość wyklucza wszelkie wykręty. Prawdy to nie proste przekazy...

Itkovian ruszył w stronę Sójeczki i Korlat.

– Itkovian?! – zawołał Paran.

– Przypomniałem sobie właśnie o tym gredfallańskim *ale* – wyjaśnił, spoglądając przez ramię. – Choć nie piłem od lat, nagle poczułem niepowstrzymane pragnienie.

– Ja również. Zaczekaj.

– W rzeczy samej, zaczekajcie wszyscy! A co z dotkliwym pragnieniem dręczącym Kruppego?

– Proszę bardzo – odparł Szybki Ben, pędząc za Itkovianem i Paranem – ugaś je uczciwie, tylko w jakimś innym miejscu.

– Oho! Czyż Sójeczka nie wezwał Kruppego skinieniem dłoni? Dobry i hojny żołnierz z tego Sójeczki! Chwileczkę! Kruppe zaraz was dogoni!

Dwie żołnierki piechoty morskiej siedziały na głazach, które wchodziły w skład dawnego pierścienia tipi. Srebrna Lisica stała piętnaście kroków od nich. Cienie były coraz dłuższe. Nad prerią zapadał już wieczór.

– Jak myślisz, długo to potrwa? – mruknęła jedna z nich.

– Pewnie nawiązała duchową więź z tymi T'lan Imassami. Widzisz te obłoczki pyłu wokół niej? Może i całą noc.

– Jestem głodna.

– Hmm, przyznaję, że zaczęłam chciwie spoglądać na te twoje rzemienie, kochanie.

– Problem w tym, że wszyscy o nas zapomnieli.

– Chyba raczej w tym, że nie jesteśmy już potrzebne. Ona nie potrzebuje strażników. Przynajmniej nie brudnonosych śmiertelniczek, takich jak my. Zresztą widziałyśmy już to, co miałyśmy zobaczyć. Najwyższy czas, żebyśmy złożyły meldunek.

– Miałyśmy nie składać żadnych meldunków, moja droga. Pamiętasz? Jeśli ktoś chce się czegoś od nas dowiedzieć, powinien wpaść na pogawędkę.

– Ale już od dłuższego czasu nikt się nie pokazał. To właśnie próbowałam ci powiedzieć.

– To jeszcze nie znaczy, że powinnyśmy sobie pójść. Poza tym, właśnie ktoś idzie...

Druga żołnierka zerknęła za siebie. Po chwili chrząknęła.

– To nie im miałyśmy składać meldunki. Kaptur wie, że nawet ich nie znam.

– Znasz. Przynajmniej jedną z nich. To czarodziejka z Trygalle, Haradas.

– Ta druga to chyba żołnierka. Elińska dziewczyna. Nieźle kołysze biodrami...

– Ale twarz ma twardą.

– A oczy pełne bólu. Może to jedna z tych Szarych Mieczy. Widziałam ją na naradzie.

– Faktycznie idą do nas.

– Ja również – usłyszały czyjś głos, kilka kroków na lewo od nich. Żołnierki odwróciły się i zobaczyły, że podeszła do nich Srebrna Lisica. – To złowrogie wydarzenie – wyszeptała.

– A jakie?

– Zgromadzenie kobiet.

Żołnierka chrząknęła.

– Chyba nie będziemy plotkować?

Srebrna Lisica uśmiechnęła się, słysząc jej żartobliwy ton.

– U Rhivijczyków tylko mężczyźni plotkują. Kobiety są zbyt zajęte dostarczaniem im tematów do plotek.

– Hm. To niespodzianka. Spodziewałabym się, że macie cały szereg starożytnych praw przeciwko cudzołóstwu i tak dalej. Wygnanie, ukamienowanie. Tak właśnie postępują plemiona, nieprawdaż?

– Nie Rhivijczycy. Sypianie z cudzymi mężami to świetna zabawa. Ale tylko dla kobiet. Mężczyźni oczywiście traktują to stanowczo zbyt poważnie.

– Oni wszystko traktują zbyt poważnie, jeśli mnie o to pytasz – mruknęła żołnierka.

– To dlatego, że wydaje im się, iż są okropnie ważni – zgodziła się Srebrna Lisica, kiwając głową.

Doszły do nich Haradas i jej towarzyszka. Barghastka również się zbliżała, podążając jakieś sześćdziesiąt kroków z tyłu.

Czarodziejka z gildii kupieckiej pokłoniła się Srebrnej Lisicy, a potem obu Malazankom.

– Czyż zmierzch nie jest magiczną chwilą?

– O co chcesz mnie zapytać? – wycedziła Srebrna Lisica.

– To pytanie zrodziło się z myśli, która dopiero niedawno mi się nasunęła, rzucająca kości. Dlatego przyszłam do ciebie.

– Za długo zadawałaś się z Kruppem, Haradas.

– Być może. Jak sama dobrze wiesz, wasze armie ciągle mają problemy z zaopatrzeniem. Podczas rozmów Białe Twarze zapewniły, że są w stanie w znacznym stopniu pokryć wasze potrzeby. Choć okazują optymizm, jestem przekonana, że wkrótce ich zapasy zaczną się wyczerpywać...

– Chcesz mnie prosić o Tellann – domyśliła się Srebrna Lisica.

– W rzeczy samej. Grota T'lan Imassów z pewnością pozostaje wolna od... infekcji. Czy nasza gildia mogłaby z całym szacunkiem skorzystać z tej ścieżki...?

– Wolna od infekcji. To prawda. Niemniej jednak czai się w niej przemoc, potencjalne zagrożenie dla waszych karawan.

– Czy ją zaatakowano? – spytała Haradas, unosząc brwi.

– W pewnym sensie. O tron Twierdzy Bestii toczy się walka. Wśród T'lan Imassów pojawili się renegaci. Moc ślubów słabnie.

Czarodziejka westchnęła.

– Dziękuję za ostrzeżenie, rzucająca kości. Rzecz jasna, w poczynania Gildii Kupieckiej Trygalle wkalkulowane jest ryzyko. Dlatego właśnie żądamy za nasze usługi paskarskich cen. Czy pozwolisz nam skorzystać z Tellann?

Srebrna Lisica wzruszyła ramionami.

– Nie widzę powodu do odmowy. Czy jesteście w stanie utworzyć portal do naszej groty? Jeśli nie, mogę...

– Nie ma takiej potrzeby, rzucająca kości – przerwała jej z bladym uśmieszkiem Haradas. – Dawno już opanowaliśmy tę umiejętność, lecz nigdy dotąd nie tworzyliśmy podobnych portali, zarówno z szacunku dla T'lan Imassów, jak i dlatego, że były dla nas dostępne mniej... niecywilizowane groty.

Srebrna Lisica przyglądała się czarodziejce przez bardzo długą chwilę.

– Kto by pomyślał. Nasuwa się konkluzja, że Gildią Kupiecką Trygalle kieruje koteria wielkich magów o bardzo wybitnych umiejętnościach. Czy wiesz, że nawet najpotężniejszym i najbardziej uczonym magom Imperium Malazańskiego nigdy nie udało się zgłębić tajemnic Tellann? Chciałabym któregoś dnia poznać założycieli waszej gildii.

Haradas uśmiechnęła się szeroko.

– Jestem pewna, że byliby zachwyceni, a nawet zaszczyceni twym towarzystwem, rzucająca kości.

– Być może przesadnie ich wychwalasz, czarodziejko.

– Zapewniam cię, że tak nie jest, rzucająca kości. Cieszę się, że udało się załatwić tę sprawę bez przeszkód...

– Jesteśmy doprawdy złowrogim zgromadzeniem – wyszeptała Srebrna Lisica.

Haradas zamrugała, lecz opanowała się natychmiast.

– Czy mogę ci przedstawić nową Tarczę Kowadło Szarych Mieczy, kapitan Norul?

Żołnierka pokłoniła się nisko.

– Rzucająca kości. – Kobieta na moment się zawahała. Po chwili jej twarz zastygła w wyrazie nieustępliwej determinacji. – Szare Miecze są zaprzysiężone Toggowi, Wilkowi Zimy i Fanderay, Wilczycy Zimy.

– To ciekawy wybór – uznała Srebrna Lisica. – Rozłączeni na wieczność kochankowie połączyli się duchowo w waszej podwójnie zaprzysiężonej kompanii. To szlachetny, odważny gest, Tarczo Kowadło.

– Rzucająca kości, Togg i Fanderay w końcu zwęszyli swój trop. Twoje słowa sugerują, że nic ci o tym nie wiadomo. To mnie dziwi.

Tym razem to Srebrna Lisica była zaskoczona.

– A dlaczego? Starożytni wilczy bogowie nie obchodzą mnie zbytnio...

Jej słowa ucichły stopniowo.

– Rzucająca kości, wzywająca Drugiego Zgromadzenia T'lan Imassów – przemówiła Tarcza Kowadło – proszę cię oficjalnie, byś oddała nam T'lan Ay, dzieci naszych bogów.

Nikt się nie odezwał.

Srebrna Lisica gapiła się na żołnierkę spod opadających powiek. Jej okrągła twarz była pozbawiona wszelkiego wyrazu. Wtem przebiegł ją dreszcz.

– Nic nie rozumiesz – wyszeptała wreszcie. – Potrzebuję ich.

Tarcza Kowadło uniosła głowę.

– A po co?

– T... to będzie dar. Zapłata. Poprzysięgłam...

– Komu?

– S... sobie.

– A co T'lan Ay mają wspólnego z jakimś darem, rzucająca kości? To prawda, że towarzyszyły T'lan Imassom, ale nie są ich własnością. Ani twoją.

– Przyłączyły się do Rytuału Tellann, Pierwszego Zgromadzenia...

– Rytuał je... objął. To był skutek ignorancji. Miłości, jaką darzyły żywych T'lan Imassów. To odebrało im dusze. Rzucająca kości, moi bogowie nadchodzą, a w ich głosach, które co noc słyszę teraz w snach, pobrzmiewa żądanie... zadośćuczynienia.

– Muszę ci odmówić – oznajmiła Srebrna Lisica. – Nie oddam T'lan Ay, dopóki Togg i Fanderay nie zjawią się tu osobiście i nie objawią swej mocy, by mnie do tego zmusić.

– Ryzykujesz życie, rzucająca kości...

– Czy wilczy bogowie wypowiedzą wojnę T'lan Imassom? Czy razem z T'lan Ay skoczą nam do gardeł, Tarczo Kowadło?

– Nie wiem, rzucająca kości. Będziesz musiała ponieść odpowiedzialność za swą decyzję. Boję się jednak o ciebie. Togg i Fanderay to zwierzęce Ascendenty. Ich dusze są niepojęte dla takich jak ty i ja. Któż może odgadnąć, co kryje się w sercach podobnych istot?

– A gdzie są teraz?

Tarcza Kowadło wzruszyła ramionami.

– Gdzieś na południu. Wygląda na to, że wszyscy spotkamy się w Pannion Domin.

– W takim razie mam jeszcze czas.

– Twój dar może cię kosztować życie, rzucająca kości.

– Jak zwykle, korzystna transakcja – mruknęła Srebrna Lisica, właściwie do siebie.

Obie żołnierki wymieniły spojrzenia, słysząc legendarne w Zastępie Jednorękiego słowa.

Barghastka zatrzymała się w odległości kilku kroków, przeszywając uważnym spojrzeniem ciemnych oczu Tarczę Kowadło i Srebrną Lisicę. Kiedy przerwały rozmowę, parsknęła cichym, gardłowym śmiechem, przyciągając uwagę wszystkich.

– Szkoda, że nie ma mężczyzn godnych naszego towarzystwa – warknęła. – Wasz widok przypomina mi, gdzie leży prawdziwe serce mocy tego świata. Malazańskie żołnierki, Tarcza Kowadło Szarych Mieczy, czarownica i czarodziejka. A teraz gobelin uzupełnia córka Barghastów z Białych Twarzy... która przyniosła jedzenie i wino.

Obie Malazanki zerwały się, uśmiechając się radośnie.

– Ale ja będę plotkować! – zawołała Hetan. – Tarczo Kowadło! Itkoviana już nie obowiązują śluby, prawda? Mogę go mieć...

– Jeśli uda ci się go dorwać – przerwała jej Norul, unosząc brew.

– Dorwę go, choćby miał pięćdziesiąt nóg! Srebrna Lisico! A co powiesz na Kruppego, hej?

Rzucająca kości uniosła brwi.

– Nie rozumiem.

– Jesteś dużą kobietą. Mogłabyś go pod sobą uwięzić! Ależ by piszczał!

– Cóż za przerażająca wizja.

– Przyznaję, że jest mały, pękaty i śliski, ale również bystry, tak? To także rozgrzewa krew na swój sposób. Słyszałam, że choć wyglądasz już jak kobieta, w tym, co najważniejsze, nadal pozostajesz dzieckiem. Rozpal w sobie ogień pożądania, dziewczyno! Zbyt długo już zadawałaś się ze zwiędłymi martwiakami! Ujmij włócznię w obie dłonie, zawsze to powtarzam!

Srebrna Lisica pokręciła głową.

– Mówisz, że przyniosłaś wino?

Hetan podeszła bliżej, uśmiechając się szeroko.

– Tak jest, dwa bukłaki wielkie jak twoje piersi. Z pewnością też smakuje równie słodko. Zbierzmy się, dzielne towarzyszki! Pora na ucztę!

Haradas uśmiechnęła się.

– To świetny pomysł. Dziękuję.

Tarcza Kowadło zawahała się. Zerknęła na malazańskie żołnierki i zaczęła powoli zdejmować poobtłukiwany hełm. Westchnęła głośno.

– Wilki mogą zaczekać – rzekła. – Nie potrafię zachowywać równie złowrogiej powagi, jak mój poprzednik...

– Nie potrafisz? – przerwała jej Hetan. – Czy nie chcesz?

– Nie chcę – poprawiła się kobieta, ściągając hełm z głowy. – Niech Wilki mi wybaczą.

– Jedno z nich wybaczy – zapewniła Barghastka i przykucnęła, by wydobyć zapasy z plecaka.

Coll otulił szczelniej futrami wątłą, skurczoną postać mhybe. Osłonięte powiekami oczy staruszki poruszały się jak szalone we wszystkie strony, a jej oddech przerodził się w urywany charkot. Darudżystański radny spoglądał na nią jeszcze przez chwilę, po czym wyprostował się i zszedł z wozu.

Murillio stał obok, przytraczając beczułki z wodą do prawej burty pojazdu. Do przeciwnej przytwierdzono opakowane w stare namioty paczki z żywnością, nabyte rankiem od barghasckiego kupca. Ładunek znacznie zwiększył szerokość rhivijskiego wozu.

Dwaj mężczyźni kupili również za wygórowaną cenę parę koni od Mottańskich Pospolitaków, kompanii najemników, którzy sprawiali wrażenie dziwnie niekompetentnych. Choć wchodzili w skład armii Caladana Brooda, Coll do tej pory nawet nie zdawał sobie sprawy z ich obecności. Chłopskie stroje Mottańczyków pozostawały w sprzeczności z wojskową profesją, lecz za to świetnie harmonizowały z nazwą kompanii. Konie były właściwie nieujeżdżone; grubokościste, ale wysokie. Pospolitacy twierdzili, że sami stworzyli tę rasę, a do jej przodków należały nathijskie rumaki, mottańskie konie pociągowe oraz genabaryjskie perszerony. Powstały w ten sposób wielkie, odporne i złośliwe zwierzęta o zaskakująco szerokich grzbietach. Jazda na nich była prawdziwym luksusem.

– Pod warunkiem, że nie odgryzą ci ręki – dodał Mottańczyk o wystających zębach, wyciągając wszy z długich, skręconych włosów i wtykając je sobie do ust.

Coll westchnął, lekko skonfundowany tym wspomnieniem, po czym zbliżył się ostrożnie do koni.

Wierzchowce mogłyby być bliźniakami. Oba były gniade, miały niestrzyżone grzywy oraz długie, gęste ogony, pełne rzepów i nasion traw. Siodła były malazańskie – z pewnością zdobyczne – a grube derki rhivijskie. Zwierzęta łypały na niego groźnie.

Jedno z nich przesunęło od niechcenia zad w stronę Daru. Coll zatrzymał się, przeklinając pod nosem.

– Korzeń lukrecji – poradził mu stojący po drugiej stronie wozu Murillio. – Musisz je przekupić. Chodź, mamy tego trochę w tobołach.

– Mam je nagradzać za złe maniery? Nie ma mowy. – Coll krążył wokół koni w bezpiecznej odległości. Były przywiązane do kołka namiotowego, co pozwalało im śledzić jego ruchy. Gdyby Daru podszedł trzy kroki bliżej, któryś z nich rozwaliłby mu czaszkę kopniakiem. Zaklął ponownie, tym razem trochę głośniej. – Murillio, przeprowadź woły za ten kołek. Zablokujemy bydlaki wozem. Jeśli to nie poskutkuje, znajdź mi gdzieś drewniany młot.

Młodszy mężczyzna wdrapał się z uśmiechem na kozioł i złapał za lejce. Po piętnastu uderzeniach serca zatrzymał zwierzęta tuż za kołkiem namiotowym. Wóz skutecznie uniemożliwił koniom krążenie wokół kołka.

Coll przebiegł na drugą stronę pojazdu.

– Widzę, że wolisz ukąszenie od kopnięcia – stwierdził Murillio, przyglądając się, jak jego przyjaciel wspina się na wóz, przechodzi nad nieprzytomną mhybe i zatrzymuje się na wyciągnięcie ręki od koni.

Oba wierzchowce cofnęły się tak daleko, jak tylko zdołały, naciągając mocno postronki. Szarpały je gwałtownie, lecz klinowaty rhivijski kołek potrafił się opierać nawet najstraszliwszym preriowym wiatrom. Nie ustąpił i tym razem.

Coll wyciągnął obleczoną w skórzaną rękawicę dłoń i zacisnął ją na jednym z powrozów. Potem pociągnął mocno w dół, zeskakując z wozu.

Zwierzę zbliżyło się do niego, parskając głośno. Jego zaniepokojony towarzysz cofnął się na bezpieczną odległość.

Daru złapał za wodze, w drugiej ręce nadal trzymając postronek, by nie pozwolić koniowi podnieść łba. Zbliżył się ostrożnie do jego kłębu, wsunął nogę w strzemię i jednym, płynnym ruchem wskoczył na siodło.

Wierzchowiec uskoczył, uderzając w swego towarzysza. Noga Colla była uwięziona między nimi.

Mężczyzna stęknął z bólu, lecz nie puścił wodzy.

– Będziesz miał niezłego siniaka – zauważył Murillio.

– Zawsze masz mi coś miłego do powiedzenia, co? – warknął Coll przez zaciśnięte zęby. – A teraz podejdź bliżej i odwiąż go. Tylko ostrożnie. Nad twoją głową krąży sęp, który wygląda, jakby na coś czekał.

Jego przyjaciel podniósł wzrok, przeszukał wzrokiem firmament, po czym syknął głośno.

– No dobra, dałem się nabrać. Nie ciesz się tak.

Przelazł przez oparcie kozła, zeskoczył lekko na ziemię i zbliżył się ostrożnie do kołka.

– Może i szkoda, że nie poszedłeś po ten młot – odezwał się Coll.

– Już za późno, przyjacielu – odparł Murillio, rozwiązując węzeł.

Koń cofnął się raptownie o kilka kroków, rozstawił szeroko tylne nogi i stanął dęba.

Murillio był zdania, że lot odrzuconego w tył Colla cechował się godną pióra poety gracją. Rosły Daru wylądował pewnie na nogach, lecz natychmiast musiał uskoczyć w bok, by uniknąć potężnego uderzenia obu kopyt, które strzaskałoby mu pierś. Padł z głuchym łoskotem na ziemię w odległości czterech kroków.

Koń umknął, wierzgając radośnie.

Coll leżał przez chwilę bez ruchu, wpatrując się w niebo.

– Nic ci się nie stało? – zapytał Murillio.

– Daj mi lasso. I trochę lukrecji.

– Sugerowałbym raczej młot – odparł Murillio – ale zakładam, że wiesz, co robisz.

W oddali usłyszęli dźwięk rogów.

– Na oddech Kaptura – jęknął Coll. – Zaczął się marsz do Capustanu. – Usiadł powoli. – Powinniśmy zmierzać na czele kolumny.

– Zawsze możemy pojechać na wozie, przyjacielu. Oddaj te szkapy Mottańskim Pospolitakom i zażądaj zwrotu pieniędzy.

– Wóz i tak już jest przeciążony. – Coll wstał. Na jego twarzy malował się ból. – Poza tym ten gość ostrzegał, że nie uwzględnia reklamacji.

Murillio przyjrzał się uważnie towarzyszowi.

– Naprawdę? I nie wzbudziło to twojej podejrzliwości?

– Bądź cicho.

– Ale...

– Murillio, chcesz usłyszeć prawdę? Facet był taki brzydki, że zrobiło mi się go żal. Przestań ględzić i bierzmy się do roboty.

– Coll! Ten typek zażądał królewskiej ceny za...

– Dość już tego – warknął starszy mężczyzna. – Za tę królewską cenę nabyłem przywilej zabicia tych bydlaków albo ciebie. Co wybierasz?

– Nie możesz ich zabić...

– Jeszcze jedno słowo, a nasz drogi Murillio z Darudżystanu wyląduje pod stosem głazów na tym stoku. Zrozumiano? To dobrze. A teraz podaj mi lasso i lukrecję. Zaczniemy od tego, który jeszcze tu stoi.

– Czy nie lepiej byłoby pobiec za...

– Murillio – ostrzegł go Coll.

– Przepraszam. Tylko niech to będą małe głazy.

Miazmatyczne obłoki kłębiły się nisko nad potężnymi falami, które toczyły ze sobą bój pośród wyszczerbionych gór lodowych i rozbijały się z hukiem o brzeg, sięgając bryzgami ku niebu. Ich ogłuszający łoskot mieszał się ze zgrzytami i trzaskami lodu oraz nieustannym szumem ulewy.

– Ojej – wyszeptała pani Zawiść.

Trzej Seguleh przykucnęli po zawietrznej wielkiego, bazaltowego głazu, by nasmarować broń grubą warstwą tłuszczu. Wyglądali smętnie. Przemokli do suchej nitki, byli upaćkani błotem, a ich zbroje zwisały w strzępach. Ramiona, uda i barki wszystkich trzech pokrywały drobne rany. Poważniejsze z nich zaszyli prowizorycznie nicią z jelit. Z czarnych, pozlepianych zakrzepłą krwią węzłów spływały z deszczem karmazynowe strugi.

Tuż obok, na bazaltowej skale, przystanęła Baaljagg. Jej skołtunione futro zwisało w pozlepianych strąkach wokół płatów nagiej skóry, a z prawego barku sterczał długi na piędź odłamek włóczni. Olbrzymia wilczyca nosiła go już od trzech dni, lecz mimo to nie pozwalała Zawiści ani Seguleh podejść bliżej. Cały czas spoglądała na północ z błyskiem gorączki w oczach.

Garath leżał trzy kroki za nią, drżąc niepowstrzymanie. Z jego ran sączyła się ropa. Wyglądało to tak, jakby ciało psa płakało, choć on sam nie mógł tego robić. Potężny i bliski szału, nie pozwalał się zbliżyć nikomu, nawet wilczycy.

Tylko pani Zawiść nie sprawiała wrażenia, by ucierpiała wskutek straszliwej wojny, którą toczyli. Nie tknęła jej nawet ulewa.

Na białej telabie nie dałoby się wypatrzyć najmniejszej plamki. Czarne włosy kobiety opadały swobodnie aż do krzyża. Usta pomalowała na ciemnoczerwoną, sugerującą lekką groźbę barwę, a kohl na jej powiekach miał kolor zmierzchu.

– Ojej – wyszeptała po raz drugi. – Jak mamy podążyć za Toolem przez... to coś? Czemu nie może być T'lan Słoniem albo T'lan Wielorybem, żeby przenieść nas na grzbiecie w wygodnych siedzeniach? Pomysłowo skanalizowanych i z dostępem ciepłej, bieżącej wody.

Podszedł do niej Mok. Z jego emaliowanej maski ściekała woda.

– Jeszcze się z nim zmierzę – oznajmił.

– Och, doprawdy. Odkąd to pojedynek z Toolem stał się dla ciebie ważniejszy od misji, którą masz wypełnić? Co powiedzą na taką zarozumiałość Pierwszy i Drugi?

– Pierwszy jest Pierwszym, a Drugi Drugim – odparł lakonicznie Mok.

Pani Zawiść uniosła wzrok ku niebu.

– Cóż za odkrywcze spostrzeżenie.

– Osobiste cele mają pierwszeństwo, pani. Zawsze. W przeciwnym razie nie byłoby mistrzów. Nie mogłaby istnieć hierarchia. Seguleh władaliby płaczliwi męczennicy, ślepo tratujący bezbronnych w swym dążeniu do wspólnego dobra. Albo rządziliby nami despoci, którzy kryliby się przed wyzwaniami za zasłoną armii, opierając swe pretensje do honoru na brutalnej sile. Znamy inne kraje, pani. Wiemy znacznie więcej, niż ci się zdaje.

Spojrzała na niego.

– O rety. A ja byłam przekonana, że nie mam już szans na zajmującą rozmowę.

– Jesteśmy odporni na twą wzgardę, pani.

– Bynajmniej. Byłeś oburzony już od chwili, gdy cię obudziłam. Oburzony? Raczej wściekły.

– Musimy omówić pewne sprawy – oznajmił Mok.

– Jesteś tego pewien? Nie chodzi ci przypadkiem o ten straszliwy sztorm, który zagrodził nam drogę? Albo o uciekające niedobitki armii, która nas ścigała? Zapewniam cię, że już nie wrócą...

– Zesłałaś na nich zarazę.

– Cóż za skandaliczne oskarżenie! To cud, że nie padli ofiarą epidemii już dawno. Przecież zjadają się nawzajem, nie korzystając nawet z takiego cywilizowanego udogodnienia, jak gotowanie. Jak można zarzucać...

– Garath również padł jej ofiarą, pani.

– Co? Nonsens! Cierpi z powodu ran...

– Rany moc jego ducha dawno by już uleczyła. Jego płuca wypełnia ta sama gorączka, która spadła na Panniończyków. – Zwrócił się w jej stronę. – Zrób coś.

– To oburzające...

– Pani.

– Już dobrze! Czy nie dostrzegasz w tym zachwycającej ironii? Poliel, Królowa Chorób, sprzymierzyła się z Okaleczonym Bogiem. Powinieneś się dowiedzieć, że czuję się dogłębnie oburzona tą decyzją. Wykazałam się wielkim sprytem, rabując jej grotę, by porazić jej sojuszników!

– Wątpię, by ofiary doceniały tę ironię, pani. Podejrzewam, że Garath również jej nie docenia.

– Wolałabym, żebyś pozostał małomówny!

– Uzdrów go.

– Nie pozwala mi się zbliżyć!

– Garath nie może już się utrzymać na nogach, pani. Jeśli go nie uzdrowisz, więcej się nie podniesie.

– Och, jakiś ty okropny! Jeśli się mylisz i spróbuje mnie ugryźć, będę na ciebie okropnie zła, Mok. Wysuszę twoje lędźwie. Ześlę na ciebie zeza, żeby nikt, kto spojrzy na twoją głupią maskę, nie mógł się powstrzymać od śmiechu. Zapewniam cię też, że wymyślę coś jeszcze.

– Uzdrów go!

– Zrobię to z pewnością! W końcu jest moim ukochanym towarzyszem, nawet jeśli próbował kiedyś obsikać moją szatę. Ponieważ jednak zrobił to przez sen, muszę przyznać, że to zapewne był jeden z dowcipów K'rula. Już dobrze, dobrze, przestań mi przerywać.

Ruszyła w stronę olbrzymiego psa.

Oczy Garatha zaszły szkłem. Oddychał boleśnie i z trudem. Nie uniósł nawet głowy, gdy się zbliżyła.

– Ojej, wybacz mi moją nieuwagę, najdroższy piesku. Myślałam tylko o ranach i dlatego poddałam się już żałobie. Powaliły cię obmierzłe wapory? To nie do przyjęcia. Ale łatwo można temu zaradzić. – Wyciągnęła rękę, dotykając rozpalonego boku. – Proszę...

Garath uniósł głowę i wyszczerzył powoli kły.

Pani Zawiść czmychnęła pośpiesznie.

– Tak mi dziękujesz? Przecież cię uzdrowiłam, najmilszy!

– Ale to przez ciebie zachorował, pani – przypomniał jej stojący z tyłu Mok.

– Bądź cicho. Przestałam z tobą rozmawiać. Garath! Spójrz, jak siły ci wracają! Widzisz, już stoisz! Och, cudownie! I... nie, proszę cię, nie podchodź. Chyba że chcesz, żebym cię pogłaskała? Czy chcesz, żebym cię pogłaskała? Jeśli tak, musisz natychmiast przestać warczeć!

Mok stanął między nimi, spoglądając na jeżącego sierść psa.

– Garath, potrzebujemy jej, podobnie jak i ciebie. Kontynuowanie tej wrogości nic nam nie da.

– On cię nie rozumie! – zawołała pani Zawiść. – Jest psem! I to rozgniewanym.

Olbrzymie zwierzę odwróciło się i ruszyło powoli ku opierającej się nawałnicy Baaljagg. Wilczyca nawet na nie nie spojrzała.

Mok podszedł bliżej.

– Baaljagg coś wyczuwa, pani.

– Słucham? W tej wichurze?

Wbiegli oboje na szczyt skały.

W górach lodowych coś uwięzło. W odległości niespełna tysiąca kroków, u wejścia do małej zatoczki, na wodzie unosiła się jakaś konstrukcja. Z obu stron otaczały ją wysokie ściany, które wyglądały na wykonane z wikliny, a na jej szczycie wznosiły się trzy oszronione budynki. Sprawiała wrażenie oderwanego fragmentu jakiegoś portowego miasta. Między wysokimi, pochylonymi domami było widać nawet wąską, krętą uliczkę. Po chwili kra, na której spoczywała konstrukcja, obróciła się na niedostrzegalnym prądzie, odsłaniając dwie przeciwległe strony. Ział tam otoczony drewnianą ramą otwór sięgający poniżej poziomu ulicy. Zajmowały go potężne pnie drzewa balsa oraz coś, co wyglądało na ogromne, wypełnione powietrzem pęcherze. Trzy z nich były przedziurawione i zwiotczałe.

– To bardzo osobliwe – odezwała się pani Zawiść.

– Meckrosi – stwierdził Mok.

– Słucham?

– Ojczyzna Seguleh jest wyspą, pani. Niekiedy, z rzadka, pojawiają się na niej Meckrosi, którzy mieszkają w pływających po oceanach miastach. Próbują napadać na nasze brzegi, nie pamiętając o niefortunnych dla nich rezultatach poprzednich ataków. Ich zaciekła wojowniczość dostarcza rozrywki akolitom z Niższych Szkół.

– No cóż – pani Zawiść pociągnęła nosem – nie widzę w tym... oderwanym fragmencie żadnych mieszkańców.

– Ja również nie, pani. Spójrz jednak na lód tuż za tą ruiną. Prąd znosi ją w naszą stronę.

– Ojej, chyba nie sugerujesz...

Na jej niedokończone pytanie odpowiedziała Baaljagg. Wilczyca zerwała się nagle, przemknęła obok nich i zbiegła na nadbrzeżne skały. Po chwili skoczyła na szeroką lodową taflę, przebiegła na jej drugą stronę i przeskoczyła na kolejną krę.

– To chyba skuteczna metoda – stwierdził Mok.

Garath popędził za wilczycą.

– Och! – krzyknęła pani Zawiść, tupiąc gniewnie. – Czy nigdy nie możemy spokojnie porozmawiać?

– Widzę otwierającą się przed nami drogę, pani. Jeśli skorzystamy z tej okazji, może nie przemoczymy się za bardzo...

– Przemoczymy? Kto tu jest mokry? No dobrze, zawołaj braci i prowadź.

Przedostanie się przez kołyszące się, często zalewane falami kry okazało się trudne, niebezpieczne i męczące. Gdy wreszcie dotarli do wiklinowej ściany, nie zobaczyli tam Baaljagg ani Garatha, widzieli jednak ich ślady na pokrytej warstwą śniegu tratwie, która utrzymywała na wodzie meckroskie budynki. Zwierzęta podążyły w stronę dziury w ścianie i zniknęły pośród chaosu belek i rozpór, których zadaniem z pewnością było podtrzymywanie ciężaru miasta. Na wszystkich stopniach było widać ślady psa i wilczycy. Oba zwierzęta podążyły na górę.

Z przypominającej pajęczynę kratownicy spływały strumienie wody, co świadczyło, że w ulicach i domach pełno jest dziur.

Wędrowcy weszli ostrożnie na schody. Senu szedł przodem, Thurule i Mok podążali za nim, a pani Zawiść zamykała kolumnę.

W końcu dotarli do wielkiej zapadni, która prowadziła na pochyloną podłogę głównego pomieszczenia jednego z domów. Pod trzema z czterech ścian złożono tam worki zapasów, pod czwartą zaś potoczyły się wielkie, przewrócone beczki. Po prawej było widać rozbite, dwuskrzydłowe drzwi, za którymi znajdowała się brukowana ulica. Z pewnością wyważyły je Baaljagg i Garath.

Panował tu przejmujący chłód.

– Być może warto by było dokładnie zbadać wszystkie te domy – powiedział Mok do pani Zawiści – by się przekonać, który z nich jest najsolidniejszy i w związku z tym najlepiej się nadaje do zamieszkania. Wydaje się, że jest tu pod dostatkiem zapasów, które możemy wykorzystać.

– Tak, tak – powtarzała z roztargnieniem pani Zawiść. – Zostawię te prozaiczne zadania tobie i twoim braciom. Przekonanie, że możemy ponownie podjąć podróż, opiera się jednak na niesprawdzonym założeniu, iż to ustrojstwo zaniesie nas na północ, na drugi brzeg Zatoki Koralowej i, co za tym idzie, do miasta, które jest naszym celem. Wygląda na to, że tylko mnie wypadnie zamartwiać się tą kwestią.

– Jak sobie życzysz, pani.

– Uważaj, Mok! – warknęła.

Pochylił głowę w geście bezgłośnych przeprosin.

– Widzę, że moi słudzy się zapominają. Pomyślcie wszyscy, do czego może doprowadzić moja irytacja. Tymczasem pochodzę sobie po ulicy, jeśli można to coś tak nazwać.

Odwróciła się i ruszyła nieśpiesznie ku drzwiom.

Trzy kroki za nimi stały bez ruchu Baaljagg i Garath. Krople deszczu padały na ich szerokie grzbiety z taką siłą, że powietrze wypełniał wodny pył. Oba zwierzęta wpatrywały się w postać, która przystanęła w cieniu rzucanym przez wysunięte do przodu okno poddasza domu po drugiej stronie.

Pani Zawiść omal nie westchnęła, lecz nagle dotarło do niej, że wcale nie poznała nieznajomego.

– Och, a już miałam powiedzieć: witaj, mój drogi Toolu, widzę, że jednak na nas zaczekałeś! Ale ty nie jesteś Tool, nieprawdaż?

T'lan Imass był niższy i bardziej przysadzisty od Toola. Z szerokiej, masywnej piersi martwiaka sterczały trzy pałasze z czarnego żelaza, wykonane w nieznanym stylu. Dwa z nich wbito mu w plecy, a trzeci w lewy bok. Spod czarnej skóry, pokrytej skorupą soli, sterczały złamane żebra. Z drewnianych rękojeści wszystkich trzech mieczy zwisały zbutwiałe rzemienie, a wokół wyszczerbionych kling unosiły się kosmyki pozostałości starych czarów.

Twarz wojownika była niezwykle grubo ciosana. Jego wały nadoczodołowe tworzyły nieosłoniętą skórą kostną półkę pokrytą ciemnobrązowymi plamami. Kości policzkowe były wysoko ustawione, a oczodoły owalne. Na górne kły martwiak miał nasadzone kołpaki z kutej na zimno miedzi. Nie nosił hełmu. Długie, zbielałe od słońca włosy zwisały w strąkach po bokach szerokiej, pozbawionej podbródka twarzy. Do ich końca były przywiązane zęby rekina.

Pani Zawiść pomyślała, że martwiak wygląda naprawdę przerażająco.

– Jak się nazywasz, T'lan Imassie? – zapytała.

– Usłyszałam wezwanie – odparła istota zdecydowanie kobiecym głosem. – Nadchodziło z kierunku, w którym i tak już się wybierałam. Z północy. Już niedaleko. Dotrę na Drugie Zgromadzenie i przemówię do mych kuzynów w rytuale, by im powiedzieć, że jestem Lanas Tog. Wysłano mnie, bym przyniosła wieści o losie T'lan Imassów Ifayle'a i moich klanach Kerluhma.

– To fascynujące – stwierdziła pani Zawiść. – A jaki los ich spotkał?

– Jestem ostatnią z T'lan Imassów Kerluhma. Klany Ifayle'a, które przybyły na nasze wezwanie, również praktycznie przestały istnieć. Niedobitki nie są w stanie wyplątać się z konfliktu. Ja również nie spodziewałam się, że ujdę cało. A jednak dokonałam tego.

– To musi być rzeczywiście straszliwy konflikt – zauważyła cicho pani Zawiść. – Gdzie do niego doszło?

– Na kontynencie Assail. Nasze straty to dwadzieścia dziewięć tysięcy ośmiuset T'lan Imassów Kerluhma oraz dwadzieścia dwa tysiące dwustu T'lan Imassów Ifayle'a. Osiem miesięcy walk. Przegraliśmy tę wojnę.

Pani Zawiść milczała przez dłuższą chwilę.

– Wygląda na to, że w końcu trafiliście na jaghuckiego tyrana, któremu nie potraficie sprostać – stwierdziła wreszcie.

Kobieta T'lan Imassów uniosła głowę.

– Nie walczyliśmy z Jaghutami, lecz z ludźmi.

KSIĘGA CZWARTA

WSPOMNIENIE LODU

Wchodzimy pierwsi, wychodzimy ostatni.

Dewiza Podpalaczy Mostów

Rozdział dwudziesty pierwszy

Twarz twego przyjaciela może się okazać maską,
subtelną plamą farby, która
zmienia znajome ongiś oblicze.
Albo dzieckiem, które uformowało się
niepostrzeżenie
w osobistej ciemności, gdy mitrężyłeś czas,
by odsłonić szok okrutny niczym kamień
tłukący szybę skroni.
Przed tym duszy nie chroni żadna zbroja.
A na masce wyraźnie napisano słowo,
odbijające się echem w oczach dziecka,
gdy wszystko, co znałeś, nagle staje się obce.
Taka jest zdrada.

Śmiertelne czuwanie Sorulana
Minir Othal

Kapitan Paran ściągnął wodze obok poczerniałych od dymu gruzów reduty Wschodniej Straży. Odwrócił się w siodle, by po raz ostatni spojrzeć na poobtłukiwane mury Capustanu. Sylwetka pałacu Jelarkana rysowała się, wyniosła i mroczna, na tle błękitnego nieba. Na wieży było widać smużki czarnej farby przypominające szczeliny, symbol żałoby miasta po zamordowanym księciu. Po najbliższym deszczu znikną. Słyszał, że ten gmach zawsze szybko pozbywa się śladów pozostawionych przez śmiertelników.

Podpalacze Mostów opuszczali miasto przez Bramę Wschodnią. Wchodzimy pierwsi, wychodzimy ostatni. Zawsze pamiętają o takich gestach.

Przodem szedł sierżant Nerwusik, a tuż za nim kapral Wykałaczka. Wydawało się, że się o coś spierają. Nie była to bynajmniej nowina. Za ich plecami żołnierze siedmiu pozostałych drużyn wymieszali się ze sobą i kompania maszerowała w całkowicie swobodnym szyku. Dziwiło to kapitana. Rzecz jasna, znał pozostałych sierżantów i kaprali. Znał też imiona i twarze wszystkich ocalałych Podpalaczy Mostów. Mimo to było w nich coś dziwnie ulotnego. Przymrużył powieki, spoglądając na idących w kłębach pyłu żołnierzy. Przypominali postacie na wytartym, wyblakłym gobelinie. Przemknęło mu przez głowę, że maszerujące armie są ponadczasowym zjawiskiem.

Po jego prawej stronie rozległ się tętent. Kapitan odwrócił się i zobaczył, że podjechała do niego Srebrna Lisica.

– Lepiej, żebyśmy nadal unikali kontaktu – mruknął Paran, ponownie przenosząc spojrzenie na maszerujących traktem żołnierzy.

– Zgadzam się z tą opinią – powiedziała po chwili. – Niemniej coś się wydarzyło.

– Wiem o tym.

– Nie wiesz. Nie chodzi mi o to, o czym z pewnością myślisz, kapitanie. Moja matka zniknęła. Razem z tymi dwoma Daru, którzy się nią opiekowali. Gdzieś w mieście zawrócili wóz i opuścili kolumnę. Wydaje się, że nikt nic nie widział, chociaż oczywiście nie mogę przesłuchać całej armii...

– A co z twoimi T'lan Imassami? Czy nie potrafią jej odszukać?

Zmarszczyła brwi.

Paran spojrzał na nią.

– Nie są z ciebie zadowoleni, co?

– Nie w tym problem. Wysłałam ich i T'lan Ay na drugi brzeg rzeki.

– Nie brakuje nam zwiadowców, Srebrna Lisico...

– Dość już tego. Nie muszę ci się tłumaczyć.

– Ale prosisz mnie o pomoc...

– Nie. Pytam, czy wiesz coś na ten temat. Ktoś musiał pomóc tym Daru.

– Pytałaś Kruppego?

– Jest tak samo zdumiony i przerażony jak ja. Wierzę mu.

– Ludzie często nie doceniają Colla – wskazał Paran. – Z pewnością byłby w stanie zaplanować to sam.

– Mam wrażenie, że to ty nie doceniasz powagi sytuacji. Porywając moją matkę...

– Spokojnie, Srebrna Lisico. Zostawiłaś ją pod ich opieką. Zostawiłaś? Nie, to za mało powiedziane. Porzuciłaś ją. Nie wątpię też, że Coll i Murillio poważnie potraktowali zlecone im zadanie i odnoszą się do mhybe ze współczuciem, którego ty chyba jesteś pozbawiona. Spójrz na tę sytuację z ich punktu widzenia. Opiekują się mhybe dniem i nocą, patrzą, jak więdnie. Widzą jej córkę, ale tylko z daleka. Ponieważ ona ignoruje matkę, dochodzą do wniosku, że muszą odnaleźć kogoś, kto będzie skłonny jej pomóc, a przynajmniej pozwolić jej zakończyć życie z godnością. Porwać kogoś to znaczy zabrać go komuś innemu. Komu zabrali mhybe? Nikomu na niej nie zależy.

Twarz Srebrnej Lisicy pobladła. Minęła chwila, nim zdobyła się na odpowiedź.

– Nie masz pojęcia, co nas ze sobą łączy, Ganoes – wychrypiała wreszcie.

– Wydaje się, że ty z kolei nie masz pojęcia, jak wybaczyć. Ani jej, ani sobie. Poczucie winy stało się przepaścią...

– To naprawdę świetne. Pomyśleć tylko, kto to mówi.

Wysilił się na uśmiech.

– Ja już zszedłem na dno, Srebrna Lisico, a teraz wspinam się po drugiej stronie przepaści. Wszystko się zmieniło, dla nas obojga.

– Czyli że odwróciłeś się plecami do uczuć, którymi rzekomo mnie darzyłeś.

– Nadal cię kocham, ale po twojej śmierci zupełnie straciłem głowę. Wmówiłem sobie, że nasz krótki związek znaczył o wiele więcej, niż było w rzeczywistości. Poczucie winy jest najostrzejszą bronią, jaką możemy zwrócić przeciwko sobie samym, Srebrna Lisico. Potrafi ono pokrajać naszą przeszłość na niemożliwe do rozpoznania plasterki, fałszywe wspomnienia, które z kolei prowadzą do najrozmaitszych obsesji.

– Cieszę się, że tak pięknie mi wszystko wyjaśniłeś, Ganoes. A nie przyszło ci do głowy, że takie kliniczne badanie samego siebie również jest obsesją? To, co poddaje się sekcji, musi najpierw być martwe. Na tym w końcu polega sekcja.

– Tak mi mówił mój nauczyciel przed wielu laty – przyznał Paran. Twojej uwagi umknęła jednak głębiej ukryta prawda. Mogę analizować wszystkie swe uczucia aż do momentu, gdy Otchłań pochłonie świat, ale w niczym nie przybliży mnie to do zapanowania nad nimi. Uczucia nie są czymś niezmiennym. Nie są też odporne na wpływ otoczenia, na to, co mówią, czy czego nie mówią, inni. Dlatego ciągle się przeobrażają.

– To niezwykłe – wyszeptała. – Kapitan Ganoes Paran, młody mistrz samokontroli, tyran nad samym sobą. Rzeczywiście się zmieniłeś. Tak bardzo, że już cię nie poznaję.

Przyjrzał się jej twarzy, próbując odczytać kryjące się za tymi słowami uczucia, lecz zamknęła się przed nim szczelnie.

– Natomiast ja poznaję ciebie aż za dobrze – odparł z namysłem.

– Czyż nie ma w tym ironii? Widzisz we mnie kobietę, którą kiedyś kochałeś, a ja w tobie mężczyznę, którego nigdy nie znałam.

– To zbyt splątana sprawa, by było w niej miejsce na ironię, Srebrna Lisico.

– Ale może znajdzie się miejsce na patos.

Odwrócił wzrok.

– Odbiegliśmy zbyt daleko od tematu. Obawiam się, że nie mogę ci nic powiedzieć na temat twojej matki. Jestem jednak przekonany, że Coll i Murillio zrobią dla niej, co tylko będą mogli.

– Jesteś jeszcze większym durniem od nich, Ganoes. Wykradając ją, przypieczętowali jej los.

– Nie wiedziałem, że lubisz melodramatyczne deklaracje.

– To nie...

– Mhybe to stara kobieta. Stara, umierająca kobieta. Niech mnie Otchłań pochłonie, żeby zostawić ją samą...

– Nie słuchasz, co mówię! – wysyczała Srebrna Lisica. – Moja matka jest uwięziona w koszmarze, wewnątrz własnego umysłu, zagubiona i przerażona. Ścigana! Byłam bliżej niej, niż się wam zdawało. Znacznie bliżej!

– Srebrna Lisico – rzekł cicho Paran – jeśli jest uwięziona w koszmarze, to znaczy, że życie stało się dla niej przekleństwem. Byłoby łaską położyć mu kres raz na zawsze.

– Nie! To moja matka, do cholery! Nie opuszczę jej!

Zawróciła konia, wbijając pięty w jego boki.

Paran odprowadzał ją wzrokiem.

Srebrna Lisico, co uknułaś w sprawie swej matki? Jaki los dla niej przewidujesz? Czy raczysz nam to wytłumaczyć, byśmy zrozumieli, że to, co wszyscy uznaliśmy za zdradę, jest w rzeczywistości czymś zupełnie innym?

I czy rzeczywiście jest?

I kto właściwie knuje? Z pewnością nie Tattersail. Nie, to musi być Nightchill. Och, zamknęłaś się przede mną bardzo szczelnie, choć kiedyś sięgałaś ku mnie bez ustanku, próbując otworzyć moje serce. Najwyraźniej to, co połączyło nas niegdyś w Pale, przestało się już liczyć.

Zaczynam myśleć, że dla mnie było to znacznie ważniejsze niż dla ciebie, Tattersail. Ostatecznie byłaś starsza ode mnie. Przeżyłaś już niejedną miłość i rozłąkę. Ja natomiast prawie nie znałem życia.

Co było, minęło.

Stałaś się żywą rzucającą kości, zimniejszą od T'lan Imassów, którym teraz rozkazujesz.

Można powiedzieć, że znaleźli sobie godną panią.

Beru broń nas wszystkich.

Z trzydziestu barek i pływających mostów, na których Pannionczycy przeprawili się na drugi brzeg Catlin, tylko jedna trzecia nadawała się jeszcze do użytku. Reszta podczas pierwszego dnia walk padła ofiarą nadgorliwych Barghastów. Kompanie najemników z armii Caladana Brooda próbowały sklecić z wraków coś więcej, lecz jedyny ocalały pływający most i dziesięć barek wędrowały już na drugi brzeg, wyładowane ludźmi, końmi i zapasami.

Itkovian śledził je wzrokiem. Zostawił konia na pobliskim wzgórzu, gdzie rosła bujna trawa, i ruszył wzdłuż brzegu. Pod stopami czuł drobne kamyki. Towarzyszył mu cichy szum rzeki. Od strony ujścia wiała bryza, przynosząca ze sobą zapach morza. Wiatr unosił w głąb lądu skrzypienie kołowrotów, porykiwanie bydła oraz nawoływania poganiaczy, Itkovian nie słyszał więc tych dźwięków.

Podniósł wzrok i zobaczył na plaży siedzącą ze skrzyżowanymi nogami postać, która przyglądała się przeprawie. Mężczyzna miał rozczochrane włosy i był odziany w pokryte różnobarwnymi plamami łachmany. Malował coś pracowicie na tkaninie rozpiętej na drewnianej ramie. Itkovian zatrzymał się, obserwując malarza, który kiwał głową i szybko poruszał długim pędzlem. Słychać też było, jak mamrocze coś do siebie.

A może wcale nie do siebie? Jeden z leżących obok artysty kamieni wielkości czaszki poruszył się niespodziewanie. Okazało się, że jest to wielka, oliwkowa ropucha.

Która odpowiedziała niskim głosem na tyradę malarza.

Itkovian podszedł bliżej.

Pierwsza zauważyła go ropucha i powiedziała coś w nieznanym mu języku.

Malarz podniósł wzrok i skrzywił się wściekle.

– Nie lubię, kiedy mi przerywają! – warknął w języku daru.

– Najpokorniej przepraszam...

– Chwileczkę. Ty jesteś Itkovian? Obrońca Capustanu?

– Pokonany obro...

– Tak, tak, wszyscy słyszeli, co mówiłeś na rokowaniach. To kretyństwo. Kiedy cię namaluję, z pewnością uwzględnię wyraz szlachetnej klęski, być może w twej postawie albo w spojrzeniu. Specyficzne ustawienie barków, tak, chyba już to widzę. Tak jest. Znakomicie.

– Jesteś Malazańczykiem?

– Ależ oczywiście! Czy Brooda choć trochę obchodzi historia? Nie obchodzi. Za to starego cesarza obchodziła! I to jak! Każdej z jego armii towarzyszyli malarze! Podczas wszystkich kampanii! Artyści o wielkim talencie i bystrym spojrzeniu, tak jest, odważę się to przyznać, geniusze. Tacy jak Ormulogun z Li Heng!

– Obawiam się, że nigdy nie słyszałem tego imienia. Czy ów Ormulogun był wielkim malazańskim malarzem?

– Był? Jest! To ja jestem Ormulogun z Li Heng, oczywiście. Wielu próbowało mnie naśladować, lecz nikt nigdy mi nie dorównał! Ormulogun seraith Gumble!

– Imponujący tytuł...

– To nie tytuł, durniu. Gumble to mój krytyk. – Wskazał na ropuchę. – Zapamiętaj go sobie dobrze, Gumble – rzekł do niej – byś mógł docenić, jak wspaniale go przedstawię. Stoi prosto, nieprawdaż? A przecież jego kości mogłyby być z żelaza. Dźwigają brzemię stu tysięcy kamieni węgielnych... albo, mówiąc dokładnie, stu tysięcy dusz. A twarz? Przyjrzyj się jej uważnie, Gumble, a zobaczysz, ile jest wart. Dowiedz się też, że choć oddam to wszystko, czym jest, na płótnie przedstawiającym rokowania pod Capustanem, to... na tym obrazie ujrzysz, że Itkovian ma jeszcze coś do zrobienia.

Żołnierz poderwał się nagle.

Ormulogun wyszczerzył zęby w uśmiechu.

– Och tak, wojowniku. Niepokoi cię bystrość mojego wzroku, tak? Gumble, śpiesz się z komentarzem, bo czuję, że fala wzbiera! Gadaj!

– Jesteś szalony – stwierdziła lakonicznie ropucha. – Wybacz mu, Tarczo Kowadło, on zmiękcza farbę w ustach. Dlatego zatruła mu mózg...

– Zatruła, zapeklowała, zamarynowała, tak, tak, słyszałem już wszystkie wersje. Robi mi się od tego niedobrze.

– Mdłości są typowym objawem – wskazała ropucha, mrugając sennie. – Tarczo Kowadło, nie jestem krytykiem, a jedynie pokornym obserwatorem, który przemawia w imieniu oniemiałych rzesz znanych jako masy, czy, mówiąc dokładniej, motłoch. Pamiętaj, że jest to publiczność całkowicie pozbawiona samoświadomości i niezdolna do racjonalnego artykułowania swych sądów. Dlatego właśnie gusta motłochu są rozpaczliwie wulgarne, jeżeli nie znajdzie się ktoś, kto mu uświadomi, co naprawdę powinno mu się podobać. Mój skromny dar polega na stworzeniu ram estetyki, na których wiesza się większość artystów.

– Ha! Aleś ty śliski! Ha! Tak bardzo śliski! Masz muchę!

Ormulogun wsadził wysmarowane farbą palce do kieszeni i wyciągnął stamtąd wielkiego gza.

Żywy, lecz pozbawiony skrzydeł owad wylądował przed Gumble'em, który pożarł go z błyskiem różowego języka.

– Jak już mówiłem...

– Chwileczkę, jeśli łaska – przerwał mu Itkovian.

– Przyznam ci chwileczkę, pod warunkiem, że rzeczywiście będzie niezwykle krótka – zgodziła się ropucha.

– Dziękuję. Ormulogun, mówiłeś, że cesarz Malazu zwykł przydzielać artystów do swych armii. Zapewne po to, by uwieczniali historyczne chwile. Czyż jednak Zastęp Jednorękiego nie został wyjęty spod prawa? Dla kogo w takim razie pracujesz?

– Uwiecznienie poczynań wyjętej spod prawa armii ma kluczowe znaczenie! Poza tym nie miałem innego wyboru, jak jej towarzyszyć. Co miałem zrobić? Utrzymywać się z malowania zachodów słońca na ulicach Darudżystanu? Znalazłem się na niewłaściwym kontynencie! Tak zwana społeczność twórców i ich mecenasów w tak zwanym mieście Pale i ich tak zwany styl wyrazu...

– Gardzili tobą – przypomniał mu Gumble.

– I ja nimi też! Powiedz mi, czy widziałeś w Pale coś godnego uwagi? Cokolwiek?

– Hmm, była ta mozaika...

– Słucham?

– Na szczęście jej twórca dawno już nie żył, dzięki czemu mogłem sobie pozwolić na ekspresyjne pochwały...

– Ekspresyjne? „To obiecujące...". Czyż nie tak powiedziałeś? Świetnie wiesz, że tak właśnie powiedziałeś, kiedy tylko ten elegancik wspomniał, że artysta nie żyje!

– To nawet zabawne – zauważył Itkovian.

– Ja nigdy nie bywam zabawny – oburzyła się ropucha.

– Ale za to często zabawiasz się z muchami! Ha! Z muchami, tak? Ha!

– Possij sobie jeszcze kawałek farby, co? Może być ta rtęciowa biel. Wygląda bardzo apetycznie.

– Chcesz, żebym umarł – mruknął Ormulogun, sięgając po lepką grudkę farby. – Wtedy będziesz mógł mnie ekspresyjnie wychwalać.

– Skoro tak mówisz.

– Czy wiesz, że jesteś pijawką, która się do mnie przyssała? Albo może sępem.

– Jestem ropuchą, mój drogi – wskazał Gumble. – Natomiast ty jesteś artystą. I za tę różnicę między nami codziennie dziękuję wszystkim bogom, którzy istnieją i którzy kiedykolwiek istnieli.

Itkovian oddalił się od przerzucającej się coraz bardziej wymyślnymi obelgami pary i ruszył dalej wzdłuż brzegu, zapominając spojrzeć na płótno Ormuloguna.

Po przeprawie przez rzekę armie miały się rozdzielić. Lest leżało cztery dni marszu na południe od tego miejsca, natomiast droga do Setty skręcała w kierunku zachód, południowy zachód. Miasto leżało u podstawy Gór Widokowych, na brzegu rzeki, której zawdzięczało nazwę. Rzeka ta wpadała do morza na południe od Lest i obie armie prędzej czy później będą musiały ją sforsować.

Itkovian miał towarzyszyć wojskom zmierzającym do Lest. W ich skład wchodziły Szare Miecze, Tiste Andii, Rhivijczycy, Barghastowie z klanu Ilgres, pułk kawalerii z Saltoanu oraz garstka pomniejszych kompanii najemników z Północnej Genabackis. Całością dowodził Caladan Brood, a jego zastępcami byli Kallor i Korlat. Szare Miecze uważano za oddział sojuszniczy, a ich Tarczę Kowadło za równą rangą Broodowi. Nie dotyczyło to pozostałych kompanii najemników, związanych kontraktem z naczelnym wodzem. Zbieraninę, którą prowadził Zrzęda, uznano za całkowicie niezależną. Daru miał prawo uczestniczyć w naradach, lecz poza tym nikt mu nie mówił, co ma robić.

Itkovian pomyślał, że struktura dowodzenia jest niejasna, a hierarchia nieuchwytna.

Podobną sytuację mieliśmy w Capustanie, gdzie książę i Rada Masek wiecznie mącili wodę. Być może to charakterystyczne dla północy z jej niezależnymi państwami-miastami. Co prawda, malazańska inwazja zmusiła je do zawiązania czegoś w rodzaju konfederacji, ale i tak wyglądało na to, że dawne konflikty ciągle podważają jej jedność, z czego korzystali najeźdźcy.

Struktura, którą narzucił towarzyszącym mu siłom malazański wielka pięść, była daleko bardziej przejrzysta. Itkovian bez trudu poznawał imperialne metody. Gdyby był na miejscu Dujeka Jednorękiego, postępowałby bardzo podobnie. Armią dowodził wielka pięść. Jego zastępcami byli Sójeczka i Humbrall Taur – ten drugi wykazał się niemałą mądrością, nalegając, by Dujek miał wyższą pozycję od niego – a także dowódca Czarnych Moranthów, z którym Itkovian jeszcze się nie zetknął. Tych trzech miało równą rangę, lecz różniło się zakresem odpowiedzialności.

Usłyszał tętent. Odwrócił się i zobaczył malazańskiego zastępcę dowódcy, Sójeczkę, który jechał plażą w jego stronę. Z pewnością wcześniej zatrzymał się, by porozmawiać z artystą, gdyż Ormulogun pośpiesznie zbierał swe leżące na ziemi rzeczy.

Sójeczka ściągnął wodze obok niego.

– Życzę ci dobrego dnia, Itkovian.

– Nawzajem. Czy czegoś ode mnie chcesz?

Brodaty żołnierz wzruszył ramionami, rozglądając się wokół.

– Szukam Srebrnej Lisicy. Jej albo dwóch żołnierek, które powinny jej towarzyszyć.

– Chyba chciałeś powiedzieć: śledzić. Minęły mnie jakiś czas temu, najpierw Srebrna Lisica, a potem obie kobiety. Jechały na wschód.

– A czy któraś z nich z tobą rozmawiała?

– Nie. Dzieliła nas spora odległość i wymiana uprzejmości nie była konieczna. Nie próbowałem też ich zatrzymywać.

Malazańczyk wykrzywił twarz.

– Czy coś się stało?

– Szybki Ben skorzystał ze swych grot, by pomóc nam w przeprawie. Nasze siły są już na drugim brzegu. Jesteśmy gotowi do wymarszu, ponieważ to nas czeka dłuższa droga.

– Rozumiem. Ale czy Srebrna Lisica nie jest Rhivijką? A może po prostu chcesz się z nią pożegnać?

Sójeczka zasępił się jeszcze bardziej.

– Jest nie tylko Rhivijką, lecz również Malazanką. Chciałem ją zapytać, komu woli towarzyszyć.

– Być może już zdecydowała.

– A może nie – odparł Sójeczka, spoglądając na wschód.

Itkovian odwrócił się, ale że nie siedział na koniu, minęła dłuższa chwila, nim dostrzegł dwie zbliżające się miarowym galopem żołnierki.

Obie zatrzymały się przed dowódcą.

– Gdzie Srebrna Lisica? – zapytał Sójeczka.

Kobieta po prawej wzruszyła ramionami.

– Jechałyśmy za nią aż do samego brzegu morza. Nad linią wody wysokiej był szereg niewielkich wzgórz, otoczonych podmokłymi rowami. Wjechała w takie wzgórze, Sójeczka...

– Wjechała prosto w zbocze – uściśliła druga. – I zniknęła w nim. Jej koń nawet się nie zawahał. Przyjrzałyśmy się temu miejscu, ale nie było tam nic oprócz trawy, błota i kamieni. Zgubiła nas. Pewnie o to właśnie jej chodziło.

Sójeczka milczał.

Itkovian spodziewał się, że usłyszy przynajmniej serdeczne przekleństwo. Zaimponowało mu opanowanie Malazańczyka.

– W porządku. Wracajcie ze mną. Przeprawiamy się przez rzekę.

– Widziałyśmy po drodze Gumble'a i jego pieszczocha.

– Kazałem już obu wracać. Ich wóz pojedzie ostatni. Wiecie, jak Ormulogun polecił nam zadbać o swoją kolekcję.

Żołnierki pokiwały głowami.

– Kolekcję? – zdziwił się Itkovian. – Ile obrazów namalował od Pale?

– Od Pale? – zapytała z uśmiechem jedna z kobiet. – W tym wozie jest ponad osiemset płócien. Owoc dziesięciu, jedenastu lat pracy. Dujek tu, Dujek ówdzie, a nawet Dujek tam, gdzie go nigdy nie było, ale powinien był być. Namalował już obraz przedstawiający oblężenie Capustanu, na którym Dujek zjawia się w ostatniej chwili i wjeżdża do miasta, siedząc dumnie w siodle. W cieniu bramy widać jednego, przycupniętego Barghasta, który okrada zabitego Pannióńczyka. A jeśli przyjrzeć się uważnie, w chmurach burzowych na niebie można dostrzec twarz Laseen...

– Dość tego – warknął Sójeczka. – Twoje słowa są obraźliwe, żołnierko. Ten człowiek to Itkovian.

Kobieta uśmiechnęła się jeszcze szerzej, nic jednak nie powiedziała.

– Wiemy o tym, dowódco – odezwała się druga. – Dlatego właśnie moja towarzyszka tak się z nim drażni. Itkovian, nie ma takiego obrazu. Ormulogun pełni funkcję historyka Zastępu, ponieważ nie mamy nikogo innego. Nakazano mu pod karą śmierci przedstawiać wszystko dokładnie, łącznie z włoskami w nosie.

– Jedźcie już – rozkazał Sójeczka. – Chcę zamienić z Itkovianem słówko na osobności.

– Tak jest.

Żołnierki odjechały.

– Przepraszam, Itkovian...

– Nie ma powodu, dowódco. Podobny brak szacunku przynosi mi ulgę. Cieszę się, że czują się w moim towarzystwie tak swobodnie.

– Traktują tak tylko tych, których szanują, choć wielu uważa, że jest na odwrót. To często wywołuje kłopoty.

– Wyobrażam sobie.

– Tak – mruknął Sójeczka. Ku zaskoczeniu Itkoviana zsunął się z siodła i podszedł do niego, wyciągając zakutą w stal dłoń.

– Wśród żołnierzy imperium – zaczął – którzy wkładają stalowe rękawice na wojnę i tylko na wojnę, podanie komuś obleczonej w taką rękawicę dłoni w geście pokoju ma wyjątkowe znaczenie.

– To również wielu interpretuje błędnie – wskazał Itkovian. – Ja jednak pojmuję znaczenie tego gestu i dlatego czuję się zaszczycony. – Uścisnął dłoń weterana. – Nie zasłużyłem na tak wielkie...

– Zasłużyłeś, Itkovian. Szkoda, że nie będziesz nam towarzyszył. Chciałbym poznać cię lepiej.

– Spotkamy się w Mauriku, dowódco.

Sójeczka skinął głową.

– No to do zobaczenia, Itkovian.

Przerwali uścisk. Malazańczyk wspiął się na siodło.

– Czy wszyscy Elińczycy są podobni do ciebie, Itkovian? – zapytał po chwili wahania.

Wzruszył ramionami.

– Nie jestem wyjątkowy.

– W takim razie niech cesarzowa strzeże się dnia, gdy jej legiony przekroczą wasze granice.

Itkovian uniósł brwi.

– A gdy ten dzień nadejdzie, czy to ty będziesz nimi dowodził?

Sójeczka uśmiechnął się.

– Szczęśliwej drogi.

Itkovian śledził wzrokiem oddalającego się mężczyznę. Kopyta jego wierzchowca wzbijały w powietrze zielone chmury piasku. Wtem nawiedziło go niewytłumaczalne przekonanie, że już nigdy się nie spotkają. Potrząsnął głową, by odegnać tę straszną myśl.

– Ależ oczywiście! Kruppe zaszczyci waszą kompanię swą obecnością!

– Źle mnie zrozumiałeś – westchnął Szybki Ben. – To było pytanie, nie zaproszenie.

– Biedny czarodziej jest zmęczony, tak? Potrzeba było tak wielu magicznych ścieżek, by zastąpić barki dotknięte rozpadem. Niemniej jednak twe talenty zaimponowały Kruppemu. Jego skromna osoba nigdy chyba jeszcze nie oglądała takiego tańca grot. I wszystkie one były nieskalane! Jakbyś chciał pokazać figę temu głupcowi w łańcuchach! Cóż za śmiałe wyzwanie! Cóż za...

– Och, bądź cicho! Błagam!

Szybki Ben stał na północnym brzegu rzeki. Błoto pokrywało jego nogawice aż do połowy ud. To była cena, jaką musiał zapłacić za maksymalne skrócenie długości ścieżek, które utworzył dla kolumn wojska, wozów, bydła i zapasowych wierzchowców. Czekał jeszcze tylko na garstkę spóźnialskich, w tym również na Sójeczkę. Był zmęczony, a jego samopoczucie pogarszał dodatkowo Talamandas, który siedział na jego lewym ramieniu, niewidzialny dla innych, i nieustannie uskarżał się na wszystko.

Użyto tu zbyt wielkiej mocy. Tak wielkiej, że z pewnością przyciągnęła czyjąś uwagę. To nieostrożność, szeptała sznurołapka. A nawet samobójstwo.

– Teraz Okaleczony Bóg z pewnością nas znajdzie. Ty głupi pyszałku! A co z Pannińskim Jasnowidzem? Dziesiątki straszliwych grot drżą w rytm naszych kroków! To dowód na to, że skutecznie oparliśmy się infekcji! Myślisz, że ci dwaj nie zareagują na to, co tu zobaczyli?

– Cisza – mruknął Szybki Ben.

Grubasek uniósł nastroszone brwi.

– Kruppe wyniośle zapewnia przygnębionego czarodzieja, że jeden nieuprzejmy rozkaz w zupełności wystarczy!

– Nie mówiłem do ciebie. Mniejsza z tym. Głośno myślałem.

– To osobliwy nawyk u maga, tak? Niebezpieczny.

– Tak ci się zdaje? To może wypowiem na głos jeszcze parę myśli, Daru? To była celowa demonstracja. Odsłoniłem swą moc właśnie po to, by kopnąć gniazda szerszeni. Oba! Niezgrabna ociężałość i przerażający brak subtelności. Grom tam, gdzie spodziewali się usłyszeć niemal bezgłośny tupot mysich łapek i szmer ogona. Zastanawiasz się, dlaczego to zrobiłem?

– Kruppe nad niczym się nie zastanawia! Być może tylko nad tym, dlaczego uparcie wyjaśniasz swe godne podziwu fortele tym skrzeczącym mewom.

Szybki Ben łypnął spode łba na pękatego człowieczka.

– Naprawdę? Nie wiedziałem, że aż tak łatwo mnie przejrzeć. Być może powinienem zastanowić się nad swym postępowaniem.

– Nonsens, czarodzieju! Trzymaj się swej niewzruszonej pewności siebie, tak, niektórzy mogliby nazwać ją megalomanią, ale nie Kruppe, on bowiem również cechuje się niewzruszoną wiarą we własne siły, do jakiej zdolni są wyłącznie śmiertelnicy i do której prawo ma jedynie ich garstka na całym świecie. Kruppe zapewnia cię, że jesteś jedynym w swoim rodzaju towarzyszem!

Szybki Ben uśmiechnął się.

– Jedynym? A co z tymi mewami?

Grubasek machnął pulchną dłonią.

– Phi! Chyba że jedna z nich wyląduje na twoim lewym ramieniu. Wtedy sytuacja wyglądałaby zupełnie inaczej, co?

Czarodziej spojrzał na Kruppego, mrużąc podejrzliwie powieki.

– W takim przypadku biedny, nieświadomy ptak byłby świadkiem tak brzemiennego bogactwa kształcącej konwersacji, że zakręciłoby mu się w głowie, a być może nawet szczęśliwie dostałby zaparcia!

Zdumiony czarodziej zamrugał.

– Co powiedziałeś?

– Czyż nie sugerowałeś użycia korków? „Bądź cicho. Zamknij się". Kruppe po prostu doradza wewnętrzną wersję, dzięki której nieustanne, płaczliwe skargi mewy można będzie uciszyć, a nawet zakorkować, ku uldze nas wszystkich!

Dwieście kroków na prawo od nich od brzegu odbiła kolejna wyładowana żołnierzami Brooda barka, która szybko pomknęła wzdłuż lin na drugi brzeg rzeki.

Do Szybkiego Bena i Kruppego podjechały dwie żołnierki.

Czarodziej łypnął na nie spode łba.

– Gdzie Sójeczka?

– Już jedzie, Podpalaczu Mostów. Czy ropucha i jej malarz przybyli?

– Akurat na czas, żeby zaopiekować się swoim wozem. Są już na drugim brzegu.

– Niezła sztuczka. Czy my przeprawimy się w taki sam sposób?

– Zastanawiałem się, czyby nie wrzucić was do rzeki pośrodku nurtu. Kiedy ostatnio się kąpałyście?

Kobiety wymieniły spojrzenia. Jedna z nich wzruszyła ramionami.

– Nie mam pojęcia? Miesiąc temu? Trzy miesiące? Miałyśmy dużo roboty.

– I raczej wolałybyśmy się nie zmoczyć, czarodzieju – dodała druga żołnierka. – Bo nasze zbroje i łachy pod nimi mogłyby się rozlecieć.

– Kruppe zapewnia, że to byłby niezapomniany widok!

– Gały by ci wyszły – zgodziła się kobieta. – A gdyby nie wyszły same, musiałybyśmy im w tym pomóc.

– Przynajmniej paznokcie miałybyśmy czyste – poparła ją pierwsza.

– Ajaj! Brutalne kobiety! Kruppe chciał tylko powiedzieć komplement!

– To tobie przydałaby się kąpiel – skwitowała żołnierka.

Na twarzy Daru odmalował się szok, a potem trwoga.

– To skandaliczna sugestia. Wystarczająco wiele warstw słodkiego pachnidła, nakładanego przez wystarczająco wiele lat, nie, dziesięcioleci, stworzyło trwały, a nawet nienaruszalny bukiet łagodnych zapachów. – Pomachał bladymi, pulchnymi dłońmi. – Otaczająca go aura przyciąga zakochane motyle...

– Chyba raczej gzy...

– To niecywilizowana kraina... ale czy widzicie w powietrzu choć jednego owada?

– Hmm, kilka utonęło w twoich przetłuszczonych włosach, jeśli już o to pytasz.

– No właśnie. Wszystkich wrogich nieprzyjaciół czeka taki sam los.

– Ach – wtrącił Szybki Ben – nadjeżdża Sójeczka. Nareszcie. Dzięki bogom.

Gdy nad zburzonym miastem zapadł zmierzch, w zaułku zrobiło się zupełnie ciemno. Na głównych ulicach paliły się nieliczne oliwne lampy, a patrolujące ulice drużyny Gidrathów miały własne latarnie.

Owinięty w ukrywający pełną zbroję płaszcz Coll schował się w niszy, czekając, aż jedna z tych drużyn minie wylot zaułka. Plama żółtego światła oddaliła się powoli i na ulicy znowu zapadł mrok.

Daru wyszedł z niszy i skinął dłonią.

Murillio potrząsnął lejcami i woły ruszyły z miejsca. Wóz potoczył się, poskrzypując, po spękanym od żaru bruku.

Coll wyszedł pierwszy na ulicę, którą tylko częściowo oczyszczono z gruzu. W zasięgu wzroku miał trzy spalone świątynie. Nic nie wskazywało na to, by do którejś z nich wrócili kapłani. To samo dotyczyło czterech poprzednich, które widzieli dziś po południu.

Ich perspektywy nie rysowały się różowo. Wyglądało na to, że jedynymi ocalałymi kapłanami byli ci, którzy zamknęli się w Niewolniku, a to było ostatnie miejsce, które chcieliby odwiedzić. Plotki mówiły, że polityczne rozgrywki doprowadziły do niebezpiecznych napięć, a do tego Rada Masek uwolniła się od potężnych sojuszników, a także od księcia, który tradycyjnie hamował jej zapędy. Przyszłość Capustanu nie jawiła się obiecująco.

Coll zwrócił się w prawo – na północny wschód – machnął dłonią i ruszył przed siebie. Murillio zaklął cicho i smagnął lejcami grzbiety obu wołów. Zwierzęta były zmęczone i głodne, a wóz przeciążony.

Niech nas Kaptur weźmie, niewykluczone, że popełniliśmy straszliwy błąd...

Usłyszał nad głową łopot ptasich skrzydeł, lecz nie zwrócił na to uwagi.

Koła niezliczonych wozów wyryły w bruku głębokie koleiny. Ostatnio wiele z nich było przeciążonych gruzem. Ich szerokość różniła się od szerokości rhivijskiego wehikułu o grubych obręczach kół, przystosowanego do wysokich traw i błotnistych zapadlisk prerii. Murillio nie mógł też zapobiec temu, że koła wpadały w jedną z kolein, gdyż po tej stronie ulicy woły również szły wydeptaną drogą. W rezultacie wóz był mocno przechylony, a przekrzywione jarzma wyraźnie przeszkadzały zwierzętom.

Jeden z wołów zamuczał płaczliwie. Potem rozległo się dziwne chrząknięcie, a następnie strzeliły lejce. Coll odwrócił się akurat na czas, żeby zobaczyć, że Murillio zwalił się z kozła i padł na bruk z głośnym trzaskiem.

Na wozie stała teraz olbrzymia, spowita w czerń postać, która przez krótką chwilę wyglądała jak uskrzydlona.

Murillio leżał bez ruchu obok przedniego koła.

Daru poczuł, że zalewa go strach.

– Co do...

Postać skinęła dłonią. Wypłynął z niej czarny strumień czarów, który pomknął w stronę Colla.

Daru zaklął szpetnie, rzucił się w prawo, przetoczył po bruku ze szczękiem zbroi i uderzył w pierwszy półksiężycowaty stopień schodów świątyni.

Fala magii była jednak zbyt szeroka, by mógł przed nią uciec. Jej atramentowa moc wypełniała ulicę niczym potop.

Coll leżał na boku, wsparty plecami o stopień. Mógł tylko unieść rękę, by zasłonić oczy. Fala wzniosła się i opadła na niego.

A potem zniknęła. Coll chrząknął, mrugając, i opuścił rękę, akurat na czas, żeby zobaczyć mroczną, zakutą w zbroję postać, która przeszła nad nim, wychodząc ze świątyni.

Kącikiem oka zauważył dwa miecze u boków nieznajomego, jeden z nich dziwnie wygięty. Potężnie zbudowany wojownik wyszedł na bruk.

– Powinieneś być martwy – odezwał się piskliwym, pełnym oszołomienia głosem przycupnięty na dachu wozu napastnik. – Czuję w tobie chłód. Wyczuwam pięść Kaptura zaciśniętą w twej pozbawionej życia piersi. Zatrzymał cię tu, żebyś wędrował.

Ha, dla mnie wcale nie wygląda na trupa.

Coll przeszukał wzrokiem cienie po prawej stronie wozu i wypatrzył nieruchomą sylwetkę Murillia.

– Nie wędrował – wychrypiał wojownik, zmierzając szybkim krokiem w stronę intruza. – Polował.

– Na nas? Ale przecież zabraliśmy wam tak niewielu! W tym mieście niespełna dwudziestu. Rycerzu Śmierci, czyż twój pan nie najadł się ostatnio do syta? Chodziło mi tylko o tę nieprzytomną staruchę, która leży w wozie. Zatrzymała się na samej krawędzi. Z pewnością twój pan...

– Ona nie jest dla was – zagrzmiał wojownik. – Jej duch czeka. I duchy jej zgromadzonych kuzynów. I bestie, których serca są puste. Wszyscy czekają. Nie dla was.

W zaułku zrobiło się okropnie zimno.

– Niech ci będzie – zgodził się z westchnieniem napastnik. – A co z woźnicą i jego strażnikiem? Mógłbym wykorzystać wiele fragmentów...

– Nie. Korbalu Broach, wysłuchaj słów mojego pana. Masz uwolnić martwiaki, które strzegą waszego domu. Następnie ty i ten, którego zwą Bauchelainem, macie opuścić miasto. Jeszcze przed świtem.

– Mieliśmy zamiar wyruszyć rankiem, Rycerzu Śmierci. Bo jesteś Rycerzem, prawda? Wyczuwam, że Wielki Dom Śmierci budzi się powoli. Może być rano, co? Podążymy za tymi fascynującymi armiami na południe...

– Dziś w nocy albo przyjdę po was i zabiorę wasze dusze. Czy wiecie, jaki los przygotował dla was mój pan?

Łysy, blady mężczyzna, który przycupnął na szczycie wozu, uniósł ramiona, które nagle przerodziły się w czarne skrzydła. Napastnik zachichotał.

– Najpierw musiałbyś nas złapać!

Jego postać stała się zamazaną plamą. Mężczyzna zmienił się w zszarganą wronę, która zakrakała ostro, zerwała się do lotu z łopotem skrzydeł i przepadła w ciemności.

Wojownik podszedł do leżącego na bruku Murillia.

Coll zaczerpnął głęboko tchu, starając się uspokoić walące serce. Potem podniósł się z wysiłkiem.

– Dziękuję – wystękał, krzywiąc się z bólu. Pomyślał, że rano będzie miał na prawym barku i biodrze wielkie siniaki. – Czy mój towarzysz żyje?

Wojownik zwrócił się w jego stronę. Coll zauważył, że mężczyzna ma na sobie resztki noszonej przez Gidrathów zbroi.

– Żyje. Korbal Broach potrzebuje do swej pracy żywych ofiar. Przynajmniej na początku. Pójdziecie ze mną.

– Ach, kiedy wspomniałeś o polowaniu, ten czarodziej doszedł do wniosku, że polujesz na niego. Ale tak nie było, prawda?

– To arogancka para.

Coll skinął z namysłem głową.

– Wybacz, jeśli jestem nieuprzejmy – odezwał się po chwili wahania – ale chciałbym się dowiedzieć, czego ty, czy raczej twój pan, od nas chce. Musimy się zajmować staruszką...

– Mój pan otoczy was opieką. Chodźcie, w świątyni Kaptura przygotowano dla was kwaterę.

– Nie jestem pewien, jak mam przyjąć te słowa. Mhybe potrzebuje pomocy.

– Nie możesz dać mhybe tego, czego ona potrzebuje, Collu z Darudżystanu.

– A Kaptur może?

– Trzeba zachować jej żywe ciało. Karmić je, poić, opiekować się nim. To twój obowiązek.

– Nie odpowiedziałeś mi.

– Chodź ze mną. To niedaleko.

– Chwilowo nie mam na to ochoty – rzekł cicho Coll, sięgając po miecz.

Rycerz Śmierci uniósł głowę.

– Powiedz mi, Collu z Darudżystanu, czy czasem zapadasz w sen?

Daru zmarszczył brwi.

– Oczywiście. Co to ma...

– Ja też kiedyś to robiłem. Chyba musiałem, prawda? Ale teraz tylko spaceruję w kółko. Rozumiesz, nie pamiętam, czym jest sen. Nie potrafię sobie przypomnieć, jak to było.

– Przy... przykro mi z tego powodu.

– Ja nigdy nie śpię... a w tym wozie leży ta, która nigdy się nie budzi. Collu z Darudżystanu, jestem przekonany, że wkrótce będziemy sobie potrzebni. Ta kobieta i ja.

– A do czego?

– Nie wiem. Chodź, to niedaleko.

Coll schował powoli miecz. Nie potrafiłby wyjaśnić, dlaczego to uczynił. Nie usłyszał zadowalającej odpowiedzi na żadne ze swoich pytań, a na myśl o opiece Kaptura przeszywał go dreszcz. Mimo to skinął głową.

– Chwileczkę, jeśli łaska. Muszę wsadzić Murillia do wozu.

– Ach, tak. Rzeczywiście. Zrobiłbym to sam, ale, niestety, nie jestem w stanie wypuścić z rąk tych mieczy. – Wojownik milczał przez chwilę. – Korbal Broach mnie przejrzał. Zakłopotały mnie jego słowa. Collu z Darudżystanu, sądzę, że umarłem. Czy to prawda?

– Nie jestem pewien – odparł Daru – ale... tak mi się zdaje.

– Powiadają, że umarli nie wiedzą, co to sen.

Coll dobrze znał to powiedzenie i świetnie wiedział, że zrodziło się ono w świątyni Kaptura. Pamiętał też jego ironiczną puentę.

– „A żywi nie wiedzą, co to życie". To nie ma zbyt wiele sensu.

– Dla mnie ma – sprzeciwił się wojownik. – Wiem, co utraciłem, choć ongiś nawet nie wiedziałem, że to posiadam.

Collowi zakręciło się w głowie od tego, co usłyszał. Daru westchnął.

– Byłbym głupcem, gdybym nie uwierzył ci na słowo. Czy masz jakieś imię?

– Pewnie mam, ale go nie pamiętam.

– No cóż. – Coll pochylił się nad Murilliem i wziął go w ramiona. – Obawiam się, że nie mogę cię zwać Rycerzem Śmierci. – Wyprostował się z głośnym stęknięciem. – Byłeś Gidrathem, prawda? Capańczykiem, choć przyznaję, że ta brązowa skóra sugeruje raczej...

– Nie, nie byłem Gidrathem. Ani Capańczykiem. Mam wrażenie, że w ogóle nie pochodzę z tego kontynentu. Nie mam pojęcia, dlaczego się tu pojawiłem. Ani w jaki sposób. Jestem tu dopiero od niedawna. Taka jest wola mojego pana. Ze swej przeszłości pamiętam tylko jedno.

Coll zaniósł Murillia do wozu i położył go na deskach.

– A mianowicie co?

– Kiedyś ogarnął mnie ogień.

Po dłuższej chwili Coll westchnął chrapliwie.

– To niefortunne wspomnienie...

– Cierpiałem ból, ale nie poddawałem się. Walczyłem. Tak przynajmniej sądzę. Wydaje mi się, że poprzysiągłem bronić dziecka. Ale dziecka już nie było. Możliwe, że... zawiodłem.

– No cóż, nadal muszę jakoś się do ciebie zwracać.

– Być może pewnego dnia jakieś imię przyjdzie ci do głowy, Collu z Darudżystanu.

– Obiecuję ci to.

– Albo może pewnego dnia odzyskam w pełni pamięć i przypomnę sobie, jak miałem na imię.

Jeśli Kaptur wie, co to litość, ten dzień nigdy nie nadejdzie, przyjacielu, gdyż myślę, że w twoim życiu nie było nic łatwego. Ani w twojej śmierci. Wydaje się też, że Kaptur to wie, albowiem odebrał ci wszystko, co kiedyś wiedziałeś. O ile się bowiem nie mylę, twoja twarz sugeruje, że jesteś Malazańczykiem, nawet jeśli skórę masz dziwną.

Itkovian przeprawił się przez rzekę na ostatniej barce, w ostrym świetle mrowia gwiazd. Towarzyszyli mu Stonny Menackis, Zrzęda, około dwudziestu jego pręgowanych wyznawców, a także jakaś setka Rhivijczyków, głównie starców z psami. Rozdrażnione ciasnotą panującą na płytkim, płaskodennym statku zwierzęta gryzły się na początku ze sobą, lecz uspokoiły się wszystkie, gdy tylko zdołały się dopchać do poręczy nadburcia, co pozwoliło im wyglądać na rzekę.

Gdy barka dotarła do południowego brzegu, psy pierwsze z niej wyskoczyły. Przemknęły przez trzciny, szczekając głośno. Itkovian ucieszył się, że sobie poszły. Zrzęda i Stonny przerzucali się obelgami niczym mąż i żona, którzy są ze sobą już stanowczo za długo. Słuchając ich jednym uchem, Itkovian przygotował konia i czekał, aż rozłożą trap. Przyglądał się też z umiarkowanym zainteresowaniem starym Rhivijczykom, którzy zeszli na brzeg za psami, nie zważając na błoto i gęste trzciny.

Niskie, zniszczone erozją wzgórza po tej stronie rzeki nadal spowijał pył oraz pochodzący z palonego w ogniskach nawozu dym, który otulał z górą dwadzieścia tysięcy wojskowych namiotów niczym żałobny całun. Pomijając kilkuset rhivijskich pasterzy oraz stado bhederin, które mieli przeprowadzić o świcie przez rzekę, wszyscy najeźdźcy byli już na pannionskim terytorium.

Nikt nie próbował ich powstrzymywać. Niskie wzgórza na południu sprawiały wrażenie pozbawionych życia. Nie było tam widać nic poza ścieżkami wydeptanymi przez armię septarchy Kulpatha.

Zrzęda zbliżył się do Itkoviana.

– Coś mi mówi, że aż do Koralu będziemy maszerowali przez spustoszone ziemie.

– To wydaje się prawdopodobne. Na miejscu jasnowidza tak właśnie bym postąpił.

– Czasami nasuwa mi się pytanie, czy Brood i Dujek zdają sobie sprawę, że armia, która oblegała Capustan, była tylko jedną z przynajmniej trzech o porównywalnych rozmiarach. I że choć Kulpath był szczególnie zdolnym septarchą, jasnowidz ma co najmniej sześciu innych, którzy umieją wystarczająco wiele, by narobić nam kłopotów.

Itkovian oderwał wzrok od obozowiska i spojrzał na potężnie zbudowanego wojownika, który siedział na koniu u jego boku.

– Musimy przyjąć założenie, że nieprzyjaciel przygotowuje się na nasze przybycie. Niemniej jednak dla Domin ostatnie ziarenka piasku w klepsydrze osypują się już w dół.

Śmiertelny Miecz Treacha chrząknął.

– Czy wiesz o czymś, o czym nikt inny nie wie?

– Niezupełnie. Do tego wniosku doprowadziły mnie pewne szczegóły, na które zwróciłem uwagę podczas obserwacji armii Kulpatha i Tenescowri.

– Nie zatrzymuj ich dla siebie.

Itkovian ponownie popatrzył na południe. Po chwili westchnął.

– Miasta i rządy stanowią jedynie kwiat rośliny, której łodygą są masy, a korzenie mas kryją się w ziemi, z której czerpią pokarm potrzebny, by wyżywić kwiat. W Domin z mas pozostali jedynie Tenescowri. Ludzie oderwani od wiosek, domów i gospodarstw. Produkcja żywności ustała całkowicie, a jej miejsce zajął koszmar kanibalizmu. Ziemie przed nami rzeczywiście są spustoszone, ale nie z powodu naszego przybycia. To stało się już jakiś czas temu. Dlatego, choć kwiat nadal zachował barwy, w rzeczywistości już nie żyje.

– I suszy się na haku pod półką Okaleczonego Boga?

Itkovian wzruszył ramionami.

– Caladan Brood i wielka pięść wybrali miasta, do których chcą zmierzać. Lest, Settę, Maurik i Koral. Jestem przekonany, że tylko ostatnie z nich nadal żyje. Pozostałe nie byłyby w stanie wykarmić armii obrońców ani nawet własnych obywateli, o ile w ogóle jeszcze jakichś mają. Jasnowidz nie ma innego wyboru, jak skupić wszystkie siły w jednym mieście, w którym obecnie przebywa, a jego żołnierze są zmuszeni pójść za przykładem Tenescowri. Podejrzewam, że Tenescowri stworzono właśnie w tym celu. Jako źródło pokarmu dla żołnierzy.

Zrzęda miał zakłopotaną minę.

– Opisujesz imperium, które z założenia pozbawione jest cech trwałości.

– Chyba żeby mogło kontynuować nieprzerwaną ekspansję.

– Ale nawet w takim przypadku żyłoby jedynie na rozszerzających się nieustannie granicach, a w jego wnętrzu cały czas narastałoby martwe jądro.

Itkovian skinął głową.

– Tak jest.

– Jeśli więc Brood i Dujek spodziewają się, że w Setcie, Lest i Mauriku będą musieli stoczyć bitwy, czeka ich niespodzianka.

– Tak sądzę.

– Jeśli masz rację, ci Malazańczycy bez potrzeby nadłożą kawał drogi.

– Być może istnieją inne powody, które usprawiedliwiają podział sił, Śmiertelny Mieczu.

– Nie jesteśmy aż tak bardzo zjednoczeni, jak niektórzy próbują nam wmówić?

– W tej armii nie brakuje potężnych przywódców, Śmiertelny Mieczu. Zakrawa na cud, że do tej pory nie doszło między nimi do poważnego konfliktu.

Zrzęda milczał przez dłuższą chwilę.

Przed barką rozkładano już szeroki pomost z wikliny. Kompania najemników montowała trap szybko i sprawnie.

– Miejmy nadzieję, że oblężenie Koralu nie potrwa długo – mruknął wreszcie Daru.

– Nie potrwa – zapewnił Itkovian. – Przewiduję szybki atak, mający zmiażdżyć obrońców. Połączenie rzemiosła żołnierskiego z czarami. Intencją naczelnego wodza i wielkiej pięści jest przełamanie linii obrony. Obaj świetnie zdają sobie sprawę z ryzyka, jakie wiąże się z długim oblężeniem.

– To brzmi groźnie, Itkovian.

Podeszła do nich Stonny Menackis, prowadząca za uzdę konia.

– Ruszajcie wreszcie. Blokujecie wszystkim drogę i ta cholerna barka zapada się w muł. Jeśli ubłocę sobie nowe łachy, zabiję tego, kto będzie za to odpowiedzialny, nawet jeśli ma na sobie pręgi.

– Właśnie chciałem skomplementować twój strój... – odezwał się z uśmiechem Itkovian.

– To zasługa cudów Trygalle. Mój ulubiony darudżystański krawiec uszył mi go na zamówienie.

– Do twarzy ci w zielonym.

– Widziałeś kiedyś jaelpardę?

Itkovian skinął głową.

– W Elingarthu występują takie węże.

– Ich pocałunki niosą śmierć. To dokładnie ten sam kolor, prawda? Lepiej, żeby tak było. Za to właśnie zapłaciłam, i to słono. Widzisz tę bladozłotą podszewkę? Przyjrzałeś się kiedyś podbrzuszu białego paralta?

– Pająka?

– Tak, śmiertelnego łaskotka. To właśnie ten kolor.

– Z pewnością nie pomyliłbym go z żadnym innym – odparł Itkovian.

– Świetnie. Cieszę się, że jest tu ktoś, kto rozumie subtelne niuanse zaawansowanej cywilizacji. A teraz ruszaj tego cholernego konia, bo inaczej to, czego stanowczo zbyt długo nie używałeś, zapozna się z czubkiem mojego nowego buta.

– Tak jest.

Kapral Wykałaczka przyglądała się, jak Detoran wlecze Płota w stronę swego namiotu. Oboje przemknęli bezgłośnie brzegiem oświetlonego przez ognisko obszaru. Nim jeszcze zniknęli w mroku, żołnierka była świadkiem komicznej pantomimy. Płot, z twarzą wykrzywioną w straszliwym grymasie, podjął desperacką próbę wyrwania się na wolność, lecz Detoran zacisnęła dłoń na gardle sapera i potrząsała jego głową w przód i w tył, aż przestał się opierać.

Gdy oddalili się w ciemność, Niewidka chrząknęła.

– To, co noc łaskawie ukrywa...

– Niestety, nie do końca – mruknęła Wykałaczka, grzebiąc w ognisku rozszczepionym drzewcem włóczni.

– Pewnie właśnie go knebluje, a za chwilę rozerwie mu...

– Już dobrze, dobrze, rozumiem, do czego zmierzasz.

– Biedny Płot.

– E, tam biedny, Niewidka. Gdyby go to nie rajcowało, nie powtarzałoby się co noc.

– Ale z drugiej strony, wszyscy jesteśmy żołnierzami.

– Co chcesz przez to powiedzieć?

– To, że wiemy, że jeśli chcemy zachować życie, musimy wykonywać rozkazy.

– Czyli, że Płot musi stać na baczność, bo inaczej może przestać oddychać? O to ci chodzi? Sądziłabym, że ze strachu zrobi mu się raczej miękki i obwisły.

– Nie zapominaj, że Detoran była w swoim czasie starszym sierżantem. Widziałam kiedyś, jak jeden rekrut stał na baczność półtora dzwonu po tym, jak biednemu chłopakowi serce pękło od jednej z jej tyrad. Półtora dzwonu, Wykałaczka, a przecież był już martwy...

– Bzdura. Byłam przy tym. To była najwyżej jedna dziesiąta dzwonu i świetnie o tym wiesz.

– To nie obala prawdziwości moich słów. Postawię cały rulon zaległego żołdu na to, że w przypadku Płota jest tak samo.

Wykałaczka ponownie pogrzebała w ognisku.

– To zabawne – mruknęła po chwili.

– Co jest zabawne?

– To, co powiedziałaś. Nie o tym martwym rekrucie, ale o tym, że Detoran była starszym sierżantem. Prawie wszystkich w Podpalaczach Mostów przynajmniej raz zdegradowano. Zaczynając od góry, od samego Sójeczki. Młotek dowodził kiedyś kadrą uzdrowicieli, w czasach, gdy mieliśmy ich wystarczająco wielu, a cesarz jeszcze żył. A czy Trzpień nie był kapitanem kompanii saperów?

– Tylko przez trzy dni, do chwili, gdy jeden z nich nadepnął na własny wstrząsacz...

– I wszyscy wylecieli w powietrze, ehe. To był bity tysiąc kroków ode mnie, a mimo to całymi dniami dzwoniło mi w uszach.

– Wtedy właśnie skończyli z kompaniami złożonymi wyłącznie z saperów. Dassem wszystkie je rozparcelował. Dlatego Trzpień nie miał już specjalistycznej kompanii, którą mógłby dowodzić. I co z tego wynika, Wykałaczka?

– Nic. Tylko to, że nikt z nas nie jest już tym, kim był.

– Mnie nigdy nie awansowali.

– To ci dopiero niespodzianka! Unikanie uwagi to twoja specjalność!

– Wszystko jedno. A Nerwusik urodził się jako sierżant...

– I to zahamowało proces jego wzrostu, masz rację. To prawda, że nigdy go nie zdegradowano, ale wyłącznie dlatego, że jest najgorszym sierżantem w historii. Pozwalając mu zachować tę pozycję, karzą nas wszystkich, poczynając od niego. Chciałam powiedzieć, że wszyscy jesteśmy przegrani.

– Cóż za pocieszająca myśl, Wykałaczka.

– A kto powiedział, że każda myśl musi być miła? Nikt.

– Ja bym powiedziała, ale nie przyszło mi to do głowy.

– Ha, Ha.

Do ich uszu dotarł odgłos kroków stąpających wolno kopyt. Po chwili pojawił się kapitan Paran, trzymający konia za wodze.

– To był długi dzień, kapitanie – stwierdziła Wykałaczka. – Mamy trochę herbaty, jeśli miałbyś ochotę.

Paran zawiesił wodze na łęku siodła i podszedł bliżej.

– W całej drużynie pali się już tylko to jedno ognisko. Czy wy nigdy nie śpicie?

– Moglibyśmy cię zapytać o to samo, kapitanie – odparła Wykałaczka. – Ale przecież już wiemy, że sen jest tylko dla słabych, co?

– To pewnie zależy od tego, czy jest spokojnie.

– Kapitan ma rację – zapewniła Wykałaczkę Niewidka.

– Kiedy śpię, zawsze jestem spokojna – odparła kapral, pociągając nosem.

Niewidka chrząknęła.

– Tak ci się tylko zdaje.

– Otrzymaliśmy wiadomość od Czarnych Moranthów – poinformował kobiety Paran, biorąc kubek gorącego naparu z ziół.

– Rozpoznali sytuację w Setcie.

– Tak jest. Nikogo tam nie ma. Przynajmniej nikogo żywego. Całe miasto zamieniło się w jedną wielką nekropolię.

– To dlaczego nadal na nie maszerujemy? – zapytała Wykałaczka. – A może nie...

– Maszerujemy, kapralu.

– Ale dlaczego?

– Maszerujemy do Setty dlatego, że nie maszerujemy do Lest.

– Cieszę się, że wyjaśniłeś nam sytuację – rzekła z westchnieniem Niewidka.

Paran wypił łyk herbaty.

– Wyznaczyłem swego zastępcę – oznajmił.

– Zastępcę? – zdziwiła się Wykałaczka. – A po co, kapitanie?

– Z oczywistych powodów. Tak czy inaczej, wybór padł na ciebie, Wykałaczka. Od tej chwili jesteś porucznikiem. Sójeczka dał już swoje błogosławieństwo. Pod moją nieobecność będziesz dowodziła Podpalaczami Mostów...

– Dziękuję, ale nie skorzystam, kapitanie...

– Bez dyskusji, Wykałaczka. Twój awans jest już zapisany w rejestrze. Oficjalnie, z pieczęcią Dujeka.

Niewidka trąciła ją łokciem.

– Gratuluję... hmm, pewnie powinnam zasalutować?

– Zamknij się – warknęła Wykałaczka. – Masz jednak odrobinę racji. Nigdy więcej mnie nie trącaj, kobieto.

– Ten rozkaz trudno będzie wykonać... poruczniku.

Paran dopił herbatę i wyprostował się.

– Mam dla ciebie jeszcze jedno polecenie, poruczniku.

Spojrzała na niego.

– Kapitanie?

– Chodzi o Podpalaczy Mostów – oznajmił, nagle poważniejąc. – Utrzymaj ich w całości bez względu na to, co się wydarzy. W całości, poruczniku.

– Hmm, tak jest.

Paran ujął w ręce wodze i oddalił się.

Przez długą chwilę obie kobiety milczały. Wreszcie Niewidka westchnęła.

– Chodźmy do łóżka, Wykałaczka.

– Aha.

Zadeptały resztki ogniska. Gdy otoczyła je ciemność, Niewidka podeszła bliżej i ujęła Wykałaczkę pod rękę.

– Wszystko sprowadza się do tego, co ukrywa noc... – wyszeptała.

Niech mnie Kaptur, jeśli to prawda. Wszystko sprowadza się do tego, co kryło się w słowach kapitana. Muszę odgadnąć ich sens. Coś mi mówi, że porucznik Wykałaczka nie będzie już spała spokojnie...

Oddaliły się od dogasających węgielków i zniknęły w mroku.

Po paru chwilach nigdzie nie było już widać żadnego ruchu. Na obóz Podpalaczy Mostów padało blade, srebrzyste światło gwiazd. Połatane namioty wydawały się w ich blasku zupełnie bezbarwne. Tę widmową, dziwnie ponadczasową scenerię również wypełniał swego rodzaju spokój.

Sójeczka wszedł do namiotu dowodzenia Dujeka. Tak jak się tego spodziewał, wielka pięść był przygotowany na jego wizytę. Na obozowym stole paliła się lampa z kołpakiem, stały dwa kufle *ale* oraz leżał kawał gadrobijskiego koziego sera. Sam Dujek spał z pochyloną głową na jednym z krzeseł.

– Wielka pięści – odezwał się Sójeczka, ściągając stalowe rękawice. Nie spuszczał wzroku z *ale* i sera.

Stary dowódca chrząknął i wyprostował się, mrugając.

– Słucham.

– Zgubiliśmy ją.

– Fatalnie. Na pewno jesteś głodny. Mam... och, świetnie. Jedz sobie spokojnie i pozwól mi mówić. – Pochylił się i sięgnął po kufel. – Artanthos znalazł Parana i przekazał mu rozkazy. Kapitan przygotuje Podpalaczy Mostów. Nie będą wiedzieli, do czego ich przygotował. Zapewne tak jest lepiej. Jeśli chodzi o samego Parana, to Szybki Ben mnie przekonał. Szkoda, choć, szczerze mówiąc, uważam, że czarodzieja będzie nam brakowało bardziej niż tego szlachetnie urodzonego chłopaka...

Sójeczka uniósł rękę, by przerwać Dujekowi. Popił resztkę sera łykiem *ale*.

Wielka pięść umilkł z westchnieniem.

– Dujek...

– Wyczesz sobie okruchy z brody – warknął Jednoręki – bo pewnie chcesz, żebym potraktował cię poważnie.

– Słówko na temat Parana. Po utracie Tatter... to znaczy Srebrnej Lisicy, nie sposób przecenić wartość kapitana. Nie tylko dla nas, lecz również dla samego imperium. Szybki Ben podkreślał to z wielkim naciskiem. Paran jest władcą talii. Ma w sobie moc zmiany postaci świata, wielka pięści. – Przerwał, zastanawiając się nad swymi słowami. – Być może nie ma szans na to, by Laseen odzyskała jego sympatię, ale postąpiłaby rozsądnie, gdyby postarała się przynajmniej nie pogarszać sytuacji.

Dujek uniósł brwi.

– Przekażę jej te uwagi, gdy tylko ją zobaczę.

– No dobra. Przepraszam. Z pewnością cesarzowa zdaje sobie sprawę...

– Z pewnością. Jak już jednak mówiłem, najboleśniejsza jest dla nas utrata Szybkiego Bena. Przynajmniej z mojego punktu widzenia.

– No więc, wielka pięści, czarodziejowi chodziło o to... hmm, zgadzam się z nim, że im mniej Brood i jego banda o tym wiedzą, tym lepiej. Dopóki podział sił przebiega zgodnie z planem, nie mają powodu podejrzewać, że Szybki Ben jest z nami.

– Jego szaleństwo...

– Wielka pięści, jego szaleństwo nieraz już ratowało nam skórę. Nie tylko mnie i Podpalaczom Mostów, lecz również tobie...

– Zdaję sobie z tego sprawę, Sójeczka. Wybacz proszę starcowi jego obawy. To Brood, Rake, Tiste Andii i ci cholerni pradawni bogowie mieli stanąć na drodze Okaleczonego Boga. To oni mają na swe usługi niezliczone groty i przerażające moce, nie my. Nie śmiertelny mag drużyny i młody, szlachetnie urodzony kapitan, który już raz zginął. Nawet jeśli nie schrzanią sprawy, to pomyśl tylko, jakich wrogów sobie narobimy.

– Zakładając, iż nasi aktualni sojusznicy są na tyle krótkowzroczni, że nas nie zrozumieją.

– Sójeczka, nie zapominaj, że jesteśmy Malazańczykami. Wszyscy wiedzą, że z naszych poczynań nie sposób odgadnąć, jak wyglądają nasze dalekosiężne plany. Śmiertelne imperia z reguły nie wybiegają myślą naprzód tak daleko. My dwaj jesteśmy w tej grze cholernie dobrzy. Niech mnie Kaptur, Laseen nie bez powodu odwróciła hierarchię dowodzenia.

– Wiem, chodziło jej o to, żeby odpowiedni ludzie znaleźli się na dole w chwili, gdy Tron Cienia i Kotylion wykonają swój ruch.

– Nie tylko oni, Sójeczka.

– Należałoby powiadomić o tym Szybkiego Bena. Właściwie to wszystkich Podpalaczy Mostów.

– Nie. Skoro już o tym mowa, to czy sądzisz, że nasz czarodziej domyślił się prawdy?

– Jeśli tak, to dlaczego wysłał Kalama przeciwko cesarzowej?

– Dlatego że Kalam musi się przekonać o wszystkim osobiście. Pomówić z nią w cztery oczy. I Szybki Ben o tym wie.

– W takim razie jestem jedynym mało rozgarniętym uczestnikiem tej całej imperialnej gry – stwierdził z westchnieniem Sójeczka.

– Może raczej jedynym honorowym. Posłuchaj, wiedzieliśmy, że Okaleczony Bóg przygotowuje się do akcji. Wiedzieliśmy, że bogowie z pewnością schrzanią robotę. Przyznaję, że nie spodziewaliśmy się, iż do sprawy włączą się pradawni bogowie, ale to nie ma nic do rzeczy, nieprawdaż? Wiedzieliśmy, że szykują się kłopoty, i to nie tylko w jednym miejscu. Jak jednak mogliśmy odgadnąć, że to, co dzieje się w Pannion Domin, ma cokolwiek wspólnego z poczynaniami Okaleczonego Boga? Mimo to nie sądzę, by było przypadkiem, że to dwie Podpalaczki Mostów natknęły się na agenta Przykutego, tego chorego rzemieślnika z Darudżystanu. Również nieprzypadkowo Szybki Ben znalazł się na miejscu i mógł potwierdzić pojawienie się Domu Łańcuchów. Laseen zawsze rozumiała wartość odpowiedniego rozmieszczenia oddziałów. Kaptur wie, że to ona nauczyła tego cesarza, a nie na odwrót. Kieszonkowa grota Okaleczonego Boga wędruje. Zawsze tak było. Gdy pojawiła się pośród wzgórz między Pale a Darudżystanem, stało się to dla niego okazją, której nie mógł przegapić. Jeśli chciał cokolwiek osiągnąć, musiał działać szybko. I wtedy go przyłapaliśmy. Może nie w taki sposób, jak się spodziewaliśmy, ale zawsze.

– To wystarczyło – mruknął Sójeczka.

– A jeśli chodzi o Parana, w tym również jest pewna logika. Ostatecznie Tayschrenn przygotowywał Tattersail do roli władczyni talii. A gdy to spaliło na panewce, no cóż, pojawiła się pozostałość, która trafiła prosto do tego, kto był najbliżej. Nie fizycznie, ale z całą pewnością duchowo. Sójeczka, spoglądając wstecz, w całej grze jedynym mało rozgarniętym uczestnikiem był Bellurdan Rozbijacz Czaszek. Nigdy się nie dowiemy, co zaszło między nim a Tattersail na tej równinie, ale, na Otchłań, to wygląda na jedną z najgorszych wpadek w całej historii imperium. Za to, że rola władcy talii przypadła Malazańczykowi, a nie jakiemuś gadrobijskiemu pasterzowi, który akurat znalazł się w pobliżu, możemy podziękować szczęściu Oponn. To chyba wszystko, co można na ten temat powiedzieć.

– Teraz to ja zaczynam się martwić – stwierdził Sójeczka. – Byliśmy stanowczo za sprytni. Cały czas zastanawiałem się, kto kim manipuluje. Czailiśmy się w cieniu Pana Cienia, poruszaliśmy łańcuchami Przykutego, a teraz dajemy Broodowi więcej czasu, choć on nawet o tym nie wie, jednocześnie przeciwstawiamy się T'lan Imassom, a przynajmniej zamierzamy...

– Sposobności zawsze trzeba wykorzystywać Sójeczka. Wahanie jest fatalnym błędem. Jeśli znajdziesz się pośrodku szerokiej, wartkiej rzeki, możesz płynąć tylko w jednym kierunku. Naszym zadaniem jest utrzymać głowę Laseen nad wodą i w ten sposób ocalić Imperium Malazańskie. Jeśli Brood uderzy młotem w imieniu Pożogi, utoniemy wszyscy. Prawo, porządek, cywilizacja, wszystko to trafi szlag.

– Dlatego, by powstrzymać przed tym Brooda, składamy się w ofierze, rzucając wyzwanie Okaleczonemu Bogu. Jedna cholerna znużona armia, zdziesiątkowana już przez kolejny atak paniki Laseen.

– Lepiej wybacz jej te ataki, Sójeczka. W końcu one świadczą, że jest tylko śmiertelną kobietą.

– W Pale zlikwidowała prawie wszystkich Podpalaczy Mostów...

– To był przypadek. Wtedy o tym nie wiedziałeś, ale teraz już wiesz. Tayschrenn kazał im zostać w tunelach, bo myślał, że to najbezpieczniejsze miejsce. Najbezpieczniejsze.

– Odniosłem raczej wrażenie, że ktoś chciał, byśmy zostali przypadkowymi ofiarami – sprzeciwił się Sójeczka.

Nie, nie my. Ja. Niech cię szlag, Dujek, zaczynam podejrzewać, że wiedziałeś o tym więcej, niżbym chciał. Beru broń, mam nadzieję, że się mylę...

– Jest też to, co wydarzyło się w Darudżystanie...

– Tam panował ogromny chaos. Doszło do zerwania łączności na wszystkich poziomach. Minęło zbyt mało czasu od oblężenia Pale. Zbyt mało dla nas wszystkich.

– Czyli że nie tylko ja straciłem równowagę.

– W Pale? Nie tylko. Niech nas Kaptur, wszyscy ją straciliśmy. Bitwa nie układała się zgodnie z planem. Tayschrenn naprawdę sądził, że zdoła strącić Odprysk Księżyca i wywabić Anomandera Rake'a z kryjówki. I gdyby w chwili ataku nie był zdany niemal wyłącznie na siebie, sprawy mogłyby się potoczyć inaczej. Dowiedziałem się później, że Tayschrenn nie wiedział wtedy, kim naprawdę była Nightchill, zorientował się jednak, że pragnęła zdobyć miecz Rake'a. Na spółkę z Bellurdanem, który grzebał dla niej w starych zapiskach. To wyglądało tak, jakby próbowała zagarnąć władzę dla siebie. Laseen nie miała zamiaru na to pozwolić. Mimo to Tayschrenn zaatakował Nightchill dopiero wtedy, gdy załatwiła A'Karonysa, wielkiego maga, który wcześniej zawiadomił go o swych podejrzeniach wobec niej. Powiedziałem, że zabicie Tattersail przez Bellurdana było najgorszą wpadką w historii imperium, ale to, co wydarzyło się wtedy w Pale, było niewiele lepsze.

– Ostatnio przydarzyło się nam sporo wpadek...

Dujek skinął z namysłem głową. Jego oczy lśniły w blasku lampy.

– Powiedziałbym, że wszystko zaczęło się od zmasakrowania obywateli Arenu przez T'lan Imassów. Niemniej każda katastrofa odsłania pewne prawdy. Laseen nie wydała tego rozkazu, ktoś jednak to uczynił. Ktoś wrócił i zasiadł na Pierwszym Tronie, ktoś, kto rzekomo już nie żył. I ten ktoś wykorzystał T'lan Imassów do zemsty na Laseen, chcąc wyrwać jej z rąk imperium. To był pierwszy znak świadczący, że cesarz Kellanved wcale nie jest taki martwy, jak byśmy chcieli.

– I nadal jest obłąkany. To prawda. Dujek, mam wrażenie, że zmierzamy ku kolejnej katastrofie. – Mam nadzieję, że się mylisz. Tak czy inaczej, to ja potrzebowałem dziś wzmocnienia wiary w siebie, nie ty.

– No cóż, to pewnie cena odwróconej hierarchii dowodzenia...

– Nagle nasunęła mi się nowa myśl, Sójeczka, i to niezbyt przyjemna.

– Słucham.

– Zaczynam sądzić, że wcale nie wiemy, dokąd zmierzamy, tak dobrze, jak nam się zdaje.

– Kto to jest „my"?

– Imperium. Laseen. Tayschrenn. Jeśli chodzi o nas dwóch, to jesteśmy najmniej ważnymi z graczy i wiemy znacznie mniej, niż powinniśmy wiedzieć. W Pale porwaliśmy się na zaatakowanie Odprysku Księżyca, nie wiedząc prawie nic o tym, co się dzieje. I dalej nic byśmy nie wiedzieli, gdybym nie przycisnął potem Tayschrenna.

Sójeczka przyjrzał się resztkom *ale* na dnie swego kufla.

– Szybki Ben jest bystry – wyszeptał. – Nie mam pojęcia, jak wiele z tego wszystkiego zdołał odgadnąć. Potrafi być bardzo skryty.

– Ale nadal jest skłonny to zrobić?

– Och, tak. Powiedział też jasno, że pokłada obecnie wielką wiarę w Ganoesie Paranie. W nowym władcy talii.

– Czy nie wydało ci się to nieco dziwne?

– Odrobinę. Paran był narzędziem boga. Wędrował wewnątrz miecza, Dragnipura. W jego żyłach płynie krew Ogara Cienia. Nikt z nas nie wie, jak wpłynęły na niego te wszystkie fakty, ani nawet co one zapowiadają. Jest zupełnie nieprzewidywalny i niemal nie sposób sobie z nim poradzić. Och, wykonuje moje rozkazy, ale jeśli Laseen sądzi, że potrafi go wykorzystać, może ją czekać niespodzianka.

– Lubisz go, prawda?

– Podziwiam go, Dujek. Za jego odporność, zdolność do analizy samego siebie z bezlitosną odwagą, a przede wszystkim za jego przyrodzone człowieczeństwo.

– Powiedziałbym, że to wystarczające powody.

Sójeczka wykrzywił twarz.

– Zranił mnie mój własny miecz.

– Lepiej własny niż cudzy.

– Chciałbym się wycofać, Dujek. Kiedy ta wojna się skończy.

– Tak przypuszczałem, przyjacielu.

Sójeczka podniósł wzrok.

– Uważasz, że mi pozwoli?

– Myślę, że nie ma powodu jej o to pytać.

– Czy mam się utopić, jak Crust i Urko? Czy mam zostać zabity na oczach świadków, a potem moje ciało ma zniknąć, jak ciało Dassema?

– Zakładając, że żaden z nich naprawdę nie zginął...

– Dujek...

– Wiem, ale musisz przyznać, że są jeszcze wątpliwości.

– Ja ich nie mam. Pewnego dnia wytropię Duikera i wyduszę z niego prawdę. Jeśli ktoś ją zna, to tylko ten pomylony historyk.

– Czy Szybki Ben dostał już wiadomość od Kalama?

– Jeśli nawet dostał, to nic mi o tym nie powiedział.

– A gdzie jest teraz ten twój czarodziej?

– Kiedy ostatnio go widziałem, gadał sobie z kupcami z Trygalle.

– Powinien się trochę przespać. Czeka go mnóstwo roboty.

Sójeczka odstawił kufel i podniósł się z krzesła.

– My również powinniśmy, stary przyjacielu. – Skrzywił się z bólu, opierając zbyt wielki ciężar na chorej nodze. – Kiedy przybędą Czarni Moranthowie?

– Za dwie noce.
Sójeczka chrząknął i ruszył w stronę wyjścia.
– Dobranoc, Dujek.
– Dobranoc, Sójeczka. Aha, jeszcze jedno.
– Słucham?
– Tayschrenn. Chciał cię przeprosić. Za to, co spotkało Podpalaczy Mostów.
– Wie, gdzie mnie znaleźć.
– Czeka na odpowiednią chwilę.
– To znaczy jaką?
– Nie jestem pewien, ale ona jeszcze nie nadeszła.
Sójeczka milczał przez kilka uderzeń serca, po czym złapał za połę namiotu.
– Do zobaczenia rano, Dujek.
– Do zobaczenia – powtórzył wielka pięść.

Zmierzając do namiotu, Sójeczka zauważył stojącą u wejścia wysoką, spowitą w ciemną szatę postać.
– Stęskniłem się za tobą – powiedział z uśmiechem.
– I ja za tobą – szepnęła Korlat.
– Brood ciągle wyznaczał ci nowe zadania. Wejdź do środka, zaraz zapalę lampę.
Gdy weszli do namiotu, usłyszał za plecami jej westchnienie.
– Wolałabym, żebyś nie zadawał sobie trudu.
– Ty widzisz po ciemku, ale...
Przytuliła się do niego.
– Jeśli chcesz rozmawiać, to, proszę cię, niech to nie trwa zbyt długo. Moich pragnień nie da się zaspokoić słowami.
Objął ją mocno.
– Chciałem się tylko dowiedzieć, czy znalazłaś Srebrną Lisicę.
– Nie. Wygląda na to, że jest w stanie wędrować ścieżkami, które uważałam za od dawna utracone. Zamiast niej spotkałam dwa jej wilki-martwiaki, które... odprowadziły mnie do domu. Są naprawdę... niezwykłe.
Sójeczka cofnął się myślą do chwili, gdy po raz pierwszy ujrzał T'lan Ay, które wzbiły się z pożółkłych traw niczym pył i przybrały postać zwierząt, przesłaniając stoki wzgórz ze wszystkich stron.
– Wiem. Jest w nich coś dziwnie nieproporcjonalnego...

– Tak, masz rację. Drażnią oko. Za długie nogi, zbyt masywne barki, a do tego krótkie szyje i rozdziawione paszcze. Ale nie tylko ich fizyczna postać mnie niepokoi.

– Bardziej niż T'lan Imassowie?

Skinęła głową.

– T'lan Imassowie mają w sobie pustkę, podobną do poczerniałej od dymu jaskini. T'lan Ay nie. W tych wilkach dostrzegam... smutek. Wieczny smutek...

Zadrżała w jego ramionach. Sójeczka milczał.

Kochanie, widzisz w ich oczach to samo, co ja widzę w twoich. I to właśnie owo lustrzane odbicie tak tobą wstrząsnęło.

– Na skraju obozu zamieniły się w pył – ciągnęła Korlat. – W jednej chwili truchtały u obu moich boków, a w następnej... zniknęły. To właśnie wzburzyło mnie najbardziej. Nie wiem dlaczego.

Dlatego że to czeka nas wszystkich. Nawet ciebie, Korlat.

– To miała być krótka rozmowa. Pora ją kończyć. Chodź do łóżka, dziewczyno.

Spojrzała mu w oczy.

– A co się stanie potem?

Skrzywił się.

– Możliwe, że nie zobaczymy się tak szybko.

– Wróciła Starucha.

– Naprawdę?

Korlat skinęła głową. Chciała dodać coś jeszcze, lecz zawahała się, spojrzała mu w oczy i nie powiedziała nic.

Setta, Lest, Maurik. Wszystkie te miasta były opustoszałe. Mimo to armie i tak się rozdzielały i nikt nie chciał powiedzieć dlaczego. Obie strony sojuszu miały coś do ukrycia i im bardziej zbliżali się do Koralu, tym trudniej im było dochować tych tajemnic.

Większość Tiste Andii zniknęła. Odeszli z Rakiem, zapewne do Odprysku Księżyca. Ale gdzie on się podział? Co zamierzają zrobić, w imię Kaptura? Czy po przybyciu do Koralu przekonamy się, że miasto padło, Panniońćski Jasnowidz nie żyje, jego duszę zabrał Dragnipur, a nad nami wisi potężna góra?

Czarni Moranthowie wszędzie szukali tej cholernej latającej skały... ale bez rezultatu.

Są też nasze tajemnice. Wysłaliśmy przodem Parana i Podpalaczy Mostów. Niech nas Kaptur weźmie, robimy też znacznie więcej.

Zbliża się chwila nieprzyjemnej rozgrywki o dominację. Wszyscy wiedzieliśmy, że to się kiedyś stanie. Subtelna gra nabiera brutalności.

– Moje serce należy do ciebie, Korlat – oznajmił Sójeczka kobiecie, którą trzymał w ramionach. – Nic innego nie ma dla mnie znaczenia. Nic i nikt.

– Proszę, nie przepraszaj za to, co jeszcze się nie wydarzyło. W ogóle o tym nie mów.

– Nie sądziłem, że o tym mówię, dziewczyno.

Kłamca. Mówiłeś. Na swój sposób przepraszałeś.

Zaakceptowała jego fałszywe zapewnienie, uśmiechając się z przekąsem.

– Bardzo dobrze.

Sójeczka wracał później w myślach do swych słów, żałując, że nie były bardziej jednoznaczne. Pozbawione ukrytych sensów.

Paran spojrzał na Szybkiego Bena, czując, że powieki opadają mu z niewyspania. Czarodziej zakończył rozmowę z Haradas i podszedł do kapitana.

– Saperzy zawyją z wściekłości – stwierdził Paran, gdy obaj ruszyli w stronę malazańskiego obozu, niedawno rozbitego na południowym brzegu Catlin.

Szybki Ben wzruszył ramionami.

– Zamienię na boku słówko z Płotem. Ostatecznie Skrzypek jest mu bliższy niż brat, a wpakował się teraz w taką kabałę, że przyda mu się każda pomoc. Problem tylko w tym, czy Trygalle zdąży dostarczyć ładunek na czas.

– Ci kupcy są naprawdę nadzwyczajni.

– To szaleńcy. Inaczej nie mogliby tego robić. Tylko obłąkana odwaga pozwala im zachować życie.

– Nie należy też zapominać o umiejętności podróżowania po nieprzyjaznych grotach, Szybki.

– Miejmy nadzieję, że to wystarczy – stwierdził czarodziej.

– Nie chodziło tylko o pociski Moranthów, zgadza się?

– Zgadza. Sytuacja w Siedmiu Miastach nie mogłaby być bardziej rozpaczliwa. Zresztą, zrobiłem, co tylko mogłem. Przekonamy się, czy to coś da.

– Jesteś naprawdę niezwykłym człowiekiem, Szybki.

– Nie sądzę. Postarajmy się zachować to wszystko w tajemnicy. Płot będzie trzymał gębę na kłódkę i Sójeczka również...

– Panowie! Cóż za piękny wieczór!

Obaj odwrócili się gwałtownie, słysząc donośny głos za swymi plecami.

– Kruppe! – wysyczał Szybki Ben. – Ty śliski...

– Kruppe błaga o wyrozumiałość. Tylko szczęśliwym zbiegiem okoliczności usłyszał wasze zasługujące na podziw słowa, depcząc wam bezgłośnie po piętach, a teraz pragnie jedynie wnieść swój skromny wkład do tego odważnego przedsięwzięcia!

– Jeśli szepniesz komuś o tym choć słówko, poderżnę ci gardło – warknął Szybki Ben.

Daru wyciągnął wystrzępioną chusteczkę i wytarł czoło trzema szybkimi ruchami. Wydawało się, że jedwab doszczętnie przesiąknął potem.

– Kruppe zapewnia śmiertelnie groźnego czarodzieja, że milczenie jest jego najserdeczniejszą towarzyszką, ukrytą, niewidzialną kochanką, niestrudzoną i niedostrzegalną. Jednocześnie Kruppe obwieszcza, że zacni obywatele Darudżystanu z radością wesprą tak szlachetną sprawę. Zapewnia o tym sam Baruk. Zrobiłby to osobiście, gdyby tylko mógł. Niestety, ma do zaoferowania jedynie to.

Grubasek zamaszystym gestem wyciągnął z chusteczki szklaną kulkę, którą następnie upuścił na ziemię. Stłukła się z cichym brzękiem. W górę wzbiła się mgła. Jej sięgające kolan Daru i obu Malazańczyków pasma powoli przybrały postać bhokarala.

– Ajajaj – mruknął Kruppe – cóż to za brzydkie stworzenia. Są wręcz obrazą dla oczu.

– Tylko dlatego, że są zbyt podobne do ciebie – wskazał Szybki Ben, spoglądając na zjawę.

Bhokaral wyciągnął szyję, by łypnąć w górę, na czarodzieja. Miał czarne, lśniące oczka i czarną główkę wielkości grejpfruta. Istotka obnażyła ostre jak igły ząbki.

– Witam! Baruk! Mistrz! Chce! Pomóc!

– Niestety, to dzieło naszego drogiego, z pewnością przepracowanego Baruka jest bardzo lakoniczne – stwierdził Kruppe. – Jego najlepsze twory cechują się językową gracją albo przynajmniej sympatyczną rozmownością, lecz to... coś charakteryzuje się smutnym...

– Bądź cicho, Kruppe – przerwał mu Szybki Ben. – Choć może się to wydawać zaskakujące, z radością przyjąłbym pomoc Baruka – oznajmił bhokaralowi. – Muszę jednak zadać sobie pytanie, jakie motywy kierują alchemikiem. Ostatecznie chodzi o bunt w Siedmiu Miastach. To malazańska sprawa.

Bhokaral uniósł główkę.

– Tak! Baruk! Mistrz! Raraku! Azath! Wielkie!

Stworzonko kiwało z zapałem główką.

– Wielkie? – powtórzył Paran.

– Wielkie! Niebezpieczeństwo! Azath! Icarium! Więcej! Coltaine! Podziw! Honor! Sojusznicy! Tak! Tak?

– Coś mi mówi, że to nie będzie łatwe – mruknął Szybki Ben. – No dobra, przejdźmy do szczegółów...

Paran odwrócił się, słysząc zbliżającego się jeźdźca. Pojawiła się postać, niewyraźna w świetle gwiazd. Kapitan najpierw zauważył konia, potężnego rumaka, dumnego i z pewnością ognistego. Dosiadająca go kobieta była jednak drobna, zbroję miała starą i pozbawioną ozdób, a skryta w cieniu hełmu twarz sprawiała wrażenie już niemłodej i nieszczególnie urodziwej.

Omiotła spojrzeniem Kruppego, bhokarala i Szybkiego Bena.

– Kapitanie, chciałabym pomówić z tobą na osobności – oznajmiła ze spokojną miną.

– Jak sobie życzysz. – Oddalił się piętnaście kroków od towarzyszy. – Czy to wystarczy?

– Wystarczy – zgodziła się kobieta. Zsunęła się z siodła i podeszła do niego. – Kapitanie, jestem Bożym Jeźdźcem Szarych Mieczy. Proszę cię oficjalnie o przekazanie pod naszą opiekę jeńca, którego przetrzymują wasi żołnierze.

Paran zamrugał. Skinął głową.

– Z pewnością chodzi ci o Anastera, który dowodził Tenescowri.

– Tak, kapitanie. Jeszcze z nim nie skończyliśmy.

– Rozumiem...

Zawahał się.

– Czy wyzdrowiał już po odniesionych ranach? – zapytała kobieta.

– Chodzi ci o utracone oko? Zajęli się nim nasi uzdrowiciele.

– Być może powinnam zwrócić się z tą prośbą do wielkiej pięści Dujeka?

– Nie, to nie będzie konieczne. Mam prawo wypowiadać się w imieniu Malazańczyków. Muszę jednak zadać najpierw kilka pytań.

– Jak sobie życzysz, kapitanie. Słucham.

– Co zamierzacie zrobić z jeńcem?

Zmarszczyła brwi.

– Kapitanie?

– Nie uznajemy tortur, bez względu na to, jakie zbrodnie popełnił. Jeśli okaże się to konieczne, jesteśmy gotowi objąć swą opieką również Anastera i odrzucić twoją prośbę.

Odwróciła na moment wzrok, po czym ponownie spojrzała mu prosto w oczy. Paran zdał sobie sprawę, że jest znacznie młodsza, niż mu się w pierwszej chwili wydawało.

– Tortury to względne pojęcie, kapitanie.

– Czyżby?

– Proszę, pozwól mi to wyjaśnić.

– Słucham.

– Ten Anaster może uznać to, co zamierzamy z nim zrobić, za torturę, lecz jego obawy biorą się z nieświadomości. Nie stanie mu się nic złego. Moja Tarcza Kowadło zamierza pomóc temu nieszczęśnikowi.

– Chce uwolnić go od bólu.

Boży Jeździec skinęła głową.

– Objąć go swym duchem, jak Itkovian Rath'Fenera.

– Tak jest.

Mężczyzna milczał przez chwilę.

– I ta perspektywa przeraża Anastera?

– Tak.

– Dlaczego?

– Ponieważ uważa on, że nie ma w nim nic więcej. Identyfikuje całą swą tożsamość z bólem duszy i boi się jego końca.

Paran odwrócił się w stronę malazańskiego obozu.

– Chodź za mną – rzucił.

– Kapitanie?

– Należy do was, Boży Jeźdźcze. Z moim błogosławieństwem.

Zachwiała się nagle i wsparła o konia, który odsunął się ze stęknięciem.

Paran odwrócił się błyskawicznie.

– Co się...

Kobieta wyprostowała się, dotknęła ręką czoła i potrząsnęła głową.

– Przepraszam. To słowo ma w twych ustach pewien... ciężar.

– W moich... aha.

Na oddech Kaptura. Ganoes, to było cholernie nieostrożne.

– I co w związku z tym? – zapytał z niechęcią.

– W związku z tym... nie jestem pewna, kapitanie, ale uważam, że w przyszłości powinieneś, hmm, bardziej uważać.

– Ehe, myślę, że masz rację. Czy możesz już iść?

Skinęła głową, ujmując wodze.

Nie myśl o tym, Ganoesie Paran. Potraktuj to jako ostrzeżenie i nic poza tym. Nic nie zrobiłeś Anasterowi. Nawet go nie znasz. Lepiej też posłuchaj tego ostrzeżenia, do cholery...

Rozdział dwudziesty drugi

Piasek to szkło, a szkło to piasek!
Ślepa mrówka tańczy ślepo
na krawędzi brzegu i brzegu krawędzi.

Biały w nocy, szary za dnia –
pająk uśmiechnięty, choć się nigdy nie uśmiecha,
ale mrówka go nie widzi, bo jest ślepa –

była ślepa!

Powiastki ku straszeniu dzieci
Malesen Mściwy (ur.?)

Niestety, panika wywołuje u niej nerwowe tiki.

– Mam wrażenie, że to ostatnio się nasiliło, święty – rozległ się na górze głos jasnodomina.

– Uważasz, że tego nie widzę?! – wrzasnął w odpowiedzi Panioński Jasnowidz. – Myślisz, że jestem ślepy?

– Jesteś wszechwiedzący i wszechmądry – zapewnił go oficer. – Chciałem tylko wyrazić swój niepokój, święty. On już nie może chodzić, a zniekształcona klatka piersiowa utrudnia mu oddychanie.

„On"... okaleczony... zdruzgotane żebra zaciskające się coraz silniej na płucach. To o mnie mówisz, jasnodominie.

Ale kim właściwie jestem?

Kiedyś czułem moc. Dawno temu.

Jest tu wilk.

Wilk. Zamknięty w tej klatce, w mojej piersi, w tych kościach. Nie może oddychać. Oddychanie tak bardzo boli.

Wycie ucichło. Wilk nie może przywołać... przywołać...

Kogo?

Kiedyś wsparłem dłoń na jej porośniętym futrem kłębie. Tuż obok szyi. Jeszcze się wówczas nie przebudziliśmy. Byliśmy tak blisko, wędrowaliśmy razem, ale się nie przebudziliśmy... cóż za tragiczna niewiedza. Podarowała mi jednak swe śmiertelne wizje, swą jedyną historię... jedyną, jaką znała, choć w głębi jej serca spała...

...spała moja ukochana.

– Święty, objęcia twej matki go zabiją. Czy ma do nich wrócić?

– Śmiesz mi rozkazywać? – wysyczał jasnowidz. W jego głosie było słychać drżenie.

– To nie był rozkaz, święty, tylko stwierdzenie faktu.

– Ultentha! Mój najdroższy septarcho, zbliż się! Tak, przyjrzyj się temu człowiekowi u stóp twego jasnodomina. I co ty na to?

– Święty – rozległ się nowy, łagodniejszy głos – mój najbardziej zaufany sługa mówi prawdę. Kości tego mężczyzny są tak zgruchotane...

– Widzę to! – wrzasnął jasnowidz.

– Święty, uwolnij go od tej grozy – ciągnął septarcha.

– Nie! Nie zrobię tego! On należy do mnie! Należy do matki! Ona go potrzebuje! Potrzebuje kogoś, kogo mogłaby trzymać w objęciach!

– Jej miłość go zabija – stwierdził jasnodomin.

– Obaj mi się sprzeciwiacie? Czy mam przywołać mych Skrzydlatych? Żeby przynieśli wam zagładę? Żeby walczyli ze sobą o resztki? Tak? Mam to zrobić?

– Jak sobie życzysz, święty.

– Tak, Ultentha! Dokładnie! Jak sobie życzę!

– Czy mam go odnieść do matrony, święty? – zapytał jasnodomin.

– Jeszcze nie. Zostaw go tutaj. Bawi mnie jego widok. Czekam na twój raport, Ultentha.

– Okopy są już gotowe, święty. Nieprzyjaciel nadejdzie przez równinę i ruszy prosto na mury. Nie wyśle zwiadowców na lesiste wzgórza po prawej. Mogę na to postawić duszę.

– Postawiłeś ją, Ultentha, postawiłeś. A co z tymi cholernymi Wielkimi Krukami? Jeśli choć jeden zobaczył...

– Odpędzili je twoi Skrzydlaci, święty. Niebo jest puste i wróg nic o nas nie wie. Pozwolimy mu rozbić obozy na równinach, a potem wyjdziemy z ukrycia i zaatakujemy go z flanki. W tej samej chwili kadry magów uderzą z murów, Skrzydlaci z nieba, a siły septarchy Inala przeprowadzą wycieczkę przez bramę. Zwycięstwo będzie nasze, święty.

– Chcę Caladana Brooda. Chcę, żeby oddano mi do rąk jego młot. Chcę, żeby Malazańczyków unicestwiono. Chcę, żeby barghascy bogowie czołgali się u moich stóp. Przede wszystkim jednak chcę Szarych Mieczy! Zrozumiano? Chcę dostać tego Itkoviana. To on zastąpi mojej matce Toca Młodszego. Wysłuchajcie mnie uważnie. Jeśli pragniecie łaski dla Toca, przyprowadźcie mi Itkoviana. Żywego.

– Stanie się, jak sobie życzysz, święty – zapowiedział septarcha Ultentha.

Stanie się, jak sobie życzy. Jest moim bogiem. Wszystkie jego życzenia się spełnią. Wilk nie może oddychać. Wilk umiera.

Obaj umieramy.

– A gdzie jest w tej chwili wróg, Ultentha?

– Rzeczywiście podzielił swe siły. Przedwczoraj, po przejściu przez rzekę.

– Czy nieprzyjacielscy dowódcy nie zdają sobie jeszcze sprawy, że w miastach, do których maszerują, nie ma nikogo żywego?

– Wielkie Kruki z pewnością ich o tym poinformowały, święty.

– To co oni właściwie kombinują?

– Nie jesteśmy pewni. Twoi Skrzydlaci nie ważą się zanadto zbliżać. Sądzimy, że nieprzyjaciel dotąd nie zauważył ich obecności i nie chcielibyśmy zmieniać tej sytuacji.

– Zgoda. Może wyobrażają sobie, że zastawiliśmy na nich pułapki, ukryte oddziały albo coś w tym rodzaju, i obawiają się niespodziewanego ataku od tyłu, gdyby po prostu zignorowali te miasta.

– Ich ostrożność da nam więcej czasu, święty.

– To głupcy, którym przewróciło w głowach zwycięstwo w Capustanie.

– W rzeczy samej, święty. I drogo za to zapłacą.

Wszyscy płacą. Nikt przed tym nie ucieknie. Myślałem, że jestem bezpieczny. Wilk był potężną mocą, która się budziła. Przebywał w miejscu, do którego uciekłem.

Ale wybrał sobie niewłaściwego człowieka, niewłaściwe ciało. Kiedy odebrał mi oko – ten błysk szarości, dotyk gorąca, który wziąłem za kamień – byłem młody i zdrowy.

Teraz jednak dostała mnie matrona. Z jej potężnych kończyn zwisają płaty starej skóry. Śmierdzi opuszczonymi legowiskami węży. Gdy zaciska nagle ramiona, kości pękają, pękają i znowu pękają. Było tak wiele bólu. Ostatnio trwa on bez końca. Tak jak jasnowidz, poczułem jej panikę. Wtedy właśnie straciłem zmysły. To mnie zniszczyło.

Lepiej, żebym już się nie odrodził. Żeby pamięć mi nie wróciła. Wiedza nie jest darem.

Przeklęty świadomością. Leżę na tej zimnej podłodze, a fale bólu odpływają powoli. Nie czuję już nóg. Pachnie tu solą. Pyłem i pleśnią. Na mojej lewej dłoni spoczywa jakiś ciężar. Przygniotłem ją własnym ciałem i teraz tracę w niej czucie.

Gdybym tylko mógł się ruszyć.

– ...zasolić ciała. Ich nam nie zabraknie. Szkorbut zabrał tak wielu Tenescowri, że nasi żołnierze ledwie nadążają ze zbieraniem trupów, święty.

– Żołnierzom nie zagrożą niemagiczne choroby, Ultentha. Widziałem to we śnie. Pani zeszła między Tenescowri i oto ich ciała obrzękły, palce rąk i nóg zgniły i sczerniały, a zęby powypadały w strumieniach krwawej plwociny. Gdy jednak dotarła do moich wybranych wojowników, odwróciła się z uśmiechem.

– Święty, czemu Poliel miałaby pobłogosławić naszą sprawę? – zapytał jasnodomin.

– Nie wiem tego i nic mnie to nie obchodzi. Być może ma własną wizję, wizję chwały naszego triumfu, a może po prostu chce się wkupić w nasze łaski. Nasi żołnierze będą zdrowi. A gdy już unicestwimy najeźdźców, będziemy mogli znowu wymaszerować ku nowym miastom i nowym ziemiom, by utuczyć się na zdobytych tam łupach.

Najeźdźcy... są wśród nich moi rodacy. Byłem Tokiem Młodszym, Malazańczykiem. I to Malazańczycy nadchodzą.

Śmiech, który wyrwał się z jego gardła, początkowo był delikatnym, płynnym dźwiękiem, lecz z każdą chwilą stawał się coraz głośniejszy.

Rozmowa ucichła. W komnacie było słychać jedynie rechot Toca.

– Cóż cię tak rozbawiło, Tocu Młodszy? – rozległ się na górze głos jasnowidza. – Czy możesz mówić? Ach, czy już cię o to nie pytałem?

– Mogę mówić – odparł Toc w przerwie między atakami kaszlu. – Ale ty mnie nie słyszysz. Nigdy mnie nie słyszałeś.

– Doprawdy?

– Zastęp Jednorękiego, jasnowidzu. Najgroźniejsza armia, jaką stworzyło Imperium Malazańskie. Idą po ciebie.

– I powinienem drżeć?

Toc ponownie wybuchnął śmiechem.

– Rób, co chcesz. Ale twoja matka wie.

– Myślisz, że boi się waszych głupich żołnierzy? Wybaczam ci twą ignorancję, Tocu Młodszy. Muszę ci wyjaśnić, że moją drogą matkę dręczą pradawne... lęki. Odprysk Księżyca. Pozwól, że wyrażę się precyzyjniej, by uniknąć dalszych nieporozumień. Odprysk Księżyca jest obecnie domem Tiste Andii i ich budzącego lęk władcy, ale oni są jak jaszczurki mieszkające w opuszczonej świątyni. Pozostają nieświadomi otaczających ich wspaniałości. Niestety, moja droga matka nie zauważa już podobnych szczegółów. W dzisiejszych czasach pozostał w niej właściwie tylko instynkt. Nieszczęsne, bezmyślne biedactwo. Jaghuci pamiętają Odprysk Księżyca. Jestem jedynym posiadaczem odnoszących się do niego zwojów *Szaleństwa Gothosa*, które szepczą o K'Chain Nah'rhuk, krótkoogonowych, pokracznym pomiocie matron. To oni stworzyli mechanizmy wykorzystujące czary na dawno zapomniane sposoby, budowali wielkie, latające fortece, z których przeprowadzali niszczycielskie ataki na swych długoogonowych kuzynów. Och, w końcu przegrali. Zniszczono ich. Ocalała tylko jedna taka latająca forteca, uszkodzona i porzucona na pastwę wiatru. Gothos był przekonany, że uniósł ją on na północ, gdzie zderzyła się z lodem jaghuckiej zimy i ugrzęzła w nim, uwięziona na tysiąclecia. Aż w końcu znalazł ją władca Tiste Andii. Rozumiesz, Tocu Młodszy? Anomander Rake nic nie wie o prawdziwych mocach Odprysku Księżyca, a nawet gdyby coś o nich wiedział, i tak nie miałby do nich dostępu. Moja droga matka pamięta, a przynajmniej pamięta jakaś część jej jaźni. Oczywiście nie ma powodu do obaw. Odprysku Księżyca nie ma nigdzie w promieniu sześciuset mil stąd. Moi Skrzydlaci szukali go wysoko w powietrzu, w grotach i wszędzie. Można z tego wyciągnąć tylko jeden wniosek. Odprysk Księżyca uciekł albo w końcu przestał działać. Czyż w Pale omal go nie zniszczono? Sam mi o tym opowiadałeś. Widzisz więc, Tocu Młodszy, że nikt z nas, w tym również moja droga matka, nie musi się bać waszej malazańskiej armii. Atak na Koral skończy się dla Zastępu Jednorękiego zagładą. Podobnie dla Brooda i jego Rhivijczyków. Białe Twarze również zostaną zmiażdżone. Brakuje im dyscypliny niezbędnej do tego typu wojny. Dostanę ich wszystkich. Nakarmię cię kawałkami mięsa Dujeka Jednorękiego. Chciałbyś dostać trochę mięsa, co? Coś, co nie byłoby... zwymiotowane. Tak?

Toc nie odpowiedział, choć w żołądku poczuł uścisk straszliwego głodu.

Jasnowidz przykucnął i dotknął koniuszkiem palca jego skroni.

– Tak łatwo jest was złamać. Wszystkie wasze wiary. Jedną po drugiej. Niemal zbyt łatwo. Jedynym wybawieniem, na jakie możesz liczyć, jestem ja, Tocu Młodszy. Czy w końcu to zrozumiałeś?

– Tak – wyszeptał.

– Znakomicie. Módl się więc o to, by w mojej duszy było miłosierdzie. Szczerze mówiąc, dotąd go tam nie znalazłem, ale muszę przyznać, że nie szukałem zbyt gorliwie. Być może mimo wszystko istnieje. Trzymaj się tej nadziei, przyjacielu.

– Tak.

Jasnowidz wyprostował się.

– Słyszę krzyki matki. Zabierz go do niej, jasnodominie.

– Wedle rozkazu, święty.

Silne ramiona bez trudu uniosły Toca Młodszego z posadzki. Jasnodomin wyniósł go z komnaty i przystanął w korytarzu.

– Toc, wysłuchaj mnie, proszę. Ona jest przykuta, tam na dole, i zasięg jej ramion nie obejmuje całego pomieszczenia. Posłuchaj. Położę cię w miejscu, do którego nie sięgnie. Przyniosę ci jedzenie, wodę, koce. Jasnowidz nie poświęca zbyt wiele uwagi jej krzykom, bo ona teraz krzyczy bez przerwy. Nie będzie też próbował sondować jej umysłu. Ma w tej chwili na głowie znacznie pilniejsze sprawy.

– On cię pożre, jasnodominie.

– Pożarł mnie już dawno, Malazańczyku.

– Przykro mi.

Trzymający go w ramionach mężczyzna milczał przez dłuższą chwilę. Gdy wreszcie przemówił, głos mu się załamywał.

– Oferujesz mi... współczucie. Niech mnie Otchłań pochłonie, Toc, nigdy nie zdołam ci dorównać. Pozwól, bym podjął choć tę drobną próbę...

– Jestem ci wdzięczny, jasnodominie.

– Dziękuję.

Mężczyzna ruszył w drogę.

– Powiedz mi, jasnodominie, czy morze nadal skuwa lód?

– Przynajmniej trzy mile od brzegu są już wolne, Toc. Jakaś nieoczekiwana zmiana kierunku prądu oczyściła port. W zatoce nadal jednak szaleją sztormy. Wygląda to tak, jakby walczyło tam ze sobą dziesięć tysięcy demonów. Czy tego nie słyszysz?

– Nie.

– Przyznaję, że tu, za murami, dźwięk jest stłumiony. Na murach twierdzy huk jest ogłuszający.

– Pamiętam wiatr...

– Już do nas nie dociera. To kolejny niewytłumaczalny kaprys, za który jestem wdzięczny.

– W jaskini matrony nie ma wiatru – stwierdził Toc.

Drewno pękło z przyprawiającym o mdłości trzaskiem. Cały fragment meckroskiego miasta zatrząsł się gwałtownie. Pani Zawiść przerwała wspinaczkę ku wyszczerbionemu końcowi ulicy, która stała się nagle bardziej stroma. Na domiar złego pokrywał ją śliski szron. Pani Zawiść zasyczała z frustracji, otworzyła grotę i uniosła się ku czekającej na szczycie Lanas Tog.

Kobieta T'lan Imassów nawet nie chwiała się na swej wąskiej półce. Wiatr szarpał jej wystrzępionym skórzanym strojem i białymi włosami. Sterczące z jej ciała miecze lśniły od szronu.

Gdy pani Zawiść wspięła się na górę, wyraźnie ujrzała źródło straszliwych trzasków. Zderzył się z nimi potężny odłam lodu, który teraz przesuwał się wzdłuż podstawy fragmentu, tryskając na boki strumieniami wody i kawałkami lodu.

– Ojej – mruknęła pani Zawiść. – Wygląda na to, że znosi nas na zachód.

– Ale i tak zbliżamy się do lądu – odparła Lanas Tog. – A to wystarczy.

– Jeśli nie zmienimy kursu, czeka nas sześćdziesiąt mil marszu przez pustkowia, o ile dokładnie pamiętam mapę tego regionu. Niestety, zmęczyło mnie już chodzenie. Widziałaś nasze lokum? Pomijając pochyłą podłogę i niepokojące widoki za oknami, jest bardzo luksusowe. Nie cierpię niewygody.

Lanas Tog nie odpowiedziała. Cały czas patrzyła na północny zachód.

– Wszyscy jesteście tacy sami – poskarżyła się pani Zawiść, pociągając nosem. – Minęło kilka tygodni, nim udało mi się skłonić Toola do rozmów.

– Wymieniałaś już wcześniej to imię. Kto to jest Tool?

– Onos T'oolan, Pierwszy Miecz. Kiedy go ostatnio widziałam, wyglądał jeszcze gorzej niż ty, moja droga. Nadal jest dla ciebie nadzieja.

– Onos T'oolan. Widziałam go tylko raz.

– Z pewnością na Pierwszym Zgromadzeniu.

– Tak. Przemawiał przeciwko rytuałowi.

– I oczywiście nienawidzisz go z tego powodu.

Kobieta T'lan Imassów nie odpowiadała przez pewien czas. Konstrukcja, na której przebywali, zakołysała się jak szalona. Gdy wreszcie zostawiła za sobą krę, jej szczyt pochylił się gwałtownie, a potem uniósł z powrotem. Lanas Tog nawet się nie zachwiała.

– Nienawidzę? Bynajmniej. Wtedy oczywiście byłam innego zdania. Tak jak my wszyscy. Dlatego nam ustąpił. To powszechnie panujące przekonanie.

Pani Zawiść czekała przez chwilę, po czym skrzyżowała ramiona i zapytała:

– Jakie?

– Że większa liczba oznacza słuszność. Że jeśli wielu uważa coś za prawdę, z pewnością jest to prawdą. Kiedy znowu ujrzę Onosa T'oolana, powiem mu, że to on miał rację.

– Nie sądzę, by chował do was urazę, Lanas Tog. Jeśli się nad tym zastanowić, czyni go to wyjątkiem wśród T'lan Imassów, nieprawdaż?

– Jest Pierwszym Mieczem.

– Odbyłam kolejną, równie frustrującą rozmowę z Mokiem. Rozumiesz, zastanawiałam się, dlaczego on i jego bracia nie wyzwali cię jeszcze do walki. Zarówno Senu, jak i Thurule starli się z Toolem i przegrali. Mok był następny w kolejce. Okazało się, że Seguleh nie walczą z kobietami, chyba że zostaną zaatakowani. Ostrzegam cię więc, byś nie próbowała ich atakować.

– Nie mam powodu tego robić, pani Zawiści. Gdybym jednak znalazła jakąś przyczynę...

– W porządku, powiem to jasno. Tool musiał się zdrowo namęczyć z Senu i Thurulem. Z Mokiem, no cóż, szanse zapewne byłyby równe. Czy potrafisz dorównać Pierwszemu Mieczowi, Lanas Tog? Jeśli chcesz dotrzeć na Drugie Zgromadzenie w jednym kawałku, by przekazać tam swą wiadomość, lepiej okaż cierpliwość.

Lanas Tog wzruszyła ramionami. Metal przeszywających ją mieczy zazgrzytał o kość.

Pani Zawiść westchnęła.

– Co jest bardziej przygnębiające? Próby nawiązania kulturalnej rozmowy z tobą albo z Seguleh, czy wpatrywanie się w oczy cierpiącej wilczycy? Na temat nastroju Garatha nie mogę nawet nic powiedzieć, bo wydaje się, że ciągle jest na mnie zły.

– Ay się przebudziła – zauważyła Lanas Tog.

– Wiem, wiem. Ból rozdziera mi serce na myśl o niej, a przynajmniej na myśl o nieszczęsnej bogini, która w niej mieszka. Ale z drugiej strony obie zasługują na kilka łez, nieprawdaż? W końcu wieczność spędzona w samotności nie mogła być zbyt zabawna dla nie do końca śmiertelnej ay.

Lanas Tog odwróciła głowę.

– Kto przyznał jej tak zdradziecki dar?

Pani Zawiść wzruszyła ramionami, uśmiechając się z zachwytu na myśl, że może odwzajemnić ten gest.

– Mój brat, który błędnie sądził, że wyświadcza jej przysługę. Hmm, może to zbyt uproszczona odpowiedź. Mój brat znalazł boginię, która straszliwie ucierpiała podczas Upadku i potrzebowała ciepłokrwistego schronienia dla swej duszy, by mogła ona wrócić do zdrowia. Szczęśliwy traf. Całe stado tej ay zginęło, a ona była za młoda, by przetrwać w normalnych warunkach. Co gorsza, była ostatnia na całym kontynencie.

– Twój brat ma osobliwe wyobrażenie na temat miłosierdzia, pani Zawiści.

– Zgadzam się. Ach, jednak mamy ze sobą coś wspólnego! To cudowne!

Przyjrzała się uważnie kobiecie T'lan Imassów i po chwili opuściła ją wesołość.

– Och – mruknęła – cóż to za przygnębiająca prawda.

Lanas Tog ponownie skierowała spojrzenie na wzburzone morze na północnym zachodzie.

– Tak jak większość prawd – wskazała.

– No dobrze! – Pani Zawiść przesunęła dłońmi po włosach. – Chyba zejdę na dół popatrzeć przez chwilę w oczy nieszczęsnej wilczycy! Rozumiesz, chcę sobie poprawić nastrój. Tool przynajmniej miał poczucie humoru.

– Jest Pierwszym Mieczem.

Pani Zawiść zeszła na dół, mamrocząc coś pod nosem. Jej obute w pantofelki stopy ledwie muskały oszroniony bruk. Zatrzymała się dopiero u wejścia do domu.

– Och! To było całkiem zabawne! Na swój dziwny sposób. Proszę! Jakie to niezwykłe!

Rozwścieczona Starucha skakała w kółko. Brood przyglądał się jej spokojnie.

Korlat stała obok naczelnego wodza, a Kallor trzymał się w odległości kilku kroków. Biegnącym na podwyższeniu traktem po ich lewej stronie maszerowały długie szeregi wojska, a w odległości dwóch tysięcy kroków posuwało się z łoskotem naprzód stado bhederin.

Korlat zauważyła, że jest ich teraz wyraźnie mniej. Podczas przeprawy setki sztuk straciły życie.

Jej uwagę przyciągnął przenikliwy syk Staruchy.

Wielki Kruk na wpół rozpostarł skrzydła, zatrzymując się tuż przed naczelnym wodzem.

– Nadal nie rozumiesz powagi sytuacji! Ty durniu! Wole! Gdzie się podział Anomander Rake? Powiedz mi! Muszę z nim pomówić... ostrzec go...

– Przed czym? – zapytał Brood. – Przed tymi kilkoma setkami kondorów, które was przegnały?

– W tych ohydnych sępach kryją się jakieś nieznane czary! Celowo nie pozwalają się nam zbliżyć, ty bezmózgi zbirze!

– Do Koralu i jego okolic – stwierdził z ironią w głosie Kallor. – Na razie maszerujemy na Lest, Starucho. Wszystko we właściwym czasie.

– Ty głupku! Wydaje ci się, że spokojnie na nas czekają? Przygotowują się...

– Oczywiście, że się przygotowują – wycedził Kallor, uśmiechając się szyderczo do Wielkiego Kruka. – I co z tego?

– Co się stało z Odpryskiem Księżyca? Wiemy, co zaplanował Rake, ale czy mu się udało? Nie mogę do niego dotrzeć! Gdzie jest Odprysk Księżyca?

Nikt się nie odzywał.

Starucha opuściła głowę.

– Wiecie jeszcze mniej ode mnie! Mam rację? Wszystko to tylko pusta brawura! Jesteśmy zgubieni! – Ptaszysko odwróciło się i przeszyło Korlat spojrzeniem czarnych, połyskliwych oczek. – Twój władca poniósł porażkę, zgadza się? I zabrał ze sobą trzy czwarte Tiste Andii! Czy ty wystarczysz, Korlat? Czy...

– Starucho – zagrzmiał Brood. – Prosiliśmy cię o informacje o Malazańczykach, nie o listę twoich obaw.

– Malazańczycy? Maszerują! Cóż innego mieliby robić? Niezliczone wozy na trakcie i wszędzie pełno kurzu. Zbliżają się do Setty, w której nie ma nikogo poza garstką wysuszonych na słońcu trupów!

– Szybko posuwają się naprzód – wtrącił Kallor. – Jakby im się śpieszyło. Naczelny wodzu, wietrzę tu podstęp.

Brood skrzywił się wściekle i skrzyżował ramiona na piersi.

– Słyszałeś, co powiedział ptak, Kallor. Malazańczycy maszerują. To prawda, że szybciej, niż się spodziewaliśmy, ale na tym koniec.

– Tylko udajesz obojętność – wychrypiał Kallor.

Brood zignorował go. Ponownie spojrzał na Wielkiego Kruka.

– Niech twoi kuzyni mają go na oku. O to, co się dzieje w Koralu, będziemy się martwić, gdy już dotrzemy do Mauriku i ponownie połączymy siły. A jeśli chodzi o twego pana, miej wiarę w Anomandera Rake'a, Starucho.

– Opierasz swe nadzieje na wierze? To szaleństwo! Musimy się przygotować na najgorsze.

Korlat ponownie pogrążyła się w myślach. Ostatnio zdarzało się jej to często. Zapomniała już, czego może dokonać miłość, której korzenie przeniknęły całą jej duszę i zmieniły tok myśli. Dojrzewał w niej uwodzicielski owoc obsesji. Czuła, jak się rozrasta, pochłaniając wszystko, czym była.

Lęk o jej władcę i kuzynów wydawał się niemal nieistotny. Gdyby tego od niej zażądano, otworzyłaby swą grotę, połączyła się z nim za pośrednictwem Kurald Galain. Nie czuła jednak szczególnej potrzeby, by to uczynić. Ta wojna sama znajdzie swą ścieżkę.

Wszystkie jej pragnienia zamykały się w oczach jednego mężczyzny. Śmiertelnika cechującego się niezwykłą, przenikliwą szlachetnością. Niemłodego już człowieka, który oddał jej swą naznaczoną bliznami duszę.

Niemal nie sposób było w to uwierzyć.

Przypomniała sobie chwilę, gdy po raz pierwszy ujrzała go z bliska. Towarzyszyła mhybe i Srebrnej Lisicy, ściskając dłoń dziewczynki. Sójeczka przybył konno do namiotu rokowań, u boku Dujeka. Znała już wówczas jego imię. Był budzącym lęk nieprzyjacielem, którego taktyczne zdolności nieraz krzyżowały zamiary Brooda, choć malazańska armia poniosła poważne straty i miała kłopoty z zaopatrzeniem.

Już wtedy przyciągał jej spojrzenie niczym magnes.

I nie tylko jej, zrozumiała. Jej władca zwał go przyjacielem. Było to coś tak niesłychanego, że wciąż zapierało jej dech w piersiach na tę myśl. Odkąd go poznała, Anomander Rake miał tylko jednego przyjaciela, Caladana Brooda. Obu mężczyzn łączyły tysiąclecia wspólnych doświadczeń, sojusz, którego nigdy nie zerwali. Co prawda, dochodziło między nimi do niezliczonych starć, ale nigdy nie było ostatecznego rozłamu.

Korlat doskonale zdawała sobie sprawę, że kluczem do tego był pełen szacunku dystans, jaki zachowywali, spotykając się jedynie z rzadka.

Była przekonana, że tej znajomości nigdy nie zerwą, lecz dopiero po stuleciach przerodziła się ona w przyjaźń.

Natomiast w towarzystwie Sójeczki Rake spędził zaledwie kilka wieczorów. Toczyli ze sobą rozmowy o nieznanej naturze i to wystarczyło.

Obaj mają w sobie coś, co czyni ich duchowymi kuzynami. Nawet ja tego w nich nie widzę. Do Anomandera Rake'a nie można dotrzeć, nie sposób go nawet dotknąć. Nie jego prawdziwej jaźni. Nigdy nie wiedziałam, co kryje się w oczach mojego władcy. Wyczuwałam jego ogromne możliwości, lecz nie posmak tego, co w sobie skrywa.

Nie dostrzegam również tego, co mieści w sobie Sójeczka, mój drogi, śmiertelny kochanek, lecz zdaję sobie sprawę z ceny, jaką za to płaci. Widzę krew, chociaż nie ranę. A także jego siłę, nawet tym ostatnim razem, kiedy był taki zmęczony...

Prosto na południe od nich było widać stare mury Lest. Nic nie świadczyło o tym, by po zdobyciu grodu przez Panniończyków dokonano w nich jakichkolwiek napraw. Na niebie nad miastem nie widziało się dymu ani ptaków. Rhivijscy zwiadowcy meldowali, że na ulicach leży tylko garstka zwęglonych kości. Ongiś Lest słynęło z umieszczonych na dachach ogrodów, ale dopływ wody przerwano już przed wieloma tygodniami, a potem miasto strawił pożar. Nawet z tak daleka Korlat dostrzegała na murach ciemne plamy sadzy.

– Spustoszenie! – jęknęła Starucha. – Oto jest opowieść, która się przed nami rozpościera! I tak będzie aż do Mauriku. A sojusz, który zawarliśmy, rozpada się na naszych oczach.

– Nie dzieje się nic w tym rodzaju – zaprzeczył Brood, marszcząc mocno brwi.

– Tak? A gdzie jest Srebrna Lisica? Co się stało z mhybe? Dlaczego Szare Miecze i Legion Trake'a maszerują tak daleko za nami? Dlaczego Malazańczycy tak gorąco pragnęli się z nami rozstać? A teraz Anomander Rake zniknął razem z Odpryskiem Księżyca! Tiste Andii...

– Żyją – przerwała jej Korlat, która w końcu straciła cierpliwość.

Starucha odwróciła się ku niej.

– Jesteś pewna?

Korlat skinęła głową.

Czy rzeczywiście? Nie. Czy więc mam ich odszukać? Nie, poznamy prawdę w Koralu. To wszystko.

Powoli przeniosła spojrzenie na zachód.

A ty, mój ukochany, złodzieju moich myśli, czy kiedyś zwrócisz mi wolność?

Proszę cię, nie rób tego. Nigdy.

Jadący u boku Zrzędy Itkovian przyglądał się dwójce zwiadowców Szarych Mieczy, którzy pędzili galopem w stronę Tarczy Kowadła i Bożego Jeźdźca.

– Skąd przybywają? – zapytał Zrzęda.

– Ze skrzydła tylnej straży – odparł Itkovian.

– Wygląda na to, że przynoszą jakieś wiadomości.

– Na to wygląda, Śmiertelny Mieczu – zgodził się Itkovian.

– Nie ciekawi cię to? Obie prosiły, byś im towarzyszył. Gdybyś to zrobił, słuchałbyś teraz tego raportu, zamiast włóczyć się z takim lumpenproletariatem jak my. Hej, to jest jakiś pomysł. Mógłbym podzielić swój legion na dwie kompanie. Jedna nazywałaby się Lumpen, a druga...

– Och, daruj sobie! – warknęła podążająca za nimi Stonny.

Zrzęda odwrócił się w siodle.

– Jak długo już ukrywasz się w moim cieniu, kobieto?

– Nigdy nie jestem w twoim cieniu, Zrzęda. Ani twoim, ani Itkoviana. Ani żadnego mężczyzny. Poza tym masz słońce nisko po prawej i gdybym chciała znaleźć się w twoim cieniu, musiałabym jechać obok ciebie. Ale oczywiście nie chcę.

– I dlatego jesteś kobietą, która kryje się za moimi plecami – stwierdził z uśmiechem Śmiertelny Miecz.

– Co to ma znaczyć, ty świnio?

– Po prostu stwierdziłem fakt, dziewczyno.

– Naprawdę? Tak się składa, że się pomyliłeś. Chciałam podjechać do Szarych Mieczy, ale zagrodziliście mi drogę, głąby.

– Stonny, to nie jest trakt, tylko równina. Jak mielibyśmy zagrodzić ci drogę, jeśli możesz skierować konia w dowolną stronę?

– Głąby. Leniwe świnie. Ktoś musi okazywać ciekawość. Oczywiście, do tego potrzebny jest mózg, więc wy dwaj po prostu jedziecie sobie spokojnie, zastanawiając się, o czym też meldują ci zwiadowcy i nawet nie próbując tego sprawdzić. To dlatego że nie macie mózgów. Natomiast ja...

– Natomiast ty wdałaś się w rozmowę z nami – wskazał z przekąsem Itkovian.

– Ale już ją zakończyłam! – warknęła. Szarpnęła wodze, zwracając głowę konia w lewo, po czym przemknęła obok obu mężczyzn.

Śledzili ją wzrokiem, gdy zmierzała ku drugiej kolumnie.

Po chwili Zrzęda wzruszył ramionami.

– Ciekawe, czego się dowie.

– Też chciałbym to usłyszeć – poparł go Itkovian.

Jechali przed siebie miarowym, choć niezbyt szybkim tempem. Za nimi maszerował legion Zrzędy, zbieranina przywodząca na myśl morskich rabusiów, którzy posuwają się w głąb lądu w poszukiwaniu gospodarstwa do splądrowania. Jakiś czas temu Itkovian zasugerował, że przydałaby się im odrobina szkolenia, lecz Zrzęda uśmiechnął się tylko bez słowa.

Śmiertelny Miecz Trake'a gardził armiami. Gardził wszystkim, co miało choćby najluźniejszy związek z wojskową praktyką. Nie obchodziła go dyscyplina i miał tylko jednego oficera, który na szczęście był lestarskim żołnierzem i potrafił jakoś sobie poradzić z bandą blisko stu sześćdziesięciu wpatrzonych w pustkę nieudaczników, których Zrzęda drwiąco przezwał Legionem Trake'a.

Był on pod każdym względem przeciwieństwem Itkoviana.

– Wraca – warknął Śmiertelny Miecz.

– Jeździ w bardzo dramatyczny sposób – zauważył Itkovian.

– Ehe. Z tego, co słyszałem, porusza się gwałtownie nie tylko w siodle.

Itkovian zerknął na Zrzędę.

– Wybacz. Sądziłem, że jesteście...

– Kilka razy się nam zdarzyło – wyznał Daru. – Niestety, oboje byliśmy wtedy pijani. Przyznaję, że ona bardziej ode mnie. Na ogół staramy się o tym nie mówić. Raz poruszyliśmy przypadkowo ten temat i zaczęliśmy się kłócić o to, które z nas czuło się bardziej zażenowane... ach, dziewczyno! I czego się dowiedziałaś?

Ściągnęła mocno wodze. Kopyta jej konia wzbiły tumany kurzu.

– A czemu miałabym wam to mówić, w imię Kaptura?

– To po co, w imię Kaptura, zatrzymałaś się przy nas?

Skrzywiła się.

– Po prostu wracam na swoją pozycję, głąbie. Itkovian, lepiej, żeby to, co widzę, to nie była sugestia uśmieszku, bo inaczej będę zmuszona cię zabić.

– Zapewniam cię, że nie jest.

– Słyszę to z radością.

– I co? – zapytał ją Zrzęda.

– A co ma być?

– Czego się dowiedziałaś, kobieto?

– Ach, to. Wspaniała wiadomość, oczywiście. Ostatnio tylko takie słyszymy, prawda? Przyjemne informacje. Szczęśliwe czasy...

– Stonny.

– Starzy przyjaciele, Zrzęda! Wloką się trzy mile za nami. Wielka kareta z kości. Zaprzęg, który ją ciągnie, nie jest do końca tym, czym się wydaje. Holują też parę płaskodennych wozów wyładowanych odpadkami. Czy powiedziałam „odpadkami"? To są łupy, oczywiście. Jest wśród nich również trochę sczerniałych od słońca trupów. Na koźle siedzi staruszek, który trzyma na kolanach parszywego kota. Starzy przyjaciele, zgadza się?

Twarz Zrzędy straciła nagle wyraz. W jego oczach pojawił się zimny błysk.

– Nie ma Buke'a?

– Ani nawet jego konia. Albo odfrunął, albo...

Śmiertelny Miecz zawrócił konia i wbił mocno pięty w jego boki.

Itkovian zawahał się. Spojrzał na Stonny i z zaskoczeniem zauważył na jej twarzy wyraz nieskrywanej sympatii. Zatrzymała na nim spojrzenie zielonych oczu.

– Dogoń go, dobrze? – poprosiła cicho.

Skinął głową i opuścił zasłonę malazańskiego hełmu. Wystarczyło lekkie przesunięcie ciała i muśnięcie końskiej szyi wodzami, by zwierzę zawróciło.

Wierzchowiec ucieszył się, że ma okazję rozprostować nogi. Ponieważ musiał dźwigać mniejszy ciężar, dogonił rumaka Zrzędy na całe dwie mile przed celem. Koń Śmiertelnego Miecza robił już bokami.

– Śmiertelny Mieczu! – zawołał Itkovian. – Zwolnij, bo inaczej w drodze powrotnej mój koń będzie musiał nieść dwóch jeźdźców.

Zrzęda wysyczał przekleństwo. Przez chwilę wydawało się, że spróbuje zmusić rumaka do jeszcze szybszego biegu, potem jednak dał za wygraną. Wyprostował się w siodle i wypuścił wodze. Zwierzę przeszło z cwału w galop.

– Szybki kłus, Tarczo Kowadło – poradził Itkovian. – Za jakieś sto kroków zwolnimy do stępa, żeby klacz mogła wyciągnąć szyję i pooddychać swobodnie.

– Przepraszam, Itkovian – odezwał się po chwili Zrzęda. – Mój gniew stał się ostatnio zimny, ale obawiam się, że jest z tego powodu jeszcze groźniejszy.

– Trake nie...

– Nie, nawet nie próbuj, przyjacielu. Jak już mówiłem, guzik mnie obchodzi, czego Trake ode mnie chce czy oczekuje. Lepiej wszyscy przestańcie patrzeć na mnie w ten sposób. Śmiertelny Miecz. Nienawidzę tytułów. Nie lubiłem nawet, jak nazywali mnie kapitanem, kiedy prowadziłem karawany. Kazałem się tak tytułować tylko po to, żeby móc żądać więcej.

– Czy zamierzasz wyrządzić krzywdę tym wędrowcom?

– Doskonale wiesz, kim oni są.
– Wiem.
– Miałem kiedyś przyjaciela...
– Ehe, nazywał się Buke. Pamiętam go. Człowiek złamany przez smutek. Zaproponowałem mu kiedyś, że przejmę na siebie jego brzemiona, ale mi odmówił.
Zrzęda odwrócił gwałtownie głowę.
– Naprawdę? Naprawdę tak było?
Itkovian skinął głową.
– Być może trzeba było bardziej... nalegać.
– Trzeba było złapać go za gardło i zrobić to, czy tego chciał, czy nie. Tak właśnie postąpiła nowa Tarcza Kowadło z tym jednookim Pierwszym Dzieckiem Martwego Nasienia. Nazywa się Anaster, tak? I teraz jeździ u jej boku...
– Niczego nieświadomy. Została zeń jedynie pusta skorupa. Nie było w nim nic oprócz bólu. Odbierając go, ukradła mu samoświadomość. Czy chciałbyś, żeby Buke'a spotkał taki sam los?
Mężczyzna skrzywił się wściekle.
Została im niespełna mila, zakładając, że informacje Stonny były dokładne, lecz faliste, nadmorskie wzgórza ograniczały widoczność. Dopiero niesiony wiatrem stłumiony stukot karety poinformował obu mężczyzn o jej bliskości.
Wjechali na wzgórze i musieli pośpiesznie ściągnąć wodze, by uniknąć kolizji z zaprzęgiem wołów.
Wokół głowy Emancipora Reese'a był owinięty szeroki, brudny bandaż, który nie do końca zakrywał obrzękniętą szczękę i podpuchnięte prawe oko. Siedząca na jego kolanach kotka wrzasnęła, przestraszona niespodziewanym pojawieniem się dwóch jeźdźców, wbiegła na lewy bark lokaja, a potem na dach makabrycznej karety, gdzie schowała się w fałdach skóry i kości K'Chain Che'Malle. Sam Reese zerwał się nagle, omal nie spadając z kozła. Po chwili odzyskał równowagę.
– Szukinszyny! Czemu to żrobiliszcze? Na odżdżech Kapczura!
– Przepraszam – uspokajał go Itkovian. – Nie chcieliśmy cię przestraszyć. Jesteś ranny...
– Ranny? Nie. Czo żąb. Żłamał szę. Na peszczcze oliwki.
Itkovian zmarszczył brwi, spoglądając na Zrzędę.
Śmiertelny Miecz wzruszył ramionami.

– Może chodzi o pestkę?

– Czak! – Reese pokiwał energicznie głową, po czym skrzywił się z bólu. – Czego chczecze?

Zrzęda zaczerpnął głęboko tchu.

– Mów prawdę, Reese. Gdzie jest Buke?

Sługa wzruszył ramionami.

– Nie ma go.

– Czy oni...

– Nie! Nie ma go! Odżleczał! – Zamachał ramionami w górę i w dół. – Czrzepu, czrzepu! Rożumiesz? Czak?

Zrzęda westchnął, odwrócił wzrok, po czym skinął powoli głową.

– To dobrze – stwierdził po chwili.

Drzwi karety otworzyły się i wyjrzał z nich Bauchelain.

– Dlaczego się zatrzy... ach, nasz karawanowy kapitan... i Szary Miecz, jak sądzę, ale gdzie się podział twój mundur?

– Nie widzę potrzeby...

– Mniejsza z tym – przerwał mu Bauchelain, wychodząc z karety. – Właściwie nie interesuje mnie ta sprawa. No cóż, panowie, czy macie do nas jakiś interes? Wybaczcie mi tę nieuprzejmość, jeśli łaska. Niestety, czuję się ostatnio znużony i poirytowany. Jeśli znowu dojdzie do jakichś nieprzyjemnych zakłóceń, mogę całkowicie stracić panowanie nad sobą, a zapewniam was, że to byłoby naprawdę straszliwe wydarzenie. Czego więc od nas chcecie?

– Niczego – odparł Zrzęda.

Nekromanta uniósł lekko cienkie, czarne brwi.

– Niczego?

– Chciałem zapytać o Buke'a.

– Buke'a? A kto to... ach, o niego. Kiedy go znowu zobaczysz, powiedz mu, że jest zwolniony.

– Nie omieszkam.

Przez chwilę nikt się nie odzywał. Wreszcie Itkovian odchrząknął.

– Przepraszam – rzekł do Bauchelaina – ale wydaje się, że wasz sługa złamał sobie ząb i cierpi dotkliwy ból. Z pewnością wasza sztuka...

Bauchelain odwrócił się i przyjrzał Reese'owi.

– Ach tak, to tłumaczy tę ozdobę głowy. Przyznaję, że zastanawiałem się nad tym problemem... może to jakaś tutejsza moda? Okazuje się jednak, że nie. No cóż, Reese, wygląda na to, że muszę znowu poprosić Korbala Broacha, by przygotował się do operacji. To już trzeci ząb, mam rację? Pewnie znowu jadłeś oliwki. Jeśli nadal uparcie wierzysz, że pestki oliwek są śmiertelną trucizną, to czemu jesteś tak nieostrożny, spożywając rzeczone owoce? Ach, mniejsza z tym.

– Czylko nie operaczja, proszę! Nie! Proszę!

– Co znowu bełkoczesz, człowieku? Bądź cicho! I wytrzyj tę ślinę. Wygląda nieestetycznie. Myślisz, że nie widzę twojego bólu, sługo? Z oczu płyną ci łzy i cały pobladłeś. Śmiertelnie pobladłeś. I spójrz, jak dygoczesz. Nie możemy zwlekać ani chwili! Korbalu Broach! Wyłaź z tą swoją czarną walizeczką! Korbal!

Powóz zakołysał się lekko.

Zrzęda zawrócił konia. Itkovian podążył za jego przykładem.

– Do zobaczenia, panowie! – zawołał za nimi Bauchelain. – Możecie być pewni, że jestem wdzięczny za to, iż poinformowaliście mnie o stanie naszego sługi. On z pewnością czuje podobną wdzięczność. Jestem pewien, że sam by wam o tym powiedział, gdyby tylko był w stanie wypowiadać się zrozumiale.

Zrzęda pomachał mu ręką od niechcenia i ruszyli w drogę powrotną do Legionu Trake'a.

Przez dłuższą chwilę żaden z nich się nie odzywał. Wreszcie uwagę Itkoviana przyciągnął cichy pomruk wydobywający się z ust Zrzędy. Śmiertelny Miecz się śmiał.

– Co cię tak rozśmieszyło?

– Ty, Itkovian. Przypuszczam, że Reese będzie cię przeklinał aż po kres swych dni.

– To byłby dziwny sposób na okazanie wdzięczności. Czy go nie uzdrowią?

– Och, tak, jestem pewien, że to zrobią, Itkovian. Jest jednak coś, nad czym powinieneś się zastanowić, jeśli zechcesz. Czasami lekarstwo jest gorsze od choroby.

– Czy mógłbyś mi to wyjaśnić?

– Zapytaj Emancipora Reese'a, kiedy go znowu zobaczysz.

– Z pewnością to uczynię, Śmiertelny Mieczu.

W mury wniknął smród dymu, a liczne, stare plamy na dywanach były jedynym śladem po akolitach, których wymordowano w korytarzach, przedpokojach i przybudówkach świątyni.

Coll zastanawiał się, czy Kaptur ucieszył się, gdy wysłano doń jego własne dzieci, zabite w poświęconym mu budynku.

Wyglądało na to, że niełatwo jest sprofanować świątynię boga śmierci. Siedząc na kamiennej ławie przed komnatą grzebalną, Daru czuł oddech nieumniejszonej mocy, chłodnej i obojętnej.

Murillio spacerował w tę i we w tę po szerokim głównym korytarzu po jego prawej stronie, to znikając mu z oczu, to pojawiając się na nowo.

W świętej komnacie Rycerz Śmierci przygotowywał miejsce dla mhybe. Minęły trzy dzwony, odkąd wybrany sługa Kaptura wszedł do pomieszczenia. Drzwi zamknęły się za nim same.

Coll zaczekał, aż Murillio pojawi się znowu.

– Nie może wypuścić z rąk tych mieczy.

Młodszy mężczyzna zatrzymał się i spojrzał na niego.

– I co z tego?

– Mogą minąć trzy dzwony, nim pościeli łóżko – zauważył Coll.

Jego przyjaciel zrobił podejrzliwą minę.

– Czy to miał być dowcip?

– Nie do końca. Patrzę na sprawę praktycznie. Próbowałem sobie wyobrazić, jak trudno jest zrobić cokolwiek komuś, kto ma miecze przytwierdzone do rąk. To wszystko.

Murillio chciał to jakoś skomentować, lecz zmienił zdanie. Zmełł w ustach przekleństwo, odwrócił się i znowu zaczął łazić po korytarzu.

Minęło już pięć dni, odkąd zanieśli mhybe do świątyni i ulokowali ją w pokoju, który ongiś należał do wysokiego rangą kapłana. Wyładowali wóz i umieścili zapasy żywności oraz wody w piwnicy. Zaściełały ją skorupy setek rozbitych dzbanów, podłoga i ściany były lepkie od wina, a całe pomieszczenie wypełniał intensywny, mdły zapach przywodzący na myśl fartuch oberżysty.

Od tej pory każdy posiłek smakował winem, co przypominało Collowi dwa lata, które zmarnował jako pijak, tonąc w ciemnych wodach niedoli, jak potrafi to robić tylko ktoś, kto kocha użalać się nad sobą. Z radością nazwałby człowieka, którym wówczas był, nieznajomym, lecz świat często obracał się niepostrzeżenie i to, do czego odwrócił się plecami, nagle znowu spoglądało mu w twarz.

Co gorsza, introspekcja – przynajmniej w jego przypadku – była lejem w piasku, na którego dnie czaił się pająk. Coll świetnie zdawał sobie sprawę, że jest w stanie pożreć się sam.

Znowu pojawił się Murillio.

– Mrówka tańczy ślepo – odezwał się Coll.

– Co takiego?

– Pamiętasz taką starą bajkę?

– Chyba zwariowałeś.

– Jeszcze nie. A przynajmniej nie sądzę.

– W tym właśnie rzecz, Coll. Nie wiedziałbyś o tym.

Murillio raz jeszcze odwrócił się i zniknął za rogiem.

Świat wiruje wokół nas niepostrzeżenie. Ślepi tańczą w kółko. Nie uciekniesz przed tym, kim jesteś. Wszystkie twoje marzenia w nocy lśniły bielą, lecz w świetle dnia są szare. Ale nie przestały przez to być śmiertelnie groźne. Kim był ten cholerny poeta? Mściwy. Twierdził, że jest sierotą. Napisał tysiąc powiastek ku straszeniu dzieci. Ukamienował go tłum w Darudżystanie, ale wyszedł z tego z życiem. Tak mi się przynajmniej zdaje. To było przed wielu laty. Jego opowieści do dziś żyją na ulicach. Dzieci wyśpiewują je podczas zabawy.

Są cholernie złowieszcze, jeśli ktoś mnie o to pyta.

Potrząsnął głową, chcąc rozjaśnić myśli, nim wpadnie w kolejną pułapkę wspomnień. Nim Simtal ukradła jego posiadłość i doprowadziła go do ruiny, oznajmiła mu, że nosi jego dziecko. Zastanawiał się, czy była to prawda. Posługiwała się w walce kłamstwem, tak jak inni nożem. Nie przypominał sobie zawiadomienia o porodzie, lecz przecież w dniach, które nastąpiły po jego upadku, mógł je z łatwością przeoczyć. Niemniej jego przyjaciele z pewnością by o tym wiedzieli. Powiedzieliby mu, jeśli nie wtedy, to teraz...

Znowu pojawił się Murillio.

– Chodź tu na chwilę – warknął Coll.

– Co to będzie tym razem? Chrząszcz przewrócony na grzbiet? Robak kręcący się wokół dziury?

– Chcę cię o coś zapytać, Murillio.

– No dobra, skoro nalegasz.

– Słyszałeś kiedyś, żeby Simtal urodziła dziecko?

Twarz jego przyjaciela zastygła. Murillio przymrużył powieki.

– Takiego pytania nie powinno się zadawać w tej świątyni, Coll.

– Ale je zadałem.

– Nie sądzę, żebyś był już gotowy...
– Nie do ciebie należy decydowanie o tym. Powinieneś to zrozumieć, Murillio. Do cholery, już od miesięcy zasiadam w Radzie i nadal nie jestem gotowy? Cóż to za bzdura...
– Już dobrze, dobrze! Prawda wygląda tak, że nie wiemy nic poza pogłoskami.
– Nie kłam.
– Nie kłamię. Przez kilka miesięcy, tuż po twoim, hmm, zgonie, Simtal nie pokazywała się publicznie. Tłumaczyła to żałobą, oczywiście, chociaż wszyscy wiedzieli...
– Wiem, o czym wszyscy wiedzieli. Dobra, przez pewien czas się ukrywała. Mów dalej.
– Byliśmy przekonani, że konsoliduje swoją pozycję. Za kulisami. Rallick miał na nią oko. Tak mi się przynajmniej zdaje. On wiedziałby więcej.
– I nigdy nie rozmawialiście o tym, co ona kombinuje czy jak wygląda? Murillio...
– A co Rallick mógł wiedzieć o macierzyństwie?
– Kiedy kobieta spodziewa się dziecka, brzuch jej rośnie i piersi również. Jestem pewien, że nasz przyjaciel skrytobójca widywał niekiedy na ulicach Darudżystanu kobiety dotknięte taką dolegliwością. Czyżby uważał, że połknęły melon w całości?
– Ten sarkazm nie jest potrzebny, Coll. Chciałem tylko powiedzieć, że nie był pewien.
– A co ze służbą? Jakieś służące urodziły dzieci?
– Rallick nie wspominał...
– Ojej, cóż za spostrzegawczy skrytobójca.
– Proszę bardzo! – warknął Murillio. – Powiem ci, co myślę! Urodziła dziecko i gdzieś je odesłała. Nie porzuciłaby go, ponieważ w pewnej chwili mogłoby się jej przydać jako sprawdzalny dziedzic, przynęta dla męża czy cokolwiek. Simtal była nisko urodzona i wszelkie kontakty, jakie zachowała z przeszłości, miały prywatny charakter. Ukrywała je przed wszystkimi, w tym również przed tobą, o czym doskonale wiesz. Sądzę, że odesłała dziecko gdzieś, gdzie nikomu nie przyszłoby do głowy go szukać.
– Minęły już blisko trzy lata – odezwał się Coll, odchylając się powoli, by oprzeć głowę o ścianę. Zamknął oczy. – Trzyletnie dziecko...
– Może i tak. Ale nie mogliśmy wtedy sprawdzić...

– Wystarczyłaby moja krew. Gdybyście poszli do Baruka...

– Jasne – warknął Murillio – mogliśmy upuścić ci krwi, kiedy leżałeś w sztok pijany.

– Czemu by nie?

– Dlatego że wtedy nie widzieliśmy powodu, ty wole!

– Masz rację. Ale już od wielu miesięcy nie piję, Murillio.

– W takim razie ty to zrób, Coll. Idź do Baruka.

– Zrobię to, skoro już poznałem prawdę.

– Posłuchaj przyjacielu, spotkałem w życiu kupę pijaków. Jesteś trzeźwy od czterech, pięciu miesięcy i wydaje ci się, że to cała wieczność, ja jednak widzę kogoś, kto nadal ściera rzygowiny z ubrania. Kto w każdej chwili może wrócić do poprzedniego stanu. Nie chciałem cię naciskać... jest za wcześnie...

– Słyszę cię. Nie przeklinam twojej decyzji, Murillio. Twoja ostrożność była uzasadniona. Teraz jednak dostrzegam powód. Wreszcie mam jakiś konkretny powód, żeby wziąć się w garść.

– Coll, mam nadzieję, że nie planujesz po prostu pójść do domu, w którym wychowuje się twoje dziecko, i zabrać je stamtąd...

– Dlaczego by nie? To moje dziecko.

– I masz dla niego gotowe miejsce na gzymsie kominka, tak?

– Myślisz, że nie potrafię zaopiekować się dzieckiem?

– Wiem, że tego nie potrafisz, Coll. Jeśli jednak rozegrasz to właściwie, będziesz mógł zapłacić za to, żeby dobrze o nie zadbano i żeby miało w życiu szanse, których w przeciwnym razie byłoby pozbawione.

– Tajemniczy dobroczyńca. Hmm. To by było... szlachetne.

– Bądźmy szczerzy, Coll. To by było wygodne. Nie szlachetne ani nie bohaterskie.

– I ty zwiesz się moim przyjacielem.

– Tak.

Coll westchnął.

– Masz rację, choć nie wiem, czym sobie zasłużyłem na taką przyjaźń.

– O tym porozmawiamy innym razem. Nie chciałbym wpędzić cię w jeszcze głębszą depresję.

Masywne kamienne wrota komnaty grzebalnej otworzyły się nagle.

Coll podniósł się z głośnym stęknięciem z ławy.

Rycerz Śmierci wyszedł na korytarz i zatrzymał się przed Murilliem.

– Przynieście kobietę – zażądał. – Przygotowania skończone.

Coll podszedł do wejścia i zajrzał do wewnątrz. Pośrodku komnaty, w litej kamiennej podłodze, wykuto wielki otwór. Pod jedną ze ścian leżały stosy kamiennych odłamków. Nagle przeszył go dreszcz.

– Na oddech Kaptura! – zawołał. – Toż to cholerny sarkofag!

– Co?! – krzyknął Murillio, podbiegając do niego. Spojrzał na wykuty w skale grób, po czym zwrócił się ku Rycerzowi. – Mhybe jeszcze nie umarła, ty durniu!

Wojownik wbił martwe spojrzenie w towarzysza Colla.

– Przygotowania skończone – powtórzył.

Wlokła się przez pustkowie, brnąc po kostki w pyle. Tundra zniknęła, a wraz z nią myśliwi, demoniczni łowcy, którzy przez tak długi czas byli dla niej niepożądanym towarzystwem. Zdała sobie sprawę, że otaczająca ją pustka jest znacznie gorsza. Nie było tu trawy pod stopami ani słodkiego, chłodnego wiatru. Ucichło bzyczenie much, wygłodniałych towarzyszek, tak gorąco pragnących pożywić się jej ciałem. Nadal jednak odnosiła wrażenie, że coś łazi jej po głowie, jakby garstka insektów przetrwała.

Czuła, że słabnie. Jej młodzieńcze mięśnie traciły w jakiś nieokreślony sposób siłę. Nie było to zwykłe zmęczenie, lecz coś w rodzaju przewlekłego rozkładu. Traciła materialność i ta świadomość przerażała ją najbardziej.

Niebo było tu bezbarwne. Nie widziało się na nim chmur ani nawet słońca, lecz rozświetlała je lekko bijąca z jakiegoś niedostrzegalnego źródła poświata. Wydawało się niewiarygodnie odległe. Gdyby zbyt długo patrzyła w górę, zagroziłby jej obłęd. Umysł buntował się, nie potrafiąc ogarnąć tego, co widziały oczy.

Dlatego, wlokąc się ciężko przez pustkowie, cały czas patrzyła przed siebie. Nigdzie nie było widać żadnych punktów orientacyjnych. Równie dobrze mogła chodzić w koło, choć kręgi, jakie zataczała, musiałyby być ogromne, gdyż nie przecięła jeszcze własnych śladów. Nie widziała żadnego celu tej duchowej podróży i nie pragnęła ukształtować go dla siebie w śmiercionośnym krajobrazie owego snu, nawet gdyby wiedziała, jak tego dokonać.

Jej płuca przeszywał ból, jakby traciły już zdolność funkcjonowania. Była przekonana, że niedługo zacznie zanikać, że jej młode ciało czeka porażka dokładnie odwrotna do tego, czego przez tak długi czas się obawiała. Nie rozszarpią jej wilki. Zwierzęta już zniknęły. Pojęła, że nic nie było tym, czym się wydawało, że wszystko było czymś innym, czymś tajemniczym, zagadką, którą musiała rozwiązać. A teraz było już za późno. Czekała ją zagłada.

Otchłań, którą widziała tak dawno temu w swych koszmarach, była pełna chaosu, żerujących opętańczo dusz, miazmatów wspomnień, oderwanych od właścicieli i unoszących się na skrzydłach burzy. Być może owe wizje były mimo wszystko produktem jej umysłu. To właśnie była prawdziwa Otchłań. Otaczała ją teraz zewsząd...

Coś przerwało płaską linię horyzontu, coś skulonego i zwierzęcego, daleko z prawej strony. Przed chwilą niczego tam nie było.

A może było? Może to ten świat się kurczył i kilka chwiejnych kroków wystarczyło, by ujrzała to, co kryło się za horyzontem?

Jęknęła, porażona nagłą grozą, lecz jej nogi zmieniły kierunek i poniosły ją w stronę zjawy.

Z każdym jej krokiem stawała się ona coraz większa, rosła w przerażający sposób, aż wreszcie wypełniła trzecią część nieba. W górę wznosiły się różowe kręgi nagich żeber, pełnych blizn, złośliwych narośli, zwapnień, skupisk otworów, szczelin, wygięć i pęknięć. Łączyła je rozciągnięta skóra, ukrywająca to, co znajdowało się wewnątrz. Przeszywające ją naczynia krwionośne pulsowały niczym czerwone błyskawice, to jaśniejsze, to znowu bledsze.

Dla tego czegoś sztorm życia dobiegał już końca. Podobnie jak dla niej.

– Czy to jestem ja? – zapytała ochrypłym głosem, gdy od makabrycznej klatki piersiowej dzieliło ją tylko dwadzieścia kroków. – Czy to moje, bijące z każdym uderzeniem wolniej, serce kryje się w środku? Czy to ja?

Nagle ogarnęły ją emocje, uczucia pochodzące nie od niej, lecz od tego, co znajdowało się wewnątrz klatki. Cierpienie. Przemożny ból.

Chciała uciec.

Stworzenie jednak ją wyczuło i kazało jej zostać.

Podeszła bliżej.

Tak blisko, że mogła go dotknąć.

Mhybe krzyknęła, nagle otoczona obłokiem kurzu, który oślepił ją całkowicie. Padła na kolana, czując się tak, jakby rozdzierano ją na strzępy. Jej duch, jej instynkt przetrwania, po raz ostatni poderwał się do walki. Chciała się oprzeć wezwaniu. Uciec.

Ale nie mogła się poruszyć.

A potem moc sięgnęła ku niej i przyciągnęła ją do siebie.

Grunt pod jej stopami się pochylił, a piasek stał się śliski jak szkło.

Wsparła się na dłoniach i kolanach i spojrzała przez łzy na pląsającą przed jej oczyma scenę.

Żebra nie były już żebrami. Zmieniły się w nogi.

Skóra nie była skórą. Stała się pajęczyną.

A ona zsuwała się w dół.

Rozdział dwudziesty trzeci

Gdyby Czarni Moranthowie byli rozmownym ludem, historia górnego jeźdźca Skręta byłaby znana. A gdyby była znana – wydarzenia, które poprzedziły pierwszą wzmiankę o nim po zawarciu sojuszu z Imperium Malazańskim, jego udział w genabackańskich kampaniach tegoż imperium, oraz jego życie w samej Hegemonii Moranthów – nie sposób się powstrzymać od podejrzeń, że na jej kanwie mogłaby powstać niejedna legenda.

Zapomniani bohaterowie
Badark Nathijczyk

Potężne i mroczne Góry Widokowe majaczyły na horyzoncie, przesłaniając gwiazdy na zachodnim niebie. Wsparta plecami o pionową ścianę korzeni zwalonego drzewa porucznik Wykałaczka otuliła się szczelniej przeciwdeszczowym płaszczem, by uchronić się przed zimnem. Po lewej stronie, na drugim brzegu skąpanej w blasku gwiazd rzeki było widać wyszczerbioną czarną linię odległych murów Setty. Okazało się, że miasto leży bliżej gór i rzeki, niż sugerowały to mapy. Ucieszyło ich to bardzo.

Nadal gapiła się na ścieżkę na dole, starając się wypatrzyć pierwsze oznaki ruchu. Wreszcie przestało padać, ale zbierała się już mgła. Kobieta wsłuchała się w kapanie ściekającej z sosnowych gałęzi wody.

Porośnięte mchem błoto mlasnęło pod wojskowymi butami. Potem te same buty zgrzytnęły o kamień. Wykałaczka zerknęła w tamtą stronę, skinęła głową i ponownie spojrzała na ścieżkę.

– To jeszcze chwilę potrwa – wyszeptał kapitan Paran. – Mają do pokonania spory dystans.

– Ehe – zgodziła się Wykałaczka. – Ale Niewidka jest szybka, kapitanie. Widzi po ciemku jak kot.

– Miejmy nadzieję, że nie zostawi reszty z tyłu.
– Nie zostawi.
Niechby tylko spróbowała.
Paran przykucnął u jej boku.
– Przypuszczam, że mogliśmy po prostu przelecieć nad miastem i oszczędzić sobie trudu sprawdzania go na piechotę.
– Ale gdyby byli tam obserwatorzy, natychmiast by nas zauważyli, kapitanie. Nie wiemy, jakich szpiegów ma w tej okolicy Pannioński Jasnowidz, ale bylibyśmy głupcami, sądząc, że jesteśmy tu zupełnie sami. I tak podejmujemy spore ryzyko, zakładając, że nocą możemy się przemieszczać niepostrzeżenie.
– Szybki Ben zapewnia, że nieprzyjaciel używa tylko kondorów, poruczniku, a one latają wyłącznie za dnia. Powinno nam się udać, pod warunkiem, że będziemy się ukrywać, gdy tylko wyjdzie słońce.
Wykałaczka skinęła powoli głową w ciemności.
– Trzpień jest tego samego zdania. Niebieska Perła, Goleń i Paluch również. Kapitanie, gdyby Czarni Moranthowie przenosili odcinek za odcinkiem tylko samych Podpalaczy Mostów, nie niepokoiłabym się zbytnio. Ale my jesteśmy szpicą...
– Psst. Tam na dole coś jest.
Niewidka jak zwykle była nadzwyczajna. Znikała bez śladu na jedno, dwa, trzy uderzenia serca, po czym pojawiała się dziesięć kroków bliżej, biegnąc zygzakiem ku Wykałaczce i Paranowi.
Choć dwoje oficerów nie ruszało się i nie wydawało żadnego dźwięku, odnalazła ich bez trudu. Przykucnęła przed nimi, odsłaniając w uśmiechu białe zęby.
– Imponujące – mruknął Paran. – Przyszłaś złożyć meldunek, czy zostawisz to temu, kto powinien to zrobić? Chyba że, oczywiście, Nerwusik i cała reszta wloką się jakieś półtorej mili za tobą.
Uśmiech zniknął z jej twarzy.
– Hmm, nie, kapitanie, tylko jakieś trzydzieści kroków. Nie słyszysz ich? O, to był Trzpień. Jego włosiennica zahaczyła o gałąź. A te kroki to był Nerwusik. Ma krzywe nogi i chodzi jak małpa. Ten łoskot? Płot. To dziwne, ale najcichsza z całej tej bandy jest Detoran.
– Próbujesz mnie nabrać, żołnierko? – zapytał Paran. – Ja nic nie słyszę.

– Mówię prawdę, kapitanie – zapewniła Niewidka niewinnym tonem.

Wykałaczka miała ochotę jej przyładować.

– Idź ich poszukać, Niewidka – warknęła.

Jeśli zachowują się tak głośno, to znaczy, że zgubili drogę, ty idiotko. Ale to wszystko pic. Paran trafił w samo sedno, i to ci się nie spodobało. Dobrze ci tak.

– Ale to już – dodała.

– Tak jest, poruczniku – westchnęła Niewidka.

Wróciła na ścieżkę i zniknęła.

– Prawie jej się udało – mruknął Paran.

Wykałaczka zerknęła na niego.

– Jest przekonana, że jej uwierzyłeś.

– To prawda.

Wykałaczka uśmiechnęła się.

Niech to szlag, chyba jednak zostałeś naszym kapitanem. Wreszcie trafiliśmy na dobrego.

– Idą – mruknął Paran.

Było ich tak trudno zauważyć, że niemal dorównywali Niewidce. Posuwali się naprzód bezgłośnie, broń mieli owiniętą szmatami, a zbroje wygłuszone. Nerwusik uniósł rękę, każąc się zatrzymać tym, którzy szli za nim, po czym palcem wskazującym zatoczył krąg w powietrzu. Drużyny rozeszły się na boki w poszukiwaniu schronienia. Patrol był zakończony.

Sierżant ruszył ku Paranowi i Wykałaczce.

Nim zdążył do nich dotrzeć, pojawił się Szybki Ben.

– Kapitanie – wyszeptał pod nosem. – Rozmawiałem z zastępcą Skręta.

– I co?

– I Moranth martwi się o swego dowódcę. To śmiercionośne zakażenie sięgnęło już poza bark. Zostało mu jeszcze tylko kilka tygodni życia. Cały czas cierpi straszliwy ból. Kaptur wie, jak udaje mu się zapanować nad sobą.

– No dobra – westchnął Paran. – Porozmawiamy o tym później. Teraz wysłuchajmy Nerwusika.

– W porządku.

Sierżant podszedł do nich i usiadł na ziemi. Wykałaczka podała mu manierkę. Pociągnął kilka długich łyków wina i oddał naczynie, po czym wysmarkał głośno obie dziurki nosa, otarł wąsy i poświęcił kilka chwil na ich staranne wygładzenie.

– Jeśli teraz zaczniesz się myć pod pachami, to cię zabiję – ostrzegł go Paran. – Kiedy tylko przejdą mi mdłości. Byliście w Setcie. I co tam zobaczyliście, sierżancie?

– Hmm, tak jest, kapitanie. Setta. Miasto duchów, cholernie niesamowite. Wszystkie te puste ulice, opustoszałe budynki, stosy po ucztach...

– Jakie stosy?

– Po ucztach. Na placach. Wielkie sterty popiołu i zwęglonych kości. Ludzkich. Stosy po ucztach. Aha, i wielkie ptasie gniazda na czterech miejskich wieżach. Niewidka wdrapała się do jednego z nich.

– Naprawdę?

– No, w każdym razie podeszła blisko. Zauważyliśmy guano na ścianach wież, kiedy ich górne odcinki oświetlało jeszcze słońce. Śpią w nich te górskie sępy.

Szybki Ben zaklął.

– Niewidka jest pewna, że jej nie zauważyły?

– Absolutnie, czarodzieju. Znasz Niewidkę. Na wszelki wypadek staraliśmy się unikać linii ich wzroku, co nie było łatwe, bo te wieże są dobrze rozlokowane. Ale ptaszyska śpią jak zabite.

– Widzieliście jakieś Wielkie Kruki? – zainteresował się Szybki Ben.

Sierżant zamrugał.

– Nie. Czemu pytasz?

– Mniejsza z tym. Nadal obowiązuje zasada „nie ufaj niczemu na niebie", Nerwusik. Dopilnuj, żeby wszyscy o tym pamiętali. Jasne?

– Tak jest, czarodzieju.

– Coś jeszcze? – zapytał Paran.

Nerwusik wzruszył ramionami.

– Już nic. W Setcie nie ma nic żywego. W Mauriku pewnie też.

– Mniejsza z Maurikiem – rzekł Paran. – Ominiemy go.

Te słowa przyciągnęły uwagę Wykałaczki.

– Tylko my, kapitanie?

– Cały czas jesteśmy szpicą armii – wyjaśnił Szybki Ben.

Nerwusik warknął coś pod nosem.

– Mów wyraźnie, sierżancie – rozkazał Paran.

– To nic, kapitanie.

– Słucham.

– Chodzi o Płota, Trzpienia i resztę saperów. Żalili się, że gdzieś przepadła im skrzynia z amunicją. Będą wściekli, kapitanie.

Wykałaczka zauważyła, że Paran zerknął na Szybkiego Bena.

Czarodziej skrzywił się.

– Zapomniałem pogadać z Płotem. Przepraszam. Zaraz to zrobię.

– Rzecz w tym, że mamy jej za mało – ciągnął Nerwusik. – Gdybyśmy natknęli się na jakieś kłopoty...

– Daj spokój, sierżancie – mruknęła Wykałaczka. – Jeśli spaliłeś za sobą mosty, nie podkładaj ognia pod ten, na który masz wejść. Powiedz saperom, że muszą mieć sztywniejsze kręgosłupy. Jeżeli znajdziemy się w sytuacji, w której nie wystarczy nam te jakieś piętnaście wstrząsaczy i trzydzieści, czterdzieści przebijaczy, i tak będzie z nas kolejny stos po uczcie.

– Koniec gadania – zarządził Paran. – Szybki, każ Moranthom się przygotować. Zrobimy dziś w nocy jeszcze jeden skok. Chcę, żebyśmy o świcie znaleźli się nad brzegami Erynu. Wykałaczka, sprawdź proszę jeszcze raz te kopce. Nie chcę, żeby rzucały się w oczy. Jeśli teraz nas zauważą, zrobi się gorąco.

– Tak jest.

– No dobra, ruszajmy.

Żołnierze zaczęli się powoli zbierać. Po paru chwilach Paran wyczuł za plecami czyjąś obecność. Odwrócił się i zobaczył, że stoi tam dowódca Czarnych Moranthów, Skręt.

– Kapitanie Paran.

– Słucham?

– Chciałbym się dowiedzieć, czy pobłogosławiłeś barghasckich bogów. W Capustanie albo może później.

Paran zmarszczył brwi.

– Mówiono mi, że mogą mnie o to poprosić, ale nie, nikt się do mnie nie zwrócił.

Zakuty w czarną zbroję wojownik milczał przez chwilę.

– Ale uznajesz ich miejsce w panteonie – stwierdził wreszcie.

– Nie widzę powodu, by go nie uznawać.

– Czy to znaczy „tak", kapitanie?

– No dobrze. Tak. Czemu o to pytasz? Co się stało?

– Nic się nie stało. Niedługo umrę i chciałbym się dowiedzieć, jaki los czeka moją duszę.

– Czyżby barghasccy gnaciarze w końcu przyznali, że w żyłach Moranthów płynie ta sama krew?

– Ich opinia nie ma tu najmniejszego znaczenia.

– A moja ma?

– Jesteś władcą talii.

– Co spowodowało rozłam między Moranthami a Barghastami, Skręt?

Górny jeździec powoli uniósł wyschniętą kończynę.

– Być może w jakimś innym królestwie to ramię jest zdrowe, a reszta mojego ciała skurczona i martwa. Być może – ciągnął – czuje już ona silny i zdecydowany uścisk ducha, który czeka, aż przejdę w całości do owego świata.

– To interesujące spojrzenie na sprawę.

– Wszystko jest kwestią perspektywy, kapitanie. Barghastowie uważają nas za uschniętą, martwą kończynę, którą należy uciąć.

– A wy tak samo patrzycie na nich?

Skręt wzruszył ramionami.

– My nie boimy się zmian. Nie opieramy się im. Barghastowie muszą przyjąć do wiadomości, że wzrost jest konieczny, nawet jeśli sprawia ból. Muszą zrozumieć to, co Moranthowie zrozumieli już dawno temu, gdy zamiast wyciągnąć miecze przystąpiliśmy do rozmów z Tiste Edur, szaroskórymi morskimi wędrowcami. I przekonaliśmy się, że podobnie jak my są oni zagubieni, zmęczeni wojną i gotowi zawrzeć pokój.

– Tiste Edur?

– Dzieci Zniszczonej Groty. Jej fragment odkryto w rozległej puszczy Moranthów, która stała się naszą nową ojczyzną. Kurald Emurlahn, prawdziwe oblicze Cienia. Zostało tak niewielu Tiste Edur, że postanowiliśmy udzielić im gościny. Ostatni z nich dawno już odeszli z Lasu Moranthów, lecz to ich dziedzictwo uczyniło nas tym, kim jesteśmy.

– Górny jeźdźcze, może minąć trochę czasu, nim przetrawię wszystko, co od ciebie usłyszałem. Mam wiele pytań...

Skręt ponownie wzruszył ramionami.

– Nie zabiliśmy Tiste Edur. W oczach Barghastów to właśnie jest naszą największą zbrodnią. Zastanawiam się jednak, czy

Pradawne Duchy, które teraz zostały bogami, patrzą na to w taki sam sposób.

– Miały wiele czasu na zastanowienie – wyszeptał Paran. – Niekiedy to wystarcza. Sercem mądrości jest tolerancja. Tak przynajmniej sądzę.

– W takim razie na pewno czujesz się dumny, kapitanie.

– Dumny?

Rozległ się cichy sygnał oznajmiający, że oddziały są gotowe do odlotu. Górny jeździec odwrócił się powoli.

– Wracam do Dujeka Jednorękiego. – Przerwał na chwilę. – Imperium Malazańskie jest mądre. To u imperiów rzadka i cenna cecha. Dlatego życzę mu, i tobie, jak najlepiej.

Skręt oddalił się zamaszystym krokiem.

Nadszedł czas, by wyruszyć w drogę.

Tolerancja. Być może. Zapamiętaj sobie to słowo, Ganoes. Coś mi szepcze, że w najbliższym czasie będzie ono kluczem do wszystkiego...

Muł szybko zaniósł Kruppego na nasyp, przedarł się przez tłum maszerującej traktem piechoty morskiej, która rozpierzchła się na jego widok, a potem zjechał na równinę po drugiej stronie. Żegnały go krzyki i przyjacielskie rady.

– Bezmózga bestia! Ślepy, ryczący, uparty stwór z Otchłani! Stój, krzyczy Kruppe! Stój! Nie, nie w tę stronę...

Muł zawrócił na pochyłym stoku i pokłusował dziarsko ku najbliższemu klanowi Białych Twarzy.

Na spotkanie wybiegło mu kilkanaście pomalowanych po barbarzyńsku dzieci.

Muł spłoszył się nagle, aż grubasek opadł mu na szyję. Zwierzę zawróciło gwałtownie i zwolniło do spokojnego stępa, zamiatając ogonem po zadzie.

Daru wyprostował się z trudem, wydając przy tym z siebie szereg stęknięć.

– Fizyczna aktywność to szaleństwo! – zawołał do truchtających obok niego dzieci. – Spójrzcie tylko na te przerażające urwisy, tak już ogłupiałe od nadmiaru mięśni, że śmieją się z głupim zachwytem z rozpaczliwej doli Kruppego! Przekleństwo wigoru i wytrzymałości odebrało im rozum! Zacny Kruppe, wybacz im, jak przystoi twej szlachetnej naturze, twemu miłemu opanowaniu, godnej podziwu swobodzie, z jaką zachowujesz się w towarzystwie tych, którym rozpaczliwie brakuje lat. Ach, nieszczęsne stworzenia o tak krótkich nogach, z głupoty przybierające głęboko mądre miny. Dotrzymujecie kroku ogłupiałemu mułowi i w ten sposób odsłaniacie tragiczną prawdę. Wasze plemię jest zgubione, oznajmia Kruppe. Zgubione!

– Nie rozumieją ani jednego twojego słowa, Człowieku Pełen Sadła!

Kruppe odwrócił się i zobaczył podjeżdżających doń Cafala i Hetan. Kobieta uśmiechała się szeroko.

– Ani słowa, Daru. I całe szczęście. W przeciwnym razie wyrwałyby ci serce z piersi za takie klątwy!

– Klątwy? Moja droga, winien jest gwałtowny temperament Kruppego. Jego rozpalony do białości gniew, tak okrutnie groźny dla wszystkich, którzy go otaczają! Rozumiesz, to ta bestia...

– Nie nadaje się nawet na mięso – stwierdziła Hetan. – Jak uważasz, bracie?

– Za chudy – zgodził się Cafal.

– Mimo to Kruppe błaga o wybaczenie dla swej zacnej osoby i dla niecnego bydlęcia, na którym jeździ. Wybaczcie nam, o nieco bardziej długonogie potomstwo Humbralla Taura!

– Chcemy ci zadać pewne pytanie, Człowieku Pełen Sadła.

– Kruppe chętnie ci odpowie. Jego lśniące od prawdy słowa są gładkie jak olej, którym mogłabyś posmarować swą nieskazitelną skórę. O, może tutaj, nad lewą piersią? Kruppe posiada...

– Nie wątpię w to – przerwała mu Hetan. – Gdybym pozwoliła ci mówić, prędzej by się wojna skończyła, nim miałabym szansę zadać ci to pytanie. Zamknij się, Daru, i słuchaj. Przyjrzyj się, jeśli łaska, malazańskim szeregom, które maszerują traktem. Transportujące namioty wozy i kilka kompanii piechoty, które wloką się obok nich, wzbijając pod niebo obłoki pyłu...

– Moja droga dziewczyno, twe słowa trafiają do serca Kruppemu! Wróć, proszę, do swego niedociekliwego pytania. Nie śpiesz się, uformuj ze swych słów najgrubszą świecę, bym mógł zapalić na twą cześć nieugaszony płomień miłości.

– Powiedziałam, przyjrzyj się, Daru. Patrz! Czy nie sądzisz, że z tymi naszymi sojusznikami dzieje się obecnie coś dziwnego?

– Obecnie. Kruppe zapewnia, że również w przeszłości i niewątpliwie w przyszłości także. Malazańskie tajemnice, tak jest! Kruppe oznajmia, że to osobliwy lud. Dyscyplina w rzeczonych szeregach niemal już nie istnieje, obłoki pyłu widać na wiele mil. Co jednak widać? Tylko pył!

– O to mi właśnie chodziło – warknęła Hetan.

– Bardzo celne spostrzeżenie.

– A więc ty również to zauważyłeś.

– Co zauważyłem, moja droga? Zmysłowe krzywizny twego ciała? Jak Kruppe mógłby nie zauważyć tak wspaniałej, choć nieco barbarzyńskiej, urody? Jak preriowy kwiat...

– ...który zaraz cię zabije – dodała z uśmiechem Hetan.

– Preriowy kwiat, powtarza Kruppe, taki, jaki wyrasta na kłującym kaktusie...

– Uważaj, co mówisz, Człowieku Pełen Sadła.

– Kruppe zawsze uważa, co mówi, ponieważ jego ważka uwaga waży... hmm...

– Dziś rano – podjęła po chwili Hetan – widziałam, jak jedna kompania piechoty morskiej rozbija namioty dla trzech kompanii. W całym malazańskim obozie wyglądało to identycznie.

– Zaiste, na Malazańczyków można liczyć!

Hetan podjechała bliżej, wyciągnęła rękę i złapała Kruppego za kołnierz płaszcza. Prawie ściągnęła go z siodła, uśmiechając się szeroko.

– Człowieku Pełen Sadła – wysyczała. – Kiedy już będę cię miała, a stanie się to wkrótce, do tego muła trzeba będzie zaprząc włóki, żeby zabrać to, co z ciebie zostanie. Wciąganie wszystkich w swój taniec słów to wspaniała umiejętność, ale dzisiejszej nocy wybiję ci oddech z płuc i zaniemówisz na wiele dni. A uczynię to wszystko po to, by dowieść, które z nas dwojga jest panem. Jeśli powiesz jeszcze choć jedno słowo, nie będę czekała do zmierzchu. Urządzę dla tych dzieci i dla wszystkich tu obecnych przedstawienie, z którego nie wyjdziesz żywy, Daru. Ach, widzę, że mnie zrozumiałeś, sądząc po tym, jak wytrzeszczasz oczy. Świetnie. Przestań ściskać tego muła kolanami. On tego nie znosi. Usiądź w siodle, tak jakbyś dosiadał konia, bo za niego właśnie się uważa. Widzi, jak jeżdżą wszyscy poza tobą, jak konie noszą jeźdźców. Jego oczy nie odpoczywają nawet przez chwilę. Czy tego nie dostrzegłeś?

To najbardziej uważne zwierzę w historii świata. Nie pytaj mnie, dlaczego. To wszystko, co mam na razie do powiedzenia. Do zobaczenia, Człowieku Pełen Sadła. Dziś w nocy się stopisz.

Puściła go. Kruppe opadł na siodło, dysząc ciężko. Otworzył usta, by coś powiedzieć, lecz zamknął je gwałtownie.

– Szybko się uczy, siostro – mruknął Cafal.

– Tak jak wy wszyscy, bracie – prychnęła pogardliwie.

Oddalili się oboje.

Daru śledził ich wzrokiem. Wyciągnął z rękawa chusteczkę i otarł pot z czoła.

– Ojej. Ojejej. Słyszałeś, mule? To Kruppe jest zgubiony. Zgubiony!

Sójeczka przyjrzał się uważnie dwóm stojącym przed nim kobietom.

– Nie zgadzam się – powiedział po chwili.

– Tu jej nie ma, dowódco – powtórzyła jedna z żołnierek. – Nie mamy kogo pilnować.

– Nie wrócicie do kompanii. Zostaniecie tutaj. Macie jeszcze jakieś pytania? Nie? Odmaszerować.

Żołnierki wymieniły spojrzenia, po czym zasalutowały i oddaliły się.

– Czasami to wraca i zatapia w tobie zęby, nieprawdaż? – zapytał stojący w odległości kilku kroków Artanthos.

Sójeczka obejrzał się na niego.

– Co niby wraca?

– Styl dowodzenia Dassema Ultora. To on pozwolił żołnierzom myśleć, zadawać pytania, dyskutować...

– Dzięki temu zostaliśmy najlepszą armią w historii świata, chorąży.

– Ale z drugiej strony...

– Nie ma żadnej drugiej strony. Właśnie dlatego jesteśmy najlepsi. A gdy nadejdzie czas, by wydać trudne rozkazy, zobaczysz dyscyplinę. Może w tej chwili jej nie widać, ale ona ukrywa się pod powierzchnią i jest niezachwiana.

– Skoro tak mówisz – odparł Artanthos, wzruszając ramionami.

Sójeczka poprowadził konia w stronę korralu. Ostatnie jaskrawe promienie słońca niknęły już za horyzontem. Wszędzie krzątali się rozbijający namioty i rozpalający ogniska żołnierze. Widział, że są znużeni. Za dnia nieraz musieli poruszać się biegiem, a do tego maszerowali cały dzwon dłużej niż zwykle. Zdał sobie sprawę, że będzie musiał zwolnić tempo przez co najmniej trzy dni i dodać im dwa dodatkowe dzwony odpoczynku, by jego piechota mogła odzyskać siły, nim dotrą do Koralu. Zmęczona armia była pokonaną armią.

Sójeczka oddał konia stajennemu i ruszył w stronę namiotu Dujeka.

Przed wejściem siedziała na plecakach drużyna piechoty morskiej. Żołnierze nie zdjęli hełmów i zbroi, a także chust osłaniających twarze przed pyłem. Żaden z nich nie wstał na widok Sójeczki.

– Siedźcie sobie – warknął z sarkazmem. Przeszedł między nimi i wszedł do namiotu.

Dujek klęczał na dywanie. Oglądał w świetle lampy rozłożoną przed sobą mapę, mrucząc coś pod nosem.

Sójeczka przyniósł składane krzesło i usiadł obok niego.

– Podzielona armia dzieli się po raz drugi – zauważył.

Dujek podniósł wzrok, marszcząc na chwilę kosmate brwi. Potem znowu skierował wzrok na mapę.

– Moi strażnicy są na zewnątrz?

– Tak.

– Nawet w najlepszych czasach jest z nich zgorzkniała zgraja, a czasy nie są teraz szczególnie dobre.

Sójeczka rozprostował nogi, krzywiąc się, gdy jego lewą kończynę przeszyło ukłucie zastarzałego bólu.

– Wszyscy są z Unty, nieprawdaż? Ostatnio rzadko ich widywałem.

– To dlatego, że kazałem, by nie rzucali się w oczy. Właściwie „zgorzkniali" to za łagodnie powiedziane. Nie wchodzą w skład Zastępu i nigdy nie będą się uważali za jego członków. W tej sprawie zgadzam się z nimi, do cholery. Zresztą nie zasalutowaliby ci, nawet gdybyśmy nie dzielili się na dwie części. Mnie również salutują niechętnie, a przecież przysięgli mnie bronić.

– Nasza armia jest zmęczona.

– Wiem o tym. Jeśli uśmiechnie się do nas szczęście Oponn, za Maurikiem będziemy mogli wrócić do normalnego tempa. To oznaczałoby trzy dni luzu przed dotarciem do Koralu. Nieraz już radziliśmy sobie, mając mniej czasu na odpoczynek.

– Ale dostawaliśmy wycisk. Ten bieg do Mott omal nas nie wykończył, Dujek. Nie możemy sobie pozwolić na powtórkę. Tym razem mamy znacznie więcej do stracenia.

Wielka pięść odchylił się i zaczął zwijać mapę.

– Nie trać wiary, przyjacielu.

Sójeczka rozejrzał się wokół i zobaczył oparty o centralną tyczkę plecak, na którym leżał stary miecz schowany w równie wiekowej pochwie.

– Tak szybko?

– Nie uważałeś, co się dzieje – wskazał Dujek. – Od chwili podziału robimy to co noc bez chwili odpoczynku. Sprawdź swój stan, Sójeczka. Brakuje ci sześciu tysięcy ludzi. Jutro rano odzyskasz swoją armię, no może prawie połowę armii. Powinieneś tańczyć z radości wokół tej tyczki.

– Nie. To ja powinienem dziś polecieć, nie ty, Dujek. Ryzyko...

– No właśnie – warknął wielka pięść. – Ryzyko. Wydaje się, że tego nie rozumiesz, ale jesteś ważniejszy dla tej armii niż ja. Zawsze tak było. Dla żołnierzy jestem tylko jednorękim monstrum w paradnym mundurku. Właściwie traktują mnie jak cholerną maskotkę.

Sójeczka przyjrzał się poobijanej, pozbawionej ozdób zbroi Dujeka i uśmiechnął się kwaśno.

– To była przenośnia – wyjaśnił wielka pięść. – A poza tym tak rozkazała cesarzowa.

– Ciągle to powtarzasz.

– Sójeczka, Siedem Miast pożera się samo. Nad zbryzganą krwią pustynią szaleje Tornado. Przyboczna płynie tam z nową armią, ale dla malazańskich sił znajdujących się na kontynencie jest już za późno. Wiem, że chciałeś przejść w stan spoczynku, ale pomyśl, jak to wygląda w oczach Laseen. Zostało jej tylko dwóch dowódców znających Siedem Miast i niedługo zostanie jej zaledwie jedna doświadczona armia, która w dodatku ugrzęzła na Genabackis. Jeśli musi narazić kogoś z nas na ryzyko w pannionskiej wojnie, to z pewnością będę to ja.

– Ma zamiar wysłać Zastęp do Siedmiu Miast? Niech nas Kaptur, Dujek...

– Jaki wybór będzie miała, jeśli nowa przyboczna ulegnie sha'ik? Co więcej, chce, żebyś to ty dowodził.

Sójeczka zamrugał.

– A czemu nie ty?

Dujek skrzywił się.

– Nie sądzę, by oczekiwała, że ujdę z życiem z tego, co nas czeka. A jeśli jakimś cudem mi się uda, no cóż, kampania w Korelu rozłazi się w szwach...

– Chyba nie chcesz jechać do Korelu?

– Nie ma znaczenia, czego ja chcę, Sójeczka.

– Jak rozumiem, Laseen to samo powiedziałaby o mnie. Dujek, jak już mówiłem przedtem, mam zamiar się wycofać, zniknąć, jeśli będzie to konieczne. Skończyłem już z tym wszystkim. Drewniana chata w jakimś małym królestwie, daleko od imperium...

– I żona tłukąca ci garnki na głowie. Szczęśliwe pożycie. Myślisz, że Korlat spodoba się taka perspektywa?

Sójeczka uśmiechnął się, słysząc tę łagodną drwinę wielkiej pięści.

– To był jej pomysł. Nie z tymi garnkami. To akurat jest twój osobisty koszmar. Ale cała reszta... no dobra, nie drewniana chata. Raczej samotna, smagana wiatrem wieża w jakiejś górskiej twierdzy. Złowrogie widoki za oknem...

– Zawsze będziesz mógł założyć na dziedzińcu ogródek warzywny – wycedził Dujek. – Toczyć wojnę z chwastami. Dobra, niech to zostanie twoją tajemnicą. Laseen ma pecha. Jeśli przeżyję zdobycie Koralu, to ja poprowadzę Zastęp do Siedmiu Miast. A jeśli nie przeżyję, no cóż, nie będę się już musiał przejmować Imperium Malazańskim.

– Dasz sobie radę, Dujek. Zawsze sobie dawałeś.

– To słaba pociecha, ale i tak jestem ci wdzięczny. Zjemy razem ostatni posiłek? Moranthowie zjawią się dopiero po północnym dzwonie.

Te niefortunnie dobrane słowa przez dłuższą chwilę wisiały w powietrzu między dwoma starymi przyjaciółmi.

– Ostatni posiłek przed odlotem – poprawił się Dujek z bladym uśmieszkiem. – Zobaczymy się w Koralu.

– Z wielką chęcią – odparł Sójeczka.

Nad pustkowiami leżącymi na południowy zachód od Erynu świeciły gwiazdy. Piasek poruszał się na wietrze dmącym z położonej w sercu kontynentu Równiny Mieszkalnej. Przed nimi, na samym horyzoncie, widać było młode, ostre turnie Promenady Bogów. Góry tworzyły długą na blisko dwieście mil barierę. Jej wschodni koniec ginął w puszczach, które ciągnęły się nieprzerwanie aż po Szczelinę Ortnalską i Zatokę Koralową, a na jej drugim brzegu otaczały sam Koral.

Jakieś sześćdziesiąt mil od Zatoki Koralowej Eryn przechodził w Szczelinę Ortnalską. Czerwone wody rzeki niknęły w głębokiej rozpadlinie, w której ponoć stawały się dziwnie czarne i nieprzejrzyste. Zatoka Koralowa wydawała się jedynie przedłużeniem owego wąwozu.

Paran nie widział jeszcze Szczeliny, nawet z tak wysoka, wiedział jednak, że są już blisko. Meldowali o tym zwiadowcy z eskadry Czarnych Moranthów, z którą teraz leciał, a także posuwający się w dół rzeki Podpalacze Mostów. Ostatecznie, mapy czasem się myliły. Na szczęście, większość Czarnych Moranthów stacjonowała w Górach Widokowych już od miesięcy, co noc dokonując z nich wypadów, by zbadać rzeźbę terenu i wytyczyć najdogodniejszą trasę wiodącą do Koralu.

Malazańczycy powinni przed świtem dotrzeć do ujścia Erynu, pod warunkiem, że nie zmieni się silny wiatr dmący od Promenady Bogów. Następnej nocy przemkną przez czarne wody Szczeliny do samego Koralu.

A gdy już tam dotrzemy, dowiemy się, co zaplanował dla nas jasnowidz. Dowiemy się i – jeśli tylko będzie to możliwe – pokrzyżujemy jego plany. Potem przyjdzie pora na mnie i na Szybkiego Bena...

Quorle opadły na jakiś niedostrzegalny znak, skręcając ku zachodniemu brzegowi rzeki. Paran mocno uczepił się kostnych wyrostków zbroi Czarnego Morantha. Jego hełm wypełnił przeraźliwy świst wiatru. Kapitan zacisnął mocno zęby i pochylił nisko głowę. Czarny grunt pomknął im na spotkanie.

Gdy znaleźli się nad usianym głazami brzegiem na wysokości mniejszej niż wzrost mężczyzny, quorl uderzył skrzydłami, zwalniając nagle lot. Pomknęli bezgłośnie wzdłuż plaży. Paran odwrócił się, by spojrzeć na sunących za nim w szeregu towarzyszy. Stuknął palcem w zbroję jeźdźca i pochylił się.

– Co się stało?

– Przed nami jest padlina – oznajmił Czarny Moranth dziwnie klekoczącym głosem. Kapitan pomyślał, że nigdy się nie przyzwyczai do jego brzmienia.

– Jesteś głodny?

Obleczony w chitynę wojownik nie odpowiedział.

No dobra, to faktycznie był cios poniżej pasa.

Paran również poczuł smród czegoś, co leżało na brzegu.

– Czy musimy to robić? Czy to quorle chcą jeść? Czy mamy czas, Moranthu?

– Nasi zwiadowcy nic ostatniej nocy nie zauważyli, kapitanie. Rzeka jeszcze nigdy nie wyrzuciła na brzeg podobnego stworzenia. To może być ważne. Trzeba zbadać sprawę.

– Proszę bardzo – ustąpił Paran.

Quorl skręcił w prawo, przemknął nad trawiastym zboczem i wylądował na płaskim terenie u jego stóp. Następne podążyły za jego przykładem.

Paran odpiął pasy i zsunął się ostrożnie na ziemię. Bolały go wszystkie stawy.

Szybki Ben podszedł do niego, utykając.

– Niech mnie Otchłań pochłonie – poskarżył się. – Jak tak dalej pójdzie, odpadną mi kulasy.

– Wiesz już, co znaleźli? – zapytał kapitan.

– Coś śmierdzącego.

– Na pewno jakieś padłe zwierzę.

Wokół pierwszego jeźdźca skupiło się sześciu dalszych Czarnych Moranthów. Wszyscy pogrążyli się w pełnej klekotów i brzęczenia rozmowie. Wtem oficer, na którego quorlu leciał Paran, wezwał skinieniem kapitana i czarodzieja do siebie.

– Stworzenie leży na wprost przed nami – oznajmił im. – Chcemy, byście wy również je obejrzeli. Przemawiajcie otwarcie, żebyśmy mogli wreszcie okrążyć prawdę i poznać jej kolor. Chodźcie.

Kapitan zerknął na Szybkiego Bena, który tylko wzruszył ramionami.

– Prowadź – rzekł do Morantha.

Trup leżał wysoko pośród głazów, piętnaście kroków od wartkiej, płynącej na południe rzeki. Z powykręcanych kończyn gdzieniegdzie sterczały odłamki złamanych kości. Nagie zwłoki były już obrzmiałe od rozkładu. Na ziemi wokół nich roiło się od raków, które poruszały się z głośnym stukotem, a tu i ówdzie wiodły tytaniczne boje o szczególnie smakowite kąski. Paranowi z początku wydawało się to zabawne, lecz potem, z jakiegoś niewyjaśnionego powodu, poczuł się zaniepokojony. Padlinożercy tylko na moment odwrócili jego uwagę. Wkrótce skierował wzrok z powrotem na leżącą postać.

Szybki Ben cicho zapytał o coś oficera Moranthów, a ten kiwnął głową. Czarodziej skinął dłonią i otaczające ich głazy zalśniły słabą poświatą, która oświetliła trupa.

Na oddech Kaptura.

– Czy to Tiste Andii?

Szybki Ben podszedł bliżej i przykucnął. Milczał przez dłuższą chwilę.

– Jeśli tak, to nie jest to jeden ze sług Anomandera Rake'a... – stwierdził wreszcie. – Nie – dodał po chwili. – Nie sądzę, żeby to był Tiste Andii.

Paran zmarszczył brwi.

– Jest cholernie wysoki, czarodzieju. I rysy twarzy... czy tego, co z niej zostało...

– Ma za jasną skórę, kapitanie.

– Wyblakła od wody i słońca.

– Nie, widziałem już trochę ciał Tiste Andii. W Lesie Czarnego Psa i na otaczających go bagnach. Były w najróżniejszych stopniach rozkładu, ale żadne z nich tak nie wyglądało. To prawda, że trup jest rozdęty od upału i musimy przyjąć założenie, iż wyrzuciła go tu rzeka, ale nie wypełniła go woda. Kapitanie, czy widziałeś kiedyś ofiarę czarów Serc?

– Ścieżki Nieba? Nie przypominam sobie.

– Jest takie zaklęcie, od którego ofiara eksploduje od wewnątrz. Chodzi o ciśnienie. Można je gwałtownie zmienić albo nawet całkowicie zlikwidować. Albo, jak w tym przypadku, zwiększyć stukrotnie na zewnątrz ciała. Tego mężczyznę zabiło zgniatające ciśnienie, jakby zaatakował go mag używający Wielkiej Serc.

– W porządku.

– Nie w porządku, kapitanie. Zupełnie nie w porządku. – Szybki Ben znowu spojrzał na oficera Moranthów. – Mówiłeś, że chcesz okrążyć prawdę. No dobra. Mów.

– Tiste Edur.

Ta nazwa... och, tak. Mówił o nich Skręt. Jakaś dawna wojna... zniszczona grota...

– Zgadzam się. Chociaż nigdy żadnego z nich nie widziałem.

– Nie zabito go tutaj.

– Masz rację. I również nie utonął.

Moranth skinął głową.

– Nie utonął. Nie zabiły go też czary. Zapach się nie zgadza.

– Aha, nie ma skazy magii. Krąż dalej.

– Niebiescy Moranthowie, którzy wędrują po morzach i zarzucają sieci w głębokie rowy, mówią, że złowione przez nich ryby są już martwe, gdy wyciągną je na pokład. Bierze się to z samej natury ciśnienia.

– Tak przypuszczam.

– Przyczyną jego śmierci był dokładnie przeciwny efekt. Zjawił się nagle w miejscu, gdzie panowało olbrzymie ciśnienie.

– Tak jest. – Szybki Ben spojrzał z westchnieniem na rzekę. – W dnie jest tu rów, rozpadlina. Widać to po tym, że nurt pośrodku się wygładza. Szczelina Ortnalska sięga aż tutaj, rozszczepiając dno rzeki. Ten rów jest głęboki.

– Chwileczkę – wtrącił Paran. – Sugerujesz, że ten Tiste Edur pojawił się nagle skądś w tej podwodnej rozpadlinie. To mogłoby się stać jedynie wtedy, gdyby skorzystał z groty, by się tam dostać. To dość skomplikowany sposób na popełnienie samobójstwa.

– Zakładając, że uczynił to celowo – odparł Szybki Ben. – I że to on otworzył tę grotę. Najlepszy sposób, by zabić kogoś w okrutny sposób, to wepchnąć go, cisnąć, zwabić, wszystko jedno, do nieprzyjaznego portalu. Sądzę, że tego biednego skurczybyka ktoś zamordował.

– Wielki mag Serc?

– Raczej wielki mag Ruse. Ścieżki Morza. Kapitanie, Imperium Malazańskie jest morskim mocarstwem, a przynajmniej jego korzenie wywodzą się z morza. Mimo to na całym jego terenie nie znajdziesz ani jednego prawdziwego wielkiego maga Ruse. Żadna grota nie jest trudniejsza do opanowania od tej. – Szybki Ben spojrzał na Morantha. – A wśród waszych Niebieskich Moranthów? Srebrnych albo Złotych? Czy macie wielkich magów Ruse?

Wojownik potrząsnął osłoniętą hełmem głową.

– Nie wspominają też o nich nasze kroniki.

– A jak daleko w przeszłość one sięgają? – zapytał od niechcenia Szybki Ben, ponownie spoglądając na trupa.

– Siedem cykli.

– To znaczy stuleci?

– Tysiącleci.

– Czyli, że był to naprawdę wyjątkowy zabójca – stwierdził czarodziej, prostując się.

– Dlaczego jestem przekonany, że zamordował go inny Tiste Edur? – wyszeptał Paran.

Moranth i Szybki Ben spojrzeli na niego bez słowa.

Paran westchnął.

– Coś mi to mówi. Podszept intuicji.

– Kapitanie, nie zapominaj, kim się stałeś – rzekł czarodziej. Ponownie skierował uwagę na zwłoki. – Inny Tiste Edur. No dobra, okrążmy i tę prawdę.

– Nie zgłaszam obiekcji wobec owej sugestii – stwierdził Moranth.

– Tiste Edur wywodzą się z Pradawnego Cienia – wskazał Szybki Ben.

– Cienie pływają w morzach. Kurald Emurlahn. Grota Tiste Edur, Pradawny Cień, została zniszczona i nie jest już dostępna dla śmiertelników.

– Zniszczona? – Szybki Ben uniósł brwi. – Chciałeś powiedzieć, że nigdy jej nie odnaleziono. Meanas, w której mieszkają Tron Cienia z Kotylionem oraz Ogary...

– Jest jedynie bramą – dokończył oficer Moranthów.

Paran chrząknął.

– Gdyby cień mógł rzucać cień, to tym cieniem byłaby Meanas. Czy to właśnie chcecie powiedzieć? Tron Cienia włada stróżówką?

Szybki Ben uśmiechnął się.

– Cóż za przepyszna wizja, kapitanie.

– Raczej niepokojąca – mruknął w odpowiedzi.

Ogary Cienia... są stróżami bramy. Cholera, to ma zbyt wiele sensu, by mogło nie być prawdą. Ale ta grota naprawdę jest zniszczona, a to znaczy, że brama może prowadzić donikąd. Albo może prowadzi do większego fragmentu. Czy Tron Cienia zna prawdę?

Czy wie, że jego potężny Tron Cieni jest w rzeczywistości... czym? Krzesłem kasztelana? Ławeczką odźwiernego? Ojejej, jak powiedziałby Kruppe.

– Ach – westchnął Szybki Ben. Z jego twarzy zniknął uśmiech. – Chyba rozumiem, do czego zmierzasz. Tiste Edur ponownie się uaktywnili. Dowód na to mamy przed oczyma. Wracają do świata śmiertelników. Być może przebudzili prawdziwy Tron Cieni albo może zamierzają złożyć wizytę swemu nowemu odźwiernemu.

– Kolejna wojna w panteonie. Łańcuchy Okaleczonego Boga z pewnością grzechoczą od jego śmiechu. – Paran potarł porośniętą szczeciną szczękę. – Wybaczcie mi, muszę na chwilę was opuścić. Róbcie swoje, to nie potrwa długo.

Przynajmniej mam taką nadzieję.

Oddalił się dwadzieścia kroków w głąb lądu i stanął zwrócony twarzą na północny zachód. Wpatrzył się w dalekie gwiazdy.

No dobra, już raz to zrobiłem. Zobaczymy, czy uda się po raz drugi...

Przeniósł się tak szybko i łatwo, że aż zakręciło mu się w głowie. Wypadł na nierówny, wykładany kamieniami plac i otoczyła go pełna unoszących się w powietrzu drobin ciemność. Wyprostował się z przekleństwem na ustach. Rzeźbione obrazy pod jego stopami jarzyły się bladym, chłodnym, odległym blaskiem.

Dotarłem tu. To takie proste. Jak jednak mam znaleźć kartę, której szukam? Raest? Jesteś w tej chwili zajęty? Cóż to za pytanie. Gdybyś był zajęty, wszyscy mielibyśmy kłopoty, nieprawdaż? Mniejsza z tym. Nie musisz tu się fatygować. Sam powinienem się wszystkiego domyślić.

Nie w Talii Smoków. W końcu nie chodzi mi o stróżówkę. W Pradawnej Talii, Talii Twierdz...

Na kamieniu pod jego stopami pojawił się nagle nowy obraz. Paran nigdy dotąd go nie widział, domyślał się jednak instynktownie, że to ten, którego szukał. Płaskorzeźba była prymitywna i wytarta. Głębokie wyżłobienia tworzyły chaotyczną siatkę cieni.

Poczuł, że scena wciąga go w siebie.

Znalazł się w rozległej, niskiej komnacie o pozbawionych ozdób ścianach z ociosanych kamieni. Pokrywały je plamy wilgoci oraz porosty, pleśń i mech. Po obu stronach widział szerokie, wysoko umieszczone okna – poziome szczeliny – wypełnione gęstwą pnączy, które spełzały po ścianach na zasłaną grubą warstwą zeschłych liści podłogę.

Pachniało tu morzem, a zza okien dobiegał łoskot fal i krzyki kłócących się mew.

Serce waliło głośno w piersi Parana. Tego się nie spodziewał. Nie jestem w innym królestwie. To mój świat.

W odległości siedmiu kroków od niego, na podwyższeniu, stał tron. Wystrugano go z jednego pnia drzewa o karmazynowej barwie, był nieheblowany, a po obu bokach miał liczne, szerokie pasy kory. Wiele z nich pękło i oddzieliło się od drewna. W tej korze pływały cienie, które wypełniały głębokie wyżłobienia i wylewały się w otaczające powietrze, by zniknąć w wypełniającym komnatę półmroku.

Tron Cieni. Nie znajduje się w jakimś ukrytym, dawno zapomnianym królestwie. Jest tutaj, w moim świecie... Maleńki, oderwany fragment Kurald Galain.

I Tiste Edur pragną go odnaleźć. Wędrują po morzach w poszukiwaniu tego miejsca. Skąd o tym wiem?

Zbliżył się o krok. Cienie ożywiły się gwałtownie. Jeszcze krok. Chcesz mi coś powiedzieć, Tronie. Mam rację?

Podszedł do podwyższenia, wyciągnął rękę...

I zalały go cienie.

Ogar, nie-Ogar! Krew i nie krew! Władca i śmiertelnik!

– Och, bądźże cicho! Opowiedz mi o tym miejscu.

Wędrująca wyspa! Nie wędruje! Ucieka! Tak! Dzieci uległy zepsuciu, dusze Edur są zatrute! Sztorm szaleństwa, wymykamy się mu! Obroń nas, Ogarze, nie-Ogarze! Ocal nas! Oni nadchodzą!

– Wędrująca wyspa. To jest Ławica Avalii, zgadza się? Leży na zachód od Quon Tali. Myślałem, że mieszkają na niej Tiste Andii...

Zaprzysiężeni obrońcy! Dzieci Anomandera Rake'a – odeszły! Zostawiły krwawy ślad, by odciągnąć Edur kosztem własnego życia. Och, gdzież jest Anomander Rake? Wzywają go nieustannie! Błagają o pomoc!

– Obawiam się, że jest zajęty.

Anomander Rake, Syn Ciemności! Edur poprzysięgli unicestwić Matkę Ciemność. Musisz go ostrzec. Zatrute dusze, a dowodzi nimi ten, kto był zabity sto razy. Och, strzeż się tego nowego cesarza Edur, tego Tyrana Bólu, tego Sprawcy Przypływów Nocy!

Paran odsunął się z mentalnym wysiłkiem od tronu, zatoczył się do tyłu o krok, potem o drugi. Zalewał go pot. Drżał porażony paraliżującym strachem.

Ledwie zdając sobie sprawę z własnych zamiarów, odwrócił się błyskawicznie. Zarysy komnaty zamazały się, pochłonęła je ciemność, a potem, nagle i dramatycznie, coś bardziej nieprzeniknionego od ciemności.

– Och, na Otchłań...

Usiana skalnymi odłamkami równina, a nad nią martwe niebo. Gdzieś po prawej słychać było odległe skrzypienie potężnych, drewnianych kół, zgrzyt i trzaskanie łańcuchów, niezliczone, ociężałe kroki. W powietrzu unosił się całun cierpienia, od którego Paran omal się nie udusił.

Zacisnął zęby i ruszył w stronę, z której dobiegały przerażające dźwięki.

Pojawiły się przed nim niewyraźne kształty, idące prosto na niego. Pochylone postacie, naprężone łańcuchy. Z górą sto kroków za nimi majaczył straszliwy, spowity mgłą wóz, wypełniony wijącymi się ciałami, podskakujący z brzękiem na kamieniach.

Paran powlókł się ku niemu.

– Draconusie! – krzyknął. – Gdzie jesteś, w imię Kaptura? Draconusie!

Kapitan przemykał się między ofiarami Dragnipura, zmierzając ku jedynej, skrytej w cieniu kaptura, twarzy, która była skierowana w jego stronę. Przechodził obok obłąkanych, otępiałych i słabnących, lecz żaden z nich nie próbował mu przeszkadzać ani nawet nie reagował na jego obecność. Wędrował przez tłum niczym duch.

– Witaj, śmiertelniku – rzekł Draconus. – Potowarzyszysz mi przez pewien czas.

– Szukałem Rake'a.

– Ale znalazłeś jego miecz. Nie smucę się z tego powodu.

– Tak, rozmawiałem z Nightchill, Draconusie, ale nie naciskaj mnie w tej sprawie. Gdy już podejmę decyzję, dowiesz się o tym pierwszy. Muszę pomówić z Rakiem.

– Ehe – mruknął pradawny wojownik. – Faktycznie musisz. Wytłumacz mu jedną prawdę, śmiertelniku. Jest zbyt miłosierny. Zbyt miłosierny, by władać Dragnipurem. Sytuacja zaczyna się robić rozpaczliwa.

– O czym ty mówisz?

– Dragnipur potrzebuje pokarmu. Rozejrzyj się wokół, śmiertelniku. Są tacy, którzy po długim czasie nie mają już sił ciągnąć tego brzemienia. Wrzuca się ich na wóz. Wydaje ci się, że to lepszy los? Są zbyt słabi, by się poruszać, i wkrótce przygniatają ich stosy innych podobnych do nich. Są pochowani na wieczność. A ciężar wozu wciąż wzrasta i coraz trudniej jest nam ciągnąć łańcuchy. Rozumiesz? Dragnipur potrzebuje pokarmu. Potrzebne nam... świeże nogi. Powiedz Rake'owi, że musi wydobyć miecz. Dać mu świeże dusze. Najlepiej potężne. I to szybko.

– Co się stanie, jeśli wóz się zatrzyma, Draconusie?

Mężczyzna, który wykuł własne więzienie, milczał przez długi czas.

– Przenieś swój wzrok w tył, śmiertelniku. Przekonaj się, co nas ściga.

Ściga? Zamknął oczy, lecz scena przed nim nie zniknęła. Wóz wlókł się naprzód wewnątrz jego umysłu, ciągnięty przez krocie widm. Po chwili masywny wehikuł minął go i skrzypienie umilkło w oddali. Z obu boków Paran miał koleiny, obie szerokie jak imperialny trakt. Grunt był wilgotny od krwi, żółci i potu. Ohydne błocko wsysało jego buty. Zapadał się w nie aż po kostki.

Przebiegł spojrzeniem wzdłuż tych kolein, aż po horyzont.

Szalał tam chaos. Niebo wypełniała burza, jakiej nigdy dotąd nie widział. Promieniował od niej nienasycony głód. Pełna niecierpliwości żądza.

Utracone wspomnienia.

Moc zrodzona z rozszarpanych dusz.

Złość i pożądanie, niemal świadome, wbite w wóz spojrzenia setek tysięcy oczu.

Tak bardzo głodnych.

Wzdrygnął się.

Westchnął głośno i nagle znowu znalazł się obok Draconusa. Uczepiła się go pozostałość tego, co zobaczył. Serce tłukło mu gwałtownie w piersi. Postawił trzydzieści kroków, nim był w stanie unieść głowę i wychrypieć:

– Draconusie, wykułeś bardzo nieprzyjemny miecz.

– Ciemność zawsze toczyła wojnę z Chaosem, śmiertelniku. Zawsze była w odwrocie. Za każdym razem, gdy Matka Ciemność się cofała, przed Nadejściem Światła, przed Narodzinami Cienia, jej moc słabła, a równowaga ulegała dalszemu zachwianiu. Tak właśnie w owych dawnych czasach wyglądała sytuacja w otaczających mnie królestwach. Nasilająca się nierównowaga. Wreszcie Chaos dotarł pod same bramy Kurald Galain. Trzeba było znaleźć jakieś środki obrony. Potrzebne były dusze...

– Zaczekaj chwilkę. Muszę się zastanowić...

– Chaos łaknie mocy dusz, które pochłonął Dragnipur. Gdyby je pożarł, stałby się dziesięciokrotnie potężniejszy. Stukrotnie. Tak potężny, że mógłby skruszyć bramę. Spójrz tylko na swe śmiertelne królestwo, Ganoesie Paran. Niszczące całe cywilizacje konflikty, wojny domowe, pogromy, ranni i umierający bogowie. Twoi pobratymcy z niebezpieczną prędkością wędrują ścieżką wytyczoną przez Chaos. Oślepia ich gniew i żądza zemsty, te najmroczniejsze z pożądań...

– Chwileczkę...

– Historia nic dla nich nie znaczy. Nie pamiętają o płynących z niej naukach. Zapominają o swym człowieczeństwie, o wszystkim, co ludzkie. Bez równowagi, Ganoesie Paran...

– Przecież chcesz, żebym zniszczył Dragnipura!

– Ach, teraz rozumiem, dlaczego z niechęcią słuchasz moich słów. Śmiertelniku, mnie nie brakowało czasu na zastanowienie. Mogłem uzmysłowić sobie, że popełniłem straszliwy błąd. Ganoesie Paran, w owych tak już odległych czasach byłem przekonany, że moc, która jest ładem, może się objawić jedynie w Ciemności. Chciałem pomóc Matce Ciemności, wydawało się bowiem, że nie potrafi pomóc sobie sama. Nie odpowiadała na wezwania, przestała nawet zauważać swe dzieci. Wycofała się w głąb swego królestwa, daleko od nas wszystkich, tak daleko, że nie mogliśmy jej odnaleźć.

– Draconusie.

– Wysłuchaj mnie, proszę. Przed Domami były Twierdze. Przed Twierdzami były wędrówki. Twoje własne słowa, tak? Miałeś rację, lecz nie do końca. Nie wędrówki, tylko migracje. Zależne od pór roku, przewidywalne, cykliczne. To, co wydawało się przypadkowe i bezładne, w rzeczywistości podlegało ustalonym prawom. Nie dostrzegłem zawartej w tej prawdzie mocy.

– To znaczy, że po zniszczeniu Dragnipura brama będzie mogła wznowić migrację.

– Co da jej moc oparcia się Chaosowi, tak, to prawda. Dragnipur skazał Bramę Ciemności na wieczną ucieczkę, lecz gdyby przykute do niej dusze straciły siły...

– Tempo ucieczki spadnie...

– Co doprowadzi do katastrofy.

– To znaczy, że albo Rake musi zacząć zabijać, zdobywać dusze, albo trzeba będzie zniszczyć Dragnipura.

– To pierwsze jest konieczne po to, by zyskać na czasie, nim będzie mogło dojść do drugiego. Miecz trzeba zniszczyć. Zamiar, dla którego go stworzono, był błędny. Jest też inna prawda, którą odkryłem dopiero niedawno. Stanowczo zbyt późno, by cokolwiek to zmieniło. Przynajmniej dla mnie.

– A co to za prawda?

– Nie tylko Chaos posiada zdolność samoobrony, zmieniania swej natury w sposób pozwalający mu na zdobycie przewagi w wiecznej wojnie. Ład również to potrafi. Nie jest nierozerwalnie związany z Ciemnością. Można powiedzieć, że rozumie wartość równowagi.

Parana nawiedził nagły rozbłysk intuicji.

– Domy Azath. Talia Smoków.

Zakapturzona głowa zwróciła się w jego stronę i kapitan poczuł na sobie spojrzenie zimnych, nieludzkich oczu.

– Tak jest, Ganoesie Paran.

– Domy chwytają dusze...

– I więżą je poza zasięgiem Chaosu.

– To znaczy, że nawet jeśli Ciemność padnie, nie powinno to mieć znaczenia.

– Nie bądź głupi. Zyski i straty akumulują się, zmieniają bieg wydarzeń, lecz nie zawsze w kierunku prowadzącym do odzyskania równowagi. Jesteśmy w stanie narastającego rozchwiania, Ganoesie Paran. Ta wojna, która nam, uwięzionym w jej wnętrzu, wydawała się wieczna, może się skończyć. A jeśli chcesz wiedzieć, co nas czeka, kiedy to się stanie... no cóż, śmiertelniku, widziałeś to, co podąża za nami.

– Muszę pomówić z Rakiem.

– Znajdź go więc. Oczywiście, zakładając, że jeszcze ma miecz. Wygląda na to, że łatwiej to mówić niż zrobić...

– Chwileczkę, co chciałeś przez to powiedzieć? Zakładając, że jeszcze ma miecz?

– To, co słyszałeś, Ganoesie Paran.

Dlaczego miałby go nie mieć? Do Kaptura, co próbujesz dać mi do zrozumienia, Draconusie? Mówimy o Anomanderze Rake'u, do cholery! Gdybyśmy żyli w jednej z tych kiepskich bajek, w których głupkowate kmiotki przypadkiem znajdują magiczne miecze, byłoby możliwe, że w jakiś sposób go stracił. Ale... Anomander Rake? Syn Ciemności? Władca Odprysku Księżyca?

Jego uwagę przyciągnęło głośne stęknięcie Draconusa. Na ich drodze leżał ogromny, zaplątany w łańcuchy demon.

– Byrys. To ja go zabiłem, tak dawno temu. Nie sądziłem... – Podszedł do czarnoskórej istoty, wyciągnął ręce i, ku zdumieniu Parana, zarzucił ją sobie na ramię. – Do wozu – rzekł Draconus. – Mój pradawny wróg...

– Kto mnie wezwał, bym stoczył z tobą bój? – zamruczał demon.

– Zawsze pytasz o to samo. Nie wiem. Nigdy tego nie wiedziałem.

– Kto mnie wezwał, Draconusie, bym zginął od twego miecza?

– Ten ktoś z pewnością dawno już nie żyje.

– Kto mnie wezwał...

Draconus i przerzucony przez jego ramię demon kontynuowali swą jałową rozmowę, lecz Paran poczuł, że się od nich oddala. Ich słowa stawały się coraz bardziej niewyraźne, obraz się zamazywał... aż wreszcie kapitan znowu znalazł się w podziemiach głęboko pod Domem Finnest.

– Anomander Rake, Rycerz Ciemności, Wielki Dom Ciemności...

Wytężał wzrok, by wypatrzyć wezwany przez siebie obraz pośród niezliczonych kamieni.

Nic jednak nie zobaczył.

Jego żołądek wypełnił nagły chłód. Paran sięgnął myślą naprzód, szukając Wielkiego Domu Ciemności oraz postaci z czarnym mieczem, za którym ciągnęły się eteryczne łańcuchy...

Nie potrafił pojąć tego, co wybiegło mu na spotkanie, oślepiło go, uderzyło w głowę... błysk...

...a potem pustka.

Otworzył oczy i ujrzał słoneczny blask, w którym tańczyły plamki cienia. Po skroniach spływały mu chłodne strużki wody. Przesunął się nad nim cień, a potem ujrzał znajomą, okrągłą twarz i bystro patrzące oczka.

– Młotek – wychrypiał Paran.

– Zastanawialiśmy się, czy jeszcze do nas wrócisz, kapitanie. – Uzdrowiciel uniósł ociekającą wodą szmatkę. – Przez pewien czas dręczyła cię gorączka, ale chyba już ustępuje...

– Gdzie jesteśmy?

– Przy ujściu Erynu. Nad Szczeliną Ortnalską. Jest dokładnie południe. Nocą Szybki Ben poszedł cię poszukać, kapitanie, bo obawialiśmy się, że za dnia nieprzyjaciel wypatrzy cię na otwartej przestrzeni. Potem przywiązaliśmy cię do quorla i pomknęliśmy z wiatrem.

– Szybki Ben – mruknął Paran. – Przyprowadź go tu. Szybko.

– Nie ma sprawy, kapitanie.

Młotek odchylił się i skinął dłonią.

Pojawił się czarodziej.

– Kapitanie, od świtu przeleciały tędy cztery kondory. Jeśli to nas szukają...

Paran potrząsnął głową.

– Nie nas. Odprysku Księżyca.

– Może i masz rację, ale to by znaczyło, że dotąd go nie wypatrzyły, co wydaje się cholernie mało prawdopodobne. Jak można ukryć latającą górę? Już prędzej...

– Anomander Rake.

– Co z nim?

Paran zamknął oczy.

– Szukałem go. Za pośrednictwem talii, jako Rycerza Ciemności. Czarodzieju, chyba go straciliśmy. I Odprysk Księżyca. Straciliśmy Tiste Andii, Szybki. Anomander Rake zniknął.

– Okropne miasto! Ohydne! Obrzydliwe! Obmierzłe! Kruppe żałuje rzeczonych odwiedzin w rzeczonej mieścinie...

– Już o tym wspominałeś – wyszeptał Sójeczka.

– W tej złowrogiej osadzie osadził się złowrogi osad. Te koszmarne ulice budzą strach, tak jak te ogromne sępy, które się tu gnieżdżą i krążą sobie spokojnie po niebie nad szlachetną głową Kruppego. Kiedyż, ach kiedyż, zapadnie zmrok? Gdy zapadnie litościwy zmrok, powtarza Kruppe, nasze jaźnie spowije błogosławiona ślepota i otworzy nas na błysk natchnienia, który odkryje fortel nad fortelami, oszustwo nad oszustwami, nieiluzję nad iluzjami...

– Dwa dni – warknęła stojąca u drugiego boku Sójeczki Hetan. – Ukradłam mu głos... na dwa dni. Myślałam, że to potrwa dłużej, bo jego serce omal nie przestało bić.

– Zrób to jeszcze raz – zasugerował Cafal.

– Dziś w nocy. Jeśli szczęście się do nas uśmiechnie, nie będzie w stanie nic powiedzieć przynajmniej do Mauriku.

– Miła dziewczyna źle zrozumiała nietypowe milczenie Kruppego! Kruppe przysięga! Nie, wręcz błaga, byś oszczędziła mu szamotaniny i sapania zarówno najbliższej nocy, jak i wszystkich następnych! Jest zbyt delikatny na duchu, za łatwo go posiniaczyć i podrapać, za łatwo nim ciskać! Kruppe nigdy dotąd nie poznał grozy, jaką są młynki, i nie pragnie już nigdy zaznać podobnej dyslokacji swej szlachetnej osoby. Pora wyjaśnić nadzwyczajną małomówność, owe dwa dni, podczas których Kruppe przybrał tak niegustowne szaty niemoty, gorsze zaiste niż całun przygnębienia. Wyjaśnić. Drodzy przyjaciele, Kruppe myślał. Tak jest, myślał! Takie myśli, jakich nigdy dotąd nie doświadczył. Nigdy, ale to nigdy. Myśli lśniące chwalebnym blaskiem, tak jasnym, że oślepiał oczy śmiertelników, tak przemożnym, że przemógł przemożne obawy, nie zostawiając nic poza najczystszą odwagą, na której można pożeglować niby na tratwie aż do samych ust raju!

Hetan pociągnęła nosem.

– To nie były młynki tylko fikołki. Jak sobie życzysz. Dziś w nocy pokażę ci młynki, śliski krętaczu!

– Kruppe się modli, och jakże się modli, by zmierzch nigdy nie nadszedł! By blask bijący z głębin przyćmił się tylko w świecie pełnym światła i cudów. Powstrzymaj się, miłosierna ciemności! Musimy maszerować, dzielny Sójeczko! Maszerować! Bez przerwy, bez odpoczynku, bez zwłoki. Zetrzyjmy stopy, by zostały z nich tylko kikuty. Kruppe błaga! Noc, och, noc! Jej śmiercionośna pokusa wabi słabą jaźń. W końcu muł był przy tym i spójrzcie tylko, jak biedne zwierzę wycieńczyło to, czego jego oczy nie mogły nie ujrzeć! Omal nie zginęło przez swą empatię! Och, nie słuchajcie Kruppego, nie wiedzcie nic o jego pragnieniu samounicestwienia w rękach cudownej kobiety! Nie słuchajcie! Nie słuchajcie, póki sens słów się nie rozproszy...

Wykałaczka wpatrzyła się w czarne wody Szczeliny Ortnalskiej. Na tafli unosiły się kry, przesuwające się z głośnym stukiem w górę rzeki. Rozciągająca się na południowym wschodzie Zatoka Koralowa była biała jak pole śniegu w blasku gwiazd. Podróż od ujścia Erynu zajęła im zaledwie pół nocy. Od tego miejsca Podpalacze Mostów mieli wędrować na piechotę, brzegiem mrocznych, gęsto zalesionych gór, ukrywając się w cieniu drzew przed spojrzeniem z góry. Z boku będą mieli stosunkowo płaski obszar dzielący góry od Szczeliny.

Zerknęła w dół łagodnego zbocza, gdzie siedzieli kapitan Paran, Szybki Ben, Trzpień, Goleń, Paluch i Niebieska Perła. Zebrania magów zawsze napawały ją niepokojem, zwłaszcza gdy jednym z nich był Trzpień. Pod okrytą włosiennicą skórą żyła dusza sapera, na wpół obłąkanego, tak jak wszyscy saperzy. Jego czary były notorycznie nieprzewidywalne. Nieraz już widziała, jak jedną ręką otwierał grotę, a drugą ciskał pocisk Moranthów.

Trzej pozostali czarodzieje Podpalaczy Mostów nie byli zbyt wiele warci. Niebieska Perła był Napańczykiem o szpotawych stopach, który golił sobie głowę i starał się sprawiać wrażenie, że wie bardzo wiele o grocie Ruse.

W żyłach Golenia płynęła krew Seti. Podkreślał przesadnie znaczenie tego faktu, obwieszając się niezliczonymi błyskotkami i amuletami produkowanymi przez to plemię z północnego Quon Tali, mimo że sami Seti już dawno zasymilowali się w quońskiej kulturze do tego stopnia, że została po nich tylko nazwa. Goleń jednak nosił jako część munduru dziwnie uromantycznioną wersję równinnego stroju tego ludu, uszytą przez krawcową pracującą dla kompanii teatralnej z Unty. Wykałaczka nie była pewna, w jakiej grocie specjalizuje się Goleń, ponieważ rytuały, których używał, by przywołać moc, trwały z reguły dłużej niż przeciętna bitwa.

Paluch zawdzięczał swe imię temu, że kolekcjonował palce nóg zabitych wrogów, niezależnie od tego, czy to on był odpowiedzialny za ich śmierć. Sporządził jakiegoś rodzaju proszek suszący, którym traktował swe trofea przed zaszyciem ich w swą kamizelkę. Gdy było sucho, śmierdział jak krypta, a kiedy padało – jak grób dla żebraków przed zalaniem wapnem. Utrzymywał, że jest nekromantą i że jakiś rozpaczliwie przezeń skopany rytuał uczynił go nadmiernie wrażliwym na duchy. Zapewniał, że podążają one za nim nieustannie, i dodawał też, że ucinając palce u nóg ich śmiertelnym ciałom, pozbawia duchy poczucia równowagi, dzięki czemu przewracają się tak często, że z łatwością może im uciec.

Rzeczywiście wyglądał na udręczonego, lecz – jak wskazała Niewidka – każdy byłby udręczony, gdyby musiał nosić ze sobą całą masę trupich palców.

Podróż była wyczerpująca. Kiedy człowiek siedział przypięty do tylnego siodła quorla i drżał od przejmująco zimnego wiatru, a na dole przesuwały się kolejne mile ziemi, miał prawo czuć się osłabiony, zesztywniały i ciężki. Nie pomagała też panująca w górskim lesie wilgoć. Wykałaczka przemarzła do szpiku kości. Cały ranek wypełnią im deszcz i mgła. Słońce i ciepło pojawią się dopiero po południu.

Podszedł do niej Młotek.

– Poruczniku – powiedział.

Łypnęła na niego ze złością.

– Wiesz może, o czym oni gadają, uzdrowicielu?

Młotek zerknął na magów.

– Martwią się, poruczniku. Tymi kondorami. Mieli ostatnio okazję przyjrzeć się im z bliska i nie ulega wątpliwości, że to wcale nie są żadne ptaki.

– Wszyscy się tego domyślaliśmy.

– Ehe. – Młotek wzruszył ramionami. – Przypuszczam też, że to, co powiedział Paran o Anomanderze Rake'u i Odprysku Księżyca, również ich zbytnio nie uspokoiło. Jeśli rzeczywiście ich straciliśmy, tak jak sądzi kapitan, zdobycie Koralu i załatwienie Pannińskiego Jasnowidza będzie znacznie trudniejsze.

– Chcesz powiedzieć, że mogą nas wyciąć w pień.

– No cóż...

Wykałaczka skierowała powoli wzrok na uzdrowiciela.

– No, gadaj – warknęła.

– To tylko intuicja, poruczniku.

– I co ci podszeptuje?

– Szybki Ben i kapitan, poruczniku. Wykombinowali na spółkę coś jeszcze. Tak przynajmniej podejrzewam. Rozumiesz, już od dawna dobrze znam Szybkiego. Wiem, jak funkcjonuje jego umysł. Przybyliśmy tu ukradkiem, zgadza się? Jako straż przednia Dujeka. Ale w przypadku tych dwóch to jest podwójna zasłona. Pod naszą misją ukrywa się jeszcze druga i nie sądzę, by Jednoręki cokolwiek o niej wiedział.

Wykałaczka zamrugała.

– A Sójeczka?

Młotek uśmiechnął się kwaśno.

– Na to pytanie nie potrafię ci odpowiedzieć, poruczniku.

– Czy tylko ty coś podejrzewasz, uzdrowicielu?

– Nie tylko. Drużyna Sójeczki. Płot. Biegunek. Ten cholerny Barghast stanowczo zbyt często odsłania swe zaostrzone zęby, a to z reguły oznacza, że domyśla się, iż coś się dzieje, ale nie wie dokładnie co. Tyle że tego ostatniego szczegółu nie zdradza, jeśli rozumiesz, co mam na myśli.

Wykałaczka skinęła głową. W ostatnich dniach, gdy tylko zauważyła Biegunka, Barghast niemal zawsze był uśmiechnięty. Mimo tłumaczenia Młotka wydawało się jej to niepokojące.

Wtem pojawiła się przed nimi Niewidka.

Wykałaczka zasępiła się jeszcze bardziej.

– Przepraszam, poruczniku – powiedziała żołnierka. – Kapitan mnie zwęszył. Nie wiem, jak mu się to udało. Obawiam się, że nie miałam szansy usłyszeć zbyt wiele. Mam ci powiedzieć, żebyś przygotowała drużyny.

– Nareszcie – mruknęła Wykałaczka. – Myślałam już, że tu zamarznę.

– To prawda – zgodził się Młotek – ale zaczynam tęsknić za Moranthami. W tych lasach jest cholernie ciemno.

– Ale za to pusto.

Uzdrowiciel wzruszył ramionami.

– Na to wygląda. Kiedy nadejdzie dzień, to o niebo będziemy musieli się martwić.

Wykałaczka wyprostowała się.

– Chodźcie za mną. Pora wszystkich obudzić...

Marsz Brooda do Mauriku przerodził się w wyścig. Różne pododdziały jego armii zostawały z tyłu, posuwając się naprzód w tempie, jakie były w stanie osiągnąć, czy – w przypadku Szarych

Mieczy oraz legionu Zrzędy – jakie chciały utrzymać. W rezultacie posuwająca się na południe starym kupieckim traktem, przecinającym wypalone pola, kolumna rozciągnęła się na blisko trzy mile. Szare Miecze, Legion Trake'a oraz inne luźne oddziały tworzyły w praktyce tylną straż tylko dlatego, że nie śpieszyło im się zbytnio.

Itkovian postanowił dotrzymywać towarzystwa Zrzędzie. Postawny Daru i Stonny Menackis snuli długie opowieści o swej wspólnej przeszłości. Itkoviana w równym stopniu bawiły rozbieżności ich relacji, jak i horrendalny charakter opisywanych wydarzeń.

Minęło wiele czasu, odkąd ostatnio pozwolił na podobne przyjemności. Wysoko sobie cenił ich towarzystwo, zwłaszcza okazywany przez nich przerażający brak szacunku dla wszystkiego.

Niekiedy podjeżdżał też do Szarych Mieczy, by porozmawiać z Tarczą Kowadłem i Bożym Jeźdźcem, lecz czuł się skrępowany i nie mógł wytrzymać z nimi długo. Jego dawna kompania zdrowiała już, rekruci z Tenescowri wciągali się w jej życie, szkolenie prowadzono podczas marszu i urządzanych o zmierzchu postojów. Im lepiej żołnierze zżywali się ze sobą, tym bardziej obco czuł się wśród nich Itkovian. Tym gwałtowniej tęsknił za rodziną, którą znał przez całe dorosłe życie.

Byli oni jednak również jego dziedzictwem i spoglądając na nich, czuł pewną dumę. Nowa Tarcza Kowadło wzięła na swe barki tytuł i wszystko, co się z nim wiązało. Dopiero teraz zdał sobie sprawę, jak inni musieli patrzeć na niego, gdy nosił tytuł nadany przez Reve. Odległy, bezkompromisowy, zupełnie niedostępny. Twarda postać, obiecująca brutalną sprawiedliwość. Co prawda, miał wsparcie Brukhaliana i Karnadasa. Natomiast nowa Tarcza Kowadło miała tylko swego Bożego Jeźdźca, młodą, małomówną capańską kobietę, która jeszcze niedawno była rekrutką. Itkovian świetnie rozumiał, jak bardzo samotna czuje się Tarcza Kowadło, lecz nie potrafił w żaden sposób jej pomóc. Ostatecznie każda jego rada pochodziła od człowieka, który – przynajmniej we własnej opinii – zawiódł swego boga.

Gdy wracał potem do Zrzędy i Stonny, zawsze czuł w ustach gorzki smak ucieczki.

– Nigdy nie znałem nikogo, kto gryzłby się wszystkim tak jak ty.

Itkovian zamrugał i spojrzał na Daru.

– Słucham?

– No, może, jak się zastanowić, to nie do końca prawda. Buke...

Jadąca po drugiej stronie Itkoviana Stonny pociągnęła nosem.

– Buke? On był pijakiem.

– Był kimś znacznie więcej, ty marudna kobieto – sprzeciwił się Zrzęda. – Dźwigał na barkach...

– Przestań – ostrzegła go Stonny.

Ku zdziwieniu Itkoviana Zrzęda umilkł nagle.

Buke... ach, pamiętam. Dźwigał na barkach śmierć tych, których kochał.

– Nie musisz okazywać tak przesadnej wrażliwości, Stonny Menackis. Rozumiem, dlaczego wydaję się wam podobny do Buke'a. Chciałbym się dowiedzieć, czy wasz nieszczęśliwy przyjaciel szukał w życiu odkupienia? Choć odmówił mi, gdy byłem Tarczą Kowadłem, mógł znaleźć w sobie jakąś wewnętrzną siłę.

– Nie ma szans, Itkovian – zaprzeczyła Stonny. – Buke pił po to, by odsunąć ból. Nie szukał odkupienia. Pragnął śmierci i na tym koniec.

– Nie koniec – zaprotestował Zrzęda. – Pragnął honorowej śmierci, jakiej nie dano jego najbliższym. To ich chciał w ten sposób odkupić. Wiem, że to chory pomysł, ale podejrzewam, że wiem więcej od innych o tym, co działo się w jego głowie.

– Dlatego że ty myślałeś o tym samym – warknęła Stonny. – Mimo że twoja rodzina nie zginęła w pożarze kamienicy. Mimo że najgorsze, co cię spotkało, to strata tej zdziry, która wyszła za kupca...

– Stonny – warknął Daru. – Straciłem Harlla. Omal nie straciłem ciebie...

Wyraźnie zaniemówiła na te słowa.

Ach, tych dwoje...

– Różnica między mną a Bukiem polega na tym, że inaczej sobie wyobrażamy odkupienie. Ja akceptuję ból, jaki czuję, i w ten sposób biorę na siebie odpowiedzialność za to, co uczyniłem i czego nie uczyniłem. Gdy byłem Tarczą Kowadłem, moja wiara wymagała ode mnie, bym uwalniał innych od cierpienia. Miałem przynosić duszom pokój w imię Fenera, powstrzymując się od ich osądzania. Tak też postępowałem.

– Ale twojego boga już nie ma – wskazała Stonny. – Komu więc oddałeś te dusze, w imię Kaptura?

– Ależ nikomu, Stonny Menackis. Noszę je nadal.

Stonny przeszyła Zrzędę wściekłym spojrzeniem. Mężczyzna odpowiedział jej pełnym przygnębienia wzruszeniem ramion.

– A nie mówiłem, dziewczyno – mruknął.

– Ty cholerny durniu! – naskoczyła na Itkoviana. – A co z tą nową Tarczą Kowadłem? Czy ona nie może podźwignąć twego brzemienia, czy co wy tam właściwe robicie? Czy nie może przyjąć od ciebie tych dusz? Ona ma boga, do cholery! – Stonny złapała wodze. – Jeśli uważa, że wolno jej...

Itkovian powstrzymał ją, wyciągając rękę.

– Nie. Proponowała mi to, jak nakazywał jej obowiązek. Ale nie jest jeszcze gotowa uporać się z tak wielkim brzemieniem. To by ją zabiło, zniszczyło jej duszę, co z kolei zraniłoby jej boga, być może śmiertelnie.

Stonny cofnęła rękę, lecz nadal jechała obok niego. Wybałuszyła oczy.

– A co właściwie zamierzasz zrobić z tymi wszystkimi duszami?

– Muszę znaleźć jakiś sposób, by je odkupić, Stonny Menackis. Tak właśnie postąpiłby mój bóg.

– To obłęd! Nie jesteś bogiem! Jesteś cholernym śmiertelnikiem! Nie zdołasz...

– Muszę to uczynić. Jak widzisz, jestem zarazem podobny i niepodobny do waszego przyjaciela Buke'a. Darujcie mi, proszę, że gryzę się takimi sprawami. Wiem, że znajdę odpowiedź, i sądzę, że stanie się to wkrótce. Macie rację, że lepiej byłoby, gdybym czekał na tę chwilę cierpliwie i ze spokojem. Ostatecznie, wytrzymałem już długo.

– Nie przejmuj się tym, Itkovian – odezwał się Zrzęda. – Za dużo gadamy ze Stonny, to wszystko. Wybacz nam.

– Nie potrzebujecie wybaczenia.

– Dlaczego nie mogę mieć normalnych przyjaciół? – obruszyła się Stonny. – Takich, którzy nie mieliby tygrysich pręg i kocich oczu? Którzy nie dźwigaliby na plecach stu tysięcy dusz? O, zbliża się jeździec z tej drugiej opieszałej kompanii. Może on będzie normalny? Kaptur wie, że jest ubrany jak wieśniak i wygląda jak zdegenerowany od wielu pokoleń kazirodztwa przygłup, zdolny przemawiać tylko prostymi zdaniami. Znakomicie! Hej! Ty! Nie, po co się wahasz? Podjedź do nas! Proszę!

Chudy mężczyzna dosiadający wierzchowca, który wyglądał jak przedstawiciel jednej ze starych ras koni pociągowych, ruszył stępa w ich stronę.

– Cześć, przyjaciele! – zawołał w okropnie akcentowanym daru. – Czy to nieodpowiednia chwila? Wygląda na to, że się kłócicie...

– Kłócimy? – żachnęła się Stonny. – Chyba za długo siedziałeś w lesie, jeśli nazywasz to kłótnią! Podjedź bliżej. Skąd, na Otchłań, wziąłeś taki wielki nochal?

Mężczyzna skulił się i wyraźnie zawahał.

– Stonny! – skarcił ją Zrzęda. – Ona dla każdego jest chamska i marudna, żołnierzu – wyjaśnił przybyszowi.

– To wcale nie było chamskie! – zawołała. – Chodziło mi o to, że wielkie nosy są jak duże dłonie...

Nikt się nie odzywał.

Pociągła, wąska twarz nieznajomego powoli przybrała karmazynową barwę.

– Witaj – rzekł Itkovian. – Szkoda, że nie mieliśmy dotąd okazji się spotkać, zwłaszcza że wydaje się, iż przednia straż Brooda wszystkich nas zostawiła z tyłu. Rhivijczycy i pozostałe kompanie zresztą również.

Mężczyzna zdołał skinąć głową.

– Ehe, też to zauważyliśmy. Jestem wielki marszałek Słoma z Mottańskich Pospolitaków. – Spojrzenie jego jasnych, załzawionych oczu zatrzymało się na Zrzędzie. – Niezłe tatuaże. Ja też mam jeden. – Podwinął poplamiony rękaw, odsłaniając niewyraźny, pokraczny rysunek widoczny na brudnym barku. – Nie jestem pewien, co się z nim stało. To miała być rzekotka siedząca na pniu. Oczywiście, rzekotki rzadko się widzi, więc całkiem możliwe, że to jest ta plama. Myślę, że to rzekotka. Ale całkiem możliwe, że to jednak grzyb. – Uśmiechnął się, odsłaniając ogromne zęby, ściągnął rękaw i usadowił się wygodnie w siodle. Wtem zmarszczył brwi. – Czy wiecie, dokąd maszerujemy? I dlaczego wszystkim tak się śpieszy?

– Hmm...

Zrzęda nie zdołał wykrztusić nic więcej, zastąpił go więc Itkovian.

– To bardzo celne pytanie, marszałku. Zmierzamy do miasta o nazwie Maurik, gdzie mamy się połączyć z malazańską armią. Stamtąd ruszymy dalej na południe, do Koralu.

Słoma zmarszczył brwi.

– Czy pod Maurikiem będzie bitwa?

– Nie, miasto jest opuszczone. To po prostu dogodne miejsce spotkania.

– A pod Koralem?

– Tak, tam zapewne będzie bitwa.

– Miasto nigdzie nie ucieknie. Do czego się tak śpieszymy?

Itkovian westchnął.

– Ten kontrowersyjny problem sprawia, że musimy podać w wątpliwość pewne założenia, które wszyscy dotąd przyjmowaliśmy.

– Co?

– Chciał powiedzieć, że to celne pytanie – wycedziła Stonny.

Marszałek pokiwał głową.

– Właśnie dlatego je zadałem. Słynę z tego, że zawsze zadaję celne pytania.

– Zauważyliśmy – stwierdziła ze spokojem Stonny.

– Broodowi się śpieszy, ponieważ chce dotrzeć do Mauriku przed Malazańczykami – wyjaśnił Zrzęda – a wydaje się, że oni posuwają się naprzód szybciej, niż uważaliśmy to za możliwe.

– I co z tego?

– No więc ten sojusz stał się ostatnio trochę... niepewny.

– A czego się spodziewałeś? W końcu to Malazańczycy.

– Szczerze mówiąc, nie sądzę, by Brood wiedział, czego się spodziewać – odparł Zrzęda. – Mówisz, że ciebie ten rozłam nie zaskoczył?

– Rozłam? Aha. Nie. Zresztą to oczywiste, w jaki sposób Malazańczycy poruszają się tak szybko.

Itkovian pochylił się w siodle.

– Naprawdę?

Słoma wzruszył ramionami.

– Mamy u nich paru ludzi...

– Macie szpiegów wśród Malazańczyków? – zdziwił się Zrzęda.

– Jasne. Zawsze tak robiliśmy. Opłaca się wiedzieć, co oni kombinują, zwłaszcza jeśli są naszymi wrogami. Teraz jesteśmy sojusznikami, ale to jeszcze nie powód, żeby nie mieć ich na oku.

– I jak to się dzieje, że maszerują tak szybko, marszałku Słoma?

– Dzięki Czarnym Moranthom, oczywiście. Co noc przenoszą w powietrzu całe kompanie. Na trakcie zostały tylko jakieś cztery tysiące Malazańczyków. Połowa z nich to jednostki wsparcia. Dujek również odleciał. Kolumnę prowadzi Sójeczka. Dotarli do brzegów Mauriku i robią barki.

– Barki?

– Jasne. Pewnie chcą popłynąć nimi w dół rzeki. Nie przepłynąć na drugi brzeg, bo tam jest bród, a zresztą barki są poniżej niego.

– A rzeka oczywiście w kilka dni zaniesie ich do samego Mauriku – mruknął Zrzęda.

– Marszałku, czy podzieliłeś się tą informacją z Caladanem Brodem? – zapytał Zrzęda.

– Nie.

– A dlaczego?

Słoma raz jeszcze wzruszył ramionami.

– Gadaliśmy na ten temat z braćmi Pień.

– I?

– Doszliśmy do wniosku, że Brood pewnikiem zapomniał.

– Zapomniał? O czym?

– O nas. O Mottańskich Pospolitakach. Pomyśleliśmy sobie, że pewnie chciał nas zostawić. Na północy. W Lesie Czarnego Psa. Możliwe, że był taki rozkaz, żebyśmy tam zostali, kiedy maszerował na południe. Nie jesteśmy pewni. Nie pamiętamy.

Zrzęda odkaszlnął.

– A czy przyszło wam do głowy, by zawiadomić naczelnego wodza o waszej obecności?

– Hmm, nie chcemy, żeby się wściekł. Rozumiesz, wydaje się nam, że jednak był taki rozkaz. Coś jak „idźcie stąd".

– Idźcie stąd? Czemu Brood miałby powiedzieć wam coś takiego?

– Hmm, kłopot w tym, że to wcale nie był naczelny wódz, tylko Kallor. To właśnie zbiło nas z tropu. Nie lubimy Kallora. Na ogół ignorujemy jego rozkazy. No, ale tyle o nas. A kim wy jesteście?

– Marszałku, uważam, że powinniście wysłać jeźdźca do Brooda, żeby zameldował mu o Malazańczykach – stwierdził Itkovian.

– Och, w straży przedniej też mamy swoich ludzi. Próbowali dotrzeć do naczelnego wodza, ale Kallor ciągle ich zawraca.

– A to ciekawe – wyszeptał Zrzęda.

– Kallor mówi, że w ogóle nie powinno nas tu być. Mówi, że naczelny wódz będzie wściekły. Dlatego już się do niego nie zbliżamy. Szczerze mówiąc, zastanawiamy się, czy w ogóle nie zawrócić. Tęsknimy za Puszczą Mott. Tu w ogóle nie ma drzew. Lubimy las i wszystko, co jest zrobione z drewna. Niedawno udało się nam zdobyć naprawdę zdumiewający stół.... ale bez nóg. Chyba się ułamały.

– Osobiście wolelibyśmy, żebyście nie opuszczali armii, marszałku – stwierdził Zrzęda.

Pociągła twarz mężczyzny przybrała ponury wyraz.

– Tam są drzewa! – zawołała nagle Stonny. – Na południu! Koral otacza las.

Wielki marszałek rozpromienił się.

– Naprawdę?

– Naprawdę – zapewnił Itkovian. – Ponoć jest tam puszcza złożona z cedrów, jodeł i świerków.

– No to w takim razie w porządku. Powiem pozostałym. Znowu poczują się zadowoleni. Lepiej, kiedy są zadowoleni. Ostatnio tępili broń, a to zawsze zły znak.

– Tępili, marszałku?

Słoma skinął głową.

– Tępili klingi i robili na nich nacięcia. Zadane taką bronią rany są znacznie paskudniejsze. To zły znak, kiedy wpadają w taki nastrój. Bardzo zły. Niedługo zaczną nocami tańczyć wokół ogniska. Potem przestają i wtedy wiadomo, że już nie może być gorzej. Chłopaki są gotowe łączyć się w bandy i wychodzić nocą na poszukiwania kogoś, kogo mogliby zabić. Mieli na oku ten wielki wóz, który za nami jedzie...

– Och – odezwał się Zrzęda. – Nie róbcie tego. Powiedz im, żeby tego nie robili, marszałku. Ci ludzie...

– Ehe, to nekromanci. Ponurzy. Bardzo ponurzy. Nie lubimy nekromantów. Szczególnie bracia Pień ich nie lubią. Rozumiesz, jeden siedział kiedyś na ich ziemi, zakamuflował się w ruinach jakiejś starej wieży na bagnach. Co noc dręczyły ich widma i zjawy, więc w końcu postanowili coś z tym zrobić. Poszli porachować się ze skurczybykiem. Uwierz mi, że wyglądało to paskudnie. Tak czy inaczej, to, co z niego zostało, powiesili na Dolnych Rozstajach. Rozumiesz, jako ostrzeżenie dla innych.

– Ci bracia Pień to musi być naprawdę niezwykła dwójka – zauważył Itkovian.

– Dwójka? – Słoma uniósł skołtunione brwi. – Jest ich dwudziestu trzech i żaden nie ustępuje mi wzrostem. Są też bystrzy. Przynajmniej niektórzy z nich. Oczywiście, żaden nie umie czytać, ale umieją liczyć dalej niż do dziesięciu, a to już coś, nie? Muszę iść. Powiem wszystkim o tych drzewach na południu. Do widzenia.

Oddalił się w stronę swego oddziału.

– Nie odpowiedzieliśmy na jego pytanie – wskazał Zrzęda.

– A jak ono brzmiało?

– Kim jesteśmy.

– Nie bądź idiotą – skarciła go Stonny. – On doskonale wie, kim jesteśmy.

– Myślisz, że grał?

– Wielki marszałek Słoma! Niech mnie Otchłań pochłonie, oczywiście, że tak! Nabrał was obu, mam rację? Ale nie mnie. Ja go przejrzałam na wylot. W jednej chwili.

– Uważasz, że powinniśmy poinformować Brooda? – zapytał ją Itkovian.

– O czym?

– O Malazańczykach, oczywiście.

– A czy to coś zmieni? I tak dotrze do Mauriku przed nimi. Będziemy na nich czekać dwa dni, a nie dwa tygodnie, i co z tego? Po prostu szybciej się uporamy z całym tym interesem. Kaptur wie, może Dujek już zdobył Koral. Jak dla mnie może go sobie zatrzymać.

– Masz trochę racji – mruknął Zrzęda.

Itkovian odwrócił wzrok.

Może Stonny rzeczywiście ma rację. Dokąd właściwie jadę? Co jeszcze chcę osiągnąć na tym świecie? Nie wiem tego. Nic mnie nie obchodzi Pannioński Jasnowidz. Ostatecznie on nie przyjmie mojego objęcia, nawet gdyby Malazańczycy pozostawili go przy życiu, co nie wydaje się prawdopodobne.

Czy właśnie dlatego wlokę się tak daleko za tymi, którzy mają odmienić postać świata? Obojętny i niezaangażowany? Wydaje się, że nie mam już nic do zrobienia. Dlaczego nie chcę się pogodzić z tą prawdą? Mój bóg odszedł i sam muszę dźwigać swe brzemię. Być może nie ma dla mnie wyjścia. Czy to właśnie widzi nowa Tarcza Kowadło, gdy spogląda na mnie z taką litością w oczach?

Czy całe życie mam już za sobą i został mi jedynie codzienny, bezsensowny trud ciała?

Być może to rzeczywiście koniec. Nareszcie...

– Nie martw się, Itkovian – odezwał się Zrzęda. – Niewykluczone, że wojna się skończy, nim zdążymy choćby się tam zbliżyć. Czyż nie byłoby to rozczarowujące zakończenie tej szalonej opowieści?

– Rzeki służą do tego, żeby z nich pić i w nich tonąć – utyskiwała Hetan, obejmując jedną ręką beczkę.

– Sądziłem, że twoi przodkowie wędrowali po morzach – stwierdził z uśmiechem Sójeczka.

– Ale w końcu odzyskali rozsądek i raz na zawsze pochowali swoje cholerne czółna.

– Okazujesz im zaskakująco mało szacunku, Hetan.

– Zaraz narzygam ci na buty, starcze. Jak twoim zdaniem mam się zachowywać?

– Nie zwracaj uwagi na moją córkę – odezwał się Humbrall Taur. Podszedł do nich, tupiąc owiniętymi w skóry stopami o pokład. – Zmógł ją Daru.

– Nie wspominaj o tej gliście! – wysyczała Hetan.

– Zapewne z przyjemnością się dowiesz, że przez całe trzy dni, kiedy tutaj cierpiałaś, on przebywał na innej barce – wtrącił Sójeczka. – Wracał do zdrowia.

– Opuścił tę tylko dlatego, że przysięgłam, iż go zabiję – mruknęła Hetan. – Nie chodziło mi o to, żeby stracił dla mnie głowę! Oślizły robak! Duchy na dole, cóż za nienasyceniec!

Humbrall Taur ryknął tubalnym śmiechem.

– Nie spodziewałem się, że kiedykolwiek zobaczę tak rozkoszną...

– Och, bądź cicho, ojcze!

Barczysty wódz wojenny Barghastów mrugnął znacząco do Sójeczki.

– Z niecierpliwością oczekuję spotkania z tym człowiekiem z Darudżystanu.

– W takim razie powinienem cię ostrzec, że pozory często mylą – rzekł Sójeczka – zwłaszcza w przypadku Kruppego.

– Och, przyglądałem się z daleka, jak moja córka miotała nim to w tę, to w tamtą. Przynajmniej z początku. Potem zauważyłem, że pan i poddany zamienili się rolami. To bardzo interesujące. Rozumiesz, Hetan jest nieodrodną córką mojej żony.

– A gdzie przebywa teraz twoja żona?

– W Górach Białej Twarzy. Prawie wystarczająco daleko, bym mógł oddychać swobodnie. Prawie. Być może w Koralu...

Sójeczka uśmiechnął się, po raz kolejny zdumiewając się darami przyjaźni, które ostatnio otrzymał.

Płynęli Maurikiem, rzeką, która ongiś była uregulowana. Rybackie przystanie i stanowiska cumownicze zarosły trzcinami, a łodzie butwiały na brzegu, pogrążając się w mule. Rybackie chaty, które stały wyżej, otaczała wysoka trawa. Na widok porzuconej osady nastrój pogorszył mu się na chwilę.

– Nawet mnie nie podoba się ten widok – warknął stojący obok Humbrall Taur.

Sójeczka westchnął.

– Zbliżamy się do miasta, tak?

Malazańczyk skinął głową.

– Może już jutro.

Hetan jęknęła, słysząc te słowa.

– Myślisz, że Brood wie?

– Sądzę, że tak, przynajmniej część. Mamy wśród stajennych i poganiaczy Mottańskich Pospolitaków...

– A co to są Mottańscy Pospolitacy, dowódco?

– Coś, co w przybliżeniu przypomina kompanię najemników, wodzu wojenny. To głównie drwale i rolnicy. Oddział powstał przypadkiem. Właściwie to my go stworzyliśmy. Po zdobyciu Orazu pomaszerowaliśmy na zachód, do Mott. Miasto natychmiast się poddało, ale osadnicy z Puszczy Mott tego nie uczynili. Dujek nie chciał dopuścić, żeby kompania renegatów zagroziła naszym liniom zaopatrzenia, kiedy już ruszymy w głąb lądu, dlatego wysłał do Puszczy Mott Podpalaczy Mostów, rozkazując nam ich wytropić. Półtora roku później nadal tam siedzieliśmy. Pospolitacy bawili się z nami w ganianego. A gdy decydowali się stanąć do walki, wydawało się, że opętał ich jakiś mroczny bóg z bagien. Niejeden raz rozkwasili nam nosy. I Złotym Moranthom też. W końcu Dujek nas stamtąd wycofał, ale wtedy Brood zdążył się już skontaktować z Mottańskimi Pospolitakami i wcielić ich do swojej armii. Tak czy inaczej – wzruszył ramionami – z pozoru nie wyglądają zbyt imponująco, ale pozbyć się ich jest równie trudno jak jelitowych robaków. Dlatego w końcu nauczyliśmy się z nimi żyć.

– Czyli, że wiecie, co nieprzyjaciel wie o was – stwierdził Humbrall, kiwając głową.

– Mniej więcej.

– Wy, Malazańczycy, prowadzicie skomplikowaną grę – skonkludował Barghast, potrząsając głową.

– Czasami – przyznał Sójeczka. – A w innych przypadkach prostą.

– Pewnego dnia wasze armie pomaszerują do Gór Białej Twarzy.

– Wątpię w to.

– Dlaczego by nie? – zapytał Humbrall Taur. – Czy nie uważacie nas za godnych przeciwników, dowódco?

– Za nazbyt godnych, wodzu wojenny. Nie, prawda wygląda tak, że zawarliśmy z wami układ, a Imperium Malazańskie poważnie traktuje takie precedensy. Potraktujemy was z szacunkiem. Otrzymacie propozycje nawiązania wymiany handlowej, wytyczenia granic i tak dalej, jeśli będziecie tego pragnęli. Jeżeli nie wyrazicie zainteresowania, posłowie odejdą i nie zobaczycie już więcej Malazańczyków, dopóki nie zmienicie zdania.

– Dziwni z was zdobywcy.

– To prawda.

– Po co w ogóle przybyliście na Genabackis, dowódco?

– Imperium Malazańskie? Po to, by zaprowadzić jedność i dzięki temu się wzbogacić. Innym też nie żałujemy szansy zdobycia majątku.

Humbrall Taur grzmotnął się pięścią w wyszywaną monetami kolczugę.

– I srebro to wszystko, co was interesuje?

– Istnieje więcej niż jeden rodzaj bogactwa, wodzu wojenny.

– Naprawdę?

Potężnie zbudowany wojownik przymrużył powieki.

Sójeczka uśmiechnął się.

– Na przykład wzbogaciło nas spotkanie z Barghastami z klanów Białej Twarzy. Różnorodność warto celebrować, Humbrallu Taur, z niej bowiem rodzi się mądrość.

– To twoje słowa?
– Nie, Duikera, historyka imperialnego.
– I on przemawia w imieniu Imperium Malazańskiego?
– W najlepszych czasach.
– A czy mamy teraz najlepsze czasy?
Sójeczka spojrzał prosto w ciemne oczy wojownika.
– Być może.
– Będziecie wreszcie cicho? – warknęła Hetan. – Zaraz umrę.
Humbrall Taur odwrócił się i spojrzał na córkę, która przykucnęła obok beczki ze zbożem.
– Coś mi właśnie przyszło do głowy – mruknął.
– A co takiego?
– Tylko to, że to może nie być choroba morska, córko.
– Naprawdę! A co... – Hetan wybałuszyła nagle oczy. – Duchy na dole!
Po chwili Sójeczka był zmuszony bezceremonialnie wystawić nogi za reling barki. Wartki nurt, który szarpał mu stopy, wkrótce wymył je do czysta.

Jakiś czas po tym, jak miasto opustoszało, na Maurik spadł morski sztorm, który zwalił ozdobne drzewa i usypał pod murami budynków pełne wodorostów wydmy. Ulice pokrywał biały, nieskalany dywan piasku, który zamaskował ciała i wszelkie inne szczątki.
Korlat jechała sama główną aleją portowego miasta. Po lewej miała wielkie, przysadziste magazyny, a po prawej budynki administracyjne, tawerny, gospody i faktorie. Nad jej głową przebiegały liny, łączące górne piętra magazynów z dachami faktorii. Porosła je trawa morska i wydawało się, że ulicę udekorowano na jakieś morskie święto.
Dął ciepły, mocny wiatr, lecz poza tym na ulicy i na krzyżujących się z nią zaułkach nic się nie poruszało. Wszędzie było widać czarne, smętne otwory pustych okien i drzwi. Magazyny ogołocono, a ich wielkie, suwane drzwi były szeroko otwarte.
Gdy dotarła do zachodniego skraju miasta, woń morza ustąpiła miejsca zapachowi słodkiej wody i rozkładu bijącego od rzeki, która płynęła za magazynami po lewej stronie.
Caladan Brood, Kallor i cała reszta postanowili ominąć Maurik i podążyć w stronę błotnych równin. Starucha przez jakiś czas

latała nad miastem, lecz potem się oddaliła. Korlat nigdy dotąd nie widziała, by coś tak wyprowadziło matronę Wielkich Kruków z równowagi. Jeśli utrata kontaktu rzeczywiście znaczyła, że Anomandera Rake'a i Odprysk Księżyca spotkała zagłada, Starucha straciła zarówno pana, jak i gniazdo całej swej rodziny. Jedno i drugie nie było przyjemną myślą. Z nawiązką wystarczyło to, by zdesperowany Wielki Kruk rozpostarł skrzydła i ponownie pomknął na południe.

Korlat postanowiła, że pojedzie sama dłuższą drogą, wiodącą przez miasto. Ostatecznie nie było powodu do pośpiechu, a czas oczekiwania często się dłużył. Lepiej udać się na miejsce przewidywanego spotkania w kontrolowanym tempie. Musiała wiele przemyśleć. Jeśli jej władcy nic się nie stało, będzie musiała stanąć przed nim i oficjalnie wypowiedzieć mu służbę, położyć kres związkowi, który trwał czternaście tysięcy lat, czy może raczej zawiesić go na pewien czas. Na okres trwania życia śmiertelnika. Jeśli natomiast Anomandera Rake'a spotkało jakieś nieszczęście, Korlat stanie się dowódcą grupy dwunastu Tiste Andii, którzy towarzyszyli armii Brooda. Szybko pozbędzie się tej odpowiedzialności. Nie pragnęła władzy nad swymi współbraćmi. Uwolni ich, pozwoli, by sami decydowali o swym losie.

Anomander Rake zjednoczył ich dzięki sile swej osobowości. Korlat zdawała sobie sprawę, że brak jej tej cechy. Zawsze uważała, że rozmaite sprawy, w które Rake angażował się ze swym ludem, łączy jakiś wspólny wątek, lecz natura owego powiązania wciąż jej umykała. Było wiele wojen i potyczek, wrogów i sojuszników, zwycięstw i klęsk. Ich ciągnący się stuleciami korowód wydawał się pozbawiony myśli przewodniej nie tylko Korlat, lecz również wszystkim Tiste Andii.

Nagle przyszła jej do głowy pewna myśl, która obróciła się w jej piersi niczym tępy nóż. Niewykluczone, że Anomander Rake również czuł się zagubiony.

Być może ta ciągnąca się bez końca seria spraw, o które walczy, stanowi odzwierciedlenie jego poszukiwań. Zawsze uważałam, że kryje się za tym prosty cel, że chce nam dać powód do życia, pozwolić przejąć szlachetność innych... dla których ich walka ma jakieś znaczenie. Czyż nie to było wspólnym wątkiem łączącym wszystkie nasze poczynania? Dlaczego nagle w to zwątpiłam?

Dlaczego nagle zaczęłam sądzić, że jeśli ten wątek naprawdę istnieje, to jest w rzeczywistości czymś innym.

Czymś znacznie mniej szlachetnym...

Próbowała odepchnąć od siebie te myśli, nim ściągną ją w otchłań rozpaczy.

Rozpacz jest przekleństwem Tiste Andii. Jak często widziałam, jak któryś z moich pobratymców pada na polu bitwy, i wiedziałam w głębi duszy, że moi bracia i siostry nie giną dlatego, że nie mogą już się bronić? Ginęli dlatego, że tak postanowili. Zabijała ich rozpacz.

Nasz najgorszy wróg.

Czy Anomander Rake stara się odciągnąć nas od rozpaczy? Czy to jest jego jedyny cel? Czy to odmowa poddania się jest tym wspólnym wątkiem? Jeśli tak, to, dobra Matko Ciemności, miał rację, że nie chciał, byśmy to zrozumieli, że ukrywał przed nami swój godny politowania plan. A ja... nie powinnam o tym myśleć, nie powinnam starać się dotrzeć do tej konkluzji.

Odkrycie tajemnicy mojego władcy nie sprawiło mi radości. Na Przekleństwo Światła, przez stulecia unikał moich pytań, starał się zniechęcić mnie do prób poznania go, przebicia się przez spowijającą go zasłonę tajemnicy. Sprawiał mi tym ból i nieraz reagowałam złością, a on znosił w milczeniu mój gniew i frustrację.

Ta tajemniczość... którą uważałam za arogancję, za najgorszego rodzaju protekcjonalizm, wzbudzający moją wściekłość... ach, panie, twe miłosierdzie jest twarde.

A jeśli nas dręczy rozpacz, ty cierpisz od niej stokroć więcej.

Zrozumiała, że nie uwolni Tiste Andii. Podobnie jak Rake, nie mogła ich opuścić. Również podobnie jak Rake, nie powie prawdy, gdy będą błagali o wyjaśnienia albo żądali ich od niej.

Gdyby ta chwila nadeszła już wkrótce, muszę znaleźć gdzieś siłę, która pozwoli mi dowodzić moimi współbraćmi, ukryć przed nimi prawdę.

Och, Sójeczka, jak zdołam ci to powiedzieć? Nasze pragnienia były... zbyt proste. Głupio romantyczne. Na tym świecie nie ma raju dla nas dwojga, kochanie. Mogę ci jedynie zaproponować, byś mi pomógł, został u mego boku. I modlę się do Matki Ciemności, och, jakże się modlę, by to ci wystarczyło...

Przedmieścia ciągnęły się wzdłuż rzeki wystrzępioną wstęgą złożoną z rybackich chat, wędzarni i suszących się sieci. Wszędzie było widać ślady sztormu. Osada sięgała aż do samej granicy błot, a kilka połączonych groblą chat wznosiło się nawet na porośniętym trzcinami obszarze.

Dwa rzędy widocznych blisko brzegu tyczek wyznaczały bieg szerokiego, biegnącego pod wodą rowu, który prowadził aż do skraju bagien, gdzie wzniesiono szerokie, solidne pomosty. Leżącą na wschodzie deltę Mauriku można było pokonać jedynie na płaskodennych łodziach, gdyż prądy i pływy nieustannie zmieniały zarys dna, tworząc w ciągu kilku dzwonów ukryte ławice piasku, a potem rozmywając je, by usypać nowe w innym miejscu. Zapasy transportowane w dół rzeki wyładowywano na bagnach, na zachód od ujścia.

Na pomoście stali naczelny wódz, Kallor, zwiadowca Hurlochel oraz zastępca Korlat, Orfantal. Konie przywiązali na końcu platformy, tuż obok drogi.

Wszyscy czterej mężczyźni spoglądali w górę rzeki.

Korlat wprowadziła konia na drogę łączącą miasto z pomostem. Gdy wspięła się na podwyższenie, ujrzała pierwsze malazańskie barki.

Doszła do wniosku, że w ich budowie posiłkowano się czarami. Były solidne, szerokie i płaskodenne. U boku kadłubów widać było masywne, nieokorowane kłody. Przynajmniej połowę każdego z pokładów nakrywał brezent. Dostrzegła co najmniej dwadzieścia barek.

Nawet przy wykorzystaniu czarów musiało to być potężne przedsięwzięcie. Ale z drugiej strony, jeśli udało im się uporać z tym zadaniem tak szybko...

Ach, czy tym właśnie zajmowali się cały ten czas Czarni Moranthowie? Jeśli tak, to znaczy, że Dujek i Sójeczka zaplanowali to od samego początku.

Wokół flotylli krążyły Wielkie Kruki. Ich wrzaski były pełne wzgardy.

Na pierwszej barce Korlat wypatrzyła żołnierzy, Barghastów i konie. Ściągnęła wodze obok przywiązanych wierzchowców i zsunęła się z siodła. Oddała wodze Rhivijczykowi, skinęła głową na znak podziękowania i podeszła do Caladana Brooda.

Twarz naczelnego wodza nic nie wyrażała, natomiast oblicze Kallora wykrzywiało się w paskudnym grymasie.

Orfantal podszedł do Korlat i przywitał ją ukłonem.

– Siostro, czy jazda przez Maurik była przyjemna? – zapytał w ich ojczystym języku.

– Jak długo już tu stoisz, bracie?

– Może z półtora dzwonu.

– W takim razie nie mam czego żałować.

Uśmiechnął się.

– Półtora dzwonu spędzone w całkowitym milczeniu. To wystarczy, by zmęczyć Tiste Andii.

– Nie kłam. Potrafimy stać bez słowa całymi tygodniami i świetnie o tym wiesz, bracie.

– Ach, ale wtedy nic nie czujemy, prawda? Osobiście tylko wsłuchuję się w wiatr i nic mnie nie kłopocze.

Zerknęła na niego.

Nic nie czujemy? Tym razem naprawdę skłamałeś.

– Śmiem twierdzić, że napięcie ciągle się wzmaga – ciągnął Orfantal.

– Jeśli już musicie rozmawiać, to mówcie w języku, który wszyscy rozumiemy – warknął Kallor. – Mieliśmy tu już tyle tajemnic, że wystarczy na całe życie.

Orfantal spojrzał na niego.

– Chyba nie na twoje życie, Kallor? – powiedział w języku daru.

Starożytny wojownik obnażył zęby.

– Dość już tego – zagrzmiał Brood. – Wolałbym, by Malazańczycy nie zobaczyli, że się ze sobą kłócimy.

Korlat widziała już Sójeczkę, który stał obok szerokiego, tępo zakończonego dziobu pierwszej barki. Przywdział pełną zbroję, a na głowę włożył hełm. Obok niego przystanął Humbrall Taur. Monety jego zbroi lśniły w blasku słońca. Barghast był wyraźnie zadowolony z siebie. Stał prosto i dumnie, z dłońmi wspartymi na głowniach toporków, które miał u bioder. Za nimi zatrzymał się chorąży, Artanthos, który skrzyżował ręce na piersi, uśmiechając się półgębkiem.

Żołnierze pokrzykiwali do siebie nawzajem, przeprowadzając wielką barkę między tyczkami. Wykonali ten manewr bardzo zręcznie. Łódź opuściła wartki nurt i sunęła teraz wolno w stronę pomostu.

Korlat nie odrywała wzroku od Sójeczki, który również ją zauważył.

Barka przybiła do przystani ze stłumionym trzaskiem. Żołnierze wybiegli z cumami na pomost i przywiązali je pośpiesznie. Następne barki również zmierzały już do błotnistego brzegu.

Hetan przepchnęła się między ojcem a Sójeczką i wyskoczyła na pomost. Jej twarz była zupełnie blada, a nogi się pod nią uginały. Orfantal chciał jej pośpieszyć z pomocą, lecz odtrąciła z warknięciem jego rękę, po czym oddaliła się chwiejnym krokiem ku końcowi pomostu.

– Miałeś dobre chęci – zagrzmiał ze śmiechem Humbrall Taur – ale jeśli cenisz własne życie, Tiste Andii, lepiej zostaw dziewczynę jej brzemiennej żałobie. Naczelny wodzu! Dziękuję za oficjalne powitanie! Przyśpieszyliśmy chwilę dotarcia do Koralu, czyż nie tak?

Barghascki wódz wojenny wyszedł na pomost. Sójeczka podążył za nim.

– Straciliście dwie trzecie swych sił, chyba że rzeką płynie jeszcze sto barek – warknął Brood. – Jak do tego doszło?

– Tylko trzy klany popłynęły rzeką, naczelny wodzu – odparł z uśmiechem Humbrall Taur. – Reszta wolała iść piechotą. To rozśmieszyło naszych nowych bogów, ale muszę przyznać, że ich wesołość miała nieco kwaśny posmak.

– Cieszę się, że cię widzę, naczelny wodzu – odezwał się Sójeczka. – Niestety, mieliśmy za mało statków, byśmy mogli przetransportować nimi wszystkie oddziały. Dlatego Dujek Jednoręki postanowił podzielić armię...

– I gdzie on teraz jest, do Kaptura? – oburzył się Kallor. – Jakbym potrzebował pytać – dodał.

Sójeczka wzruszył ramionami.

– Czarni Moranthowie transportują jego siły...

– Do Koralu, tak – warknął Kallor. – A w jakim celu, Malazańczyku? Czy mają zdobyć miasto dla waszego imperium?

– Wątpię, by to było możliwe – odparł Sójeczka. – A nawet gdyby było, to czy tak bardzo nie podoba ci się myśl o przybyciu do spacyfikowanego Koralu, Kallor? Jeśli trzeba zaspokoić twoją żądzę krwi...

– Zwykłem szybko gasić pragnienie, Malazańczyku – rzekł Kallor, unosząc zakutą w stal dłoń ku rękojeści bastardowego miecza, który miał na plecach.

– Wygląda na to – odezwał się Brood, ignorując wielkiego króla – że wprowadziliście istotne zmiany do planu, który wspólnie opracowaliśmy. A także na to – ciągnął, spoglądając na barkę – że już od samego początku było waszym zamiarem wprowadzić nas w błąd.

– Nie zgadzam się – zaprzeczył Sójeczka. – Ponieważ Rake zamierzał użyć Odprysku Księżyca w jakimś tajemniczym celu, doszliśmy do wniosku, że lepiej będzie, jeśli wykombinujemy coś podobnego. To wy stworzyliście precedens, naczelny wodzu, nie sądzę więc, byście mieli teraz prawo się skarżyć.

– Dowódco – wychrypiał Brood – nigdy nie planowaliśmy użyć Odprysku Księżyca do prewencyjnego ataku na Koral celem zdobycia przewagi nad aktualnymi sojusznikami. Wyliczyliśmy czas tak, by móc połączyć nasze siły.

– I Dujek nadal zgadza się z tobą w tej sprawie, naczelny wodzu. Ja również. Powiedz mi, czy Starusze udało się zbliżyć do Koralu?

– Właśnie podejmuje kolejną próbę.

– I zapewne znowu ją przegonią. To znaczy, że nie mamy żadnych informacji o przygotowaniach do obrony miasta. Jeśli Pannioński Jasnowidz lub jego doradcy wiedzą cokolwiek o strategii, z pewnością przygotowali dla nas jakąś pułapkę, w którą nieuchronnie się wpakujemy, gdy tylko zbliżymy się do murów Koralu. Naczelny wodzu, Czarni Moranthowie wysadzili kapitana Parana i Podpalaczy Mostów w odległości trzydziestu mil od miasta. Mają podejść do niego ukradkiem i przekonać się, co wykombinowali Pannióńczycy. Sami Podpalacze Mostów nie wystarczyliby jednak, by pokrzyżować plany wroga. Dlatego Dujek prowadzi za nimi sześć tysięcy swoich żołnierzy, przeniesionych tam przez Czarnych Moranthów. Ich zadaniem jest unieszkodliwienie zastawionej przez Pannióńczyków pułapki.

– A czemu, w imię Kaptura, mielibyśmy wam wierzyć? – nie ustępował Kallor. – Okłamywaliście nas od samego początku.

Sójeczka raz jeszcze wzruszył ramionami.

– Jeśli sześć tysięcy malazańskich żołnierzy wystarczy, by zdobyć Koral i zniszczyć Pannion Domin, będzie to znaczyło, że poważnie przeceniliśmy nieprzyjaciela. Nie sądzę, by tak było. Uważam, że czeka nas ciężka walka i musimy wykorzystać wszystko, co może nam zapewnić przewagę.

– Dowódco – podjął Brood – panniońskie siły są wspomagane przez kadry magów, a także przez te nienaturalne kondory. Jak Dujek chce się przed nimi bronić? Wasza armia jest praktycznie pozbawiona czarodziejów.

– Jest z nimi Szybki Ben, który znalazł sposób pozwalający mu na swobodny dostęp do grot. Mają też Czarnych Moranthów, którzy spróbują odebrać kondorom panowanie w powietrzu, a także spory zapas amunicji. Przyznaję jednak, że to może nie wystarczyć.

– Z górą połowę waszej armii może spotkać zagłada, dowódco.

– To niewykluczone, naczelny wodzu. Dlatego, jeśli nie masz nic przeciwko temu, chcielibyśmy jak najszybciej wyruszyć do Koralu.

– Jasne – warknął Kallor. – A może lepiej by było, gdybyśmy pozwolili, żeby Panniończycy wyczerpali siły, niszcząc Dujeka i jego sześć tysięcy, i przybyli dopiero potem? Naczelny wodzu, wysłuchaj mnie. Malazańczycy sami się wpędzili w potencjalnie fatalną sytuację i teraz błagają nas, byśmy ich ratowali. Moim zdaniem, niech sukinsynów szlag trafi.

Korlat zauważyła, że argumenty Kallora trafiają do Brooda. Naczelny wódz wyraźnie się wahał.

– To byłaby małoduszna reakcja – prychnęła pogardliwie. – Skażona emocjami. A co za tym idzie, zapewne samobójcza dla wszystkich zainteresowanych.

Kallor zwrócił się błyskawicznie w jej stronę.

– Nie udawaj obiektywnej, kobieto! To oczywiste, że staniesz po stronie swego kochanka!

– Gdyby jego pozycja była niemożliwa do obrony, z całą pewnością bym tego nie uczyniła, Kallor. Na tym właśnie polega różnica między nami. – Spojrzała na Caladana Brooda. – Przemawiam teraz w imieniu Tiste Andii towarzyszących twojej armii, naczelny wodzu. Nalegam, byś bezzwłocznie ruszył do Koralu, by przyjść z pomocą Dujekowi. Dowódca Sójeczka ma wystarczająco wiele barek, byśmy mogli szybko przeprawić się na południowy brzeg. Po pięciu dniach forsownego marszu dotrzemy do Koralu.

– Albo po ośmiu dniach marszu w normalnym tempie – skontrował Kallor. – W ten sposób przybędziemy tam wypoczęci. Czy Zastęp Jednorękiego jest tak bardzo przeceniany, że nie wytrzyma trzech dodatkowych dni?

– Próbujesz nowego podejścia? – zapytał Kallora Orfantal.

Siwy wojownik wzruszył ramionami.

Brood wypuścił z sykiem powietrze między zębami.

– Tym razem przemawia rozsądnie, Tiste Andii. Albo pięć dni, albo osiem. Zmęczeni albo wypoczęci, gotowi natychmiast zaatakować nieprzyjaciela. Które z tych dwóch rozwiązań jest lepsze taktycznie?

– Z drugiej strony, możliwe, że w pierwszym przypadku zastaniecie tam zdolnych do walki sojuszników, a w drugim tylko porąbane na kawałki ciała – wtrącił Sójeczka. Otrząsnął się. – Zrobicie, jak chcecie. Oczywiście, zostawimy wam barki, ale moi ludzie przeprawią się pierwsi. Zaryzykujemy zmęczenie.

Odwrócił się i skinął na Artanthosa, który został na barce. Chorąży kiwnął głową, podniósł kilka leżących na pokładzie flag sygnałowych i ruszył w stronę rufy.

– Spodziewałeś się tego, prawda? – wysyczał Kallor.

Że twoje argumenty przeważą? Tak, sądzę, że się spodziewał.

Sójeczka nie odpowiedział.

– A więc wasze siły mimo wszystko dotrą pierwsze do Koralu. Sprytne, ty sukinsynu. Bardzo sprytne.

Korlat podeszła do Brooda.

– Naczelny wodzu, czy nadal wierzysz Tiste Andii?

Potężny mężczyzna zmarszczył brwi.

– Tobie i twoim współbraciom? Oczywiście, że wierzę.

– W takim razie wyruszymy z dowódcą Sójeczką, Humbrallem Taurem i ich siłami. Będziemy reprezentować twoje interesy. Orfantal i ja jesteśmy jednopochwyconymi i któreś z nas będzie mogło szybko przynieść ci wiadomość o niebezpieczeństwie bądź zdradzie. Ponadto, nasza obecność może mieć decydujące znaczenie, jeśli Dujek zostanie zmuszony do wycofania się z bitwy, której nie będzie mógł wygrać.

Kallor wybuchnął śmiechem.

– Kochankowie znowu razem. A my mamy uwierzyć w fałszywy obiektywizm...

Orfantal postąpił krok w jego stronę.

– To była ostatnia obelga, którą wygłosiłeś pod adresem Tiste Andii – rzekł cicho.

– Spokój! – ryknął Caladan Brood. – Kallor, dowiedz się jednego. Nadal ufam Tiste Andii. Nic, co mógłbyś powiedzieć, nie naruszy owej wiary, gdyż już przed wiekami zasłużyli na nią po stokroć i nigdy mnie nie zdradzili. Natomiast w twoją lojalność wątpię coraz bardziej...

– Strzeż się swych obaw, naczelny wodzu – warknął wielki król – bo możesz doprowadzić do ich ziszczenia...

Brood odpowiedział mu tak cicho, że Korlat ledwie go słyszała.

– Tym razem prowokujesz mnie, Kallor?

Wojownik pobladł stopniowo.

– Jaki byłby w tym cel? – zapytał cichym, bezbarwnym głosem.

– Zaiste.

Korlat spojrzała na brata.

– Zwołaj naszych kuzynów, Orfantal. Pomaszerujemy z Sójeczką i Humbrallem Taurem.

– Jak rozkażesz, siostro. – Tiste Andii odwrócił się. Zatrzymał się jeszcze na chwilę, by popatrzeć na Kallora. – Starcze, sądzę, że gdy będzie po wszystkim...

Kallor obnażył zęby.

– Co sądzisz?

– Że przyjdę po ciebie.

Wielki król uśmiechnął się w odpowiedzi, lecz zdradziło go drżenie pomarszczonego policzka.

Orfantal ruszył ku koniom.

Pełną napięcia ciszę zmącił basowy śmiech Humbralla Taura.

– A ja myślałem, że to my się ze sobą kłócimy.

Korlat zwróciła się w stronę barki i popatrzyła w oczy Sójeczce. Malazańczyk zdołał się uśmiechnąć półgębkiem, ujawniając dręczące go napięcie. Jej serce zabiło szybciej, gdy zobaczyła w jego oczach miłość, ulgę, czułość... i gwałtowną niecierpliwość.

Matko Ciemności, ależ ci śmiertelnicy żyją!

Podążający obok siebie powolnym galopem Zrzęda i Itkovian wjechali na biegnącą po nasypie drogę i ruszyli w stronę pomostu. Niebo na wschodzie już bladło. Było chłodno i pogodnie. Około dwudziestu rhivijskich poganiaczy zaganiało pierwsze trzy setki bhederin na zabezpieczoną poręczami rampę.

Kilkaset kroków za dwoma mężczyznami pędzono ku drodze następne, złożone z trzystu sztuk stado. Za nimi szło jeszcze co najmniej dwa tysiące bhederin. Zrzęda i Itkovian świetnie wiedzieli, że jeśli chcą w miarę szybko przeprawić się ze swymi kompaniami na drugi brzeg, będą musieli wmieszać się między dwie grupy zwierząt.

Malazańczycy budowali solidnie. Wszystkie barki były wyposażone w szerokie, solidne rampy, które łączyły ich dzioby, natomiast rufy stykały się ze sobą, gdy tylko usunięto z nich osłony. Utworzony w ten sposób most był giętki w miejscach, gdzie to było konieczne, a zarazem bezpieczny. Był też zaskakująco szeroki. Dwa wozy mogły jechać po nim obok siebie.

Sójeczka i jego kompanie przeprawili się przez rzekę już przed z górą piętnastoma dzwonami. Za nimi poszły trzy klany Barghastów Humbralla Taura. Zrzęda wiedział, że Itkovian miał nadzieję porozmawiać z nimi obydwoma, zwłaszcza z Sójeczką, lecz gdy dotarli do rzeki, po Malazańczykach i Barghastach nie było już ani śladu.

Caladan Brood rozbił na noc obóz na tym brzegu Mauriku, ale urządził swym żołnierzom pobudkę trzy dzwony przed świtem. Właśnie przed chwilą zakończyli przeprawę. Zrzędę dziwiła różnica tempa, w jakim posuwały się obie sojusznicze armie.

Ściągnęli wodze w grupie Rhivijczyków. Pasterzom przyglądał się z boku wysoki, nieforemny mężczyzna, który nie był ich rodakiem. Obserwował bhederin, które przechodziły właśnie przez pierwszą barkę przy akompaniamencie krzyków i gwizdów poganiaczy.

Zrzęda zsunął się z siodła i podszedł do nieznajomego.

– Mottańscy Pospolitacy? – zapytał.

– Wielki marszałek Chlewik – przedstawił się mężczyzna, odsłaniając zęby w krzywym uśmiechu. – Cieszę się, że tu jesteś. W ogóle nie potrafię zrozumieć tych konusów, chociaż bardzo się starałem. Chyba mówią w innym języku.

Zrzęda zerknął na Itkoviana, po czym przeniósł wzrok z powrotem na wielkiego marszałka.

– Masz rację. Długo już tu stoisz?

– Od poprzedniej nocy. Kupa luda przeprawiła się na drugi brzeg. Kupa. Przyglądałem się, jak montowali most z barek. Byli szybcy. Ci Malazańczycy umieją obrabiać drewno. Wiesz, że Sójeczka był uczniem kamieniarskim, zanim został żołnierzem?

– Nie, nie wiedziałem o tym. Ale co to ma wspólnego z ciesielstwem, wielki marszałku?

– Nic. Tak tylko mówiłem.

– Czekasz na resztę kompanii? – zainteresował się Zrzęda.

– Właściwie to nie, chociaż pewnie prędzej czy później się pojawią. Oczywiście, będą szli za bhederin, żeby zbierać ich gnój. Te konusy też to robią. No wiesz, było z tego powodu kilka bójek. Przepychanek. Nic poważnego, na ogół. Popatrz tylko, co robią. Zgarniają nogami cały gnój na stertę i potem jej pilnują. Jeśli podejdę bliżej, wyciągają noże.

– W takim razie sugeruję, żebyś tego nie robił, wielki marszałku.

Chlewik znowu się uśmiechnął.

– Ale wtedy nie byłoby zabawy. Rozumiesz, nie czekam tu bez powodu.

Itkovian zsunął się z siodła i podszedł do nich.

Zrzęda zwrócił się tymczasem w stronę pasterzy i przemówił w zrozumiałym rhivijskim.

– Który z was jest tu szefem?

Żylasty staruszek podniósł wzrok i wystąpił z grupy.

– Powiedz mu, żeby sobie poszedł! – warknął, wskazując palcem wielkiego marszałka Chlewika.

– Przykro mi, ale obawiam się, że nie mogę mu wydawać rozkazów – odparł Zrzęda, wzruszając ramionami. – Przyszedłem tu w sprawie mojego legionu i Szarych Mieczy. Chcielibyśmy przeprawić się... przed resztą waszego stada.

– Nie. Niemożliwe. Nie. Musicie zaczekać. Zaczekać. Bhederin nie lubią, jak je rozdzielać. Robią się nerwowe. Niezadowolone. Chcemy, żeby podczas przeprawy były spokojne. Chyba to rozumiesz? Nie, musicie zaczekać.

– A jak długo to potrwa?

Rhivijczyk wzruszył ramionami.

– Jak skończymy, to skończymy.

Drugie złożone z trzystu sztuk stado bhederin weszło ze stukotem kopyt na drogę. Pasterze ruszyli mu na spotkanie.

Nagle rozległ się głuchy odgłos. Wszyscy Rhivijczycy zawrócili z głośnym wrzaskiem. Daru odwrócił się akurat na czas, by zobaczyć, jak wielki marszałek Chlewik, dźwigający owiniętą w koszulę wielką bryłę gnoju, wbiega po rampie na barkę.

Rhivijski pasterz, któremu najwyraźniej zlecono pilnowanie sterty, leżał nieprzytomny obok niej. Na szczęce miał odciśnięty czerwony ślad wielkiej, kościstej pięści.

Zrzęda uśmiechnął się do starego pasterza, który biegał w koło, prychając z wściekłości.

Itkovian podszedł do Daru.

– Widziałeś to?

– Niestety, nie. Tylko jak uciekał.

– Ten cios padł zupełnie znikąd. Nawet nie zauważyłem, jak do niego podszedł. Biedny Rhivijczyk zwalił się jak worek... worek...

– Gnoju?

Po długiej chwili – tak długiej, że Zrzęda sądził już, iż się tego nie doczeka – Itkovian się uśmiechnął.

Znad morza nadciągały chmury. Krople niesionej gwałtownym wiatrem ulewy uderzały w żelazne hełmy, tarcze i skórzane płaszcze przeciwdeszczowe z taką siłą, że przeradzały się w wodny pył. Opuszczone gospodarstwa, które mijali, zniknęły za szarą zasłoną. Trakt kupiecki pokryło błoto przylegające do kopyt, kół wozów i butów.

Woda spływała po zasłonie hełmu Sójeczki. Opuścił ją w tylko częściowo udanej próbie osłonięcia oczu przed deszczem i teraz trudno było mu cokolwiek zobaczyć. Konny posłaniec odwołał go od straży przedniej, wykrzykując ledwie zrozumiałe słowa o tym, że złamała się oś, konwój ogarnął chaos, a zwierzęta odniosły rany. Sójeczka widział tylko tłum ubłoconych żołnierzy, którzy biegali po śliskim błocie, wiązali sznury i nadaremnie usiłowali przekrzyczeć szum deszczu, a także przynajmniej trzy wozy, które zapadły się po osie w rzece błota, w jaką przerodził się trakt. Głośno ryczące woły odciągano na bok.

Siedział na koniu, przyglądając się temu ze spokojem. Nie było sensu przeklinać nieobliczalnych kaprysów natury ani przeciążonych wozów, czy nawet tempa, które byli zmuszeni narzucić. Mimo pozornego chaosu jego piechota morska panowała nad sytuacją. O tej porze roku szkwały nigdy nie trwały długo, a słońce miało nienasycone pragnienie. Mimo to zastanawiał się, którzy bogowie sprzysięgli się przeciwko niemu. Od chwili przeprawy przez rzekę, żaden dzień opętańczego marszu nie obył się bez incydentów, które z pewnością nie pomagały w zrealizowaniu ich pragnień.

Miną jeszcze co najmniej dwa dni, nim dotrą do Koralu. Ostatnią wiadomość od Szybkiego Bena Sójeczka otrzymał jeszcze przed dotarciem do Mauriku. Czarodzieja, Parana i Podpalaczy Mostów dzieliło wówczas od okolic Koralu około połowy nocy drogi. Był pewien, że już dotarli do miasta, a również tego, że Dujek i jego kompanie właśnie się zbliżają do miejsca umówionego spotkania. Jeśli dojdzie do bitwy, odbędzie się ona wkrótce.

Sójeczka zawrócił konia i skierował znużone zwierzę z powrotem ku przedniej straży. Szybko zbliżała się noc. Będą musieli urządzić postój, przynajmniej na kilka dzwonów. Da mu to szansę spędzenia paru cennych chwil z Korlat. Wymogi forsownego marszu pozwalały im jedynie na rzadkie spotkania. Choć oboje byli przekonani, że jej władcy, Anomandera Rake'a, nie należy jeszcze spisywać na straty, Korlat przejęła w praktyce funkcję dowódcy Tiste Andii. Zimna i odległa, skupiła się wyłącznie na kierowaniu poczynaniami swych braci i sióstr.

Pod jej przewodnictwem eksplorowali Kurald Galain swą Grotę Ciemności, czerpiąc jej moc, by oczyścić ją z infekcji spowodowanej przez Okaleczonego Boga. Podczas ich krótkich, nieczęstych spotkań Sójeczka wyraźnie dostrzegał, jaką cenę płacili za to Orfantal i pozostali Tiste Andii. Korlat chciała jednak mieć dostęp do wolnej od skażenia mocy Kurald Galain, by móc jej użyć podczas bitwy pod Koralem.

Wyczuwał zmianę, która w niej zaszła. Utwardziła ją jakaś złowroga determinacja. Być może to prawdopodobieństwo śmierci Anomandera Rake'a zmuszało ją do okazywania zwiększonego hartu. Albo też była to reakcja na to, że tak naiwnie chcieli spleść ze sobą swe przyszłe ścieżki, nie zważając na brutalne wymogi rzeczywistego świata. Oboje nigdy nie uwolnią się od przeszłości.

Sójeczka w głębi serca był pewien, że Anomander Rake nie zginął. Ani nawet się nie zgubił. Spędził kilka nocy na rozmowach z władcą Odprysku Księżyca i poznał go dość dobrze. Wyczuwał, że mimo zawieranych sojuszy, w tym również długotrwałego aliansu z Caladanem Broodem, Anomander Rake jest z natury samotnikiem, cechującym się niemal patologiczną niezależnością. Nic go nie obchodziły pragnienia innych. Nie dbał o to, czy oczekują bądź domagają się od niego zapewnień albo pocieszenia. Powiedział, że przybędzie pod Koral, by wziąć udział w szturmie, i dotrzyma słowa.

W szarym półmroku widać już było straż przednią, zbitą grupkę dosiadających koni oficerów, skupionych wokół pięciu postaci: Humbralla Taura, Hetan, Cafala, Kruppego i Korlat. Sójeczka zauważył, że niebo za ich plecami jest już jaśniejsze. Będą musieli przebić się przez burzę. Jeśli uśmiechnie się do nich szczęście Oponn, będą mieli czas, by urządzić postój i przygotować ciepły posiłek w blasku popołudniowego słońca, zanim ruszą w dalszą drogę.

Zmuszał cztery tysiące swych żołnierzy do zbyt wielkiego wysiłku. To byli najlepsi ludzie, jakimi w życiu dowodził, ale żądał od nich niemożliwego. Choć rozumiał Caladana Brooda, jego nagła utrata wiary wstrząsnęła Malazańczykiem głęboko. Nie chciał jednak przyznać się do tego przed nikim, nawet przed Korlat. Szybki marsz połączonych sił mógłby przestraszyć jasnowidza. Widok kolejnych legionów zapewne skłoniłby nieprzyjacielskiego dowódcę do wycofania się ze starcia z Dujekiem. Sama liczebność często wystarczała, by odebrać odwagę wrogowi, nawet jeśli żołnierze byli wyczerpani. Rezerwy Panniończyków były ograniczone i jasnowidz nie ryzykowałby przystąpienia do bitwy poza murami miasta, gdyby jądro jego sił było zagrożone.

Na widok czterech tysięcy ubłoconych, potykających się ze zmęczenia żołnierzy jasnowidz zapewne tylko się uśmiechnie. Sójeczka zostanie zmuszony możliwie jak najlepiej wykorzystać swe nieliczne siły. Kluczowe znaczenie będzie zapewne miało dwunastu Tiste Andii, klan Ilgres oraz doborowe klany Białych Twarzy Humbralla Taura, choć Barghastów było w sumie niespełna dwa tysiące.

Zerwaliśmy się do sprintu za wcześnie, gdy byliśmy jeszcze zbyt daleko od zdobyczy. W swym bezsensownym pośpiechu zostawiliśmy pięćdziesiąt tysięcy Białych Twarzy daleko z tyłu. To mogła być zgubna decyzja...

Sójeczka czuł się za staro na swe lata, obciążało go brzemię zrodzone z dogłębnego duchowego wyczerpania. Dołączył do straży przedniej.

Z kolczego płaszcza spływały strumienie wody. Długie, siwe włosy przylepiały się do metalu na plecach i szerokich, lecz chudych barkach. Szary hełm połyskiwał matowym blaskiem, mlecznym odbiciem ołowianego nieba. Mężczyzna stał bez ruchu ze spuszczoną głową u wejścia do płytkiej niecki. Jego koń czekał kilkanaście kroków z tyłu.

Zza szczelin opuszczonej zasłony potężnego hełmu na zlaną deszczem prerię spoglądały martwe, pozbawione wyrazu oczy o niemrugających, przymrużonych powiekach. Obserwowały strumienie błotnistej wody sieczone przez wściekłą ulewę, maleńkie rzeczułki i szersze rozlewiska, nieustanny przepływ przez wąskie kanały, po odsłoniętej skale, między splątanymi korzeniami traw.

Woda płynęła na południe.

A tutaj, gdzie jej wartkie strumienie niosły muł o niezwykłych barwach, płynęła pod górę.

Z pyłu... w błoto. A więc jednak maszerujecie z nami. Nie, zrozumcie, cieszę się z tego.

Kallor odwrócił się i podszedł do swego wierzchowca.

Jechał wybraną przez siebie trasą i gdy nadszedł zmierzch, zapadający szybko w gęstej ulewie pod ołowianymi chmurami, dotarł wreszcie do obozowiska. Na zewnątrz nie zapalono ognisk, a przez połatane płótna namiotów prześwitywał słaby blask lamp. W błotnistych przejściach między namiotami było pełno Wielkich Kruków, które przycupnęły nieruchomo na deszczu.

Kallor ściągnął wodze przed namiotem dowodzenia Caladana Brooda, zsunął się z siodła i wszedł do środka.

Zwiadowca Hurlochel stał tuż za połą, gotów w razie potrzeby służyć Broodowi jako posłaniec. Młodzieniec był wynędzniały i niemal zasypiał stojąc. Kallor uniósł zasłonę hełmu, ignorując Hurlochela.

Naczelny wódz, co było dla niego niezwykłe, siedział bezwładnie na składanym krześle, a młot spoczywał na jego udach. Nie chciało mu się nawet wytrzeć błota ze zbroi i butów. Swymi dziwnie zwierzęcymi oczyma, spojrzał na Kallora, po czym spuścił wzrok.

– Popełniłem błąd – mruknął.

– Zgadzam się, naczelny wodzu.

To przyciągnęło uwagę Brooda.

– Na pewno źle zrozumiałeś...

– Dobrze. Trzeba było pójść z Sójeczką. Zagłada Zastępu Jednorękiego, bez względu na to, jak bardzo ucieszyłaby mnie osobiście, byłaby dla tej kampanii taktyczną katastrofą.

– Wszystko to pięknie, Kallor – rzekł Brood – ale teraz nic już na to nie poradzimy.

– Ta burza kiedyś się skończy, naczelny wodzu. Rano będziemy mogli zwiększyć tempo. Być może uda się zaoszczędzić cały dzień. Przyszedłem tu jednak z innego powodu, choć tak się szczęśliwie składa, iż jest on związany z faktem, że zmieniliśmy zdanie.

– Mów krótko i uprzejmie albo wcale, Kallor.

– Chciałbym dołączyć do Sójeczki i Korlat.

– Po co? Chcesz ich przeprosić?

Kallor wzruszył ramionami.

– Jeśli to w czymś pomoże. Przede wszystkim jednak nie zapominaj o moim... doświadczeniu. Choć wydaje się, że działam wam wszystkim na nerwy, chodziłem po tej ziemi, gdy T'lan Imassowie byli jeszcze dziećmi. Dowodziłem armiami liczącymi sobie sto tysięcy wojowników. Ogień mego gniewu trawił całe kontynenty i w pojedynkę zasiadałem na wysokich tronach. Czy pojmujesz znaczenie moich słów?

– Tak. Niczego się nie nauczyłeś, Kallor.

– Widzę, że jednak nie pojmujesz – warknął wojownik. – Znam pole bitwy lepiej niż ktokolwiek spośród żywych, wliczając w to ciebie.

– Mam wrażenie, że Malazańczycy radzą sobie na tym kontynencie bardzo dobrze bez twojej pomocy. Poza tym, dlaczego uważasz, że Sójeczka albo Dujek zechcą wysłuchać twoich sugestii?

– To rozsądni ludzie, naczelny wodzu. Wygląda na to, że zapomniałeś jeszcze o jednym. W walce na miecze nikt nie pokonał mnie od stu tysięcy lat.

– Kallor, to dlatego że mądrze sobie dobierasz przeciwników. Czy skrzyżowałeś broń z Anomanderem Rakiem? Dassemem Ultorem? Szarą Grzywą? Pierwszym Seguleh?

Nie potrzebował dodawać „ze mną".

– W Koralu nie spotkam żadnego z nich – warknął Kallor. – Tylko jasnodominów, urdomenów, septarchów...

– I być może paru K'Chain Che'Malle?

– Nie sądzę, by jacyś jeszcze zostali, naczelny wodzu.

– Może tak, a może nie. Zaskakuje mnie twój nagły... zapał, Kallor.

Wysoki wojownik wzruszył ramionami.

– Chcę naprawić skutki złej rady, której udzieliłem, to wszystko. Pozwolisz mi dołączyć do Sójeczki i Korlat?

Brood przyglądał się mu przez pewien czas, po czym machnął zakutą w ubłoconą stalową rękawicę dłonią.

– Zgoda.

Kallor odwrócił się, wyszedł z namiotu i dosiadł konia.

Tylko kilka przygnębionych Wielkich Kruków, które skryły się pod wozem, było świadkami jego nagłego uśmiechu.

Kry uderzające o skalisty brzeg zalewała ciemna woda. Baaljagg i Garath przemknęły przez nią i wybiegły na lesiste wybrzeże. Pani Zawiść uchyliła z westchnieniem zasłonę swej groty na tyle, by mogła przejść suchą stopą.

Miała już po dziurki w nosie wzburzonego morza, czarnej wody, podwodnych gór lodowych i zamarzającego deszczu. Zastanawiała się nad odpowiednio skuteczną klątwą, którą mogłaby rzucić na Nerruse i Beru, na Panią za to, że nie potrafiła utrzymać porządku na swych wodach, a na Pana za to, że tak bezsensownie gniewał się, iż go wykorzystano. Rzecz jasna, taka klątwa mogłaby jeszcze bardziej osłabić panteon, a to nie wszystkim by się spodobało.

Westchnęła.

– Niestety, muszę się wyrzec tej przyjemności... a przynajmniej powstrzymać się na jakiś czas. No, trudno.

Odwróciła się i zobaczyła, że Senu, Thurule i Mok złażą po niemal pionowej, oblodzonej ścianie. Po chwili brodzili już do brzegu.

Lanas Tog przed chwilą zniknęła i pojawiła się pod drzewami naprzeciwko.

Pani Zawiść zeszła z ostrej, oszronionej krawędzi meckroskiej ulicy i opadła powoli na lodowy most na dole. Potem ruszyła ku nadmorskim skałom, pod którymi czekali na nią towarzysze.

– Nareszcie! – zawołała, gdy już dotarła na miejsce, stąpając ostrożnie po mokrym mchu. Zatrzymała się tuż obok Lanas Tog. Mroczny, górski stok za plecami kobiety T'lan Imassów porastały olbrzymie cedry. Pani Zawiść przyglądała się przez chwilę złowrogiej puszczy, strzepując śnieg z telaby. Potem przeniosła spojrzenie na Lanas Tog.

Z wbitych w jej ciało mieczy spadały wąskie, długie kawałki lodu. Ze zwiędłej twarzy kobiety-martwiaka szybko znikały plamy szronu.

– Ojej, rozmrażasz się.

– Wyruszę na zwiady – zapowiedziała Lanas Tog. – Niedawno ktoś tędy przechodził. Więcej niż dwudziestu ludzi, ale mniej niż pięćdziesięciu. Niektórzy dźwigali na plecach ciężki ładunek.

– Naprawdę? – Pani Zawiść rozejrzała się wokół, lecz nie zauważyła żadnych śladów. – Jesteś pewna? Och, mniejsza z tym. Nie zadałam tego pytania. Świetnie! A w którym kierunku szli?

Lanas Tog spojrzała na wschód.

– W tym samym co my.

– Jakie to ciekawe! Czy możemy ich dogonić?

– Mało prawdopodobne, pani. Mają nad nami jakieś cztery dni przewagi...

– Cztery dni! To znaczy, że już dotarli do Koralu!

– Tak. Chcesz odpocząć czy ruszamy w drogę?

Pani Zawiść spojrzała na resztę grupy. Z kłęba Baaljagg nadal sterczał grot włóczni, choć wydawało się, że powoli wychodzi na zewnątrz, a krwawienie znacznie się zmniejszyło. Chciała uzdrowić tę ranę, ale ay nie pozwalała jej się zbliżyć. Garath wyglądał na zdrowego, choć jego cętkowaną skórę pokrywała siatka starych blizn. Trzej Seguleh naprawili broń i zbroje na miarę swych możliwości i pomalowali na nowo maski. Byli gotowi do drogi.

– Hmm, wygląda na to, że nie ma mowy o zwłoce, absolutnie nie! Cóż za niecierpliwość, och, biedny Koral! – Odwróciła się nagle. – Lanas Tog, powiedz mi, czy Onos T'oolan również tędy przechodził?

– Nie wiem, pani. Tych śmiertelników śledził jednak drapieżnik. Z pewnością był zaciekawiony. Nie wyczuwam w okolicy pozostałości przemocy, zapewne więc bestia zrezygnowała z pościgu, gdy uświadomiła sobie siłę ściganej grupy.

– Bestia? A jaka to bestia, kochanie?

Lanas Tog wzruszyła ramionami.

– Wielki kot. Może tygrys. Mam wrażenie, że one lubią takie puszcze.

– Czyż to nie ekscytujące? Prowadź więc ich złowrogim śladem, Lanas Tog. Będziemy ci deptali po piętach!

Okopy i wejścia do tuneli były dobrze zamaskowane cedrowymi gałęziami oraz stertami mchu. Podpalacze Mostów mogliby ich nie zauważyć, gdyby nie nadnaturalne zdolności ich magów.

Paran ruszył w głąb korytarza, który nazwał w myślach tunelem dowodzenia. Mijał stojaki pełne broni – pik, halabard, lanc, łuków i pęków strzał – a także nisze wypełnione żywnością, wodą oraz innymi zapasami. W końcu dotarł do wielkiej, ufortyfikowanej komnaty, w której septarcha z pewnością zamierzał urządzić swą kwaterę główną.

Naprędce sklecona kadra magów Szybkiego Bena siedziała, kucała bądź leżała rozwalona w nieregularnym półokręgu na końcu pomieszczenia, za stołem mapowym. Czarodzieje wyglądali jak zgraja wodnych szczurów, która przed chwilą zawładnęła żeremiami bobra.

Przechodząc obok stołu, kapitan zerknął na wielką, pomalowaną skórę przybitą do blatu. Panniończycy zaznaczyli na niej cały labirynt tuneli i okopów, rozmieszczenie zapasów, drogi wejścia i odwrotu. Mogłoby się wydawać, że celowo chcieli pójść im na rękę.

– No dobra – odezwał się Paran, podchodząc do magów – co tu macie?

– Ktoś w Koralu poszedł po rozum do głowy – stwierdził Szybki Ben – i zdał sobie sprawę, że należałoby tu ukryć kompanię. Biegunek miał oko na miasto i zauważył, jak wychodzili przez bramę. Dotrą tu za dzwon.

– Kompania. – Paran skrzywił się wściekle. – Co to znaczy według pannionskiej terminologii?

– Czterystu beklitów, dwudziestu urdomenów i czterech jasnodominów, w tym jeden wysokiej rangi. Zapewne będzie czarodziejem.

– Jak sądzisz, którędy tu przyjdą?

– Jednym z tych trzech stromych szlaków – odparł Trzpień, drapiąc się pod włosiennicą. – Całą drogę będą szli pod osłoną drzew, przez wszystkie te serpentyny. To znaczy, że biednym skurczybykom trudno będzie wziąć nasze pozycje szturmem, kiedy już zaczniemy strzelać.

Paran odwrócił się i spojrzał na mapę.

– Zakładając, że są elastyczni, co wybiorą jako alternatywę?

– Główną rampę – odparł Szybki Ben, podchodząc do kapitana. Dotknął palcem mapy. – Tę, którą zamierzali pomaszerować w dół podczas zasadzki. Nie będą tam mieli osłony, ale jeśli uda się im złączyć tarcze i uformować żółwia... no cóż, jest nas tylko czterdziestu...

– Jak stoimy z amunicją?

Czarodziej spojrzał na Trzpienia, który zrobił kwaśną minę.

– Kiepsko. Jeśli dobrze wykorzystamy wszystkie pociski, może uda się nam zgnieść tę kompanię, ale wtedy jasnowidz zorientuje się, co jest grane i przyśle tu dwadzieścia tysięcy żołnierzy. Jeśli Dujek szybko się nie pokaże, będziemy musieli się wycofać, kapitanie.

– Wiem, Trzpień. Dlatego właśnie chcę, żebyś zaminował te tunele wstrząsaczami i zapalaczami. Jeżeli będziemy musieli stąd zwiewać, niech z tej reduty zostaną tylko błoto i popioły.

Saper wytrzeszczył oczy.

– Kapitanie, jeśli nie będziemy mieli wstrząsaczy i zapalaczy, jasnowidz nie będzie już musiał nikogo wysyłać. Ta kompania załatwi nas sama!

– Pod warunkiem, że zostanie z niej wystarczająco wiele, żeby mogła się przegrupować i wejść po głównej rampie. Innymi słowy, Trzpień, zbierz saperów, przygotujcie z tego, co macie, paskudny gulasz i zaminujcie nim te trzy ukryte tunele. Jeśli uda się nam przekonać nieprzyjaciela, że siedzi tu cała malazańska armia... albo, jeszcze lepiej, jeśli nikt z tej kompanii nie pozostanie przy życiu, będzie to znaczyło, że zyskaliśmy potrzebny czas. Im bardziej zamącimy jasnowidzowi w głowie, tym bezpieczniejsza będzie nasza sytuacja. Zamknij gębę i idź poszukać Płota i reszty. Nadeszła chwila twojej chwały, Trzpień. Do roboty.

Mężczyzna wyszedł z komnaty, mamrocząc coś pod nosem.

Paran spojrzał na pozostałych.

– Mówicie, że będzie tam jasnodomiński czarodziej. W porządku, musimy go załatwić, gdy tylko zacznie się zabawa. Macie jakieś pomysły, panowie?

Goleń wyszczerzył zęby w uśmiechu.

– Ja mam, kapitanie. To klasyczny, śmiercionośny sposób, szczególnie skuteczny dlatego, że zupełnie niespodziewany. Ukończyłem już rytuał i czar jest gotowy do rzucenia. Szybki Ben musi mnie tylko zawiadomić, kiedy zauważy skurczybyka.

– Co to za rytuał, Goleń?

– Pomysłowy, kapitanie. Niebieska Perła pożyczył mi zaklęcie, ale nie mogę go opisać, zapisać na papierze ani ci zademonstrować. Rozumiesz, słowa i znaczenia wiszą w powietrzu i przenikają do podejrzliwych umysłów, wywołując instynktowne reakcje.

Jeśli ktoś wie, czego się spodziewać, może to z łatwością zablokować. Ten sposób działa tylko z zaskoczenia.

Paran spojrzał z nachmurzoną miną na Szybkiego Bena.

Czarodziej wzruszył ramionami.

– Goleń nie pchałby się przed szereg, gdyby nie był pewien, że mu się uda, kapitanie. Wywęszę jasnodomina, gdy tylko mnie o to poprosi. Przygotuję też kilka rezerwowych planów na wypadek, gdyby coś poszło nie po naszej myśli.

– Trzpień przygotuje na tę okazję przebijacz z wypisanym imieniem maga, kapitanie – dodał Niebieska Perła.

– Dosłownie – wtrącił Paluch – i to wiele zmienia, no bo w końcu jest czarodziejem.

– Tak? A ile razy to coś zmieniło w przeszłości, Paluch?

– No więc, to wszystko był pechowy szereg, hmm, niesprzyjających okoliczności...

– Otchłani na dole – wydyszał Paran. – Szybki, jeśli nie załatwicie tego czarodzieja, wszyscy będziemy karmić trawę przez korzonki.

– Wiemy o tym, kapitanie. Nie przejmuj się. Zgnieciemy go, nim zdąży cokolwiek zrobić.

Paran westchnął.

– Paluch, znajdź mi Wykałaczkę. Chcę, żeby wydano łuki wszystkim, którzy nie mają pocisków ani gotowych do użycia zaklęć. Po dwadzieścia strzał na głowę. Niech wezmą też piki.

– Tak jest.

Paluch podniósł się, złapał za wielki, zmumifikowany palec, który miał zawieszony na szyi, i pocałował go. Potem wyszedł z pomieszczenia.

Niebieska Perła splunął na ziemię.

– Kiedy to robi, zawsze chce mi się rzygać.

Półtora dzwonu później kapitan leżał w chaszczach obok Szybkiego Bena, spoglądając na środkowe z trzech prowadzących w górę schodów. Na dole widać było hełmy i broń, błyszczące w popołudniowym słońcu.

Pannionczykom nie chciało się wysyłać zwiadowców. Ich kolumna nie miała też przedniej straży. Paran żywił nadzieję, że ta nadmierna pewność siebie okaże się dla nich zgubna.

Szybki Ben wbił pionowo w miękką ziemię przed sobą sześć gałązek, ustawionych mniej więcej w linii prostej. Przepływały między nimi słabe czary, które kapitan dostrzegał jedynie kącikiem oka. Dwadzieścia kroków za nimi Goleń przycupnął nad swym skromnym, otoczonym kamykami kręgiem rytualnym. Sześć wbitych w mech gałązek z tego samego konaru, co gałązki Szybkiego Bena, otaczało bukłak pełen wody. Perliły się na nich kropelki rosy.

Paran usłyszał ciche westchnienie Szybkiego Bena. Czarodziej wyciągnął rękę, zatrzymał palec wskazujący nad trzecią gałązką i dotknął jej.

Goleń zauważył, że jedna z jego gałązek się poruszyła. Uśmiechnął się i wypowiedział ostatnie słowo rytuału, uwalniając jego moc. Bukłak skurczył się, opróżniając się gwałtownie.

Jasnodomiński czarodziej, trzeci z idących w szeregu żołnierzy, zgiął się nagle wpół. Z ust trysnęła mu woda. Łapał się rozpaczliwie za pierś.

Goleń zamknął oczy. Po twarzy spływały mu strużki potu. Wypowiedział pośpiesznie zaklęcia wiążące wodę w płucach jasnodomina, udaremniając jego rozpaczliwe, spazmatyczne wysiłki uwolnienia się od śmiercionośnego płynu.

Wokół wijącego się na ziemi maga zgromadzili się krzyczący głośno żołnierze.

I nagle spadły na nich cztery przebijacze.

Rozległy się liczne, ostre wybuchy. Przynajmniej jeden z nich spowodował eksplozję szeregu zakopanych tu wcześniej przebijaczy, które z kolei doprowadziły do wybuchu rozbijaczy umieszczonych u stóp otaczających ścieżkę drzew. Ich pnie zaczęły padać na kłębiących się żołnierzy.

Dym, krzyki rannych i konających, przygniecione pniami albo uwięzione pod konarami postacie.

Paran zobaczył, że Płot i czterech innych saperów, w tym również Trzpień, zbiegli po stoku ku ścieżce. Z ich rąk pofrunęły granaty.

Zwalone drzewa, zdrowo podlane olejem do lamp, stanęły w płomieniach, gdy tylko eksplodowały pierwsze zapalacze. W jedno uderzenie serca ogień ogarnął całe podejście i uwięzioną na nim kompanię.

Otchłani na dole, wredna z nas zgraja, co?

Poniżej, daleko za ostatnimi Panniończykami, z ukrycia wypadły uzbrojone w łuki drużyny Wykałaczki. Paran miał nadzieję, że uda im się załatwić tych nieprzyjaciół, którzy uniknęli zasadzki i teraz próbowali ucieczki.

W tej chwili kapitan słyszał jedynie krzyki i ryk szalejących płomieni. Choć nadchodziła noc, ze szlaku zniknęła ciemność. Paran czuł na twarzy podmuch gorąca. Zerknął na Szybkiego Bena.

Czarodziej zamknął oczy.

Coś poruszyło się niewyraźnie na jego barku, przyciągając uwagę kapitana – maleńka figurka z patyków i sznurka. Paran zamrugał. Postać zniknęła. Zadał sobie pytanie, czy rzeczywiście coś zobaczył...

Blask gorejącego ognia, roztańczone cienie... ach, z pewnością mi się przywidziało. Za mało snu, budzący grozę taniec światła, wyostrzone zmysły i te cholerne krzyki...

Które już milkły. Ogień również tracił swą żarłoczność, nie mogąc szerzyć się zbyt daleko w mokrym od deszczu lesie. Ścieżkę spowiły obłoki dymu, unoszące się między drzewami. Wypełniały ją poczerniałe ciała, fragmenty zbroi, które ogień pokrył tęczowymi plamami, skurczone, złażące z ciał skórzane stroje, buty pękające ze straszliwym skwierczeniem.

Jeśli Kaptur ma specjalną czeluść przeznaczoną dla swych najpodlejszych sług, to Moranthowie, którzy zrobili te pociski, z pewnością do niej trafią. I my również, ponieważ ich używaliśmy. To nie była bitwa. To była rzeź.

Podczołgał się do niego Młotek.

– Kapitanie! Moranthowie opadają na nasze okopy. Przybył Dujek z pierwszą falą. Posiłki wreszcie dotarły.

Szybki Ben przesunął dłonią po swym szeregu gałązek.

– To dobrze. Będziemy ich potrzebować.

To prawda. Jasnowidz nie odda tych szańców bez walki.

– Dziękuję, uzdrowicielu. Wróć do wielkiej pięści i zawiadom go, że wkrótce się u niego zjawię.

– Tak jest.

Rozdział dwudziesty czwarty

Niektóre przypływy nadchodzą niepostrzeżenie. Kapłani i kapłanki bliźniaczych kultów Togga oraz Fanderay przez bardzo długi czas mieli jedynie garstkę wyznawców odwiedzających bardzo nieliczne świątynie. Na początku panowania Laseen w Imperium Malazańskim doszło do krótkotrwałej ekspansji kultów, lecz wkrótce uwiędły one z jakichś powodów. Spoglądając wstecz, można uznać, że ów rozkwit był tylko w minimalnym stopniu przedwczesny, poprzedzał o niespełna dziesięciolecie przebudzenie, po którym starożytne kulty ponownie wysunęły się na czoło. Pierwszy dowód owego przebudzenia zaobserwowano na samych granicach imperium [ściśle mówiąc, bardzo daleko od nich (przyp. tłum.)], w niedawno wyzwolonym mieście Capustan, gdzie wzbierająca fala objawiła wszystkim swą moc...

Kulty zmartwychwstania
Korum T'bal (tłum. Illys z Darudżystanu)

Dwie zamaskowane postacie, zgrzybiałe i skurczone, kuśtykały powoli ku niskiemu, szerokiemu wejściu do świątyni Kaptura. Coll oporządził czekające na dziedzińcu mottańskie konie i stał teraz w milczeniu w cieniu muru, obserwując przybyszy. Bliższy z nich – kobieta – uniósł laskę i zastukał nią mocno w drzwi.

Wciąż słychać było odległy łoskot bębnów, świadczący, że koronacja księcia Ararda się przeciąga. Biorąc pod uwagę fakt, że ceremonią kierowała Rada Masek, Coll poczuł się zaciekawiony, widząc dwoje jej członków, którzy z pewnością zamierzali złożyć tu prywatną, nieoficjalną wizytę. Wzbudziło to jego podejrzliwość, gdyż sądził dotąd, że nikt nie wie o nowych lokatorach świątyni Kaptura.

Poderwał się nerwowo, słysząc tuż obok siebie cichy głos:

– Jak sądzisz, co dobrego z tego wyniknie?

W cieniu obok Daru stał kolejny zamaskowany kapłan. Jego zakapturzona postać wydawała się dziwnie niewyraźna. Dłonie w rękawiczkach splótł na wydatnym brzuszku, choć poza tym wydawał się chudy jak patyk.

– Skąd się tu wziąłeś? – wysyczał Coll. Serce waliło mu gwałtownie w piersi.

– Że niby ja? Byłem tutaj przed tobą! To jest mój cień, ty durniu! Spójrz na tę pochodnię. Stojąc w tym miejscu, powinniśmy być skąpani w jej blasku. Czy wszyscy szlachetnie urodzeni w Darudżystanie są tacy głupi jak ty?

Coll wykrzywił twarz.

– Już dobrze, kapłanie cienia. Przyszedłeś tu szpiegować. Ale kogo? Jakie tajemnice państwowe poznałeś, obserwując, jak czeszę te konie?

– Tylko jedną. One cię nienawidzą, Daru. Gdy tylko odwracałeś się plecami, próbowały cię ugryźć, ale ty w jakiś sposób zawsze odsuwałeś się we właściwym momencie.

– To dlatego że przewidywałem ich zamiary. Za każdym razem.

– Czy słyszę w twym głosie dumę? Z tego, że przechytrzyłeś dwa konie?

– Jeszcze jedna taka uwaga, a przerzucę cię przez ten mur, kapłanie.

– Nie ośmieliłbyś się... no dobra, ośmieliłbyś się. Nie podchodź bliżej. Będę uprzejmy. Obiecuję.

Obaj odwrócili się, słysząc, że drzwi świątyni otworzyły się z głośnym piskiem.

– Aaj! – wyszeptał Rath'Tron Cienia. – Kto to jest?

– Mój przyjaciel Murillio.

– Nie, ty idioto, ten drugi!

– Ten z mieczami? Ach, on pracuje dla Kaptura.

– A czy Rath'Kaptur o tym wie?

– Mnie o to pytasz?

– Czy przyszedł tu z wizytą?

– Nie.

– Bezmózgi idiota!

Coll chrząknął.

– Czy wszyscy twoi żnajomi charakteryzują się tą cechą?
– Jak dotąd – mruknął Rath'Tron Cienia.
– Ci dwoje – zapytał Daru – jakie maski noszą pod kapturami?
– Chodzi ci o to, czy ich poznaję? Oczywiście. Ten staruszek to Rath'Togg, a jeszcze starsza od niego kobieta to Rath'Fanderay. W Radzie służą nam jako podpórki do książek. Nie przypominam sobie, by przez wszystkie lata, które spędziłem w Niewolniku, któreś z nich powiedziało choć jedno słowo. Co jeszcze zabawniejsze, są kochankami, którzy nigdy nawet się nie dotknęli.
– To jak to robią?
– Zrób użytek z wyobraźni, Daru. Ho, zaproszono ich do środka! Co się próży w tym kotle?
– W kotle? Jakim kotle?
– Zamknij się.
– Za dużo czasu poświęcam na rozrywki – stwierdził z uśmiechem Coll. – Pora wracać do środka.
– Idę z tobą.
– Nie ma mowy. Nie lubię szpiegów.
Coll zdzielił kapłana w szczękę. Mężczyzna padł na ziemię.
Cienie rozpierzchły się ospale, ustępując przed migotliwym blaskiem pochodni.
Daru potarł kostki dłoni i ruszył do świątyni.
Wchodząc, zamknął za sobą drzwi. Murillia, wojownika i gości nigdzie nie było widać. Skierował się do wejścia do komnaty grzebalnej. Jedne z drzwi były lekko uchylone. Coll pchnął je i wlazł do środka.
Murillio siedział obok miejsca, gdzie ustawili łóżko dla mhybe. Wykuty w podłodze grób pozostał pusty, mimo że wojownik uparcie nalegał, by złożyli w nim staruszkę. Uzbrojony w miecze martwiak, sługa Kaptura, przyglądał się dwójce zamaskowanych członków Rady, stojąc po drugiej stronie otworu. Nikt nie odzywał się ani słowem.
Coll podszedł do Murillia.
– Co się stało?
– Nic. Nic nie powiedzieli, chyba że gadają do siebie w myślach. Raczej w to wątpię.
– To znaczy że... wszyscy czekają.
– Na to wygląda. Niech nas Otchłań pochłonie, są gorsi od sępów...

Coll przyglądał się przyjacielowi przez dłuższą chwilę.

– Murillio, czy wiesz, że siedzisz na rogu ołtarza Kaptura? – zapytał wreszcie.

Tereny położone na północ od murów Koralu były leśnym parkiem. Polany dzieliły od siebie gaje drzew, których nie przystrzygano przynajmniej od trzech pór roku. Trakt kupiecki wił się między nimi niczym wąż. Potem przecinał na wprost szerokie na dwieście kroków pole śmierci i wchodził na wąski kamienny most przerzucony nad głęboką, suchą fosą. Brama była potężna, lecz tak wąska, że wóz ledwie mógł się przez nią przecisnąć. Nad drzwiami z kutego brązu umieszczono wsporniki.

Porucznik Wykałaczka zamrugała, by usunąć pot z oczu. Przyprowadziła Nerwusika i jego drużynę tak blisko, jak tylko było to możliwe. Ukryli się wszyscy na skraju zarośniętej zielskiem ścieżki, trzydzieści albo czterdzieści kroków od wschodniego zbocza góry. Po prawej, na południowym wschodzie, mieli wysokie mury Koralu, przed sobą pole śmierci, a po lewej park. Pod murami zgromadziły się liczne szeregi pannionskich beklitów, zwróconych w stronę góry i szańców, zajętych obecnie przez Dujeka i sześć tysięcy żołnierzy Zastępu Jednorękiego.

Leżący obok niej sierżant chrząknął.

– Tam, wychodzą przez bramę. Mają jakiś sztandar i ta grupa jeźdźców... siedzą za prosto...

– To septarcha i jego oficerowie – zgodziła się Wykałaczka. – Nerwusik, czy twoje wyliczenia zgadzają się z moimi?

– Dwadzieścia pięć, trzydzieści tysięcy – mruknął mężczyzna, szarpiąc wąsy.

– Ale my zajmujemy wyżej położoną pozycję.

– To prawda, tyle że te okopy i tunele nie miały służyć obronie. To są kryjówki. Za dużo prostych linii, nie ma ślepych uliczek ani zwężeń, które stworzyłyby szansę na ogień oskrzydlający, i za wiele przeklętych przez Kaptura drzew!

– Saperzy mogą...

– Nie ma na to czasu!

– Na to wygląda – zgodziła się Wykałaczka. – Czy zauważyłeś, żeby te kondory przygotowywały się do udziału w szturmie?

– Nie, ale to nie znaczy...

– To znaczy, że jasnowidz zachowuje je na później, sierżancie. Wie, że nie jesteśmy jeszcze głównymi siłami wroga. Udaremniliśmy jego zasadzkę i załatwiliśmy całą kompanię. To go poirytowało i wysłał przeciwko nam, ile? Jedną trzecią swojej armii? I może kadrę magów, żeby strzegła septarchy? Jeśli przekonają się, że osaczyli niedźwiedzia w legowisku, wątpię, by zdecydowali się na szturm...

– Chyba że jasnowidz dojdzie do wniosku, iż załatwienie sześciu tysięcy żołnierzy Zastępu jest warte jednej trzeciej jego armii, Wykałaczka. Na jego miejscu...

Porucznik skrzywiła się wściekle.

– Ehe, ja też. – Zmiażdżyłabym nas, nim reszta zdąży tu przybyć. – Ale nie sądzę, żeby jasnowidz był aż tak bystry. W końcu, co on wie o Malazańczykach? Opowieści o wojnach toczonych daleko na północy... inwazja, która ugrzęzła. Nie ma mowy, by zdawał sobie sprawę, na co nas stać.

– Wykałaczka, łowisz ryby na nagi haczyk. Jasnowidz wie, że w jakiś sposób znaleźliśmy się wewnątrz jego szańców. Wie, że umknęliśmy uwagi tych kondorów. Wie, że załatwiliśmy całą kompanię za pomocą amunicji Moranthów. Wie, że patrzymy sobie spokojnie, jak zbierają się jego wojska, i nie uciekamy. Wie też, że nie otrzymaliśmy jeszcze posiłków i możliwe, że wskoczyliśmy w bagno, zanim gówno opadło na dno.

Kobieta milczała przez dłuższą chwilę. Pannionńskie legiony ustawiły się, a oficerowie zajęli pozycje na czele każdego z nich. Zagrały bębny. Piki uniosły się, a potem, przed każdym z legionów zatańczyły czary.

Och...

– Gdzie Niewidka?

– Tutaj.

– Pędź zawiadomić o tym Dujeka.

– Tak jest, poruczniku. Zaczęło się.

Szybki Ben, który przykucnął na pierwszym wale powyżej zbocza, wyprostował się powoli.

– Trzpień, Niebieska Perła, Paluch, Goleń do mnie, jeśli łaska.

Czterej magowie zebrali się wokół niego. Wszyscy gadali jak najęci.

– Dwunastu czarodziejów! Wszyscy czerpią z tej samej groty! Jest czysta i paskudna! Oni tkają, Szybki! Pracują razem...

– Uciszcie się wreszcie!

– Wszyscy zginiemy!

– Zamknij się, Paluch, do cholery!

Wpatrywał się ze złością w czterech mężczyzn, aż wreszcie się uspokoili. Popatrzył jeszcze przez chwilę na ich ponure miny, po czym wyszczerzył zęby w uśmiechu.

– Skurczybyków jest dwunastu, zgadza się? A kto stoi przed wami? Szybki Ben. Tak? Ben Adaephon Delat. Jeśli któryś z was zdążył już narobić w portki, to niech idzie się przebrać, a potem wracajcie wszyscy do kompanii, do których was przydzielono. Jeśli coś przedostanie się przeze mnie, będziecie musieli z tym sobie jakoś poradzić. – Podniósł wzrok i zauważył, że zbliżają się Dujek, Paran oraz Niewidka. Ta ostatnia była zdyszana i miała obłęd w oczach. – W porządku. Kadra, rozejść się.

Magowie oddalili się w pośpiechu.

Dujek wdział pełną zbroję. Szybki Ben nie widział go w niej od lat. Przywitał wielką pięść skinieniem głowy.

– Szybki, Niewidka przyniosła nam złe... – odezwał się Paran.

– Już o tym wiem, kapitanie. Podzieliłem swoją kadrę, żeby nie załatwili nas jednym uderzeniem. Przyciągnę ich uwagę...

– Chwileczkę – warknął Dujek. – To nie jest żadna kadra i, co gorsza, oni o tym wiedzą. Po drugie, nie jesteś magiem bojowym. Jeśli stracimy cię na samym początku...

Czarodziej wzruszył ramionami.

– Wielka pięści, jestem wszystkim, co masz. Dostarczę im zajęcia na pewien czas.

– Wyznaczę paru Podpalaczy Mostów, żeby cię osłaniali – zaproponował Paran. – Uzupełniliśmy zapasy pocisków...

– Próbuje być hojny – przerwał mu Dujek. – To tylko pół skrzyni, i to przeważnie bliskozasięgowych. Jeżeli nieprzyjaciel podejdzie tak blisko, że będą zmuszeni ich użyć, będziesz się musiał martwić o coś więcej niż o to, że oberwiesz przypadkową strzałą, czarodzieju. To mi się nie podoba, nawet w najmniejszym stopniu.

– Mnie też – przyznał Szybki Ben. Czekał przez chwilę na odpowiedź. Słychać było zgrzytanie trzonowców wielkiej pięści.

– Kapitanie? – mruknął Dujek.

– Słucham, wielka pięści?

– Czy wstrząsacze i rozbijacze są na miejscu? Czy damy radę zwalić ten cholerny stok?

– Płot zapewnia, że wszystko przygotowane, wielka pięści. Możemy zasypać wszystkie tunele i okopy.

– Czyli że moglibyśmy się po prostu wycofać i pozwolić, żeby Pannionczycy odzyskali... zasnutą dymem równinę.

– Moglibyśmy, wielka pięści.

– Ale to by znaczyło, że pokonaliśmy pół kontynentu tylko po to, żeby się wycofać przed pierwszą bitwą.

– To byłby tylko tymczasowy odwrót – zauważył Paran.

– Albo możemy rozkwasić im nosy... załatwić dziesięć tysięcy beklitów, dziesięciu, dwunastu magów i septarchę. Tyle że może nas to kosztować całą armię, łącznie z Szybkim Benem. Powiedzcie mi, czy to korzystna transakcja?

– Ta decyzja należy do ciebie... – zaczął Paran, lecz Dujek nie pozwolił mu skończyć.

– Nie, kapitanie. Nie do mnie. Nie tym razem.

Szybki Ben spojrzał w oczy wielkiej pięści.

Złożyłem obietnicę Pożodze. Kapitan i ja mieliśmy... plany. Żeby to wszystko uratować, musiałbym powiedzieć „nie". Powinniśmy wysadzić te szańce i zwiewać. Ale z drugiej strony, jestem żołnierzem. Podpalaczem Mostów. A brutalna prawda wygląda tak, że z taktycznego punktu widzenia to bardzo korzystna transakcja. Zrobimy to dla Sójeczki. By pomóc mu w nadchodzącym oblężeniu. Ocalimy wiele istnień.

Zerknął na Parana i ujrzał w jego oczach tę samą świadomość. Zwrócił się w stronę Dujeka.

– Wielka pięści, to korzystna transakcja.

Jednoręki opuścił zasłonę hełmu.

– No to bierzmy się do roboty.

Szybki Ben śledził wzrokiem oddalających się mężczyzn. Westchnął głośno.

– Czego ode mnie chcesz, Niewidka?

– Czarodzieju?

– Nie musisz mnie tytułować, kobieto. Zamierzasz w najbliższym czasie wrócić do swojej drużyny czy wolisz zobaczyć z bliska mój nadchodzący zgon?

– Pomyślałam sobie, że mogłabym ci pomóc.

Przyjrzał się jej uważnie.

– A w jaki sposób?

– No więc... – Zdjęła kamyk, który nosiła na szyi. – Kilka lat temu kupiłam ten amulet.

Czarodziej uniósł brwi.

– A co on właściwie może zdziałać, Niewidka?

– Hmm, sprawia, że trudniej mnie zauważyć. Wydaje się, że działa całkiem nieźle.

– Skąd go masz?

– Od starego pustynnego kupca z Pan'potsun.

– Zatrzymaj go, dziewczyno – rzekł z uśmiechem Szybki Ben.

– Ale...

– Gdybyś go nie miała, nie byłabyś już Niewidką. Mam rację?

– Pewnie masz. Tyle że...

– Wracaj do drużyny. Powiedz Wykałaczce, żeby uważała na chłopaków i dziewczyny. Niech nie pozwoli im włączyć się do walki. Macie zostać na flance i obserwować miasto. Jeśli nagle pokażą się kondory, wróć natychmiast do mnie.

– Tak jest.

– Możesz odejść.

Oddaliła się biegiem.

Niech mnie szlag. Dziewczyna kupiła bezwartościowy kamyk od gralskiego oszusta i nagle stała się niewidzialna. Ma surowy, ale czysty talent i nawet nie zdaje sobie z tego sprawy.

Ukryta w chaszczach i paprociach drużyna Wykałaczki wyraźnie widziała panniońskie legiony, których pierwsze szeregi docierały już do podstawy wolnej od drzew rampy prowadzącej na umocnienie. Przed śpiewającymi beklitami uformowała się szara, splątana pajęczyna czarów. Otuleni magią jasnodomińscy dowódcy szli teraz pieszo przed swymi oddziałami, zmierzając nieubłaganie w górę.

Stojący wysoko nad Panniończykami Szybki Ben spoglądał w dół, samotny i odsłonięty. Tak przynajmniej powiedziała Wykałaczce Niewidka. Drzewa po lewej zasłaniały jej widok.

To samobójstwo.

Wiedziała, że czarodziej jest dobry, ale zawdzięczał swe sukcesy jedynie temu, że nie wystawiał się na cel i wykonywał swoją robotę za kulisami, ukryty w cieniu. Nie był Tattersail ani Loczkiem czy Calotem. Znała go od wielu lat, a nigdy jeszcze nie widziała, żeby przy świadkach otworzył grotę i użył jej mocy w boju. Nie tylko nie było to w jego stylu, lecz podejrzewała również, że nie leży to w jego możliwościach.

Wybrałeś nieodpowiedni oręż do tej walki, wielka pięści...

Pośrodku pierwszego czworoboku Panniończyków coś nagle się poruszyło. Rozległy się krzyki. Wykałaczka wybałuszyła oczy. Pojawiły się demony. Nie jeden, lecz sześć... nie, siedem. Osiem. Ogromne, wysokie bestie przedzierały się przez szeregi żołnierzy. Tryskała krew. Kończyny fruwały w powietrzu.

Jasnodomini odwrócili się błyskawicznie.

– Cholera – wyszeptała Niewidka. – Dali się nabrać.

Wykałaczka łypnęła na nią gniewnie.

– Co ty wygadujesz?

– To iluzje, poruczniku. Nie widzisz tego?

Nie.

– Wszystko opiera się na niepewności. Nie wiedzą, z czym mają do czynienia. Szybki Ben wykorzystuje ich obawy.

– Niewidka! Chwileczkę! Skąd to wszystko wiesz?

– Nie jestem pewna. Po prostu wiem.

Jasnodomini wypuścili szare fale czarów, które załamały się nad legionem, sięgając krętymi korzeniami ku ośmiu demonom.

– To będzie musiało je załatwić – mruknęła Niewidka. – Gdyby Szybki Ben zignorował atak, Panniończycy mogliby zacząć coś podejrzewać. Zobaczymy jak... ach!

Magia opadła nagle, spowijając rozwścieczone demony niczym kłębowiska żmij. Bestie miotały się w szaleńczej agonii, zabijając bądź raniąc kolejnych żołnierzy. W końcu zginęły, jedna po drugiej.

Formacja pierwszego legionu poszła w rozsypkę. Wszędzie leżały rozszarpane ciała. Nie było na razie mowy o wznowieniu wspinaczki. Minie trochę czasu, nim uda się przywrócić porządek.

– To zdumiewające, co może zdziałać wiara – stwierdziła po chwili Niewidka.

Wykałaczka potrząsnęła głową.

– Jeśli czarodzieje potrafią dokonać czegoś takiego, to czemu w każdej cholernej drużynie nie ma iluzjonisty?

– Ta sztuczka poskutkowała tylko dlatego, że jest tak rzadko używana, poruczniku. Poza tym trzeba być prawdziwym mistrzem, by stworzyć iluzję choć jednego demona. Nie potrafię zrozumieć, w jaki sposób Szybki Ben wyczarował aż...

Jasnodomini przeszli do kontrataku. W górę stoku popłynęła iskrząca, skłębiona fala. W miarę, jak pochłaniała teren, pnie drzew kolejno eksplodowały.

– Leci prosto na niego! – wysyczała Niewidka. Zacisnęła dłoń na barku Wykałaczki, wpijając palce głęboko w jej ciało.

– Aj! Puść mnie!

Ziemią i powietrzem wstrząsnęła donośna eksplozja.

– Bogowie! Zabiło go! Rozwaliło na kawałeczki! Beru broń nas wszystkich!

Wykałaczka wpatrzyła się w rozpaczającą kobietę, po czym ponownie przeniosła wzrok na rampę.

Z szeregów wyłonił się kolejny jasnodomiński czarodziej, dosiadający wielkiego bułanego rumaka. Wokół jego zbroi tańczyły czary, blade i matowe. Koncentrowały się one na obusiecznym toporku, który trzymał w prawej dłoni.

– Och – wyszeptała Niewidka. – To ci dopiero niezła iluzja.

Mężczyzna podjechał do jednego ze swych towarzyszy.

Który się odwrócił.

Jeździec rzucił toporkiem. Trasę jego lotu znaczyły wiszące w powietrzu kryształki lodu. Nagle broń zmieniła kształt, poczerniała, wygięła się i wyciągnęła czarne, szponiaste kończyny.

Ofiara krzyknęła, gdy upiór w nią uderzył. Magia Śmierci przebiła się przez osłonę chaotycznych czarów niczym grot włóczni przez kolczugę i wbiła się w pierś mężczyzny.

Gdy jasnodomin padł na ziemię, upiór pojawił się znowu. Wynurzył się z zakutej w hełm głowy w eksplozji żelaza, kości, krwi i mózgu. W czarnych, zakończonych szponami dłoniach ściskał duszę Pannińczyka, promieniującą czystym przerażeniem. Garbiąc się nad zdobyczą, pomknął zygzakiem w stronę lasu i zniknął w mroku.

Cisnąwszy makabryczną bronią, jeździec wbił pięty w końskie boki. Potężne zwierzę zawróciło z tętentem kopyt i stratowało drugiego jasnodomina z taką furią, że w powietrze pofrunęły grudy nasączonego krwią błota.

W stronę jeźdźca popłynęły czary.

Przed mężczyzną i jego koniem pojawiła się nagle szczelina, w której zniknęli. Rozdarcie zamknęło się na chwilę przed tym, nim dotarła do niego fala chaotycznych czarów. Wirująca magia eksplodowała z głośnym hukiem, tworząc wielki krater.

Nerwusik klepnął Wykałaczkę w drugie ramię.

– Spójrz na dół! Na legiony z tyłu!

Odwróciła się i zobaczyła, że nieprzyjacielscy żołnierze łamią szyk, rozbiegają się na boki i znikają w lesie po obu stronach rampy.

– Cholera, ktoś poszedł po rozum do głowy.

– Rozum to mało. Walą prosto na nas!

Paran zobaczył, że Szybki Ben wypadł z groty. Z jego przypalonej skórzanej zbroi buchał dym. Jeszcze przed paroma chwilami myślał, że czarodziej jest zgubiony. Roziskrzona fala chaotycznej magii uderzyła w ziemny kopiec, na którym zatrzymał się mag. W przeoranej glebie wokół niego nadal płonęły szare języki ognia.

– Kapitanie!

Paran odwrócił się i zobaczył żołnierza piechoty morskiej, który wspinał się ku niemu po pochyłości.

– Kapitanie, dotarły do nas meldunki, że legiony idą w naszą stronę przez las!

– Czy wielka pięść o tym wie?

– Tak jest! Przysyła ci kolejną kompanię, żeby wzmocnić linię obrony.

– Znakomicie, żołnierzu. Wróć do niego i poproś, żeby zawiadomił ludzi, że gdzieś tam na dole jest nasza drużyna. Zjawi się tu przed nieprzyjacielem, zapewne biegiem.

– Tak jest.

Paran śledził wzrokiem oddalającego się w pośpiechu mężczyznę. Potem omiótł wzrokiem okopanych żołnierzy. Trudno ich było zobaczyć. Na pozycjach tańczyły szaleńczo cienie, które wypełniały sieć okopów. Odwrócił gwałtownie głowę i spojrzał na Szybkiego Bena. Czarodziej skulił się, niemal niewidoczny pod tańczącymi cieniami.

Ziemia pod szańcami uniosła się nagle. Większe i mniejsze kamienie wynurzały się z gleby, uderzając o siebie z głośnym zgrzytem, a spływająca z nich woda zmieniała się w parę, której obłoki przesłaniały rosnącą stertę głazów.

Otworzył dwie groty... nie, na pewno trzy. Te głazy są rozgrzane do czerwoności.

W dół stoku ruszyły cienie, które przepływały wśród gromadzących się kamieni i pod nimi.

On tworzy piarg, którego nieprzyjaciel nie zauważy... dopóki nie będzie za późno.

Paran widział już ruch między drzewami, nierówne linie Pannióńczyków, którzy wspinali się ku nim. Nie utworzyli linii tarcz ani żółwi. Gdy beklici rozpoczną szturm, ich straty będą przerażające.

Cholera, gdzie Wykałaczka i jej drużyna, na Otchłań?

Pierwszy legion ponownie skupił szyki i ruszył z uporem naprzód. Prowadziło go trzech jasnodomińskich magów, otoczonych ochronną pajęczyną czarów.

W górę rampy popłynęły trzy fale magii, jedna po drugiej. Pierwsza zmierzała w stronę Szybkiego Bena, nabierając po drodze impetu. Pozostałe dwie mknęły prosto na pierwszy okop, przed którym stał kapitan Paran.

Odwrócił się błyskawicznie.

– Wszyscy padnij! – wrzasnął i rzucił się na ziemię. Świetnie wiedział, że niewiele to zmieni. Ani ostrzeżenie, ani leżąca pozycja w niczym im nie pomogą. Odwrócił się, by móc obserwować nadchodzące fale.

Ta, która była wymierzona w Szybkiego Bena, z pewnością dotarła już do celu, nic jednak nie słyszał. Nie było ogłuszającego wybuchu...

...poza tym, który rozległ się daleko w dole, wstrząsając ziemią i drzewami. Słychać było odległe krzyki.

Nie mógł oderwać wzroku od zmierzającej ku niemu fali magii.

Na jej drodze – tylko na chwilę przed tym, nim dotarła do kapitana i jego żołnierzy – rozbłysła ciemność, która przeszyła powietrze, ogarniając całą szerokość rampy.

Czary wpadły z syczącym szeptem w głąb groty.

Na dole pośród skupionych legionów rozległa się kolejna detonacja.

Druga fala podążyła w ślad za pierwszą.

Po chwili, gdy echem poniosła się trzecia eksplozja, grota zacieśniła się, a potem zniknęła.

Pełen niedowierzania Paran wykręcił ciało jeszcze bardziej, aż wreszcie zobaczył Szybkiego Bena.

Czarodziej wzniósł przed sobą rosnącą ścianę z kamieni, która zaczęła zsuwać się ze stoku pośród płynących cieni, pchając przed sobą zwały gleby. Nagle cienie pomknęły w dół, do lasu, w fali wszechogarniającej dezorientacji. Po chwili z głośnym łoskotem podążyła za nimi lawina głazów, która obalała drzewa, spływając niczym ciecz ku nierównym liniom wspinających się żołnierzy.

Jeśli w ogóle zobaczyli, co ku nim zmierza, nie zdążyli nawet krzyknąć. Lawina nie przestawała rosnąć, zasypując wszystkich beklitów na tej flance. Po chwili Paranowi wydało się, że w dół ruszył cały stok. Setki drzew padały na ziemię, przeszywając powietrze.

Na przeciwnej flance eksplodowały przebijacze, przyciągając uwagę Parana. Beklici po tamtej stronie zdołali już dotrzeć na nasyp. Gdy opadł śmiercionośny grad pocisków, Malazańczycy wyskoczyli z okopów, tworząc na szczycie szańca najeżoną pikami linię. Byli wśród nich zakuci w ciężkie zbroje żołnierze piechoty morskiej, uzbrojeni w kusze szturmowe.

Beklici pięli się uparcie w górę i ginęli dziesiątkami.

Nagle, z bezpośredniej bliskości, w linię Malazańczyków uderzyły czary. Ciała poleciały w górę, ogarnięte szarym ogniem.

Gdy miazmaty magii opadły, Paran zobaczył na szańcu tylko poszarpane trupy. Beklici popędzili w górę. Nad ich głowami kondor wspinał się ciężko z powrotem ku niebu, ciągnąc za sobą szare płomienie.

Na spotkanie pomknęła mu eskadra trzydziestu Czarnych Moranthów. Dwudziestu z nich wystrzeliło w olbrzymiego ptaka bełty z kusz. Z kondora trysnęły szare błyskawice, które spopieliły pociski. Kłębiąca się fala czarów ogarnęła Czarnych Moranthów. Eksplodowały zbroje i ciała.

Szybki Ben podszedł ciężko do Parana i gorączkowym ruchem oczyścił obszar przed nim z luźnej gleby, odsłaniając skrawek ubitej ziemi.

– Co ty...

– Narysuj tego cholernego ptaka, kapitanie! Palcem. Narysuj kartę!

– Ale ja nie umiem...

– Narysuj go!

Paran pociągnął wskazującym palcem po wilgotnej ziemi, zaczynając od prostokątnego obramowania. Ręka mu się trzęsła, gdy próbował naszkicować pobieżnie zarysy kondora.

– To obłęd... nic z tego nie wyjdzie... bogowie, ja nawet nie umiem rysować!

– Skończyłeś? To już wszystko?

– O co ci chodzi, w imię Kaptura

– Świetnie! – warknął czarodziej. Zacisnął pięść i walnął nią w rysunek.

Demoniczny kondor znowu przeszedł w lot nurkujący.

I nagle zatrzepotał rozpaczliwie skrzydłami, jakby zniknęło pod nimi powietrze. Stwór runął na ziemię.

Szybki Ben zerwał się błyskawicznie, pociągając za sobą Parana.

– Idziemy! Wyciągaj ten cholerny miecz, kapitanie!

Pobiegli sprintem przez szaniec ku położonemu tuż za zdobytym okopem miejscu, w którym wylądował kondor.

Po paru chwilach znaleźli się pośród dymiących odłamków zbroi i tlących się ciał – wszystkiego, co zostało z kompanii Malazańczyków. Pierwsza fala beklitów przedarła się do drugiego obozu i wdała w zażarty bój z ciężką piechotą Dujeka. Po prawej stronie Paran i Szybki Ben mieli drugą falę, odległą o niespełna trzydzieści kroków.

– Jeszcze jeden jasnodomin! – zawołał czarodziej, pociągając kapitana na ziemię.

Z drugiej fali beklitów trysnęły czary, które pomknęły prosto ku obu mężczyznom.

Szybki Ben obrócił się na bok z przekleństwem na ustach.

– Trzymaj się, kapitanie!

Wokół nich otworzyła się grota.

I nagle znaleźli się pod wodą. Zbroje pociągnęły ich w dół, w ciemność.

Tuż nad ich głowami przemknęły promienie szarego światła, jaskrawe i oślepiające. Zmierzała ku nim fala wstrząsu.

Woda eksplodowała wokół nich. Twarde korzenie uderzyły Parana w żebra. Kaszlał i dyszał, wbijając palce w błoto.

Czarodziej zacisnął dłoń na jego szelkach i pociągnął go po mokrej ściółce leśnej.

– Gdzie jest ten twój cholerny miecz?

Paran zdołał się jakoś podnieść.

– Miecz, ty sukinsynu?! O mało się nie utopiłem!

– Cholera! – zaklął czarodziej. – Miejmy nadzieję, że ptaszysko nadal jest ogłuszone.

Paran przeszył go morderczym spojrzeniem. Szybki Ben wyglądał fatalnie. Krew płynęła mu z uszu, nosa i ust, a skórzana zbroja popękała na szwach. Paran opuścił wzrok i zauważył, że jego bechter prezentuje się równie kiepsko. Otarł usta i zobaczył, że na stalowej rękawicy została krew.

– Mam jeszcze majcher.

– To wyciągaj go. Chyba jesteśmy już blisko...

Przed nimi, pośród drzew, na ziemi leżało pełno połamanych gałęzi. W powietrzu unosiły się kłęby dymu.

I nagle Paran go zobaczył. Szybki Ben zacisnął dłoń na jego ramieniu w ostrzegawczym geście, co świadczyło, że czarodziej również dostrzegł czarną masę leżącą w cieniu nieco z boku, lśniącą masę, która się poruszała.

Sugestia jasnoszarej szyi, błysk zakrzywionego dzioba. Witki czarów, które tańczyły, zwiększając moc.

Paran nie tracił czasu na wahania. Przebiegł obok czarodzieja, wyciągając nóż z pochwy.

Stwór był ogromny. Miał tułów wielkości samicy bhederin, a wyrastająca z przygarbionych barków szyja przypominała węża. Czarna, lśniąca głowa o koszmarnych ślepiach zwróciła się w jego stronę.

Coś przemknęło obok Parana. Upiór rzucił się na kondora, wyciągając szponiaste dłonie.

Bestia wzdrygnęła się z sykiem, po czym uderzyła nagle łbem.

Rozbłysły czary.

Upiór zniknął.

Kapitan uniknął ciosu głowy, zaszedł przeciwnika od tyłu i wbił mu długi majcher w grzbiet. Poczuł, że ostrze odbiło się od kręgosłupa, i zaklął szpetnie.

Przenikliwy skrzek, błyskawiczny ruch, i Parana otoczyły czarne, tłuste pióra, które uniemożliwiały mu oddychanie. Cios haczykowatego dzioba rozdarł mu skroń bólem i oderwał ucho. Poczuł makabryczne uszczypnięcie, po którym po jego szyi spłynęła gorąca krew.

Świadomość rozpuściła się w eksplozji zwierzęcej furii, która wypełniła go w jednej chwili...

Klęczący dziesięć kroków od niego Szybki Ben wytrzeszczył oczy, spoglądając z niedowierzaniem na dwie walczące ze sobą postacie. Paran stał się niemal niewidoczny pod utkanym z roztańczonych cieni Ogarem.

Nie jest jednopochwyconym. To nie była zmiana kształtu. To są dwie istoty – człowiek i bestia – w jakiś sposób połączone w jedną całość. A stojąca za tym moc wywodzi się z Cienia. Kurald Emurlahn.

Masywne szczęki i długie na palec kły Ogara wbiły się w ciało kondora, przegryzając się przez barki ku szyi. Demon natomiast raz po raz uderzał dziobem w bestię, której boki spływały aż nadto prawdziwą krwią.

Ziemia trzęsła się pod stopami walczących. Skrzydło uniosło się nagle, uderzając w drzewo. Kość i drewno trzasnęły jednocześnie. Kondor zaskrzeczał z bólu.

Ułamany na wysokości kolan pień drzewa został nagle wyrwany z ziemi, runął na łopoczące się szaleńczo skrzydło, a potem odtoczył się od walczących w eksplozji gałęzi i kory.

Ogar zacisnął kły na szyi kondora.

Trzasnęły kręgi.

Głowa monstrum spadła z łoskotem na zdeptaną ściółkę.

Cienie tworzące triumfującego Ogara zamigotały i bestia zniknęła.

Paran stoczył się z cielska martwego ptaka.

Krew i ochłapy mięsa niemal całkowicie zasłaniały kapitana. Szybki Ben wybałuszył oczy na widok makabrycznie wyglądającej postaci, która podniosła się z wysiłkiem z pobojowiska. Z prawej skroni zwisał płat skóry, odsłaniając kość. Połowa ucha zniknęła. Z łukowatej linii odcięcia tryskała krew.

Paran uniósł głowę i spojrzał czarodziejowi w oczy.

– Co się stało?

Szybki Ben również się podniósł.

– Chodź ze mną, kapitanie. Zabiorę cię przez grotę do uzdrowiciela.

– Do uzdrowiciela? – zdziwił się Paran. – A po co?

Czarodziej popatrzył uważnie w jego oczy i nie dostrzegł w nich ani śladu świadomości tego, co się wydarzyło.
– No dobra. – Ujął go pod rękę. – Ruszamy.

Wykałaczka mijała kolejne konary, aż wreszcie zobaczyła ziemię. W pobliżu nie było nikogo. Po beklitach, którzy przeszli tędy pół dzwonu temu, zostały tylko ślady w błocie. Słyszała odgłosy walki, dobiegające z góry, z boków, a być może także z tyłu.
Eksplozje czarów, które uderzyły w legiony u podstawy rampy, już się nie powtórzyły. To było niepokojące. Bardziej przestraszyli się lawiny, ale jej trasa minęła ich o co najmniej sto kroków.
Zupełnie jakby Szybki Ben wiedział skądś, gdzie jesteśmy. Co jeszcze bardziej niewiarygodne, ten cholerny czarodziej zdołał pokierować osunięciem się jednej trzeciej całego stoku. Może potrafiłabym w to uwierzyć, gdyby pomagało mu dwunastu wielkich magów.
Albo bóg...

Ta mrożąca krew w żyłach myśl towarzyszyła jej, gdy zaczęła schodzić z drzewa.
Przedtem po niebie krążyły kondory i przynamniej jeden z nich zaatakował malazańskie szańce. Trwało to krótko. Wykałaczka nie miała pojęcia, gdzie się podziała reszta.
Tu ich nie ma, dzięki Kapturowi...
Ze szczękiem zbroi zeskoczyła z ostatniej gałęzi na ziemię.
– To było niezłe.
Odwróciła się błyskawicznie.
– Niech cię szlag, Niewidka...
– Psst... hmm, poruczniku.
– Wiesz, gdzie jest reszta?
– Mniej więcej. Mam ich zawołać?
– Przydałoby się.
– I co wtedy zrobimy?
Niech mnie szlag, jeśli to wiem, kobieto.
– Najpierw ich tu sprowadź, Niewidka.
– Tak jest.

Parana obudził smród rzygowin. Nieprzyjemny posmak w ustach uświadomił mu, że to on sam zwymiotował. Przetoczył się z jękiem na bok. Było ciemno. W pobliżu jacyś ludzie rozmawiali cicho. Wyczuwał, że w okopie obok niego leżą też inni, choć nikogo nie widział.

Inni... ranni...

Zbliżyła się jakaś masywna postać.

Sięgnął dłonią do skroni i skrzywił się z bólu, dotykając szwów. Przebiegł palcami wzdłuż rany, docierając do wilgotnych bandaży, które zakrywały mu ucho.

– Kapitanie?

– To ty, Młotek?

– Tak jest. Przed chwilą wróciliśmy.

– Wykałaczka?

– Wszyscy w drużynie żyją, kapitanie. Wchodząc na górę, stoczyliśmy parę potyczek, ale nie mieliśmy poważniejszych trudności.

– Dlaczego tu jest tak ciemno?

– Nie zapalaliśmy pochodni. Ani lamp. Tak rozkazał Dujek... zbieramy się.

Zbierają się. Nie, później o to zapytasz.

– Czy Szybki Ben jeszcze oddycha? Ostatnie, co pamiętam, to jak zbliżaliśmy się do strąconego na ziemię kondora...

– Ehe, ale słyszałem, że to ty oskubałeś tę gęś, kapitanie. Czarodziej cię tu przyniósł i cyrulicy cię pozszywali, jak potrafili. Na pewno ucieszysz się na wiadomość, że to głównie powierzchowne rany. Przyszedłem po to, żeby przywrócić ci urodę.

Paran usiadł z wysiłkiem.

– Wokół jest pełno żołnierzy, którzy potrzebują twojego uzdrowicielskiego dotyku bardziej niż ja, Młotek.

– To prawda, kapitanie, ale Dujek powiedział...

– Pogodzę się z paroma bliznami, uzdrowicielu. Zobacz, co możesz zrobić dla tych rannych. Gdzie mogę znaleźć wielką pięść i Szybkiego Bena?

– W kwaterze głównej, kapitanie. To ta wielka komora...

– Wiem. – Paran wstał. Zatrzymał się na chwilę, czekając, aż miną zawroty głowy. – Teraz ważniejsze pytanie. Gdzie jestem?

– W głównym okopie, kapitanie. Idź w lewo, prosto w dół.

– Dziękuję.

Kapitan powoli mijał szeregi rannych żołnierzy piechoty morskiej. Bitwa była ciężka, mogło jednak być gorzej.

Wejścia do tunelu pilnowali untańscy strażnicy Dujeka. Sądząc po ich wyglądzie, nawet nie musieli wyciągać mieczy. Ich oficer bez słowa przepuścił Parana skinieniem dłoni.

Po trzydziestu krokach kapitan dotarł do komory.

Za stołem mapowym siedzieli wielka pięść Dujek, Szybki Ben i porucznik Wykałaczka. Nad ich głowami na drewnianej belce sufitowej wisiała mała lampa. Gdy Paran wszedł do środka, wszyscy troje obrócili się na krzesłach.

Dujek skrzywił się wściekle.

– Czy Młotek cię nie znalazł?

– Znalazł, wielka pięści. Nic mi nie jest.

– Będziesz miał pełno blizn, chłopcze.

Paran wzruszył ramionami.

– Co się stało? Beklici nie lubią walczyć w nocy?

– Wycofali się – odparł Dujek. – I, zanim zapytasz, nie, nie dlatego, że okazaliśmy się zbyt twardzi. Mogli kontynuować szturm i gdyby tak postąpili, zwiewalibyśmy teraz przez las. Ci z nas, którzy by jeszcze oddychali. Ponadto zaatakował nas tylko jeden z tych kondorów. Próbowaliśmy właśnie odgadnąć, dlaczego tak się nam upiekło, kapitanie.

– I znaleźliście jakieś odpowiedzi na to pytanie, wielka pięści?

– Tylko jedną. Sądzimy, że Sójeczka i Brood szybko się zbliżają. Jasnowidz nie chce, żeby jego siły były zaangażowane w walkę z nami w chwili ich przybycia. Nie zamierza też ryzykować utraty większej liczby tych cholernych kondorów.

– Jeden wystarczył z nawiązką – mruknął Szybki Ben.

Doszczętnie wyczerpany czarodziej wyglądał, jakby się nagle postarzał. Siedział niemal zgięty wpół, opierając obie ręce na stole, a jego przekrwione, zaspane oczy wpatrywały się w porysowany blat.

Porażony tym widokiem Paran przeniósł wzrok z powrotem na Dujeka.

– Młotek powiedział, że się zbieramy, wielka pięści. Ponieważ jest tu porucznik Wykałaczka, zakładam, że masz jakieś zadanie dla Podpalaczy Mostów.

– Mam. Czekaliśmy tylko na ciebie, kapitanie.

Paran bez słowa skinął głową.

– Te okopy nie nadają się do obrony – warknął Dujek. – Jesteśmy tu za bardzo odsłonięci. Wystarczą dwa, góra trzy kondory, żeby nas wykończyć. I Czarnych Moranthów również. Nie zaryzykuję też wysyłania dalszych Moranthów z wiadomościami dla Sójeczki. Ostatnich ptaszyska jasnowidza załatwiły, nim oddalili się na jedną trzecią mili od góry. Wygląda na to, że tak blisko Koralu są gotowe latać nocą. A Szybki Ben jest zbyt wyczerpany, by mógł nawiązać z Sójeczką magiczny kontakt. Nie będziemy na nich czekać.

Ruszamy do Koralu. Z nocnego nieba, prosto na przeklęte ulice.

– Rozumiem, wielka pięści. A Podpalacze Mostów mają wejść pierwsi?

– Wchodzimy pierwsi... – mruknął Dujek, skinąwszy głową.

A wychodzimy ostatni.

– Macie iść prosto na tę twierdzę. Wybijcie dziurę w jej murze. Czarni Moranthowie przeniosą was tak blisko, jak tylko zdołają.

– Wielka pięści – odezwał się Paran – jeśli Brood i Sójeczka nie są tak blisko, jak sądzisz...

Dujek wzruszył ramionami.

– Jak już mówiłem, kapitanie, nie możemy sobie pozwolić na czekanie. Wszyscy ruszamy do miasta. Moja pierwsza fala podąży pół dzwonu za wami...

Możemy wpaść prosto w gniazdo żmij...

– W takim razie lepiej będzie, jak pójdziemy z porucznikiem przygotować drużyny.

– Ehe. Będziecie mieli Szybkiego Bena. Magowie, jego kadra, wrócili już do swoich drużyn. Płot i jego saperzy mają razem sześć wstrząsaczy, dziesięć rozbijaczy i dwadzieścia przebijaczy. Macie zrobić wyłom w tym murze, a potem wrócić do nas. Nie próbujcie sami załatwić jasnowidza. Zrozumiano?

– Tak jest, wielka pięści.

– Dobra. W takim razie ruszajcie wszyscy troje.

Do świtu zostały jeszcze prawie dwa dzwony. Nad ciągnącym się na północ od Koralu leśnym parkiem wisiała nisko siwa mgła, której wypustki sięgały na położoną dalej równinę.

Korlat podjechała do Sójeczki, który zatrzymał się na porośniętym drzewami wzgórzu, od którego zaczynały się otaczające Koral tereny parkowe.

– I co powiedział? – zapytał Malazańczyk, nie marnując czasu.

– Wszystko to brzmiało osobliwie, Sójeczka. Oficjalnie przeprasza nas w imieniu własnym i Brooda. Pokornie oferuje nam swój miecz i swe, jak to określił, taktyczne talenty. Przyznaję, że nieco mnie to zaniepokoiło.

Sójeczka wzruszył ramionami.

– Z chęcią wysłucham rad Kallora.

Zauważył wyraźne niedowierzanie, z jakim Korlat przyjęła te słowa, postanowił to jednak zignorować.

– Pojedź za mną – odezwał się po chwili. Skierował konia na szeroki trakt kupiecki, który wił się wśród gajów, przecinając pagórkowate polany.

Konie często się potykały, kłusując z opuszczonymi łbami przez ciemność. Po krótkiej chwili ujrzeli przed sobą następny grzbiet, tym razem wolny od drzew. Za nim było widać Koral. W miarę, jak się zbliżali, miasto wynurzało się powoli zza wzgórz. Jego kolejne, wznoszące się ku niebu poziomy lśniły niewyraźnie w blasku oświetlających ulice pochodni. Na najwyższym tarasie przycupnęła mroczna, masywna twierdza. Wjechali na wzgórze i zatrzymali się.

Korlat przyglądała się ukształtowaniu terenu przed nimi. Pole śmierci wokół murów miasta miało pół mili szerokości, a nad fosą przebiegał tylko jeden kamienny most. W odległości półtorej mili na zachód majaczyła porośnięta lasem góra. Jej zwrócony ku nim stok spowijała mgła bądź dym.

– Tak jest – mruknął Sójeczka, spoglądając w tę samą stronę – stamtąd właśnie dobiegały te rozbłyski czarów. Na miejscu jasnowidza tam właśnie rozmieściłbym armię, która miałaby położyć kres oblężeniu.

– Ale Dujek pokrzyżował plany nieprzyjaciela.

– Podejrzewam, że gdzieś tam jest. Zapewne go otoczyli albo zmusili do odwrotu. Widzieliśmy na niebie głównie panniońską magię. Szybki Ben z pewnością nie miał szans. Sądzę, że Dujek dostał w skórę, Korlat. Musimy odciągnąć uwagę jasnowidza od tej góry, dać wielkiej pięści czas na przegrupowanie.

Spojrzała na niego. Przez chwilę nie odzywała się ani słowem.

– Twoi żołnierze padają z nóg ze zmęczenia, Sójeczka.

I ty też, kochanie.

– Mimo to chcę, żebyśmy ustawili się przed świtem na tym wzgórzu. Klan Ilgres na lewym skrzydle, a Taur i jego Białe Twarze na prawym. – Zerknął na nią. – Przyznaję, że na myśl o twej drugiej... postaci wciąż czuję się, hmm, zaniepokojony. Niemniej jednak, gdybyście mogli z Orfantalem wzbić się w górę...

– Rozmawialiśmy już o tym z bratem, Sójeczka. Orfantal poleci do Dujeka. Być może jego obecność powstrzyma kondory jasnowidza.

– Raczej przyciągnie je niczym magnes, Korlat. Jeśli będziecie się trzymać razem i pilnować nawzajem...

– Nawet w pojedynkę niełatwo nas przegnać. Nie, Dujek potrzebuje nas bardziej. Przybiorę jednopochwyconą postać i będę strzegła waszych sił, a Orfantal poleci nad tę górę. Z pewnością uda mu się przynajmniej dowiedzieć, w jakim stanie jest armia wielkiej pięści.

Zauważyła, że Sójeczka zacisnął brodate szczęki. Po chwili westchnął.

– Boję się o ciebie, Korlat. Będziesz tam nad nami sama.

– Nie tak bardzo, jak ci się zdaje. Wśród twoich żołnierzy jest jeszcze kilku moich współbraci. Wszyscy z nich są magami, kochanie.

Sójeczka złapał za wodze.

– Czy wyczułaś obecność waszego władcy?

Potrząsnęła głową.

– Niepokoi cię to? Nie, nie musisz mi odpowiadać.

To prawda, wydaje się, że niewiele mogę przed tobą ukryć.

– Lepiej wracajmy – ciągnął Sójeczka.

Oboje zawrócili wierzchowce.

Gdyby ich rozmowa potrwała jeszcze kilka uderzeń serca, nadnaturalnie bystry wzrok pozwoliłby Korlat zobaczyć pierwszą eskadrę Czarnych Moranthów. Było ich czterdziestu. Poderwali się z lesistego zbocza i pomknęli nisko nad ziemią ku miastu, co sił w skrzydłach quorlów.

Kilka uderzeń serca, podczas których moneta Oponn wykonała jeden, leniwy obrót...

Od Pani do Pana.

Mury miasta przemknęły pod nimi. Od ich szczytów dzieliła ich odległość mniejsza niż wzrost mężczyzny. Minąwszy je, Moranthowie skierowali quorle jeszcze niżej, skryli się w alei między budynkami, lecąc tuż poniżej dachów. Nagły skręt na skrzyżowaniu i eskadra mknęła prosto na twierdzę.

Paran zaryzykował zerknięcie w dół, starając się ignorować gwałtowne swędzenie w szwach, które miał na twarzy. Na ulicach widać było stosy po ucztach. Wiele z nich żarzyło się jeszcze ciemnoczerwonym blaskiem i buchał z nich dym. W świetle umieszczonych z rzadka w ścianach budynków pochodni było widać zasypane odpadkami ulice. Wydawało się, że miasto śpi. Nie widział ani jednego strażnika czy żołnierza.

Kapitan ponownie przeniósł uwagę na twierdzę. Jej zewnętrzne mury były wysokie i solidne, chyba nawet mocniejsze od tych, które otaczały miasto. Kryjący się za nimi gmach składał się w równym stopniu z surowej skały, jak i obrabianych kamieni. Twierdzę wykuto w górskim stoku.

Na poobtłukiwanej krawędzi dachu zastygły monstrualne maszkarony. Czarne i przygarbione, rysowały się jako ciemne plamy na tle nieba.

I nagle jeden z nich się poruszył.

Kondory. Och, wpadliśmy prosto w Otchłań...

Klepnął Morantha w ramię i wskazał palcem urękawicznionej dłoni na ulicę w dole. Oficer skinął głową.

Niosące Podpalaczy Mostów quorle jednocześnie pomknęły ku ziemi, przeleciały kilkanaście kroków nad ulicą na wysokości połowy wzrostu mężczyzny, po czym wylądowały, pochylając skrzydła.

Żołnierze zleźli z siodeł i skryli się w cieniu.

Quorle zerwały się do lotu i pomknęły z powrotem w stronę góry.

Przycupnięty w ciemnym wylocie zaułka Paran czekał, aż zbiorą się wokół niego drużyny. Pierwszy zjawił się Szybki Ben.

– Na dachu twierdzy...

– Widziałem – warknął Paran. – Masz jakieś pomysły, czarodzieju?

– Może tak schowalibyśmy się w jakiejś piwnicy, kapitanie? – zaproponował Nerwusik.

Szybki Ben przeszył sierżanta wściekłym spojrzeniem, po czym rozejrzał się wokół.

– Gdzie Płot?

Saper podszedł bliżej, chwiejąc się pod ciężarem skórzanych worków.

– Widziałeś te cholerne wróble? – zapytał czarodziej, wykonując dziwne ruchy lewym barkiem.

– Ehe. Musimy umieścić snajperów na murach. Mam dwanaście bełtów z przebijaczami zamiast grotów. Jeśli dobrze to zrobimy, załatwimy tuzin...

– Padające na głowę ptasie mięso – wtrącił Trzpień. – Płonące pióra.

– Czy to gorsze niż płonąca włosiennica, Trzpień?

– Cicho – warknął Paran. – No dobra, łapcie za haki. Niech nasi wspaniali kusznicy włażą na mur. Płot, znajdź odpowiednie miejsce, w którym umieścisz pęk wstrząsaczy i przebijacze. Tylko migiem. Musimy dobrze wyliczyć czas. Chcę, żeby te ptaki pospadały z grzęd, nie pofrunęły w powietrze. Pierwsza fala Dujeka zapewne jest już w drodze. Ruszajmy.

Kapitan skinął na Wykałaczkę, każąc jej iść przodem. Skierowali się ku murowi.

Kobieta przeszła na drugą stronę ulicy, uniosła rękę i przykucnęła. Wszyscy zamarli.

Paran podszedł do Wykałaczki, która obejrzała się na niego.

– Urdomeńscy wartownicy – wyszeptała. – Brama jest dwadzieścia kroków z lewej, dobrze oświetlona...

– Wartownicy są dobrze oświetleni?

– Ehe.

– Idioci!

– Ehe, ale zastanawiam się...

– Nad czym?

– Gdybyśmy zawrócili, skręcili w prawo i znowu ruszyli naprzód, znaleźlibyśmy się tuż za rogiem. Płot lubi rogi...

– Czyli że zostawimy wartowników w spokoju.

– Ehe, kapitanie. Kaptur wie, że przy tym świetle i tak nic nie zobaczą. Z tej odległości nie usłyszą też odgłosu wbijanych haków.

– Masz taką nadzieję.

– Wszyscy mają na głowach hełmy, kapitanie.

– W porządku, pójdziemy okrężną drogą, poruczniku.

– Chwileczkę, kapitanie. Niewidka?

– Tu jestem.

– Nie ruszaj się z miejsca. Miej oko na tych urdomenów.

– Tak jest.

– I co z tego?

– Tylko popatrz.

Mag drużyny otworzył grotę. Paran próbował sobie przypomnieć, jaka jest jego specjalność, lecz zaraz odpowiedziało mu pojawienie się dwunastu duchów, które krążyły blisko wokół Palucha. Kapitan chrząknął cicho.

– Jeśli to są te, które ciągle się potykają...

– Nie, to miejscowe duchy, kapitanie. Ludzie bardzo często spadają z murów, a te tutaj stoją już dobre kilkaset lat, więc nazbierało się ich sporo. Tak czy inaczej, większość duchów ma... obsesję. Ostatnie, co zapamiętały, to że były na murach, pełniły straż, patrolowały, czy coś w tym rodzaju. Dlatego chcą tam wrócić...

Paran przyglądał się wpełzającym na mur duchom. Sześć z nich niosło w jakiś sposób haki, a druga szóstka zacisnęła widmowe dłonie na Paluchu, unosząc go ze sobą. Mag drużyny nie miał zadowolonej miny. Majtał nogami w powietrzu.

– Myślałem, że groty są zatrute.

Szybki Ben wzruszył ramionami.

– Kaptur kontratakuje na całego, kapitanie. Oczyścił spory fragment...

Paran zmarszczył brwi, lecz nic nie powiedział.

Paluch dotarł na szczyt muru i ponownie przejął kontrolę nad sytuacją. Osobiście rozmieścił wszystkie haki, nie ulegało bowiem wątpliwości, że duchy albo nie są zdolne do tak precyzyjnej manipulacji fizycznymi obiektami, albo nie mają na to ochoty. W paru przypadkach musiał siłą wyrywać haki z ich rąk, w końcu jednak udało mu się wbić wszystkie w wybrane miejsca. Liny się rozwinęły, opadając ku czekającym na dole żołnierzom.

Pierwsza szóstka uzbrojonych w kusze Podpalaczy Mostów zaczęła się wspinać.

Paran obrzucił niespokojnym spojrzeniem szereg kondorów siedzących na głównym budynku. Żaden z nich się nie poruszył.

– Dzięki Kapturowi, śpią głęboko.

– Ehe, zbierają moc na to, co ma się wydarzyć. Pogrążyły się głęboko w swej chaotycznej grocie.

Paran odwrócił się i spojrzał na mroczne niebo na północnym zachodzie. Niczego tam nie było, lecz zapewne i tak by ich nie zauważył. Będą lecieli nisko, tak samo jak jego eskadra.

Druga szóstka żołnierzy, również z kuszami na plecach, przeszła na drugą stronę ulicy i złapała za sznury.

– Czarodzieju, przygotuj tę grotę...

– Jest gotowa, kapitanie.

Wykałaczka zamachała do niego ręką jak szalona. Paran wysyczał przekleństwo i pobiegł w jej stronę. Pozostali żołnierze wycofali się z ulicy.

– Kapitanie! Wychyl się za róg i spójrz na tę bramę.

Zrobił to.

Coś tam się poruszało. Brama się otworzyła i jeden po drugim wychodzili z niej potężni, gadzi wojownicy.

K'Chain Che'Malle. A więc tak wyglądają te skurczybyki. Na oddech Kaptura. Pięć... dziesięć... piętnaście... coraz więcej. Idą ku północnej bramie miasta.

Dujek spadnie im prosto na głowy.

Cofnął się i spojrzał w oczy Wykałaczce.

– Poruczniku, musimy przyciągnąć uwagę tych cholerstw.

Potarła twarz, spoglądając na pozostałe drużyny.

– Słyszałam, że te jaszczurki-martwiaki są dosyć szybkie, ale tu jest masa ulic i zaułków... – Spojrzała raz jeszcze na Parana i zdecydowanie skinęła głową. – Mamy w zapasie kilka przebijaczy. Damy im powód, żeby nas ścigały.

– Tylko dopilnuj, żeby was nie dogoniły, poruczniku. Postaraj się, żeby wszyscy trzymali się razem, jeśli tylko będzie to możliwe.

– Kapitanie, to mało prawdopodobne. Sądzę, że będziemy musieli się rozproszyć, żeby zamącić tym stworom w głowach.

– No dobra, ale spróbuj.

– A ty, kapitanie?

– Idziemy z Szybkim i drużyną Nerwusika na dach twierdzy. Spróbujemy dostarczyć zajęcia tym kondorom. Przekazuję ci Podpalaczy Mostów, poruczniku.

– Tak jest, kapitanie. Jak sądzisz, kto zginie pierwszy, my czy wy?

– Szanse są równe.

Uśmiechnęła się szeroko.

– Stawiam połowę zaległego żołdu, że załatwią nas chwilkę po was, kapitanie. Płatne pod Bramą Kaptura.

– Zakład, poruczniku. Zostaw tu Płota i jego saperów, weź Niewidkę i ruszajcie w drogę.

– Tak jest.

Paran chciał już odejść, lecz Wykałaczka wyciągnęła rękę i dotknęła jego ramienia.

– Kapitanie?

– Słucham.

– Hmm, te noże wymierzone w twoje plecy? Już od jakiegoś czasu ich nie ma. Chciałam, żebyś o tym wiedział.

Paran odwrócił wzrok.

– Dziękuję, poruczniku.

Szybki Ben zebrał już drużynę Nerwusika, pomijając Płota i Niewidkę. Gdy Paran do nich podszedł, czarodziej przywitał go skinieniem głowy.

– Powiedz, kiedy mamy zaczynać, kapitanie.

Paran zerknął na mur. Liny zwisały luźno. Wydawało się, że na szczycie nie ma nikogo.

– Kiedy ostatnio ich widziałeś?

Czarodziej wzruszył ramionami.

– Przypuszczam, że zajęli już pozycje, kapitanie. Wygląda na to, że płot jest gotowy do akcji.

Paran spojrzał na grupkę saperów, która kłębiła się nerwowo u podstawy wieży.

– Uwinął się z tym.

– Kiedy naprawdę się boi, jest szybki jak błyskawica, kapitanie. Lepiej już ruszajmy...

– Tak. Otwórz grotę. – Zerknął na Nerwusika. Sierżant, Detoran, Biegunek i Młotek opuścili zasłony hełmów. – Chwileczkę, Szybki. Powiedziałeś Trzpieniowi, żeby...

– Tak jest, już nad tym pracuje.

Trzpień uśmiechnął się słabo.

– W porządku. Ruszajmy.

Portal otworzył się błyskawicznie i na ulicę wypłynęła ciemność. Paran wybałuszył oczy.

Kurald Galain. Skąd...

– Za mną! – syknął Szybki Ben i wbiegł do groty.

Drużyna zniknęła w portalu. Paran pognał za nią.

Przejście było niemal natychmiastowe. Kapitan wypadł na śliskie dachówki. Byli na dachu twierdzy, trzydzieści kroków za szeregiem kondorów...

Dwanaście ogromnych demonicznych stworów eksplodowało nagle, obryzgując dach krwią i mięsem. Pozostałe obudziły się błyskawicznie. Rozpostarły z przenikliwym wrzaskiem potężne skrzydła i zerwały się do lotu.

Trzpień otworzył już swoją grotę. Efekt był natychmiastowy. Kondory wrzasnęły przerażone i załopotały skrzydłami, wyginając spazmatycznie szyje. Ukryte wewnątrz ich ciał śmiertelne ptaki – oszalałe ze strachu wywołanego specyficznym talentem Trzpienia – walczyły o panowanie z demonami.

Seria wystrzelonych z muru bełtów wbiła się w wymachujące skrzydłami stwory. Cała twierdza zadrżała. Paran odwrócił się i zobaczył, że baszta po jego lewej stronie zawaliła się raptownie. Ogromne blanki runęły na ulicę w kłębach dymu. Rozległy się krzyki stojących na murze Podpalaczy Mostów, którzy biegli ku linom.

Na ulicach we wschodniej części miasta eksplodowały przebijacze. Prowadząca resztę Podpalaczy Mostów Wykałaczka zaskoczyła właśnie kolumnę K'Chain Che'Malle i zaczął się pościg.

Szybki Ben przyciągnął Parana do siebie.

– Demony wygrywają walkę!

Kondory wzbijały się stopniowo coraz wyżej, wychodząc z zasięgu wpływu groty Trzpienia. Nic nie wskazywało na to, by sterczące z ich ciał bełty w jakikolwiek sposób im przeszkadzały. Ptaszyska otaczała roziskrzona aura czarów.

– Zaraz nas zaatakują, kapitanie – ostrzegł Szybki Ben.

– Lepiej nas niż Dujeka. Czy możemy dostarczyć im na pewien czas zajęcia, czarodzieju?

– Większości z nich.

– A jak to zrobimy?

– Na początek przebiegnijmy na południową stronę tego budynku.

Przebiegnijmy? I to wszystko?

– No to ruszajmy.

Na zachód od murów miasta, nieopodal skalistego brzegu, z ziemi wzbił się leniwie obłoczek pyłu, który następnie przybrał materialną postać.

Tool powoli zawiesił krzemienny miecz na plecach. Ignorując otaczające go opuszczone chaty, wbił spojrzenie nieprzenikliwych oczu w masywną kamienną barierę, którą miał przed sobą.

Niesiony wiatrem pył mógł się przedostać nad murem. Mógł się przesączyć przez gruz pod kamieniami fundamentów. T'lan Imass potrafiłby zjawić się niepostrzeżenie.

Ale Pannioński Jasnowidz zabił Arala Fayle'a. Toca Młodszego. Śmiertelnika... który nazwał Toola przyjacielem.

Ruszył naprzód, roztrącając owiniętymi w skóry stopami leżące na ziemi kości.

Nadszedł czas, by Pierwszy Miecz T'lan Imassów ujawnił się przed światem.

Druga fala, niosąca kolejny tysiąc żołnierzy, opadła na ulice tuż za pozycjami Dujeka w tej samej chwili, gdy horyzont od południa rozświetliły wybuchy – pierwszy na wysokości dachu twierdzy, a drugi tuż pod jej murem. Drugi odgłos był niższy i towarzyszyło mu drżenie bruku. Wielka pięść znał ten dźwięk. Dokonano wyłomu.

– Pora ruszać – warknął do oficerów. – Idźcie do swoich oddziałów. Maszerujemy na twierdzę.

Uniósł zasłonę hełmu. Zewsząd otaczał go cichy furkot skrzydeł quorlów. Druga fala nosicieli wzbijała się z powrotem pod nocne niebo, a z północy nadlatywała już trzecia. Za chwilę wysadzi kolejny tysiąc żołnierzy piechoty morskiej.

Na wschodzie eksplodowały przebijacze. Dujek zatrzymał się na chwilę zaskoczony. Potem niebo wypełniła szara, skłębiona chmura, która pomknęła ku trzeciej eskadrze.

Wielka pięść patrzył bez słowa, jak w przerwie między uderzeniami jego zimnego serca zginął tysiąc Czarnych Moranthów, ich quorle oraz pięć kompanii Zastępu Jednorękiego.

Za chmurą leciały trzy kondory, czarne i śmiercionośne.

Moranthowie z drugiej eskadry, którzy wspięli się już wysoko, gotowi zawrócić na północ, runęli masą na stwory.

Z północnego zachodu nadlatywała czwarta eskadra nosicieli, która przyciągnęła uwagę ptaków.

Quorle i ich jeźdźcy opadli na niczego niepodejrzewające kondory w serii samobójczych ataków. Obleczeni w czarne zbroje wojownicy wbijali lance głęboko w opierzone ciała. Quorle wykręcały trójkątne głowy, wyrywając chitynowymi szczękami kawały mięsa, nim impet roztrzaskał ich kruche ciała i jeszcze bardziej kruche skrzydła.

Zginęły setki quorlów. Ich jeźdźcy padali razem z nimi na dachy i ulice.

Trzy kondory podążyły za nimi. Nim jeszcze zdążyły spaść, były już martwe.

Dujek nie miał czasu myśleć o straszliwej cenie, jaką zapłacili jego Moranthowie za to chwilowe zwycięstwo. Czwarte skrzydło opuściło się na ulice. Żołnierze zeskakiwali z siodeł, pośpiesznie szukając osłony.

Wielka pięść wezwał skinieniem posłańca.

– Nowe rozkazy dla oficerów. Kompanie mają zająć nadające się do obrony budynki. Twierdza będzie musiała zaczekać. Chcę, żeby osłaniały nas dachy.

Pojawił się kolejny kurier.

– Wielka pięści!

– Słucham.

– Zbierają się pannionskie legiony. Wypełniły wszystkie ulice od północnej bramy aż po twierdzę.

– A my panujemy nad jedną trzecią miasta od zachodu. Chcą nas stąd wyprzeć. W porządku. – Spojrzał na pierwszego posłańca. – Zawiadom o tym oficerów, żeby mogli przygotować obronę...

Drugi kurier jeszcze jednak nie skończył.

– Wielka pięści... przepraszam. Tym legionom towarzyszą K'Chain Che'Malle.

Gdzie się podziała Srebrna Lisica i jej cholerni T'lan Imassowie?

– Równie dobrze mogłyby to być smoki – warknął po chwili. – Ruszaj – rozkazał pierwszemu kurierowi. Żołnierz zasalutował i oddalił się bezzwłocznie. Wielka pięść przeszył wściekłym spojrzeniem drugiego posłańca. – Znajdź Skręta i przekaż mu, żeby jego ciężka eskadra dokonała przelotu na wschód od naszych pozycji. Jeden raz wystarczy. Powiedz mu, że zapewne nie wrócą, więc niech lepiej zachowa jedno skrzydło w rezerwie.

Dujek ponownie uniósł zasłonę hełmu i popatrzył w niebo. Nadchodził świt. Piąte i szóste skrzydło wysadziły swych jeźdźców i były już tylko odległymi pyłkami mknącymi w stronę góry.

To by było tyle. Wszyscy już jesteśmy w Koralu. I jeśli nie dostaniemy posiłków, nigdy go nie opuścimy.

– To wszystko.
Skinął głową do żołnierza.

Kondory krążyły nad dachem, pokrzykując do siebie. Co chwila nurkowały, a potem wzbijały się ku jaśniejącemu niebu z głośnym furkotem skrzydeł.

Paran patrzył na nie z niedowierzaniem.

– Muszą nas widzieć! – wysyczał.

Przykucnęli pod niskim murkiem na krawędzi dachu. Ciemność rozpraszała się szybko i można już było dostrzec port oraz Zatokę Koralową.

– Nie widzą nas – mruknął Szybki Ben – ponieważ im na to nie pozwalam. Ale wiedzą, że gdzieś tu jesteśmy.

I dlatego stąd nie odlatują. Świetnie. Znakomicie. To znaczy, że nie mają czasu masakrować armii Dujeka.

Twierdza zatrzęsła się pod ich stopami z grzechotem dachówek.

– Na oddech Kaptura, co to było?

Czarodziej skrzywił się.

– Nie jestem pewien. To nie brzmiało jak wybuchy pocisków... ale powiedziałbym, że w murze twierdzy zrobiono drugi wyłom.

Drugi? Kto tego dokonał?

Huk dobiegał ze wschodu, od strony portu. Powoli tworzył się tam obłok pyłu.

Paran uniósł ostrożnie głowę, by móc wyjrzeć zza murku.

Nad zatoką krążyły krzyczące głośno mewy. Od morza, które wydawało się całkowicie skute lodem, dobiegał głuchy łoskot. Na południowym horyzoncie było widać tryskające ku niebu fontanny wody. Zbierało się na sztorm.

Miejmy nadzieję, że przyjdzie do nas. Przydałoby się trochę zamieszania.

– Spuść głowę! – syknął Szybki Ben.

– Przepraszam.

– I tak już mam kłopoty, kapitanie. Musimy się dobrze kryć. Przestań mnie kopać, Detoran... co? Och. Kapitanie, spójrz na północ! Na niebo!

Paran odwrócił się

Nad miastem, ze wschodu na zachód, przelatywało skrzydło Moranthów, maleńkich jak pyłki.

Na spotkanie mknęło im sześć kondorów, lecz miały jeszcze do pokonania długą drogę.

Od Moranthów oddzieliły się mniejsze drobiny, które spadły na wschodnią połowę miasta.

Wydawało się już, że nigdy nie dotrą do ziemi, lecz wreszcie pierwsza z nich runęła na budynek. Eksplozja zdmuchnęła dach razem z najwyższym piętrem. Nastąpiła seria detonacji. Wstrząsacze eksplodowały jeden po drugim.

Z sześciu kondorów trysnęła fala czarów, która pomknęła ku odległym Moranthom.

Zrzuciwszy bomby, skrzydło rozproszyło się, ale z górą dwudziestu jeźdźców nie zdołało umknąć przed czarodziejskim atakiem.

Wschodnią część Koralu spowiły dym i kurz.

Krążące nad kapitanem i drużyną kondory wrzasnęły z wściekłości.

– Można powiedzieć, że się udało – wyszeptał Szybki Ben. – Na tych ulicach na pewno było gęsto od panniońskich żołnierzy.

– Nie wspominając już o Podpalaczach Mostów – dodał Paran, zgrzytając zębami.

– Z pewnością zdążyli się wycofać.

Uwagi kapitana nie umknął fakt, że ton nadziei w głosie czarodzieja jest nieco wymuszony.

Wstrząsacz spadł na ulicę pięćdziesiąt kroków za Wykałaczką i jej zdziesiątkowanymi drużynami, a niespełna dziesięć za ścigającym ich Łowcą K'ell. Wybuch rozszarpał martwiaka na strzępy. Jego ciało pochłonęło większość śmiercionośnych odprysków roztrzaskanego bruku.

Fragmenty suchej skóry, mięsa i kości posypały się na ulicę tuż obok Podpalaczy Mostów.

Wykałaczka uniosła rękę, nakazując żołnierzom się zatrzymać. Nie tylko ona musiała chwilkę odetchnąć, zaczekać, aż tłukące wściekle serce choć trochę się uspokoi.

– To cholernie wiele zmienia – wydyszała stojąca u jej boku Niewidka.

Wykałaczce nie chciało się jej odpowiadać, w duchu jednak zgadzała się z tymi gorzkimi słowami. Tak jak polecił Paran, zdołali przyciągnąć uwagę przynajmniej części K'Chain Che'Malle.

I drogo za to zapłacili.

Według jej ostatnich rachunków zostało szesnastu Podpalaczy Mostów zdolnych do walki i sześciu rannych, z których trzech stało już przed Bramą Kaptura. K'Chain Che'Malle nie byli po prostu szybcy. Poruszali się jak błyskawice. Byli również niestrudzeni. Przebijacze tylko ich irytowały.

Zresztą skończyły się już pociski. Wykałaczka kazała swym żołnierzom zaczekać na jednego z Łowców K'ell, by sprawdzić ich szanse w walce z bliska. Więcej już tego nie zrobi. Mieli szczęście, że udało im się wyjść z walki. Widok szatkowanych na plasterki przyjaciół będzie ją prześladował aż do końca jej dni.

Dni? Nie mam już dni. Zdziwię się, jeśli pożyję jeszcze dzwon.

– Niech nas Kaptur, jeszcze jeden!

Porucznik odwróciła się błyskawicznie.

Z bocznego zaułka wychynął kolejny łowca. Drapiąc szponami bruk, opuścił nisko łeb i wysunął przed siebie miecze.

No dobra... parę uderzeń serca.

– Rozproszyć się!

Podpalacze Mostów rzucili się do ucieczki, lecz w tej samej chwili ściana domu obok K'Chain Che'Malle eksplodowała nagle. Na ulicę posypały się cegły i kurz, a wraz z nimi kolejny łowca, pokrajany na kawałki. Zwisająca na pasemku ścięgna głowa kołysała się szaleńczo, nie miał też jednej ręki, a jedna noga kończyła się kikutem na wysokości kostki. Monstrum zwaliło się na bruk z trzaskiem pękających żeber i znieruchomiało.

Podpalacze Mostów zastygli w bezruchu.

Podobnie jak pierwszy K'Chain Che'Malle. Potem stwór zasyczał i zwrócił się w stronę nierównej dziury w murze.

Z obłoków pyłu wyłonił się T'lan Imass. Zwisały z niego rozszarpane strzępy wyschniętego ciała, spod którego wszędzie wyglądały białe kości. Na hełmie z czaszki nie było już rogów. Krzemienny miecz, który martwiak trzymał w ręku, był tak wyszczerbiony, że wydawało się, iż ma ząbkowane ostrze.

T'lan Imass odwrócił się do K'Chain Che'Malle, ignorując Malazańczyków.

Łowca rzucił się z sykiem do ataku.

Oczy Wykałaczki nie były w stanie zarejestrować szybkości, z jaką wymieniano uderzenia. K'Chain Che'Malle zachwiał się, gdy odcięto mu nogę powyżej kolana. Później stracił rękę i miecz padł z brzękiem na bruk. T'lan Imass cofnął się, a potem ponownie skoczył naprzód, unosząc oręż w ciosie, który przebił łopatkę, pierś i biodro. Następnie ostrze uderzyło o bruk, sypiąc fontanną iskier.

Łowca K'ell padł na ulicę.

T'lan Imass zwrócił się w stronę twierdzy i ruszył przed siebie. Wykałaczka i pozostali żołnierze śledzili wzrokiem oddalającego się martwiaka.

– Na oddech Kaptura! – mruknęła Niewidka.

– Idziemy! – warknęła Wykałaczka.

– A dokąd? – zapytał kapral Chwiejny.

– Za nim – odpowiedziała. – Wygląda na to, że najbezpieczniej jest w jego cieniu.

– Ale on idzie w stronę twierdzy!

– W takim razie my też!

Ubłocona, powłócząca nogami armia Sójeczki ustawiła się powoli na linii wzgórz naprzeciwko pola śmierci, za którym leżało miasto. Po obu skrzydłach miała Barghastów, z jednej strony Ilgresów, a z drugiej Białe Twarze.

Korlat zostawiła konia za linią wzgórz, razem z pozostałymi, i ruszyła na niskie wzniesienie usytuowane tuż na zachód od kupieckiego traktu. Stali na nim Sójeczka, Kallor oraz Artanthos.

Wszyscy byli świadkami powietrznej bitwy, którą stoczono nad Koralem, oraz rzezi Czarnych Moranthów, w tym przynajmniej jednego skrzydła niosącego żołnierzy Zastępu Jednorękiego. Widzieli również bombardowanie, lecz ani jeden ze stojących na wzgórzach żołnierzy nie krzyczał z radości. Nie sposób było ukryć brutalnej prawdy: Dujek został uwięziony w Koralu, jego armię wycinano systematycznie w pień, a Sójeczka i zmęczeni żołnierze nie mogli wiele na to poradzić.

Kondory podążały za Czarnymi Moranthami, którzy wracali do szańców na górze, lecz tam czekał już na nie Orfantal. W swej jednopochwyconej postaci jej brat ustępował tylko samemu Rake'owi. Korlat zazdrościła mu szansy natychmiastowego wywarcia zemsty.

Podeszła do towarzyszy, przygotowując swój umysł do przybrania postaci smoka. Towarzysząca zmianie kształtu moc zawsze ją przerażała. Była zimna i twarda, nieludzka i nadludzka zarazem. Tym razem jednak ucieszy się z jej nadejścia.

Gdy weszła na wzgórze, zobaczyła to, co widzieli inni. Północna brama otworzyła się na wprost przed nimi. Wychodzący z niej K'Chain Che'Malle ustawiali się powoli w szereg. Było ich ośmiuset, może więcej.

Malazańczycy przygotowali broń. Gdy Sójeczka wyda rozkaz, pomaszerują na spotkanie linii morderczych martwiaków.

I zginą. W Koralu jest ośmiuset K'Chain Che'Malle mniej... na pewien czas mają inne zajęcie. Czy Dujek w ogóle o tym wie? Brood jest jeszcze pół dnia drogi za nami, a Szare Miecze dwa dzwony, być może więcej. Nie spodziewałam się, że usłyszę od Kallora takie wieści, ale przez zbyt długi czas jechali z nadmierną szybkością.

A Zrzęda zniknął gdzieś bez śladu ze swym legionem. Czy straciliśmy nasze szturmowe oddziały? Otchłań wie, że ten Daru nie kochał wojny...

Czy Dujek w ogóle wie, co mu dzisiaj kupimy?

Ośmiuset K'Chain Che'Malle na równinie. Ilu zostało w mieście? Ilu wycina w tej chwili śmiertelne ścieżki w szeregach wielkiej pięści?

Nad miastem zostało jeszcze około dwudziestu kondorów. Wszystkie krążyły nad samą twierdzą. Mogło to świadczyć o pewności siebie jasnowidza, który nie widział powodu, by musiały uczestniczyć w tym, co się wydarzy.

Ta myśl wypełniła jej usta smakiem goryczy.

Sójeczka przywitał ją skinieniem głowy.

– Znalazłaś Kruppego? Mam nadzieję, że schował się w bezpiecznym miejscu.

– Jest z Hetan – odparła Korlat. – Domaga się białej farby na twarz.

Sójeczka nie do końca zdołał się uśmiechnąć.

– Moi Tiste Andii ruszą przed twoimi żołnierzami – oznajmiła po chwili Korlat. – Zobaczymy, jak te martwiaki poradzą sobie w starciu z Kurald Galain.

Na twarzy Kallora pojawiła się sugestia szyderczego uśmieszku.

– Wasza grota nadal przeżywa trudności, Korlat. Żeby ją oczyścić, potrzebne by było pełne rozwinięcie, przez wszystkich twoich kuzynów, nie tylko tych, którzy są tu obecni. Twoi bracia i siostry zostaną zmiażdżeni.

Przymrużyła powieki.

Pełne rozwinięcie. Kallor, wiesz o nas stanowczo zbyt wiele.

– Doceniam twe taktyczne talenty – odparła z przekąsem.

Zauważyła, że Sójeczka zerknął na Artanthosa, który stał w odległości piętnastu kroków od pozostałych, spowity w podszyty futrem płaszcz, chroniący go przed porannym chłodem. Nie zwracał uwagi na obecnych. Wpatrywał się w równinę poniżej, a na jego gładkim czole powoli zaznaczał się lekki mars.

Ze wschodu nadjeżdżały dwie kobiety, pędzące cwałem przed malazańskimi liniami.

To żołnierki Sójeczki...

Spienione, robiące bokami konie wbiegły na wzgórze. Kobiety ściągnęły wodze.

– Dowódco! – krzyknęła jedna z nich.

– Znalazłyśmy ją! – dodała druga, wyciągając rękę.

Z szeregów na wschodzie wyłoniła się Srebrna Lisica.

Korlat usłyszała chór tysięcy zdziwionych głosów. Odwróciła się i zobaczyła, że pole przed K'Chain Che'Malle zasnuła nagle chmura pyłu, która rzedła szybko, odsłaniając szeregi T'lan Imassów.

Srebrna Lisica podeszła bliżej. Wydawało się, że zmierza w stronę Artanthosa. Powieki miała nieco uchylone, a jej pulchna, okrągła twarz nic nie wyrażała.

Poranne powietrze wypełnił ryk żołnierzy Sójeczki.

– Tak... – wychrypiał stojący tuż obok Korlat Kallor.

Jego ton przyciągnął jej uwagę. Oderwała spojrzenie od Srebrnej Lisicy.

Akurat na czas, by zobaczyć cięcie miecza, wymierzone w jej głowę.

Eksplodował ból. Po chwili dezorientacji, gdy wszystko było dziwnie nieruchome, runęła na bok. Jej głowę zalała fala gorąca, promieniująca od czoła. Zamrugała, zdziwiona tym, że jej ciało ogarnęły nagłe konwulsje.

Grota...

...chaotyczna...

Kallor...

Leżała na ziemi, a wszystko, co widziała, było dziwnie zamazane.

Czaszka... pęknięta... umieram...

Nagle przejaśniło się jej przed oczyma. Wszystko miało zbyt ostre zarysy. Tak ostre, że cięły jej duszę na strzępki. Kallor pognał z rykiem zachwytu ku Srebrnej Lisicy. Kolczuga ciągnęła się za nim niczym płaszcz. Na ziemi wokół niego tańczyła przeszyta żyłkami szarości magia.

Rhivijka zatrzymała się i otworzyła usta. Jej oczy wypełniło przerażenie. Krzyknęła coś...

...coś...

– T'lan Ay, brońcie mnie!

Nikt się jednak nie zjawił.

Kallor był już blisko. Uniósł wysoko trzymany w zakutych w stal dłoniach miecz.

Ale drogę zastąpił mu Sójeczka. Jego oręż zatrzymał z brzękiem broń Kallora. Nastąpiła gwałtowna wymiana ciosów. Tryskały skry. Kallor odskoczył do tyłu z rykiem frustracji i zawadził piętą...

Malazańczyk dostrzegł swą szansę. Wyciągnął miecz w pojedynkowym wypadzie, opierając się na wysuniętej do przodu nodze...

Która się pod nim załamała.

Korlat ujrzała odłamek kości sterczący ze skórzanych spodni.

Zobaczyła ból na twarzy swego kochanka, nagłą świadomość...

Wielki miecz Kallora wbił się w jego pierś. Ostrze przeszło między żebrami, rozpłatało serce i płuca w ukośnym cięciu.

Sójeczka spojrzał jeszcze w oczy Korlat, po czym jego życie zgasło.

Kallor wyszarpnął broń.

Zachwiał się gwałtownie, gdy w jego ciało wbiły się dwa bełty. Pociski otoczyła chaotyczna magia, która rozpuściła je natychmiast. Trysnęła krew, lecz Kallor na to nie zważał. Przygotował miecz i zaatakował zbliżające się żołnierki.

Kobiety były znakomite, walczyły jak jedna.

Ale ich przeciwnik...

Rozległ się śmiertelny krzyk. Żołnierka z prawej zachwiała się, zbroczona krwią. Wyciągnęła jeszcze rękę, by złapać wylewające się z brzucha jelita, po czym osunęła się w dół. Nim jeszcze dotknęła ziemi kolanami, kolejne uderzenie ścięło jej głowę.

Druga kobieta uniosła miecz, atakując twarz wojownika.

Unik w bok, uderzenie w dół, odcięte ramię...

Żołnierka poświęciła je jednak. Majcher, który trzymała w lewej ręce, przebił się przez osłaniającą żołądek Kallora kolczugę. Miecz wbił się w gardło kobiety i ta dadła na ziemię w kaskadzie krwi.

Starożytny wojownik zatoczył się do tyłu. Z dziury w jego brzuchu wypływała upstrzona żółtymi plamkami krew.

– Przykuty! – krzyknął. – Uzdrów mnie!

Gorąco... grota... ...nie chaotyczna... gdzie?

W Kallora uderzyła skłębiona fala złota. Ogarnęły go gorejące płomienie. Przewrócił się z krzykiem na ziemię. Magia wżarła się w niego, wypełniając powietrze zapachem krwi.

Popłynęła ku niemu druga fala, gorejąca słonecznym ogniem.

Grota, która otworzyła się wokół Kallora i pochłonęła go, była miazmatyczną plamą, niezdrowym rozdarciem...

...które zniknęło, zabierając go ze sobą.

Złociste czary rozproszyły się i zgasły.

Nie... cóż za panowanie... kto to?

Spazmy ustały. Ciało Korlat stało się chłodne i nieczułe, dziwnie odległe. Jedno oko zalewała jej krew. Musiała ciągle mrugać, żeby cokolwiek nim widzieć. W końcu uświadomiła sobie, że leży na ziemi. Zaatakował ją Kallor...

Ktoś ukląkł obok. Jej policzka dotknęła miękka, ciepła dłoń.

– To ja, Srebrna Lisica. Pomoc już nadchodzi...

Tiste Andii spróbowała unieść rękę, pożegnać Sójeczkę jakimś gestem, lecz owo pragnienie zataczało tylko jałowe kręgi wewnątrz jej umysłu. Nadal czuła pod dłonią wilgotną trawę i wiedziała, że ręka nie usłuchała jej woli.

– Korlat! Patrz na mnie. Proszę. Zaraz będzie tu Brood. Widzę też czarnego smoka, który nadlatuje z zachodu. Orfantal? Naczelny wódz włada Wielką Denul, Korlat. Musisz wytrzymać...

Na jej twarz padł cień. Srebrna Lisica podniosła wzrok, wykrzywiając twarz w wyrazie goryczy.

– Powiedz mi – rzekła do przybysza – czy czary towarzyszące zdradzie Kallora rzeczywiście były aż tak skuteczne, że ogłuszyły cię na podobnie długi czas? A może po prostu wolałeś zaczekać na odpowiednią chwilę, obserwując konsekwencje swej bierności? Ostatecznie robiłeś to już przedtem, prawda, Tayschrenn?

Tayschrenn?

Ochrypły, pełen bólu głos, który usłyszała w odpowiedzi, należał jednak do Artanthosa, chorążego.

– Srebrna Lisico. Proszę cię. Nie zrobiłbym...

– Naprawdę?

– Nie. Sójeczka miał...

– Wiem – warknęła Srebrna Lisica.

Źle zagojona noga... nigdy nie miał na to czasu... Brood mógł...

On nie żyje. Och, kochany, nie...

Ze wszystkich stron otoczyły ją niewyraźne postacie. Malazańscy żołnierze. Barghastowie. Ktoś głośno zawodził z rozpaczy.

Pochylił się nad nią mężczyzna, którego znała jako Artanthosa. Twarz miał rozszczepioną przez czary. Poznała dotknięcie chaosu. Ona nie przeżyłaby równie gwałtownego. Zrozumiała w głębi duszy, że wielki mag nie zwlekał z reakcją. Było zdumiewające, że w ogóle zdołał coś zrobić. Spojrzała mu w oczy i dostrzegła w nich liczne warstwy bólu.

– Srebr...

– Korlat?

– Kobieto – mówiła Tiste Andii niewyraźnym, lecz zrozumiałym głosem. – Ten człowiek...

– Tak? To Tayschrenn, Korlat. Ta część mnie, która jest Nightchill, wiedziała o tym już od dłuższego czasu. Nie śpieszyłam się z konfront...

– ...podziękuj mu.

– Słucham?

– Za... uratowanie... życia... Podziękuj mu, kobieto... – Nadal spoglądała w oczy Tayschrenna, ciemnoszare jak oczy Sójeczki. – Kallor... zaskoczył nas wszystkich...

Mężczyzna skrzywił się, po czym skinął powoli głową.

– Przykro mi, Korlat. Powinienem był przewidzieć...

– Tak. Ja też. I Brood.

Czuła, że ziemia pod nią bębni od tętentu kopyt. Wibracja przenikała aż do jej kości.

Tren. Bębny, odległy dźwięk. Zmuszane do maksymalnego wysiłku konie... które pędzą, choć nie znają celu. Coraz bliżej. Są bezmyślne, lecz wypełnia je niecierpliwość ich niepojętych panów.

Ale to wzgórze odwiedziła już śmierć.

Która nie dba o żadne powody.

Mój ukochany.

Należy teraz do ciebie, Kapturze... czy się uśmiechasz?

Mój ukochany... należy do ciebie...

Choć rumak Itkoviana był dzielny i wspaniały, opadał już z sił. Dwa dzwony przed świtem Zrzęda obudził przyjaciela z niezwykłą dla siebie szorstkością.

– Coś poszło nie tak – warknął. – Musimy pędzić do Koralu, Itkovian.

Szare Miecze nie zatrzymały się na noc. Itkovian obserwował kompanię tak długo, jak tylko mógł, nim wreszcie noc skryła ją przed jego oczyma. Tarcza Kowadło postanowiła pośpieszyć z pomocą Sójeczce. Z początku sądził, że ta decyzja jest mu obojętna, podobnie jak wszystko, co wiązało się z ich odjazdem, potem jednak jego serce wypełnił smutek i, gdy w końcu zasnął, spał niespokojnie. Kiedy Zrzęda obudził go bezceremonialnie, Itkovian próbował określić źródło swego niepokoju, lecz wciąż mu ono umykało.

Siodłając konia, nie zwracał zbyt wiele uwagi na Zrzędę i jego legion. Dopiero gdy skoczył na siodło i chwycił wodze, zauważył, że Daru i jego ludzie nie dosiadają swych wierzchowców.

– Co zamierzasz uczynić, Śmiertelny Mieczu? – zapytał, marszcząc brwi.

Potężny mężczyzna wykrzywił twarz.

– Podczas tej podróży konieczna będzie szybkość – odparł. – Podczas tej podróży – powtórzył, zerkając na łypiącą na niego ze złością spode łba Stonny Menackis – Trake narazi na ryzyko serce swej mocy.

– Nie jest moim bogiem! – warknęła Stonny.

Zrzęda uśmiechnął się do niej ze smutkiem.

– Niestety, nie jest. Będziesz musiała pojechać konno, razem z Itkovianem. Nie będziemy na was czekać, ale może uda się wam dotrzymać nam kroku... przez pewien czas.

Itkovian nic z tego nie rozumiał.

– Śmiertelny Mieczu – zapytał Zrzędę. – Czy będziecie podróżować przez grotę?

– Nie. No, niezupełnie. Może zresztą i tak, skąd mam wiedzieć? Wiem tylko... skądś... że mój legion potrafi... poruszać się w inny sposób. Szybko.

Itkovian zerknął na Stonny i wzruszył ramionami.

– Oboje ze Stonny Menackis mamy znakomite konie. Spróbujemy dotrzymać wam kroku.

– Świetnie.

– Śmiertelny Mieczu.

– O co chodzi, Itkovian?

– Co cię tak bardzo niepokoi?

– Nie jestem pewien, przyjacielu, ale mam nieprzyjemne przeczucia. Sądzę, że czeka nas zdrada.

Itkovian milczał przez długą chwilę.

– Śmiertelny Mieczu, jeśli spojrzeć na niedawne wydarzenia obiektywnie, można wyciągnąć z nich wniosek, że do zdrady już doszło.

Zrzęda wzruszył tylko ramionami i zwrócił się do swych ludzi.

– Zbijcie się w ciasną grupę, cholerne fajtłapy. Każdy, kto spóźni się na starcie, zostanie z tyłu.

Stonny podeszła do Itkoviana, prowadząc za sobą konia.

– Czy wiesz, co się za chwilę stanie? – zapytał ją.

– Sądzę, że nic – warknęła Stonny, wskakując na siodło. – Zrzęda na pewno walnął się w głowę...

Nie zdążyła dokończyć, gdyż nagle zarysy Zrzędy i jego legionu zamazały się. Wszystkie sylwetki połączyły się w pręgowaną postać, potężną i przycupniętą tuż nad ziemią, która nagle pomknęła naprzód niczym kot i zniknęła im z oczu.

– Beru broń! – wysyczała Stonny. – Za nim! – krzyknęła, wbijając pięty w końskie boki.

Popędzili na łeb, na szyję.

Mijając obozowisko Brooda, zauważyli, że wszyscy już się budzą. Choć do świtu został jeszcze dzwon, wyraźnie im się śpieszyło.

Nie odezwali się ani słowem, gdy na południowo-zachodnim horyzoncie rozbłysły nagle czary.

Od czasu do czasu dostrzegali w ciemności olbrzymią istotę, którą ścigali: plamę matowej, przeciętej czarnymi pręgami żółci. Było to tak, jakby biegła ona przez niewiarygodnie wysoką trawę, jakby padał na nią cień porastających dżunglę paproci. Jej płynne ruchy, błyskawiczne i bezgłośne, niosły zapowiedź śmierci.

Po chwili niebo zaczęło jaśnieć. Na południowym horyzoncie widać było zagajniki, między którymi wił się kupiecki trakt.

Mimo to pręgowana bestia nadal wymykała się wzrokowi. Dotarła już do parkowych wzgórz i wciąż trudno ją było dostrzec wyraźnie.

Spienione konie pędziły dalej z ciężkim tętentem kopyt. Itkovian wiedział, że zwierzęta nie wyjdą żywe z tej próby. Czekały ze śmiercią tylko na koniec podróży.

Dzielne i wspaniałe. Zadał sobie pytanie, czy cokolwiek usprawiedliwi tę ofiarę.

Jechali biegnącym między zagajnikami traktem, który powoli wznosił się ku czemuś, co wyglądało na jakiegoś rodzaju szaniec. Na wprost przed nimi pojawiły się wozy. Kilku ludzi śledziło ich wzrokiem.

Jeśli nawet zauważyli tygrysa, niczym tego po sobie nie okazywali. Nie podniesiono alarmu i wszędzie panował spokój.

Itkovian i Stonny minęli malazańską tylną straż.

Zaiskrzyły czary. Blisko.

Na linii wzgórz przed nimi stali żołnierze. Cała armia patrzyła na południe, lecz nagle w jej szeregi wkradł się chaos. Itkoviana zalała niemal dostrzegalna fala trwogi, powódź gwałtownego bólu i niezmierzonej żałoby.

Stonny krzyknęła głośno, zawróciła potykającego się wierzchowca w prawo i zjechała z drogi, kierując się ku wzgórzu, na którym zatknięto malazańską chorągiew, zwisającą bezwładnie przy bezwietrznej pogodzie. Itkovian podążył za nią, lecz wolniej, trzymając się z tyłu. Jego duszę pochłonęła zimna groza.

Koń pod nim zachwiał się, wyciągając łeb przed siebie. Przeszedł z cwału w galop, potem w kłusa i stępa, aż wreszcie się zatrzymał w odległości dwudziestu kroków od stóp wzgórza.

I padł martwy.

Otępiały Itkovian wysunął nogi ze strzemion, przełożył obolałą kończynę nad zadem wierzchowca i zeskoczył na ziemię.

Na prawo od niego Stonny również zostawiła swego konia, który nie zdołał sforsować wzniesienia, i ruszyła pod górę. Zrzęda i jego oddział po przybyciu na miejsce zamienili się z powrotem w ludzi. Tłoczyli się na wzgórzu i wydawało się, że nie robią nic szczególnego.

Itkovian odwrócił od nich wzrok i ruszył naprzód bokiem traktu, który opadał teraz prosto ku polu śmierci i leżącemu za nim miastu.

Zimna groza.

Utracił swego boga. Nie mógł on już ochronić go przed tym wrażeniem, tak jak stało się to przed miesiącami na równinie na zachód od Capustanu.

Żałoba i smutek, potężniejsze niż wszystko, czego zaznał do tej pory.

Prawda. Prawda, którą znałem w głębi duszy, była ukryta, a teraz się ujawniła. Mam jeszcze coś do zrobienia.

Coś do zrobienia.

Nie dostrzegał żołnierzy, którzy rozstępowali się przed nim, zostawił za sobą armię, która stała z opuszczoną bronią, złamana, nim jeszcze zaczęła się bitwa, przez śmierć jednego człowieka.

Nie zważał na to wszystko. Dotarł na szczyt i szedł dalej.

W dół.

Tam, gdzie przed ośmioma setkami K'Chain Che'Malle czekały szeregi T'lan Imassów.

Którzy odwrócili się powoli jak jeden mąż.

Na szczycie wzgórza rozbłysły groty.

Zrzęda głośnym rykiem rozkazał swym ludziom zająć pozycje na południowym stoku. Mógł wreszcie chwilę odpocząć po długim biegu. Wciąż jeszcze drżał od mocy boga. Wypełniała go zapowiedź mordu, bierna, lecz niezachwiana, skupienie drapieżnika, które raz już poczuł, w mieście leżącym daleko na północy.

Widział zbyt wyraźnie. Każdy ruch przyciągał jego uwagę. Zdał sobie sprawę, że trzyma w dłoniach kordelasy.

Zauważył wychodzącego z groty Orfantala, za którym podążał Brood. Stonny Menackis pochylała się nad trzema trupami. Potem naczelny wódz odsunął ją na bok. Zerknął tylko przelotnie na trzy ciała i skierował się ku czwartemu, które leżało bliżej Zrzędy. To była kobieta Tiste Andii. Przykucnęły obok niej dwie okrwawione postacie. Dusza jednej z nich wciąż jeszcze wiła się w uścisku straszliwych, chaotycznych czarów. Druga... to była Srebrna Lisica. Po jej twarzy spływały łzy.

Widział też Kruppego. U jego boków stali Hetan i Cafal. Daru pobladł, a oczy miał zaszklone. Wydawało się, że tylko krok dzieli go od utraty przytomności. Co dziwne, to nie żal tak wstrząsnął grubaskiem, który nagle osunął się na ziemię. Hetan wyciągnęła ręce, by go podnieść.

Człowieka, którego szukał Zrzęda, nigdzie nie było widać.

Zszedł na południowe zbocze, by nadzorować rozmieszczenie swego legionu. Ludzie przygotowywali broń. Poniżej ustawiły się Szare Miecze, które wyraźnie zamierzały ruszyć na miasto...

...miasto spowite w obłoki dymu, rozświetlanego rozbłyskami czarów i wybuchami pocisków, miasto, które ulegało powolnemu zniszczeniu...

Czujne spojrzenie Zrzędy wreszcie odnalazło tego, kogo szukał.

Itkoviana.

Który szedł ku T'lan Imassom.

Na wzgórzu za plecami Zrzędy rozległ się głośny krzyk. Odwrócił się i zobaczył, że Srebrna Lisica wstała nagle i odwróciła się...

Ale dziesiątki tysięcy T'lan Imassów patrzyły teraz na Itkoviana.

Zrzęda zauważył, że jego przyjaciel idzie coraz wolniej. Zatrzymał się w odległości dwudziestu kroków od pierwszego szeregu martwiaków.

Srebrna Lisica w jednej chwili wszystko zrozumiała. Krzyknęła głośno i zerwała się do biegu.

Tak jest, wzywająca. Chciałaś ich wysłać do walki z K'Chain Che'Malle.

Zrzęda nie musiał słyszeć słów Itkoviana, by wiedzieć, co jego przyjaciel powiedział milczącym T'lan Imassom.

Cierpicie ból. Chciałbym was teraz objąć...

Poczuł przerażenie swego boga, które przytłumiło jego własne...

Gdy T'lan Imassowie mu odpowiedzieli.

Padli na kolana. Pochylili głowy.

Ach, wzywająca.

Było już zdecydowanie za późno.

Rozdział dwudziesty piąty

Nie sposób wiernie oddać zdrady, albowiem jej chwila jest ukryta i ujawnia się niespodziewanie. Jej ofiara oddałaby własną duszę, by móc zaprzeczyć temu, co się wydarzyło. Nie sposób wiernie oddać zdrady, ale Ormulogun zbliżył się do prawdy o owym dniu tak bardzo, jak to tylko jest możliwe dla śmiertelników...

Komentarz N'aruhla do dzieła Ormuloguna
Zabójstwo Sójeczki

W korytarzu rozległy się kroki, oznajmiające przybycie nowego gościa – Coll nie miał pojęcia, zaproszonego, czy nie. Oderwał wzrok od dwojga starych kapłanów Rath', którzy klęczeli przed wykutym w skale grobem, i zobaczył, że w drzwiach pojawiła się odziana w długą szatę postać. Nie nosiła maski, a jej twarz nie przyciągała uwagi.

Rycerz Śmierci odwrócił się ze szczękiem zbroi, spoglądając na przybysza.

– K'rulu – wychrypiał – mój pan wita cię w swym świętym przybytku.

K'rul... Czy w Darudżystanie nie było takiej starej świątyni? To ta z dzwonnicą. Dzwonnica K'rula. To jakiś pradawny...

Coll odwrócił się, spojrzał w oczy Murillia i zauważył, że na twarzy jego przyjaciela powoli uwidacznia się ta sama świadomość.

Do komnaty przybył pradawny bóg. Stoi kilka kroków od nas. Beru broń nas wszystkich! Jeszcze jeden krwiożerczy sukinsyn z dalekiej przeszłości...

K'rul ruszył w stronę mhybe.

Coll zacisnął dłoń na rękojeści miecza. Choć gardło ściskał mu strach, zagrodził przybyszowi drogę.

– Stój – warknął. Serce zabiło mu gwałtownie, gdy spojrzał w oczy K'rula i nic w nich nie wyczytał. Absolutnie nic. – Możesz sobie być pradawnym bogiem, ale jeśli zamierzasz poderżnąć jej gardło na tym ołtarzu, postaram się utrudnić ci zadanie.

Rath'Togg otworzył szeroko bezzębne usta, wciągając gwałtownie powietrze.

Rycerz Śmierci wydał z siebie dźwięk, który mógł być śmiechem.

– Śmiertelnicy doprawdy są zuchwali – stwierdził nieswoim głosem.

Murillio stanął u boku Colla, zaciskając drżącą dłoń na rękojeści rapiera.

K'rul zerknął z uśmiechem na wojownika.

– To ich najwspanialszy dar, Kapturze.

– Być może, ale tylko do chwili, gdy robią się napastliwi. Wtedy najlepszym rozwiązaniem jest ich unicestwić.

– Tak, to twoje rozwiązanie. – Pradawny bóg spojrzał na Colla. – Nie pragnę skrzywdzić mhybe. Przybyłem tu po to, by ją... zbawić.

– W takim razie może byś nam wyjaśnił, dlaczego przygotowano tu grób! – warknął Murillio.

– To z czasem stanie się jasne... mam nadzieję. Dowiedzcie się jednego: coś się stało. Daleko na południe stąd. Coś... nieoczekiwanego. Nikt z nas nie zna konsekwencji tego wydarzenia. Mimo to nadeszła pora, by mhybe...

– A co to właściwie znaczy? – zapytał Coll.

– To – odparł pradawny bóg, omijając go, by klęknąć obok mhybe – że będzie musiała zacząć śnić na dobre.

Zniknęli. Zniknęli z jej duszy. Razem z ich odejściem, z tym, co uczynił, co właśnie czynił, Itkovian, wszystko, co miała nadzieję osiągnąć, obróciło się w gruzy.

Srebrna Lisica stała bez ruchu, porażona zimnym szokiem.

Brutalny atak Kallora odsłonił jeszcze jedną prawdę. Porzuciły ją T'lan Ay. Ich strata była jak nóż wbity w jej duszę.

Po raz kolejny spotkała ją zdrada, zabójca o mrocznym sercu, który unicestwia wiarę. Pradawne dziedzictwo Nightchill. Bellurdan Rozbijacz Czaszek i Tattersail zgładzeni przez machinacje Tayschrenna, za którymi stała cesarzowa.

A teraz... Sójeczka. I dwie żołnierki, które przez tak długi czas były moimi cieniami. Zamordowani.

Za klęczącymi T'lan Imassami czekały szeregi K'Chain Che'-Malle. Olbrzymie stwory nie ruszyły jeszcze do ataku.

Wystarczy, że wejdą między szeregi T'lan Imassów i rozpoczną dzieło zniszczenia. Moje dzieci nie są w stanie stawiać oporu. Przestało je to obchodzić. Och, Itkovian, ty szlachetny głupcze.

A ta armia śmiertelników...

Widziała poniżej Szare Miecze, które przygotowywały lassa, lance i tarcze przed szarżą na K'Chain Che'Malle. Oddziały Dujeka wykrwawiały się w mieście. Konieczne było zrobienie wyłomu w północnej bramie. Widziała, jak Zrzęda, Śmiertelny Miecz Trake'a, prowadzi swój doraźnie sklecony legion w dół, ku Szarym Mieczom. Widziała oficerów, którzy jeździli konno przed szeregami Malazańczyków, starając się dodać ducha zrozpaczonym żołnierzom. Widziała, jak Artanthos – Tayschrenn – przygotowuje się do użycia mocy swej groty. Caladan Brood przyklęknął obok Korlat. Kobietę Tiste Andii spowiły czary Wielkiej Denul. Orfantal stał za naczelnym wodzem. Czuła w jego krwi smoka – lodowaty głód, gotowy w każdej chwili powrócić.

I wszystko to na nic. Jasnowidz i jego demoniczne kondory... oraz K'Chain Che'Malle... zabiją ich wszystkich.

Nie miała wyboru. Będzie musiała zacząć. Oprzeć się rozpaczy, podjąć próbę realizacji tego, co zaplanowała tak dawno temu. Bez śladu nadziei postawi pierwszy krok na wybranej ścieżce.

Otworzyła grotę Tellann.

I zniknęła w jej środku.

Miłość matki nie umiera.

Ale ja nie miałam zostać matką. Nie byłam jeszcze gotowa dać z siebie tak wiele. Dopiero zaczynałam odkrywać samą siebie.

Na samym początku mhybe mogła się odwrócić. Odmówić Kruppemu, pradawnemu bogu i Imassowi. Cóż znaczyły dla niej te zagubione dusze? Wszystko to byli Malazańczycy. Wrogowie. Władali straszliwą magią. Ich dłonie splamiła krew Rhivijczyków.

Dzieci powinny być darami. Fizycznym wyrazem miłości między mężczyzną a kobietą. W imię owej miłości można było znieść wszelkie poświęcenia.

Czy wystarczy, że dziecko zrodziło się z mojego ciała? Przybyło na ten świat w taki sam sposób, jak wszystkie dzieci? Czy towarzyszący porodowi ból jest krynicą miłości? Wszyscy tak uważali. Uznali, że więź łącząca matkę z córką jest naturalną konsekwencją samych narodzin.

Nie mieli racji.

Moje dziecko nie było niewinne.

Poczęto je z litości, nie z miłości, a do tego jego poczęciu przyświecał straszliwy cel. Miało objąć dowództwo nad T'lan Imassami, wciągnąć ich w jeszcze jedną wojnę. Zdradzić ich.

A teraz mhybe została uwięziona. Zabłądziła w świecie snów zbyt rozległym, by mogła go pojąć. Zderzały się w nim siły, które domagały się od niej działania, chciały, by coś uczyniła.

Starożytni bogowie, zwierzęce duchy, człowiek uwięziony w bólu, w swym pogruchotanym, udręczonym ciele. Ta klatka piersiowa, którą widzę przed sobą, czy to on jest w niej uwięziony? Ten mężczyzna, z którym rozmawiałam tak dawno temu? Ten, który wił się z bólu w objęciach matki? Czy jesteśmy do siebie podobni? Więźniowie umęczonych ciał, którzy muszą coraz głębiej zapadać w przepaść cierpienia?

Bestia czeka na mnie. Bestia i mężczyzna. Musimy do siebie dotrzeć. Dotknąć się, udowodnić sobie nawzajem, że nie jesteśmy sami.

Czy to właśnie nas czeka?

Tę klatkę piersiową, to więzienie, trzeba rozbić z zewnątrz.

Córko, możliwe, że mnie opuściłaś. Ja jednak nie opuszczę tego mężczyzny, tego mojego brata.

Nie była do końca pewna, ale wydawało jej się, że znowu zaczęła się czołgać.

Jej umysł wypełniało wycie bestii, głos ochrypły z bólu.

Będzie musiała ją uwolnić, jeśli zdoła. Tego wymagała od niej litość.

Nie miłość.

Ach, teraz rozumiem...

W tym rzecz.

Obejmie ich. Przejmie od nich ich ból. W tym świecie, w którym wszystko mu odebrano, w którym nie miał już celu, w którym dźwigał brzemię życia i śmierci dziesiątków tysięcy dusz i nie potrafił przyznać im pokoju, a nie mógł również – nie chciał – po prostu ich odrzucić, miał jeszcze coś do zrobienia.

Obejmie ich. Tych T'lan Imassów, którzy wypaczyli wszystkie moce groty Tellann, tworząc rytuał, który pożarł ich dusze. Rytuał, który uczynił ich – w oczach wszystkich pozostałych – czymś niewiele więcej niż pustymi skorupami, ożywianymi jedynie zewnętrznym celem, do którego przykuli się na wieki.

Nie byli jednak bynajmniej skorupami.

Itkovian nie spodziewał się tej prawdy, nie mógł się na nią w żaden sposób przygotować.

Insharak Ulan, trzecie dziecko Inala Thooma i Sulthy A'rad z klanu Nashar, który stał się klanem samego Krona, urodzony na wiosnę Roku Zarazy Mchu, pod Ziemią Surowej Miedzi. Pamiętam...

Pamiętam...

Śnieżny zając drżący nie dalej niż w odległości wieczornego cienia od mojej wyciągniętej dziecięcej ręki. Na bieli widać pasemka zapowiadające lato. Dłoń i zając drżą, oboje zrodzeni w niedawno minionych śniegach. Wyciągam rękę i moje życie styka się z jego życiem. Maleńkie serduszko trzepocze, a moja pierś odpowiada powolnym, głodnym werblem na ukrytą muzykę świata. Pamiętam...

Kalas Agkor. Obejmuję mocno moją małą siostrzyczkę, Jalę. Pali ją gorączka, lecz ogień jest zbyt gwałtowny i jej ciało stygnie w moich ramionach jak kamień o zmierzchu. Matka zawodzi. Jala była węgielkiem, a teraz zgasła i od tej chwili będę w oczach matki jedynie popiołem, na którym spoczywała...

Ulthan Arlad. Ślady stada na śniegu, kępy zgubionych włosów, biegnące po bokach ay. Owego roku dręczył nas głód, podążaliśmy więc uparcie tym tropem, mimo że był stary...

Karas Av, ujeżdżająca syna rzucającego kości w Dolinie Głębokiego Mchu. W biały dzień złamaliśmy starożytne prawo, ja je złamałam, ja, towarzyszka życia Ibinahla Chode'a, uczyniłam chłopca mężczyzną, nim jeszcze jego krąg został zawiązany...

...w Roku Złamanego Poroża znaleźliśmy wilcze szczeniaki...

...śniło mi się, że powiedziałam „nie" rytuałowi, że podeszłam do Onosa T'oolana...

...twarz zalana łzami... moja twarz...

...Chode. Patrzyłem, jak moja towarzyszka życia prowadzi chłopca do doliny. Wiedziałem, że zrobi z niego mężczyznę, wiedziałem, że jest w najdelikatniejszych rękach...

...Prerie płonęły...

...ranagi w Rogatym Kręgu...

...tak bardzo ją kochałem...

Głosy, potop wspomnień. Ci wojownicy wszystko pamiętali. W martwych ciałach kryła się pamięć żywych.

Pamiętali.

Przez blisko trzysta tysięcy lat.

...przyjaciel Onracka z klanu Logrosa. Kiedy widziałem go po raz ostatni, klęczał pośród trupów członków swego klanu. Wszyscy zginęli na ulicach, lecz w końcu złamaliśmy jednopochwyconych. Ach, ale jakim kosztem...

...och, miał serce na dłoni, mój drogi Legana Breed. Był taki bystry, najdowcipniejszy ze wszystkich, och, jak zawsze się przy nim śmiałam...

...nasze spojrzenia się spotkały, Maenasa Lota i moje, w tej samej chwili, gdy rytuał postawił swe żądania, i zobaczyliśmy w swych oczach strach... nasza miłość, marzenia o nowych dzieciach, które miały wypełnić pustkę po tych, które utraciliśmy na lodzie, splecione ze sobą cienie naszego życia, nasza miłość, której musieliśmy się teraz wyrzec...

...ja, Cannig Tol, patrzyłem, jak moi łowcy rzucają włóczniami. Padła bezgłośnie, ostatnia ze swego ludu na całym kontynencie. Gdybym miał serce, z pewnością by mi wówczas pękło. W tej wojnie nie było sprawiedliwości. Zapomnieliśmy o swych bogach i uklękliśmy przed ołtarzem brutalności. To prawda. A ja, Cannig Tol, nie będę się odwracał przed prawdą.

Umysł Itkoviana cofnął się przed tym potopem, próbował go powstrzymać, uciszyć własną, krzyczącą ze smutku duszę, położyć kres strumieniowi prawd, tajemnic T'lan Imassów, które miażdżyły mu serce.

Nie, rytuał... jak... na Kły Fenera, jak mogliście uczynić to samym sobie?

A ona wam odmówiła. Odmówiła wam wszystkim.

Nie mógł już uciec. Objął ich ból i zalew wspomnień go niszczył. Było ich zbyt wiele i były zanadto wyraziste. Docierały do niego wszystkie chwile przeżyte przez te nieszczęsne istoty i tonął w ich potopie.

Obiecał im uwolnienie, wiedział już jednak, że nie osiągnie tego celu. Wspomnieniom nie było końca. Nie miał szans pomieścić w sobie tego daru tęsknoty, tego rozpaczliwego błagania.

Był sam...

Jestem Pran Chole! Musisz mnie wysłuchać, śmiertelniku!

Był sam i już zanikał...

Wysłuchaj mnie, śmiertelniku! Jest takie miejsce. Mogę cię tam zaprowadzić! Musisz tam zanieść wszystko, co ci daliśmy! Droga nie jest daleka... zanieś nas, śmiertelniku! Jest takie miejsce!

Zanikam...

Śmiertelniku! Musisz to zrobić! Dla Szarych Mieczy! Wytrzymaj, zrealizuj swój zamiar, a będzie to dla nich dar. Poprowadzę cię!

Dla Szarych Mieczy...

Itkovian wyciągnął rękę...

...i na jego przedramieniu zacisnęła się ciepła, materialna dłoń...

Ziemia przesuwała się pod nią powoli. Zielone porosty o kielichach wypełnionych czerwienią; inny gatunek, biały jak kość i splątany niczym koral; pod nimi szara rekinia skóra niemal całkowicie zarośniętych kamieni. Cały świat ukryty na szerokość dłoni pod ziemią.

Niszczyła to wszystko swym powolnym, niepowstrzymanym posuwaniem się naprzód, siała spustoszenie wśród kruchej architektury porostów. Chciało się jej płakać.

Przed nią, już blisko, wznosiła się klatka z kości i pokrytej plamami skóry. Uwięzione w niej stworzenie było bezkształtnym, masywnym cieniem.

Wciąż ją wzywało, ciągle powtarzało swe straszliwe żądanie.

Żeby wyciągnęła rękę.

Dotknęła makabrycznej bariery.

Mhybe zamarła nagle w bezruchu. Ogromny, niewidzialny ciężar przycisnął ją do ziemi.

Coś się działo.

Grunt pod nią zmienił kształt, przez gęstniejący mrok przebiegły błyski, nagle zrobiło się gorąco. Zahuczał grzmot...

Podkuliła nogi, wsparła się na jednej ręce i zdołała się przetoczyć na plecy. Wciągając z wysiłkiem powietrze w mało pojemne płuca, spojrzała...

Uścisk był pewny. Itkovian zaczynał rozumieć. Za wspomnieniami czekał ból, czekało wszystko, co pragnął objąć. Za zasłoną wspomnień będzie mógł udzielić daru przebaczenia. Jeśli przeżyje...

Dłoń prowadziła go przez krajobraz umysłu. Ziemia była tak daleko pod nim, że wydawało mu się, iż jest olbrzymem.

Śmiertelniku, odrzuć te wspomnienia. Uwolnij je, by mogły wsiąknąć w ziemię. Gdy przejdą przez ciebie do ziemi, śmiertelniku, będą mogły przywrócić życie spustoszonej, umierającej krainie.

Proszę. Musisz to zrozumieć. Miejsce wspomnień jest w glebie, w kamieniu, w wietrze. To one są niedostrzegalnym sensem krainy, dotykającym dusz tych, którzy chcą na nią spojrzeć. Naprawdę spojrzeć. Owo dotknięcie jest najcichszym szeptem, dawnym, niemal bezkształtnym echem, do którego każdy śmiertelnik dodaje własne życie.

Nakarm tę krainę snów, śmiertelniku.

Dowiedz się też, że klękamy przed tobą. Nasze serca uciszyło to, co nam oferujesz. To, co dałeś nam z siebie.

Jesteś Itkovian, który chce objąć T'lan Imassów.

Zrzuć z siebie te wspomnienia. Zapłacz nad nami, śmiertelniku...

Tam, gdzie przed chwilą był jedynie bezkształtny, bezbarwny, niewiarygodnie odległy nieboskłon, pojawiła się ciężka, skłębiona chmura, która rosła, wypełniając sobą całe niebo, aż posiniałe tęcze zniknęły za ciemną zasłoną. Od horyzontu po horyzont widać było czerwonawe błyskawice.

Patrzyła na padający z niej deszcz... nie, grad...

Spadł na ziemię z głośnym werblem, który wypełnił jej usz,. Był coraz bliżej...

Drobiny zaczęły w nią uderzać.

Krzyknęła, unosząc ręce.

Każde trafienie było eksplozją. To było coś więcej niż zwykły zamarznięty deszcz.

Wspomnienia. Starożytne, dawno zapomniane wspomnienia.

Wszystkie spadały na nią.

Ból był nie do wytrzymania...

Potem ustał, padł na nią cień. Jakaś postać przykucnęła obok, nie zważając na grad. Ciepła, miękka dłoń dotknęła jej czoła. Usłyszała głos...

– Jeszcze tylko trochę, droga dziewczyno. Ten sztorm jest... niespodzianką... – Głos załamał się. Gdy potop przybrał na intensywności, rozległo się głośne westchnienie. – Cudowną niespodzianką. Nie możesz się teraz zatrzymać. Chodź, Kruppe ci pomoże...

Osłaniając na miarę swych możliwości przed ostrzałem, pociągnął ją naprzód...

Srebrna Lisica błądziła, na wpół oślepiona przez płynące bez ustanku łzy. To, co zaczęła jako dziecko na dawno zapomnianym kurhanie nieopodal miasta Pale, wydawało się teraz żałosne.

Odmówiła T'lan Imassom.

Odmówiła T'lan Ay.

Ale tylko na pewien czas. Taki był jej zamiar. Na krótką chwilę, by mogła ukształtować świat, który będzie na nich czekał. Zgromadziła duchy, które miały służyć owemu starożytnemu ludowi, stać się jego bogami. Chciała uzdrowić T'lan Imassów, ich przygniecione długotrwałą żałobą dusze.

Świat, w którym jej matka znowu byłaby młoda.

Świat snów, dar K'rula. Dar Kruppego.

Płynący z miłości dar, rekompensata za wszystko, co zabrała matce.

Ale T'lan Ay odwróciły się od niej, pozostały głuche na jej rozpaczliwe wołanie. I Sójeczka zginął. A wraz z nim dwie żołnierki, kobiety, na których niezawodnej obecności polegała bardziej, niż były w stanie to sobie uświadomić. Oddały życie w jej obronie.

Sójeczka. Wszystko, co było Tattersail, zawodziło z nieutulonego żalu. Odwróciła się również i od niego, a mimo to zastąpił drogę Kallorowi.

Uczynił to, gdyż do końca pozostał tym, kim był zawsze.

A teraz straciła również T'lan Imassów. Itkovian, śmiertelnik, Tarcza Kowadło bez boga, który przyjął w siebie tysiące poległych z Capustanu, otworzył ramiona...

Nie można objąć bólu T'lan Imassów. Gdyby twój bóg był jeszcze z tobą, natychmiast odrzuciłby ten pomysł. To niemożliwe. Jest zbyt wielki. A ty jesteś tylko jednym człowiekiem. Nie zdołasz podźwignąć takiego brzemienia. Nikt nie zdoła.

Serce mi pęka na myśl o twojej odwadze.

Ale to niemożliwe.

Ach, Itkovian...

Pokonała ją odwaga, lecz nie jej własna. Ona nigdy nie była zbyt odważna. Odwaga tych, którzy ją otaczali. Ze wszystkich stron. Coll i Murillio ze swym błędnie pojmowanym honorem, którzy ukradli jej matkę i z pewnością strzegli jej teraz, gdy powoli umierała. Sójeczka i obie żołnierki. Itkovian. A nawet Tayschrenn, który doznał poważnych obrażeń, gdy uwolnił moc swej groty, by przepędzić Kallora. Nadzwyczajna, tragicznie błędnie ukierunkowana odwaga.

Jestem Nightchill, pradawna bogini. Jestem Thelomen Bellurdan, Rozbijacz Czaszek. Jestem Tattersail, która ongiś była śmiertelną kobietą. I jestem Srebrna Lisica, rzucająca kości, w której żyłach płynie żywa krew, wzywająca T'lanów.

I pokonali mnie śmiertelnicy...

Niebo zachmurzyło się nad jej głową. Podniosła wzrok i wybałuszyła oczy z niedowierzania.

Wilk miotał się wściekle, tłukąc o kościane pręty klatki.

...moje żebra. Jest uwięziony. Umiera...

A ja dzielę z nim ból.

Jego pierś płonęła. Rozkwitały w nim kwiaty intensywnego bólu. Wydawało się, że przychodzi on z zewnątrz, jakby pokrywającą jego żebra skórę smagała burza...

...nie nasilał się jednak, a nawet wydawało się, że zanika, jakby z każdą raną przekazywano mu jakiś dar...

Dar? Ten ból? Jak... co to jest? Co do mnie przychodzi?

Stare, tak bardzo stare. Słodko-gorzkie, utracone chwile zachwytu, radości, żalu. Burza wspomnień, nie jego wspomnień, tak bardzo licznych. Przybywały jako lód, lecz topiły się w żarze zderzenia. Czuł, że jego ciało drętwieje pod naporem niepowstrzymanego potopu...

Coś nagle go odciągnęło...

Zamrugał w ciemności. Oko, które mu pozostało, było tak samo ślepe jak to, które stracił pod murami Pale. Coś uderzało w jego uszy. To z pewnością był dźwięk. Krzyki, drżenie podłogi i ścian, szarpanie łańcuchami, kurz osypujący się z niskiego sufitu.

Nie jestem tu sam. Kto to? Co to?

Pazury przejechały po kamieniach obok jego głowy, stęsknione i oszalałe, ryjąc w nich głębokie ślady.

Sięga do mnie. Ale kto? Kim dla niego jestem?

Wstrząsy były coraz bliższe. Słyszał też głosy, rozpaczliwe wrzaski dobiegające zza murów... być może z korytarza. Szczęk broni, krzyki i bulgoty, brzęk wirujących po podłodze odłamków zbroi.

Toc obrócił głowę i zobaczył coś w ciemności. Było ogromne i wytężało siły, wrzeszcząc bez ustanku. Potężne, wyposażone w pazury dłonie, wyciągały się błagalnie...

Do mnie.

W jaskini rozbłysło szare światło, ukazując monstrualnego, tłustego gada, przykutego łańcuchem naprzeciwko Toca. W jego oczach gorzało przerażenie. Kamienie w zasięgu rąk potwora pokrywały niezliczone blizny, kreskowany koszmar obłędu, który przyprawił Malazańczyka o grozę... gdyż taki sam koszmar dostrzegał w sobie.

Ona jest... moją duszą...

Ujrzał przed sobą jasnowidza. Jego ruchy były rozpaczliwie urywane. Ciało starca, które Jaghut zajmował przez tak długi czas, rozpadało się. Mruczał jakieś śpiewne zaklęcie i zbliżał się powoli do matrony, do matki, ignorując Toca.

Ogromna bestia skuliła się, wcisnęła w ścianę, drapiąc ją pazurami. Jej krzyki nie milkły, niosąc się echem w jaskini.

Jasnowidz trzymał w dłoniach jakiś blady, gładki, podłużny przedmiot. Jajo, ale nie ptasie. Jajo jaszczurki, owinięte pajęczyną szarej magii.

Magii, która przybierała na mocy z każdym słowem śpiewanej przez jasnowidza pieśni.

Z ciała matrony coś eksplodowało, rozbłysk mocy, która wyrywała się w górę...

...ale sieć czarów pochwyciła ją i wciągnęła w głąb trzymanego przez jasnowidza jaja.

Krzyki matrony umilkły raptownie. Stwór uspokoił się z bezmyślnym skomleniem.

W jaskini zapadła niosąca odrętwienie cisza. Toc słyszał teraz wyraźnie dobiegające z korytarza na zewnątrz odgłosy walki. Blisko, coraz bliżej.

Jasnowidz zacisnął dłoń na Finneście. Odwrócił się i spojrzał na więźnia. Wyschłe, trupie wargi pękały, gdy Jaghut się uśmiechał.

– Wrócimy tu – wyszeptał.

Czary rozkwitły raz jeszcze, ciężkie łańcuchy opadły z grzechotem na podłogę i wróciła ciemność.

Toc zrozumiał, że został w jaskini sam. Jasnowidz odebrał matce moc, a wraz z nią zabrał ją samą.

Wilk miotał się w jego piersi, przeszywając ukłuciami bólu połamane, zniekształcone kończyny. Pragnął wezwać wyciem swą ukochaną i kuzynów, lecz nie mógł zaczerpnąć tchu...

Nie może go zaczerpnąć. Umiera. Grad, te okrutne dary, nie ma znaczenia. Bóg zginie razem ze mną. Dokonał fatalnego w skutkach wyboru...

Odgłosy walki ucichły. Żelazne zasuwy odsunęły się jedna po drugiej i padły z brzękiem na kamienie.

Nagle ktoś przykucnął obok Toca. Na jego czole spoczęła dłoń, składająca się niemal wyłącznie z twardych kości i ścięgien.

Malazańczyk nic nie widział. Nie było tu światła. Dłoń była chłodna, jej dotyk delikatny.

– Kaptur? Czy wreszcie po nas przyszedłeś?

Słowa brzmiały wyraźnie w jego umyśle, lecz z ust wydobył się tylko niezrozumiały bełkot. Zdał sobie sprawę, że nie ma języka.

– Ach, przyjacielu – wychrypiała postać. – To ja, Onos T'oolan, ongiś z klanu Tarad z T'lan Imassów Logrosa, a obecnie kuzyn Arala Fayle'a, Toca Młodszego.

Kuzyn.

Podniosły go zwiędłe ramiona.

– Chodźmy stąd, młody bracie.

Chodźmy?

Wykałaczka spojrzała na wyłom. Brawura, z jaką oznajmiła, że podążą za T'lan Imassem do twierdzy, ustąpiła miejsca ostrożności, która wróciła, gdy tylko zobaczyła fortecę na własne oczy. Ktoś ją zaatakował, kopnął gniazdo szerszeni.

K'Chain Che'Malle wracali do środka przez bramę. Całym budynkiem wstrząsały czarodziejskie eksplozje. Po murach biegali urdomeni i beklici. Z południowej części dachu ku niebu strzelały spirale szarych błyskawic, łączące się z około dwudziestoma kondorami, krążącymi w górze. Dalej, nad portem, niebo przesłoniła ogromna chmura burzowa, której głębię rozświetlały serie błysków.

Kobieta obejrzała się na garstkę swych żołnierzy. Zgodnie z jej oczekiwaniami stracili trzech ciężko rannych. Żaden z Podpalaczy Mostów, którzy przykucnęli na spowitej dymem ulicy, nie uniknął obrażeń. Na brudnych od sadzy mundurach widziała zbyt wiele krwi.

Na północnym zachodzie nadal było słychać odgłosy walki, które jednak się nie zbliżały. Wykałaczka wiedziała, że Dujek będzie się starał dotrzeć do twierdzy, jeśli tylko stanie się to możliwe. Sądząc jednak z tego, co słyszała, spychano go powoli do tyłu.

Nie udało się zrealizować planu.

A to znaczy, że jesteśmy zdani na własne siły.

– K'Chain Che'Malle! – wysyczał ktoś za jej plecami. – Za nami!

– To rozstrzyga sprawę – mruknęła. – Biegiem do wyłomu Płota!

Podpalacze Mostów pomknęli sprintem po zasłanej gruzem ulicy. Pierwsza na pozostałe po baszcie rumowisko wspięła się Niewidka. Za wyłomem było widać zburzony budynek. Zostały z niego trzy ściany i połowa dachu. Wewnątrz były ciemność i kurz, lecz daleko po lewej stronie rysowało się coś, co mogło być drzwiami.

Biegnąca dwa kroki za Niewidką Wykałaczka zeskoczyła ze zwałowiska i wylądowała na podłodze, wpadając prosto na cofającą się, przeklinającą głośno przyjaciółkę.

Obie kobiety runęły na ziemię.

– Do cholery, Niewidka...

– Strażnicy...

– Wykałaczka! Poruczniku! – rozległ się trzeci głos.

Jej żołnierze zatrzymali się z tyłu. Wykałaczka usiadła i zobaczyła, że z mroku wyłaniają się Płot, Niebieska Perła oraz siedmiu innych Podpalaczy Mostów – tych, którzy weszli z kuszami na mury i zdołali ocalić życie.

– Próbowaliśmy do was wrócić...

– Mniejsza z tym, Płot – przerwała mu, podnosząc się z wysiłkiem. – Świetnie to rozegraliście, żołnierzu. Uwierz mi...

Saper uniósł z uśmiechem dłoń, w której trzymał wstrząsacza.

– Zostawiłem sobie jednego...

– Widzieliście tu może T'lan Imassa?

– Ehe. Skurczybyk był zdrowo sfatygowany. Przeszedł obok, nawet na nas nie spoglądając, i ruszył w głąb twierdzy...

– Idzie za nami ten K'Chain Che'Malle! – krzyknął któryś z żołnierzy.

– Do tych drzwi! – pisnął Płot. – Z drogi, idioci! Czekałem na...

Wykałaczka zaczęła popychać żołnierzy ku wyjściu.

Saper ruszył w stronę wyłomu.

To, co wydarzyło się potem, zlało się w umyśle Wykałaczki w jedną plamę...

Niewidka złapała ją za rękę i pociągnęła ku drzwiom. Jej żołnierze przechodzili już przez nie pośpiesznie. Porucznik zaklęła, lecz druga kobieta złapała ją nagle od tyłu i przepchnęła przez wyjście twarzą do przodu. Wykałaczka odwróciła się z gniewnym warknięciem i zobaczyła nad ramieniem Niewidki...

K'Chain Che'Malle zdawał się płynąć nad gruzem, unosząc miecze.

Płot podniósł wzrok i zobaczył, że od atakującego gada dzielą go tylko cztery kroki.

Saper chrząknął cicho...

I upuścił wstrząsacza u swych stóp.

K'Chain Che'Malle zamachnął się już dwoma ogromnymi mieczami.

Wybuch rozerwał obu na strzępy.

Podmuch przerzucił Niewidkę i Wykałaczkę przez drzwi. Kamienne odłamki uderzyły z głośnym stukotem o hełm porucznik, jego opuszczoną zasłonę i policzki, odrzucając jej głowę do tyłu. Niektóre jednak się przedostały, przeszywając twarz kobiety bólem. Nos i usta Wykałaczki wypełniła krew.

Ogłuszona, zatoczyła się za siebie przez obłoki kurzu i dymu.

Słyszała krzyki. Wydawało się jej, że dochodzą z bardzo daleka, lecz szybko otoczyły ją ze wszystkich stron.

Z góry posypały się kamienie, a za nimi osmalona, płonąca belka, która spadła na ziemię z głuchym łoskotem i trzaskiem łamanych kości. Pośród chaosu rozległ się śmiertelny jęk, tak blisko, że Wykałaczka zadała sobie pytanie, czy nie wyrwał się on z jej ust.

Ponownie pochwyciły ją czyjeś dłonie, które odwróciły ją i poprowadziły czymś, co wyglądało jak korytarz.

Pozbawiony powietrza tunel, pełen dymu i pyłu, tupot buciorów, zderzenia z niewidocznymi towarzyszami, przekleństwa, ciemność... która nagle się rozproszyła.

Wykałaczka zatrzymała się pośrodku grupy swych żołnierzy, kaszląc i plując krwią. Wokół leżeli martwi beklici, a na drugim końcu pomieszczenia było widać drzwi, które zostały wyrwane z zawiasów. Na haku nad nimi kołysała się szaleńczo lampa.

– Patrzcie! – mruknął ktoś. – Pies ugryzł naszą porucznik w brodę!

To nie był nawet żart, po prostu towarzyszące bitwie szaleństwo. Wykałaczka potrząsnęła głową, tryskając na boki krwią, ponownie splunęła i skierowała na swych ludzi spojrzenie szczypiących, załzawionych oczu.

– Niewidka? – zapytała bełkotliwym, lecz zrozumiałym głosem.

Cisza.

– Bucklund, wracaj do korytarza! Znajdź ją!

Sierżant Dwunastej Drużyny wrócił po chwili, wlokąc za sobą okrwawione ciało.

– Oddycha! Kaptur wie, jak to możliwe! Ma w plecach mnóstwo kamiennych odłamków!

Wykałaczka opadła na kolana obok przyjaciółki.

– Ty cholerna idiotko – wymamrotała.

– Trzeba było zabrać ze sobą Młotka – mruknął stojący obok niej Bucklund.

Ehe, to nie jedyny błąd, jaki popełniliśmy w tej cholernej rozgrywce.

– Och! – rozległ się niespodziewanie kobiecy głos. – Nie jesteście Panniończykami!

Żołnierze skierowali broń w stronę drzwi.

Stała w nich kobieta w olśniewająco białej telabie. Miała długie włosy, czarne i połyskliwe, niewiarygodnie czyste i perfekcyjnie uczesane. Niezwykle piękne, niezgłębione oczy przyglądały się uważnie Malazańczykom.

– Nie widzieliście przypadkiem trzech zamaskowanych wojowników? Powinni przechodzić tędy w poszukiwaniu sali tronowej. Zakładając, że tu w ogóle jest taka sala. Może słyszeliście odgłosy walki...?

– Nie – warknął Bucklund. – To znaczy, owszem, słyszeliśmy odgłosy walki. Ze wszystkich stron. To...

– Zamknij się – przerwała mu z westchnieniem Wykałaczka. – Nie – odpowiedziała kobiecie. – Nie widzieliśmy trzech zamaskowanych wojowników...

– A może T'lan Imassa?

– Tak się składa, że zauważyliśmy...

– Znakomicie! Powiedz mi, czy wciąż sterczą z niej te trzy miecze? Nie potrafię sobie wyobrazić...

– Jakie miecze? – zdziwiła się Wykałaczka. – Poza tym to chyba był mężczyzna.

– Zgadza się – wtrąciła któraś z żołnierek. Zaczerwieniła się nagle, gdy wszyscy spojrzeli na nią, uśmiechając się szeroko.

– Mężczyzna? – Nieznajoma uniosła palec do ust, a potem się uśmiechnęła. – Ależ to na pewno Tool! Znakomicie! – Uśmiech zniknął. – Chyba że znajdzie go Mok, oczywiście...

– Kim jesteś? – zapytała Wykałaczka.

– Wiesz co, moja droga, coraz trudniej jest mi zrozumieć twoje słowa przez tę całą krew i tak dalej. Jesteście Malazańczykami, mam rację? Moimi mimowolnymi sojusznikami. Ale wszyscy jesteście okropnie poranieni. Mam pomysł, cudowny pomysł. Oczywiście wszystkie moje pomysły są takie. To znaczy cudowne. Widzicie, przyszliśmy tu po to, by uratować Toca Młodszego, żołnierza...

– Toca Młodszego? – powtórzyła Wykałaczka. – Toca? Ale on...

– Jest więźniem jasnowidza, niestety. To przygnębiający fakt, a ja nie lubię być przygnębiona. To mnie irytuje. W niewyobrażalny sposób. Jak już mówiłam, mam pomysł. Pomóżcie mi go uratować, a uzdrowię tych spośród was, którzy tego potrzebują. To chyba znaczy wszystkich.

Wykałaczka wskazała na leżącą Niewidkę.

– Umowa stoi. Zacznij od niej.

Kobieta weszła do środka. Bucklund odskoczył z głośnym krzykiem od drzwi.

Wykałaczka podniosła wzrok. W korytarzu stał ogromny wilk. Jego ślepia świeciły w pełnym kurzu półmroku.

Kobieta obejrzała się za siebie.

– Och, nie bójcie się. To tylko Baaljagg. Garath chyba się gdzieś zawieruszył. Przypuszczam, że zajął się zabijaniem Panniończyków. Chyba zasmakował w jasnodominach... ach, biedna kobieta. No cóż, zaraz ci pomożemy, moja droga...

– Co tam się dzieje, w imię Kaptura?

Po drugiej stronie niskiego murku zaczynały się schody wiodące na taras, z którego rozciągał się widok na port i zatokę. Tak przynajmniej przypuszczał Paran, gdyż nic innego nie miałoby sensu. Tak czy inaczej, ktoś próbował zagrodzić komuś drogę i sądząc po krzykach, to, co wspinało się na płaski dach, siało spustoszenie wśród obrońców.

Stojący obok Parana Szybki Ben uniósł nieco głowę.

– Nie wiem i nie mam zamiaru tego sprawdzać – odpowiedział kapitanowi. – Miejmy nadzieję, że to odwróci ich uwagę. Nie dam już rady długo ukrywać nas przed tymi kondorami.

– Coś faktycznie dostarczyło im zajęcia – potwierdził Trzpień – i świetnie o tym wiesz, Szybki. Gdyby chociaż jeden z nich przyjrzał się naprawdę uważnie, dawno już nakarmiłyby nami pisklęta.

– Masz rację.

– To po co tu jeszcze siedzimy, w imię Kaptura?

Celne pytanie. Paran obejrzał się na północną część dachu. Była tam zapadnia.

– Siedzimy tu dlatego – wychrypiał Szybki Ben – że tu właśnie jesteśmy potrzebni...

– Chwileczkę – warknął Paran. Uniósł rękę, by zetrzeć z oczu coś, co uważał za pot, lecz gdy cofnął dłoń, plama na niej była czerwona. Szwy na skroni puściły. – To nie do końca prawda, Szybki. My dwaj jesteśmy tu potrzebni. Młotek, jeśli z Podpalaczy Mostów jeszcze coś zostało, z pewnością im przydałbyś się bardziej.

– Tak jest, kapitanie. Cały czas się tym gryzłem.

– No dobra. Posłuchaj. W twierdzy rozpętała się ognista Otchłań. Nie mamy pojęcia, kim są napastnicy, ale nie ulega wątpliwości, że to nie są przyjaciele Pannionczyków. Młotek, weź Trzpienia i resztę. Ta zapadnia z tyłu nie wygląda na mocną. Nawet jeśli jest zamknięta, rozwalicie ją bez trudu.

– Tak jest, kapitanie. Ale jak mamy tam dotrzeć niepostrzeżenie?

– Trzpień ma rację co do tych kondorów. Ich uwagę przyciągnęło coś innego. Z każdym uderzeniem serca wydają się coraz bardziej podniecone. To krótki sprint, uzdrowicielu. Ale jeśli nie chcecie ryzykować...

Młotek zerknął na Trzpienia, potem na Detoran i Biegunka, a na koniec na Nerwusika. Sierżant skinął głową. Młotek westchnął.

– Zgoda, kapitanie, spróbujemy.

Paran spojrzał na Szybkiego Bena.

– Masz jakieś obiekcje, czarodzieju?

– Nie kapitanie. Przynajmniej...

Umilkł.

Przynajmniej będą mieli większą szansę ocalenia. Słyszałem cię, Szybki.

– No dobra, Młotek. Ruszajcie, kiedy będziecie gotowi.

– Pchnąć i pociągnąć, kapitanie.

– Nawzajem, uzdrowicielu.

Na wydany mruknięciem rozkaz drużyna popędziła w stronę zapadni.

Dujek przeciągnął rannego żołnierza przez drzwi i dopiero wtedy zauważył, że jego nogi zostały po drugiej stronie, a łączący go z nimi ślad krwi wysechł już prawie całkowicie. Wypuścił ciało z rąk i oparł się ciężko o framugę.

K'Chain Che'Malle potrzebował tylko kilkunastu uderzeń serca, by przebić się przez jego kompanię. Choć martwiak stracił rękę, nie spowolniło to jego ruchów. Popędził na zachód w poszukiwaniu innego oddziału pechowych Malazańczyków.

Jego doborowy oddział ciężkiej untańskiej piechoty padł przed budynkiem, do którego żołnierze wepchnęli wielką pięść. Tak jak przysięgli, oddali życie w jego obronie. W tej chwili Dujek wolałby, żeby im się nie udało albo – jeszcze lepiej – żeby uciekli.

Już od świtu toczyli bój z beklitami, urdomenami i jasnodominami i radzili sobie bardzo dobrze. Nawet gdy pojawiło się kilkunastu pierwszych K'Chain Che'Malle, pociski Moranthów – wstrząsacze i zapalacze – wyeliminowały straszliwe martwiaki. Drugą falę spotkał taki sam los. Gdy jednak nadciągnęła trzecia, zabrakło im już wstrząsaczy i żołnierze ginęli masowo. Przeciwko piątej i szóstej fali zostały im jedynie miecze i bitwa zamieniła się w rzeź.

Dujek nie miał pojęcia, ilu spośród pięciu tysięcy Malazańczyków, których Moranthowie zanieśli do miasta, zostało jeszcze przy życiu. Nie sądził, by nadal byli zdolni do spójnej obrony. Bitwa przerodziła się w zwykłe polowanie. K'Chain Che'Malle likwidowali gniazda malazańskiego oporu.

Do niedawna słyszał jeszcze odgłosy walki: walących się murów i być może czarów. Dobiegały od strony twierdzy, przyszło mu jednak do głowy, że być może się pomylił. W mrocznej chmurze, która zasłoniła niebo na południu, było słychać grzmoty, a we wzburzone morze na dole uderzały błyskawice. Gniew sztormu tłumił wszelkie inne dźwięki.

Za jego plecami rozległy się kroki. Dujek odwrócił się błyskawicznie z krótkim mieczem w dłoni.

– Wielka pięści!

– Która kompania, żołnierko?

– Jedenasta! – wydyszała kobieta. – Kapitan Hareb wysłał po ciebie drużynę, wielka pięści. Jestem wszystkim, co z niej zostało.

– Czy Hareb jeszcze się trzyma?

– Tak jest. Zbieramy pamiątki. Kawałki K'Chain Che'Malle.

– A jak się wam to udało, w imię Kaptura?

– Wielka pięści, Skręt wziął swoją eskadrę i dostarczył nam resztę pocisków. To głównie przebijacze i rozbijacze, ale saperzy minują budynki na trasie naszego odwrotu i zwalają tony cegieł i kamieni na łeb tym cholernym jaszczurkom... za przeproszeniem, wielka pięści... to znaczy łowcom.

– A gdzie jest teraz kompania Hareba, żołnierko?

– Niedaleko, wielka pięści. Chodź za mną.

Hareb, szlachetka z Siedmiu Miast z szyderczym uśmieszkiem przylepionym do twarzy. Bogowie, mógłbym go teraz pocałować.

Zrzęda przesunął się na czoło swego legionu. Podjechała do niego Tarcza Kowadło Szarych Mieczy.

– Witaj, Śmiertelny Mieczu – rzekła. Widoczna była tylko dolna połowa jej twarzy, wystająca spod szerokich policzków. – Mamy zamiar uderzyć na nieprzyjaciela. Czy będziecie osłaniać nas z flanki?

Daru wykrzywił twarz.

– Nie, Tarczo Kowadło.

Zawahała się, po czym skinęła krótko głową i złapała wodze.

– Jak sobie życzysz. Nie jest hańbą odmówić udziału w samobójczym ataku.

– Źle mnie zrozumiałaś – przerwał jej Zrzęda. – Mój legion ruszy pierwszy, a wy za nami. Trzymajcie się tak blisko, jak tylko zdołacie. Przejdziemy przez ten kamienny most i ruszymy prosto ku bramie. To prawda, że wygląda na cholernie solidną, ale może uda się nam ją rozwalić.

– Naszym celem jest przyjście z odsieczą Dujekowi Jednorękiemu. Zgadzasz się, Śmiertelny Mieczu?

– Tak.

I oboje wiemy, że nam się nie uda.

Odwrócili się, słysząc dźwięk rogów i nagłe staccato malazańskich bębnów.

Wyglądało na to, że dowództwo nad Malazańczykami przejął chorąży. Czary krążyły wokół niego niczym pyłki złota. Zwołał oficerów kompanii. W całym szeregu łączono ze sobą tarcze. Piki, długością dwukrotnie przewyższające wzrost mężczyzny, kołysały się nad żołnierzami niczym trzciny na wietrze. Zrzędę zaniepokoiła ta niezwykła dla Malazańczyków niepewność.

Artanthos wysłał kuriera, który pomknął cwałem w stronę Daru i Tarczy Kowadła.

Malazańczyk ściągnął wodze.

– Wielki mag Tayschrenn chce poznać wasze intencje! – zawołał.

Zrzęda obnażył zęby.

– Tayschrenn, tak? Najpierw posłuchajmy, co on zamierza.

– Chodzi o Dujeka. Musimy złamać tych K'Chain Che'Malle, zrobić wyłom w bramie, zaatakować obrońców...

– A sam wielki mag? – zapytała Tarcza Kowadło.

– Na murach są nieprzyjacielscy czarodzieje. Tayschrenn spróbuje ich zneutralizować. Orfantal i jego Tiste Andii wspomogą nas w ataku na K'Chain Che'Malle, podobnie jak gnaciarze Białych Twarzy.

– Poinformuj wielkiego maga – odparła Tarcza Kowadło – że szarżę poprowadzi Legion Trake'a, za którym podąży moja kompania.

Żołnierz zasalutował i pomknął ku malazańskim liniom.

Zrzęda odwrócił się ku swoim ludziom. Po raz kolejny zdumiał się tym, jak dar Pana Lata podziałał na tych Capańczyków o zaciętych twarzach.

To jak d'iversowie... tylko na odwrót. Z wielu powstaje jeden. I cóż za moc!

Pokonali drogę do Koralu szybko jak cień. Zrzęda patrzył wówczas na świat oczyma tygrysa. Nie, nie zwykłego tygrysa, a nieśmiertelnej istoty o niezmierzonej sile, masy mięśni i kości, która składała się na legion. Jego legion. Zjednoczonej, straszliwie skupionej woli.

A teraz znowu zmienią się w tę bestię. Tym razem po to, by stanąć do walki.

Wydawało się, że jego bóg darzy owych K'Chain Che'Malle szczególną nienawiścią. Treach miał chyba jakiś dług do spłacenia. Zimny zabójca ustępował miejsca istocie owładniętej żądzą krwi. Ta świadomość zakłopotała lekko Zrzędę.

Przeniósł wzrok na szczyt wzgórza. Stał tam Caladan Brood, a Korlat prostowała się z trudem obok niego. Odległość nie miała znaczenia. Kobieta była zlana krwią i Zrzęda wyczuwał chorobliwy ból, który to słabł, to się wzmagał w jej wnętrzu.

Grota Brooda cierpi, a w takim przypadku to samo musi dotyczyć...

Obejrzał się na Artanthosa – wielkiego maga Tayschrenna – który stał przed malazańskimi kompaniami.

Ach, teraz widzę, jaką cenę za to płaci...

– Tarczo Kowadło?

– Słucham, Śmiertelny Mieczu.

– Strzeżcie się magów na murach.

– Czekamy na was, Śmiertelny Mieczu.

Zrzęda skinął głową.

Po chwili Śmiertelny Miecz i jego legion połączyli się w jedno. Ich kości i mięśnie scaliły się, a tożsamość – całe życie – każdego z nich zniknęła pod potopem zimnego, zwierzęcego gniewu.

Płowy wir rzucił się naprzód.

K'Chain Che'Malle unieśli miecze. Nie cofnęli się ani o krok.

Znowu. Już to kiedyś robiliśmy. Nie, nie my. Nasz Pan. Rozszarpywał martwe ciało... strumienie krwi... krwi... och, Kapturze...

Kurald Galain, ciemność ukryta w duszy, wypłynęła na zewnątrz, wypełniając jej kończyny i pochłaniając uczucia, niosąc pociechę zapomnienia. Korlat odwróciła się plecami do trzech martwych postaci, które nadal leżały tam, gdzie padły. Stała bez słowa, a moc jej groty – migotliwa, słabnąca w momentach bólu – sięgała ku innym Tiste Andii.

Obok niej przystanął Caladan Brood, który dzierżył w dłoniach młot.

– Późnym popołudniem – mówił. Jego bas wydawał się równie odległy, jak huczące nad morzem pioruny. – Nie wcześniej. Do tego czasu dawno już będzie po wszystkim... na dobre albo na złe. Korlat, wysłuchaj mnie proszę. Musisz odnaleźć swego władcę. Czy Odprysk Księżyca ukrywa się w tej burzowej chmurze? Powiedział, że przybędzie. W kluczowej chwili. Że uderzy...

Korlat już go nie słyszała.

Orfantal zmieniał kształt tuż przed malazańskimi oddziałami, które ruszyły już naprzód. Wykwitła z niego czerń, rozłożył skrzydła, wyciągnął wężową szyję, czary zapulsowały basowym rytmem i smok poszybował w górę...

Kondory wystartowały z twierdzy. Każdy z dwunastu demonicznych stworów ciągnął za sobą wijący się łańcuch chaotycznej magii.

Biegnąca przez równinę bestia, która była Śmiertelnym Mieczem i Legionem Trake'a, to znikała jej z oczu, to znowu się pojawiała. Po chwili uderzyła ze śmiercionośnym impetem w szeregi K'Chain Che'Malle.

Powietrze wokół miejsca zderzenia wypełniły krwawe strugi czarów. Wewnątrz wściekłego wiru miecze uderzały raz po raz. Łowca K'ell zatoczył się w bok i runął na ziemię. Wszystkie kości miał strzaskane. Ogromny tygrys miotał się na wszystkie strony, gdy ostrza wbijały się w jego boki. Po każdym ciosie od bestii odpadały ludzkie postacie, odcięte kończyny, rozpłatane tułowie, roztrzaskane głowy.

Na murach narastały czary.

Artanthos – Tayschrenn – wystąpił z szeregu, by stawić im czoło.

Za K'Chain Che'Malle pojawiła się nagle złota fala, która pięła się przez chwilę w górę, nabierając mocy, po czym runęła naprzód. Ziemia, po której toczyła się ku murom, płonęła z ognistą pasją. Potem fala sięgnęła w górę, ku pannionśkim magom.

To... to właśnie rzucono przeciw Odpryskowi Księżyca. Z tym musiał walczyć mój władca. Samotny wobec takiej mocy...

Grunt zadrżał pod jej nogami, gdy fala uderzyła w szczyt muru na zachód od bramy. Blask był oślepiający.

To jest Wielka Telas, Grota Ognia... dziecko Tellann...

Chaotyczna magia eksplodowała niczym szrapnel. Gorejący ogień się rozproszył.

Górna trzecia część muru, na odcinku co najmniej czterdziestu kroków, po prostu zniknęła, a razem z nią co najmniej tuzin pannionśkich magów.

Na polu śmierci K'Chain Che'Malle otoczyli już całkowicie Legion Trake'a. Dorównywali ogromnej bestii błyskawiczną szybkością. Łowcy K'ell padali, lecz stopniowo cięli tygrysa dosłownie na kawałki.

Szare Miecze dosiadły koni i próbowały otworzyć mu drogę odwrotu. Wbijali w grzbiety łowców długie, wyposażone w dziwne zadziory lance, o które martwiaki potykały się, gdy tylko spróbowały odwrócić się ku nękającym je napastnikom. W powietrze poleciały lassa i zacisnęły się na szyjach i kończynach...

Magowie stojący na murze na wschód od bramy wypuścili szarą falę czarów, która przemknęła nad głowami walczących na polu śmierci niczym jakaś bestia o wielu kończynach i uderzyła w Artanthosa.

Na jej spotkanie trysnął żarzący się ogień. Wyglądało to tak, jakby czary pożarły się nawzajem. Kiedy zniknęły, Artanthos osunął się na kolana. Biegli ku niemu malazańscy żołnierze.

Zabrakło mu sił. Za szybko.

– Korlat!

Krzyk wstrząsnął nią dogłębnie. Mrugając, spojrzała na Brooda.

– Słucham?

– Przywołaj swego władcę, Korlat! Natychmiast!

Przywołać go? Nie mogę. Nie ośmielę się.

– Korlat! Spójrz na tę cholerną chmurę!

Odwróciła głowę. Za miastem wznosiła się ku niebu wyniosła kolumna, która rozpadała się już na niesione wiatrem strzępki. Prześwitywały przez nią promienie słońca...

Nie ma w niej Odprysku Księżyca... niczego nie ukrywała. Niczego poza bezsensowną, pustą gwałtownością. Już się rozprasza.

Mam go przywołać? Wypełniła ją rozpacz. Usłyszała swą zobojętniałą odpowiedź.

– Nie ma już Anomandera Rake'a, naczelny wodzu.

Nie żyje. Z pewnością nie żyje.

– W takim razie pomóż swemu cholernemu bratu, kobieto! Atakują go...

Obejrzała się i zobaczyła krążącego wysoko w górze Orfantala, którego opadły pyłki. Czary uderzały w czarnego smoka niczym strzały z łuku.

Mój brat...

Korlat spojrzała w dół, na malazańskich żołnierzy, którzy dotarli już do szeregów K'Chain Che'Malle. Spowiła ich ciemność, szept Kurald Galain.

Szept... i nic więcej niż szept.

– Korlat!

– Odsuń się, naczelny wodzu. Za chwilę zmienię kształt... i dołączę do mojego brata.

– Kiedy już załatwicie się z tymi kondorami, to czy moglibyście...

Odwróciła się od pola śmierci.

– Bitwa jest przegrana, Caladanie Brood. Chcę tylko uratować Orfantala.

Nie czekając na odpowiedź, zeszła ze zbocza, uwalniając jednocześnie swą moc. Jej żyły wypełniła smocza krew, zimna jak lód zapowiedź morderstwa. Brutalny, nieustępliwy głód.

Skrzydła, nieście mnie pod niebo.

Uniosła klinowatą głowę i wbiła wzrok w krążące wokół jej brata kondory. Jej szpony zadrżały, a potem wyciągnęły się niecierpliwie.

Caladan Brood stał na samej krawędzi stoku, trzymając w dłoniach młot. K'Chain Che'Malle odparli szturm Legionu Trake'a – ogromny tygrys umierał, atakowany ze wszystkich stron błyszczącymi mieczami – i brodzili w tłumie Malazańczyków, kładąc trupem dziesiątki żołnierzy. Inni ścigali Szare Miecze, których szeregi rozpierzchły się pod naporem stanowczo zbyt szybkich łowców.

Z obu skrzydeł uderzyli Barghastowie, dodając do rzezi także swą krew.

Naczelny wódz odwrócił się powoli i spojrzał na szczyt wzgórza za swymi plecami. Trzy ciała. Czworo malazańskich żołnierzy, którzy zanieśli tam nieprzytomnego Kruppego, kładli go teraz obok nich.

Brood przyjrzał się Daru, zastanawiając się nad jego dziwnym, niewytłumaczalnym omdleniem, po czym odwrócił wzrok.

Dziesiątki tysięcy T'lan Imassów wciąż klęczały nieruchomo przed Itkovianem, który również osunął się na kolana niczym ich śmiertelne lustrzane odbicie. To, co się wydarzyło, zawiodło ich zbyt daleko, tam, skąd zapewne już nie wrócą. A gdyby nawet wrócili, będzie stanowczo zbyt późno.

Nie mam wyboru.

Pożogo... wybacz mi...

Caladan Brood ponownie spojrzał na miasto. Nie spuszczając wzroku z mas walczących na dole, uniósł z wahaniem młot nad głowę...

...i zamarł w bezruchu.

Dotarli do kolejnego korytarza wypełnionego martwymi i konającymi. Wykałaczka skrzywiła się wściekle.

– Pani, ilu wojowników liczy sobie ta armia Seguleh, o której wspominałaś?

– Trzech, moja droga. Nie ulega wątpliwości, że jesteśmy na właściwej drodze...

– Drodze dokąd, pani Zawiści?

Kobieta odwróciła się.

– Hmm, to ciekawe pytanie. Seguleh z pewnością domagają się audiencji u jasnowidza, skąd jednak możemy wiedzieć, czy trzyma on Toca Młodszego przy sobie? Czyż nie wydaje się bardziej prawdopodobne, że nasz przyjaciel siedzi skuty łańcuchami gdzieś głęboko pod ziemią?

– Na końcu korytarza jest jakiś podest – odezwała się Niewidka. – To mogą być schody...

– Masz bystry wzrok – wyszeptała z uznaniem pani Zawiść. – Baaljagg, drogi piesku, zechcesz sprawdzić, czy droga wolna?

Ogromna wilczyca przemknęła bezszelestnie obok nich. Poruszała się bezgłośnie nawet wtedy, gdy wdrapywała się na leżący w korytarzu stos ciał. Zatrzymała się u jego wylotu i obejrzała za siebie. Jej ślepia gorzały niczym węgielki.

– Ach, możemy ruszać – westchnęła pani Zawiść, klaszcząc cicho w dłonie. – No to chodźmy, Malazańczycy o posępnych obliczach.

Gdy się zbliżyli do końca korytarza, Niewidka szarpnęła Wykałaczkę za rękaw.

– Poruczniku – wyszeptała. – Przed nami słychać odgłosy walki...

Wyszli na podest. Na prowadzących w górę schodach leżały sterty zabitych urdomenów. Na tych, które wiodły w dół, było widać tylko plamy ściekającej z góry, krzepnącej już krwi.

Niewidka przykucnęła nad drugimi schodami.

– W tej krwi odcisnęły się ślady – mruknęła. – Trzech par stóp. Te pierwsze są, hmm, kościste. Potem przeszedł tędy ktoś w mokasynach. To chyba była kobieta...

– W mokasynach? – zdziwiła się pani Zawiść, unosząc brwi. – Jakie to niezwykłe. Te kościste to pewnie był Tool albo Lanas Tog. Któż jednak mógł śledzić któreś z nich? Cóż za tajemnica! A trzeci trop?

Niewidka wzruszyła ramionami.

– Wytarte buty. Męskie.

Wszyscy już słyszeli odgłosy walki, o których mówiła Niewidka. Dobiegały z góry, być może z najwyższego piętra, co najmniej sześć kondygnacji nad nimi.

Baaljagg podeszła, utykając, do Niewidki. Opuściła głowę i obwąchała prowadzące w dół ślady stóp.

Nagle zwierzę zbiegło ze schodów niczym szara błyskawica i zniknęło im z oczu.

– No cóż! – zawołała pani Zawiść. – Problem sam się rozstrzygnął, nieprawdaż? Cierpiący piesek darzy Toca Młodszego pewnym... uczuciem. Wyrażając się ściślej, łączą ich więzy sympatii.

– Wybacz – warknęła Wykałaczka – ale o czym ty gadasz, w imię Kaptura?

Jeszcze jedna tajemnicza wypowiedź, a rozwalę tej całej pani łeb.

– To nie było uprzejme. Niemniej jednak, przyznaję, że choć jest to tajemnica, to nie moja, mogę więc wam ją zdradzić.

– Ojej – odezwał się któryś z żołnierzy. – Plotki.

Pani Zawiść odwróciła się błyskawicznie.

– Kto to powiedział?

Nikt się nie przyznał.

– Nienawidzę plotek. Zapamiętajcie to sobie wszyscy. Czy mam wam opowiedzieć o dwojgu starożytnych bogów, którzy przybrali śmiertelne ciała? No, nie do końca śmiertelne, jeśli idzie o Baaljagg, lecz aż nazbyt śmiertelne w przypadku mojego drogiego Toca Młodszego.

Wykałaczka gapiła się na nią zdumiona. Chciała już coś powiedzieć, lecz jeden z jej żołnierzy zaklął głośno i z pasją. Szczęknęła broń.

Rozległy się krzyki.

Malazańczyków zaatakowało nagle około dwudziestu urdomenów. W korytarzu rozgorzała zacięta walka.

Wykałaczka złapała Niewidkę za sztywny od krwi płaszcz i pociągnęła ją mocno.

– Uciekaj na dół, dziewczyno! – wysyczała, wyciągając miecz. – Pójdziemy za tobą, jak tylko się z nimi załatwimy.

Popchnęła przyjaciółkę ku schodom i odwróciła się.

– Czy to długo potrwa? – zapytała pani Zawiść. Jej głos przebił się w jakiś sposób przez tumult i wypełnił echem uszy przepychającej się przez ciżbę Wykałaczki. Urdomeni mieli lepsze zbroje, byli świeżsi i mieli po swej stronie zaskoczenie. Zobaczyła, że Bucklund zatoczył się nagle do tyłu. Miecz odrąbał mu połowę głowy.

– Nie – wychrypiała, gdy padło dwóch następnych Podpalaczy Mostów. – Niedługo...

Gdy czwórka Podpalaczy Mostów weszła do korytarza, pozycję na czele przejęła Detoran. Młotek szedł pięć kroków za potężnie zbudowaną Napanką, Trzpień truchtał tuż za nim, dalej Nerwusik, a kilkanaście kroków z tyłu szedł stanowiący straż tylną Biegunek. Do tej pory natrafiali jedynie na zwłoki. Zwłoki Pannionczyków. Wszyscy zginęli od ciosów mieczy.

– Ktoś sieje tu prawdziwą grozę – mruknął Trzpień.

Słyszeli odgłosy walki, lecz liczne echa utrudniały im określenie kierunku.

Detoran zatrzymała się i uniosła rękę, po czym wezwała Młotka skinieniem dłoni.

– Przed nami są schody – mruknęła. – Prowadzą w dół.

– Droga wolna – zauważył uzdrowiciel.

– Na razie.

Podszedł do nich Nerwusik.

– Czemu czekamy? Musimy pozostawać w ruchu.

– Wiemy o tym, sierżancie – odparł Młotek. – Nie ma wyjścia – stwierdził, ponownie zwracając się ku Napance. – Idź pierwsza, Detoran.

Kamienne schody były śliskie od krwi. Zaściełały je kolejne trupy.

Minęli bez kłopotów dwa podesty, lecz w połowie trzeciej kondygnacji, na zakręcie schodów, Napanka chrząknęła nagle. Szczęknęła broń.

Nieartykułowany wrzask, który rozległ się za ich plecami, przerodził się w barghascki okrzyk wojenny.

– Cholera! – warknął Młotek. Walka na górze i na dole. Mieli kłopoty. – Trzpień, wesprzyj Nerwusika i Biegunka! Ja pomogę Det!

– Tak jest!

Uzdrowiciel zbiegł do położonego sześć stopni niżej zakrętu. Detoran zepchnęła już napastników na podest. Młotek zobaczył za Napanką co najmniej sześciu jasnodominów. W zakutych w stal dłoniach trzymali ciężkie, obusieczne toporki o krótkich rękojeściach. Detoran, dzierżąca w lewej ręce długi, a w prawej krótki miecz, powaliła właśnie pierwszego z wojowników. Bez wahania przeszła nad konającym przeciwnikiem i zeszła na podest.

Zaatakowali ją pozostali jasnodomini.

Młotek nie miał szans jej ominąć. Schował z przekleństwem miecz i zdjął z pleców kuszę. Bełt był już załadowany. Podtrzymywała go rzemienna pętla, którą teraz uzdrowiciel usunął. Ignorując wrzaski i szczęk żelaza, naciągnął haczykiem cięciwę.

Zza zakrętu dobiegał głośny śpiew Biegunka, nagle zagłuszony przez złowróżbny wrzask Nerwusika. Schodami spływała świeża, rozcieńczona żółcią krew.

Młotek cofnął się nieco, by móc strzelić nad głową Detoran.

Napanka wbiła krótki miecz od dołu w głowę jasnodomina. Klinga uwięzła pod żuchwą. Zamiast wyszarpnąć broń, kobieta popchnęła ją mocno, spychając ciało na dwóch następnych wojowników. Wyciągnęła prawą rękę, trzymając na dystans kolejnego jasnodomina, który machał swymi krótszymi mieczami, starając się odtrącić jej broń. Ciężki oręż tańczył jednak w dłoni Detoran niczym pojedynkowy rapier.

Młotek przeniósł uwagę na dwóch podnoszących się z podłogi jasnodominów. Trzeci odciągał na bok zabitego. Uzdrowiciel uniósł kuszę i nacisnął spust. Broń podskoczyła mu w dłoniach.

Jeden z wstających jasnodominów wrzasnął głośno. Bełt wbił mu się w pierś aż po skórzane lotki. Mężczyzna osunął się bezwładnie.

Młotek chciał ponownie załadować kuszę, lecz zwaliło go z nóg staczające się po schodach ciało. Zaklął głośno, opierając się plecami o ścianę. Chciał już odkopnąć trupa na bok, lecz zauważył, że to Nerwusik. Żył jeszcze, choć pierś miał zlaną krwią. Sądząc z dobiegających z góry odgłosów, Biegunek torował sobie drogę na wyższe piętro.

Odwrócił się, słysząc krzyk Detoran. Napanka złamała rytm walki w nagłym wypadzie, ominęła mieczem desperacką ripostę jasnodomina i wraziła ostrze poniżej krawędzi hełmu, przecinając gardło. W tej samej jednak chwili przeciwnik uderzył drugim toporkiem w jej głowę.

Zasłoniła się przed ciosem lewym barkiem.

Kolczuga pękła. Chlusnęła krew. Ostrze wyrwało się na zewnątrz, zabierając ze sobą większą część mięśni barku Detoran.

Kobieta zatoczyła się do tyłu. Potem się wyprostowała, tryskając krwią, i zaatakowała dwóch pozostałych jasnodominów.

Bliższy z nich rzucił jednym ze swych toporków.

Napanka odtrąciła broń mieczem, po czym cięła na odlew. Jasnodomin ledwie zdołał zablokować cios. Detoran podeszła bliżej, opuściła miecz i uderzyła wyprostowanymi palcami w wizurę hełmu. Impet ataku sprawił, że przeleciała obok mężczyzny, ciągnąc za sobą jego głowę.

Młotek usłyszał trzask łamanych kręgów. Skończył ładować kuszę, uniósł ją...

Toporki ostatniego jasnodomina śmignęły w powietrzu.

Jeden z nich odciął między barkiem i łokciem prawą rękę Detoran, która nawet nie zdążyła wyciągnąć palców z wizury.

Drugi wbił się głęboko między jej łopatki. Kobieta padła twarzą na ścianę.

Jasnodomin podszedł bliżej, chcąc wyciągnąć toporek.

Bełt Młotka wbił się pod jego prawą pachę. Wojownik zgiął się wpół i zwalił na ziemię z brzękiem zbroi.

Uzdrowiciel wyjął następny bełt i podszedł do Detoran, która wciąż opierała się twarzą o ścianę. Tryskający z jej ran strumień krwi słabł szybko.

Nie musiał dotykać Napanki, by wiedzieć, że już nie żyje.

Na górze rozległy się kroki. Uzdrowiciel obejrzał się i zobaczył schodzącego ciężko na podest Trzpienia. Mag oberwał w łebkę. Pierścień hełmu pękł na skroni. Po twarzy Malazańczyka spływała krew. Oczy miał oszalałe.

– Jest ich tam ze dwudziestu, Młotek! Biegunek próbuje ich powstrzymać...

– Cholerny idiota! – Uzdrowiciel skończył ładować kuszę i wbiegł na schody, przystając na chwilę, by przyjrzeć się Nerwusikowi. – Znajdź sobie nowy hełm, Trzpień, i chodź za mną!

– A co z Nerwusikiem?

– Jeszcze chwilę pożyje. Śpiesz się, do cholery!

Całe schody, aż po następny podest, zaściełały świeże trupy.

Młotek przybył akurat na czas, by zgarnął go spływający w dół strumień: jasnodomini, a w ich środku warczący wściekle Biegunek. Miecz – Barghasta – wbił się w bark uzdrowiciela, przeszywając go na wylot. Potem wszyscy posypali się na twarde kamienne schody. Toporki, sztylety, stalowe rękawice, hełmy i nagolenniki uczyniły z ludzkiej lawiny koszmarną torturę. Ból nie ustał nawet wtedy, gdy wszyscy zatrzymali się na zakręcie schodów.

Pierwszy z ciżby wyplątał się Biegunek, który uderzał wściekle w dół krótkim mieczem, kopał i deptał przeciwników. Młotek odczołgał się z przekleństwem na ustach od rozwścieczonego Barghasta. Jego zraniony bark przeszywał ogień bólu.

Po chwili na schodach było słychać już tylko ciężkie oddechy.

Uzdrowiciel odwrócił się, wymacał za sobą ścianę i wstał powoli, opierając się o nią. Spojrzał ze złością na Biegunka.

– Dźgnąłeś mnie, ty sukinsynu!

Gdy jednak przyjrzał się Barghastowi, słowa zamarły na jego ustach. Potężnie zbudowany wojownik otrzymał tyle ran, że Młotek nie wierzył własnym oczom. Pokrajano go na plasterki. Mimo to uśmiechnął się do uzdrowiciela.

– Dźgnąłem cię, tak? To świetnie.

Młotek wykrzywił twarz.

– Rozumiem twój punkt widzenia, ty niebieskozęby psie pasterski. Czemu cała przyjemność miałaby przypaść tobie?

– Ehe. Gdzie Nerwusik, Det i Trzpień?

– Na podeście na dole. Det nie żyje. Nerwusika będziemy musieli nieść. Sądząc z tych odgłosów, Trzpień wciąż szuka dla siebie nowego hełmu.

– Wszystkie będą za duże – warknął Biegunek. – Musimy znaleźć kuchnię. Kubek będzie w sam raz.

Młotek odepchnął się od ściany.

– Świetny pomysł. No to ruszajmy.

– Ja pójdę przodem. Kucharze są niebezpieczni.

Ociekający krwią Barghast wyminął uzdrowiciela.
– Biegunek?
Zatrzymał się.
– Słucham.
– Trzpień mówił, że było ich dwudziestu.
– Ehe.
– Wszyscy nie żyją?
– Może z połowa. Reszta uciekła.
– Wystraszyli się ciebie?
– Chyba raczej włosiennicy Trzpienia. Chodźmy, uzdrowicielu.

Głowa Toca przetaczała się bezwładnie z boku na bok. Oglądany przez niego obraz to się podnosił, to opadał. T'lan Imass niósł go oświetlonym pochodniami korytarzem, od czasu do czasu przestępując przez ciała.

Nazwał mnie bratem.

Ale ja nie mam brata.

Tylko matkę.

I boga. Gdzie się podziałeś, jasnowidzu? Czy nie przyjdziesz teraz po mnie? Wilk umiera. Zwyciężyłeś. Uwolnij mnie, Panie Wszechrzeczy. Uwolnij mnie, bym mógł przejść przez Bramę Kaptura.

Dotarli do zwieńczonego łukiem przejścia. Wyrwane z framugi drzwi leżały na podłodze. Okute brązem drewno zakołysało się niepewnie pod stopami Toola. Po drugiej stronie znajdowała się szeroka na dwadzieścia kroków komnata o kopulastym suficie. Ongiś wypełniały ją niezwykłe mechanizmy – machiny służące do tortur – wszystkie jednak roztrzaskano i ciśnięto pod ściany niczym zwierzęta o połamanych kościach.

Ofiary gniewu... czy to była robota Toola? Tego chodzącego, pozbawionego uczuć... trupa?

W przeciwległych drzwiach rozległ się nagły szczęk oręża.

T'lan Imass zatrzymał się.

– Będę cię musiał teraz położyć.

Położyć. Tak. Już czas.

Toc odwrócił głowę, gdy Tool opuszczał go ostrożnie na posadzkę. W drzwiach stała zamaskowana postać. Na białej emalii widniały dwie kreski. W obu rękach trzymała miecze.

Och, znam cię.

Mężczyzna czekał bez słowa, aż Tool odsunie się od Toca. Sponiewierany T'lan Imass zdjął z pleców oburęczny krzemienny miecz.

– Moku, Trzeci pośród Seguleh, czy, gdy już skończysz ze mną, zabierzesz stąd Toca Młodszego? – zapytał.

Leżący na boku Toc zobaczył, że zamaskowany wojownik skinął głową na znak potwierdzenia.

Mok, ty cholerny durniu. Chcesz zabić mojego przyjaciela... mojego brata.

Obaj wojownicy poruszali się zbyt szybko, by jedyne oko Toca było w stanie śledzić ich walkę. Przerodzili się w zamazane plamy. Żelazo uderzało o kamień. Iskry sypały się w mrok, oświetlając w rozbłyskach objawienia zgromadzone wokół narzędzia tortur. Na drewnie i powyginanym metalu tańczyły cienie. Toc czuł się tak, jakby cały ból nagromadzony w tych mechanizmach przez okres ich istnienia został nagle uwolniony.

Przez iskry.

Przez dwóch wojowników... i przez to, co spowijało ich ukryte dusze.

A po uwolnieniu zaczął pląsać w szalonym tańcu ukąszonego przez pająka, gorączkowej odpowiedzi...

Odpowiedzi...

Pojedynek trwał nadal, zamaskowany wojownik spychał Toola wciąż w tył. Wewnątrz Toca poruszył się wilk.

Jest uwięziony. W tym powyginanym, lecz nadal całym mechanizmie, w tej kościanej klatce tortur...

Tuż przed sobą widział połamany szkielet... czegoś. Potężną belkę zakończoną okuciem z poczerniałego, powgniatanego brązu. Jej końcówkę pokrywały kawałki ciała i włosów.

Klatka.

Toc Młodszy podciągnął pod siebie zdeformowane nogi, wsparł na posadzce ropiejący, zniekształcony łokieć i uniósł się na kolana, a potem zacisnął dłonie w pięści i odepchnął się od kamienia. Stopniowo odchylał się do tyłu, wspierając ciężar ciała na biodrach, które zdawały się pękać pod naporem ścięgien i zanikających mięśni.

Raz jeszcze opuścił dłonie, podciągnął pod siebie guzowate twory, które ongiś były jego stopami, uniósł kolana.

Teraz najważniejsza jest równowaga... i wola.

Drżący, zlany potem, odziany w resztki podartej bluzy Toc wyprostował się powoli. Zakręciło mu się w głowie. Zewsząd otoczyła go ciemność, lecz nie dał za wygraną.

Kruppe gwałtownie zaczerpnął tchu, uniósł ją, szarpnął za ramię.

– Musisz go dotknąć, dziewczyno. Ten świat został stworzony dla ciebie. Rozumiesz? To dar. Jest tu coś, co trzeba uwolnić.

Uwolnić.

Tak jest, rozumiała to słowo. Tęskniła za nim, czciła je, klęczała z pochyloną głową przed jego ołtarzem. Uwolnić. Tak, to miało sens.

Tak jak wspomnienie lodu, który sypał się na nas gęstą ulewą.

Uwolnić... by nakarmiły ziemię...

Oswobodzenie sensu i uczuć, dar historii... ziemia pod moimi stopami, warstwy, tak wiele warstw...

Nakarmić ziemię.

Co to za miejsce?

– Dotknij go, najdroższa mhybe, Kruppe błaga! Dotknij...

Uniosła drżącą dłoń...

Wstał.

I zobaczył, że Tool chwieje się pod lawiną ciosów, a jego krzemienny miecz odbija je z coraz większym trudem.

Wstał. Postawił krok.

Jeden krok. To wystarczy.

Klatka. Wilk się porusza, pragnie zaczerpnąć tchu... ale nie może...

Zatoczył się w stronę belki i jej górnego, okutego brązem końca.

Jeden krok, a potem się przewrócił.

Na twarz, unosząc wysoko ramiona. Koniec belki pomknął mu na spotkanie. Uderzył w pierś, w żebra, gruchocząc kości w eksplozji bólu...

Dotknąć...

Klatka!

Rozbita!

Wolny!

Wilk zaczerpnął tchu.
I zawył.

Brood uniósł wysoko młot w drżących dłoniach...
I nagle rozległo się wycie, wciąż nasilający się zew...
Który spotkał się z odpowiedzią.
Na polu śmierci z ziemi wyłoniły się T'lan Ay, które zalały K'Chain Che'Malle milczącą, szarą falą. Rozszarpywały ogromne, zakute w zbroje gady, które padały pod ich naporem.
Inni Łowcy K'ell zawrócili i pomknęli ku bramie. Wilki ruszyły w pościg.
Wysoko na niebie kondory zaprzestały śmiertelnego tańca z dwoma czarnymi smokami i pierzchły w stronę twierdzy. Ścigali je Korlat i Orfantal, a za nimi dziesiątki tysięcy Wielkich Kruków.
A nad twierdzą coś się działo...

Trzymający w ramionach nieprzytomną już mhybe Kruppe zatoczył się nagle do tyłu, gdy Togg wyrwał się z roztrzaskanej klatki. Wycie boga przeszyło powietrze.
Potop gradu ustał. W jednej chwili. Niebo pociemniało.
Nacisk, moc, starożytna i zwierzęca. Coraz potężniejsza.
Togg, ogromny, jednooki, o białej, przyprószonej srebrem sierści. Wyjący głośno. Wilczy bóg wydostawał się na wolność z impetem głazu. Jego głos sięgał pod niebiosa.
Głos, który doczekał się odpowiedzi.
Ze wszystkich stron.

Paran pochylił się jeszcze niżej, gdy nagle ogarnęły go mrok i chłód. Ogromny ciężar przygniatał go do ziemi.
Szybki Ben jęknął, a potem syknął.
– To jest to, przyjacielu. Kurald Galain. Potrafię z niej zaczerpnąć... przeniosę nas za ten mur... musimy zobaczyć...
Co zobaczyć? Bogowie, zmiażdży mnie!
Nacisk zelżał nagle. Dłonie złapały go za szelki i podniosły ze zgrzytem metalu. Potem przeciągnęły przez niski murek i zwaliły po drugiej stronie.
Nienaturalna ciemność nadal opadała na ziemię. Przesłonięte nią słońce wyglądało jak szary, migoczący słabo dysk.

Kondory wrzasnęły donośnie.

W ich głosach brzmiało przerażenie.

Paran obrócił się, leżąc, i spojrzał na rozgrywającą się na tarasie scenę. W odległości trzydziestu kroków, na krawędzi dachu, skuliła się postać, w której kapitan instynktownie rozpoznał jasnowidza. Ludzkie ciało i skóra zeszły zeń, odsłaniając nagiego Jaghuta, otoczonego mgiełką kryształków lodu. W rękach trzymał jajo wielkości wstrząsacza. U jego boku stał wielki, pokraczny K'Chain Che'Malle.

Nie. To matrona.

To, co z niej wypływało, przeraziło Parana i wzbudziło jego litość. Była zupełnie bezmyślna, wyrwano z niej duszę. Nawet nie czuła bólu, który ją wypełniał, i to była jedyna łaska, jaka jej pozostała.

Dwaj zakuci w ciężkie zbroje Łowcy K'ell, którzy strzegli swej matki, zerwali się nagle do biegu, unosząc broń. Z klatki schodowej, piętnaście kroków na lewo od Parana, wypadły dwie postacie o zamaskowanych twarzach, od stóp do głów zbroczone krwią. Każda z nich w obu rękach trzymała miecze, a korytarz, z którego wyszły, wypełniały ciała urdomenów i jasnodominów.

– Niech nas Kaptur porwie! – zaklął Szybki Ben. – To są Seguleh!

Paran już jednak na nich nie patrzył. Przestała go obchodzić walka między Seguleh a Łowcami K'ell. Chmura burzowa, która przez tak długi czas piętrzyła się nad miastem, nadal wznosiła się, rozpraszała, niknęła w ciemności. Zdał sobie sprawę, że coś się zbliża.

– Kapitanie! Za mną!

Szybki Ben skulił się pod niskim murkiem, przesuwając się w jego cieniu w stronę portu.

Paran podążył za czarodziejem. Zatrzymali się w miejscu, z którego rozpościerał się niczym nieosłonięty widok na port i zatokę.

Daleko od brzegu lód pękał wzdłuż całego horyzontu. Ku niebu tryskały obłoki bieli.

Mroczne powietrze znieruchomiało, a woda w porcie stała się gładka jak szkło. Wisząca nad nią pajęczyna sznurów z jej chatami, zwisającymi linami i wyschniętymi trupami, zadrżała nagle.

– W imię Kaptura, co to...

– Psst! Och, na Otchłań! Spójrz!

Paran spojrzał.

Gładka tafla zmarszczyła się... wzdęła... uniosła...

I nagle, co niewiarygodne, spłynęła na boki.

Z głębin wynurzało się coś czarnego i ogromnego.

Na morzu pojawił się rozszerzający się pierścień piany. O taras uderzył zimny wiatr, który zatrząsł całym budynkiem.

Z wody wynurzała się podrapana, spękana skała – przeklęta przez Kaptura góra! – która unosiła ze sobą ogromną sieć.

Nie przestawała rosnąć, wznosić się coraz wyżej. Biły od niej fale ciemności.

– Odsłonili Kurald Galain! – zawołał Szybki Ben, przekrzykując świst wichru. – Wszyscy!

Paran wybałuszył oczy.

Odprysk Księżyca.

Wynurza się.

Rake ukrył go...

Och, Otchłani na dole, ależ go ukrył!

Woda spływała z poobtłukiwanych boków potężnymi kaskadami, zamieniając się w mgiełkę, w miarę jak gmach wznosił się coraz wyżej...

Szczelina. Szczelina Ortnalska. Ten rów...

– Spójrz! – wysyczał Szybki Ben. – Te pęknięcia...

Paran nagle zdał sobie sprawę, jak wielki będzie koszt planu Rake'a. Powierzchnię Odprysku Księżyca przeszywały ogromne szczeliny, z których ciągle lały się strumienie wody.

Nie przestawał się wznosić.

Już dwie trzecie twierdzy wychynęło ponad wzburzone morze.

Wirowała powoli, odsłaniając wysoko usytuowaną półkę...

Stała na niej samotna postać.

Wspomnienia... odeszły. Ich śladem podążyły dziesiątki tysięcy dusz. Cisza.

– Chodźcie do mnie. Przejmę wasz ból.

– *Jesteś śmiertelnikiem.*

– Jestem.

– *Nie zdołasz udźwignąć naszego bólu.*

– Zdołam.

– *Nie pomieścisz go...*

– Pomieszczę.

– *Itkovian...*

– Wasz ból, T'lan Imassowie. Szybko.

Wzniósł się przed nim falą o niezmierzonej wysokości, a potem runął w dół.

I wszyscy oni ujrzeli radosny uśmiech Itkoviana.

Odprysk Księżyca wynurzył się z fal, spowity w ciemność. Caladan Brood wpatrywał się ze zdumieniem w opadające kaskady mgły i coraz słabsze strumienie wody. Pojawiły się smoki – czarne i jeden karmazynowy – po czym zatoczyły łuk i pomknęły ku miastu. Trysnęły z nich fale Kurald Galain, które spopieliły demoniczne kondory.

Odprysk Księżyca pochylał się, przesuwając się ku twierdzy. Potężna bryła czarnej skały była z jednej strony ukruszona, co pozbawiało całość równowagi.

Na dole, pod murami, rozproszone niedobitki żołnierzy – Malazańczycy, Barghastowie, Szare Miecze, Zrzęda oraz garstka ocalałych żołnierzy jego legionu – przeszły przez kamienny most i ruszyli ku roztrzaskanej północnej bramie. Nikt nie próbował ich zatrzymywać. Na murze na wschód od bramy nie było już magów ani w ogóle nikogo.

Miasto ogarnęły płomienie. Na niebie roiło się od Czarnych Moranthów i Wielkich Kruków. Kurald Galain opadała do Koralu...

To prawdziwe odsłonięcie. Wszyscy Tiste Andii połączyli się w rytualnej magii. Świat nigdy tego nie widział, przez wszystkie tysiąclecia od chwili ich przybycia. Na serce Pożogi, co z tego wyniknie?

Paran nie przestawał się na to gapić. Ogarnęła go porażająca, znieczulająca duszę bezradność.

Ku Korlat popłynęła moc. Jej oczy rozbłysły. Pomknęli z bratem ku Odpryskowi Księżyca na zimnych, znajomych prądach Kurald Galain.

Och, widziała, że gmach umiera. Mimo to nie wykonał on jeszcze swego straszliwego, niszczycielskiego zadania.

Odprysk Księżyca zbliżał się powoli ku tarasowi twierdzy. Stał tam jasnowidz, który wrócił do swej postaci Jaghuta. Ściskał w dłoni Finnest matrony i wpatrywał się jak sparaliżowany w czarną, ogromną górę, która zbliżała się do niego niepowstrzymanie.

Ciemność przybyła do świata. Do tego miejsca, tego miasta.
Ciemność, która nigdy już się nie rozproszy.
Koral. Czarny, czarny Koral...

Nie potrzeba było więcej niż sześciu uderzeń serca, by pani Zawiść – widząc padających pod naporem urdomenów Podpalaczy Mostów – zorientowała się, że źle zrozumiała pożegnalne słowo Wykałaczki. Nie wyrażało ono pewności siebie ani nawet zuchwałości, lecz raczej fatalizm, być może typowy dla tych żołnierzy, lecz zupełnie nowy dla niej.

Gdy to zrozumiała, natychmiast zaczęła działać. Skinęła lekko dłonią.

To wystarczyło, by ciała urdomenów eksplodowały.

Wszyscy padli na podłogę.

Szkód nie dało się już jednak naprawić.

Na nogach trzymało się tylko dwoje Podpalaczy Mostów i oboje byli ranni.

Zaczęli sprawdzać leżących towarzyszy. Zatrzymali się nad jednym z nich i odciągnęli go na bok. Najwyraźniej tylko jeden z tych, którzy padli, nadal oddychał.

W korytarzu rozległ się odgłos kroków, które zbliżały się szybko.

Pani Zawiść skrzywiła się i ponownie uniosła dłoń...

– Stój! – krzyknęła Wykałaczka. – To Młotek! Trzpień! Chodźcie tu, sukinsyny!

Za pierwszymi dwoma – zapewne byli to Młotek i Trzpień – wlokła się następna dwójka żołnierzy w strojach Podpalaczy Mostów. Wszyscy byli straszliwie poranieni, zwłaszcza Barghast. Z jego zbroi zostały jedynie fragmenty, a ciało pokrywały szramy i ziejące dziury. Zachwiał się na nogach, osunął na kolana i odsłonił zęby w zakrwawionym uśmiechu.

I skonał.

– Młotek!

Wysoki mężczyzna, który szedł przodem, odwrócił się i zachwiał pod wpływem gwałtownego ruchu. Pani Zawiść zauważyła, że on również jest ciężko ranny. Miecz przeszył go na wylot, tuż poniżej prawego barku. Powlókł się ku Barghastowi.

– Obawiam się, że dla niego jest już za późno! – zawołała pani Zawiść. – A ty, uzdrowicielu, wyczerpałeś już zasoby swej groty i świetnie o tym wiesz. Chodźcie do mnie, to wam pomogę. Jeśli zaś chodzi o ciebie, Wykałaczka, to gdybyś odpowiedziała szczerze na moje pytanie, można by było uniknąć tego straszliwego epizodu.

Wykałaczka otarła krew z oczu i wbiła wzrok w panią Zawiść.

– No cóż, może i lepiej, że nie pamiętasz swej sardonicznej uwagi. Chodźcie wszyscy... och! – westchnęła pani Zawiść

Odwróciła się błyskawicznie. Z góry opadały czary – Kurald Galain – o przemożnej sile.

– Uciekajmy w dół! – krzyknęła. – Musimy stąd zniknąć! Szybko!

Ocalali Podpalacze Mostów popędzili za nią. Czworo dźwigało jednego.

Odpryski kości posypały się na ścianę. Tool zatoczył się do tyłu i uderzył o mur. Oręż wysunął się z jego dłoni.

Mok uniósł oba miecze...

...i nagle runął na bok, wirując w powietrzu. Miecze wypadły mu z rąk. Walnął o ścianę i osunął się bezwładnie w dół, otoczony strzaskanym drewnem i metalem.

Tool uniósł głowę.

Wielka czarna pantera ruszyła ku nieprzytomnemu Seguleh, odsłaniając kły w uśmiechu.

– Nie, siostro.

Jednopochwycona zawahała się i obejrzała na niego.

– Nie. Zostaw go.

Pantera odwróciła się i zmieniła kształt. Gdy jednak podeszła do Toola, w jej oczach nadal gorzał gniew.

– Przegrałeś! Ty! Pierwszy Miecz!

Tool pochylił się ostrożnie, by podnieść wyszczerbiony oręż.

– Tak.

– To śmiertelny człowiek!

– Idź do Otchłani, Kilavo.

Wyprostował się, trąc plecami o ścianę, o którą nadal się opierał.

– Pozwól mi go zabić. Natychmiast. W ten sposób nadal nie będziesz miał godnego przeciwnika.

– Och, siostro – westchnął Tool. – Czy nic nie rozumiesz? Nasz czas minął. Musimy ustąpić miejsca innym. Mok, ten człowiek, którego tak beztrosko zaatakowałaś od tyłu, jest Trzecim. Drugi i Pierwszy władają mieczem lepiej od niego. Rozumiesz, Kilavo? Zostaw go... zostaw ich wszystkich.

Odwrócił się powoli ku Tocowi Młodszemu.

Nadziane na drewniany drąg ciało nie poruszało się.

– Starożytny wilczy bóg wydostał się na wolność – stwierdziła Kilava, podążając wzrokiem za jego spojrzeniem. – Czy tego nie słyszysz?

– Nie. Nie słyszę.

– Jego wycie, głos narodzin, wypełnia teraz inne królestwo. Stworzyła je wzywająca, ale teraz życie nadaje mu coś innego. Coś zupełnie innego.

Od drzwi dobiegł odgłos drapania.

Oboje odwrócili głowy.

W wejściu stała kobieta T'lan Imassów. Z jej ciała sterczały miecze, a kły miała pokryte kutą na zimno miedzią.

– Gdzie ona jest?

Tool pochylił głowę.

– Kogo szukasz, kuzynko?

– Jesteś Onos T'oolan. – Przeniosła spojrzenie na Kilavę. – A ty jesteś jego siostrą, tą, która odrzuciła...

Kilava wykrzywiła usta w pogardliwym grymasie.

– I nadal odrzucam.

– Onosie T'oolan, Pierwszy Mieczu, gdzie jest wzywająca?

– Nie wiem. Jak się nazywasz?

– Lanas Tog. Muszę odnaleźć wzywającą.

Tool odepchnął się od ściany.

– W takim razie poszukamy jej razem, Lanas Tog.

– Głupcy – warknęła Kilava.

Za plecami przybyłej rozległ się stukot pazurów. Lanas Tog odwróciła się, a potem usunęła na bok.

Baaljagg weszła, utykając, do komnaty. Ignorowała wszystkich poza Tokiem Młodszym. Podeszła do jego ciała i zaskomlała cicho.

– Twój towarzysz wydostał się na wolność – poinformował ją Tool.

– Ona nie jest głucha na jego wycie – mruknęła Kilava. – Togg przeniknął do groty Tellann, a potem do miejsca, które leży... dalej. Bracie, jeśli tak gorąco pragniesz odnaleźć wzywającą, wstąp na tę ścieżkę. Wszyscy oni wkrótce się spotkają.

– Chodź z nami.

Kilava odwróciła się.

– Nie.

– Siostro, chodź z nami.

Spojrzała na niego z pociemniałą twarzą.

– Nie! Przyszłam tu z powodu jasnowidza. Rozumiecie? Przyszłam...

Tool spojrzał na zmasakrowane zwłoki Toca.

– Po odkupienie. Tak, rozumiem. Znajdź go więc.

– Zrobię to! Uratowałam cię i mogę teraz robić, co chcę.

Tool skinął głową.

– A kiedy już to uczynisz, siostro, odszukaj mnie znowu.

– A po co?

– Łączą nas więzy krwi. Zrób to.

Milczała przez długą chwilę, po czym skinęła głową.

Lanas Tog podeszła do Toola.

– Prowadź, Pierwszy Mieczu.

Dwoje T'lan Imassów zamieniło się w pył, a potem zniknęło.

Kilava została sama w komnacie.

Nie licząc nieprzytomnego Seguleh.

I leżącej obok trupa ay.

Zawahała się, postąpiła krok ku nieruchomej sylwetce Moka, westchnęła, odwróciła się i podeszła do Baaljagg.

– Bolejesz nad tym śmiertelnikiem – wyszeptała, opierając dłoń na spuszczonej głowie zwierzęcia. – Dla niego zwlekasz z tym, na co tak długo czekałaś. Spotkaniem z utraconym towarzyszem. Czy ten człowiek naprawdę zasługiwał na podobną lojalność? Nie, nie odpowiadaj mi. Potrafię wyczytać odpowiedź w twoich oczach. Powiem ci coś, z czego najwyraźniej nie zdajesz sobie sprawy, Baaljagg. Dusza tego śmiertelnika umknęła razem z duszą Togga. Twój towarzysz zaniesie ją gdzieś, ale nie do Bramy Kaptura. Podąż jego tropem. Otworzę przed tobą drogę.

Wyprostowała się i skinęła dłonią.

Otworzyła się grota Tellann. Powiew opróżnił salę ze stęchłego powietrza. Lekki, ciepły wietrzyk przyniósł słodką woń wilgotnej tundry, ostry zapach mchów i delikatniejszy aromat porostów.

Ay wybiegła przez portal.

Kilava zamknęła go za nią.
I wyszła z komnaty.

Po chwili z cieni wyłoniła się Niewidka. Podeszła do Moka, który leżał pośród połamanego drewna i powyginanego metalu. Spojrzała na nieprzytomną postać.

Ta maska. To bardzo kuszące...

W korytarzu za jej plecami rozległy się wyrażające zdumienie krzyki, tupot uciekających żołnierzy, a potem sążniste przekleństwa.

– Cholerna pantera!

– To Kilava – wyjaśniła pani Zawiść. – Nasze drogi już się kiedyś skrzyżowały. Odepchnęła nas w bardzo nieuprzejmy sposób.

Niewidka odwróciła się do wchodzących żołnierzy.

Pani Zawiść zatrzymała się, spoglądając spod opadających powiek to na Moka, to na Toca Młodszego.

– Och – rzekła cicho. – Mój kochany chłopcze... Gdybyś tylko został z nami.

Wykałaczka. Młotek. Trzpień. Nerwusik. Niebieska Perła.

Niewidka zamknęła oczy.

– To rozstrzyga sprawę – stwierdziła pani Zawiść. – Wracamy na dach twierdzy. Szybko, nim Kilava ograbi mnie z zemsty.

– Ty wracaj sobie gdzie chcesz – warknęła Wykałaczka. – Tu się rozstaniemy.

Rozstaniemy, och, mój kochany...

Pani Zawiść skrzyżowała ramiona.

– Wyczerpuję swe siły, by was uzdrowić, i jak mi na to odpowiadacie, niewdzięczni żołnierze? Pragnę towarzystwa!

Młotek i Trzpień pochylili się, by podnieść ciało Toca.

Wykałaczka oparła się ciężko o ścianę, kierując na panią Zawiść spojrzenie przekrwionych oczu.

– Dziękujemy za uzdrowienie – mruknęła. – Musimy wrócić do Zastępu Jednorękiego.

– A co będzie, jeśli w pobliżu czai się więcej pannionskich żołnierzy?

– Dołączymy do naszych poległych braci i sióstr. No i co z tego?

– Och, wszyscy jesteście tacy sami!

Pani Zawiść wypadła ze złością z komnaty, zamiatając białymi szatami.

Niewidka podeszła do Wykałaczki.

– Z tego drugiego wejścia bije świeży powiew – powiedziała cicho.

Porucznik skinęła głową.

– Prowadź.

Przechylony, spowity czarną mgłą Odprysk Księżyca nie przestawał się zbliżać do tarasu twierdzy. Przeszyty szczelinami bazalt jęczał niczym żywa istota.

Porażony obłędem jasnowidz przykucnął pod przemożnym naciskiem Kurald Galain. Uniósł głowę, wpatrując się w gmach. Ściskał w dłoniach Finnest z pełną rozpaczy chciwością. Wydawało się, że stojąca u jego boku matrona usiłuje zagrzebać się w posadzce. Nacisk nie słabł.

Dwaj Seguleh ucierpieli poważnie podczas drogi na dach i Łowcy K'ell okazali się dla nich trudną przeszkodą. Obaj zostali zepchnięci pod niski murek. Ciągnęły się za nimi ślady krwi. Mimo to Paran nigdy nie widział podobnego pokazu mistrzostwa. Miecze zmieniły się w zamazane plamy. Wydawało się, że są wszędzie. Cięły Łowców K'ell na plasterki, lecz ci wciąż parli do przodu. Kapitan zastanawiał się, czy nie pomóc przybyszom, lecz doszedł do wniosku, że tylko by im zawadzał.

Przeniósł wzrok z powrotem na niebo od północnej strony.

Ku miastu opadały smoki. Fale mocy rozbijały się z hukiem o ulice i budynki, tworząc kłęby ciemności.

Krążące po niebie Wielkie Kruki krakały triumfalnie.

– Hm, nie ominie nas...

Kapitan zmarszczył brwi na dziwne słowa Szybkiego Bena.

Ominie? Co ma nas ominąć?

Odwrócił nagle głowę, spoglądając na Odprysk Księżyca.

Och.

Podstawa latającej góry znajdowała się na wprost przed nimi, z każdą chwilą coraz bliżej. Wypełniała całe niebo.

Tak blisko...

– Myślałem, że Rake zejdzie na ziemię, by załatwić to osobiście – ciągnął czarodziej. – On jednak wybrał mniej, hmm... subtelne rozwiązanie.

Zmiażdżenie całej twierdzy i wszystkich, którzy się w niej znajdują.

– Ehe, lepiej stąd znikajmy.

Ze schodów wypadła wielka czarna pantera. Zatrzymała się, kierując świecące oczy na rozgrywającą się na dachu scenę. Potem wbiła wzrok w jasnowidza.

Szybki Ben zerwał się gwałtownie.

– Nie! – krzyknął do bestii. – Zaczekaj!

Pantera zwróciła wielką głowę w jego stronę. Jej oczy gorzały. Odsłoniła kły w grymasie groźby.

– Chyba nie ma ochoty czekać.

Zamiatając ogonem, zbliżyła się o krok do skulonego jasnowidza, który odwrócił się do nich wszystkich plecami.

– Cholera! – wysyczał Szybki Ben. – Teraz, Talamandas!

Kto?

Odprysk Księżyca uderzył z głośnym zgrzytem o otaczający taras murek. Niepowstrzymana ściana bazaltu parła wciąż naprzód...

Matrona wrzasnęła przeraźliwie...

Mokra, parująca ściana przygniotła K'Chain Che'Malle, unieruchamiając ją. Trysnęła krew, trzasnęły kości. Wierzchołek Odprysku Księżyca pochylił się nad dachem, zostawiając za sobą zmiażdżone dachówki oraz plamy krwi i mięsa.

Jasnowidz krzyknął i umknął tyłem prosto ku panterze, która sprężyła się nagle...

Odprysk Księżyca opuścił się o wysokość mężczyzny, przebijając dach na wylot.

Dachówki zapadły się pod Paranem, mury ugięły się ze wszystkich stron, świat się zakołysał.

Szybki Ben uderzył. Czary trafiły panterę, która poleciała w bok, muskając pazurami dach...

– Za mną! – krzyknął czarodziej, zrywając się do biegu.

Paran rozpaczliwie próbował zachować równowagę. Wyciągnął rękę i złapał czarodzieja za pelerynę. Szybki Ben pociągnął go za sobą.

A więc to teraz. Spróbujemy oszukać ich wszystkich. Niech bogowie nam wybaczą.

Jasnowidz odwrócił się ku nim.

– Co to?

– Talamandas! – ryknął Szybki Ben. Czarodziej skoczył prosto na Jaghuta...

Wokół nich otworzyła się grota...

...która ich pochłonęła.

Zamykający się już portal rozwarł się nagle, gdy wskoczyła doń ścigająca ich pantera.

Odprysk Księżyca opadł jeszcze niżej i taras rozpadł się, sypiąc cegłami na wszystkie strony. Dwaj Seguleh odskoczyli od Łowców K'ell, przesadzili niski murek, za którym jeszcze niedawno ukrywali się Paran i Szybki Ben, a potem pomknęli ku krawędzi dachu. Za nimi, w miejscu, gdzie niedawno przykucnął jasnowidz, na dach spadła wielka bryła bazaltu, odłamana od wierzchołka, i zmiażdżyła obu Łowców K'ell. Towarzyszyły jej kaskady słonej wody. Głaz runął ku trzewiom twierdzy, druzgocząc kolejne kondygnacje.

Zrzęda zachwiał się. Uderzył barkiem w ścianę, zostawiając na niej czerwoną plamę, a potem przykucnął powoli. Przed nim było osiem Capanek o poszarzałych, kamiennych twarzach. Kobiety zginały się wpół ze zmęczenia, klęczały albo stały. Trzy z nich były jeszcze prawie dziećmi, dwie inne miały w skołtunionych, zlepionych potem włosach pasma siwizny. Broń zwisała bezwładnie w ich drżących dłoniach. Były wszystkim, co mu zostało.

Jego lestarski oficer poległ. Strzępy ciała leżały gdzieś na polu śmierci za murami.

Zrzęda opuścił kordelasy, oparł się głową o zakurzone kamienne oblicowanie i zamknął oczy.

Słyszał dobiegające z zachodu odgłosy walki. Szare Miecze ruszyły w tamtą stronę, szukając Dujeka. Na niebo nad zachodnią częścią miasta wrócili Czarni Moranthowie. Wydawało się, że skupiają się w jednym punkcie. Opadali małymi grupkami na ulice, jakby uczestniczyli w rozpaczliwej obronie. Słychać było głośne eksplozje przebijaczy.

Bliżej, naprzeciwko Zrzędy i resztek jego legionu, w wielką kamienicę uderzył wstrząsacz. Budynek stanął w płomieniach i za chwilę miał się zawalić. Na pokrywającym ulice gruzie leżały ciała panniońskich żołnierzy.

Nad miastem wisiał ociekający ciemnością Odprysk Księżyca, który przedzierał się powoli przez twierdzę, zostawiając za sobą ścieżkę zniszczenia.

Zrzęda nadal nie otwierał oczu.

Rozległ się stukot roztrącanych nogami cegieł. Ktoś trącił butem udo Zrzędy.

– Ty leniwa świnio!

Śmiertelny Miecz westchnął.

– Stonny...

– Walka jeszcze nie skończona.

Otworzył oczy i popatrzył na nią.

– Skończona. Koral padł. Ha, nie, właśnie pada. Czyż zwycięstwo nie jest słodkie? Gdzie się podziewałaś?

Spocona, pokryta pyłem kobieta wzruszyła ramionami, spoglądając na rapier, który trzymała w dłoni.

– Tu i ówdzie. Zrobiłam, co mogłam, to znaczy niewiele. Wiedziałeś, że są tu Mottańscy Pospolitacy? Jak zdołali tu dotrzeć, w imię Kaptura? Niech mnie szlag, byli już za bramą, gdy pojawiliśmy się tam z Szarymi Mieczami. Myśleliśmy, że jesteśmy pierwsi...

– Stonny...

Nienaturalna ciemność pogłębiła się nagle.

Odprysk Księżyca minął wreszcie twierdzę, po raz ostatni zwalając jej mury. Nadal był pochylony, ciągle lała się zeń woda i sypały czarne odłamki. Unosił się na wysokości wzrostu kilku mężczyzn nad miejskimi budynkami, wypełniając niebo. Był już niemal pionowo nad nimi.

Na wysoko położonej półce nie było widać nikogo. Wielkie Kruki krążyły obok ścian latającej fortecy z głośną, niosącą się echem wrzawą.

– Niech nas Otchłań. To cholerstwo wygląda tak, jakby lada moment miało się zwalić na ziemię. W całości albo w kawałkach. Już po nim, Zrzęda. Już po nim.

Nie mógł się z nią nie zgodzić. Wydawało się, że gmach za chwilę się rozpadnie.

Po zwróconej ku górze twarzy Zrzędy spływał słony deszcz, spadający z majaczącej nad nim fortecy. Nagle zrobiło się ciemno jak w pochmurną noc i gdyby nie podświetlał go blask szalejących w mieście pożarów, Odprysk Księżyca byłby niemal niewidoczny.

Bogowie, wolałbym, żeby tak było.

Odgłosy walki na zachodzie ucichły dziwnie raptownie.

Usłyszeli uderzające o bruk kopyta. Po chwili ujrzeli w blasku płonących naprzeciwko budynków Bożego Jeźdźca Szarych Mieczy.

Kobieta zauważyła ich, zwolniła, skierowała rumaka ku nim i zatrzymała się.

– Znaleźliśmy wielką pięść. Żyje, podobnie jak co najmniej ośmiuset jego żołnierzy. Miasto zostało zdobyte. Wracam na rejon etapowy za polem śmierci. Pojedziecie ze mną? Planujemy odbyć zgromadzenie...

Ocalonych. Ponownie rozejrzał się wokół siebie. T'lan Ay zniknęły. Gdyby nie wilki-martwiaki, K'Chain Che'Malle zabiliby wszystkich, którzy znajdowali się poza miastem.

Być może T'lan Ay również się tam gromadzą. A co z Itkovianem? Cholerny dureń. Czy nadal klęczy przed T'lan Imassami? Czy jeszcze żyje?

Zrzęda westchnął i podniósł się ciężko. Po raz kolejny spojrzał na ocalałe członkinie swego legionu.

I wszystko po to, by dotrzeć pięćdziesiąt kroków za bramę.

– Tak, Boży Jeźdźcze. Pojedziemy.

Korlat rozpostarła szeroko skrzydła w przesyconym mocą powietrzu, okrążając powoli Odprysk Księżyca. Do jej pazurów nadal przylegały zlepione krwią pióra oraz kawałki mięsa. Pod koniec demoniczne kondory ginęły łatwo – dowód na to, że jasnowidz uciekł albo zginął. Być może jej władca zstąpił na ziemię i wydobył Dragnipura, by zabrać duszę Jaghuta. Wkrótce pozna prawdę.

Odwróciła głowę i spojrzała na lecącego obok brata. Orfantal został ranny, nie osłabł jednak. Jego moc i wola nadal pozostawały potężną bronią, gotową do użycia, gdyby spotkały ich jakieś niespodzianki.

Nikt ich jednak nie atakował.

Trasa wiodła ku morzu, na wschód od Koralu. Widzieli ocean, nadal skąpany w promieniach późnopopołudniowego słońca.

W odległości półtorej mili od brzegu ujrzała cztery płynące pod żaglami okręty, które sunęły wzdłuż granicy rozpadającego się już pola kry. Powiewały nad nimi bandery Malazańskiej Floty Imperialnej.

Artanthos... Tayschrenn... och, plany ukryte za planami, starannie zamaskowane podstępy i prowadzące na manowce wskazówki.

Historia, mój ukochany, historia zniszczyła nas wszystkich.

Zawrócili, ponownie kierując się w stronę Koralu. Oddalali się od Odprysku Księżyca, który dryfował powoli na północ. Na dole, strzaskana brama. Postacie, blask pochodni.

Wypatrzyła Caladana Brooda, żołnierzy Szarych Mieczy, Barghastów i innych.

W jej umyśle rozległ się głos Orfantala.

– Zejdź na dół, siostro. Ja będę pełnił straż na niebie. Ja, nasi jednopochwyceni kuzyni i Silanah. Spójrz, Starucha opada w dół. Zrób to samo.

Wolałabym cię strzec, bracie.

– Wróg jest pokonany, Korlat. Chcesz zostać ze mną, by strzec swego serca. Przed bólem. Przed żałobą. Siostro, on zasłużył na coś więcej. Zejdź na dół. Żałoba jest darem żywych. Zbyt wielu naszych kuzynów dawno już zapomniało, jak go ofiarować. Nie cofaj się. Zejdź na dół, Korlat, do królestwa śmiertelników.

Złożyła skrzydła i pomknęła po spirali w dół.

Dziękuję, bracie.

Wylądowała na niewielkim bulwarze, na który prowadziła północna brama, i zmieniła kształt. Jej przybycie zmusiło żołnierzy do rozproszenia się, choćby tylko na chwilę. Znowu stała się Tiste Andii; i nagle poczuła, że słabnie na skutek rany, którą Brood zdążył uleczyć jedynie powierzchownie. Zachwiała się lekko, kierując się ku stojącemu tuż za bramą naczelnemu wodzowi. Starucha złożyła mu jakiś meldunek i ponownie uleciała w mrok.

Korlat nigdy dotąd nie widziała, by Brood tak bardzo wyglądał na pokonanego. Myśl o zwycięstwie wydawała się... nieważna wobec tak głębokiej osobistej żałoby.

Nieważna dla nas wszystkich.

Gdy się zbliżyła, do naczelnego wodza podszedł jakiś mężczyzna. Był chudy i przygarbiony, a jego długie, jasne włosy tworzyły skłębioną masę, usytuowaną dziwnie wysoko na głowie.

Nieznajomy zasalutował.

– Jestem wielki marszałek Kikut, naczelny wodzu. Z Mottańskich Pospolitaków. Jeśli chodzi o ten rozkaz...

– Jaki rozkaz? – warknął Brood.

Mężczyzna uśmiechnął się, odsłaniając długie, białe zęby.

– Mniejsza z tym. Rozumiesz, dotarliśmy tutaj...

– To znaczy gdzie?

– Hm, na tę stronę muru, na wschód od bramy, naczelny wodzu, i zobaczyliśmy, że na murze są magowie. To się nie spodobało braciom Pień, więc wzięli i im dokopali. Żaden już nie oddycha. I co nam teraz rozkażesz?

Caladan Brood wpatrywał się chwilę w niego. Wreszcie pokręcił głową.

– Nie mam pojęcia, wielki marszałku Kikut.

Człowiek z Mott skinął głową.

– Moglibyśmy ugasić parę pożarów.

– No to bierzcie się do roboty.

– Tak jest.

Korlat, która podczas tej rozmowy trzymała się z tyłu, podeszła do naczelnego wodza, gdy tylko wielki marszałek oddalił się nieśpiesznie.

Brood śledził go wzrokiem.

– Naczelny wodzu?

– Myślałem, że się ich pozbyliśmy – mruknął. – Ale z drugiej strony... byli w mieście. Ominęli szeregi K'Chain Che'Malle, przeszli przez bramę albo przez mur i załatwili magów. Jak im się udało...

– Naczelny wodzu, zbliżają się malazańskie okręty.

Brood spokojnie skinął głową.

– Artanthos poinformował mnie o tym. Potem przeniósł się przez grotę na okręt dowodzenia. Na pokładzie jest imperialna delegacja. Ambasador, legat, gubernator...

– Wszyscy trzej?

– Nie, tylko jeden. Który tytuł przyjmie, zależy od wyniku negocjacji.

Zaczerpnęła głęboko tchu.

Powstrzymaj ból i żałobę. Jeszcze na krótką chwilę.

– Zastęp Jednorękiego poniósł wielkie straty. Malazańczycy nie będą negocjować z pozycji siły.

Brood przymrużył powieki.

– Korlat – rzekł cicho – uważam, że Malazańczycy zasłużyli sobie na wszystko, czego mogą zażądać. Koral należy do nich, jeśli tylko tego zechcą.

Westchnęła.

– Naczelny wodzu, odsłonięcie Kurald Galain jest... trwałe. Miasto leży teraz nie tylko w tym świecie, lecz również wewnątrz groty Tiste Andii.

– Tak jest, a to oznacza, że negocjować w tej sprawie powinni Rake i Malazańczycy. Nie ja. Powiedz mi, czy twój władca będzie się domagał Koralu dla siebie? Odprysk Księżyca...

Nie musiał mówić nic więcej. W najgłębiej położonych komnatach ukrytego wewnątrz góry miasta nadal zalegały ogromne ilości wody. Odprysk Księżyca nie udźwignie już długo tego ciężaru. Latająca forteca umierała. Korlat zdawała sobie sprawę, że trzeba będzie ją opuścić.

Tak długo była dla nas domem. Czy będzie mi jej żal? Nie wiem.

Nie rozmawiałam z Anomanderem Rakiem, naczelny wodzu. Nie potrafię przewidzieć jego decyzji.

Odwróciła się i ruszyła w stronę bramy.

Brood ją zawołał.

Jeszcze nie.

Nie zatrzymała się. Przeszła pod łukiem, wpatrzona we wzgórze leżące za zasłanym zmasakrowanymi trupami polem śmierci.

Tam go znajdę. Wszystko, co z niego zostało. Wystygłą twarz, która jest darem wspomnień. Widziałam, jak życie umyka z jego oczu. Widziałam chwilę śmierci, umierania. Wycofał się z tych oczu, odszedł, opuścił mnie.

Zwolniła kroku. Ból utraty mógł ją zalać w każdej chwili.

Dobra Matko Ciemności, czy patrzysz teraz na mnie? Czy widzisz mnie – twoje dziecko? Czy uśmiechasz się, patrząc na moją rozpacz? Ostatecznie powtórzyłam twe fatalne błędy z zamierzchłych czasów. Oddałam serce, uległam głupiemu marzeniu. Taniec Światła. Tęskniłaś za jego objęciami, nieprawdaż?

I spotkała cię zdrada.

Opuściłaś nas, Matko, pogrążyłaś się w wiecznej ciszy.

Ale...

Matko Ciemności, po tym odsłonięciu poczułam twoją bliskość. Czy to żałoba kazała ci odejść tak daleko od twych dzieci? Przeklęliśmy cię, kierując się śmiercionośną niedojrzałością, przerażającym brakiem wrażliwości. Dodaliśmy do twego bólu kolejną warstwę.

Te schody... ty również kiedyś na nie wstępowałaś.

Jak możesz się nie uśmiechać?

Na jej czoło spadły krople deszczu. Nagle zapiekła ją źle zagojona rana. Korlat zatrzymała się, podniosła wzrok i zobaczyła, że Odprysk Księżyca wisi pionowo w górze... i jego łzy leją się na nią...

A także na zasłane trupami pole, na tysiące klęczących po prawej T'lan Imassów. Na poległych i opuszczonych. Kolory uwydatniały się na deszczu, jakby nasiąkająca powoli wodą sceneria stawała się bardziej rzeczywista, bardziej dotykalna. Nie była już wyblakłym obrazem oglądanym oczyma Tiste Andii.

Krótkość życia wyostrza każdy detal, wysyca wszystkie barwy, czyni każdy moment chwilą bólu.

Nie mogła już dłużej wytrzymać.

Sójeczka. Kochanie.

Po chwili łzy Korlat dołączyły do spływającej po jej obliczu słonej wody.

Stojący w cieniu bramy Caladan Brood spoglądał na panoramę zniszczenia po drugiej stronie kamiennego mostu. Korlat przystanęła w połowie wysokości wzgórza, otoczona trupami i szczątkami K'Chain Che'Malle. Kobieta odchyliła głowę, unosząc powoli twarz ku szaremu całunowi deszczu. Wydawało się, że czarna góra zatrzymała się pionowo nad nią. Ginący gmach przeszywały coraz głębsze szczeliny. Z jego wnętrza dobywały się jęki. Kamienne serce znowu stało się śmiertelne.

Naczelny wódz wiedział z przygnębiającą pewnością, że nigdy nie zapomni tego obrazu.

Srebrna Lisica szła już przez długi czas. Nie zważała na kierunek, nie dostrzegała otoczenia aż do chwili, gdy jej uwagę przyciągnęło jakieś odległe poruszenie. Znalazła się w jałowej tundrze, a nad głową miała nieprzerwaną zasłonę białych chmur. Zbliżały się rhivijskie duchy.

Mała grupka, żałośnie mała, mniej niż czterdzieści. Z daleka wydawała się pozbawiona znaczenia. Połykały ją: bezkresny krajobraz, niebo, wilgoć i bezlitosny chłód, który wnikał w jej kości niczym krew porażki.

Coś się wydarzyło. Gdzieś w tym nowo narodzonym królestwie. Wyczuwała to: grad, potop wspomnień zrodzonych nie wiadomo gdzie. Choć uderzały w nią na oślep, podobnie jak w grunt wokoło, poczuła jedynie blady cień tego, co zawierały.

Jeśli był to dar, to z pewnością gorzki.

A jeśli to klątwa, to samo życie jest przekleństwem, albowiem ów mroźny deszcz niesie ze sobą wiele istnień. Historie życia niezliczonych osób uderzają w ciało tego świata, wsiąkają w jego glebę, rozmrażając ją swą płodnością.

Ale to nie ma nic wspólnego ze mną.

Nic z tego, co się wydarzyło. Wszystko, co chciałam stworzyć... uległo zniszczeniu. Ten świat snów również był wspomnieniem. Świat duchów Tellann, odtworzenie mojego świata z tak dawno minionych czasów. Wspomnieniem przejętym od rzucającego kości, który był obecny przy moich ponownych narodzinach, od rhivijskich duchów, od Pierwszego Klanu, od K'rula, od Kruppego. Od samej pogrążonej we śnie krainy, ciała Pożogi.

Sama nie miałam nic. Wszystko musiałam ukraść.

By stworzyć dla mojej matki świat, w którym mogłaby znowu być młoda, mieć normalne życie, zestarzeć się w naturalnym czasie.

Chciałam oddać wszystko, co jej ukradłam.

Zalała ją gorycz. Zaczęło się od tego pierwszego kurhanu, pod Pale. Tam uwierzyła w słuszność i skuteczność kradzieży. Usprawiedliwiał ją najszlachetniejszy z celów.

Ale własność pozbawiona prawowitości była kłamstwem. Wszystko, co zgromadziła, nie miało wartości. Wspomnienia, marzenia, historie.

Obróciły się w proch.

Nieszczęsna grupka rhivijskich duchów podeszła bliżej, ostrożnie i niepewnie.

Tak. Rozumiem. Czego jeszcze od was zażądam? Jakie obietnice bez pokrycia jeszcze złożę? Znalazłam dla was lud, który dawno utracił swych bogów, swe duchy, którym ongiś był wierny. Dawno już stały się one czymś mniej niż pył, w jaki ów lud potrafi się zamieniać.

Znalazłam go dla was.

I straciłam.

Jest w tym nauczka dla naszych czterech związanych w jedno dusz. Nie nadajemy się na swatkę.

Nie wiedziała, co powiedzieć tym skromnym, bojaźliwym duchom.

– Pozdrawiamy cię, rzucająca kości.

Srebrna Lisica zamrugała.

– Duchu, chciałam...

– Widziałaś to?

Ujrzała w ich obliczach coś, co wyglądało na zachwyt. Zmarszczyła brwi.

– Rzucająca kości – ciągnął idący na czele duch – niedaleko stąd coś znaleźliśmy. Wiesz, o czym mówimy?

Pokręciła głową.

– To trony, rzucająca kości. Dwa trony. W długiej chacie zbudowanej z kości i skóry.

Trony?

– Co... skąd? Skąd wzięły się w tym królestwie trony? Kto...

Duch wzruszył ramionami, po czym uśmiechnął się łagodnie.

– Czekają, rzucająca kości. Wyczuwamy tę prawdę. Wkrótce. Wkrótce zjawią się prawdziwi władcy tej groty.

– Prawdziwi władcy! – W Srebrnej Lisicy zapłonął gniew. – To królestwo... przeznaczyłam je dla was! Kto ośmiela się uzurpować...

– Nie. – Cichy sprzeciw ducha przeszył ją na wylot, aż zabrakło jej tchu. – Nie dla nas. Rzucająca kości, nie jesteśmy wystarczająco potężni, by władać takim światem. Stał się zbyt wielki, zanadto wypełniony mocą. Nie obawiaj się, nie pragniemy go opuścić. Spróbujemy się porozumieć z jego nowymi władcami. Sądzę, że pozwolą nam tu zostać. Być może będziemy zadowoleni, mogąc im służyć.

– Nie!

Nie! To nie tak miało być!

– Rzucająca kości, nie ma powodu do tak silnych emocji. Ten świat nadal się kształtuje. Twoje pragnienia mogą się jeszcze spełnić, choć nie w taki sposób, jak pierwotnie zamierzałaś...

Przestała go słuchać. Jej duszę ogarnęła rozpacz.

Kradłam... a potem mnie okradziono. Nie ma w tym niesprawiedliwości, nie ma zbrodni. Muszę się pogodzić z tą prawdą.

Siła woli Nightchill.

Empatia Tattersail.

Wierność Bellurdana.

Zachwyt rhivijskiego dziecka.

Nic z tego nie wystarczyło. Żadne z nas nie mogło – razem ani z osobna – usprawiedliwić popełnionych uczynków, dokonanych wyborów, odrzuconych próśb.

Zostaw ich. Zostaw z tym wszystkim i z tym, co się jeszcze wydarzy.

Srebrna Lisica odwróciła się.

– Znajdźcie ją więc. Idźcie.

– Czy nie pójdziesz z nami? Twój dar dla niej...

– Idźcie.

Mój dar dla niej. I dla was. Wszystkie są tym samym. Wielkimi klęskami, porażkami zrodzonymi z moich niedostatków. Nie będę świadkiem własnego wstydu. Nie potrafię. Brakuje mi odwagi.

Przykro mi.

Oddaliła się.

Krótkotrwały kwiat. Nasionko zmieniło się w łodygę, a potem w trujące kwiecie, i stało się to w ciągu jednego dnia. Jasno płonący jad, niszczący wszystko, co podeszło zbyt blisko.

Monstrum.

Rhivijskie duchy – maleńka grupka mężczyzn, kobiet, dzieci i starców, odzianych w futra i skóry, o okrągłych twarzach ogorzałych od słońca i wiatru – śledziły wzrokiem oddalającą się Srebrną Lisicę. Stary duch, który z nią rozmawiał, nie poruszył się, dopóki nie zniknęła im z oczu za wygładzonymi przez erozję nadbrzeżnymi wzgórzami. Potem przetarł oczy grzbietem czterech rozpostartych palców w geście smutnego pożegnania.

– Rozpalcie ogień – rozkazał. – Przygotujcie łopatkę ranaga. Wędrujemy po tej krainie już wystarczająco długo, by dostrzec ukrytą wewnątrz mapę.

– Jeszcze raz – westchnęła stojąca obok staruszka.

Duch wzruszył ramionami.

– Rzucająca kości nakazała nam znaleźć jej matkę.

– Znowu przed nami ucieknie. Jak uciekała przed ay. Jak zając...

– Nie szkodzi. Rzucająca kości rozkazała. Położymy łopatkę na ogniu. Zobaczymy kształtującą się mapę.

– Dlaczego tym razem miałaby być prawdziwa?

Duch schylił się powoli, by przycisnąć dłoń do miękkiego mchu.

– Dlaczego? Otwórz swe zmysły, wątpiąca. Ta kraina... – uśmiechnął się – ...ożyła.

Bieg.

Wolność!

Dosiada duszy boga, czuje pod sobą mięśnie dzikiej, starożytnej bestii. Dosiada duszy...

Która nagle rozśpiewała się z radości. Mchy i porosty pod łapami, spryskująca futro na nogach woda z kałuż. Woń bujnego, płodnego życia... świat...

Bieg. Ból jest już zanikającym wspomnieniem, niejasną wizją klatki z kości, narastającego nacisku, coraz płytszych oddechów.

Odrzuca głowę do tyłu i wydaje z siebie wycie, które wstrząsa firmamentem.

Z oddali dobiegają odpowiedzi.

Coraz bliższe.

Postacie, szare, brązowe i czarne błyski ruchu, które przemierzają tundrę, pokonują wzgórza, opadają w płaskie doliny i szerokie moreny. Ay. Kuzyni. Dzieci Baaljagg – Fanderay – duchy wspomnień, które były duszami T'lan Ay. Baaljagg nie uwolniła ich, zatrzymała je w sobie, w swych snach, w ponadczasowym świecie, w który pradawny bóg tchnął wieczne życie.

Ay.

Ich bóg rzucił niebu wyzwanie swym zwierzęcym głosem i teraz przybywały do niego.

I... do kogoś jeszcze.

Togg zwolnił, uniósł głowę. Ay otaczały go ze wszystkich stron. Klan za klanem długonogich wilków z tundry. Wszystkie kłębiły się wokół...

Była tu. Zjawiła się. Znalazła go.

Bieg. Coraz bliżej. Bark w bark z Baaljagg, z ay, która przez tak długi czas nosiła jej zranioną, zagubioną duszę. Baaljagg, która przybyła połączyć się ze swymi kuzynami ze snów.

Emocje. Niezmiernie silne...

I nagle u jego boku pojawiła się Fanderay.

Ich zwierzęce umysły zetknęły się. Na moment. Nie dłużej. To wystarczyło.

Otarli się o siebie barkami...

Para starożytnych wilków. Bóg i bogini.

Spoglądał na nich, nie wiedząc, kim jest ani gdzie się znajduje, ani dlaczego jest świadkiem tego spotkania. Spoglądał i czuł tylko łagodną radość.

Bieg.

Czekały na nich trony.

Mhybe uniosła gwałtownie głowę. Jej ciało zesztywniało. Szarpnęła się, próbując wyrwać się z jego uścisku. Choć był nieduży, nie potrafiła sprostać jego sile.

– To tylko wilki, dziewczyno. Nie mamy się czego bać.

Nie mamy się czego bać. To kłamstwo. Ścigały mnie. Raz po raz urządzały na mnie łowy w tej pustej krainie. Teraz zjawiły się znowu. Tylko posłuchaj. A ten Daru, który mnie dźwiga, nie ma nawet noża.

– Coś jest przed nami – wydyszał Kruppe, przesuwając swój niezgrabny uchwyt, gdy zachwiał się na nogach pod jej ciężarem. – Było mi łatwiej, kiedy jeszcze byłaś staruszką – wysapał. – Teraz, gdybyś tylko znalazła w sobie wolę, mogłabyś mnie zwalić z nóg. Nie, mogłabyś mnie ponieść!

Wola. Czy rzeczywiście potrzebuję tylko woli? Żeby wyrwać się z jego uścisku? Żeby uciec?

Uciec dokąd?

– Dziewczyno, wysłuchaj słów Kruppego! Kruppe cię błaga! Ten... ten świat nie jest już jego snem! Rozumiesz? Muszę go przekazać. Przekazać komuś innemu!

Gramolili się z wysiłkiem na łagodny stok.

Wycie za ich plecami zbliżało się szybko.

Zostaw mnie.

– Najdroższa mhybe, jakże trafnie cię nazwano! Teraz naprawdę stałaś się naczyniem! Przejmij ode mnie ten sen. Pozwól, by wypełnił twojego ducha. Kruppe musi ci go przekazać. Rozumiesz?

Wola.

Wykręciła nagle ciało i uderzyła go łokciem w żołądek. Wciągnął gwałtownie powietrze i zgiął się wpół. Kiedy upadł, wytoczyła się z jego uścisku i zerwała na nogi...

Biegły ku niej dziesiątki tysięcy wilków. Wiodły je dwie gigantyczne bestie, które promieniowały oślepiającą mocą.

Mhybe krzyknęła, odwróciła się.

Otwierała się przed nią płytka niecka. W niej długa, niska chata z łukowatych kości i skór połączonych konopnym sznurem. Ziejące szeroko wejście.

Przed chatą zbita ciasno grupka Rhivijczyków.

Mhybe powlokła się ku nim chwiejnie.

Wilki otaczały ją już ze wszystkich stron. Krążyły w dzikim, chaotycznym kręgu wokół chaty, ignorując mhybe i Rhivijczyków.

Kruppe podniósł się z jękiem za trzecią próbą i klucząc, podszedł do mhybe. Spojrzała nań bez zrozumienia.

Wyciągnął z rękawa wyblakłą chusteczkę i otarł pot z czoła.

– Moja droga, gdybyś uderzyła mnie trochę niżej...

– Co to? Co się dzieje?

Grubasek umilkł i rozejrzał się wokół.

– To znaczy, że są w środku.

– Kto?

– Ależ Togg i Fanderay, oczywiście. Przyszły zasiąść na Tronie Bestii. Czy raczej na Tronach. Oczywiście nie znaczy to, że gdybyśmy weszli do środka, zobaczylibyśmy dwa wilki siedzące na krzesłach. Z pewnością sama obecność jest już symbolem posiadania. Wyobraźnia podpowiada Kruppemu inne, bardziej, powiedzmy, prozaiczne, obrazy, ale lepiej pomińmy je milczeniem, tak? A teraz, dziewczyno, pozwól Kruppemu się oddalić. Ci, którzy teraz się zbliżają, no cóż, to jest przekazanie snu i szlachetny Kruppe musi się teraz odsunąć na dalszy plan.

Odwróciła się.

Spoglądał na nią stary Rhivijczyk ze smutnym uśmiechem na twarzy.

– Prosiliśmy ją, żeby poszła z nami – oznajmił.

Mhybe zmarszczyła brwi.

– Kogo prosiliście?

– Twoją córkę. Ten świat jest przeznaczony dla ciebie. Istnieje tylko w twej duszy. Tym światem córka prosi cię o wybaczenie.

– T... to ona stworzyła...

– Uczestników było wielu, a motywem dla wszystkich stała się niesprawiedliwość, która cię spotkała. Dzień, w którym... stworzono twą córkę, był pełen... desperacji. Ten, którego zwą Kruppem. Pradawny bóg, K'rul. Ten, który nazywa się Pran Chole. I ty. A od chwili, gdy zebrałaś nas w sobie, również i my. Srebrna Lisica pragnęła również czegoś więcej. Zaradzić tragedii T'lan Imassów i T'lan Ay. Niewykluczone – dodał, wykonując ręką delikatny gest – że zadanie, które postawiło przed nią serce, było zbyt trudne...

– Gdzie ona jest? Gdzie moja córka?

Rhivijczyk pokręcił głową.

– Rozpacz kazała jej odejść.

Mhybe umilkła.

Polowano na mnie. To byłaś ty. I ay.

Spojrzała w dół, powoli unosząc młode ręce.

A więc to prawda?

Odwróciła się nieśpiesznie i spojrzała w oczy Kruppemu.

Daru uśmiechnął się.

Staruszka...

– Czy się obudzę?

Grubasek potrząsnął głową.

– Ta kobieta zasnęła na wieki, dziewczyno. Chronią ją liczne osłony. Twoja córka rozmawiała z Kapturem. Doszli do porozumienia, tak? Jest przekonana, że je złamała, gdyż straciła T'lan Imassów, nie można jednak powstrzymać się przed myślą, że to rozwiązanie ma wiele różnych aspektów. Kruppe nadal jest dobrej myśli.

Porozumienie. Uwolnienie T'lan Imassów. Kres. Ich dusze... oddane Kapturowi.

Duchy na dole, naprawdę ich straciła? Straciła T'lan Imassów?

– Kaptur nie dotrzyma...

– Ach, czyżby? Czemu by nie, moja droga? Jeśli Panu Śmierci brakuje cierpliwości, to Kruppe mógłby zatańczyć na spiczastej głowie Colla! A z całą pewnością nie może. Nie wrócisz już do tego zgrzybiałego ciała.

Mhybe obejrzała się na rhivijskie duchy.

– Czy się tu zestarzeję? Czy w końcu...

Rhivijczyk wzruszył ramionami.

– Nie wiem, ale podejrzewam, że nie. Jesteś naczyniem. Mhybe.

Mhybe... och, Srebrna Lisico. Córko. Dlaczego cię tu nie ma? Dlaczego nie mogę spojrzeć ci teraz w oczy? Ja również powinnam błagać cię o przebaczenie.

Zaczerpnęła głęboko tchu, czując słodki smak życia przesycający chłodne, wilgotne powietrze.

Tak łatwo mi będzie wziąć ten świat w siebie.

Zdjęła pierwszą miedzianą bransoletę i podała ją Rhivijczykowi.
– Mam wrażenie, że to należy do ciebie.

Duch uśmiechnął się.

– Czy pomogła ci jej moc?

Skinęła głową.

– Niezmiernie...

Jej umysł wypełniła czyjaś obecność.

– Mhybe.

Togg, tętniąca moc, wola samej zimy.

– Mieszkamy w tym królestwie, królestwie Tronu Bestii, ale to ty jesteś jego panią. Mam w sobie kogoś. Śmiertelnego ducha. Ducha, którego darzę miłością. Pragnę go uwolnić. Oboje tego pragniemy. Pozwolić mu opuścić królestwo. Czy zgadzasz się...

Tak. Uwolnijcie go.

Błogosławieństwo. Nie miał boga i nie był w stanie go udzielić. Nie w najprawdziwszej postaci.

Nie pojmował jednak dotąd niezmierzonych możliwości swej duszy śmiertelnika, która pomieściła cierpienia dziesiątków tysięcy, kroci tych, którzy egzystowali w bólu i żałobie przez prawie trzysta tysięcy lat.

Widział twarze, niezliczone twarze. Wyschnięte oblicza o oczach, które stały się tylko cienistymi jamami. Suchą, rozdartą skórę. Kości prześwitujące spod warstw przypominających korzenie ścięgien i mięśni. Widział dłonie, poharatane, pocięte dłonie. Były już puste, lecz nadal widniały w nich duchy mieczy.

Klęczał, spoglądając na ich szeregi. Padał deszcz, nastąpił prawdziwy potop, któremu towarzyszyły dudniące jęki i głośne trzaski, wypełniające ciemność na górze.

Patrzył na nich, a oni czekali nieruchomo, pochylając głowy.

Widział jednak ich twarze. Wszystkie naraz i każdą z osobna.

Mam wasz ból.

Unieśli powoli głowy.

Wyczuwał lekkość, która nagle ich ogarnęła.

Zrobiłem wszystko, co w mojej mocy. Wiem, że to za mało. Przejąłem jednak wasze cierpienie.

– Przejąłeś je, śmiertelniku.

Wziąłem je w siebie...

– Nie rozumiemy, jak tego dokonałeś.

Dlatego teraz was opuszczę.

– Nie rozumiemy... dlaczego.

To, czego moje ciało nie zdoła pomieścić...

– Nie potrafimy odwdzięczyć ci się za ten dar.

...zabiorę ze sobą.

– Śmiertelniku, prosimy cię...

W jakiś sposób.

– Powód. Prosimy. Pobłogosław nas...

Jestem...

– Śmiertelniku...

Wybaczcie, T'lan Imassowie. Pragniecie mnie poznać. Jestem... śmiertelnikiem, tak jak mówicie. Człowiekiem zrodzonym trzydzieści lat temu w mieście Erin. Moje nazwisko, nim wyrzekłem się go dla Reve Fenera, brzmiało Otanthalian. Mój ojciec był twardym, sprawiedliwym człowiekiem. Matka uśmiechnęła się tylko raz przez wszystkie lata, podczas których ją znałem. W chwili gdy ją opuszczałem. Zapamiętałem jednak ten uśmiech. Sądzę obecnie, że objęcia ojca wyrażały pragnienie posiadania. Że była jego więźniem. Że uśmiechała się dlatego, iż udało mi się uciec. Sądzę, że odjeżdżając, zabrałem ze sobą coś, jakąś jej cząstkę. Coś, co zasługiwało na wolność.

Reve Fenera... zastanawiam się, czy znalazłem tam sobie nowe więzienie.

– Jest teraz wolna w twej duszy, śmiertelniku.

To byłaby dobra wiadomość.

– Nie okłamalibyśmy cię, Itkovianie Otanthalian. Jest wolna. I nadal się uśmiecha. Opowiedziałeś nam, kim byłeś. Nadal jednak nie rozumiemy twej... szczodrości. Twego współczucia. Dlatego pytamy po raz kolejny: dlaczego to dla nas uczyniłeś?

T'lan Imassowie, mówicie o współczuciu. Dowiedziałem się czegoś na jego temat. Czy chcecie mnie wysłuchać?

– Mów, śmiertelniku.

My, ludzie, nie rozumiemy, co to współczucie. Zdradzamy je w każdej chwili swego życia. Tak, wiemy, ile jest warte, lecz określiwszy jego wartość, racjonujemy jego udzielanie, sądząc, że trzeba na nie zasłużyć. T'lan Imassowie, współczucie jest bezcenne w najprawdziwszym sensie tego słowa. Trzeba go udzielać za darmo i bez ograniczeń.

– Nie pojmujemy twych słów, lecz rozważymy je starannie.

Wygląda na to, że zawsze zostaje coś do zrobienia.

– Nie odpowiedziałeś na nasze pytanie...

Nie.

– Dlaczego?

Było coraz ciemniej. Wszystkie smagane deszczem twarze uniosły się ku niemu. Itkovian odgrodził się od wszystkiego, co w sobie zawierał, odizolował się i zapadł w siebie.

Dlatego że byłem Tarczą Kowadłem. Ale teraz...

Moje zadanie jest wykonane.

Skonał w strugach spływającego z Odprysku Księżyca deszczu.

Srebrna Lisica rozejrzała się po bezkresnej, odrodzonej tundrze, którą wypełniało słodkie tchnienie wiosny.

Stało przed nią dwoje T'lan Imassów. Kobieta była przeszyta mieczami, a mężczyzna poharatany tak straszliwie, że ledwie trzymał się na nogach.

Za nimi w ciszy czekały nieruchome T'lan Ay.

Zaczęła się odwracać.

– Nie. Nie zrobisz tego.

Obejrzała się na rannego wojownika.

– Śmiesz mnie dręczyć? – wysyczała.

T'lan Imass zachwiał się pod wpływem jej gwałtowności, lecz szybko odzyskał równowagę.

– Jestem Onos T'oolan, Pierwszy Miecz. Ty jesteś wzywającą. Wysłuchasz mnie.

Srebrna Lisica milczała przez dłuższą chwilę, po czym skinęła głową.

– Proszę bardzo. Mów.

– Uwolnij T'lan Ay.

– Odrzuciły mnie...

– Stoją teraz przed tobą. Przyszły tu. Czekają na nie ich duchy. W świecie, który stworzyłaś, znowu staną się śmiertelne. Nie będą już błądziły wewnątrz snów, wzywająca. Będą śmiertelne. Udziel im tego daru. Natychmiast.

Udziel im daru...

– Czy tego właśnie pragną?

– Tak. Sięgnij ku nim, a przekonasz się, że to prawda.

Nie, nie chcę już bólu.

Uniosła ramiona, zaczerpnęła mocy Tellann, zamknęła oczy...

Zbyt długo już nosiły łańcuchy. Zbyt długo dźwigały ciężar wierności.

...i zwolniła je z rytuału. Kosztowało ją to tak niewiele wysiłku, że poczuła się przerażona.

Tak łatwo było zwrócić im wolność. Tak bardzo łatwo.

Otworzyła oczy. Wilki-martwiaki zniknęły.

Nie obróciły się jednak w nicość. Wiedziała, że ich dusze zjednoczyły się z żywymi ciałami. Nie były już wymarłe. Nie w tym królestwie, w którym rezydowali wilczy bogowie. Ostatecznie była rzucającą kości. Potrafiła rozdawać podobne dary.

Nie, to nie są dary. W końcu po to właśnie mnie stworzono. To mój cel. Mój jedyny cel.

Onos T'oolan rozejrzał się powoli wokół ze skrzypnięciem kości, omiatając wzrokiem otaczającą ich tundrę, która nagle opustoszała. Wydawało się, że ramiona mu opadły.

– Dziękuję ci, wzywająca. Naprawiłaś starożytną krzywdę.

Srebrna Lisica przyjrzała się Pierwszemu Mieczowi.

– Czego jeszcze ode mnie pragniesz?

– Ta, która stoi obok mnie, zwie się Lanas Tog. Zaprowadzi cię z powrotem do T'lan Imassów. Trzeba wymienić słowa.

– Proszę bardzo.

Onos T'oolan nawet nie drgnął.

Srebrna Lisica zmarszczyła brwi.

– Na co czekamy?

Nie ruszał się jeszcze przez chwilę, po czym uniósł rękę i powoli wyciągnął miecz.

– Na mnie – wychrypiał. Uniósł oręż.

I rzucił go na ziemię u swych stóp.

Srebrna Lisica spojrzała zasępiona na broń, zastanawiając się nad znaczeniem tego gestu wojownika zwanego Pierwszym Mieczem.

Zrozumiała je i wytrzeszczyła oczy.

W końcu po to właśnie mnie stworzono...

– Nadszedł czas.

Coll poderwał się nagle. Zapadł na chwilę w drzemkę.

– Co? Jaki czas?

Murillio podbiegł do mhybe.

– Jest gotowa do złożenia – wyjaśnił Rycerz Śmierci. – Mój pan poprzysiągł jej wieczną ochronę.

Pradawny bóg, K'rul, przyjrzał się potężnemu martwiakowi.

– Jestem zaskoczony. Nie, zdumiony. Odkąd to Kaptur stał się łaskawym bogiem?

Rycerz zwrócił się powoli w stronę K'rula.

– Mój pan zawsze jest łaskawy.

– Ona żyje – oznajmił Murillio, prostując się, by stanąć między mhybe a Rycerzem Śmierci. – Czas jeszcze nie nadszedł.

– To nie jest pogrzeb – wyjaśnił mu K'rul. – Mhybe śpi i będzie spała na wieki. Śpi po to, by śnić. W jej śnie żyje cały świat, Murillio.

– Jak we śnie Pożogi? – zapytał Coll.

Pradawny bóg uśmiechnął się tylko w odpowiedzi.

– Chwileczkę! – warknął Murillio. – To ile właściwie jest śniących staruszek?

– Trzeba ją położyć na spoczynek – zadeklarował Rycerz Ciemności.

Coll podszedł do Murillia i wsparł dłoń na jego ramieniu.

– Chodź, dopilnujemy, żeby było jej wygodnie. Futra, koce...

Wydawało się, że młodszy mężczyzna zadrżał pod jego dotykiem.

– Mamy ją... zostawić? W tym grobowcu?

– Pomóż mi pościelić łóżko, przyjacielu – rzekł Coll.

– Nie ma potrzeby – stwierdził Rycerz. – Ona nic nie czuje.

– Nie o to chodzi – westchnął Coll. Chciał powiedzieć coś więcej, lecz nagle zauważył, że Rath'Fanderay i Rath'Togg zdjęli maski, odsłaniając blade, pomarszczone twarze i zamknięte oczy, z których wypływały strumienie łez. – Co się im stało? – zapytał.

– Ich bogowie w końcu się spotkali, Coll. W królestwie mhybe, w którym znajdują się teraz Trony Bestii. Nie jesteś świadkiem smutku, lecz radości.

– Bierzmy się do roboty, Murillio – mruknął po chwili Coll. – Potem wracamy do domu.

– Nadal chcę się czegoś dowiedzieć o tych staruszkach, które, śniąc, tworzą światy!

Grota otworzyła się, a trzy postacie wypadły z niej na łeb, na szyję na pokrytą szarym pyłem ziemię.

Paran odtoczył się pośpiesznie od Szybkiego Bena i jasnowidza. Wokół obu walczących kłębiły się czary. Wyciągając miecz, kapitan usłyszał wrzask Jaghuta. Miotającego się jasnowidza ciasno spowiły czarne, roztańczone pajęczyny.

Zdyszany Szybki Ben odepchnął się od niego nogami, ściskając w dłoniach Finnest.

Na piersi Jaghuta przysiadła maleńka figurka z patyków i związanej sznurkiem trawy. Istotka chichotała radośnie.

– Kto to, w imię Kaptura...

Z portalu wypadła z syczącym warkotem potężna, czarna postać. Paran krzyknął głośno i odwrócił się, zataczając mieczem desperacki, poziomy krąg.

Ostrze przecięło mięśnie i zatrzymało się na kości.

Coś – łapa – uderzyło go w pierś i zwaliło z nóg.

– Przestań, ty cholerna kocico!

Rozpaczliwemu krzykowi Szybkiego Bena towarzyszyła detonacja czarów. Pantera ryknęła z bólu.

– Wstawaj, Paran! – wydyszał czarodziej. – Ja już nie mam sił.

Wstawaj? Bogowie, czuję się tak, jakby rozerwało mnie na tysiąc kawałków, a on chce, żebym wstał.

Zdołał jednak jakoś się podnieść i zwrócił się w stronę bestii, chwiejąc się na nogach.

Pantera przycupnęła sześć kroków od niego, tłukąc gniewnie ogonem. Wlepiła weń spojrzenie gorejących węgielków oczu i obnażyła kły.

Z jakiegoś ukrytego w głębi kapitana miejsca dobiegł warkot, tak niski, że z pewnością nie pochodził z ludzkiego gardła. Do mięśni mężczyzny napłynęła brutalna siła, która ograbiła go ze świadomości własnego ciała. Zdawał sobie jednak sprawę, że w jakiś sposób spogląda teraz wprost w oczy gigantycznej pantery.

– Otchłani na dole! – wyszeptał ochryple Szybki Ben za jego plecami.

Kocisko położyło uszy po sobie. Wyraźnie zwątpiło we własne siły.

Co widzi, w imię Kaptura?

– Rzucająca kości! – warknął Szybki Ben. – Stój. Rozejrzyj się i zobacz, gdzie się znajdujemy! Nie jesteśmy twoimi wrogami. Chodzi nam o to samo, co tobie. Uspokój się.

Pantera cofnęła się o krok. Paran zobaczył, że gotuje się do skoku.

– Zemsta nie wystarczy! – krzyknął czarodziej.

Wielki kot wzdrygnął się. Po chwili rozluźnił mięśnie, jego zarysy zamazały się i zmienił kształt. Stała przed nimi drobna, ciemnowłosa, grubokoścista kobieta. Na prawym barku miała głęboką szramę. Po zwisającej luźno kończynie spływała krew i skapywała z koniuszków palców na ziemię. Na Parana spojrzały czarne, niezwykle piękne oczy.

Kapitan westchnął. Poczuł, że coś w nim zanika, i odzyskał świadomość własnego ciała. Nogi mu drżały, a dłoń, w której ściskał miecz, była śliska od potu.

– Kim jesteś? – zapytała kobieta.

Paran wzruszył ramionami.

Odwróciła od niego spojrzenie, zapominając o nim.

– Morn – rzekła.

Kapitan obejrzał się powoli.

Widok rozdarcia podziałał na niego jak cios wymierzony prosto w serce. Szrama unosząca się w powietrzu, niemal w zasięgu ręki od walącego się dachu opustoszałej wieży, krwawiąca bólem rana.

Taki ból... wieczność, bogowie na dole, wewnątrz jest dusza. Dziecko. Uwięzione. Zamyka ranę. Pamiętam je. To dziecko z moich snów...

Szybki Ben wstał i spojrzał na spętanego magią jasnowidza, na którego piersi przykucnęła sznurołapka.

Nieludzkie oczy Jaghuta wypełniało przerażenie.

Czarodziej uśmiechnął się.

– My dwaj zawrzemy porozumienie, jasnowidzu. – Uniósł ostrożnie Finnest, który wciąż trzymał w dłoni. – To jajo zawiera w sobie moc matrony. Zgadza się? Moc pozbawioną samoświadomości, lecz mimo to żywą. Wyrwano ją z ciała, które ongiś zamieszkiwała, i w związku z tym zapewne nie czuje bólu. Po prostu istnieje sobie w tym Finneście i każdy może jej użyć. Absolutnie każdy.

– Nie – wychrypiał Jaghut, wybałuszając oczy ze strachu. – Finnest jest związany ze mną. Tylko ze mną. Ty głupi...

– Dość już obelg, jasnowidzu. Chcesz wysłuchać mojej propozycji czy mamy z Paranem po prostu usunąć się na bok i zostawić cię pazurom rzucającej kości?

Ciemnowłosa kobieta podeszła bliżej.

– Co zamierzasz uczynić, czarodzieju?

Szybki Ben obejrzał się na nią.

– Rzucająca kości, proponuję rozwiązanie, przy którym wszyscy wygrają.

Uśmiechnęła się szyderczo.

– Nikt nigdy nie wygrywa. Zostawcie go mnie.

– Czy śluby T'lanów są dla ciebie aż tak ważne? Nie sądzę. W twoich żyłach płynie żywa krew. Nie uczestniczyłaś w rytuale.

– Nie obowiązują mnie żadne śluby – odparła. – Działam w imieniu brata.

– Brata? – zapytał Paran. Schował miecz i podszedł do nich.

– Onosa T'oolana, który spotkał śmiertelnika i nazwał go swym bratem.

– Przypuszczam, że rzadko udaje się komuś zasłużyć na podobny zaszczyt – przyznał kapitan – ale co to ma wspólnego z jasnowidzem?

Spojrzała na spętanego Jaghuta.

– W odpowiedzi na śmierć Toca Młodszego, brata Onosa T'oolana, muszę odebrać ci życie, jasnowidzu.

Paran wbił w nią wzrok, nie wierząc własnym uszom.

Jaghut odsłonił dolne kły w złowrogim grymasie.

– Powinnaś była zabić nas za pierwszym razem. Pamiętam cię. Pamiętam twoje kłamstwa.

– Toca Młodszego? – zdziwił się Szybki Ben. – Z Zastępu Jednorękiego? Przecież...

– On zaginął – stwierdził Paran. – Loczek cisnął go do chaotycznej groty.

Czarodziej skrzywił się.

– I wylądował na kolanach jasnowidza? To nie wydaje się...

– Pojawił się tutaj – przerwała mu kobieta. – W Morn. Potem ruszył na północ, by wrócić do swych towarzyszy, lecz jasnowidz przerwał jego podróż, podróż którą przez pewien czas dzielił z Onosem T'oolanem. Przerwał jego podróż, a potem poddał go torturom i doprowadził do jego śmierci.

– Toc nie żyje? – zapytał Paran, zaskoczony po raz kolejny.

– Tak, widziałam jego ciało. A teraz zadam temu Jaghutowi ból taki sam, jaki on zadał Tocowi.

– Czy już tego nie uczyniłaś? – wysyczał jasnowidz.

Twarz rzucającej kości zastygła nagle.

– Chwileczkę – odezwał się Szybki Ben, spoglądając i na nią, i na Parana. – Wysłuchajcie mnie, proszę. Ja również znałem Toca i opłakuję jego śmierć. To już jednak nic nie zmieni. – Ponownie zwrócił się ku jasnowidzowi. – Rozumiesz, ona nadal tam jest.

Jaghut wzdrygnął się, wybałuszając oczy.

– Nie wiedziałeś tego? Matrona mogła zabrać tylko jednego więźnia. Ciebie.

– Nie...

– Twoja siostra nadal tam jest. Jej dusza zamyka ranę. W ten właśnie sposób leczą się groty, by nie wykrwawić się do siebie nawzajem. Na początku była to matrona. K'Chain Che'Malle. Nadszedł czas, by odesłać ją tam z powrotem, jasnowidzu. Kaptur wie, co zrobi Finnest, kiedy go uwolnisz, wyślesz do rozdarcia...

Jaghut rozciągnął wargi w makabrycznym uśmiechu.

– Mam uwolnić siostrę? A po co? Ty głupcze. Ty ślepy, tępy głupcze. Zapytaj rzucającą kości, jak długo pożyłaby w tym świecie. Łowy na nas zaczną się teraz na dobre. Co by w ten sposób zyskała? Krótkie życie, wypełnione nieustanną ucieczką. Pamiętam to, śmiertelniku. Pamiętam! Ucieczka. Ciągły brak snu. Matka niosła nas, ślizgając się po błocie... – Przechylił lekko głowę. – Och, ciebie pamiętam świetnie, rzucająca kości! To ty wysłałaś nas do tej rany...

– Pomyliłam się – przyznała kobieta. – Myślałam, byłam przekonana, że to portal wiodący do Omtose Phellack.

– Kłamiesz! Może i jesteś żywa, ale nienawidzisz Jaghutów tak samo, jak twoi kuzyni, martwiaki. Znalazłaś dla nas straszliwszy los.

– Nie. Sądziłam, że was ratuję.

– I nigdy nie poznałaś prawdy? Nigdy nie zrozumiałaś, co zrobiłaś?

Twarz i oczy kobiety utraciły wszelki wyraz.

– Nie widziałam sposobu na cofnięcie tego, co uczyniłam.

– Ty tchórzu! – wrzasnął Jaghut.

– Dość już tego – przerwał im Szybki Ben. – Możemy teraz wszystko naprawić. Wrzuć matronę z powrotem do rany i uwolnij swą siostrę, jasnowidzu.

– Po co? Po co miałbym to zrobić? Żeby nas oboje zarąbali T'lan Imassowie?

– On ma rację – wtrąciła kobieta. – Ale, Jaghucie, nawet taki los jest lepszy od wiecznego bólu, jaki cierpi teraz twoja siostra.

– Wystarczy zaczekać. Pewnego dnia – wysyczał jasnowidz – jakiś głupiec przyjdzie tu, zbada to miejsce, sięgnie do portalu...

– I dokona wymiany? Uwolni twoją siostrę?

– Tak! Poza wiedzą i zasięgiem T'lan Imassów! Poza...

– Małe dziecko – podkreślił Szybki Ben. – Samo. Na pustkowiu. Mam lepszy pomysł.

Jaghut obnażył zęby.

Czarodziej przykucnął tuż obok niego.

– Omtose Phellack. Wasza grota jest oblężona, zgadza się? T'lan Imassowie dawno już dokonali w niej wyłomu i teraz wiedzą o każdym jej odsłonięciu. Wiedzą, gdzie do niego doszło i zjawiają się...

Jaghut wpatrywał się w niego z wściekłością.

Szybki Ben westchnął.

– Rzecz w tym, jasnowidzu, że znalazłem dla niej miejsce. Miejsce, które będzie mogło pozostać... ukryte. T'lan Imassowie nie zdołają go odkryć. Omtose Phellack będzie mogła przetrwać, jasnowidzu, w swej pełnej mocy. Przetrwać i wrócić do zdrowia.

– Kłamiesz.

– Wysłuchaj tego czarodzieja, Jaghucie – odezwała się siedząca na piersi jasnowidza sznurołapka. – Oferuje ci łaskę, na którą nie zasługujesz.

Paran odchrząknął.

– Jasnowidzu – odezwał się. – Czy zdawałeś sobie sprawę, że ktoś tobą manipuluje? Twoja moc nie pochodziła z Omtose Phellack, nieprawdaż?

– Korzystałem z tego, co mogłem znaleźć – wychrypiał Jaghut.

– Tak, z Groty Chaosu. W której jest uwięziony ranny bóg. Przykuty, istota o ogromnej mocy, cierpiąca ból, która pragnie jedynie zniszczenia całego naszego świata, wszystkich grot, w tym również Omtose Phellack. Jego nic nie obchodzą twoje pragnienia, jasnowidzu. Wykorzystał cię. Co gorsza, jad jego duszy... on przemawiał twoimi ustami. Za twoim pośrednictwem karmił się bólem i cierpieniem. Odkąd to Jaghuci interesują się jedynie zniszczeniem? Nawet tyrani nie władali z takim okrucieństwem jak ty. Powiedz mi, jasnowidzu, czy nadal jesteś tak wypaczony wewnętrznie? Czy zachwyca cię myśl o zadawaniu bólu?

Jaghut milczał przez długą chwilę.

Bogowie, Szybki, mam nadzieję, że się nie mylisz. Że obłęd tego jasnowidza rzeczywiście nie zrodził się w nim. Że szaleństwo zostało z niego wyrwane.

– Czuję się – wychrypiał Jaghut – zupełnie pusty. Dlaczego miałbym ci uwierzyć?

Paran przyjrzał się Jaghutowi.

– Puść go, Szybki – polecił.

– Chwileczkę...

– Puść go. Nie możesz negocjować z jeńcem i liczyć na to, że uwierzy w choć jedno twoje słowo. Jasnowidzu, w miejscu, o którym myśli Szybki Ben, nikt nie będzie mógł tobą manipulować. Co być może ważniejsze, będziesz miał szansę odpłacić Przykutemu za jego zuchwałość. I, na koniec, będziesz miał siostrę. Dziecko wymagające długiej kuracji. Jasnowidzu, będziesz jej potrzebny.

– Zbyt wiele stawiasz na to, że ten Jaghut zachował jeszcze choć krztynę honoru, uczciwości i współczucia – oznajmiła rzucająca kości. – Po wszystkim, co uczynił, z własnej woli czy nie, z pewnością wypaczy to dziecko, tak samo jak wypaczono jego.

Paran wzruszył ramionami.

– W takim razie dziewczynka ma szczęście, że nie będzie z bratem sama.

Jasnowidz przymrużył powieki.

– Nie będzie sama?

– Uwolnij go, Szybki.

Czarodziej westchnął.

– Puść go, Talamandas – polecił siedzącej na piersi Jaghuta sznurołapce.

– Zapewne tego pożałujemy – ostrzegła go istotka i zlazła na ziemię. Czarodziejska sieć zamigotała i zniknęła.

Jasnowidz wstał. Zawahał się, spoglądając na Finnest w dłoniach Szybkiego Bena.

– Czy to inne miejsce leży daleko stąd? – wyszeptał wreszcie, kierując wzrok na Parana.

Jaghuckie dziecko, kilkuletnia dziewczynka, wyszło z rannej groty, jakby się zgubiło. Maleńkie rączki splotło na podołku, tak jak z pewnością nauczyła je tego dawno nieżyjąca matka. Był to drobny szczegół, lecz przydawał dziewczynce rozdzierającej serce godności. Oczy Parana zaszły łzami.

– Co będzie pamiętała? – wyszeptała Kilava.

– Mam nadzieję, że nic – odparł Szybki Ben. – Popracujemy nad tym z Talamandasem.

Uwagę Parana przyciągnął cichy odgłos, jaki wyrwał się z ust jasnowidza. Jaghut dygotał. Wbił spojrzenie nieludzkich oczu w zbliżające się dziecko, które już ich zauważyło, lecz wyraźnie szukało kogoś innego. Zwolniło kroku.

– Idź do niej – powiedział mu Paran.

– Ona pamięta... brata.

– A teraz znajdzie wujka.

Nadal się wahał.

– Jaghuci nie... nie słyną z wyrozumiałości dla tych, z którymi łączą ich więzy krwi...

Paran skrzywił się.

– A ludzie słyną? Nie tylko tobie podobne rzeczy przychodzą z trudnością. Musisz bardzo wiele naprawić, Pannion, poczynając od tego, co kryje się w twym wnętrzu, co uczyniłeś. Pozwól, by w tej sprawie siostra była dla ciebie przewodnikiem. Idź do niej, do cholery. Jesteście sobie nawzajem potrzebni.

Ruszył chwiejnie w stronę dziewczynki, lecz zawahał się raz jeszcze i obejrzał na Parana.

– Człowieku, teraz żałuję tego, co uczyniłem twojemu przyjacielowi, Tocowi Młodszemu. – Przeniósł spojrzenie na Kilavę. – Rzucająca kości, mówiłaś, że masz brata.

Potrząsnęła głową, jakby przewidując jego pytanie.

– On jest T'lan Imassem. Odbył rytuał.

– Wydaje się więc, że podobnie jak mnie, czeka cię długa wędrówka.

Uniosła głowę.

– Wędrówka?

– Mówię o drodze ku odkupieniu, rzucająca kości. Dowiedz się, że nie potrafię ci wybaczyć. Jeszcze nie.

– Ani ja tobie.

Skinął głową.

– Oboje musimy się jeszcze wiele nauczyć.

Odwrócił się, wyprostował plecy i podszedł do siostry.

Dziewczynka wiedziała, jak wygląda jej rodzaj, i nie odarto jej jeszcze z miłości ani potrzeby bliskości. Nim Pannion zaczął wyciągać ku niej ręce, rozpostarła przed nim ramiona.

Z karbowanych, łukowatych ścian ogromnej jaskini ściekało wodniste błoto. Paran podniósł wzrok ku najbliższemu z wysadzanych diamentami gigantów, który wznosił potężne ramiona do sufitu. Wydawało się, że istota rozpada się na jego oczach. Trawiące ciało Pożogi zakażenie było aż nazbyt wyraźnie widoczne jako zapalne pręgi rozchodzące się od miejsca położonego niemal bezpośrednio nad nimi.

Gigant nie był sam. Na całej długości jaskini, w obu kierunkach, tak daleko, jak okiem sięgnąć, stali kolejni ogromni, dziecinni słudzy. Jeśli nawet zdawali sobie sprawę z przybycia gości, niczym tego nie okazywali.

– Śpi po to, żeby śnić – wyszeptała Kilava.

Szybki Ben przeszył ją spojrzeniem, lecz nic nie powiedział. Wydawało się, że na coś czeka.

Paran popatrzył na sznurołapkę, Talamandasa.

– Byłeś kiedyś Barghastem, prawda?

– Nadal nim jestem, władco talii. Moi nowo narodzeni bogowie są we mnie.

Właściwie wyczuwam w tobie więcej obecności Kaptura niż twoich barghasckich bogów – pomyślał kapitan, lecz skinął tylko głową.

– To dzięki tobie Szybki Ben mógł korzystać ze swych grot.

– Tak, ale jestem też czymś znacznie więcej.

– Nie wątpię w to.

– Nadchodzi – oznajmił z ulgą Szybki Ben.

Paran odwrócił się i zobaczył zmierzającą ku nim długim, krętym tunelem postać. Spowita w łachmany staruszka kuśtykała, wspierając się na dwóch laskach.

– Witaj! – zawołał Szybki Ben. – Nie byłem pewien...

– Młodym brak wiary, a ty, Pustynny Wężu, nie jesteś wyjątkiem! – Wsparła się na jednej z lasek i wsunęła dłoń pod płaszcz. Po chwili wydobyła stamtąd kamyk. – Zostawiłeś mi to, tak? Usłyszałam twe wezwanie, czarodzieju. I gdzie są ci srodzy Jaghuci? Ach... i jednopochwycona rzucająca kości również. Ojej, cóż za niezwykłe towarzystwo. Opowieść o waszym spotkaniu z pewnością jest wspaniała. Nie, nie powtarzajcie mi jej. Nie jestem aż tak zainteresowana. – Zatrzymała się przed jasnowidzem i przez długą chwilę przyglądała się dziecku w jego ramionach. Wreszcie uniosła bystre spojrzenie. – Jestem starą kobietą – wysyczała. – Śpiąca Bogini wybrała mnie, bym pomogła ci opiekować się siostrą. Najpierw jednak musisz odsłonić swą grotę. Zimno pomoże ci zwalczyć to zakażenie. Dzięki niemu powstrzymasz rozkład, utwardzisz ten legion sług. Omtose Phellack, Jaghucie. Uwolnij ją. Tutaj. Za chwilę obejmie cię Pożoga.

Paran skrzywił się.

– To niezbyt fortunny dobór słów.

Prastara czarownica zachichotała.

– Ale takie słowa zrozumie, tak?

– Nie zrozumie, chyba że planujesz go zabić.

– Nie bądź pedantem, żołnierzu. Jaghucie, twoja grota.

Jasnowidz skinął głową i otworzył Omtose Phellack.

Powietrze nagle wypełnił przejmujący chłód. Na ziemi pojawił się szron.

Szybki Ben uśmiechnął się szeroko.

– Czy takie zimno ci wystarczy, czarownico?

Znowu zachichotała.

– Wiedziałam, że nie jesteś głupcem, Pustynny Wężu.

– Prawdę mówiąc, muszę podziękować Wykałaczce za to, że podsunęła mi ten pomysł. Tej nocy, gdy napotkałem na swej drodze Okaleczonego Boga. Pomogły mi też twoje słowa o zimnie.

Czarownica wykręciła ciało i przeszyła Kilavę groźnym spojrzeniem.

– Rzucająca kości – warknęła. – Dobrze sobie zapamiętaj moje słowa. Ani tobie, ani nikomu z twych współbraci nie wolno zaatakować tej groty. Nie mów nikomu o tym ostatnim objawieniu Omtose Phellack.

– Rozumiem cię, czarownico. Wygląda na to, że ja również wkraczam dziś na ścieżkę wiodącą ku odkupieniu. Sprzeciwiałam się swym braciom już tyle razy, że mogę bez większych skrupułów zrobić to raz jeszcze. – Spojrzała na Szybkiego Bena. – Chciałabym już stąd odejść, czarodzieju. Czy wyprowadzisz nas z tego miejsca?

– Nie, lepiej, żeby zrobił to władca talii. W ten sposób nie zostawimy śladu.

Paran zamrugał.

– Ja?

– Stwórz kartę, kapitanie. W swym umyśle.

– Kartę? A jaką?

Czarodziej wzruszył ramionami.

– Wymyśl coś.

Żołnierze odciągnęli trzy ciała na bok i przykryli je wojskowymi pelerynami przeciwdeszczowymi. Zrzęda zauważył stojącą obok nich Korlat. Kobieta była odwrócona do niego plecami.

Daru zatrzymał się nieopodal kupieckiego traktu, za którym położono Itkoviana. Widok dalekiej, nieruchomej postaci wypełnił jego serce smutkiem.

T'lan Imassowie zniknęli.

Ocalałe Szare Miecze zbierały się powoli wokół ciała Itkoviana. Wszyscy szli na piechotę, pomijając jednookiego Anastera, który dosiadał swej chabety. Wydawało się, że nie dostrzega nic z tego, co go otacza, w tym również ogromnej latającej góry, która majaczyła nad wzniesieniami na północy, rzucając całun ciemności na przypominający park las.

Na szczycie, zwrócony twarzą ku pogrążonemu w mroku miastu, stał Caladan Brood. Po jego prawej stronie przystanął Humbrall Taur, a po lewej Hetan i Cafal.

Zrzęda zauważył, że przez północną bramę wychodzą nierównym szeregiem niedobitki armii Dujeka. Było ich rozpaczliwie niewiele. Do Koralu wjeżdżały puste rhivijskie wozy, na których miano wywieźć ciała. Do zmierzchu został niespełna dzwon. Czekała ich długa noc.

Do podstawy wzgórza dotarła grupa malazańskich oficerów, prowadzona przez Dujeka. Towarzyszył im jasnodomin reprezentujący siły Domin, które skapitulowały.

Zrzęda podszedł do Brooda i Barghastów.

Wielka pięść słyszał już wieści. Zrzęda odgadł to z jego przygarbionej sylwetki i z tego, jak raz po raz przesuwał jedyną dłonią po starej twarzy. Nie ulegało wątpliwości, że jego duch został nieodwracalnie złamany.

Po prawej stronie Brooda otworzyła się grota. Wyszło z niej sześciu Malazańczyków, prowadzonych przez Artanthosa. Mieli barwne, nieskalane mundury i poważne miny.

– Śmiertelny Mieczu?

Zrzęda odwrócił się. Stała przed nim jedna ze starszych kobiet z jego legionu.

– Słucham?

– Chciałybyśmy rozwinąć Chorągiew Dziecka, Śmiertelny Mieczu.

– Nie tutaj.

– Słucham?

Zrzęda wskazał na pole śmierci.

– Tam, pośród naszych poległych.

– Śmiertelny Mieczu, tam jest ciemność.

Skinął głową.

– To prawda. Rozwińcie ją tam.

– Tak jest, Śmiertelny Mieczu.

– I dość już tego tytułowania. Mam na imię Zrzęda i jestem strażnikiem karawanowym, chwilowo bezrobotnym.

– Jesteś Śmiertelnym Mieczem Trake'a.

Przymrużył ze złością powieki.

Odwróciła wzrok, spoglądając na pole śmierci.

– Zapłaciłeś za ten tytuł krwią.

Zrzęda wzdrygnął się i rozejrzał wokół. Milczał przez długą chwilę. Wreszcie skinął głową.

– W porządku. Ale nie jestem żołnierzem. Nienawidzę wojny. Nienawidzę zabijania.

I nigdy już nie chciałbym zobaczyć pola bitwy.

Wzruszyła ramionami i wróciła do swej nielicznej drużyny.

Zrzęda ponownie przeniósł spojrzenie na spotkanie dygnitarzy.

Artanthos – Tayschrenn – dokonał prezentacji. Ambasador Aragan – wysoki, naznaczony bliznami mężczyzna, który zdawał się cierpieć na ból głowy – reprezentował cesarzową Laseen w rozmowach dotyczących przyszłości Czarnego Koralu. Towarzyszyła mu nieliczna świta.

Brood oznajmił, że z rozpoczęciem oficjalnych negocjacji trzeba będzie zaczekać na Anomandera Rake'a, który powinien wkrótce się zjawić.

Zrzęda ponownie spojrzał na Dujeka, który właśnie przybył ze swymi oficerami. Wielka pięść wpatrywał się w stojącą na końcu grupy Korlat i w trzy przykryte pelerynami ciała leżące na trawie. Ciągle padało, a powietrze przesycał gęsty jak całun swąd spalenizny.

Tak jest, dzień kończy się popiołem i deszczem.

Popiołem i deszczem.

Bieg, przypominające echo wspomnienia chwały i radości. Unosił się na tym wrażeniu, uciekał od bólu, od więzień z kości, od potężnych ramion, wilgotnych i pokrytych łuską, od miejsca, w którym nie było wiatru, światła ani ciepła.

Od zimnego mięsa. Jasnego, gotowanego. Czarnego, zwęglonego. Od odrętwiałych, powykręcanych palców, wpychających je do ust, które podczas żucia wypełniały się jego własną krwią. Od twardego, zimnego kamienia, pokrytego patyną ludzkiego tłuszczu.

Od splugawionego ciała, smrodu rozmazanych ekskrementów...

Bieg...

Eksplozja bólu, połknięta w jednej chwili. Krew w żyłach. Oddech zaczerpnięty z trudem, ale głęboki, bardzo głęboki. Powietrze wpadające w zdrowe płuca.

Otworzył jedyne oko.

Toc rozejrzał się wokół. Siedział na koniu o szerokim grzbiecie. Otaczali go odziani na szaro żołnierze w poobtłukiwanych hełmach na głowach.

Jestem... jestem cały.

Zdrowy.

Jestem...

Podeszła do niego zakuta w zbroję kobieta.

– Czy opuścisz teraz swojego boga?

Mojego boga? Ubranie z martwego ciała, twarda, jaghucka dusza... nie, to nie bóg. To jasnowidz. Opętany strachem. Naznaczony przez zdradę.

Mój bóg?

Bieg. Wolność. Bestia.

Wilk.

Togg.

Mój imiennik...

– Dostarczył cię tu, ale niczego w zamian nie zażądał. Wiemy, że twoja dusza biegała z wilczymi bogami, ale w końcu wróciłeś do królestwa śmiertelników. Ciało, w którym się znalazłeś, zostało pobłogosławione. Należy teraz do ciebie. Musisz jednak dokonać wyboru. Czy opuścisz swych bogów?

Toc przyjrzał się swoim ramionom, mięśniom ud. Dłoniom o długich palcach. Uniósł je i dotknął twarzy. Świeża blizna zabrała mu to samo oko. Nie szkodzi. Już się do tego przyzwyczaił. Młode ciało, młodsze od jego własnego.

Spojrzał na kobietę, a potem na krąg żołnierzy.

– Nie – odparł.

Żołnierze opadli na jedno kolano i pochylili głowy. Kobieta uśmiechnęła się.

– Wita cię twoja kompania, Śmiertelny Mieczu Togga i Fanderay.

Śmiertelny Miecz.

To znaczy, że znowu będę biegał...

W grocie Tellann Lanas Tog zaprowadziła Srebrną Lisicę na skraj szerokiej doliny. Wypełniały ją zgromadzone klany T'lan Imassów. Stali nieruchomo...

Ale są teraz inni.

Wolni od brzemienia?

Wypełniły ją ból i żal.

Zawiodłam was wszystkich... na tak wiele sposobów...

Podszedł do niej Pran Chole. Rzucający kości uniósł głowę w geście pozdrowienia.

– Wzywająca.

Srebrna Lisica zdała sobie sprawę, że jej ciało dygocze.

– Czy potrafisz mi wybaczyć, Pranie Chole?

– Wybaczyć? Nie uczyniłaś nic, co wymagałoby wybaczenia, wzywająca.

– Nie miałam zamiaru odmawiać waszej prośbie przez długi czas. Tylko do chwili... do chwili...

– Rozumiemy to. Nie musisz płakać. Ani nad nami, ani nad sobą.

– U... uwolnię was teraz, tak jak uwolniłam T'lan Ay. Położę kres waszym ślubom, Pranie Chole, uwolnię was... byście mogli przejść przez Bramę Kaptura, tak jak tego pragniecie.

– Nie, wzywająca.

Umilkła, porażona szokiem.

– Wysłuchaliśmy słów Lanas Tog, wojowniczki, która stoi u twego boku. Wzywająca, na leżącym na dalekim południu kontynencie nasi współbracia giną w wojnie, od której nie mogą uciec. Chcemy tam powędrować. Chcemy ocalić naszych braci i siostry. Wzywająca, gdy już wykonamy to zadanie, wrócimy do ciebie po kres, który na nas czeka.

– Pranie Chole... – Jej głos się załamał. – Wasza męka będzie trwała...

– Musimy uratować naszych współbraci, wzywająca, jeśli tylko leży to w zasięgu naszych możliwości. Dopóki trwają śluby, żyje nasza moc. Będziemy jej potrzebować.

Wyprostowała się powoli i stłumiła żal, lecz nie przestała dygotać.

– W takim razie udam się tam z wami, Pranie Chole. Będziemy wam towarzyszyć. Nightchill, Tattersail, Bellurdan i Srebrna Lisica.

Rzucający kości milczał przez długą chwilę.

– Czujemy się zaszczyceni, wzywająca – powiedział wreszcie.

– Zmieniliście się – zauważyła po chwili wahania. – Co zrobił Itkovian?

Morze skrytych pod kościanymi hełmami głów pochyliło się na dźwięk tego imienia. Ów widok zaparł jej dech w piersiach.

Na Otchłań, co on zdołał uczynić?

Minęła chwila, nim Pran Chole jej odpowiedział.

– Rozejrzyj się wokół, wzywająca. Spójrz na życie, które wypełnia to królestwo. Sięgnij ku ziemi i wyczuj ukrytą w niej moc.

Zmarszczyła brwi.

– Nic nie rozumiem. To królestwo jest teraz domem Tronów Bestii. Są tu rhivijskie duchy... dwoje wilczych bogów...

Pran Chole skinął głową.

– A także więcej. Stworzyłaś, być może mimowolnie, królestwo, w którym Śluby Tellann tracą moc. T'lan Ay... teraz znowu są śmiertelne. Ten gest przyszedł ci łatwiej, niż się spodziewałaś, nieprawdaż? Wzywająca, Itkovian uwolnił nasze dusze i przekonał się, że w tym królestwie przygotowałaś miejsce dla nas.

– Dał wam... odkupienie?

– Odkupienie? Nie, wzywająca. Tylko ty możesz tego dokonać. Obudził nas. Wspomnienia T'lan Imassów ożyły. W ziemi pod naszymi stopami. Tu właśnie wrócimy w dniu, gdy nas uwolnisz, wzywająca. Spodziewaliśmy się, że czeka nas jedynie kres. Nie wyobrażaliśmy sobie, że możliwa jest alternatywa.

– A teraz? – wyszeptała.

Pran Chole uniósł głowę.

– Przerosło nas to, co jeden śmiertelnik z własnej woli wziął na siebie. – Odwrócił się, by wstąpić do szeregów, lecz zatrzymał się i spojrzał jeszcze przez ramię na Srebrną Lisicę. – Wzywająca.

– Słucham.

– Czeka nas jeszcze jedno zadanie... zanim wyruszymy w długą podróż...

Wykałaczka siedziała na poplamionym sadzą kamieniu węgielnym. Oczy zaszły jej z wyczerpania mgłą. Obserwowała Rhivijczyków, którzy przerzucali gruz w poszukiwaniu kolejnych ciał. Obok kręcili się nieuzbrojeni pannióńscy żołnierze – najwyraźniej jedyni pozostali przy życiu mieszkańcy miasta. Reszta zamieniła się w trupy bądź w ogryzione kości.

Podpalaczy Mostów, którzy zginęli wewnątrz twierdzy, załadowano już na wóz. Wykałaczka i jej garstka niedobitków zabrali większość z nich, opuszczając walący się gmach. Trochę ciał odnaleziono też dzięki czarom Tiste Andii, z których kilku wciąż przebywało w pobliżu, jakby czekali na kogoś lub na coś. Nie udało się odszukać jedynie Szybkiego Bena i Parana. Wykałaczka podejrzewała, że dlatego, iż nie zginęli.

Okolicę oświetlały pochodnie. Ich słaby blask z trudem rozpraszał nienaturalną ciemność, która spowiła miasto. Czuć było woń dymu i skruszonej zaprawy murarskiej. Od czasu do czasu rozlegały się odległe krzyki bólu, przypominające udręczone wspomnienia.

Byliśmy osłabieni. Zamordowano nas przed miesiącami, pod Pale. Po prostu potrzeba było czasu, by garstka niedobitków zdała sobie z tego sprawę. Płot, Biegunek, Detoran. Trupy, które wciąż salutowały.

Usłyszała obok siebie głos Niewidki.

– Powiedziałam Rhivijczykom od naszego wozu, żeby zaczekali pod północną bramą.

Nasz wóz. Ten, który wiezie zabitych Podpalaczy Mostów.

Wchodzimy pierwsi.

Wychodzimy ostatni.

Ale z tym już koniec.

Pośród gruzów twierdzy rozbłysło światło. Otworzyła się grota, z której wyszedł szereg postaci. Pokryty bliznami pies – wyglądał na pasterskiego – a za nim pani Zawiść i dwaj Seguleh, wlekący między sobą trzeciego.

– No tak – wyszeptała Niewidka. – To załatwia sprawę.

Wykałaczka nie była pewna, co miały znaczyć te słowa, nie drążyła jednak tematu.

Pani Zawiść zauważyła obie kobiety.

– Moja droga pani porucznik! Cóż to za ulga, że widzę cię całą i zdrową. Czy potrafisz uwierzyć w bezczelność tego białowłosego typa z mieczem...

– Mówisz o mnie? – rozległ się niski głos.

Z mroku wyłonił się Anomander Rake.

– Gdybym wiedział, że jesteś w twierdzy, pani Zawiści, opuściłbym Odprysk Księżyca prosto na nią.

– Och, jak możesz tak mówić!

– Co tu robisz? – warknął Syn Ciemności.

– Och, to i owo, kochanie. Wyglądasz dzisiejszego popołudnia bardzo po wojskowemu. Mamy jeszcze popołudnie, nieprawdaż? W tym miejscu trudno to określić.

– Och – wyszeptała Niewidka – tych dwoje sporo razem przeżyło.

– Naprawdę? – wycedziła Wykałaczka. – Jak na to wpadłaś?

Niech szlag trafi tę panią. Nie ma na telabie ani jednej plamki. No cóż, to świat inny od mojego. A mimo to w tym korytarzu stałyśmy obok siebie.

Anomander Rake wlepił spojrzenie w stojącą przed nim kobietę.

– Czego chcesz, Zawiści?

– Och, ty niewdzięczniku. Przemierzyłam pół kontynentu, by przekazać ci słowa o ogromnym znaczeniu.

– Wysłuchajmy ich więc.

Pani Zawiść zamrugała i rozejrzała się wokół.

– Tutaj, kochanie? Czy nie wolałbyś jakiegoś bardziej... prywatnego miejsca?

– Nie. Mam dużo roboty. Gadaj.

Skrzyżowała ramiona.

– Powiem ci więc, choć tylko bogowie wiedzą, po co trudzę się tak dzielnie, by zachować życzliwy nastrój...

– Zawiści.

– Proszę bardzo. Wysłuchaj mnie więc, Posiadaczu Dragnipura. Mój drogi ojciec, Draconus, planuje uwolnić się z łańcuchów, które więżą go wewnątrz miecza. Skąd o tym wiem? Szepty krwi, Anomander.

Władca Odprysku Księżyca chrząknął.

– Dziwi mnie, że zwlekał z tym tak długo. No i co z tego?

Zawiść wybałuszyła oczy.

– Czy ten pokaz brawury to szaleństwo? Może o tym zapomniałeś, ale musieliśmy się zdrowo natrudzić, żeby go zabić za pierwszym razem!

Wykałaczka zerknęła na Niewidkę i zobaczyła, że jej przyjaciółka gapi się z opadniętą szczęką na Rake'a i Zawiść.

– Nie przypominam sobie, żebyś zrobiła wtedy wiele – stwierdził Anomander Rake. – Po prostu stałaś i przyglądałaś się walce...

– Dokładnie! I co twoim zdaniem sądził o tym mój ojciec?

Władca Odprysku Księżyca wzruszył ramionami.

– Wiedział, że nie ma sensu prosić cię o pomoc, Zawiści. Tak czy inaczej, wysłuchałem twojego ostrzeżenia, ale nie mogę podjąć żadnych konkretnych kroków, dopóki Draconusowi nie uda się w końcu wyrwać na wolność.

Kobieta wbiła w niego spojrzenie ciemnych oczu.

– Powiedz mi, mój drogi, czy wiadomo ci coś o władcy talii?

Rake uniósł brwi.

– O Ganoesie Paranie? Śmiertelniku, który wędrował wewnątrz Dragnipura? Tym, który wysłał dwa Ogary Cienia do bramy Kurald Galain?

Zawiść tupnęła.

– Jesteś nieznośny!

Władca Tiste Andii odwrócił się.

– Wystarczy już tej rozmowy, Zawiści.

– Znajdą sposób, by zniszczyć miecz!

– Niewykluczone.

– Twoje życie zależy od kaprysu śmiertelnika!

Anomander Rake zatrzymał się i obejrzał na nią.

– W takim razie powinienem uważać, nieprawdaż?

Ruszył przed siebie, zagłębiając się w tłumie Tiste Andii. Pani Zawiść syknęła z irytacji i rzuciła się w pogoń za nim.

Niewidka odwróciła się niepewnie do Wykałaczki.

– Ganoes Paran? Kapitan?

– Pozastanawiaj się nad tym przy innej okazji – poradziła Wykałaczka. – Tak czy inaczej, to nie ma nic wspólnego z nami. – Wyprostowała się powoli. – Zbierz ludzi, Niewidka. Ruszamy do północnej bramy.

– Tak jest. To nie potrwa długo.

– Będę czekała przy wyjściu.

– Poruczniku? Wykałaczka?

– Słucham?

– Zrobiłaś, co tylko mogłaś.

– Ale to było za mało, prawda?

Oddaliła się, nie czekając na odpowiedź. Tiste Andii rozstępowali się przed nią na boki. Po chwili dotarła do osmalonego łuku bramy.

– Chwileczkę.

Odwróciła się i zobaczyła, że zbliża się Anomander Rake.

Mimo woli umknęła wzrokiem przed jego twardym, nieludzkim spojrzeniem.

– Chciałbym iść z tobą – rzekł.

Zaniepokojona tymi słowami, obejrzała się na panią Zawiść, która przyglądała się z uwagą nieprzytomnemu Seguleh.

Jesteś odważną kobietą, pani. Nawet się nie wzdrygnęłaś.

Syn Ciemności z pewnością prześledził jej spojrzenie, gdyż westchnął głośno.

– Nie mam ochoty kontynuować tej rozmowy, poruczniku. A gdyby postanowiła obudzić tego Seguleh, co w jej obecnym nastroju nie wydaje się wykluczone, no cóż, tego starego sporu również nie pragnę wznawiać. Zakładam, że prowadzisz swoją drużynę na wzgórze położone na północ od miasta.

Czyżby? Nie wybiegałam myślą naprzód aż tak daleko.

Skinęła głową.

– Czy mogę wam towarzyszyć?

Bogowie na dole!

Wykałaczka zaczerpnęła głęboko tchu.

– Nie jesteśmy w tej chwili miłymi towarzyszami, panie.

– To prawda. Ale za to jesteście godnymi.

Na te słowa spojrzała mu mimo wszystko w oczy.

Skrzywił się.

– Żałuję, że przybyłem tak późno. Nie wiedziałem też, że w twierdzy są malazańscy żołnierze.

– To nie miało znaczenia, panie – odparła Wykałaczka. Zdołała jakoś wzruszyć ramionami. – Z tego, co słyszałam, kompaniom Dujeka wcale nie powiodło się lepiej, mimo że były na zewnątrz.

Anomander Rake odwrócił na chwilę wzrok, mrużąc powieki.

– To smutny koniec naszego sojuszu.

Pozostali Podpalacze Mostów podeszli bliżej, słuchając w milczeniu. Wykałaczka zdała sobie nagle sprawę z ich obecności, z tego, jakie słowa usłyszeli, a czego nie powiedziano.

– My traktowaliśmy ten sojusz poważnie – oświadczyła.

My. Ci, którzy stoją teraz przed tobą.

Być może ją zrozumiał.

– W takim razie chciałbym jeszcze przez chwilę potowarzyszyć swoim sojusznikom, poruczniku.

– Poczujemy się zaszczyceni.

– Na wzgórze położone na północ od miasta.

– Tak jest.

Władca Tiste Andii westchnął.

– Leży tam poległy żołnierz, któremu chciałbym... złożyć wyrazy szacunku.

Tak, to najsmutniejsza wiadomość, jaką dziś usłyszeliśmy.

– Tak jak my wszyscy, panie.

Rake szedł u jej boku, a pięcioro ocalałych żołnierzy Podpalaczy Mostów podążało za nimi.

Podeszła do niego, podobnie jak on, spoglądając na gromadzące się na wzgórzu wokół nich postacie.

– Wiesz, czego bym chciała najbardziej?

Zrzęda pokręcił głową.

– Nie, Stonny. A czego?

– Żeby był tu Harllo.

– Ehe.

– Wystarczyłoby mi nawet jego ciało. Jego miejsce jest tutaj, pośród tych wszystkich poległych, a nie pod małym stosem kamieni na pustkowiu.

Harllo, czy byłeś pierwszą ofiarą tej wojny? Czy nasz obdarty oddział jest pierwszym członkiem sojuszu?

– Pamiętasz most? – zapytała. – Rozwaliło go na kawałki, a Harllo siedział na kamieniu fundamentów i łowił ryby. Widzieliśmy wtedy Odprysk Księżyca, prawda? Na południowym horyzoncie. Leciał na wschód. A teraz znaleźliśmy się w cieniu tego cholerstwa.

Caladan Brood i Dujek zbliżali się do Korlat, nadal stojącej nad trzema przykrytymi ciałami. Dwa kroki za nimi zatrzymał się Tayschrenn, z którego zniknęła czarodziejska patyna młodości.

W mrocznym powietrzu zapadła nienaturalna cisza, w której łatwo niosły się ich głosy.

Dujek ominął Korlat i uklęknął przed trzema zabitymi Malazańczykami.

– Kto przy tym był? – wychrypiał, pocierając twarz dłonią. – Kto widział, co się stało?

– Ja – odparła Korlat bezbarwnym głosem. – I Tayschrenn. Gdy tylko pojawiła się Srebrna Lisica, Kallor powalił nas oboje, żebyśmy nie mogli mu przeszkodzić. Nie sądzę, by się spodziewał, że Sójeczka i dwie żołnierki odważą się stanąć mu na drodze. Powstrzymali go na chwilę wystarczającą, by Tayschrenn odzyskał siły. Kallor był zmuszony uciec do swego nowego pana, Okaleczonego Boga.

– Sójeczka skrzyżował miecze z Kallorem? – Dujek zdjął pelerynę z ciała przyjaciela i przyjrzał mu się bez słowa. – Ta uszkodzona noga. Czy to przez nią...

Zrzęda zauważył, że Korlat, która wciąż stała za plecami Dujeka, zawahała się.

– Nie, wielka pięści – odparła. – Złamała się już po śmiertelnym ciosie.

Po długiej chwili Dujek pokręcił głową.

– Ciągle mu powtarzaliśmy, żeby uzdrowił ją jak należy, ale on odpowiadał: „później". Zawsze „później". Jesteś pewna, Korlat, że złamała się już po uderzeniu?

– Tak, wielka pięści.

Dujek zmarszczył brwi, nie spuszczając wzroku z poległego żołnierza.

– Sójeczka był znakomitym szermierzem... nieraz ćwiczył z Dassemem Ultorem i Dassem zawsze potrzebował trochę czasu, by przebić się przez jego gardę. – Obejrzał się przez ramię na Korlat, a potem na Tayschrenna. – Miał też do pomocy dwie żołnierki piechoty morskiej... ile czasu minęło, nim odzyskałeś zdolność działania, wielki magu?

Tayschrenn wykrzywił twarz. Zerknął na Korlat.

– Tylko parę chwil, Dujek – odparł. – Spóźniłem się o parę chwil.

– Wielka pięści – odezwała się Korlat. – Kallor wspaniale włada mieczem. To bardzo groźny wojownik.

Zrzęda zauważył, że Dujek zasępia się coraz bardziej.

– Coś tu nie gra – mruknęła pod nosem Stonny. – Musiał najpierw złamać nogę.

Wyciągnął rękę i złapał Stonny za ramię, po czym potrząsnął głową.

Nie, Korlat z pewnością nie bez powodu zdecydowała się na to... kłamstwo.

Stonny przymrużyła powieki, ale nic już nie powiedziała.

Dujek westchnął ochryple i wyprostował się.

– Straciłem przyjaciela – rzekł.

Z jakiegoś powodu to proste stwierdzenie wniknęło prosto do serca Zrzędy. Poczuł ukłucie bólu i żałoby.

Harllo... mój przyjaciel.

Itkovian...

Odwrócił się, mrugając szybko.

Przybył Anomander Rake. Starucha umknęła mu z drogi, łopocząc ospale skrzydłami. Obok Syna Ciemności szła Wykałaczka. Za nimi podążali inni Podpalacze Mostów: Niewidka, Młotek, Nerwusik, Trzpień, Niebieska Perła. Zbroje mieli zniszczone, splamione zakrzepłą krwią. Z ich oczu zniknęły wszelkie ślady życia.

Na zboczach zgromadziły się niedobitki Zastępu Jednorękiego. Według oceny Zrzędy było ich niespełna tysiąc. Za ich plecami stali Barghastowie i Rhivijczycy, Tiste Andii i reszta armii Brooda. Wszyscy milczeniem oddawali cześć poległym.

Uzdrowiciel, Młotek, podszedł prosto do ciała Sójeczki.

Zrzęda zauważył, że wysoki mężczyzna przyjrzał się ranom i natychmiast zrozumiał prawdę. Zatoczył się do tyłu o krok i oplótł ramionami. Wyglądał tak, jakby zapadł się w siebie. Dujek podszedł i podtrzymał go, a potem posadził na ziemi.

Niektóre rany nigdy się nie goją. Właśnie zadano mu taką ranę. Czemu Dujek musiał zdejmować tę pelerynę...?

Anomander Rake podszedł do Korlat. Po długiej chwili milczenia odwrócił od niej wzrok.

– Korlat, jak na to odpowiesz?

– Orfantal już się przygotowuje, panie – odparła bezbarwnym głosem. – We dwójkę dopadniemy Kallora.

Rake skinął głową.

– Nie odbierajcie mu życia. Zasłużył na Dragnipura.

– Tak jest, panie.

Syn Ciemności zwrócił się ku pozostałym.

– Wielka pięści Dujeku, wielki magu Tayschrennie. Odprysk Księżyca umiera. Mój lud go opuścił. Wyślę go na wschód, nad ocean. Jego moc zanika, wkrótce więc pogrąży się w morskiej toni. Proszę was, byście pozwolili pochować w nim tych troje Malazańczyków, zabitych przez zdrajcę, którego przyprowadziliśmy tu ja i Caladan Brood. Sądzę, że to dla nich godny sarkofag.

Nikt się nie odzywał.

Rake spojrzał na Wykałaczkę.

– Chciałbym, żeby pochowano tam również poległych Podpalaczy Mostów.

– Czy wystarczy tam miejsca dla wszystkich naszych zabitych? – zapytała kobieta.

– Niestety, nie. Większość komnat zalała woda.

Wykałaczka zaczerpnęła głęboko tchu i zerknęła na Dujeka. Wydawało się, że wielka pięść nie jest w stanie podjąć decyzji.

– Czy ktoś widział kapitana Parana?

Nikt nie odpowiadał.

– Proszę bardzo. Decyzja o miejscu pochówku poległych Podpalaczy Mostów należy do ciebie, poruczniku Wykałaczka.

– Zawsze ciekawiło ich, co Odprysk Księżyca ma w środku. – Zdołała uśmiechnąć się z przekąsem. – Myślę, że byliby zadowoleni.

Na skraju bezładnego obozu rozbitego na parkowych terenach na północ od miasta gromadziło się powoli siedmiuset dwudziestu dwóch Mottańskich Pospolitaków. Wszyscy dźwigali jutowe worki wypchane zdobytymi w mieście łupami.

O drzewo oparto masywny blat stołu, odwrócony pomalowanym spodem do góry. Nogi gdzieś się ułamały, ale dzięki temu łatwiej go było nieść.

Obraz świecił już od pewnego czasu, nim ktokolwiek to zauważył. Zebrał się spory tłum, gdy nagle otworzyła się ukryta w wizerunku grota. Wyszli z niej Paran i Szybki Ben. Towarzyszyła im niska, muskularna kobieta o czarnych włosach.

Wszystkich troje pokrywał szron, który zaczął zanikać, gdy tylko grota się zamknęła.

Jeden z żołnierzy podszedł do nich.

– Witajcie. Jestem wielki marszałek Kliwer Pień i czegoś tu nie kapuję.

Paran, wciąż drżący od okrutnego chłodu Omtose Phellack, przypatrywał mu się przez chwilę. W końcu wzruszył ramionami.

– A właściwie czego, wielki marszałku?

Kliwer Pień podrapał się po głowie.

– No więc, to jest stół, nie drzwi...

Po krótkiej chwili, gdy Paran i Szybki Ben szli przez zapadający zmrok ku polu bitwy, czarodziej roześmiał się cicho.

Kapitan spojrzał na niego.

– O co chodzi?

– To taki wsiowy humor, Paran. Takie są skutki rozmawiania z najstraszniejszymi magami, jakich w życiu widziałem.

– Magami?

– No, może to nie jest właściwe określenie. Może lepiej byłoby ich nazwać czarownikami. Czarownikami z bagien. Z kawałkami kory we włosach. Jeśli tylko wejdą do lasu, to już ich nie zobaczysz, dopóki ci na to nie pozwolą. Najgorsi są bracia Pień, chociaż słyszałem, że mają też jedną siostrę. Jej to już z pewnością nie chciałbyś spotkać.

Paran pokręcił głową.

Kilava opuściła ich, gdy tylko przybyli na miejsce. Podziękowała obu mężczyznom w prostych słowach – Paran wyczuwał, że, czyniąc to, odsłoniła się w niezwykłym dla siebie stopniu – i zniknęła w mrocznym lesie.

Kapitan i czarodziej wyszli na trakt kupiecki, który prostował się, wstępując na wzgórza. Za wzgórzami leżało pole śmierci i miasto. Odprysk Księżyca wisiał pionowo nad nimi. Spadała zeń mgiełka deszczu. W Koralu paliły się jeszcze nieliczne pożary, lecz wyglądało na to, że ciemność Kurald Galain gasi je w jakiś sposób.

Nie potrafił zapomnieć o niedawnych wydarzeniach. Nie był przyzwyczajony do roli... zbawcy. Ocalenie jaghuckiego dziecka z rannego portalu Morn znieczuliło go całkowicie.

Tak dawno temu... pod Pale. Poczułem ją, poczułem tę dziewczynkę uwięzioną w wiecznym bólu, niezdolną pojąć, co uczyniła, by zasłużyć na taki los. Myślała, że znajdzie tam matkę. Tak powiedziała jej Kilava. Trzymała brata za rękę...

I nagle wszystko to jej odebrano.

Została sama.

Znała tylko ból.

Przez tysiąclecia.

Szybki Ben i Talamandas rzucili na dziecko jakiś czar, który odebrał mu wszystkie wspomnienia o tym, co się wydarzyło. Paran wyczuwał w tym bezpośrednią ingerencję Kaptura. Tylko bóg mógłby dokonać takiej sztuki – nie zwykłe zablokowanie wspomnień, ale ich całkowite wymazanie.

Dziewczynka straciła brata, lecz otrzymała w zamian wujka.

Ale to nie jest dobry wujek. Jasnowidza również naznaczyło wiele blizn...

Królestwo Pożogi zyskało nowych mieszkańców. Stało się domem starożytnej groty.

– To wspomnienie lodu – rzekł wówczas Szybki Ben. – Owa chaotyczna trucizna ma w sobie żar, który niszczy sługi. Musiałem znaleźć sposób, by zahamować infekcję, osłabić działanie jadu. Rozumiesz, ostrzegłem Okaleczonego Boga. Zapowiedziałem, że stanę mu na drodze. No wiesz, udało się nam go odepchnąć...

Paran uśmiechnął się do siebie na to wspomnienie. Jeśli chodzi o mniemanie o sobie, Szybki Ben nieporównanie przerastał bogów. Niemniej jednak, czarodziej miał prawo do odrobiny satysfakcji, nieprawdaż? Ukradli jasnowidza Anomanderowi Rake'owi sprzed nosa. Naprawili starożytną krzywdę i uśmiech losu sprawił, że mogła w tym wziąć udział również Kilava. Ocalili kontynent przed groźbą Pannion Domin. I na koniec uratowali Omtose Phellack, spowalniając niemal do zera postępy wywołanej przez Okaleczonego Boga infekcji.

A także zwróciliśmy dziecku życie.

– Kapitanie – wyszeptał Szybki Ben, łapiąc go nagle za ramię.

Przed nimi, za ostatnimi drzewami, na stokach rozległego wzgórza o płaskim szczycie, zgromadził się tłum. Pochodnie migotały niczym morze gwiazd.

– To mi się nie podoba – mruknął czarodziej.

Gdy ciemność się rozproszyła, ciała zniknęły – zarówno te na wzgórzu, jak i z wozu, który Wykałaczka i jej żołnierze kazali zatrzymać na poboczu drogi na dole. Pogrzeb odbył się bez ceremonii. Rozmieszczenie poległych w ogromnym latającym gmachu pozostawiono Tiste Andii, samemu Anomanderowi Rake'owi.

Zrzęda odwrócił się, by popatrzeć na Odprysk Księżyca. Forteca pochylała się jak pijana, ulatując ku morzu. Po drodze przesłaniała coraz wyraźniejsze gwiazdy, których poświata nadawała ziemi srebrzystą barwę. Wkrótce naturalna ciemność nocy pochłonie latający gmach w całości.

Gdy Odprysk Księżyca zabrał ze sobą swój cień, ujrzeli na wzgórzach po drugiej stronie traktu grupkę żołnierzy ustawionych w półokręgu wokół prostych mar i stosu kamieni.

Minęła chwila, nim Zrzęda zrozumiał, co widzi. Pociągnął Stonny ku sobie.

– Chodź – wyszeptał.

Nie sprzeciwiała się, gdy poprowadził ją w dół, między milczącymi, widmowymi szeregami, rozstępującymi się przed nimi. Przecięli trakt i płytki rów, a potem ruszyli w górę przeciwległego zbocza.

Na szczycie około stu ocalałych Szarych Mieczy oddawało hołd człowiekowi, który był ongiś Tarczą Kowadłem Fenera.

Za Zrzędą i Stonny ktoś szedł, nie obejrzeli się jednak, by sprawdzić kto to.

Dotarli do niewielkiego skupiska ludzi.

Wszyscy wyczyścili mundury i broń. Zrzęda wypatrzył pośrodku tłumku capańskich kobiet i wychudłych rekrutów Tenescowri Anastera, który nadal dosiadał swej chabety. Śmiertelny Miecz przymrużył powieki kocich oczu na widok niezwykłego, jednookiego młodzieńca.

Nie jest już taki, jak przedtem. Nie jest... pusty. Kim się stał, że nagle wydaje mi się, iż mam przed sobą... rywala?

Najbliżej nieruchomej postaci spoczywającej na marach stała Boży Jeździec. Wydawało się, że kobieta wpatruje się w pobladłą twarz Itkoviana. Mary ustawiono przed wykopanym w ziemi płytkim dołem. Po jednej jego stronie usypano stos ziemi, a po drugiej głazów. Na Itkoviana czekał skromny grób. Wreszcie Capanka się odwróciła.

– Upamiętniamy śmierć tego człowieka, którego duch nie powędruje do żadnego boga. Przeszedł przez Bramę Kaptura. Sam. Nikomu nie przekaże swego brzemienia, gdyż po śmierci pozostał taki sam, jaki był za życia. Itkovian, Tarcza Kowadło Reve Fenera. Zapamiętajcie go.

Skinęła dłonią, nakazując rozpocząć pogrzeb, lecz nagle ktoś ominął Zrzędę i Stonny, i podszedł do niej.

Był to malazański żołnierz, który trzymał pod pachą jakiś owinięty w tkaninę przedmiot.

– Proszę, Boży Jeźdźcze, pragnę uczcić pamięć Itkoviana... – rzekł w łamanym języku daru.

– Jak sobie życzysz.

– Chciałbym też zrobić... coś jeszcze.

Uniosła głowę.

– Słucham?

Malazańczyk zdjął tkaninę, odsłaniając hełm Itkoviana.

– Nie... nie chciałem go oszukać, ale on uparcie twierdził, że to on skorzystał na tej wymianie. Tak nie było, Boży Jeźdźcze. Sama to widzisz. Każdy to widzi. Popatrz na hełm, który ma na głowie. Kiedyś był mój. Chcę go odzyskać. Powinien mieć na głowie własny. Ten...

Capanka odwróciła się, by raz jeszcze spojrzeć na ciało. Przez długą chwilę nic nie mówiła, po czym potrząsnęła głową.

– Nie. Itkovian nie przystałby na twoją prośbę. Cieszył się z twego podarunku, żołnierzu. Niemniej jednak, jeśli doszedłeś do wniosku, że hełm, który mu dałeś, rzeczywiście ma większą wartość, bez wahania zwróciłby...

Odwróciła się i spojrzała na żołnierza, po którego twarzy spływały teraz łzy, a potem dalej, za jego plecy. Umilkła.

I wytrzeszczyła oczy.

Tarcza Kowadło Szarych Mieczy odwróciła się nagle z cichym chrzęstem zbroi. Po chwili reszta żołnierzy podążyła za jej przykładem.

Podobnie jak Zrzęda i Stonny.

Malazańczyk był tylko pierwszym w kolejce. Wszyscy ocalali żołnierze Zastępu Dujeka ustawili się w szeregi u podstawy skąpanego w blasku gwiazd wzgórza. Dalej stali Tiste Andii, Rhivijczycy, Barghastowie, Czarni Moranthowie, całe morze milczących postaci...

Zrzęda przesunął wzrok jeszcze bardziej na wschód, na pole śmierci. Znowu pojawili się na nim T'lan Imassowie, którzy zmierzali ku nim.

Srebrna Lisica stała daleko z boku, przyglądając się temu wszystkiemu.

Oszołomione Szare Miecze rozstąpiły się z szacunkiem przed pierwszymi martwiakami.

Na czele szedł rzucający kości, trzymając w dłoni wytartą muszelkę zawieszoną na rzemieniu. T'lan Imass zatrzymał się.

– W zamian za dar, jaki otrzymaliśmy od tego śmiertelnika, każdy z nas coś mu ofiaruje – oznajmił Bożemu Jeźdźcowi. Nasze dary złożą się na jego kurhan, który będzie nienaruszalny. Jeśli nam odmówisz, zmusimy cię do wyrażenia zgody.

Boży Jeździec potrząsnęła głową.

– Nie, rzucający kości – wyszeptała. – Z pewnością wam nie odmówię.

Martwiak podszedł do Itkoviana i położył muszelkę na jego piersi.

Zrzęda westchnął.

Ach, Itkovian, wydaje się, że zdobyłeś kolejnych przyjaciół.

Każdy z procesji ostrożnie składał skromne dary – niekiedy były to jedynie gładzone kamyki – na coraz większym stosie, który pokrywał ciało. Trwało to całą noc, aż wreszcie gwiazdy zatoczyły swój wielki krąg na niebie i zniknęły w blasku świtu.

Gdy Malazańczyk dodał do kurhanu hełm Itkoviana, zaczęła się druga fala. Żołnierze wstępowali jeden po drugim na wzgórze, by zostawić swe dary. Brosze, diademy, pierścienie, sztylety.

Zrzęda i Stonny cały czas trzymali się z boku, podobnie jak Szare Miecze.

Gdy ostatni żołnierze zeszli już ze wzgórza, Zrzęda ruszył się z miejsca, wpatrzony w wielki, połyskliwy kurhan. Wyczuwał lekkie emanacje czarów Tellann, które zapewniały temu miejscu nienaruszalność, zatrzymując na wieki każdy przedmiot na swoim miejscu. Nagle uniósł lewą rękę. Lekki trzask i obręcze opadły.

Przykro mi, Treach. Będziesz się musiał pogodzić z utratą. Tak jak my wszyscy.

Choć nad morzem na wschodzie wzeszło już słońce, cały Koral nadal spowijał mrok. Paran stał obok Szybkiego Bena. Obaj obserwowali procesję, ale nie zeszli ze wzgórza. Zauważyli, że Dujek przyłączył się do szeregu milczących żałobników. Jeden żołnierz oddawał honory drugiemu.

Kapitan czuł się umniejszony tym, że nie potrafi tego zrobić. Złamała go śmierć Sójeczki i nie był w stanie się poruszyć z miejsca. Zjawili się z Szybkim Benem za późno i nie mogli wraz z innymi wziąć udziału w oficjalnym pożegnaniu dowódcy. Zresztą Paran nie wierzył, by tak prosty rytuał miał sam w sobie zbyt wielkie znaczenie. Nieraz już bywał na pogrzebach. Nawet jako dziecko, w Uncie, chodził razem z siostrami i rodzicami w pełnych powagi konduktach, by w końcu stanąć nad kryptą w nekropolii i patrzeć, jak spowite całunem ciało jakiegoś dygnitarza wędruje do przodków. Zawsze wiercił się nerwowo podczas takich ceremonii, nie czując żałoby po kimś, kogo nie znał. Pogrzeby wydawały mu się pozbawione sensu. Przecież duszę i tak już zabrał Kaptur. Płakanie nad pustym ciałem było jedynie stratą czasu.

Jego matka i ojciec. Nie był na ich pogrzebach. Pocieszała go świadomość, że Tavore z pewnością zorganizuje odpowiednią, godną ich ceremonię.

Tutaj żołnierze ograniczyli oprawę uroczystości do minimum. Po prostu stali nieruchomo na baczność, każdy sam na sam ze swymi myślami i uczuciami. Mimo to byli razem, połączeni wspólnie odczuwaną żałobą.

A on i Szybki Ben się spóźnili. Ciało Sójeczki już zabrano. Ganoes Paran pogrążył się w żalu. Jego serce stało się wielką, ciemną jaskinią, wypełnioną echami uczuć, których nie chciał i nie mógł okazać.

Obaj z czarodziejem wpatrywali się bez słowa w Odprysk Księżyca, dryfujący coraz dalej na wschód. Był już odległy o całą milę. Unosił się nisko nad wodą. Niedługo – być może za miesiąc – dotknie powierzchni oceanu. Woda wedrze się w szczeliny, ponownie napłynie do komnat i latająca forteca zatonie. Pochłonie ją obojętne morze...

Nikt do nich nie podchodził.

Wreszcie czarodziej zwrócił się ku niemu.

– Kapitanie.

– O co chodzi, Szybki?

– Odprysk Księżyca. Narysuj go.

Paran zmarszczył brwi. Wstrzymał nagle oddech. Zawahał się, a potem przykucnął i wygładził dłonią kawałek ziemi. Następnie naszkicował na nim palcem wskazującym czworobok o zaokrąglonych kątach, a w nim przybliżony, lecz łatwy do rozpoznania zarys. Przyglądał się przez chwilę swemu dziełu, po czym podniósł wzrok na Szybkiego Bena i skinął głową.

– Prowadź – rzekł czarodziej, ujmując mocno w garść płaszcz Parana.

No tak, ale jak to się robi? Przyjrzyj się karcie, Paran. Nie, w ten sposób wylądowalibyśmy na jego cholernej powierzchni, z której czekałby nas krótki, ale z całą pewnością śmiertelny upadek do morza. Wykałaczka mówiła, że to komnata. Sala tronowa Rake'a. Wyobraź sobie ciemność. Kurald Galain, pogrążone w mroku i ciszy miejsce pełne spowitych w całuny trupów...

Nie otwierając oczu, Paran ruszył naprzód, pociągając za sobą Szybkiego Bena.

I dotknął butem kamienia.

Otworzył oczy. Zewsząd otaczała go atramentowa czerń, ale powietrze pachniało tu inaczej. Postawił kolejny krok i usłyszał za plecami westchnienie Szybkiego Bena. Czarodziej mruknął coś pod nosem i nad nimi pojawiła się kulka migotliwego światła.

Komnata była wysoka. Miała może ze dwadzieścia kroków szerokości i z górą czterdzieści długości. Wydawało się, że stoją w wejściu. Za plecami mieli łuk drzwi, a za nim korytarz. Z przodu, na przeciwnym końcu komnaty, ulokowano podwyższenie.

Ogromne krzesło o wysokim oparciu, które ongiś znajdowało się na jego środku, odepchnięto teraz na bok. Dwie jego nogi stały na niższym stopniu, wskutek czego tron był przechylony. W centrum podwyższenia stały trzy sarkofagi z czarnego drewna.

Pod ścianami, po obu stronach, ustawiono pionowo dalsze sarkofagi, na których tańczyły czarne pajęczyny czarów.

Szybki Ben syknął cicho przez zęby.

– „Niech się strzeże rabuś, który tu wtargnie".

Paran przyjrzał się czarom, pląsającym cicho po nieozdobionych sarkofagach.

– Osłony? – zapytał.

– A także coś znacznie więcej, kapitanie. Nie martw się jednak. Podpalacze Mostów są w tych, które stoją pod ścianami. Och, i jeden Czarny Moranth. – Wskazał na sarkofag, dla Parana niczym się nie różniący od pozostałych. – Skręt. Trucizna, którą miał w ramieniu, załatwiła go dzwon przed pierwszą falą kompanii Dujeka. – Szybki Ben podszedł do następnego sarkofagu. – A tu jest... to, co zostało z Płota. Nie ma tego wiele. Skurczybyk wysadził się wstrząsaczem. – Czarodziej zatrzymał się przed trumną. – Wykałaczka dokładnie mi wszystko opowiedziała, Płot. Powtórzę to Skrzypkowi, kiedy tylko go zobaczę. – Po chwili milczenia zwrócił się z uśmiechem w stronę Parana. – Wyobrażam sobie jego duszę, jak przycupnęła u podstawy Bramy Kaptura i wpycha rozbijacz między kamienie...

Paran rozciągnął usta w uśmiechu, lecz przyszło mu to z trudnością. Ruszył w stronę podwyższenia. Czarodziej podążył za nim.

Po drodze Szybki Ben wymieniał cicho imiona.

– Goleń... Paluch... Detoran... Chwiejny... Knypek... Mierzwa... Bucklund... Pięterko... Liss... Dasalle... Biegunek... hm, sądziłbym, że Barghastowie... nie, zapewne nie. Był takim samym Podpalaczem Mostów jak my wszyscy. Nadal się uśmiecha pod tą pokrywą, Paran...

Szybki Ben wymieniał na głos imię każdego mijanego przez nich żołnierza. Ponad trzydziestu Podpalaczy Mostów. Utracony oddział Parana.

Dotarli do podwyższenia.

I nie mogli już iść dalej. Cały pomost spowijały czary, połyskująca delikatnie sieć Kurald Galain.

– To dzieło samego Rake'a – wyszeptał czarodziej. – Te... zaklęcia. Pracował sam.

Paran skinął głową. Słyszał już to samo od Wykałaczki, rozumiał jednak, dlaczego czarodziej chce mówić, wypełnić komnatę echami swego głosu.

– Rozumiesz, to przez jego nogę. Odmówiła posłuszeństwa w nieodpowiednim momencie. Zapewne w chwili wypadu... a to znaczy, że miał Kallora. Był gotów go wykończyć. Inaczej nie zdecydowałby się na takie ryzyko. Ta cholerna noga. Złamał ją w Darudżystanie.

Zwaliła mu się na nią marmurowa kolumna. Po prostu stał w niewłaściwym miejscu w niewłaściwym czasie. I oto są skutki.

A teraz Wykałaczka i reszta mają Młotka na oku. Cały czas ktoś jest obok niego, bo uzdrowiciel w każdej chwili może spróbować rzucić się na własny nóż... jeśli tylko będzie miał okazję. Ach, Młotek, on ciągle cię odsyłał. „Innym razem. Teraz mam zbyt wiele na głowie. To tylko tępy ból. Zajmiemy się tym, jak już to wszystko się skończy". To nie była twoja wina, Młotek. Żołnierze giną.

Szybki Ben wydobył z torby mały kamyk i położył go na podłodze przed podwyższeniem.

– Może zechcę jeszcze kiedyś tu zajrzeć – wyjaśnił Paranowi ze smutnym uśmieszkiem na twarzy. – Z Kalamem...

Och, czarodzieju...

Paran uniósł wzrok ku trzem sarkofagom. Nie wiedział, kto w którym spoczywa, z jakiegoś powodu nie miało to jednak większego znaczenia. Sójeczka i dwie żołnierki...

Przynajmniej zdołali uratować Tattersail.

To korzystna transakcja, czarodziejko.

– Mogę już ich na razie opuścić, kapitanie.

Paran skinął głową.

Odwrócili się i powoli wrócili tą samą drogą, którą przyszli.

Zatrzymali się przy wyjściu z komnaty.

Szybki Ben zajrzał do korytarza.

– Rozumiesz, zostawili tu wszystko.

– Kto? Co zostawili?

– Rake. Tiste Andii. Zostawili swój dobytek. Cały.

– Dlaczego? Wydawało mi się, że mają zamieszkać w Czarnym Koralu? Miasto zostało doszczętnie ogołocone...

Szybki Ben wzruszył ramionami.

– Tiste Andii – stwierdził tonem sugerującym: „nigdy ich nie zrozumiemy".

Ukształtował się przed nimi niewyraźny portal.

Czarodziej chrząknął.

– Masz naprawdę niezwykły styl, kapitanie.

Tak jest, styl nieudolnego ignoranta.

– Przejdź na drugą stronę, czarodzieju.

Szybki Ben zniknął w portalu. Potem Paran odwrócił się, by po raz ostatni spojrzeć na komnatę. Kula światła szybko gasła.

Sójeczka, dziękuję ci za wszystko. Podpalacze Mostów, wiem, że zrobiłem dla was za mało. Zwłaszcza pod koniec. Mogłem przynajmniej z wami zginąć.

No cóż, zapewne jest już za późno. Błogosławię was wszystkich.

Odwrócił się i wyszedł przez portal.

Światło w milczącej komnacie zgasło. Kula zamigotała i wreszcie zniknęła.

Pomieszczenie wypełnił jednak inny blask. Był delikatny i zdawał się tańczyć razem ze spowijającą sarkofagi czarną pajęczyną.

Taniec tajemnicy.

Kareta z kości jechała z klekotem kupieckim traktem. Emancipor uderzał lejcami w szerokie, czarne jak noc grzbiety wołów.

Zrzęda stanął pośrodku drogi, by na nich zaczekać.

Lokaj skrzywił się wściekle i zatrzymał z wyraźną niechęcią powóz, po czym walnął pięścią w ścianę za swymi plecami. Gadzia skóra zadudniła niczym wojskowy bęben.

Otworzyły się drzwi i na zewnątrz wygramolił się Bauchelain, a za nim Korbal Broach.

Bauchelain przystanął naprzeciwko Zrzędy, lecz szarymi, pozbawionymi wyrazu oczyma patrzył na mroczne miasto za jego plecami.

– Wspaniałe – wydyszał. – To... to jest miejsce, które mógłbym zwać domem.

Zrzęda roześmiał się ochryple.

– Tak ci się zdaje? Mieszkają tu teraz Tiste Andii. Co więcej, jest to obecnie część Imperium Malazańskiego. Sądzisz, że tolerowano by tu szczególne zainteresowania twego przyjaciela?

– On ma rację – pisnął stojący obok karety Korbal Broach. – Nie miałbym tu żadnej rozrywki.

Bauchelain uśmiechnął się.

– Ach, Korbal, pomyśl o tych wszystkich świeżych trupach. Spójrz też na to pole pod nami. K'Chain Che'Malle, już pięknie poćwiartowani. Na łatwe w obróbce fragmenty, że tak powiem. Mój drogi kolego, jest tu tak wiele materiału, że wystarczyłoby go na całą rezydencję.

Korbal Broach uśmiechnął się nagle.

Bogowie, oszczędźcie mi tego widoku. Błagam, już nigdy więcej.

– Bądź tak łaskaw i zejdź nam z drogi, pręgowany kapitanie – rzekł Bauchelain. – Ale najpierw bądź tak uprzejmy i odpowiedz mi na jedno pytanie.

– Słucham?

– Niedawno otrzymałem list. Napisany okropnym charakterem, a co gorsza, na korze. Wygląda na to, że niejaki Kliwer Pień i jego bracia wybierają się do mnie z wizytą. Czy może przypadkiem znasz owych zacnych panów? A jeśli tak, to czy mógłbyś udzielić mi jakichś rad odnośnie do zasad etykiety podczas spotkania z nimi?

Zrzęda uśmiechnął się.

– Włóż najlepsze ubranie, Bauchelain.

– Ach. Jestem ci wdzięczny, kapitanie. Gdybyś mógł teraz...

Zrzęda skinął dłonią i przeszedł na drugą stronę traktu.

Szare Miecze rozbiły tymczasowy obóz w odległości pięćdziesięciu kroków na wschód od potężnego, połyskliwego kurhanu, któremu nadano już nazwę Daru Itkoviana. Z Czarnego Koralu i z okolicznych lasów wyłoniły się bandy obdartych Tenescowri, wychudzonych i toczonych chorobami. Zbierali się teraz wokół obozu. Rozeszły się już wieści o... ponownych narodzinach Anastera, które niosły obietnicę zbawienia.

Werbunek. Ci Tenescowri nie mogą już wrócić do dawnego życia. Oni również muszą narodzić się na nowo. Nieznajomego, który zamieszkał wewnątrz Anastera – tego nowego Śmiertelnego Miecza Togga i Fanderay – czeka wiele roboty...

Nadszedł czas, by Zrzęda przyjrzał się temu człowiekowi z bliska.

Zapewne okaże się lepszym Śmiertelnym Mieczem ode mnie. Siedząc na tej cholernej, paskudnej chabecie, wygląda jak zadowolony z siebie świętoszek. Tak, przyznaję, że jestem gotów znienawidzić sukinsyna.

Zrzęda podszedł do Anastera, który jechał przez nędzny obóz Tenescowri. Ze wszystkich stron chude jak patyki postacie wyciągały ręce, by dotknąć mężczyzny i jego wierzchowca. Kilka kroków za nim szła Boży Jeździec. Zrzęda wyczuwał wypływające z kobiety uzdrawiające czary. Zaczęło się objęcie Reve Wilka.

Wreszcie Anaster opuścił obóz. Jego jedyne oko wypatrzyło Zrzędę i zatrzymał się, by nań zaczekać.

Zaczął mówić, nim jeszcze Daru miał szansę się odezwać.

– Jesteś Zrzęda, Śmiertelny Miecz Trake'a. Boży Jeździec opowiadała mi o tobie. Cieszę się, że cię widzę. – Anaster obejrzał się na Tenescowri, którzy zatrzymali się na granicy obozu, jakby znajdowała się tam jakaś niewidzialna, nieprzenikniona bariera. Potem zsiadł z konia. – Tarcza Kowadło upierała się, że muszę być widoczny – mruknął. Skrzywił się z bólu, prostując nogi. – Jak tak dalej pójdzie, będę chodził jak Wickanin.

– Powiedziałeś, że cieszysz się, że mnie widzisz – odezwał się Zrzęda. – Dlaczego?

– Jesteś Śmiertelnym Mieczem, zgadza się? Mnie też tak nazywają. Pomyślałem sobie, hmm, no dobra. Co to właściwie znaczy?

– Nie wiesz tego?

– Nie. A ty?

Zrzęda milczał przez długą chwilę. Wreszcie się uśmiechnął.

– Nie za bardzo.

Anaster odprężył się z głośnym westchnieniem. Podszedł bliżej.

– Posłuchaj. Przed tym... hmm, nim przybyłem do tego ciała, byłem zwiadowcą w armii malazańskiej. Uważałem wówczas świątynie za miejsca, gdzie wyciąga się z ubogich pieniądze po to, by w piwnicach kapłanów nie zabrakło wina. Nie chcę mieć wyznawców. Ta Boży Jeździec, która za nami idzie, i Tarcza Kowadło... bogowie, ależ z niej twarda kobieta! Oczekują ode mnie nie wiadomo czego. Czuję się teraz, jak ten Itkovian, tyle że on już pewnie nic nie czuje. Kapturze, serce mi pęka, gdy tylko wymienię jego imię, a przecież nawet go nie znałem.

– Ja znałem, Anaster. Grunt to spokój, chłopcze. Wydaje ci się, że chciałem zostać Śmiertelnym Mieczem Trake'a? Byłem strażnikiem karawanowym, i to kiepskim, i cieszyłem się z tego...

– Cieszyłeś się z tego, że byłeś kiepski?

– Masz cholerną rację.

Anaster uśmiechnął się.

– Znalazłem niewielką beczułkę *ale*... stoi w obozie Szarych Mieczy. Powinniśmy wybrać się na małą przechadzkę, Zrzęda.

– Ehe, pod drzewami. Poszukam Stonny. To moja przyjaciółka. Myślę, że ją polubisz.

– Kobieta? Już ją lubię. Pójdę po *ale* i spotkamy się tutaj.

– Dobry plan, Anaster. Aha, nie mów nic Bożemu Jeźdźcowi ani Tarczy Kowadłu...

– Nie powiem, nawet na torturach... – Jego głos ucichł. Młodzieniec pobladł nagle. Potem potrząsnął głową. – Do zobaczenia, przyjacielu.

– Ehe.

Przyjacielu... chyba masz rację.

Anaster skoczył na konia. Człowiek, którym kiedyś był, potrafił jeździć.

Nie, nie człowiek, którym był. Człowiek, którym jest.

Zrzęda śledził go wzrokiem jeszcze przez chwilę, po czym poszedł poszukać Stonny.

Z czterech wielkich karet Gildii Kupieckiej Trygalle, stojących u stóp wzgórza, wciąż jeszcze buchała para, czy może dym. Szybki Ben poszedł porozmawiać z naczelnikiem konwoju. Już z odległości pięćdziesięciu kroków było widać, że ten bogato odziany mężczyzna z nadwagą jest doszczętnie wyczerpany.

Paran, czekający razem z Podpalaczami Mostów na szczycie na Dujeka, przyglądał się, jak czarodziej i mag Trygalle wdali się w długą konwersację, która wyraźnie wprawiła Szybkiego Bena w stan oszołomienia. Podszedł do nich Daru, Kruppe, i ożywiona dyskusja rozpoczęła się na nowo.

– O co tu chodzi? – zapytała stojąca obok kapitana Wykałaczka.

Paran potrząsnął głową.

– Nie mam pojęcia, poruczniku.

– Kapitanie?

Coś w jej tonie natychmiast przyciągnęło jego uwagę.

– Słucham?

– Niedobrze zrobiłeś, powierzając mi dowództwo. Schrzaniłam sprawę, kapitanie.

Zobaczył ból w jej oczach i nie odwrócił wzroku, choć nagle gorąco zapragnął to uczynić.

– To nie twoja wina, poruczniku. W końcu to ja byłem dowódcą i opuściłem was wszystkich.

Potrząsnęła głową.

– Szybki mówił mi, co zrobiliście, kapitanie. Musieliście się tam udać. Dobrze to wszystko rozegraliście. Wydawało nam się, że nie mamy szans na zwycięstwo, ale teraz wiemy, że tak nie było, i to znaczy więcej, niż potrafisz sobie uzmysłowić.

– Poruczniku, wyprowadziłaś z tej twierdzy żywych żołnierzy. Nikt nie potrafiłby dokonać więcej.

– Też tak uważam – warknął ktoś obok.

Oboje umilkli, wstrząśnięci niespodziewanym pojawieniem się Dujeka. Wydawało się, że wielka pięść postarzał się w ciągu doby o dziesięć lat. Był zgięty wpół, a jego jedyna dłoń drżała.

– Poruczniku, zwołaj Podpalaczy Mostów. Chcę pomówić z wami wszystkimi.

Wykałaczka odwróciła się i przywołała skinieniem piątkę żołnierzy.

– Znakomicie – mruknął wielka pięść. – Wysłuchajcie mnie uważnie. Na jedną z tych karet Trygalle właśnie ładują pół wozu zaległego żołdu. Zaległego żołdu dla kompanii znanej jako Podpalacze Mostów. Dla pełnego stanu. To wystarczy, żebyście wszyscy mogli kupić sobie rezydencje i zamienić resztę swego życia w zasłużoną sielankę. Trygalle zabiorą was do Darudżystanu. Do imperium nie radziłbym wam wracać. Dla Tayschrenna, pięści Aragana i dla mnie ani jeden Podpalacz Mostów nie wyszedł z tej twierdzy żywy. Nie, nic nie mówcie, żołnierze. Tego pragnął dla was Sójeczka. Kapturze, pragnął tego również dla siebie. Uszanujcie jego wolę. Poza tym, mam dla was jeszcze jedno zadanie, które wymaga, byście udali się do Darudżystanu. Trygalle kogoś tam dostarczyła. Ten człowiek pozostaje obecnie pod opieką wielkiego alchemika Baruka, ale nie czuje się dobrze. Sądzę, że was potrzebuje. Potrzebuje Malazańczyków. Żołnierzy. Gdy już tam dotrzecie, zróbcie dla niego, co tylko zdołacie. Gdy uznacie, że nie możecie już mu pomóc, będziecie mogli odejść.

Dujek przerwał, popatrzył na nich i skinął głową.

– To by było wszystko, Podpalacze Mostów. Czekają na was ludzie z Trygalle. Kapitanie, zostań na chwilkę. Chciałbym porozmawiać z tobą na osobności. Aha, Wykałaczka, przyślij tu też wielkiego maga Szybkiego Bena, dobra?

Kobieta zamrugała.

– Wielkiego maga?

Dujek skrzywił się wściekle.

– Skurczybyk nie może się już dłużej ukrywać. Tayschrenn nalegał.

– Tak jest.

Paran odprowadzał wzrokiem schodzącą ze wzgórza grupkę żołnierzy.

Dujek uniósł drżącą dłoń do twarzy i odwrócił się.

– Przejdź ze mną kawałek.

Kapitan ruszył za nim.

– Dobrze to rozegrałeś, wielka pięści.

– Nieprawda, Ganoes, ale nie mogłem zrobić nic więcej. Nie chcę, żeby ostatni Podpalacze Mostów zginęli na jakimś polu bitwy albo w bezimiennym mieście, które ze wszystkich sił broni swej wolności. Zabieram resztki Zastępu do Siedmiu Miast, żeby wzmocnić karną ekspedycję przybocznej Tavore. Możesz popłynąć...

– Nie, wielka pięści, wolałbym nie.

Dujek skinął głową, jakby tego właśnie się spodziewał.

– Obok tych powozów czeka na ciebie kilkanaście rulonów. Możesz odejść razem ze swoją kompanią. Masz moje błogosławieństwo. Wciągnę cię na listę strat.

– Dziękuję, wielka pięści. Chyba się nie nadaję na żołnierza.

– Ani słowa więcej, kapitanie. Możesz myśleć o sobie, co chcesz, ja jednak nie przestanę cię uważać za człowieka szlachetnego.

– Szlachetni...

– Nie w tym sensie, Ganoes. Mówię o szlachectwie, na które trzeba zasłużyć. Tylko ono ma wartość, ponieważ w dzisiejszych czasach spotyka się je cholernie rzadko.

– Z całym szacunkiem nie zgadzam się z tobą, wielka pięści. Gdybym z tej kampanii miał zapamiętać tylko jedno, to byłoby to wspomnienie o tym, że ci, którzy mnie otaczali, raz po raz uczyli mnie pokory.

– Wracaj do reszty Podpalaczy Mostów, Ganoesie Paran.

– Tak jest. Żegnaj, wielka pięści.

Schodząc ze stoku, Paran potknął się, lecz natychmiast odzyskał równowagę.

Powiedział: „reszty Podpalaczy Mostów". No cóż, nie mogę twierdzić, bym cieszył się tym długo, niemniej jednak...

Osiągnąłem ten cel.

Ignorując otaczających go ze wszystkich stron żołnierzy o posępnych obliczach, Toc – Anaster – ściągnął wodze przed małym namiotem, przydzielonym mu przez Szare Miecze.

Tak, pamiętam Anastera, i to może być jego ciało, ale na tym koniec.

Zsunął się z siodła i wszedł do namiotu.

Po krótkich poszukiwaniach znalazł beczułkę i schował ją w skórzanym worku, który przerzucił sobie przez ramię. Potem wyszedł na zewnątrz.

Gdy dosiadał konia, podszedł do niego jakiś mężczyzna.

Toc zmarszczył brwi. To nie był Tenescowri ani Szary Miecz. Miał na sobie wyblakły, wystrzępiony skórzany strój oraz futro i wyglądał raczej na Barghasta.

Jego skórę pokrywały blizny. Toc nigdy dotąd nie widział, by ktoś miał ich tak wiele. Mimo to na jego szlachetnej twarzy malował się spokój. Mężczyzna nie przekroczył jeszcze dwudziestu lat. Rysy miał wyraziste, a kości twarzy masywne. Długich, czarnych włosów nie splótł w warkocze ani nie nosił w nich żadnych fetyszów.

Skierował na Toca łagodne spojrzenie brązowych oczu.

Toc nigdy w życiu go nie widział.

– Hej. Czy mogę w czymś pomóc? – zapytał, niecierpliwie pragnąc ruszyć w drogę.

Nieznajomy potrząsnął głową.

– Chciałem cię tylko zobaczyć, upewnić się, że wszystko z tobą w porządku.

Myśli, że jestem Anasterem. To pewnie jakiś jego dawny przyjaciel. Ale nie jeden z zastępców, bo bym go zapamiętał. No cóż, nie chcę go rozczarować.

– Dziękuję, czuję się dobrze.

– Cieszę się. – Mężczyzna uśmiechnął się, wyciągnął rękę i oparł dłoń na nodze Toca. – Pójdę już, bracie. Wiedz, że zachowałem cię w pamięci.

Nadal uśmiechnięty, odwrócił się i oddalił na północ, w stronę lasu, przechodząc przez grupkę wyraźnie zaciekawionych Szarych Mieczy.

Toc śledził go wzrokiem.

Coś... coś w jego kroku...

– Śmiertelny Mieczu...

Tarcza Kowadło szła w jego stronę.

Toc złapał wodze.

– Nie teraz! – zawołał. – Później. – Zawrócił konia. – No dobra, ty żałosna szkapo. Pokaż mi, jak potrafisz cwałować, dobra?
Wbił pięty w boki zwierzęcia.

Siostra czekała na niego na skraju lasu.
– Skończyłeś? – zapytała.
– Tak.
Weszli między drzewa.
– Stęskniłam się za tobą, bracie.
– I ja za tobą.
– Nie masz miecza...
– Faktycznie, nie mam. Uważasz, że mogę go potrzebować?
Pochyliła się ku niemu.
– Sądzę, że bardziej niż poprzednio.
– Być może masz rację. Musimy znaleźć kamieniołom.
– W Górach Barghasckich. Krzemień koloru krwi. Oczywiście nasycę go czarami, żeby się nie roztrzaskał.
– Tak jak poprzednim razem, siostro.
– Dawno temu.
– Tak, bardzo dawno temu.

Dwaj bracia przyglądali się obojętnie, jak pani Zawiść zdejmuje czar uniemożliwiający Mokowi odzyskanie przytomności. Trzeci ocknął się powoli. Oczy pod maską były zaszklone z bólu.
– Już, już – wyszeptała. – Dużo ostatnio wycierpiałeś, prawda?
Mok spróbował usiąść. Gdy tylko ujrzał braci, jego spojrzenie nabrało twardszego wyrazu.
Pani Zawiść wyprostowała się i obrzuciła Senu oraz Thurule'a szacującym spojrzeniem. Po chwili westchnęła.
– Rzeczywiście prezentują się marnie. Ucierpieli pod twoją nieobecność, Trzeci. Ale z drugiej strony – dodała radosnym tonem – tobie powiodło się niewiele lepiej! Muszę cię zawiadomić, że maska ci pękła, Mok.
Seguleh wyciągnął rękę, pomacał maskę i natrafił na cienką jak włos szczelinę, która biegła przez dwie trzecie jej długości po lewej stronie.
– Jestem zmuszona przyznać, że fasady nas wszystkich poważnie ucierpiały – ciągnęła dalej pani Zawiść. – Wyobraź sobie

tylko, że Anomander Rake, Siódmy, wygnał nas bezceremonialnie z miasta.

Mok wstał chwiejnie i rozejrzał się wokół.

– Tak, jesteśmy w tym samym lesie, przez który wlekliśmy się tak długo – potwierdziła pani Zawiść. – Wasza karna ekspedycja dobiegła końca. Być może zakończyła się sukcesem, a być może nie. Niestety, Pannion Domin już nie istnieje. Pora wracać do domu, posępni słudzy.

Mok przyjrzał się swoim mieczom, po czym zerknął na panią Zawiść.

– Nie. Zażądamy audiencji u Siódmego...

– Och, ty naiwny człecze! Nie zechce was przyjąć! Co gorsza, żeby się do niego dostać, musielibyście wyrąbać sobie drogę pośród kilkuset Tiste Andii i nie, oni nie skrzyżowaliby z wami mieczy. Po prostu unicestwiliby was czarami. Dzieci Matki Ciemności nie zwykły się patyczkować. Postanowiłam odprowadzić was trzech do domu. Czyż to nie nadzwyczajna łaskawość z mej strony?

Mok wpatrywał się w nią bez słowa przez dłuższą chwilę.

Pani Zawiść uśmiechnęła się słodko.

Podczas długiej podróży na północ Barghastowie z Białych Twarzy podzielili się na klany, a potem na rodzinne grupy, oddalające się od szlaku, gdy tylko przychodziła im na to ochota. Hetan i Cafal, którzy zostali kawałek drogi za ojcem i jego najbardziej oddanymi zwolennikami, skręcili nieco na wschód.

Słońce ogrzewało im głowy i ramiona, a w powietrzu unosił się zapach morza odległego o dwieście kroków na prawo.

Było południe, gdy dostrzegli przed sobą dwoje wędrowców. Kiedy podeszli do nich, Hetan doszła do wniosku, że nieznajomi z pewnością są blisko ze sobą spokrewnieni. Nie byli szczególnie wysocy, lecz masywnie zbudowani, a włosy mieli czarne. Szli bardzo powoli obok siebie, bliżej brzegu niż ona i Cafal.

Wyglądali na Barghastów, lecz ani ona, ani jej brat nie znali ich plemienia czy klanu. Po chwili zrównali się z dwojgiem wędrowców.

Hetan zatrzymała spojrzenie na mężczyźnie, którego ciało pokrywały nadzwyczajne blizny.

– Witajcie, nieznajomi! – zawołała.

Oboje odwrócili się, wyraźnie zaskoczeni, że mają towarzystwo.

Hetan przyjrzała się twarzy mężczyzny. Nie mogłoby być bardziej oczywiste, że kobieta jest jego siostrą.

I bardzo dobrze.

– Hej! – zawołała do niego. – Jak masz na imię?

Na widok jego uśmiechu serce zabiło jej mocniej.

– Onos Toolan.

Hetan podeszła bliżej. Mrugnęła znacząco do ciemnowłosej kobiety, po czym ponownie zatrzymała spojrzenie na mężczyźnie zwanym Onosem Toolanem.

– Widzę więcej, niż ci się zdaje – oznajmiła cicho.

Młody wojownik uniósł głowę.

– Naprawdę?

– Ehe, i to, co widzę, mówi mi, że od dawna nie miałeś kobiety.

Mężczyzna otworzył szeroko oczy.

Ma piękne oczy, oczy kochanka.

– To prawda – przyznał, uśmiechając się serdecznie.

Och tak, oczy mojego kochanka...

EPILOG

Paran otworzył drzwi, zarzucił na ramię ciężki, wypchany złotem plecak i wszedł do korytarza.

– Raest! Gdzie jesteś?

Zakuty w zbroję Jaghut wyłonił się skądś i zatrzymał bez słowa przed Paranem.

– No dobra – mruknął Malazańczyk. – Postanowiłem tu zamieszkać.

– Postanowiłeś – powtórzył Raest głosem brzmiącym jak zimny zgrzyt.

– Tak jest. Uwierz, trzy tygodnie w tej cholernej gospodzie wystarczyły mi z nawiązką. Dlatego tu jestem. Zebrałem się na odwagę i zdecydowałem przenieść do osławionego, budzącego grozę Domu Finnest. Widzę jednak, że jako gospodarz nie radzisz sobie najlepiej.

– Co chcesz zrobić z tymi dwoma ciałami w wejściu?

Paran wzruszył ramionami.

– Jeszcze nie podjąłem decyzji. Pewnie będę musiał coś wykombinować. Na razie chcę gdzieś zwalić to złoto, żeby móc wreszcie spać spokojnie. No wiesz, dzisiaj otwierają lokal...

– Nie, władco talii – odparł olbrzymi wojownik. – Nie wiem.

– Mniejsza z tym. Powiedziałem, że przyjdę. Kaptur wie, że wątpię, by ktoś jeszcze się zjawił, poza być może Kruppem, Collem i Murilliem.

– Że przyjdziesz dokąd, władco talii?

– Proszę cię, mów mi Ganoes. Albo Paran. Pytasz, dokąd? Do nowej gospody Wykałaczki.

– Nic nie wiem o...

– Wiem, że nie wiesz. Dlatego właśnie ci o tym mówię.

– I nic mnie to nie obchodzi, Ganoesie Paran, władco talii.

– Twoja strata, Raest. Nowa gospoda Wykałaczki. I jej wspólnika. Wydali połowę żołdu na ten obłąkany projekt.

– Obłąkany?

– Tak. Nie wiesz, co znaczy słowo „obłąkany"?

– Wiem to aż za dobrze, Ganoesie Paran, władco talii.

Na te słowa Parana zatkało. Przyjrzał się skrytej pod hełmem twarzy, lecz zobaczył w szczelinie wizury jedynie cienie. Przeszył go lekki dreszcz.

– Hm, tak. W każdym razie, kupili świątynię K'rula, razem z dzwonnicą, i zrobili z niej...

– Gospodę.

– Mimo że wszyscy w mieście mówią, że w tej świątyni straszy.

– Przypuszczam, że wobec tego nie kosztowała zbyt drogo – stwierdził Raest, odwracając się.

Paran śledził wzrokiem zakutą w zbroję postać.

– Do zobaczenia! – zawołał.

– Skoro nalegasz... – usłyszał słabą odpowiedź.

Wychodząc przez sfatygowaną bramę na ulicę, Paran omal nie wpadł na obdartą, zakapturzoną postać, która siedziała krzywo na skraju rynsztoka. Spod łachmanów wyłoniła się brudna dłoń.

– Dobry panie! Daj monetę! Jedną monetę!

– Masz szczęście, starcze. Mogę ci dać więcej.

Sięgnął do wetkniętej za pas skórzanej sakwy i wydobył z niej garść srebrników.

Żebrak chrząknął i przysunął się bliżej, wlokąc za sobą nogi.

– Widzę, że jesteś majętny! Wysłuchaj mnie! Potrzebuję wspólnika, hojny panie! Mam złoto. Rady! Ukryte pośród wzgórz Tahlynu! To cała fortuna! Musimy tylko zorganizować ekspedycję. To niedaleko.

Paran wysypał monety w dłonie starca.

– Zakopany skarb, przyjacielu? Nie wątpię w to.

– Panie, suma jest wielka, a ja z chęcią rozstanę się z połową. Zarobisz na tym co najmniej dziesięć razy tyle.

– Nie potrzebuję już więcej bogactw – odparł z uśmiechem Paran. Odsunął się od żebraka i przystanął na chwilę. – Swoją drogą, raczej nie radziłbym ci zatrzymywać się dłużej pod tą bramą – dodał. – Ten Dom niechętnie wita obcych.

Wydawało się, że starzec skurczył się nagle. Odwrócił głowę w bok.

– Aha – dobiegł jego głos spod wystrzępionego kaptura. – To prawda. – Zachichotał cicho. – Ale znam taki, który wita ich chętnie...

Paran zbył niezrozumiałe słowa starca wzruszeniem ramion i oddalił się.

Żebraka dopadł atak gwałtownego kaszlu.

Wykałaczka nie potrafiła oderwać od niego wzroku. Mężczyzna siedział zgięty wpół na stojącym osobno krześle. W dłoniach nadal ściskał wystrzępioną szmatkę, na której coś napisano. Alchemik zrobił, co tylko mógł, żeby przywrócić do życia wysuszone, zmasakrowane ciało. Nie ulegało wątpliwości, że musiał się zdrowo natrudzić.

Znała go, oczywiście. Wszyscy z nich go znali. Wiedzieli też, skąd tu przybył.

Od chwili wskrzeszenia nie odezwał się ani słowem. Baruk zapewniał, że nie ma żadnych fizycznych uszkodzeń, które uniemożliwiałyby mu mówienie.

Historyk imperialny zamilkł. Nikt nie wiedział dlaczego.

Wykałaczka westchnęła.

Huczne otwarcie Baru K'rula okazało się katastrofą. W ogromnej komnacie głównej czekały puste, smętne stoły. Paran, Trzpień, Niewidka, Nerwusik, Młotek i Niebieska Perła siedzieli najbliżej płonącego kominka, nie mówiąc prawie nic. Obok stał drugi zajęty stolik, przy którym usadowili się Kruppe, Murillio i Coll.

I na tym koniec. Bogowie, jesteśmy zrujnowani. Nie trzeba było słuchać Nerwusika...

Otworzyły się drzwi wejściowe.

Wykałaczka podniosła z nadzieją wzrok, ale okazało się, że to tylko Baruk.

Wielki alchemik zatrzymał się w przedsionku, po czym ruszył powoli ku pozostałym Daru.

– Najdroższy przyjacielu zacnego Kruppego! Baruku, niezłomny obrońco Darudżystanu, czyż mógłbyś dzisiejszej nocy znaleźć sobie towarzystwo lepsze od tego, które zasiada przy tym stoliku? Kruppe właśnie zdumiewał swych towarzyszy, a nawet tych żołnierzy o posępnych obliczach, siedzących przy sąsiednim stoliku, nadzwyczajną relacją o tym, jak on i ten, na którego cześć nazwano tę gospodę, uknuli spisek, by stworzyć nowy świat.

– Czy ta opowieść już się skończyła? – zapytał Baruk, podchodząc bliżej.

– Właśnie przed chwilą, ale Kruppe byłby zachwycony...

– Znakomicie. Wysłucham jej przy innej okazji. – Wielki alchemik zerknął na Duikera, ale historyk imperialny nawet nie drgnął. Siedział z pochyloną głową i wpatrywał się w szmatkę. – Wykałaczka, masz grzane wino? – zapytał z westchnieniem Baruk.

– Mam – odparła. – Za twoimi plecami, obok kominka.

Nerwusik sięgnął po gliniany dzban i wstał, by nalać wina Barukowi.

– W porządku – odezwała się głośno Wykałaczka, podchodząc bliżej. – To już wszyscy. Znakomicie. Kominek dobrze grzeje, wszyscy mamy już trochę w czubie i osobiście chętnie wysłuchałabym jakichś opowieści. Nie, nie twoich, Kruppe. Twoje już znam. Baruk, Coll i Murillio na pewno z chęcią poznaliby historię zdobycia Koralu.

Coll pochylił się powoli.

– Czyli że wreszcie zaczniesz mówić, tak? Już najwyższy czas, Wykałaczka.

– Nie ja – odparła. – Przynajmniej nie na początku. Kapitanie? Nalej sobie i zacznij opowieść.

Paran skrzywił się i potrząsnął głową.

– Gdybym tylko mógł, Wykałaczka.

– Za mało czasu – mruknął Trzpień. Skinął głową i odwrócił się.

– Na oddech Kaptura, cóż za ponura zgraja!

– No jasne! – warknął Trzpień. – Opowieść, która znowu złamie nam serca! Gdzie w tym wartość?

– Jest w tym wartość – odezwał się ktoś ochrypłym głosem.

Wszyscy umilkli, spoglądając na Duikera.

Historyk imperialny uniósł wzrok i skierował na nich spojrzenie ciemnych oczu.

– Wartość. Tak jest, sądzę, że bardzo wielka wartość. Ale nie waszą historię, żołnierze. Jeszcze nie. Dla was jest jeszcze za wcześnie. Za wcześnie.

– Być może masz rację – wyszeptał Baruk. – Żądamy od nich...

– Zbyt wiele. Tak jest.

Starzec ponownie spojrzał na szmatkę, którą trzymał w rękach.

Cisza się przeciągała.

Duiker wciąż się nie ruszał.

Wykałaczka zaczęła się już odwracać do towarzyszy, gdy historyk wreszcie przemówił.

– Proszę bardzo, pozwólcie, bym tej nocy to ja złamał wam serca. Oto jest opowieść o Sznurze Psów. O Coltainie z Klanu Wron, nowej pięści Siódmej Armii...

TU KOŃCZY SIĘ TRZECIA OPOWIEŚĆ Z MALAZAŃSKIEJ KSIĘGI POLEGŁYCH

GLOSARIUSZ

Terminologia stosowana w Pannion Domin

Pannioński Jasnowidz: polityczny i duchowy przywódca Domin
Septarcha: zarządca jednej z siedmiu prowincji Domin (dowodzi również armią)
Urdo: dowódca doborowej ciężkiej piechoty (urdomenów)
Urdomeni: doborowa ciężka piechota, fanatyczni wyznawcy jasnowidza
Jasnodomini: sekta fanatycznych strażników osobistych i skrytobójców
Betaklici: średniozbrojna piechota
Beklici: regularna piechota (znani też jako Sto Tysięcy)
Betrullidzi: lekka kawaleria Rdomeni: U
Betakullidzi: średniozbrojna kawaleria
Scalandi: lekka piechota
Desandi: saperzy
Tenescowri: chłopska armia

W Capustanie:

Szare Miecze: religijna organizacja najemników wynajęta do obrony przed Pannion Domin
Rada Masek: wielcy kapłani czternastu Ascendentów reprezentowanych w Capustanie
Gidrathowie: żołnierze służący czternastu świątyniom
Capański Dwór: miejski garnizon Capustanu pod dowództwem księcia Jelarkana
Kompania Koralesjańska: zwolennicy wygnanego księcia Koralu, Ararda
Gwardia Lestarska: wygnana gwardia pałacowa z Lest
Capan: nazwa zamkniętych dzielnic Capustanu
Dzielnica Daru: starówka w centrum Capustanu

Niewolnik: dawna twierdza Daru, obecnie miejsce urzędowania Rady Masek

Czternaście Ascendentów capustańskiej Rady Masek

Fener/Tennerock
Trake/Treach
D'rek
Kaptur
Pożoga
Togg
Beru
Mowri
Oponn
Soliel i Poliel
Królowa Snów
Fanderay
Dessembrae
Tron Cienia

Ludy i miejsca

Rhivijczycy: społeczeństwo koczowniczych pasterzy zamieszkujących równiny środkowej Genabackis
Barghastowie: plemię dzielących się na kasty wojowników, żyjące na wielu kontynentach:
  Klan Ilgres
  Klan Białych Twarzy (w jego skład wchodzą m.in.: Senanowie, Gilkowie, Ahkraci, Barahnowie, Nith'rithale)
T'lan Imassowie (Armie Diaspory):
  Armia Logrosa, Strażnicy Pierwszego Tronu
  Armia Krona, pierwsi na Zgromadzeniu
  Armia Betrule'a (zaginiona)
  Armia Ifayle'a (zaginiona)
  Armia Bentracta (zaginiona)
  Armia Orshayna (zaginiona)
  Armia Kerluhma (zaginiona)

Tiste Andii: pradawna rasa
Jaghuci: pradawna rasa
K'Chain Che'Malle: pradawna rasa
Moranthowie: poddana surowej dyscyplinie cywilizacja, której centrum znajduje się w Lesie Chmury
Daru: grupa kulturowa i językowa na Genabackis
Capańczyk: obywatel Capustanu
Pannion Domin: nazwa nowego imperium na Genabackis
Lestarczyk: obywatel Lest
Koralesjanin: obywatel Koralu
Morn: nawiedzane, pełne ruin miejsce na południowo-zachodnim wybrzeżu Genabackis
Koral: miasto w Pannion Domin
Lest: miasto w Pannion Domin
Capustan: miasto położone na północ od Catlin
Darudżystan: ostatnie z Wolnych Miast na Genabackis
Równina Lamatath: równina leżąca na południe od Darudżystanu
Jhagra Til: nazwa nadana przez T'lan Imassów nieistniejącemu już śródlądowemu morzu

Świat czarów

Groty (ścieżki – groty dostępne dla ludzi)

Denul: Ścieżka Uzdrawiania
D'riss: Ścieżka Kamienia
Meanas: Ścieżka Cienia i Iluzji
Rashan: Ścieżka Ciemności
Ruse: Ścieżka Morza
Serc: Ścieżka Nieba
Ścieżka Kaptura: Ścieżka Śmierci
Tennes: Ścieżka Lądu
Thyr: Ścieżka Światła

Pradawne Groty

Kurald Galain: Grota Ciemności Tiste Andii

Kurald Emurlahn: grota Tiste Edur
Tellann: grota T'lan Imassów
Omtose Phellack: grota Jaghutów
Starvald Demelain: grota Tiam, Pierwsza Grota

Talia smoków - fatid (i związane z nią Ascendenty)

Wielki Dom Życia

Król
Królowa (Królowa Snów)
Obrońca
Kapłan
Herold
Żołnierz
Tkaczka
Murarz
Dziewica

Wielki Dom Śmierci

Król (Kaptur)
Królowa
Rycerz (w pewnym okresie Dassem Ultor)
Mag
Herold
Żołnierz
Prządka
Murarz
Dziewica

Wielki Dom Światła

Król
Królowa
Obrońca
Kapłan

Kapitan
Żołnierz
Krawcowa
Budowniczy
Panna

Wielki Dom Ciemności

Król
Królowa
Rycerz (Syn Ciemności)
Mag
Kapitan
Żołnierz
Tkaczka
Murarz
Żona

Wielki Dom Cienia

Król (Tron Cienia/Ammanas)
Królowa
Skrytobójca (Sznur/Kotylion)
Mag
Ogar

Nieprzypisane

Oponn (Błazny Przypadku)
Obelisk (Pożoga)
Korona
Berło
Jabłko
Tron

Ascendenty

Apsalar: Pani Złodziei

Beru: Pan Burz
Caladan Brood: wódz naczelny
Dessembrae: Pan Tragedii
D'rek: Robak Jesieni (niekiedy Królowa Chorób, por. Poliel)
Fanderay: Wilczyca Zimy
Fener: Dzik (zob. Tennerock)
Gedderone: Pani Wiosny i Odrodzenia
Jhess: Królowa Tkactwa
Kallor: wielki król
Kaptur (Król Wielkiego Domu Śmierci)
Kotylion/Sznur (Skrytobójca Wielkiego Domu Cienia)
Królowa Snów (Królowa Wielkiego Domu Życia)
K'rul: pradawny bóg
Mael: pradawny bóg
Mowri: Pani Żebraków, Niewolników i Poddanych
Nerruse: Pani Spokojnych Mórz i Łagodnego Wiatru
Oponn: Bliźniacze Błazny Przypadku
Osserc: Pan Nieba
Poliel: Pani Zarazy
Pożoga: Pani Ziemi, Śpiąca Bogini
Shedenul/Soliel: Pani Zdrowia
Soliel: Pani Uzdrawiania
Syn Ciemności/władca Odprysku Księżyca/Anomander Rake (Rycerz Wielkiego Domu Ciemności)
Tennerock/Fener: Dzik o Pięciu Kłach
Togg (por. Fanderay): Wilk Zimy
Trake/Treach: Tygrys Lata i Walki
Treach: Pierwszy Bohater
Tron Cienia/Ammanas (Król Wielkiego Domu Cienia)
Wielkie Kruki: kruki karmiące się magią

WYPRAWA HAWKWOODA

Paul Kearney

KONTYNENT W CHAOSIE

Potężne ongiś fimbriańskie państwa zachodu chylą się ku upadkowi. Nadciągające ze wschodu hordy Merduków zdobyły święte miasto Aekir, paląc kościoły i mordując obrońców.

PODZIELONY LUD

Choć szaleje wojna, frakcje wojskowych, duchownych i władców ścierają się ze sobą, rozpaczliwie walcząc o przetrwanie i dominację. Gdy armie zachodu dzielnie opierają się pogańskim najeźdźcom, a całemu kontynentowi zagraża fala krwawego fanatyzmu religijnego, jedyna nadzieja leży za horyzontem.

MĄŻ OPATRZNOŚCIOWY

Richard Hawkwood, marynarz i poszukiwacz przygód, jest zmuszony wyruszyć na wyprawę za Wielki Ocean Zachodni, by dotrzeć do legendarnego zaginionego kontynentu, gdzie można będzie znaleźć bezpieczną przystań. Nim jednak podróżnicy tam dopłyną, czeka ich podróż, z której nikt dotąd nie wrócił żywy.

STRZAŁA KUSZIELA

Jacqueline Carey

Terre d'Ange to kraj niedościgłego piękna i wdzięku. Legenda mówi, że odkryli go aniołowie i, ujęci jego urodą, dali początek ludowi, który żyje według prostej zasady: Kochaj tak, jak wola twoja.

Fedra nó Delaunay urodziła się ze szkarłatną plamką w lewym oku. Jako dziecko została sprzedana do jednego z Trzynastu Domów, skąd wykupił ją Anafiel Delaunay, szlachcic wypełniający wyjątkową misję i pierwszy człowiek, który poznał się na jej naturze: osoba trafiona Strzałą Kushiela jest wybrańcem skazanym na jednoczesne doświadczanie bólu i rozkoszy.

Fedra odbiera wszechstronne wykształcenie i opanowuje sztuki alkowy, ale przede wszystkim uczy się obserwowania, zapamiętywania i analizowania. Będąc niezrównaną kurtyzaną, jest również utalentowanym szpiegiem. Odkrywa spisek, który może wstrząsnąć posadami jej ojczyzny. Zdrada wytycza jej drogę, a miłość i honor każą jej na nią wstąpić. Kolejne wypadki doprowadzają ją na skraj rozpaczy... a nawet dalej. Pełen nienawiści przyjaciel, kochający wróg, umiłowany zabójca – w tym świecie wszyscy mogą nosić tę samą olśniewającą maskę, w tym świecie Fedra będzie mieć wyłącznie jedną szansę, żeby ocalić to wszystko, co jest jej drogie.

Osadzona w świecie przebiegłych poetów, śmiertelnie groźnych dworzan, bohaterskich zdrajców i iście makiawelicznych łotrostw, to powieść o szlachetności, przepychu, poświęceniu, zdradzie i głębokiej konspiracji. Od czasu „Diuny" nie było epopei na miarę „Strzały Kusziela" – epickiej opowieści o gwałtownej śmierci starej epoki i narodzinach nowej.

MROK, KTÓRY NAS POPRZEDZA

KSIĄŻĘ NICOŚCI KSIĘGA PIERWSZA

R. Scott Bakker

Nie można odgrodzić się murem przed tym, co zostało zapomniane. Od czasu Pierwszej Apokalipsy minęły stulecia. Nie-Bóg został pokonany, a myśli ludzi w nieunikniony sposób zwróciły się ku bardziej przyziemnym sprawom...

Drusas Achamian, którego dręczą koszmary liczące sobie 2000 lat, jest czarnoksiężnikiem i szpiegiem. Nieustannie szuka wieści o odwiecznym wrogu, w którego istnienie jeszcze wierzą nieliczni. Ikurei Conphan, siostrzeniec cesarza Nansuru, jest Arcygenerałem Armii Cesarskiej i geniuszem militarnym. Zamierza podbić dla swego władcy wszystkie znane kraje i marzy o tronie. Maithanet, tajemniczy i obdarzony charyzmą, jest duchowym przywódcą Tysiąca Świątyń. Dąży do Świętej Wojny, która oczyści kraj z niewiernych. Cnaiür, herszt Utemotu, jest scylvendyjskim barbarzyńcą. Odrzucony przez własny lud, szuka zemsty na byłym niewolniku, który zamordował jego ojca, a jego samego upokorzył na oczach plemienia.

W taki właśnie świat wkracza Anasûrimbor Kellhus, owoc trwających od dwóch tysięcy lat krzyżówek, znający mowę myśli, ciała i twarzy. Posługując się subtelnymi mechanizmami mowy i wyrazu twarzy, z wolna nagina wszystkich – mężczyzn i kobiety, cesarzy i niewolników – do swojej woli.

Jednak los ludzi – nawet tych wielkich – niewiele znaczy, kiedy świat stoi w obliczu zagłady. Za zasłoną polityki, roszczeń, religijnego żaru ponownie budzi się mroczne, znane od wieków zło. Po dwóch tysiącach lat powraca Nie-Bóg. Druga Apokalipsa jest już blisko. I nie można odgrodzić się murem przed tym, co zostało zapomniane...

WOJOWNIK-PROROK
Książę Nicości Księga Druga

R. Scott Bakker

Kontynuacja wydarzenia literackiego 2004 roku „Mroku, który nas poprzedza" – najważniejszej książki fantasy 2004 roku wybranej przez PUBLISHERS WEEKLY.

W tym tomie nieubłagana święta wojna przenosi się na południe, lecz grozi jej klęska z rąk wewnętrznego wroga. Zagraża jej Anasûrimbor Kellhus.

Na obszarze od pustynnych Pól Mengeddy po wilgotne brzegi Sempis Ludzie Kła toczą bezlitosną wojnę z pogańskimi fanimami. Dowódcy świętej wojny brną w spory i spiski, a Kellhus cierpliwie umacnia swoje panowanie, subtelnym słowem i gestem manipulując ich duszami. Czarnoksiężnik Achamian i jego kochanka Esmenet poddają mu się całkowicie, po czym ich wiara – i miłość – zostaje wystawiona na najbardziej niezwykłą próbę. Cnaiür, scylvendzki wojownik, popada w obłęd, przekonany, że Kellhus zdradzi go i nie dotrzyma umowy, której przedmiotem jest zabicie ojca Kellhusa.

Skóroszpiedzy Rady z narastającym lękiem obserwują rozwój wydarzeń.

Po wyczerpującym marszu przez pustynię święta wojna zbiera się pod murami starożytnego Caraskandu. Ludzie Kła nareszcie stają na granicy Uświęconej Ziemi, nieopodal świętego Shimehu, miasta Ostatniego Proroka. Niech tylko padnie Caraskand...

Tymczasem wśród Ludzi Kła pojawia się nowy wieszcz: Wojownik-Prorok. Brat zwraca się przeciw bratu. W najczarniejszej godzinie świętej wojny każdy mężczyzna i każda kobieta muszą dokonać wyboru. Nienawiść czy nadzieja. Najgłębsze pragnienia czy koniec świata. Anasûrimbor Kellhus czy Druga Apokalipsa.

LWY AL-RASSANU

Guy Gavriel Kay

Ona - żydówka. Oni – muzułmanin i chrześcijanin.

Połączyła ich wojna i miłość. Dzieli ich przepaść religijna i kulturowa. Troje przyjaciół...trójkąt miłosny....Czy przezwyciężą uprzedzenia własnych rodzin? Czy poświęcą miłość dla lojalności? Czy jakikolwiek wybór przyniesie im szczęście? Na te fundamentalne pytania czytelnik nie znajdzie odpowiedzi w „Lwach Al.-Rassanu", historycznej powieści o wojnie, miłości i uprzedzeniu Guy Gavriela Kaya, kanadyjskiego autora światowych bestsellerów. Znajdzie natomiast wiele wzruszeń, pozna żal, nienawiść i przeżyje niezapomniane chwile śledząc splątane losy trojga bohaterów, którym przyszło żyć w trudnych czasach.

Akcja powieści rozgrywa się w historycznej rzeczywistości XI wiecznej Europy, epoce schyłku imperium muzułmańskiego w fikcyjnym miejscu nazwanym w powieści Al.-Rassanem. Al-Rassan, w którym współistnieją trzy bardzo odmienne kultury, to kraj uwodzicielskiego piękna i pełnej przemocy historii. Pokój między chrześcijanami, muzułmanami i żydami jest trudno osiągalny i niepewny, podobnie jak wszechobecny cień, rozdzielający te narody, lecz zbliżający do siebie nadzwyczajne osoby. Na tle niezwykłych wydarzeń, które popychają Al.-Rassan na skraj wojny, obserwujemy losy Ammara ibn Khairana – poety, dyplomaty, żołnierza. Jego losy splatają się z Rodrigiem Belamonte, który jest doskonałym dowódcą wojskowym. Sercami obu mężczyzn zawładnęła Dżehana bet Iszak – doskonała lekarka i zmysłowa kobieta.

W przygotowaniu film na podstawie książki w reżyserii Edwarda Zwicka, twórcy „Ostatniego samuraja". Twórca scenariusza do filmu jest Vera Blasi.

UCZEŃ SKRYTOBÓJCY

Robin Hobb

Pierwsza część jednej z najsłynniejszych serii fantasy. Jest w niej magia i zły urok, jest bohaterstwo i podłość, pasja i przygoda.

Młody Bastard to nieprawy syn Księcia Rycerskiego. Dorasta na dworze w Królestwie Sześciu Księstw, wychowywany przez szorstkiego koniuszego swego ojca. Ignoruje go cała rodzina królewska oprócz chwiejnego w swoich sądach Króla Roztropnego, który każe uczyć chłopca sekretnej sztuki skrytobójstwa. W żyłach Bastarda płynie błękitna krew, ma więc zdolność do korzystania z Mocy.

Wspieraj polską fantastykę!

Nagroda im. Janusza A. Zajdla jest coroczną nagrodą w dziedzinie fantastyki, przyznawaną przez miłośników fantastyki autorom najlepszych polskich utworów literackich. Nagroda przyznawana jest w dwóch kategoriach: powieści i opowiadania.

Każdy czytelnik fantastyki może wybrać od jednego do pięciu utworów w każdej kategorii, wydanych **w poprzednim roku kalendarzowym**. Po pięć utworów, które zbiorą najwięcej głosów, znajdzie się na liście nominacji do Nagrody. Spośród nich uczestnicy POLCON-u, czyli Ogólnopolskiego Konwentu Miłośników Fantastyki, dokonają wyboru Laureatów.

Więcej informacji o Nagrodzie Zajdla i POLCON-ach znajdziecie na stronach internetowych

http://zajdel.fandom.art.pl i http://polcon.fandom.art.pl

Listę wybranych utworów należy nadesłać do 15 czerwca pocztą elektroniczną na adres:

zajdel@fandom.art.pl

lub pocztą tradycyjną na adres korespondencyjny:

Związek Stowarzyszeń Fandom Polski
ul. Zamieniecka 46/25
04-158 Warszawa

korzystając z poniższego kuponu, bądź podając wszystkie informacje na kartce pocztowej.

Pamiętaj, w danym roku jedna osoba może zgłosić maksymalnie 5 powieści i 5 opowiadań!

Nominacje zgłasza:

Imię i nazwisko: ....

Adres zamieszkania: ....

....

Adres korespondencyjny: ....

(jeśli inny niż zamieszkania) ....

e-mail: ....

Zgłaszane powieści:

1. ....
2. ....
3. ....
4. ....
5. ....

Zgłaszane opowiadania:

1. ....
2. ....
3. ....
4. ....
5. ....